U0505907

国家社会科学基金项目（12CZW074）

 黑龙江历史文化研究工程出版资助项目（CBZZ1702）

GOLDEN ROSE

ON THE BLACK LAND

黑土地上的

金蔷薇

俄罗斯文化对近现代东北文学的影响

The Influence of Russian Culture on Modern Northeast Literature

金钢◎著

社会科学文献出版社
SOCIAL SCIENCES ACADEMIC PRESS (CHINA)

序

黄万华

　　《黑土地上的金蔷薇——俄罗斯文化对近现代东北文学的影响》（下文简称"书稿"）是作者承担的国家社科基金项目的结项成果，评审专家们充分肯定了此项成果的学术价值，作者也已就该项目发表了不少论文。这些都足以表明，作为青年学者，作者已经在一个相当重要的研究领域中拓展出自己的研究空间，蕴蓄了自己学术研究的优势。我读完书稿后，也为作者的研究成果感到高兴。由此，也就有些话可以和大家交流。

　　书稿研究的"近现代东北文学"时间跨度从晚清到 21 世纪，地域则包括东北三省和毗邻的内蒙古东部地区，研究的时空拓展得很充分，而所研究的"东北文学"不仅对中国作家创作取开放视野，充分关注了近现代东北文学中作家创作的流动性（从东北籍作家客居他乡到非东北籍作家旅居东北），而且接纳了东北俄侨（他们中一些长居中国者加入了中国籍）的创作，尤其较为深入地考察了哈尔滨俄侨文学中的中国形象。这样一种研究视野深化了"影响研究"，所关注到的"影响"既是"双向"的，即包括传统文化、"五四"新文化、地域文化等在内的中华文化与俄罗斯文化"相遇"中的对话；也是更为内在的，即多种文化在流动中的变革、丰富、发展（例如非东北籍作家流徙到东北，与流亡到东北的俄侨文化相遇，两者原先的地域文化在东北这一独特地理空间都有所变化，此时俄罗斯文化对东北文学的影响会是更内在的）。这样一种清晰而开放的研究视野的确立，出现在青年学者的学术研究起点上，确是有益于他日后学术生涯的重要准备。

影响研究正是需要这样一种开放的、流动的文学史视野。从晚清到21世纪，中国经历了巨大变动的近、现、当代，俄罗斯则经历了沙俄、苏联、俄罗斯时代，其变动甚于中国。这样两个研究对象"相遇"，显然不能固化研究视野，而要充分顾及两者始终处于自身和互相关系的不断变动中。书稿将近现代东北文学置于多元文化撞击下的近现代环境中，认为以原始萨满教为生发原点的东北区域文化、承载儒家文化的中原移民文化等中华文化，至今"在东北仍然处于变化运动之中"；外来的日本文化、俄罗斯文化，都曾作为殖民文化进入东北，但又都作为移民文化影响东北社会，而俄罗斯文化本身具有"东西方性"，在沙俄和苏联时代，处于完全不同的国家意识形态背景下，其传入东北又有着军事入侵、传教、移民和民间交流等多种方式，对东北文学产生的影响就会有很大差异。所以，书稿始终将俄罗斯文化对东北近现代文学发生的影响视为一种动态的历史存在，具体表现为四个历史时期的选择。晚清至"五四"："殖民入侵重压下的被动选择"；"五四"至第二次世界大战结束："启蒙救亡感召下的时势选择"；第二次世界大战结束后至20世纪60年代："苏联模式统治下的政治选择"；改革开放以后："西方文化浪潮涌动下的自主选择"。突出东北文学作为受影响者的"选择"，而这种选择既受制于近现代中国的历史语境，又包含作家的创造性实践，于是成为从外来影响的角度对东北百余年文学史的一种描绘，近现代东北文学的特征、成就也由此得以呈现。这样的影响研究，显然非常具有文学史意义和价值。作为青年学者，对地域性的影响研究能有此种视野、此种思路，是很值得肯定的。

影响研究是两种不同文化"相遇"中的对话，其建设性影响的发生，是自身本源性文化传统和"他者"文化两者精华交流后的升华。书稿对近现代东北文学与俄罗斯文化"相遇"的不同历史环境有清晰的描绘，对两个文化主体如何展开对话有较充分的考察。例如书稿考察"俄罗斯文化影响与近现代东北文学的人文生命特征"时，将中国人文思想传统与俄罗斯文学的人道主义传统置于东北近现代社会的历史进程中，从社会变革后的人性反思、乡土社会的人文关怀、女性生命意识多个维度，展开两个民族在文学核心问题上对话的考察。这些考察维度的选择和展开，将俄罗斯文化对近现代东北文学的影响视为两种文化的生命对话，充分关注了东北近现代文学在外来影响下自身传统的寻求和形成。所论述的具体问题，都产生于作者对萧红、端木蕻良到迟子建、阿成等东北最出色作家创作实践的提炼中，从而使得近现代东北文学与俄罗斯文化的对话得以深度展开。

　　萧红、迟子建是书稿论述最多的作家。这两位中国现代和当代文学史上的翘楚，相隔半个多世纪，遥相呼应，从最有特色的东北地域文化和最有价值的"五四"新文学传统出发，与俄罗斯文化展开了对话。书稿分析萧红以自己的个人气质走进契诃夫、屠格涅夫等俄罗斯文学大家的世界，以对国民性改造的自觉关注对话于俄罗斯知识分子的民族自省精神，敏锐地抓住了萧红改造国民性创作实践展开中的"寂寞"，探寻萧红创作如何内在共鸣于俄罗斯文学，由此认识萧红创作的独特价值。萧红小说乡土关爱的多重意蕴、女性意识的深度关怀等，都万川归海于这一"寂寞"的文学跋涉。可以说，萧红是"五四"文学精神与俄罗斯批判现实主义文学传统交汇孕育出的最好的作家。书稿分析迟子建创作与俄罗斯文化之间的关系时，更加凸现了迟子建对俄罗斯文学的主动性选择。她从世界"只是一个小小的北极村"的自身生命体验出发，将俄罗斯文学道德探索的人与自然的共存纳入自己最重要的创作实践，甚至视艾特玛托夫、阿斯塔菲耶夫等作家表现自然生态观的作品为自己创作的"神灯"。不仅是中国北陲和俄罗斯西伯利亚相邻相似的原生态环境及其生活方式，更重要的是人道主义深化对中俄文学的渗透，才使迟子建对俄罗斯"泥土和河流滋养"出的俄罗斯文学"最具经典的品质"有深切体悟和强烈共鸣。她以对人与山林互为生命的存在的深刻描写回到人的精神家园，回到人的根性深处，在中国北疆少数民族的历史和现实中体现出"人性巨大的包容和温暖"。而在"人和自然和谐相处"这一创作核心主题中，迟子建接纳了现实主义批判、反省的传统，让这一创作主题成为"五四"后东北新文学传统的重要环节。而从萧红到迟子建，其接受影响的变化，又让人得以窥见包括东北文学在内的中国文学主潮的流变。影响研究，需要有扎实、精细的个案来落实、深化，书稿在这方面是富有成果的。

　　书稿还展示了影响研究的一个新维度，那就是受影响者笔下的"影响者"形象，这是一类特殊的"他者"（异族）形象。异族形象是比较文学形象学关注的重要对象，但中国现当代文学中的"异族"形象并不多见，其光谱即便在"异乌托邦化"或"自我意识形态化"等惯常模式中也较为简单。而东北文学中的俄罗斯人形象，却是中国现当代文学中最丰富多姿的异族形象，也成为考察东北文学与俄罗斯文化关系的重要内容。书稿细致梳理出东北文学中俄罗斯人形象的类型，重点考察了现代东北文学中乞丐、妇女、混血儿等俄罗斯人形象，这些形象，已突破了以往异族形象的谱系。书稿由此去深入分析东北文学中俄罗斯人形象的性格特征和文化内涵，将此视为东北文化的一种折射，从对俄罗斯形象的想象中，发现作家对东北文化的自我审视与反省，"影响者"形象的书写，成为接受者自我的建构。这不只是对形象学理论的一种印证，更是对东北文学的一种深刻描绘和反思。书稿专设的"近现代东北文学中的俄罗斯人形象"一章还与"东北区域的俄罗斯侨民文学略论"一章构成呼应，中国作家笔下的俄国形象与俄罗斯侨居作家笔下的中国形象在东北文学的历史语境中，构成颇可回味的互为参照，让相关思考更为深入。此类影响研究新视野的拓展，是书稿给人以新意的重要原因。书稿也充分关注了东北学人对俄罗斯文学的译介。可以说，书稿在影响研究范围内也相当周全，为日后研究的进一步深入蕴蓄了学术潜力，是十分值得期望的。

书稿结语强调了接受外来影响是增强本民族文学的独立性和民族性的重要内容，对东北文学不同于中原主流文学的边地活力和生机充满期待。书稿作者也长期生活在东北本地，孜孜以求于学术耕耘，其前景和成果也让人充满期待。

2017 年 7 月

目　录

绪论　多元文化撞击下的近现代东北文学

近代以来的中国经历了频繁的战乱、政权更替和人口流动，作为中国版图重要部分的东北地区①也不例外。而东北地区的特定地理位置、历史状况和丰富的自然资源，使得这块肥沃的黑土地承受了更多的血与火、开发与建设：日俄帝国主义的侵略、军阀割据、伪满政权、国共两党之争、对苏战争、开发北大荒以及知青上山下乡运动……百余年风起云涌的历史进程把本土的原始萨满教文化与闯关东移民带来的中原儒家文化、外来的日韩文化、俄罗斯文化等汇聚在一起，形成了多元文化共存的状态。然而，多种多样的文化形态在东北这块土地上呈现什么样的景观？是互相对立、互相排斥，还是相互吸收、相互融合？"是像色拉拼盘一样保留着各自独特的风味和形态，还是融会贯通产生出一种全新的独立的文化样态"②？从现时的情况来看，我们还很难下一个确定的判断，各种文化形态在东北仍然处于变化运动之中，而东北地域文化虽然具备了较为鲜明的风格和特色，

---

① 从人文生态和地理环境上看，人们习惯于将山海关以外的区域统称为东北或关东。它不仅包括黑龙江省、吉林省、辽宁省，还包括内蒙古自治区的东部地区，即东蒙。这是一块多民族杂居的土地，在这片浩瀚无边的大平原上居住着满人、蒙古人、高丽人、俄罗斯人和汉人等。在清朝，满人的势力最大。嘉庆年间，东北包括了三个行政区，分别为奉天（1929 年以后改称辽宁）、吉林和黑龙江，这三个行政区包含了今天内蒙古自治区的东部地区（参见谭启祥《中国历史地图》第 8 册，中国地图出版社，1982，第 3~4 页）。事实上，由于东蒙毗邻黑吉辽三省，在漫长的历史发展和文化交融过程中，无论是在自然地貌、气候特点还是语言习惯、行为方式等方面，东蒙与黑吉辽三省均有许多相似之处。因此，从地理范围上说，本书中的东北地区即指这四省区。

② 〔英〕C. W. 沃特森：《多元文化主义》，叶兴艺译，吉林人民出版社，2005，第 6 页。

但是还缺乏积淀，并没有形成一种独立自足的文化品格。那么，作为东北地域文化的重要组成部分，近现代的东北文学①呈现什么样的面貌，具有哪些特点，这是我们首先要探讨的问题。

一　原始萨满教文化的魅影

近现代东北文学的兴起，直接的来源可说是"五四"新文化运动的剧烈冲击。但是，注意到"五四"新文化运动影响的同时，我们还需关注本土的文化传统，考察某一特定区域的文学，不可忽略其自身文化的内在规定性，本土的区域文化内核才是区域文学生存、发展的真正源泉。就东北地域文化来说，原始萨满教文化是其重要的生发原点。

据有关学者考证，"我国东北地区和俄罗斯西伯利亚地区是萨满教的最重要的发源地之一。无论从自然条件还是从社会环境来讲，东北地区都天然地具备产生原始宗教的丰厚土壤。萨满教文化历史悠久，作为原始古老的自发宗教，历史上它一直活动频繁，在东北地区影响非常深远。萨满教是一种以氏族为本位的原始自然宗教，发轫并繁荣于母系氏族社会，到原始社会后期，其观念和仪式日臻成熟和完备。进入阶级社会以后，由于不断地受到来自政治、经济以及外来文化包括人为宗教的渗透和冲击，萨满教的观念和形态也随之发生了某些变异，但其精神实质和文化内核却基本保存完好。"② 在东北这个天高皇帝远的旷野之地，萨满教文化在民间的影响一直比较广泛和深刻。在这一区域，萨满教文化对人们的生活方式和文化心理形成发挥着能动作用，因而成为塑造东北民间文化精神的一个重要

---

① 本书所使用的近现代东北文学的概念，从时间范围上说，是从晚清到 21 世纪。关于中国现代文学的时间界定，在很长时期内都是限定为 1919 年至 1949 年这三十年，不过近年来学界有了一些不同的声音，如孔范今主编的《二十世纪中国文学史》（山东文艺出版社，1997）、朱栋霖等主编的《中国现代文学史 1917—2000》（北京大学出版社，2007）等著作都强调中国现代文学的整体性和持续性，本书较为赞同这种强调"整体性和持续性"的观点。从作品内涵上说，是看作品是否反映了东北地域风情和文化特色，是否表现了东北文化精神。从创作主体的构成上说，近现代东北文学所涵盖的作家不仅包括土生土长的东北作家，也包括那些非东北籍，但在东北生活过，并创作出富有东北地域文化特色作品的作家，以及那些虽客居他乡但仍描绘着东北地域风情的东北籍作家。

② 闫秋红：《现代东北文学与萨满教文化》，博士学位论文，武汉大学，2003，第 4 页。

因素。时至今日，在东北的众多民风民俗之中，我们仍然可见萨满教文化影响的种种痕迹。这种浸润了萨满教精神的民间文化势必对近现代东北文学产生深远的影响。

可以说，萨满教是东北民间文学的启蒙者、创造者和传承者，萨满即实现这种文化活动的主体。张光直曾说，"萨满式的文明是中国古代最主要的一个特征"①，是独立于儒教和道教之外的另一种古老文明。在萨满教中起绝对支配作用的是萨满，富育光称萨满是"原始萨满教这座神秘而扑朔迷离的文化圣殿中的最高主宰者"②。因此，若要分析原始萨满教的观念、意识和活动方式，必须从萨满入手。西方学者最先发现萨满这个词来自埃文基（中国称鄂温克），许多学者提出埃文基的 saman，shaman，xaman 和蒙古语的 shaman，突厥语的 kam，xam 是密不可分的语言群，其产生和丰富都有赖于东北亚的文化土壤。也有人指出埃文基的 shaman 可能来自通古斯满语中的动词 sha 或 sa，意思是"知晓"。从字义上讲，"萨满"一词在我国满－通古斯语族中的满、赫哲、锡伯、鄂温克、鄂伦春语中，具有"知晓""晓彻"的含义，所以我国有些学者认为萨满是能晓彻神意、沟通人类与神灵的中介，并由此认为萨满是本氏族的智者，渊博多能的文化人。苏联民族学家洛帕廷说："萨满不仅是神的祭司、医生和占卜者，而且也是民间口头诗歌艺术的发明者，是民族希望和幻想的讴歌者，萨满保护和创造了故事和歌曲，是民族智慧和知识的典范。"③

萨满教文化没有自身完整的伦理和哲学体系。它以其自发形成的生动形象、活泼多样的特征，呈现出十分芜杂和异常具体的零散状态。萨满教的思想观念始终缺乏一个自足的体系，它是在漫长的历史时期各信仰民族对宇宙认识的基础上，逐渐形成的丰富多彩而又充满矛盾的思想体系。原生的萨满教没有阶级，它直接以各种各样的自然万物作为膜拜对象，而各种各样的神灵和神魔又是各司其职、平起平坐的，彼此间没有隶属关系。所有的人在神面前都是平等的，不像人为宗教那样具有明显的社会属性，

---

① 张光直：《考古学专题六讲》，文物出版社，1986，第 4 页。
② 富育光：《萨满论》，辽宁人民出版社，2000，第 4 页。
③ 〔苏〕洛帕廷著：《果尔特人的萨满教》，孙运来译，《萨满教文化研究》第 2 辑，吉林省民族研究所编，天津古籍出版社，1990，第 76 页。

具有复杂的等级森严的关系网络。原生的萨满教是自发形成的,在世界原始宗教的诸种类型中,萨满教最典型之处就在于重视治疗疾病技能的传统,这是为了满足这个特定区域的人们生存的需要。从这个意义上讲,萨满教具有很强的功利性和实用价值。在北亚和东北亚特定地域生活的原始氏族,为驾驭苦寒的环境而促发的一种生存向往和精神活力,是萨满教得以产生的孕床和摇篮。萨满教的全部思维观念和信仰形式,表现了这个特定地域的灾难与欢乐,期待与寄托。当然,由于原始社会生产力极端低下,人自身的思维发展程度受到了很大束缚,这种自发的原始宗教必然会存在许多愚昧和可笑的观念。但是,萨满教在哺育生机旺盛的氏族部落,铸就和培育民族精神和民族魂魄方面确实发挥了功不可没的重大作用。所以,俄国学者博戈拉兹说:"萨满教这一复合的原始形式自身又包含着原始科学、医学和外科学、音乐和诗歌、宗教崇拜。"①

　　萨满教的活动很大一部分是属于艺术范畴的,即文学、音乐、舞蹈和造型艺术等。随着历史的不断发展,萨满教文化已经演化为一种民族精神,以隐形、深层的方式渗透并融入生活习俗和文化心理中。萨满教神话神歌中的原始思维和神话思维,沉淀在东北文学的深层世界,往往使东北文学顿然增色、熠熠生辉。作为受萨满教文化深远影响的区域文学,东北文学以其承载的独特文化心理和民俗风情,显示出与主流文学不同的色彩。不过,"五四"新文化运动之后,"科学"和"民主"的潮流迅速波及东北,当时的东北人民处于军阀和外敌的双重压迫之下,生活苦不堪言。在这样灾难深重、内忧外患的社会背景下,那些首先觉醒的知识分子,向那些仍然生活在愚昧混沌状态之中的民众发出启蒙救亡的呐喊。这时的萨满教活动就被当作麻醉人和愚弄人的封建迷信加以批判。新中国成立后,由于国家政策的干预和地区性经济条件的改善,萨满教神事活动遭到抑制,萨满教逐渐从历史舞台上消逝了,只有在东北的少数民族聚居区,才能偶尔觅得萨满教活动的踪迹。显然,萨满教已经辉煌不再,那么它在近现代东北文学的发展进程中究竟起了多大的作用,产生了何种影响?我们可以把萨

---

① 〔苏〕博戈拉兹:《论东北亚民族的萨满教心理学》,载郑天星《国外萨满教研究概况》,《世界宗教资料》1983 年第 3 期。

满教文化作为东北区域文化生发的原点，可这个点在近现代东北文学中渲染出什么景象却是不确定的。萨满教文化已经渐渐从人们的生活中消失，而要确切地揭示深藏在人们心底的文化潜流则是相当困难的，既不能一味夸大它的作用，把不相干的文本往萨满教文化里生拉硬套，也不可完全忽视它的影响，用科学主义进化论的观点来彻底否定这种原始多神教文化在人们心理和精神世界的深层存在。而且，萨满教文化对自然神性的尊崇与中国传统的天人合一思想具有一定的一致性，当带有启蒙救亡功利目的的热潮逐渐冷却的时候，萨满教文化也许还会重新走到前台。因此，分析近现代东北文学中的萨满教文化因素必须把主观判断和客观事实相结合来进行阐释。

只要对近现代东北文学中体现萨满教文化因素的文本加以梳理，我们就可以发现一条较为清晰的脉络。现代的东北作家，如萧红、端木蕻良、山丁等都描写过萨满教活动的场面。《科尔沁旗草原》里曾有"大神临风扫地般跳上跳下，震山价响的响腰铃，丁丁当当的当子鼓，火红鞋、缕红绦……"的描写，只不过这一切引人惊奇的场面都是财主家主持的大戏，是大地主丁四太爷为侵吞北天王财富和自己的暴富寻找的"神界根源"，用以愚弄和欺骗农民与舆论。《呼兰河传》中的跳大神是造成小团圆媳妇，一个生性天真、身体健康的少女死亡的愚昧而残酷的历史"众数"和力量之一，是说明呼兰小城芸芸众生愚惰的参照物。萧红和端木蕻良描绘萨满教活动场面时，那种改造国民性和渴望民族振兴的时代性话语与实用性目的，使他们以否定的态度，将萨满跳神与民众的愚昧、落后、不觉悟联系在一起，与封建迷信简单地结合在一起。

不过，他们对萨满跳神的批判也从侧面反映了萨满教文化在东北民间根深蒂固的影响力。对萨满教的作用，端木蕻良在《大江》中也有较为客观的描述："在荒芜辽阔的农村里，地方性的宗教，是有其极浓厚的游戏性和蛊惑性的。这种魅惑跌落在他们精神的压抑的角落里和肉体的拘谨的官能上，使他们得到了某种错综的满足，而病患的痼疾，也常常挨摸了这种变态的神秘的潜意识的官能的解放，接引了新的源泉，而好转起来。"[1] 萧

---

[1]　端木蕻良：《大江》，《端木蕻良文集》第 2 卷，北京出版社，1999，第 363 页。

红本真的笔触更是展现了萨满教文化强大的侵蚀力和诱导力。呼兰河边的乡民们把萨满教纳入了道德评判的参照系，把能否遵循萨满教观念、借助萨满教跳神活动来驱灾避邪，视为衡量人们是否符合封建孝道的重要标准。在萧红的笔下，萨满教原始文化氛围笼罩下的呼兰小城人民，或者精神慵懒、麻木不仁，或者乖戾变态、惨无人道，很难找到一个有点亮色的人物。尤其可怕的是，他们已经陷入这种麻木和残忍而不自知，相反，却以此作为他们的一种合理的生活方式。"他们照着几千年传下来的习惯而思索，而生活；他们是按照他们认为最合理的方法，'该怎么办就怎么办'。"① 在这一时期，沉淀在民间的深厚的萨满教文化基础被认为是造成人民愚昧和冥顽不灵的重要原因，是社会进步和发展的巨大障碍。

到了 20 世纪 80 年代，当萨满教活动已经成为历史故迹难以寻觅时，寻根文学却使其获得了重放异彩的机缘。郑万隆在《异乡异闻》中说："黑龙江是我生命的根，也是我小说的根。我追求一种极浓的山林色彩、粗犷旋律和寒冷的感觉……我怀恋着那里的苍茫、荒凉和阴暗，也无法忘记在桦林里面飘流出来的鲜血、狂放的笑声和铁一样的脸孔，以及那对大自然原始崇拜的歌吟。那里有独特的生活方式、价值观念和心理意识，蕴藏着丰富的文学资源。"② 郑万隆的小说集《生命的图腾》再现了黑龙江大兴安岭地区的原始生活习俗和独特文化心理状态，其中有关萨满教文化在人们生活和精神上的残余和影响，占据了这部小说集的很大比重。郑万隆一方面延续了萧红、端木蕻良等早期现代东北作家对萨满教的否定性态度和倾向，探讨了新时期东北边地存在着的愚昧和迷信、落后与无知，以及萨满教文化残余对人性的摧残及其所造成的畸形的人生形态等问题；另一方面，他在对黑龙江边地文化溯本清源，诠释原始文化的符码时，又不禁陷入了一种新的文化困惑之中。他在批判了萨满教文化的落后性和野蛮性的同时，也难以自制地表现了对萨满教文化中合理因子的赞赏之情。在《我的光》中，现代环保意识与古老的萨满教自然崇拜不期而遇，两者在不经意中产生了共鸣。小说中，作为一个科研人员，纪教授对自然界的热爱，

---

① 茅盾：《〈呼兰河传〉序》，《萧红全集》下册，哈尔滨出版社，1991，第 702 页。
② 郑万隆：《我的根》，《生命的图腾·代后记》，中国文联出版公司，1986，第 313 页。

与一个老猎人对山神"白那恰"的崇拜，自然而然地统一在一起。显然，萨满教作为一种原始活态文化，仍然部分地具有适应现代社会发展和文明进步的机制。最后纪教授献身于这片林莽间，按照山里人的解释，是感应了山神"白那恰"的呼唤，因为在他"身上没有一处伤，脸上非常平静安详，半张着的眼睛里还有喜悦的神色悠悠地流出来。那样子谁也不会以为他死了，只像是魂儿离他而去"①。作为一种错综复杂的历史沉淀物，萨满教文化对东北区域的民族群体的影响是立体的、多侧面的。尤其是像郑万隆这样从小生长在大兴安岭黑龙江边的东北作家，对自身地域文化的省察，恐怕总使他难以跳出复杂情感的纠缠。而且，萨满教文化确实也是一种是非功过融于一身的客观存在，这就使作家对萨满教文化表现出一种爱恨交织的矛盾心理，这在无形中也暗示了萨满教文化在现代东北文学中的命运：一方面在现代化进程中失去其统治的特权，另一方面仍然在人们的精神生活中占据一定的位置，在适宜的环境下还能够影响人们的精神追求和价值选择。

如果以萨满教作为参照系去分析某些民族文化生成的原因，那么，我们就可以理解大兴安岭一带以渔猎经济为基础的民族特有的性格气质和价值取向。迟子建的小说在这方面做了有益的尝试和探索。她的长篇小说《伪满洲国》和《额尔古纳河右岸》都描写了带有浓厚宗教色彩的少数民族聚居区的萨满，人们对萨满是崇敬而信任的，并不像萧红、端木蕻良等笔下表现的那样对大神充满恐惧和好奇。《额尔古纳河右岸》是一个很值得注意的文本，故事有一条明线即鄂温克族老人讲述的百年历史，还有一条暗线，那就是部落里儿代萨满的传承。从尼都萨满到妮浩萨满，再到玛克辛姆，萨满的传承终究还是断绝了，族人们把萨满的神具捐给了博物馆。在小说的结尾，主人公"我"唱起了葬熊的神歌，而鄂温克这个古老民族的文化传承也如熊祖母一样倒下了。作家安排的这个结局既是对浸润了萨满教文化内涵的古老游牧文明的缅怀，又是对现代物质文明的反抗。

近年来的东北文学中，萨满呈现出鲜明的先知特征，神性的光辉愈发彰显。在戈滨的剧本《谁是叛逃者》中，抗战题材的故事被掺入了萨满教

---

① 郑万隆：《生命的图腾》，中国文联出版公司，1986，第217页。

文化神秘的色彩。一面坡阎家窑的胡匪大当家打算投身抗日，请老萨满指明方向，老萨满"口吐莲花，血溅旌旗"，说道："天意难违，逆天者诛。"其含义便是指日本侵略者倒行逆施违抗天意必得诛之，老萨满的预示坚定了大当家的决心。不过，充满神性的老萨满也在战火中倒下了，"老萨满在空地上舞动，太平鼓的节奏激扬。风将火盆里燃烧的纸钱带起，引燃四周的符纸。老萨满在火中舞动太平鼓：血光之灾……血光之灾，天杀的小日本，引火自焚……"① 一颗炮弹飞来，老萨满消失在硝烟之中，作者这样的处理，喻示着侵略者对本土文化民生的残暴破坏。

由此我们可以看出，萨满教文化因素在近现代东北文学中呈现出一条从批判到爱恨交织，再到敬畏颂扬的发展脉络，这一脉络是与近代中国的现代性的发展道路密不可分的。在亡国灭种的危机下，散乱迷狂的萨满教文化显然不能发挥号召民众奋起抗争的作用，宗教从某一方面来看是麻醉剂，会使民众更加麻木不仁，所以现代的东北作家，如端木蕻良等人即使认识到萨满教文化的合理性也要对其大加挞伐。而一旦危机缓和下来，社会进入平稳的发展阶段，萨满教文化作为在东北地区存在了几千年的古老文明就又显示出动人的一面。尤其是在今天，当与历史同步的功利文学压盖了和谐的自然生命状态，当科学主义进化论思维遮蔽了对人文之根的探索，当人们失去了对神性的敬畏而迷失方向的时候，也许我们还需要萨满教文化这"一盏神灯"来照亮人们的心灵。

不过，在近现代东北文学中，不管是现代的批判还是如今的敬畏，萨满教文化因素都只是处于边缘。虽然它给近现代东北文学增添了神秘的色彩和跳动的魅力，使得异地的不了解萨满教文化因素的读者产生新奇感，但是它从来都没有成为近现代东北文学叙述的中心，可以说它只是飘荡在近现代东北文学中的文化魅影，它作为原点并没有渲染成大幅的画卷。这和近代以来东北地区的历史发展有着直接的原因，大量移民的涌入带来了多种多样的文化形态，外来文化促进了东北地区生产力的发展，使东北地区由原始游猎文明迅速进入封建农业文明，直至社会主义文明。作为一种古老的原始多神教文化，萨满教文化因素也许会在现代东北文学中长期存

① 戈滨：《谁是叛逃者》，《剧作家》2016年第2期，第88页。

在，但却很难成为文学舞台上的主角。没有人会永远生活在沉重而原始的古老文化重荷之下，但是沉积多年的种族记忆也不会轻易消失，而是隐退在僻静的角落里昏昏欲睡，一旦来自于现实生活中的信息刺激到它，它就会立即复活，重新占据人们的心灵世界。

二　移民与殖民的影响

东北地区处于中国的边疆，自古以来地广人稀，生产力相对落后，是少数民族聚居的地区。"清政权龙兴于东北并统治中国之后，中原大量移民涌入东北，而移民的构成主要是流放的罪犯和垦荒的农民。清代自顺治初年，将内地的各种罪犯，发配到边远省份及烟瘴之地。这种遣犯，史称流人。据推测，清代东三省流人当在十万左右。"① 流人中有农民、手工业者、士兵、商贩、太监、官吏和文人学士等，他们不仅带来先进的生产技术，而且将中原地区的汉族文化传入了东北地区。移入的垦荒农民数量更多，清初的招垦时期（1644～1667 年），在招民垦荒和遣成流人政策下，大批关内人口流入辽东。这一时期大量移民的移入不仅有利于当地的社会安定和农业发展，对医治明末清初战争遗留下的创伤也有一定的积极作用。进入 19 世纪，黄河下游广大地区连年遭灾，成千上万的破产农民不顾清政府的禁令，源源不断地流入东北，至 1840 年东北地区总人口已经突破 300 万人，比 100 年前猛增了七八倍。这时全国人口已经达到 4 亿，人口压力使社会矛盾日趋激化。为镇压关内农民起义，八旗士兵大批内调，东北边防空虚，又因为赔款、军费，清廷面临严重的财政困难，希望以民垦增加收入。另外，关内汉人的大量流入已经成为不争的现实，清政府于咸丰十年（1860）正式在东北局部地区弛禁放荒。咸丰以后，随着吉、黑两省开放，迁至这里的华北农民日增，至 1897 年更是全部开禁。这样既减轻了关内的人口压力，又充实了边防。此外，统治阶级还制定了垦民可以减免船价、宽限起科、"酌量给以工本"的政策，所有这些，更促使关内贫苦农民蜂拥北上，终于形成了一股"闯关东"的狂潮。

---

① 薛虹、李澍田主编《中国东北通史》，吉林文史出版社，1991，第 448 页。

　　另外，自 19 世纪后期开始，经俄罗斯迁入东北的朝鲜人是另一个引人注目的迁移人群。根据相关学者的研究，"19 世纪末期，随着延续 200 年的清朝封禁政策的解除，朝鲜人迁入东北变得容易。关于这一时期朝鲜人的迁入情况在中俄东部几个边境县的县志中有所记载。中东铁路东线铺轨时期（1898～1903 年），沙皇俄国为铺设中东铁路，从西伯利亚和朝鲜雇佣了大量劳工，铁轨铺设完工以后，部分劳工留在绥芬河、磨力石、一面坡、阿城、哈尔滨等铁路沿线定居。1910 年'日朝合并'以后，许多不愿做亡国奴的反日志士和朝鲜人纷纷逃离故土，其中很多人越过图们江和鸭绿江迁至东北境内，另外还有大批人口迁至俄罗斯，再迁到东北境内。这一时期延边地区朝鲜族人口大量增加，1908 年延边朝鲜族人口为 9100 人，到 1911 年猛增为 127500 人"[①]。沙俄一直对东北虎视眈眈，侵占了东北大片土地。日俄战争之后，日、俄两个侵略者划定了各自在东北的势力范围。沙俄占据北满，"哈尔滨曾是俄罗斯侨民在中国的最大聚居地，一度被视为在华俄侨的首都"[②]，1922 年是俄侨在哈人数最多的一年，据统计，高达 155402 人。到日本帝国主义侵占东北时期，日本帝国主义者从日本本土发动了大量人口移民东北，分为初期移民、"武装移民"、"百万户移民"、"青少年义勇军"移民等。日本帝国主义希望通过这种移民的方式，实现对东北这块肥沃黑土的殖民统治，这种移民侵略给中日两国人民都带来了巨大的危害。日本战败以后，仍有一批日本人滞留在东北地区，融入了这片土地。中华人民共和国成立以后，十万转业官兵开发北大荒和百万知青上山下乡运动又将全国各地的大量人口送入东北这块广阔天地。

　　综上可以看出，清代以来，东北地区成为典型的人口迁入地区，移民构成了东北地区人口的主体。而人口迁移的意愿、规模等与东北地区丰富的自然资源直接相关。作为观念形态的文化，是人与自然、人与社会全部复杂关系表现形态的总和。大量的移民和殖民势必会对东北地区的文化特色产生深刻的影响。首先，可以肯定的一点是，移民为东北地区的开发和

[①]　李雨潼、王咏：《唐朝至清朝东北地区人口迁移》，《人口学刊》2004 年第 2 期，第 59 页。
[②]　汪之成：《上海俄侨史》，上海三联书店，1993，第 60 页。

建设贡献了巨大的力量，从根本上改变了东北地区原有的渔猎、游牧为主的社会形态，农耕成为主要的生产方式，靠渔猎和游牧生存的人群逐渐减少，到当代已渐趋绝迹。前文已述，中原移民主要由流人和垦荒农民组成，而流人的成分比较复杂，包含了一些掌握上层主流文化的官吏和文人学士等，他们的到来推动了东北地区文化的发展。但是这种高文化人群数量极少，占移民人口绝大多数的是处于乡村底层，在关内难以生存的垦荒农民，他们一般都没有很高的文化水平和深厚的国学根底。通过他们移植过来的是几千年来沉积在中原农村的儒家文化，这样的儒家文化难免欠缺一点精英意识，不是士大夫的儒家文化，而是大众的儒家文化。这种相对弱势的儒家文化来到关外以后，虽然也给东北地区原始的雄健豪迈的渔猎、游牧文化带来了一定的冲击，但毕竟文化赖以存在的物质基础发生了改变，一方面这种移入的儒家文化本身就存在弱点，另一方面是受关外苦寒的自然环境的影响，儒家文化在东北地区并不能轻易地同化东北原始的地域文化，并没有形成强势的文化冲击，而是与东北原始地域文化发生了碰撞和融合，并且发生了一定程度的变异。

这种碰撞和融合是一个十分复杂的过程。儒家学说在中国文化中占据主导的地位，儒学作为中国传统思想文化的主流，规范了中国封建社会的基本思想文化格局，培育了中华民族的文化精神。因此，早期的大多数中原移民虽然来自底层，并不掌握和拥有中原的精英文化，但由于他们的故乡属于文化昌盛之地，是产生文化伟人的土地，所以他们来到东北后，心理上自有一份文化优越感和归属感，在浓浓的乡情中自然有对故乡文化的依恋和归属意识。骆宾基在其自传体长篇小说《混沌初开》中，通过对父亲形象的描绘，真切地展现出来自山东的"闯关东者"的文化寻根情结。这种自觉的向中原文化的回归和依附，是大多数来自中原的移民的普遍行为，他们的中原文化之根是难以割断的。对他们来说，背井离乡无疑是一件迫不得已的事，子曰："父母在，不远游"。固守家园是中原人的一种人文精神。他们心中仍怀念着故土，怀念着"海南"。就像"乡亲——康天刚"一样，暂时离开故乡是要到关东发财致富，然后再重返故土，关东不过是暂时栖居的、获取重返故乡资本和生存资料的地方，真正的故乡则永远在心中，在中原。

　　然而，从近代以来的东北地域文化中，我们可以看到儒家思想影响的缺乏，特别是儒家的"礼教"传统的薄弱。例如阿成在他的散文《当代人的土穴与土炕》中提到章炳麟对北地火炕的批判："北方文化，日就鄙野，原因非一，有一事最可厌恶者，则火坑（炕）是也。男女父兄子弟妻妾姊妹同宿而无别，及于集会，无所顾忌，则德育无可言"①。火炕是东北地区特殊自然地理环境的产物，是祖辈为了抵御极北苦寒所发明出来的，直至今日在东北乡村仍然广泛存在。从这个例子可以看出地域环境对人们生存方式和文化风俗影响巨大，橘生淮南淮北有不同，一种文化进入另一不同的地域环境也会发生变化。文学所收摄的生活信息，总是与特定的时空中的具体认识相关联的，而这种具体而实在的生活往往是在特定地域中演绎的。生活是文学创作的源泉，落到实处便往往要向"地域"的生活索求素材、提炼题材，并生成相应的地域审美观。考察一下现代的东北作家，我们就可以发现，他们大多是移民的后裔，在他们的心中，一方面对中原主流文化是尊崇和亲近的，所以中原文化的变动很快就会影响到东北地区。五四运动前，受关内新文化的熏染，东北地区就已经有人用白话做起文章来，但还非常幼稚。五四运动后，新文化、新文学在当时的奉天、吉林、哈尔滨等地区迅速勃兴，新文学社团和新文学刊物陆续出现。另一方面，东北地域文化对他们的文化心理也产生了深刻的影响。固然当中原移民初到东北的时候，大多还怀有像"乡亲——康天刚"那样的回乡梦，然而随着时间的流逝，几代人已归尘土，现代的东北人虽然大多是移民的后裔，但是他们的成长环境是东北的大森林、大平原，他们的根系已经扎在了东北这块黑土地上，先辈的开拓者身份淡化为遥远的影像，成为偶尔被后代忆起的历史或传说。此时，移民的后裔们已经变成了东北的主人，他们的故乡就在这里，他们的性格中融会了先辈的开拓者精神和东北荒原林莽豪爽乐观、张扬外向的特殊气质。

　　日寇的殖民统治是影响近现代东北区域文化形成的另一个重要因素。"九一八"事变后，东北一百三十万平方公里的土地，沦陷于日本帝国主义的铁蹄之下。可以说故土的沦丧，使现代的东北作家们更深切地感受到了

_____

① 阿成：《哈尔滨人·当代人的土穴与土炕》，浙江人民出版社，1995，第24页。

《我的家在东北松花江上》这支当时著名的歌中所记载的逃离故土流入关内的"东北人当年被迫离开家园的心情，呐喊着他们渴望收复失地，迫切回到自己故乡的悲愤情绪"①。迫于日伪政权的压力，舒群、萧军、萧红、罗烽、白朗等东北作家相继逃离东北，流亡到关内。1935 年以后，萧军《八月的乡村》、萧红《生死场》、端木蕻良《鷺鷺湖的忧郁》、舒群《没有祖国的孩子》、罗烽《第七个坑》、白朗《伊瓦鲁河畔》、骆宾基《边陲线上》等一系列小说相继发表，作为一个文学流派的东北作家群引起了文坛的特殊关注。他们的创作给正在兴起的抗日文学带来了生机和活力，为反帝反封建的新文学增添了抗日救国的崭新内容，发出了强烈的时代呼声，因而也成为东北现代文学的杰出代表。1940 年前后，在流亡作家群创作更为成熟，产生了《呼兰河传》、《大江》等重要作品的同时，"东北沦陷区文学也进入到繁荣阶段。小说、散文、诗歌、戏剧（剧本）等各种文学体裁都有了较丰硕的成果，出现了热衷于长篇小说和叙事长诗创作的现象。山丁的《绿色的谷》、秋萤的《河流的底层》、田琅的《大地的波动》、石军的《沃土》、姜灵非的《新土地》、小松的《北归》、古丁的《平沙》等长篇小说都是在这一阶段开始酝酿、创作、发表的"②。由此我们似乎可以得出这样的结论：东北的沦陷刺激了，或者说激发了现代东北文学的发展。一方面，大批东北的仁人志士、文化精英流入关内，这满足了他们学习、吸收关内主流文化的需要；另一方面，背井离乡使他们与故乡产生了时空的审美距离，根须断裂和漂泊无依的痛感更加强烈，乡民生存状态和风土人情也更加清晰地萦绕在作家脑海，萧红的《呼兰河传》正是这一状态的最佳表述。而留守在沦陷区的作家的创作，也在日伪政权的压迫下和东北不断的战火的洗礼中，焕发出了动人的光彩。

但是，沦陷时期东北文学取得的成就并不能掩盖日寇入侵对东北地域文化发展进程的巨大破坏和打击。纷飞的战火使东北人民陷入了巨大的生存危机之中，物质基础遭到严重破坏，作为上层建筑的思想文化自然无从发展，移入的儒家文化本就没有扎稳根基，在这种环境下就更无法深入民

---

① 阿成：《哈尔滨人·流人文化》，浙江人民出版社，1995，第 83 页。
② 张毓茂主编《东北现代文学大系·总序》，沈阳出版社，1996，第 4~6 页。

心。近代以来的东北区域文化"有一个最重要的本质劣根性，就是其不完全不成熟的世俗化倾向"①，日寇的殖民统治可说是造成这一缺陷的重要原因。日寇殖民统治造成了东北地区历史进程的间断性和精神文化发展的匆促性，同中国中心地带的文化相比，东北文化在过程内容、时间长度、变化方式等多方面有着历史性的缺失，具有杂糅、边缘、粗俗、蛮顽等特点。近代以来的东北区域文化是一种不成熟、不完全的文化，其主要表现如下：第一，没有形成根深蒂固的理性思维习惯，是一种"原始朴素的、以生存为中心，更多世俗化倾向的文化，其思维方式往往是感性的而非理性的，其价值取向往往是实用的"②。第二，没有出现具有广泛影响的经典文本，日寇的殖民统治使东北地区的社会呈现出十分复杂而又极为惨烈的人生景观，然而现代东北文学对沦陷时期的东北社会民生却缺乏深刻的探讨和表达，个中原因，既可以归结为时间的接近，以及对反帝反封建实用性目的的集中表达，又与现代的东北地区文化积淀的薄弱密不可分，没有厚重的笔锋就无力描绘如此驳杂宏大的历史图画，这就造成了东北地区虽然有丰富的历史人文景观却没有产生文学大师的尴尬局面。及至21世纪之初，迟子建的长篇小说《伪满洲国》的出现，也只不过是作家用其擅长的纤细和敏感把繁复庞大的历史还原为平民的日常生活，从而实现了对战争的残酷和非人性的激烈的批判、控诉和鞭挞，表达了对无助的个体被愚弄、被残害的命运的深深悲悯。第三，没有形成一个能够主导其文化前进方向的核心观念和基本原则。这就使东北文化的发展处于一种迷茫的状态之中，只重眼前实利，跟风跟潮，而无法建立独立的文化品格。

由此可见，近代以来的东北文化在很大程度上是被动的接受型文化，移民与殖民既给东北带来了丰富多元的文化因素，又是东北文化世俗化和不成熟的重要原因，但越是不成熟的文化也就越具有可塑性，因为越是成熟的文化传统就越具有相对的稳定性和保守性，越难以接受外来文化的入侵。东北文化的变迁在很大程度上取决于其与外部文化的接触，自身文化

---

① 许宁、李成主编《别样的白山黑水：东北地域文化边缘解读》，黑龙江人民出版社，2005，第176页。
② 刘国平、杨春风：《当代经济社会发展视界中的东北地域文化》，《社会科学战线》2003年第5期。

的浅薄使得东北人肯于接受和包容外来文化，表现在文学上，我们可以看到现代的东北作家们身上集中了某些俄罗斯文化与日本文化的影响，又带有儒家开明的精神个性，例如穆木天对日本现代文化思潮的吸取，萧军对俄苏文学的模仿，等等。但文化底蕴的不足，缺乏理性思维的能力和习惯，又决定了东北文化更容易接受那些表层的物质技术层面的文化，而对高层次的精神方面的文化则不敏感，缺乏理性的文化思考能力和更高层次的精神追求，因而难以有持续的、原生的内在推动力，这也是东北一直文风不振的原因。应该说，东北文学可开拓的空间是广阔的，不过只靠学习和模仿别人显然是不够的，作家还需要真正深入到本土地域文化资源之中，真正体会那些在民族大融合过程中的苦痛的记忆，在善于向外看的同时又勇于向内看，东北文学的景观才会改变。

三　异质文化的新鲜血液

近代以来的东北地区较多地接受了外来文化，由于地缘的关系，东北地区传入的外来文化主要来自日本和俄国。日俄两国都对东北进行过殖民侵略，两国在 1907 年签订的《日俄协约》和《日俄密约》，划定了两国在东北的势力范围，从此，日俄分据南北满的格局被完全确定下来。这一划分在很大程度上决定了以后近现代东北文学接受外来文化的选择倾向，北满较多接受俄罗斯文化的影响，而南满更多地吸收了日韩文化。不过，日本文化的影响是比较外在化的，"九一八"事变后，日本人在东三省的学校中强制推行日语教育，妄图奴化东北人民，使东北成为日本永久的殖民地。这种奴化政策势必激起东北仁人志士的反击，范政的《夏红秋》、刘黑枷的《奴化教育下》等都揭露了这种奴化教育的卑鄙。在东北文学中，日本人也大多是被否定和批判的对象。仓夷的《"无住地带"》描写了日本人怎样用残酷的烧杀造成了"无住地带"几百里无人烟的悲惨情景；林珏的《铡头》写日本人怎样用铡刀铡掉了四个人头，挂在十字街头的电线杆上示众；白朗的《生与死》写老伯母的儿媳妇怎样怀着身孕被日本人奸污，服毒自杀，儿子怎样当了土匪被日本人杀死，她看管的八个女政治犯怎样被日本人打得遍体鳞伤，她终于愤怒了，放走了八个姑娘，换来了被日本人枪毙

的命运。这样的例子不胜枚举。日本人烧杀抢掠的侵略者性质遮蔽了日本
文化的传入，而且，日本自古以来就受到中国传统的儒释道文化的影响，
其文化品质与中国文化具有相近的一面，难以与东北地域文化形成异质交
流。与日本文化类似，朝韩文化也具有这种相近的性质，而且，朝鲜半岛
受日本长期殖民统治，朝鲜人流入东北或作为日本人的爪牙或与东北人民
同病相怜，都缺乏独立的文化品格，完全不能与今天的"韩流来袭"相提
并论。相比之下，俄罗斯文化更具有异域风格，对近代以来的东北地域文
化的影响也更大。

　　老沙俄的侵略扩张，清王朝一个个丧权辱国的条约，使俄国在东北境
内拥有广泛的涉外法权，他们可以在东北境内建军港、修铁路、开学校、
盖教堂，俨然是在自己的国家里。在日俄大战、十月革命等战争之后，大
量白俄涌入东北。第二次世界大战之后，百万苏联红军进军东北各地，对
东北经济和文化产生了广泛的影响，"'俄化'痕迹遍布城市街道、建筑风
格、人民的语言词汇、生活方式、家庭装饰、家具餐具、餐饮习惯等方方
面面。二三十年代的哈尔滨曾被称为'东方莫斯科'，就像上海是'东方
小巴黎'一样，城市里充满了异国风情和异国风俗"①。东北方言中的"列
巴""素波""布拉吉"等都是来自俄语的音译词，只有生活在东北的人才
知道它的确切含义。这些物质的、外在的文化因素必然对东北人民的内在
性格、审美情趣产生非常重要的影响。具体到文学表现上，东北作家由于
在生活中经常接触俄国文化因素和俄国人，所以作品中经常会出现俄国人
形象。例如萧军的小说《第三代》里出现了与中国人结婚的俄国妇女形象，
《下等人》中的小酒馆主人就是高加索人；萧红的《索非亚的愁苦》描写
了有教养的旧俄国贵族流亡生涯的悲苦；舒群的《没有祖国的孩子》中的
中国儿童，与苏联女教师和苏联儿童共同度过童年生活。这些作家的描写
基本反映了俄国人的民族性格：萧军笔下的俄国人豪放爽朗；萧红笔下的
俄国人有一种浓重的俄罗斯式的忧郁；舒群笔下的苏联教师和儿童正直、
诚恳。俄国人的这些特点无疑影响了东北人的性格，尤其是他们中的一部

---

① 许宁、李成主编《别样的白山黑水：东北地域文化边缘解读》，黑龙江人民出版社，2005，
　第 158 页。

分以通婚的方式进入了东北人真实的生活环境中，他们的热情好客、喜欢喝酒、及时行乐都成为东北文化的有机组成部分。

　　而俄罗斯文化深厚、博大的精神世界对东北文化的影响则更为深远，很多东北作家自觉地学习俄苏文学。例如，山丁的《绿色的谷》在创作方法上对《死魂灵》和《静静的顿河》多有借鉴；骆宾基笔下的小人物"近于无事的悲剧"与契诃夫的表现风格密切相关；端木蕻良从托尔斯泰作品的宏大结构和道德观念上汲取养料；金人、塞克等人翻译了大量的俄苏文学作品，疑迟翻译了多部苏联电影。这些都说明了东北作家的精神取向，这一方面与自然环境的相似所造成的精神气质的相似性密不可分，另一方面与俄苏文学在中国的兴盛也有很大的关系。从自然环境的因素来看，我国东北地区与俄国的东西伯利亚地区有诸多相似之处：两地都处于高纬度的寒带地区，气候寒冷，地广人稀；都是萨满教的重要发源地；都是中央政权的罪犯流放地；等等。这些自然环境和原始文化的相似之处为东北人与俄罗斯人的交流和沟通提供了契合点，使得东北人更容易接受俄罗斯人的某些精神产品和思想观念。

　　俄苏文学在中国的兴衰则与中俄之间20世纪的政治文化交流有着密切的关系。在20世纪上半叶，比较清楚的"有两个层面，一是寻求革命的社会政治理想，一是寻求为人生的文学艺术。为人生的文学，最终也以服务社会政治理想为指归。因此，在这里离开政治层面难以看清文化层面，忽视普遍而强烈的功利考量，就无法解释文化交流中的许多现象。这压倒一切的救亡图存的诉求，是世纪初中国独特历史环境决定了的，它不能不对跨民族交际的走向产生广泛的影响"[1]。在现代的东北，"救亡图存的诉求"更为强烈，因此也决定了现代的东北作家从俄苏文学中汲取养料时的选择。在文学的民族接受中，接受者民族的主观因素发挥着极其重大的作用。阐释学派根据荣格文化心理积淀理论所提出的阅读者主观意识的"前结构"问题，对于作为接受者的整个民族来说，也大体上是适用的。"一个接受者，无论是个人或者一个民族，都必有其先在的文化习惯，概念系统和对事物的判断与假定，这些都构成他在接受新知识时的主观上的前提，当他

---

①　白春仁：《误读的教益》，《俄罗斯文艺》2005年第2期，第43页。

在接受外来影响时，总是尽力地把自己接触到的东西纳入自己的'前结构'
中，以满足自己心理上的期待或求知的需要。"① 在这种"前结构"的规约
下，现代的东北文学把旧俄的古典写实主义和苏联的革命现实主义引为同
调，复杂多元的俄国文化在救亡图存的目标指引下不知不觉地简化了，表
现在文学作品的译介上，就"出现了高尔基、托尔斯泰等大家的作品曾活
跃一时，而陀思妥耶夫斯基等人的作品影响较小的现象"②。这反映出东北
现代文学对俄罗斯文化的吸收具有明显的倾向性。从俄苏方面来看，自 20
世纪 20 年代起，苏联的文化专制便逐渐扭曲了俄罗斯文学乃至文化的面
貌。外人所见，只是"有用"和"允许"的一面。这种文化政策，后来又
同中国官方的意识形态取向相契合。东北作为最早解放的地区，抗战胜利
以后，苏联文艺作品和文艺理论就成为文坛的主流。"当时的主要报刊如
《东北日报》、《东北文艺》、《前进报》、《群众文艺》都有介绍苏联文艺的
专栏，经常发表苏联作家卫国战争时期和社会主义建设时期的作品。《东北
日报》还数次以多半版篇幅译发过苏联《真理报》有关革命现实主义文学
问题的长篇文章。"③ 到 50 年代初，基于当时的历史背景和诸多政治因素，
由苏联移植过来的社会主义现实主义被提到前所未有的高度，且"社会主
义的现实主义"在第二次文代会上被确定为我国文艺创作和批评的最高准
则，成为此后相当长的一段历史时期内我国文艺发展的方向和纲领。其实
当社会主义现实主义在 30 年代的苏联出现之后，苏联文学创作就出现了相
对冷落萧条的局面，但这一切似乎并未引起我们的反思，相反它在 20 年后
的中国仍被不加选择地移植过来，其后果自然可想而知。④ 这一时期的东北
文学创作虽然表现出较为鲜明的个性，但总的说来都是在政治方向的指引
下进行的。而从 60 年代至 80 年代初期，中国因为与苏联交恶，对苏联的
政治文化意识形态完全采取了拒绝的态度，苏联的形象在中国由高峰一下
跌入谷底。及至 80 年代以后，"中国对俄国经历了重新接受和基本上漠视

---

① 智量：《俄国文学与中国》，华东师范大学出版社，1991，第 11 页。
② 孟伯：《译文十四年小记》，载张毓茂主编《东北现代文学大系·评论卷》，沈阳出版社，1996，第 640 页。
③ 张毓茂主编《东北现代文学大系·总序》，沈阳出版社，1996，第 13 页。
④ 何青志：《十七年东北文学论》，《社会科学战线》2003 年第 6 期，第 105 页。

的转变，而学术界主要是在做不断补充过去想象俄罗斯所欠缺的部分（如翻译白银时代的文本）、试图还原更全面的俄罗斯形象，但这个过程被西方文化的大量涌入所淹没，外加大众传媒制造的苏联解体后不断崩溃的俄国形象又进一步弱化了学界工作的成效"[①]。

　　然而，值得关注的是，东北文学对俄罗斯文化的接受恰恰是在新时期以后进入了一个自主而又较为全面的阶段。阿成对俄苏文化的关注、洪峰关于"罪与罚"的思索、迟子建忧伤的自然乡土气息等都显示了俄罗斯文化对当代东北文学的影响。20世纪80年代以后，思想文化相对解放，在摆脱了功利目的和政治意识的局限之后，东北文学能够较为自由地吸纳外来文化。在主流文化大量接受西方现代派和拉美魔幻主义的时候，东北文学更多地汲取了俄罗斯文化的营养：陀思妥耶夫斯基的人性深度和心理解析受到了读者的重视，艾特玛托夫、帕斯捷尔纳克、阿斯塔菲耶夫、拉斯普京等现当代文学巨匠的作品大量传入。尤其是90年代初苏联解体后，中俄边贸进一步发展，在21世纪全球化的背景下，中俄进入了历史上文化交流最为频繁、热烈、广泛的时期。东北作为与俄罗斯毗邻的地区，以近水楼台之利，更多地接受了俄风的侵袭。

　　应该说，近现代东北文学对俄罗斯文化的接受，是一个由单一肤浅到复杂全面的过程，在这一过程中，俄罗斯文化给近现代东北文学提供了丰富的营养，为近现代东北文学注入了强壮的斯拉夫民族的新鲜血液。不过，俄罗斯文化虽然给近现代东北文化与文学注入了一股新鲜的血液，但是并没有改变这块黑土地的颜色。无论东北文化中具有怎样浓烈的俄罗斯情结，其文化内核依然是原始萨满教文化与移民群体的儒家文化。这一点可以用基督教文化在东北地区的传播来证明。俄罗斯民族是一个宗教性很强的民族，格雷厄姆说："俄国人永远走在他们可能找到上帝的地方的途中。"[②]别尔嘉耶夫在其著作《俄罗斯思想》中声称："俄罗斯民族——就其类型和其精神结构而言，是一个信仰宗教的民族。"[③] 可以说，俄罗斯文化的基

---

① 林精华：《误读俄罗斯——中国现代性问题中的俄国因素》，商务印书馆，2005，第57页。
② 转引自康澄《对二十世纪前叶俄国文学中基督形象的解析》，《外国文学研究》2000年第4期。
③ 转引自文池主编《俄罗斯文化之旅》，新世界出版社，2002，第275页。

本命题是宗教，俄罗斯文化的首要特质是宗教性。沙俄入侵东北后，在东北各地修建了许多教堂，大批传教士来到这片土地上，传扬基督福音。基督教逐渐为东北的百姓所熟悉，而且有相当一部分群众成为教徒，东北文学中描写这种现象的作品也很多，一些作家的创作中也表现出基督教文化的意味。不过，这并不能说明基督教文化在东北地区已经深入人心。中国人的宗教感历来都是不强的，缺乏宗教传统和宗教意识，他们敬佛也好，崇敬基督也罢，大多是为了求平安健康等功利目的，而宗教的精髓在于给予而不是索取，这一点很多学者都有论述。基督教在东北的传播也是如此，大量的教堂和教徒并未使基督教文化深入到东北人民的精神深处，乐天知命、安于现状仍是大多数东北民众的生活信条。

　　综上所述，多元文化撞击下的近现代东北文学在百年的发展历程中，既呈现出原始萨满教文化神秘、跳荡不羁的文化特色，又包含了移民儒家文化的内涵，还具备了俄罗斯文化的异域风格。近代以来的东北文学以其承载的丰富而又独特的文化心理和民俗风情，成为主流文学必不可少的补充。作为整个中国文学的有机组成部分，近现代东北文学以一种独特的地域文化特色和个性丰富了整个近现代中国文学。不过，应该看到，近现代东北文学在蕴含了多元文化因素的同时，也存在着文化思考浅层次化、缺乏理性深度的弱点。文化资源丰富却流于泛化，文学作品数量多却质量不高，这是近现代东北文学的突出特点，这与东北地区文化积淀较为薄弱、历史发展进程较为曲折有很大的关系，相信随着时间的推移，这种状况会有所改变。

第一章　东北地区接受俄罗斯文化影响概说

近代以来，俄罗斯文化对东北地区的影响是全方位的，包含了语言、文学、音乐、建筑、饮食、生活习惯等多个方面。俄罗斯文化传播的方式也是多种多样的，既有文化产品的传入，又有大量的移民和侨民的迁入。这种情况的造成既与东北地区特定的地理位置、地理环境和历史发展的进程相关，又与俄罗斯文化的独特性有很大的关系。

一　俄罗斯文化的东西方性

探讨东北地区接受俄罗斯文化影响的问题，首先要对俄罗斯文化有一个大体的了解。别尔嘉耶夫认为："俄罗斯民族是最两极化的民族，它是对立面的融合。它可能使人神魂颠倒，也可能使人大失所望，从它那里永远可以期待意外事件的发生，它最能激起对其热烈的爱，也最能激起对其强烈的恨。这是一个以其挑衅性而激起西方其他民族不安的民族。这个民族的每一个个体，正如人的个体一样，都是该民族的一个微粒，因此也像这个民族一样在自身包含着矛盾，而且在不同的阶段都包含着矛盾。"① 俄罗斯民族精神中这种复杂的矛盾性很大程度上是由于其包含了东方和西方两种文化源流。俄罗斯民族的发展之地处在东西方文明的交汇处，是连接东

---

① 〔俄〕尼·别尔嘉耶夫：《俄罗斯思想——十九世纪至二十世纪初俄罗斯思想的主要问题》，雷永生、邱守娟译，三联书店，1995，第2页。

西方的桥梁。在这里东西方各民族之间征服兼并的战争连绵不断，曾几何时称霸一方的民族也难免饱受异族的入侵之灾，征战者的金戈铁马往往带来的是民族迁移的浪潮，而民族大迁徙导致各民族汇集交融。不同语言、不同文化、不同宗教激烈碰撞和融合，既互相争斗又互相影响，为这里最终生存下来的文化深深地打上了文明接合部的烙印。处于东西方文明交汇处这一特殊的地理位置，使俄罗斯文化还在襁褓中就受到了东西方文化的交叉影响。

俄罗斯文化这种东西方性的特征，首先与其自然环境有着密切的关系。"对特定的具体文化来说，自然地理、气候、生物圈等自然因素一方面是外部因素，表现每一种具体文化形成和发展的超文化语境的特征；另一方面又是文化发展有机的语境。它被人意识，被人所适应，显示特有的语义，成为文化的内在结构，被人反映在语言和民间文学中。不同的自然条件相应地产生不同的生活方式，产生不同的劳动和经济生活的类型，产生不同方式的崇拜（如宗教和习俗、仪式和神话等），产生互相区别的社会自我管理的形式和国家制度的形式。总之，最终产生不同类型的文化。"① 俄罗斯的自然环境在某种程度上奠定了俄罗斯精神和民族性格的基础。广袤的平原和浩瀚的森林，纵横交错的河流和四通八达的运河网络，这一切决定了俄罗斯主要经济活动的类型，决定了耕种的特点和国家组织的类型，形成了与相邻民族的关系，形成了民间文学幻想的形象和民间哲学最初的观点。俄罗斯土地的辽阔无比，俄罗斯平原的无边无际，这些强大的自然因素，在俄罗斯人民的心灵中保留下来。正如别尔嘉耶夫指出的："俄罗斯精神的景观与俄罗斯土地是一致的。大自然在俄罗斯人那里是一种比在西方人尤其是在拉丁文化圈的人那里更加强大的自发力量。"②

俄罗斯民族的形成，是在一块巨大的没有任何屏障保护的领土之上。无边无际的平原给了俄罗斯人特别重要的影响。在平原上，一切东西都显得那么柔弱而渺小，轮廓不可捉摸，变动也感觉不到。平原有着辽阔的空间，人烟稀少，四周一片沉寂，观察者能感受到一种心平气和的宁静，一

---

① 朱达秋、周力：《俄罗斯文化论》，重庆出版社，2004，第 1~2 页。
② 〔俄〕尼·别尔嘉耶夫：《俄罗斯思想的宗教阐释》，邱运华、吴学金译，东方出版社，1998，第 3 页。

种让人沉迷不醒的梦幻和孤独的荒凉。而巨大国土上漫长的寒冬又让俄罗斯人感受到生活的冷酷。对游牧生活方式的向往与定居文明的自我意识的二重对立是俄罗斯文化精神中一个重要的思想内核，害怕失去自由的忧愁和生存环境的恶劣常常困扰着俄罗斯人，导致了这种二重性的无法解决。四周没有自然屏障，又使俄罗斯民族必须面对来自东方游牧民族的抢掠和来自西方文明的侵略的双重威胁，由此也导致了俄罗斯人不断的征战，不断的扩张。千百年来，东西方各民族之间征服兼并的战争也造成了东西方文化的交融。

其次，原始多神教文化与基督教文化的融合是俄罗斯文化东西方性的另一个重要原因。用宗教可以把俄罗斯文化大致分为两大阶段：第一阶段是多神教时期，这一时期持续了三千年；第二阶段是罗斯受洗后的一千年。在基辅罗斯基督教化之前，古罗斯人信奉东斯拉夫多神教，依靠多神教信仰和神话来积累、传承生产经验和生活经验，丰富和发展民间口头创作。俄罗斯 20 世纪的国学大师利哈乔夫指出："多神教在现代的理解中不是宗教，与基督教、伊斯兰教、佛教不同。这是各种信仰、崇拜的相当混杂的综合体，而且也不是一种学说。这是各种宗教仪式和一整套宗教崇拜对象的集合体。""古罗斯人对东斯拉夫多神教的神灵顶礼膜拜，但他们没有神庙，没有特别的祭司阶级，只有一些术士和巫师，这些人被认为是神的服务者和神的意志的解释者。古罗斯的这种多神教模式与我国东北地区的原始萨满教异曲同工，表现出了原始人群对自然神的崇敬。东斯拉夫多神教，特别是多神教神话作为一种丰富的文化遗产对古罗斯文化的形成和发展影响深远。"①

公元 10 世纪罗斯受洗是一种历史和文化的选择，古罗斯社会上层做出这样的选择并不容易，弗拉基米尔大公首先进行了对多神教崇拜的改革，虽然改革成果甚微，但从客观上为罗斯受洗做了铺垫。古罗斯选择基督教的原因有许多美丽的传说，从编年史传说中所记载的罗斯拒绝其他宗教而选择基督教的理由来看，这一选择具有相当的偶然性，其理由在今天看来很多是表面化和幼稚的，不过，从民族文化的历史发展和俄罗斯民族性格形成的角度看，问题就复杂得多。一方面，罗斯受洗在客观上建立了基辅

---

① 〔俄〕德·谢·利哈乔夫：《解读俄罗斯》，北京大学出版社，2003，第 44～45 页。

国家这一社会经济和政治过程的宗教形式；另一方面，罗斯受洗把罗斯纳入了欧洲基督教国家的文化和世界观范畴。这种选择在几百年甚至上千年间决定了俄罗斯文化最重要的特征，这种特征是俄罗斯文化的几个历史范式共有的，不但在文字、宗教仪式、建筑、造型艺术、世界观等各种各样的文化现象上打上了自己的烙印，并且还给予俄罗斯文明化进程、社会政治经济进程强大的影响。不过，应该看到，古罗斯社会选择东方基督教作为国教，这一文化历史选择本身不仅是弗拉基米尔大公及其代表的上层政治团体操纵的结果，更是东斯拉夫人古代多神教文化本身的价值观念和文化心理取向导致的结果。东斯拉夫人多神教文化的价值观念和文化心理取向迫使罗斯统治者做出这种选择而不是其他选择，具体的政治形势和当时的政治打算只是加大和限制了这些文化前提条件的作用。古代多神教文化的精神内核存在于古罗斯神话、文化传统、居民的大众心理、经济形式和生活方式等文化的深层结构之中，预先决定了社会实践的目标和指向，预先决定了人民和国家对宗教文化传统的选择。随着基督教化在罗斯社会的深入发展，基督教精神与古代罗斯的传统道德相融合，沉淀在俄罗斯文化的深层结构中，彻底改变了俄罗斯人的生活，使他们的世界观和行为发生了很大的变化。不过，古代多神教文化因素仍以隐晦的形式存在于俄罗斯社会之中，美国学者汤普逊曾论述过俄罗斯文化中的圣愚现象，认为："圣愚特征在很大程度上包括了把基督教合法性强加给萨满教行为的做法，而且，这是俄国双重信仰的最完整、最重要的表现。圣愚的独特性不仅源于斯拉夫人异教，而且也源于乌拉尔－阿尔泰萨满教的独特状貌；萨满教在俄国土地上广为流传，直至19世纪，而且至今还保存在西伯利亚乌拉尔－阿尔泰各部落中间。"[①]

再次，鞑靼蒙古的统治给俄罗斯带来了大量的东方文化因素。公元1240年鞑靼蒙古人占领了俄国，建立了金帐汗国，结束了俄国西方化的进程，开始了东方的统治。当欧洲大陆开始其轰轰烈烈的文艺复兴运动，并发生剧烈的世俗化历史转型的时候，俄罗斯却沦为鞑靼蒙古铁蹄下的牺牲品。在1240年至1480年的两个多世纪中，俄罗斯一直深受东方文化和发展道路的影响。在此之后东方化进程以其惯性仍然延续了近两个世纪，直

---

① 〔美〕汤普逊：《理解俄国——俄国文化中的圣愚》，三联书店，1998，第7页。

至 17 世纪末、18 世纪初彼得大帝大规模的西化改革，俄罗斯的发展道路才又转向西方，可其步伐却已远远落在欧洲大陆之后。普希金曾说："毫无疑问，教会分裂把我们与欧洲其他部分分割开来，因此我们没有介入那些震撼欧洲的重大事件中的任何一件，但我们有自己特殊的使命。这就是俄罗斯，这就是她吞没了蒙古入侵者的广袤疆土。鞑靼人未敢跨过我们的西部边界并把我们甩在身后。他们退回到自己的沙漠，基督教文明因而得救。就这一成就而言，我们只得保持一种特殊的状态，这种状态使我们仍然身为基督徒，但却使我们隔绝于基督教世界，这样一来，我们的苦难却为欧洲的蓬勃发展扫清了种种阻碍。"[①] 在普希金看来，是俄国人挡住了蒙古人毁灭整个欧洲的步伐，拯救了欧洲的基督教文明，但实际上，恰恰是这一事件使得俄罗斯与欧洲的现代文明相隔离。不可否认，鞑靼蒙古的入侵对俄罗斯的欧化进程起到了巨大的破坏作用，根据俄罗斯古籍《诺夫哥罗德编年史》的记载：13 世纪的 20 年代到 40 年代，蒙古军队进入到了基辅罗斯地区。编年史的作者们称："我们不知道他们来自何方，也不清楚他们在何处把自己隐藏；我们犯下了罪行，上帝知道从哪里将他们召来惩罚我们。"[②] 我们可以从这段描述中看到当时遭受侵犯的基辅罗斯人的恐惧与无助。

很多持欧洲中心主义的俄罗斯学者对鞑靼蒙古的统治是持全面否定态度的，并且认为俄罗斯从来就不属于东方，这显然是不切实际的，"应该看到，文化是随着民族生存空间的发展而变化的。鞑靼统治时期的罗斯文化就不同于 10 世纪以前的罗斯文化，成为欧亚封建军事帝国的俄罗斯也不同于鞑靼时期的罗斯。我们能够发现，13 世纪以来俄罗斯的民间服饰文化、饮食文化、音乐文化、民俗文化和建筑文化都与东方的特别是亚洲文化有千丝万缕的内在联系"[③]。可以说，由蒙古帝国所传递来的东方文化从多方面影响了俄罗斯。对此，冯绍雷有较为详细的论述，他认为：第一，蒙古帝国当时施行的是宗教宽容政策，"对各种宗教一视同仁，不分彼此"，俄罗斯的东正教会正是由于这种宗教宽容政策而得以保存。第二，"在蒙古占

---

① 转引自王志耕《圣愚之维：俄罗斯文学经典的一种文化阐释》，北京大学出版社，2013，第 3 页。
② 〔美〕杰克·威泽弗德：《成吉思汗与今日世界之形成》，重庆出版社，2006，第 151 页。
③ 〔俄〕德·谢·利哈乔夫：《解读俄罗斯·译序》，北京大学出版社，2003，第 4 页。

领时期，金帐汗国甚至不反对基辅大公与天主教欧洲国家开展贸易活动"。当时，金帐汗国还与东欧、中东、中亚和高加索地区的国家展开外交，因此不能简单地说蒙古帝国隔断了俄罗斯与西方的联系。第三，"金帐汗国留给俄国不少重要的制度遗产，其中包括：税收制度、征兵制度、户口制度等等。从中可以看出，中华文化间接地通过这些制度在俄罗斯产生了影响。同时，这些制度的实施也为在蒙古占领时期之后俄罗斯中央集权的出现作了一定的体制准备"。第四，"蒙古占领时期的长期统治在一定程度上推动了蒙古人与东北罗斯的居民相互融合，人种的融合对于俄罗斯与东方的联系产生了深远的影响。在俄罗斯文化与习俗中，不光是服饰、建筑等方面留下了蒙古文化的痕迹，而且俄罗斯人的语言中也夹杂了蒙古词汇"。第五，与拜占庭帝国的影响相比，"两百多年蒙古帝国的占领对于俄罗斯更为直接，更有切肤之痛。特别是在蒙古占领晚期，当俄罗斯民族意识复兴之时，蒙古帝国的昔日霸业不可能不成为这个新兴帝国历史记忆中的重要部分"。综上可以看出，鞑靼蒙古的占领对俄罗斯产生了非常重要的影响，不过"这种影响不只是消极地阻隔俄罗斯与西方的关系，相反，在对于俄罗斯与西方交往并未产生太大实质性阻碍的同时，也为俄罗斯今后的发展取向打上了东方的深刻烙印"①。

或许可以说，直到今天，俄罗斯的政治及其文化仍然具有某种边际文化的特色。我们经常发现"俄罗斯文化在两端之间移动的独特现象：要么是普世同情心的迸发，要么是自我独尊式的扩张；要么是肩负救世重任的世界主义者，要么是民族自我利益的坚定卫道士；要么是各不关联的极端之间的综合，要么是其各极之间的戏剧性的分裂，持续着无法妥协的抗争。俄罗斯的这种不确定的政治文化品性为欧洲历史所罕见"②。"俄国向何处去？究竟是走东方式的道路，还是西方式的道路？"这一命题被19世纪俄国著名的思想家赫尔岑称为俄国的斯芬克斯之谜。这一命题恰恰说明了俄罗斯文化的东西方性，不过，今天来看俄罗斯文化所取得的光辉成就，我们可以说俄罗斯文化既不是东方的，也不是西方的，她就是独立的、伟大的俄罗斯文化。也可以说，正是东方和西方两种不同源流的文化在俄罗斯

---

① 冯绍雷：《二十世纪的俄罗斯》，生活·读书·新知三联书店，2007，第14～15页。
② 冯绍雷：《二十世纪的俄罗斯》，生活·读书·新知三联书店，2007，第32～33页。

精神空间的激烈碰撞，决定了俄罗斯文化独一无二的特殊性。我们在这里探讨俄罗斯文化的东西方性，旨在说明俄罗斯文化与东北文化具有相似的因素，相似性可以显示许多东西，也可以说明许多东西，而且这种相似有利于俄罗斯文化在东北地区的传播。当然，俄罗斯文化与东北文化又存在着巨大的差异，这些差异则为东北文化和文学提供了异质文化的新鲜血液，从而催生出强壮而又美丽的混血文化形态来。

乐黛云曾指出："一种文化能否为其他文化所接受和利用，决非一厢情愿所能办到的。这首先要看该种文化是否能为对方所理解，是否能对对方做出有益的贡献，引起对方的兴趣，成为对方发展自身文化的资源而被其自觉地吸收。"[1] 俄罗斯文化在东北地区传播并产生长远的影响，一方面由于它与东北文化有很多内在的契合点，从而引起了对方的兴趣，适应了对方文化的心理需求；另一方面与其传播方式也有着密切的关系。

二　东北地区中俄文化交流的可能性与俄罗斯文化的传播

中俄两国有着悠久的交往历史和交往传统。根据国内学者的研究，两国之间的交往最早可以追溯到 13 ~ 14 世纪的元朝，而俄罗斯学者的研究则指出，中俄交往史可能要更早一些。据《元史》记载：至顺三年（1322年）"诸王章吉献斡罗思百七十人，酬以银七十二锭，钞五千锭"。有学者认为，"俄罗斯"一词是蒙古人对 Россия 一词的翻译，汉语则是借用了蒙古文的译音[2]。根据文化传播学原理，两种文化形态的中心区往往具有强烈的文化差异，而其边界处则大多是模糊的、重叠的。基于这一原理我们可

---

① 乐黛云：《比较文学与比较文化十讲》，复旦大学出版社，2004，第 5 页。
② 郑永旺认为："清朝初期，图里琛采用满语所著的《满汉异域录》中将俄语'Россия'翻译成满语'Oros'，译成当时的汉语就是'鄂罗斯'。其实，早在《元史·宪宗本纪》中就有'征斡罗思部，至也烈赞城'之说法。根据时间推算，元朝时期，正是俄罗斯历史上的基辅罗斯时代，'斡罗思'应是'Rus'一词的译音。根据语言学家考证，'O'音的产生，主要是由于语音上的音素移位和同化。满、蒙语中，辅音【r】从口型定位到舌尖振动的瞬间，会产生一个若有若无的元音'O'，这很像现在中国人在学习俄语'P'的发音时在前面加'T'的做法，于是在'Русъ'的'P'前便出现了一个'O'。这大概就是汉语中'俄罗斯'一词的来源。"参见郑永旺《俄罗斯东正教与黑龙江文化》，黑龙江大学出版社，2010，第 90 页。

以看到，中俄在东北亚的交界处于两国的文化边疆地区，在这一地区探讨俄罗斯文化的传播与影响是具有现实意义的。中国的东北地区虽是中华大文化的重要组成部分，但同时也带有鲜明的东北区域文化的特色，体现为北方游牧文化与中原农耕文化的兼容并蓄。按照中华文化区的划分，它被称为胡文化区；从经济文化类型说，它属于渔猎、采集、狩猎三位一体的北方新型文化复合体。因此，东北区域文化是一种中华文化的边缘文化类型。这种边缘文化受中原文化发源地的影响较微弱，其对发源地文化的认同感也相对要弱些。与之相应，俄国的远东地区同样也是斯拉夫东正教文明的边缘地带，本来俄国就不属于西方文明的成员，其远东地区受西方文明的影响就更小，这就使得该地区的文化特征较多地保留了游牧民族的本色，这一点与中国东北区域文化十分接近。可以说，"北方游牧民族在不只一个方面具有相同或相似的文化特征。而文化特征的某一方面比较接近的民族间的融合或地域性融合显然相对要容易"①。因此我们可以认为，东北地区接受俄罗斯文化的影响是具有先天的优势的。

不过这一文化交流与传播的优势由于这一地区的地广人稀、不为统治者所重视，在相当长的时期内都没有发挥出来。直到清代中前期，主要是1689年《尼布楚条约》签署以后，双方边贸才逐步发展。在黑龙江地区，俄国不断派商队前来齐齐哈尔从事贸易活动，以双方邻近居民间互通有无为特征的"互市"贸易发展迅速。不过这一时期的中俄文化交流并没有形成较大的规模。如果说《尼布楚条约》尚是一个能让中俄两国的利益都得到满足的关于领土划分的平等条约，那么后来的《中俄瑷珲条约》等一系列不平等条约则让东北的版图发生了令人心痛的变化。从1849年到1852年，在沙俄政府的大力支持下，沙俄武装分子对阿穆尔河沿岸和阿穆尔河河口实施了武装占领，随后又占据了库页岛。至1858年和1860年英法两国在第二次鸦片战争中战胜中国以后，沙俄政府又趁机逼迫中国清朝政府签订了不平等的《瑷珲条约》和《北京条约》。通过这两个条约，俄国从中国东北地区获取了黑龙江以北和乌苏里江以东一百多万平方公里的领土，而实际上，这两个条约只是对沙俄武装分子占领这些领土在法律上的确认。

---

① 赵世瑜、周尚意：《中国文化地理概说》，山西教育出版社，1991，第112页。

恩格斯曾尖锐地指出："由于征服了中亚细亚和吞并了满洲，俄国使自己的领地增加了一块像除俄罗斯帝国外的整个欧洲那样大的地盘，并从冰天雪地的西伯利亚进入了温带。中亚细亚各河流域和黑龙江流域，很快就会住满俄国的移民。"① 沙皇尼古拉二世上台以后，其陆军大臣库罗帕特金（日俄战争中的俄军满洲总司令）在日记中说得很露骨："我们皇上的脑袋里有宏大的计划：为俄国夺取满洲，把朝鲜并入俄国。还想把西藏并入本国。"为了实现这个"宏大的计划"，沙俄从各方面加紧了准备。而根据中俄两国在1896年签订的《中俄密约》，俄国人将在中国东北地区修筑和经营一条铁路，史称东清铁路、东省铁路或中东铁路。之后，清政府又和沙俄签订了《华俄道胜银行合同》、《中俄合办东省铁路合同》、《旅大租地条约》、《续订旅大租地条约》等一系列不平等条约。在1900年中国与列强签订的《辛丑条约》中，俄国获利最多。条约规定清政府向列强赔款白银4.5亿两，俄国占29%，达1.3亿两，比其他列强都多。条约签订后，俄国又趁机派兵入侵中国东北，企图将该地区变成俄国的一部分。当时，部分沙俄人士已狂妄地将中国东北称为"黄俄罗斯"，说俄罗斯既然有"小俄罗斯"（乌克兰）和"白俄罗斯"，也可以有"黄俄罗斯"。直到1905年日俄战争后，中国东北地区才由俄国独大变成日俄对峙。从19世纪中叶开始到十月革命爆发，中俄东部边疆的文化交流主要是通过俄罗斯对中国东北的征服这一形式进行的，带有强制性和不平等的性质。清政府对东北地区疏于开发和长期封禁造成该地区地广人稀、经济落后，这给正在努力寻求近代化的俄国提供了一个拓殖领土、掠夺资源、加速原始积累的良机。于是，以《瑷珲条约》（1858）、《北京条约》（1860）、《中俄密约》（1895）、日俄战争、中东铁路等为标志的强制性的"文化交流"在中国东北地区全面展开。

近代以来俄罗斯文化的传入主要有三种方式：军事入侵、传教、移民。军事入侵的同时也带来了文化的碰撞，新式教育的创办、新式学堂的发展、边疆文学的产生、文化设施的建立、新闻报业的出现等都是这种碰撞的具体体现。传教士也伴随着军事入侵深入到中国东北地区腹地。中东铁路在

---

① 恩格斯：《俄国在远东的成功》，《马克思恩格斯选集》第1卷，人民出版社，1995，第737页。

东北的修建，使俄罗斯文化在东北地区的传播达到了一个高潮。中东铁路的修建给东北地区的经济文化带来了很大的影响。在决定修筑横贯东北的西伯利亚铁路时，俄财政大臣维特即宣称，该铁路是一项"世界性事件"，它"开创了各民族历史的新纪元，而且常常引起各国之间既定经济关系的根本变革"①。中东铁路的修建使东北的哈尔滨、长春、沈阳等城市突然出现了许多俄国人，其中尤以哈尔滨为甚，哈尔滨在短期内迅速发展，甚至一度成为远东地区的经济文化中心。

　　毋庸置疑，沙俄修建中东铁路的本质是为其掠夺中国东北的商品和资源提供便利条件，是对中国东北地区的侵略。19 世纪 90 年代，沙俄已经完成了对外战略的转变，确定了向远东扩张的政策，加之俄国在远东缺乏经济竞争能力，生产和贸易水平极为有限，因此，我们有理由认为，西伯利亚大铁路的修筑，经济目的是次要的，军事目的才是主要的。中东铁路作为西伯利亚大铁路的末端，其修建完成使得沙俄加强了在中国东北的军事优势，对日本在东北的势力实现了压制。从中东铁路上调运战备物资，远比从海参崴经由日本海进入中国的渤海节约成本。把西伯利亚大铁路向东延伸，将外贝加尔地区与俄国在远东海参崴的海军基地连接起来，这是沙俄称霸远东太平洋地区不可缺少的环节。中东铁路的修筑使俄国在铁路沿线主要是哈尔滨能够建立起一整套殖民体系，给中国的国家主权及当地人民带来了深重的灾难和巨大的痛苦，其罪行罄竹难书。对于这一点，我们必须予以深刻揭露和谴责，这也是分析问题时必须明确的前提。

　　1903 年 12 月 26 日的《俄事警闻》中有一则信息是这样写的："华人在哈尔滨者，以山东籍居多。近因屡受俄人压制，负屈含冤，无所控诉，中国官吏，惟知仰俄人鼻息，不能为商民伸冤，故拟设一保会，以期守望互助，不复受俄人之压制云。"②《大陆》杂志 1905 年第 7 号写道："近来'马贼'横行于东三省各处，实足挫俄军之势力，闻有'马贼'称曰'爱国马贼'，其中一队横行于新民屯附近，彼自称为东亚爱国马贼之凯旋队，均有新式之枪械，在各处遇见俄人，即袭击之。"③ 从这两则引文可以看

① 罗曼诺夫：《俄国在满洲 1892—1960》，商务印书馆，1980，第 8 页。
② 杨天石、王学庄：《拒俄运动 1901—1905》，中国社会科学出版社，1979，第 238 页。
③ 杨天石、王学庄：《拒俄运动 1901—1905》，中国社会科学出版社，1979，第 245～246 页。

出，当时的清朝官吏对俄国人唯唯诺诺，不敢保护本国人民的权益，下层民众饱受欺压，因此民间的反抗运动就必然产生了。

而 1904～1905 年发生在中国东北的日俄战争，则是近代中国、近代东北历史上最屈辱的一页。对于日俄在中国土地上进行的旨在争夺东北的战争，腐朽的清政府竟于 1904 年 2 月 13 日发布所谓"中立"的上谕："现在日俄两国用兵，朝廷轸念彼此均系友邦，应按局外中立之例办理。"又于同日颁布了《日俄战争中国严守局外中立条规》。这种"中立"，无异于卖国。当时的滇督抚即认为："俄日相持，瞬将开战，中国势处两难，无论俄胜，中国困将不堪；即日胜，中国亦必被侵浊。且俄日即和，而东三省不得主权，亦从此无以立国。"① 日俄战争使东北人民饱受涂炭。1904 年春，库罗帕特金到远东统帅俄军前，曾对清政府驻俄公使声称："我此去驻军，倘中国官民有犯我军政者，在民即杀无赦，在官则十分钟内必加禁锢。"② 辽宁是日俄火并的主要战场，仅盖平县受灾就达 214 村，被毁良田 43607 垧。据 1912 年辽宁省档案《关于潘云庆赴俄索款之讯办案》披露："日俄之战，俄军当败北时，由旅大及东边一带，仓猝之间，沿路所经之地方，无不被其损害。尤有甚者，莫如奉天府、辽中等州县，竟至死亡山积，十室九空。"③ 在旅顺要塞内，东起白银山，北至东鸡冠山，西至水师营，西南至羊头注，房屋全被扒掉炸毁。其中吴家房村仅剩 5 间房的残垣，以至当地居民战后将其改名为五间房村。在这场战争中，东北人民的生命财产被视如草芥。苏联作家斯捷潘诺夫的长篇小说《旅顺口》记录了这场两个帝国主义国家在中国领土和领海上进行的为控制远东战略经济区和重新瓜分势力范围的战争。小说批判了沙俄政府的腐败、贵族军官的无能，赞扬了俄罗斯士兵的勇敢和英雄主义精神，然而在小说中，作为土地主人的中国人却被无视了，偶有出现，也是充当日军间谍、妓女等角色，这反映了斯捷潘诺夫强烈的民族沙文主义和殖民侵略思想。

---

① 王彦威纂辑：《清季外交史料》第 181 卷，书目文献出版社，1987，第 2848～2849 页。
② 〔俄〕库罗帕特金：《俄国军队与对日战争》，〔英〕A·B. 林赛译，中国社会科学院近代史研究所翻译室译，商务印书馆，1980，第 133 页。
③ 〔苏〕阿·斯捷潘诺夫：《旅顺口》，赵毅芳、李世骏、曹峨编注，大连出版社，2000，《出版说明》，第 4 页。

前事不忘，后事之师。历史事实并不是总能让人快乐的，正视历史是一个伟大民族应有的胸怀和气魄。这种胸怀就是，我们要承认我们遭受的屈辱和为恢复正义所付出的惨痛代价，同样我们也要看到，历史进程不是以某些民族的意志为转移的。应该承认，中东铁路工程的进展及随后的经济开发，尤其是因之产生的几次移民浪潮，客观上刺激了东北地区农业和对外贸易的发展，催生了近代林业、矿业和航运业等，促进了东北地区尤其是黑龙江近代的城市化进程。而在对日本法西斯侵略的斗争中，苏俄人民也给予了我们无私的帮助，作家白朗曾在日记中提到她流亡关内时遇到两位视察阵地的苏联顾问，她热情地写道："他们都是苏联有名的军事家。他们到中国来，不避艰险，不辞劳苦，整日在前线出生入死地奔波着，这伟大无私的精神，这真挚崇高的友情，有心人能不铭刻于心吗!"①

从传教方面看，一般来说，人们普遍把 17 世纪雅克萨之战中的俄军战俘的归化，看作俄国东正教传入中国的开端。② 19 世纪末，随着中东铁路的修建和经营，东正教传入中国东北。据统计，"从 1898 年在哈尔滨修建圣尼古拉教堂开始，到 1923 年，沿中东铁路一线，已有 38 座东正教教堂"③。不过，需要明确的是，沙俄在建设中东铁路期间所进行的宗教活动并不是以传教为主要目的，而是为俄国信众服务的。在中东铁路修建之初，俄罗斯东正教在东北地区的活动是中东铁路的附带品。而随着大量俄罗斯人流入中国东北，东正教的传播也活跃起来。俄国十月革命后，"流亡在哈尔滨的东正教主教、司祭们依附于塞尔维亚俄国东正教教廷，成立了'哈尔滨独立教区'。在广建教堂的同时，俄国人还广播教义、广收教徒，东北地区在 1898 年尚只有几百名教徒，而到 1922 年哈尔滨教区建立时，骤增到 30 万人"④。日伪统治时期，哈尔滨教区升为远东总主教区。1945 年 10 月，东正教哈尔滨教区加入莫斯科全俄正教会。1956 年 10 月，哈尔滨东正教会归属中华东正教会。直到今天，东北境内仍有不少东正教堂遗迹和教徒。

① 白朗:《白朗集》，黑龙江大学出版社，2011，第 125 页。
② 清康熙十年（1671）俄罗斯伊利姆斯克堡修道院院长叶尔莫根在雅克萨建立了东正教主复活教堂。这是在中国土地上建立的第一座东正教教堂。不久，叶尔莫根又在离雅克萨不远的一个叫磨刀石的地方建立了仁慈救世主修道院。
③ 黄心川:《沙俄利用宗教侵华简史》，辽宁人民出版社，1980，第 37 页。
④ 黄心川:《沙俄利用宗教侵华简史》，辽宁人民出版社，1980，第 44 页。

由此可见，俄国东正教在中国东北地区的传播大体分为两个阶段。第一阶段是中东铁路修建时期，神职人员来到东北为铁路员工提供精神抚慰。第二阶段是俄国十月革命之后，随着高尔察克在奥姆斯克政权的崩塌，以及弗兰格尔、邓尼金等势力对红色苏维埃的武装干涉，有大批神职人员随同难民流亡到中国东北。据霍特科夫斯基回忆，来到东北之初，"俄罗斯神父们很少向中国人传教，除了语言不通外，很大程度上是中国人有自己的崇拜偶像，如极乐寺中的大佛和中国土著宗教的神祇。但中国人会用好奇的目光注视东正教教堂中的俄侨祈祷仪式，有时把上帝和佛祖混为一谈"①。但到 20 世纪 30 时代，情况发生了一些变化，俄罗斯侨民的迅速增多使教堂数量也跟着增加了，而教堂的费用除了神职人员自筹外，很大程度上依赖于信众的供养。对神职人员来说，扩大信众范围本身就是增加收入的一种方式，同时也是一座教堂成功与否的标志，因此才有了哈尔滨独立教区的都主教涅斯托尔所说的全面发展中国信众的"新思维"。

俄罗斯文化通过移民方式在东北地区的传播是一个比较复杂的文化现象。谈到文化传播的主体——移民，可以分为两种亚类型，其中一种亚类型的主体是旅俄归国的华侨及其子女，另一种就是来到东北地区的俄罗斯人。② 根据相关学者的研究，"19 世纪 60 年代，清政府在东北地区开禁放垦，大批来自黄河下游地区的汉族移民北上进入这一地区。90 年代，伴随着俄罗斯移民进入中国东北地区，一部分汉族移民继续北上，越过边界，进入俄境。或者从山东乘船直接进入俄罗斯在远东的天然良港符拉迪沃斯托克（海参崴）③。像闯关东一样，中国人管进入海参崴叫闯崴子。据统

① Сибирская Православная газета，No5，2003，转引自郑永旺《俄罗斯东正教与黑龙江文化》，黑龙江大学出版社，2010，第 204～205 页。
② 唐戈：《19 世纪末叶以来俄罗斯文化在东北地区传播的主要途径》，《学习与探索》2003 年第 5 期。
③ 海参崴来自古老的肃慎原住民语言，汉译为"海边渔村"或"海边晒网场"。清朝时闯关东的河北、山东人把这里叫作崴子，因为当地盛产海参，所以汉译为"海参崴"。历史上，海参崴自汉唐时起就有人群活动，由中国历代王朝管辖。1858 年清政府和沙俄签订不平等的《瑷珲条约》，规定包括海参崴在内的乌苏里江以东地区由中俄共管。1860 年第二次鸦片战争后，沙俄与清政府签订了不平等的《中俄北京条约》，清政府割让了乌苏里江以东约 40 万平方公里的领土，其中包括海参崴。自此，海参崴被沙俄改名为符拉迪沃斯托克，意为"统治东方"，成为沙俄在远东地区的重要军事要塞。

计，1900 年海参崴共有旅俄华人 36700 人。中国人进入俄罗斯还有一种情况，即随着西伯利亚的开发，特别是西伯利亚大铁路的建设，俄国政府从中国招募了大批华工。仅在 1900 年义和团运动爆发前夕，中东铁路公司就招募了 10 万华工。他们除一部分留在中东铁路做工外，大部分人则进入西伯利亚，特别是远东地区。到 1910 年 9 月，在俄罗斯远东地区的华工已达111466 人。第一次世界大战爆发后，俄国政府招募华工迅速升温。到十月革命爆发前夕，旅俄华人已达 40 万人"①。"生活在俄罗斯的华人受周围大文化环境的影响。逐渐学会了俄语，生活习惯也已大半俄罗斯化。他们中的一部分娶俄罗斯女子为妻，所生子女的身上更多地体现出俄罗斯民族的特点。十月革命后，旅俄华侨及其子女大部分回到国内，特别是东北地区，由此把俄罗斯文化带入这一地区。"②

　　华人在俄罗斯远东地区的建设中发挥了重要的作用。1902 年，俄罗斯军事记者彼得·尼古拉耶维奇·克拉斯诺夫到海参崴采访，描述了他对中国人的印象："在符拉迪沃斯托克，一群群中国工人在僻静而遥远的街上步履蹒跚，在斯维特兰娜大街，则是买卖人、官员和军官。听得到夹杂着德语和英语的俄语，并被中国人的粗大嗓门所打断。符拉迪沃斯托克所有的'黑工'和'百姓'都是中国人。中国人在市场上做生意，中国人在火车站背东西，中国人是马车夫、船工、送水工、面包师、屠夫、厨师、裁缝、鞋匠、装订工、制帽师傅。只有载客马车夫是俄罗斯人。符拉迪沃斯托克一位女士对我说：'中国人在这里所做的最大的恶行就是他们一下子离开了符拉迪沃斯托克。这比战争还糟糕，我们会死去。'当然，这是夸张的说法。但是，的确，娇嫩的符拉迪沃斯托克女士不得不下厨房，海关官员或其他人不得不自己提水桶、补靴子以及修补办公厅最需要修缮的地方。"③正是由于在海参崴的俄罗斯人、中国人以及朝鲜人等的辛勤劳动，海参崴逐渐繁荣起来，由要塞变为城市，成为俄罗斯在远东的重镇。中国人参与

① 张福山、周淑珍：《哈尔滨与红色之路》，黑龙江人民出版社，2001，第 137～139 页。
② 唐戈：《19 世纪末叶以来俄罗斯文化在东北地区传播的主要途径》，《学习与探索》2003 年第 5 期，第 121 页。
③ 〔俄〕聂丽·米兹、德米特里·安洽：《中国人在海参崴——符拉迪沃斯托克的历史篇章（1870—1938）》，胡昊、刘俊燕、董国平译，社会科学文献出版社，2016，《序二》，第 2 页。

建设的许多建筑，诸如 1912 年竣工的符拉迪沃斯托克火车站，直到现在还在使用，成为该城的名片，被命名为俄罗斯联邦级的建筑纪念碑。

中国人在俄罗斯远东地区的许多领域都起了关键作用，在整个沙俄政权时期和苏联时代初期，中国劳动力被广泛使用，直到 1938 年中国人被大规模驱逐。许多最重要的国家项目的实施常常取决于中国劳动力的参与，而这些项目不但巩固了俄罗斯在东部边疆的实力，而且足以改变远东地区的地缘政治版图。"符拉迪沃斯托克的大街上，中国人、朝鲜人、日本人川流不息。中国人特别多，与天朝帝国的子民们相比，俄罗斯人很少，或者几乎看不到。"1897 年，Д·И·施罗德在他的著作《我们的远东》中写道："就在我最初到达我国太平洋边区的那些日子里，我就听到当地居民描述中国人对于这个年轻的刚开始移民的城市的重要角色和意义的一句话：没有满洲人，我们就会饿死。近距离了解了当地人的生活条件后，我确信无疑，这句话实际上没有任何夸大的成分。满洲人绝对是欧洲人还能生存下去的必要条件。没有他们，欧洲人就会没有吃的、喝的和烧的，这是人类生存所最必要和最起码的物品。"[①] 19 世纪末 20 世纪初，符拉迪沃斯托克的亚洲色调正是由中国人构成的，他们给从俄国西部各地区移居而来的人留下了难以磨灭的印象。

不过，这一类移民与自俄国进入东北地区的其他族群相比是少数，在俄罗斯文化的传播上也不如后一类移民作用大。从俄境进入东北地区的族群以俄罗斯人为多，俄罗斯文化在这一地区的传播也主要与他们有关。哈尔滨曾是俄罗斯侨民在东北地区的最大聚居地，曾一度被视为在华俄侨的"首都"，这里自 1898 年被确定为中东铁路中心枢纽后，在现今的市区内曾有相当部分是类似于租界性质的"中东铁路哈尔滨附属地"，成为当时脱离清廷控制的"国中之国"[②]。1917 年十月革命后，大批犹太人、波兰人、捷克人和俄罗斯人出于政治原因逃亡到哈尔滨、齐齐哈尔等地，在那时的哈尔滨到处可见白皮肤蓝眼睛的俄国人，在这片陌生的土地上，一些

---

① 〔俄〕聂丽·米兹、德米特里·安治：《中国人在海参崴——符拉迪沃斯托克的历史篇章（1870—1938）》，胡昊、刘俊燕、董国平译，社会科学文献出版社，2016，《作者的话》，第 1～2 页。

② 石方、刘爽、高凌：《哈尔滨俄侨史》，黑龙江人民出版社，2003，第 1 页。

富裕的白俄、犹太人等做起了买卖，也有一些贫穷的俄罗斯人成为苦力甚至乞丐。

对于生活在中国的俄侨来说，1921 年 11 月 3 日是个不同寻常的日子，这一天，苏联政府宣布大赦，有近 10 万的俄罗斯人经满洲里回国。但在有人归国的同时，又有许多人从俄国不断涌出，"1922 年是俄侨在哈人数最多的一年，据统计，高达 155402 人"①。根据列维亚金娜的研究结果，"1930 年在中国登记在册的有 125000 俄罗斯人，大部分居住在满洲里、昂昂溪、富拉尔基等铁路沿线地区，不算哈尔滨的话，人口达 110000 多人，而当时哈尔滨已登记的俄侨人数为 9500 多人。"② 内蒙古额尔古纳地区是俄罗斯侨民在中国的又一大聚居地区，尽管"九一八"事变后俄侨人数大为减少，但到 1953 年统计时，"当时额尔古纳旗仍有外侨（包括苏侨和无国籍侨民）1805 户、8686 人"③。而唐戈则指出，"除了俄罗斯人，来自俄境的族群还有乌克兰人、白俄罗斯人、犹太人、布里亚特人、通古斯人等等。乌克兰人和白俄罗斯人本来同俄罗斯人就没有太大的差别，生活在俄境的乌克兰人和白俄罗斯人就更多地具有俄罗斯人的特点。犹太人是一个十分独特的民族，他们中的绝大部分除保留犹太教信仰和民族认同外，文化的其他方面则与所在国主体民族所共享。生活在俄罗斯的犹太人说俄语，生活习惯基本同于俄罗斯人。布里亚特人和通古斯人生活在贝加尔湖东部和南部的草原上，本来在文化上与俄罗斯人没有什么共同之处。17 世纪以后，由于受俄罗斯人统治和影响，其文化也融进了相当一部分俄罗斯文化因素。十月革命后，一部分布里亚特人和通古斯人移居呼伦贝尔草原，由此把他们的文化，连同被整合了的俄罗斯文化带到了这里。在俄罗斯文化在东北地区的传播过程中，他们扮演着非常独特的角色，特别是以蒙古族为主要传播和接受对象时"④。

---

① 薛连举：《哈尔滨人口变迁》，黑龙江人民出版社，1998，第 137 页。

② Ревякина Т. В. Проблемы адаптации и сохранения национальной идентичности российской эмиграции в Китае: начало 1920— середина 1940 - х гг. М. , 2004, стр. 41.

③ 额尔古纳右旗史志编纂委员会编《额尔古纳右旗志》，内蒙古文化出版社，1993，第 665 页。

④ 唐戈：《19 世纪末叶以来俄罗斯文化在东北地区传播的主要途径》，《学习与探索》2003 年第 5 期，第 122 页。

来自俄罗斯的各族群和旅俄归国华侨把俄罗斯文化带到东北各地。俄罗斯文化的传播不仅发生在他们的家庭内部、他们周围的人群里，而且还发生在他们兴办的学校和企事业单位中。总的来说，俄罗斯文化通过移民方式在东北地区的传播可以分为三个阶段，首先是在来自俄罗斯的各族群内部延续，其次是向与上述族群发生直接接触的人或人群中传播，最后主要是通过上述人和人群向他们以外的人群和地区传播。传播方式一个是延续，一个是直接传播，一个是间接传播。

近代以来俄罗斯文化以移民方式在东北地区的传播，有两个主要的特点。第一，移民数量多、规模大，这一点又可以分两个方面来说明。一是从俄罗斯移民在中国的分布情况来看，主要涉及三个地区，人数最多的就是东北地区，其次是新疆，然后是内地某些城市，如北京、上海、天津、武汉、青岛等。二是与英美、法、德等西方文化在中国的传播相比，这些国家的移民规模都无法和俄罗斯相比，例如上海，公共租界和法租界加起来据有其市区面积的大部分，但"1925 年生活在租界内的外侨不过 3.7 万人"[1]，无法与同时期哈尔滨的俄侨数量相比。在某些地区，俄罗斯移民的数量甚至超过了当地中国居民的数量，在哈尔滨，"1922 年共居住有俄罗斯侨民 155402 人，而那一年该市中国人只有 126952 人"[2]。在中东铁路沿线的很多地区都存在这种情况。由于在这些地区俄罗斯移民的数量超过了中国人的数量，而且俄罗斯文化在当时又是一种强势文化，所以在这些地区俄罗斯文化必然会对中国文化产生全面而持久的影响。第二，移民到东北地区的俄罗斯人，除少数上层人士外，大多数都是贫民（包括一些破落的贵族），特别是农民。十月革命后，大量俄罗斯贫民出现在中东铁路沿线，在当时特定的历史条件下，俄罗斯移民与中国人之间的通婚现象发生了。由此使俄罗斯文化在中国的传播多了一个渠道，即家庭传播的渠道，而这种渠道之于文化传播的广度和深度是其他渠道所无法比拟的。贫民更容易接近其他族群或使其他族群接近，这不仅仅表现在中俄通婚这个问题上，在文化传播中，贫民扮演的角色更为丰满鲜活。

---

① 费成康：《中国租界史》，上海社会科学院出版社，1991，第 271 页。
② 薛连举：《哈尔滨人口变迁》，黑龙江人民出版社，1998，第 57 页。

　　综上可以看出，东北地区具有接受俄罗斯文化的先天优势。虽然沙俄的武装侵略给东北人民造成了伤害，但俄罗斯文化通过移民方式在东北地区的传播，主要是一种自发、自愿的文化交流，这正是俄罗斯文化能够在东北地区传播并融入东北文化之中的基础。而且，这种传播以其平民化的亲和力把俄罗斯文化与东北地区深具大众移民文化色彩的地方文化有机地融合在一起，在东北人民生活的方方面面涂抹上了俄罗斯文化的颜色。

三　俄罗斯文化在东北地区的影响状况

　　近代以来，俄罗斯文化对我国东北地域文化发生影响，与自然环境条件、历史变迁、社会风气的形成与变化、占统治地位的意识形态的引导等诸多因素有着密切的关联，因此，对它的考察应该涵盖广义的文化领域，凝聚于自然景观中的人文积淀，区域内文化传播的路径、走向、活动形态，以及民俗风情、城市建筑、宗教信仰、社会组织、文学艺术等人类的行为系统的演变，都应纳入到研究视野之中。本部分主要介绍俄罗斯文化对东北地区生计方式、语言、服饰、饮食、城市建筑、音乐、教育、宗教信仰等与人民生活息息相关方面的影响状况。

　　俄罗斯文化在东北地区的影响十分广泛，在生计方式、语言、服饰、饮食、民居、卫生习惯等方面都留下了痕迹。俄罗斯文化传入东北地区的一项重要内容就是包括品种、技术、工具在内的一整套庞大的农牧业生产体系。以饲养奶牛为例，东北居民从俄罗斯人那里学到了奶牛饲养和奶制品制作的多种技术，丰富了农牧业生产体系，提高了生活水平。杨利民、王立纯合著的长篇小说《北方故事》中的俄罗斯姑娘叶莲娜来到放马营后，饲养奶牛，制作奶油、奶酪，还把牛奶卖到蓝旗镇，就是一个例证。

　　在语言方面，很多俄语的音译词被东北人熟练地运用到日常生活之中。比如"喂德罗"（铁皮桶）、"布拉吉"（连衣裙）、"列巴"（大面包）、"热特"（胶轮拖拉机）等等。在东北作家的作品中，这些俄语音译词也经常出现。比如萧军的《下等人》中有唔德克（俄国下级劳动者常饮的酒名）、巴斤克（俄国皮靴）；罗烽《狱》中有素波（菜汤的通称），沙巴卡（狗），亚邦斯克（日本人）；疑迟的《同心结》中的张绍武"喊着：'阿鲁布扎，耶希奇聂?'这奇异的外国语言自然又会使茂荣感到惊诧，俄国侍女就毕恭毕敬的答应着"①。东北作家笔下的东北人，不仅语言中常夹杂着大量俄文词汇，而且有一些人如张绍武、《混沌》中从上流士绅到普通山民和儿童，都能或多或少地讲一些俄语。

随着俄国侨民的不断涌入，在哈尔滨等城市中国居民与俄侨间的交际活动日益频繁，于是就形成了一种类似上海的"洋泾浜"的边缘语言②，我们不妨品味一下 20 世纪二三十年代流行于哈尔滨的边缘语顺口溜："哈尔滨一到，说话毛子调儿，握手拿国姆，达拉斯其好。奶油斯米旦，列巴大面包，水桶喂得罗，戈兰拧水到，谢谢斯巴细，把脚抹走掉。大官戈比旦，木什斗克叼，旅馆开孬门儿，玛达姆卖俏。工人老脖带，咕食不老好。骚达子买货，扁唧少两毛，鼻溜儿打歪，笆篱子等着。顶好是上高，捏肚哈拉少。"③ 这就是地道的哈尔滨边缘语的真实写照，没经过特殊文化氛围熏陶的人是很难马上领悟出其所以然。为了交际的需要，许多汉语词及其他外来词亦被俄侨"中为洋用"，纳入其语言中，如房子——фанза（fang-zi），炕——кан（kang），高粱——гаолян（gaoliang），豆腐——доуфу（doufu）等。还有俄侨作家用汉语词作为自己的笔名，比如当时深受欢迎的小品文作者谢尔盖·亚历山大洛维奇，他的笔名是 Маманди"慢慢地"④。

在服饰方面，东北居民主要是城市居民的着装风格与审美趣味，巧妙地吸收了俄式服饰的某些特点。从男士的呢子大衣、船形毛皮帽及高腰靴子、男式小立领的衬衫，到女士夏季五彩缤纷的连衣裙和秋冬的大围脖与大披肩，包括头巾的系法与前额盘卷的发型，在许多细微之处，都能见到俄罗斯服饰文化的悄然渗透。萧军、端木蕻良、骆宾基等人的作品中经常

① 张毓茂：《东北现代文学大系·长篇小说卷（中）》，沈阳出版社，1996，第 915 页。
② 边缘语 "是出现在世界好多通商口岸的一种常见的语言现象"（叶蜚声：《语言学纲要》，北京大学出版社，1990，第 215 页。）两个或几个操不同语言的民族试图进行交流，但由于文化、语言差异过于悬殊，双方很难进行跨文化交际。于是，为了交际的需要，双方或多方以他们本族语言为基础生成一种词项不多、语法规则简单的初等语言。这种语言便是边缘语。
③ 王忠亮：《哈尔滨地区使用的中俄洋泾浜》，《词库建设通讯》1995 年第 6 期，第 16 页。
④ 荣洁：《俄侨与黑龙江文化——俄罗斯侨民对哈尔滨的影响》，黑龙江大学出版社，2011，第 102 ~ 103 页。

描写东北的山民和猎户穿着"巴芹克"（一种俄式皮靴），或者是"俄国式的短外套、哥萨克的衬衫"，孩子们过年得到的新礼物里面有"俄式的小马靴"；李文方《六角街灯》中的工程师穿着的则是"三开领的列宁服"，一些漂亮的女学生穿着"洒花布拉吉"。

在饮食方面，东北人民也从俄罗斯饮食文化中吸收了营养。在哈尔滨，有很多俄式西餐厅，金碧辉煌的华梅西餐厅仍是哈尔滨俄式大餐的招牌餐馆，近年来更有"波特曼""露西亚"等后起之秀，将俄式美食继续发扬光大。中央大街上的一些不引人注意的街角，留存着正宗的俄式咖啡屋与冰激凌店，装饰与口味都是别具风情的。俄国人背着啤酒红肠面包酸黄瓜到野外唱歌跳舞的娱乐方式，也为东北居民所接受，啤酒、红肠、面包、黄油、鱼子酱等食品已成为东北居民日常饮食的重要组成部分。罗烽、舒群笔下的监狱犯人们吵嚷要吃的是"黑列巴"和"苏波汤"；骆宾基《混沌》中的孩子们到商店要买的吃食也是"列巴"；萧军小说中的那些工人和苦力到小酒馆喝的饮品，不是"俄德克"就是"格瓦斯"；阿成《私厨》中那位中俄混血女士点的是"纯俄罗斯面包，纯基辅红菜汤"；刘跃利的《绝境》中地下党接头的地点是米尼阿久尔点心店，"米尼阿久尔是俄语，精美的画框"。此外，啤酒的传入也值得一提，"1900年俄商乌卢布列夫斯基为满足哈尔滨俄侨生活的需要，率先在哈尔滨开办了啤酒厂，这也是中国的第一家啤酒厂。啤酒初为国人所不识，但渐渐地人们喜欢上了这种饮料，并效仿俄罗斯式的豪放狂饮，使之成为当地酒文化的重要组成部分，以致外地人常用'喝啤酒，像灌溉'的谐语来形容哈尔滨人的饮酒习惯"①。

就民居来说，《混沌》中所写的乡绅家庭在冬天取暖用的火炉是"别列器"（一种俄式的炉台）；烧水用的是"红铜的燎水壶"，"那燎水壶是纯粹俄罗斯式的，高装，圆筒形，三只脚，一个带开关的自来水式壶嘴，上端是壶盖打开可以倒水，烟囱里可以装木炭，还有一个汽笛，水滚时就呜呜地尖叫"；交通工具是"俄罗斯式的有布篷的四轮车"。《绝境》中哈尔滨的街头立着图姆贝（圆形广告筒）；《西伯利亚蝴蝶》中不少村民嘴里叼

---

① 石方、刘爽、高凌：《哈尔滨俄侨史》，黑龙江人民出版社，2003，第581页。

着木什都克（烟斗）。根据唐戈的研究，东北解放以后，很多居民"把满汉式上下扇的窗户改为西洋立式合页窗。冬季普遍在室内安置了火炉（红砖砌或洋铁皮制），从而取代了传统的满洲火盆。个别人家在室内铺了地板，地板上刷油漆，用墩布来拖地。甚至冬季室外用于贮菜的地窖也改在了室内地板下面，而且夏季可以当冰箱用"①。这都是从俄罗斯人那里学来的。

　　齐齐哈尔市的昂昂溪区近年来引起了人们的广泛关注，其原因除了这里有属于新石器时代的昂昂溪文化外，就是此处还有黑龙江省保存最好、规模最大的俄罗斯民居建筑群。这些建筑虽然经历了一百多年的风雨，但仍能为人们所使用。"据当地有关部门调查，目前昂昂溪站附近遗存俄式住宅共有90多栋，分布在铁路以北近0.3平方公里的狭长区域内。这些房子墙都很厚，窗户基本都开在南面，又高又窄，门前一般连接着一个木结构的外廊式的附属建筑，须登几阶木楼梯才可上去。昂昂溪铁路沿线的俄罗斯建筑在近一公里的直线上绵延，其布局合理、配套齐全。车站、民居、教堂，以及文化、体育、医疗等设施应有尽有。"② 齐齐哈尔市的文物部门已经意识到这些建筑所蕴含的历史文化价值，并于2003年颁布了相关保护条例，把昂昂溪区的百年老建筑群列为保护街区。建筑是历史的备忘录，体现了时代的印迹和一个民族对自我历史的认知。东北各地保留的俄罗斯式建筑既表达了俄罗斯人希望在此地长久生活的愿望，更体现了东北人开放的胸襟。

　　有关城市建筑，哈尔滨和大连这两座城市是特别值得关注的，这两座城市从规划到建筑物都体现了浓郁的俄罗斯文化风味，既洋溢着异域风格的独特魅力，又包含着殖民统治的屈辱历史，演绎了一部东北地区的"双城记"。

　　哈尔滨近代城市的形成处于特殊的社会历史条件之下，是在强行介入的外来文化影响下发展的，所以在城市规划、市政设施、城市建筑以及街道名称等方面都体现出俄罗斯文化的影响。根据相关学者的研究，"1898年哈尔滨成为中东铁路中心枢纽后，随着铁路的修筑亦开始对城市建设进

---

① 唐戈：《19世纪末叶以来俄罗斯文化在东北地区传播的主要途径》，《学习与探索》2003年第5期，第122页。

② 郑永旺：《俄罗斯东正教与黑龙江文化》，黑龙江大学出版社，2010，第62页。

行规划设计。1900 年中东铁路工程局派 A・K・列夫杰耶夫为首任工程师，对街市进行设计。最初的城市规划者按其首都莫斯科的规划模式，巧妙地运用城市本身所具有的以及后来人为的区域分隔特点，做了城市建设的总体规划①。依据地势北临松花江、南靠马家沟河的天然环境布置街道，利用滨州、滨绥、哈大三条穿越城市的铁道线进行区域分隔。在城市规划中，设计者们还尤为注重对区域功能的布局处理。南岗区居全市最高点，设计者以东正教尼古拉中央教堂（俗称喇嘛台）为中心，向东、西、南、北、西北、东北布置了六条放射路面，而在其周围则安排了一批办公、住宅、商服网点的配套建筑，形成了以中东铁路管理局为中心的行政办公区。而埠头区则规划成店铺紧凑而集中的商业区，在现今的十二道街、中央大街、尚志大街等街道上，昔日分布的几乎全是各式各样的西方古典式或俄罗斯式的商业建筑群。在隔江相望的太阳岛上，则建有许多俄国人的别墅，成为达官显贵的休闲疗养区。经过了如此规划，初步奠定了以中东铁路哈尔滨附属地位中心的城市雏形"②。在城市建筑方面，哈尔滨显示出强烈的西式风格，早在 20 世纪二三十年代，哈尔滨便以"东方莫斯科""东方小巴黎"之称在国内外享有盛名，这种称谓与其城市建筑风格有密切的关系。建筑设计者们在建筑风格上处处以尖塔、穹顶、帐篷顶、倒悬卷脚、雕花浮雕等俄罗斯传统手法进行设计，营造出浓郁的俄罗斯文化氛围。另外，在以古典的俄罗斯建筑风格为主的同时，还伴有一些法兰西风格的建筑，这是由于 19 世纪的俄国建筑师吸收了 18 世纪下半叶在西欧流行起来的古典复兴建筑潮流所致。街道名称的来源和演变除受客观环境的影响外，也常为文化的接触变迁所左右。1900 年城市规划时，俄国侨民根据一套自己

---

① 张抗抗在她的《东北文化中的俄罗斯情结》（《作家杂志》2003 年第 10 期）一文中说："1993 年我曾访问俄罗斯，我对莫斯科城的第一印象，竟然觉得如此熟悉，似曾相识。可以说，莫斯科是一个面积被放大了多倍的哈尔滨，但更为富丽堂皇、雍容华贵。或者说，我曾经十分迷恋与热爱的，具有浓郁的俄罗斯建筑风格的哈尔滨城，在我亲临莫斯科的时候，忽然觉得哈尔滨很像是莫斯科的复制品，甚至是印刷精良的盗版本图书。东正教大教堂拜占廷风格的大圆顶与拱型穹顶、市区各种公共建筑物米黄色的墙体、建筑物外墙上的浮雕装饰，郊外别墅赭红色或深绿色的铁皮斜屋顶、阿尔巴特街的花岗石路……以至于我回到哈尔滨以后，常常发生幻觉，走在哈尔滨南岗与道里的某些街区，我不知自己身在何处，好像是莫斯科城被整体或局部地搬迁过来。"

② 石方、刘爽、高凌：《哈尔滨俄侨史》，黑龙江人民出版社，2003，第 575 页。

的街道命名方式，使一些带有异国情调和殖民色彩的街道名称出现在哈尔滨。比如罗蒙诺索夫街（今道里区河曲街）、米哈依洛府街（今道里区安定街）、霍尔瓦特大街（今南岗区中山路）、高加索街（今道里区西三道街）、华沙街（今道里区安平街）等。20 世纪 20 年代后，随着中国政府对中东铁路各项权利的收回，东省特别区曾对哈尔滨街道名称进行过一次较为普遍的改造，但从语音、含义以及特征方面仍没有完全摆脱俄罗斯文化的影响，以至在今天哈尔滨的街道名称中依稀可见这种历史文化的陈迹。

近年来，哈尔滨城市急剧扩张，已经看不清从前的"东方莫斯科"的轮廓了，而 20 世纪 60～80 年代，哈尔滨还能体现出一种有别于其他城市的建筑风格。在后期的城市建设中，哈尔滨逐渐丢掉了自己的本色，这不能不说是遗憾。我们并不是崇洋媚外，只是说外国合理的、有价值的东西我们应该保留。一个城市一旦沦为火柴盒建筑的大本营，或者一群不伦不类建筑的试验场，那么这个城市的未来是令人担忧的。

大连的建设与哈尔滨有相似之处，但由于它的战略位置以及俄国人占据时期较短，所以表现出来的俄罗斯文化色彩不如哈尔滨浓厚。1898 年俄国沙皇政府胁迫中国清政府签订《中俄旅大租地条约》，强行占据了以大连、旅顺为基地的辽东半岛南部，并且开始在这里修建港湾、堡垒和城市，这就是大连城市建设的开端。大连是中国北方一颗璀璨的明珠，在西方人、日本人，特别是整个国土处于寒温带、缺乏不冻港的俄国人眼里，大连天然的不冻港，宜人的气候，连接东亚各国与环太平洋各地优越的地理位置，简直是人间的天堂，从 1899 年开始俄国人便开始营造他们的"东方巴黎"——美丽的达里尼。俄国人对大连市街的设计完全模仿了巴黎市街的建筑模式，试图把大连理想化为东方的巴黎，同时赋予了它近代殖民文化的特色。初建的达里尼市是一个以直径 212 米的广场为中心，十条大街向四周辐射，连通一条条环形道路和几个小型广场布局的小城市。城市的中心广场便是完全模仿了巴黎"明星广场"建筑布局的尼古拉广场（今中山广场）。广场周围是殖民者最重要的部门，以及起辅助和烘托作用的坚固高大的西方近代建筑。"从城市的整体布局来看，俄国殖民主义者把城市分成三部分，即俄国人居住区、公园苗圃和隔离华人区、华人居住区。这种布局直接继承了中世纪法兰克福王国形成时期加洛林封建庄园文化和城堡文化"①，这种布局把高贵与贫贱、征服者与本征服者严格分离，殖民侵略的文化特征一目了然。而且，"由于大连的战略位置，到1904年日俄战争俄国人被迫退出大连之前，大连城市的中外居民只有4.4万人，大连、旅顺两地俄国的军人却超过了6万人。所以，尽管俄国殖民者拥有一个'东方巴黎'的梦想，可是从文化的角度来看，达里尼仍然是一座只有西方文化符号却没有西方或者俄罗斯文化根基的城市，或者说一座缺少文化的兵营"②。

俄罗斯音乐及戏剧在世界艺术宝库中占有重要的地位。当那些背井离乡的难民远离故土来到陌生的中国东北时，也带来了他们的艺术，而且其音乐的样式和戏剧的内容都保持着十月革命之前的状态，如经典的歌舞剧、芭蕾舞剧、交响乐等。关于哈尔滨等地俄侨音乐的发展状况，斯拉乌茨卡娅写道："这里集中了一流的音乐人才。这里有一个极为出色的歌剧团。这个剧团几乎所有成员都是20世纪20年代末，从苏联拉出来的。这个剧团中，有一位后来成为名人的列梅舍夫，当时还称其姓为列梅绍夫。他好像是哈尔滨众多杰出的俄罗斯歌唱家之中，唯一返回苏联的人。一位俄罗斯歌剧女主角达丽雅·斯普丽舍夫斯卡娅也曾经在哈尔滨居住过。曾经登台演出的，还有一位著名的俄罗斯男中音歌唱家克尼日尼科夫。在铁路员工俱乐部里演出的歌剧，就其舞台布景和演员服装而言，可以说是无可挑剔的。就是在那个俱乐部，我听了我一生中的第一部歌剧《美人鱼》。"③

在哈尔滨共有三所完全按俄罗斯音乐学院的传统教学模式设置课程的初级音乐学校，在这里，中俄两国青少年可以受到正规的俄罗斯音乐教育。这三所学校是第一音乐学校（1921年创办）、格拉祖诺夫高等音乐学校（1924年创办）和哈尔滨音乐专科学校（1929年创办）。哈尔滨音乐专科学校是当时东北最负盛名的艺术学校，为满洲地区培养了大批中外音乐人

---

① 许宁、李成：《别样的白山黑水：东北地域文化边缘解读》，黑龙江人民出版社，2005，第400~401页。

② 许宁、李成：《别样的白山黑水：东北地域文化边缘解读》，黑龙江人民出版社，2005，第405页。

③ 〔俄〕斯拉乌茨卡娅：《哈尔滨—东京—莫斯科：一个苏联外交官女儿的回忆》，裴列夫译，黑龙江人民出版社，2008，第35页。

才。该校校长阿普捷卡廖娃不仅是经验丰富的教育家，也是当时远东地区著名的歌手和钢琴演奏家，她为音乐教育投入了自己的全部热情。[1] 经过数年的发展，哈尔滨已经不再是文艺的沙漠，恰恰相反，当时处于中国地理边陲的哈尔滨成为音乐艺术的绿洲。

关于东正教文化对东北地区的影响是值得注意的。宗教性是俄罗斯文化的首要特征，俄罗斯人每到一处最先修建的就是教堂。沙俄入侵东北后，在各地修建了许多教堂，大批传教士也陆续来到东北，在这里传播东正教教义。这些传教士一面帮助穷苦的百姓和无助的孩童，一面把这种慈爱的行为归结为上帝的爱，东正教文化也逐渐地为东北的百姓所熟悉。不过，中国民众入教的目的大多是功利的，而不像俄罗斯人那样是出自灵魂的信仰。有研究者指出，在中国，"除家庭、社会影响外，生理疾病是诱发民众加入宗教的一个重要原因。当被问及为什么加入东正教这一问题时，相当一部分人的回答是身体有病，入教是为了祈求平安。另外，由于个人生活中遭遇困难或不幸而寻求精神慰藉也是入教的主要原因之一"[2]。东北地区近代以来动荡的社会环境使这里的人民的生活十分困苦，这从客观上为东正教的传播提供了条件，入教是遭遇种种苦难的人们寻求精神寄托的途径之一。

中国式的信仰往往目的很明确，祈求平安，求得健康、财富、子嗣等。哪个"庙"灵验，那里的香火就会旺盛，中国人似乎并不太在意本国神与外国神的区别。霍特科夫斯基曾回忆他童年时发生的一件事：有一次在圣尼古拉大教堂进行礼拜活动之前，有一个人在教堂门前大声祈祷，原来是一个中国男子带领自己一大家子人（丈夫、妻子和八个孩子）跪在尼古拉圣像前。他们穿着朴素，甚至有些寒酸，但都非常干净。他们请求教堂的大司祭出来见他们，都主教梅列迪出来接见了这家人，他们跪在梅列迪的脚下，请求都主教允许他们信奉东正教，而且还讲了要入教的理由。这个男人是一名船工，负责把乘客运送到松花江对岸，当时的松花江水面宽阔，风大浪高，特别是在恶劣的天气，江上行船极其危险。一天这个男人刚把

---

[1]　郑永旺：《俄罗斯东正教与黑龙江文化》，黑龙江大学出版社，2010，第189页。
[2]　陈蒲芳、路宪民：《基督东渐与中国乡村社会精神文明建设的相关性探析》，《社科纵横》2005年第12期。

船摇到江心，一排大浪就把船打翻了，乘客都落入水中，并迅速沉入江底。这些人大多不识水性，船工自己也不会游泳，船工在水面用最后一口气喊道："车站老头①，救命！"突然，船工觉得有一个人用手将他从水中托举出来。等他苏醒时，发现自己躺在江边。从此，他决定皈依东正教，因为他觉得是车站老头救了他的命。②可以看出，这个船工想要入教是因为落水获救的"神迹"，而不是对东正教教义的理解或神父们对教义的宣扬。

中俄通婚是东正教传播的另一种途径。在中俄联姻的家庭中，必然会涉及宗教信仰问题。"俄罗斯人信仰东正教，东正教是一神教，一神教具有不宽容性和不妥协性。而汉族要么是没有信仰——无神论，要么是多神信仰，包括民间信仰、道教和汉传佛教等。多神信仰是什么神都信，反过来是什么神都不信。在信仰这个文化子系统里面，当一神教与多神教发生冲突时，多神教往往是拱手相让，而由一神教一统天下。这种一神教的强势表现在具有中俄两种血缘关系的家庭中，当最初中国父亲与俄国母亲结合时，没有一位俄国母亲放弃东正教而改信汉族传统的信仰，倒是有许多中国父亲皈依了东正教。"③

从现代东北文学对东正教文化的表现来看，多数东北作家对东正教文化不关心或持否定态度，或将俄罗斯东正教与基督教、天主教混为一谈。不过，也有少数几位作家对基督教文化精神有较深的理解，并以宗教的终极关怀来考察现实的人生。最早在作品中写到基督徒的小说是金剑啸的《云姑的母亲》。云姑的母亲是位眼科医生，也是位虔诚的基督徒。在她没疯的时候，常说："帮助旁人是最大的快乐。"所以她不时地免去贫穷病人的医药费。但在她带着云姑到哈尔滨寻找她唯一的儿子时，看到哈尔滨大水灾所造成的成千上万的死尸在水中漂过的惨状，由此发疯。小说表现了那个战乱年代普通民众苦难的人生道路，暗示了基督并不能拯救人们的灵魂，一味软弱忍让只有死路一条。萧红未完成的长篇小说《马伯乐》的主

---

① "车站老头"是俄语Старик вокзала的汉译，指的是圣尼古拉大教堂里的圣徒尼古拉塑像。

② Сибирская Православная газета，No5，2003，转引自郑永旺《俄罗斯东正教与黑龙江文化》，黑龙江大学出版社，2010，第210页。

③ 唐戈：《简论额尔古纳地区东正教的特点》，《湖南工业大学学报》2008年第4期，第61页。

人公全家都是基督徒，马伯乐在逃难的路上不停地祷告说："主啊，保佑我一路平安。"受时代政治影响，萧红接受了"宗教是人民的鸦片"的观念，因此，马伯乐的信仰在萧红的笔下是荒谬可笑的。而且，马伯乐本就是一个阿Q式的人物，他的信仰更多的是一种崇洋和赶时髦，而不是灵魂的虔敬。不过，萧红对马伯乐基督教信仰的歪曲描写也折射出这一信仰在中国人心中的接受程度。

小松的长篇小说《北归》是一个情节曲折复杂、宗教意味很强的作品。作品以基督徒王权和他的义母老信徒杨菲为线索，围绕他们演绎出刘、杨两家曲折而又充满罪恶的世俗戏剧。刘振邦一生叱咤风云，是城市里的金融巨头。但战争的来临使他首先失去了金钱、权势和妻子杨小蝶，在一无所有、孤苦伶仃的晚年，儿子与女儿又一起被山林大火烧死，他用一生积累的荣耀与胜利转眼之间就变成了灰烬和绝望。而杨小蝶的兄弟们都在贫困交加中死于非命，她的侄女莎丽带着与集生的私生女跟随王权去北方乡下避难。莎丽对北方大地怀着无穷的梦想，她深深厌倦过去生活所给予她的一切，她热烈地向往与王权在一起的新生活。但三年以后，王权又与一个"下流女人"同居并生下一个男孩。王权虽然皈依了基督，但并不能真正解脱自己。文中写道："幸福的人一定能生活，能生活的人不一定会幸福，但是幸福与生活是人类最高的本能与希望。社会是常常要抹煞希望与改变本能的。"小说展现了世事的无常，人所生活的世界充满了各种各样的仇恨与罪恶，横祸就像达摩克利斯之剑悬在人们头顶随时都可能落下。小说结尾写王权与两个女人两个孩子忧郁而烦躁地活在世上，那两个孩子"很明白的知道了他们的父母，是怎样的度过了一个战争的年代"。作家感慨道："他们两个背负着罪恶家庭的暗影，来到了人间。好像是有一个新的罪恶，又从这两个青年身上开始。"小说以"新罪"作为最后一节的标题，说明尘世间罪恶的永恒性，新人从其诞生时起便背负了原罪。从《北归》中可以看出，小松从基督信仰的角度观察人世生活，看到了人类的罪恶性和世间万物的不足依恃，表现出对人生的深刻理解和对终极信仰的寻求。

东正教信仰是俄罗斯保持民族精神完整性的一条重要途径，这一途径在中国东北并没有得到明显的拓展。而俄罗斯民族的另一保持精神完整性的路径——兴办教育——却在东北地区生根发芽，影响绵延至今。在北满

俄侨云集之地，为了使族群能够继承文化传统，构建教育体系是一种必然
施行的工程。1898 年 12 月 6 日，对哈尔滨教育史来说，是一个重要时刻。
这一天，哈尔滨市的第一所小学校开始招生。该校由俄侨斯捷潘诺夫
（И. С. Степанов）创办，命名为松花江小学，位于香坊区卫生街。除了松花
江小学外，还有 1903 年开办的位于道里区的盖涅罗佐娃第一女校，1906 年开
办的埃克沙科夫女子中学和 1921 年创办的普希金中学等。北满这片土地和关
内中原地区相比，在教育上相对落后，而俄罗斯人对教育的投入在某种程度
上弥补了这种缺失。到 1931 年，俄侨在整个东北地区建有中小学 74 所，43
所在哈尔滨，31 所在铁路沿线的中东铁路管理局辖区，学生达 18000 多人，
除了俄罗斯学生外，还有其他国家的学生，其中中国学生达 200 多人。

　　从 20 世纪 20 年代开始，高水平的大学开始在哈尔滨出现。由梁赞诺
夫斯基负责的法学院（法政大学）和俄中理工学院（即哈尔滨工业大学的
前身）不仅享誉远东，在欧美、澳大利亚等地也非常有名。俄中理工学院
的毕业生以严谨的学风、开阔的视野和卓越的才干在世界各地留下了美名。
该校发展很快，1925 年招收 450 人，1926 年就达到了 650 人。1928 ~ 1929
年有 815 名学生在这所大学里学习。到 1949 年新中国成立前夕，学校培养
了 2000 多名中国和俄罗斯的工程师。[①] 那些毕业于该校的中国学生，很多
都成为新中国国民经济建设的骨干。时至今日，哈尔滨工业大学依然是中
国最知名的大学之一。

　　俄罗斯文化对东北地区的影响还有许多方面，如绘画、电影[②]、新闻出
版等，在此不一一列举。从以上的论述可以看出，俄罗斯文化渗入、蕴含
在东北人民生活的方方面面。这种带有俄罗斯文化色彩的文化氛围必然会
对近现代东北文学的萌生和发展产生深远的影响，详细分析和探讨俄罗斯
文化对近现代东北文学的影响就是下面章节所要解决的问题。

[①]　参见荣杰《俄侨与黑龙江文化——俄罗斯侨民对哈尔滨的影响》，黑龙江大学出版社，
　　　2011，第 89 ~ 90 页。
[②]　1901 年俄国人考布切夫在哈尔滨创办的电影院是全中国的第一座电影院，要比西班牙人雷
　　　玛斯在上海创办的虹口电影院早 6 年之多。

第二章 俄罗斯文化影响近现代东北文学的动态过程

在 20 世纪以来中国新文学的萌生和发展的过程中，俄苏文学艺术和苏联政治理念曾经起过重大作用，这是一个不争的事实。受客观国情的左右，中国一直特别关注中俄文化相似性和苏俄领导下的国际共产主义运动，十月革命的炮声中建立起来的苏维埃政权既获得了孙中山、毛泽东等政治领袖的强烈认同，也引发了知识界对俄国革命和文学的向往和关注。五四新文化运动之后不久，中国知识界的思想倾向就由法国启蒙主义和欧洲文艺复兴思想转向了苏俄，李大钊的《俄罗斯文学与革命》（1920）、周作人的《文学上的俄国与中国》（1920）、鲁迅的《祝中俄文字之交》（1932）等著名篇章在中国人心中塑造了亲切而伟大的俄罗斯形象、代表国际社会正义方向的俄罗斯形象。李大钊对俄国文学的特点概括为：“俄国革命全为俄罗斯文学之反响……俄罗斯文学之特质有二：一为社会的彩色之浓厚，一为人道主义之发达。二者皆足以加增革命潮流之气势，而为其胚胎酝酿之主因……故文学之于俄国社会，乃为社会的沉夜黑暗中之一线光辉，为自由之警钟，为革命之先声。”[①] 周作人也认为俄国文学的特点“是社会的、人生的”，他说：“俄国好像是一个穷苦的少年。他所经过的许多患难，反养成他的坚忍与奋斗，与对于光明的希望。中国是一个落魄的老人，他一生里饱受了人世的艰辛，到后来更没有能够享受幸福的精力余留在他的身内……但我们

---

① 李大钊：《俄罗斯文学与革命》，《人民文学》1979 年第 5 期，第 3~4 页。

总还是老民族里的少年，我们还可以用个人的生力积聚起来反抗民族的气运……我们如能够容纳新思想，来表现及解释特别国情，也可希望新文学的发生，还可由艺术界而影响于实生活。"① 显然，他们对俄国文学特点的归纳和解释是为中国新文学创作寻求新的起点，而且也影响到了新文学创作规范的制定。在鲁迅、瞿秋白、茅盾、郑振铎、蒋光慈等众多新文学先驱的努力下，俄国文学很快成为中国新文学的文学观念和创作实践的重要范本。可以说，中国新文学对俄国文学的接受，既是历史的必然，也是一种人为选择的概然性结果。此后，苏联文学思潮直接介入并制约了中国左翼文学的发展进程，左翼文学吸收了丰富的俄苏文学的养料，革命的进程使得中苏的文学有了内在的联系，这种关系是在相同思想基础上的共通和响应。

　　新中国的成立，标志着苏联文学对中国文学的影响进入了一个全新的阶段，大量的苏联文学作品和理论著作被翻译过来，对苏联文学的研究也更系统、更具规模地展开了。中国共产党根据苏联的经验对文学加强了集中统一的领导，并进行了一系列旨在统一全党和全国知识分子思想的文艺领域里的思想批判运动。这一切说明，苏联文学在中国渐次扩大了影响力。但值得注意的是，两国在社会发展阶段上的差异性和两党在意识形态上的微妙分歧，事实上又注定了两国文学创作思潮的不对称性，并且最终限制了苏联文学思潮影响的进一步扩大和深入。由于中苏两党在意识形态方面产生了越来越大的分歧，两国对文艺问题采取了大不相同的政策和方针。苏联20世纪50年代的"解冻文学"思潮在中国经历了短暂的春天之后就被视为修正主义进行了猛烈的批评。70年代末，中国文艺界推翻了"文艺黑线专政论"，为一大批冤假错案平反，开始认真地总结历史的经验教训。随着一个个题材和主题的禁区被突破，"文艺创作呈现出前所未有的活力。这一过程中，现实主义的传统逐渐恢复，人道主义思潮风起云涌，文艺的启蒙功能得到充分发挥，价值趋向多元化。这一切几乎是50年代中期中国那场短命的'干预生活'的创作思潮在新时期的更大规模的展开，同时也

---

① 周作人：《文学上的俄国与中国》，《中国比较文学研究资料1919—1949》，北京大学出版社，1989，第11页。

是苏联 50 年代中期'解冻文学'思潮在中国的重演"①。不过这种重演并不能简单地视为前者对后者的直接影响，而是政治与文学的互动在苏中两国复杂的历史文化条件下所经历的形似过程。进入 80 年代，中国文艺界关注的重点转向了西方，对苏联文学的态度变得较为理性、平和，一些在苏联曾经受到批判的作品也陆续被翻译引进。在这一阶段，西方文艺思潮风起云涌，中国文坛上各种风格流派异彩纷呈，创新探索层出不穷。而苏俄文学的影响逐渐淡化，不再拥有从前那种决定性的力量了。

　　近现代东北文学作为中国新文学的一个组成部分，其对俄苏文学的接受过程大体与新文学主流保持一致，所不同的在于东北地区由于地缘上的特殊性而受到了俄罗斯文化的广泛影响，这使得近现代东北文学在接受俄苏文学影响的过程中具有了自身的独特性：俄罗斯文化因素（而不仅仅是俄苏文学和苏联政治理念）深入而连贯地蕴含于近现代东北文学的发展过程之中。目前的学术界尤其是东北地区的学人已经注意到近现代东北文学与俄罗斯文化的密切关系，比如逄增玉的著作《黑土地文化与东北作家群》中有一节谈到了"俄苏文化的影响和渗透"，另外还有些论点散见于一些著作和论文中。徐逎翔、黄万华在《中国抗战时期沦陷区文学史》中指出苏俄文学在东北的影响一直是巨大的，尤其是中东铁路修建之后更是如此，即使在"九一八"后的较长一段时间里，许多俄苏文学作品仍能得到翻译、发表，并且指出疑迟是在苏俄文学的强烈影响下走上文学道路的。常勤毅、白长青等人的文章客观如实地分析描述了俄国批判现实主义文学和十月革命后的苏联文学对东北作家的人格修养、文学素养和具体创作的强大、全面、持久的影响。邢富君等人则对东北作家的一些具体作品，如《八月的乡村》等与苏联无产阶级文学作品《毁灭》等之间的渊源、联系、师承、超越、异同做了具体细致的比较分析，认为它们是世界革命文学中的姊妹篇。郭淑梅认为由于中东铁路的存在，哈尔滨成为向东北乃至关内传播马克思主义和俄苏文学的中心。荣洁、李延龄对哈尔滨俄侨文学有较为细致的分析和介绍。马伟业的《中国新文学史论》中谈到了"东北作家群借鉴俄罗斯文学"的问题。韩春燕的博士学位论文《当代东北地域文化小说

---

① 陈国恩：《论俄苏文学对 20 世纪中国文学的影响》，《外国文学研究》2004 年第 2 期。

论》中谈到了"哈尔滨的异域风情"。俄罗斯的学术界对中俄远东边界的历史变迁和文化交流也有一定的关注,翁特尔别格的《滨海省1856—1898》、《阿穆尔边区(1906—1910)》,伊·巴比切夫的《在远东参加国内战争中的中国朝鲜劳动者》等著作都对那段血与火交织的历史有着较为深入的研究。不过,对俄罗斯文化对近现代东北地域文学的影响目前还缺乏全面而又系统的研究,尤其是对19世纪末20世纪初的东北文学、东北沦陷区文学、东北解放区文学、新时期东北文学与俄罗斯文化的关系还有待于做更为深入、细致的开掘。下面将分四个阶段对俄罗斯文化影响近现代东北文学的动态过程进行详细分析和论述。

一 晚清至"五四":殖民入侵重压下的被动选择

1. 展现反抗沙俄入侵斗争的文学

中俄两国在东北边疆地带的冲突由来已久。17世纪中叶,沙俄鲸吞了西伯利亚的大片领土之后,开始把侵略的魔爪伸向当时的中国内河——黑龙江流域。据《清圣祖实录》记载:"罗刹[①]时肆掠黑龙江边境……罗刹犯我黑龙江一带,侵扰虞人,戕害居民。昔发兵进讨,未获剪除,历年已久。近闻蔓延盖甚,过牛满、握滚诸处,至赫哲、飞牙喀虞人住所,杀掠不已。"[②] 沙俄武装的野蛮入侵激起了清朝军民的极大义愤,他们互相配合,保卫祖国领土,奋勇打击侵略者。著名的反抗沙俄入侵的战役有:乌扎拉村之战(1651年10月)、尚坚乌黑之战(1657年)、三江口之战(1658年7月)、古法檀村之战(1660年)、雅克萨之战(1685年)等。东北边疆各族人民反抗沙俄入侵,浴血奋战,他们的斗争故事在当地广泛流传,构成了东北地域民间文学的一个重要题材,代表作品有《血尔古保卫战》、《三江口大捷》、《热锅旗手》、《神簸子》、《望夫礁》、《海兰泡的传说》、《三

---

① "罗刹"一词,来自梵文Raksasa,意为"恶鬼"。在黑龙江省黑河市瑷珲纪念馆里,人们可以清楚地了解到,为什么当地人称俄国人为"罗刹":清初居住在黑龙江一带的俄国人在一次与清军的边境对战中遭受重创,几天几夜无给养供应,领头的哥萨克人用己方那些已经死去的同胞和受伤将死的同胞的血肉充饥,场面之血腥令人震惊。加之他们经常对边境附近的中国人进行残酷杀戮,引起边疆中国人民的巨大仇恨,故以"罗刹"称之。

② 《清圣祖实录》卷104,华文书局,1987,第4页。

姓新娘》、《制俄顶》、《钓甲鱼的玛发》、《萨布素买军草》、《黑河怒火》、《金银花和积血石》、《海全杀罗刹》等。

清军反击入侵者的胜利，是当地各族人民与清军同仇敌忾、协同作战的结果。这些历史事实在传说故事《痛打"吃人恶魔"》、《龙江上下击罗刹》、《雅克萨反击战》、《瑷珲保卫战》、《乌苏里的风暴》等①中都有生动细致的描写。民间故事《萨布素买军草》为我们描绘了一位治军严格、爱民如子的将军形象。即便百姓们说"萨大帅买草是打罗刹用的，就是不给钱我们也甘心情愿"②，萨布素仍坚持按市价购买百姓的草料，并责罚了低价买入军草的官吏。这种刚正清廉的治军方式必然会得到人民的支持和爱戴，为官清正，不发国难财，直到今天仍是我国许多官员应该学习的。而到了19世纪末20世纪初，清政府腐败媚外，抗击沙俄侵略的斗争转入民间，义和团与东北人民组成的抗俄义军与俄军展开了艰苦卓绝的斗争，《义军巧战磨磐山》中取得胜利的义军唱响了战斗的歌谣："还我江山还我权，刀山火海爷敢钻。哪怕皇上服了外，不杀洋人誓不完。"③ 这些民间故事朴素平实、叙事清晰，富有生活气息，展现了东北人民反抗侵略、不可征服的精神力量，这种精神力量一直绵延至日后的抗日斗争之中。

对沙俄入侵的斗争在清代东北当地及客居于此的文人的诗文中也有所表现。英和（1771～1840）的《卜奎城赋》中写到了建城之前异族的入侵和清军的反击："当夫城之未建也，瓯脱辽旷，水草苯蓴。有达呼尔与彼索伦，既蒙古之派别，异金源而枝分。乐彼游牧，以安其群。乃有戛黠斯之丑类，入精奇里而潜军（指沙俄入侵精奇里江）。纵豕突、逞狼奔，侵佚我塞地，窥视我边门。皇赫斯怒，我武是奋。悯远黎之疾苦，拯水火于辛艰。振虎旅之无敌，克牛满而斯逋。粤癸亥之纪岁，始转饷于伊屯。既平定夫雅克萨，乃版筑于墨尔根。"④ 吴大澂（1835～1902）曾多次来东北边疆勘

---

① 详见雷锋生前所在部队理论小组、吉林省哲学社会科学研究所编写《东北人民抗俄斗争故事》，吉林人民出版社，1977。

② 冯毓云、罗振亚主编《龙江当代文学大系·民间文学卷》，北方文艺出版社，2010，第236页。

③ 季岩：《义军巧战磨磐山——〈东北人民抗俄斗争故事〉选登》，《吉林大学社会科学学报》1977年第3期，第48页。

④ 彭放主编《黑龙江文学通史·第一卷》，北方文艺出版社，2002，第125页。

界巡边，熟悉塞北地理疆界及边地民情。光绪十一年（1885），他来吉林与俄使交涉边界争端，收复沙俄侵占之地，并立铜柱以标志，题句铭刻其上曰："疆域有志国有维，此柱可立不可移。"可惜，此柱于1900年被沙俄军队劫往伯力博物馆陈列。

柳大年曾任双城通判，在任期间写诗百余首，结集为《完初诗草》，其中大多是对当时政局的感慨之作。《庚子七月军书孔亟，城乌夜号，有感而歌》即写于光绪二十六年（1900）沙俄兵分六路入侵东北之时："双城城中乌夜号，红灯如血黄云高。城西之兵惊且走，城东之兵如蝟毛。乡屯十九被其火，老幼者死壮者逃。小麦已熟无人割，大田虽好谁人操？昨日江东一开战，今日城中人更嚣。敌不如虎兵如鼠，荷戈勿进望风挠。不夺敌荣攫民物，大张凶恣穷贪叨。诛之不胜纵不可，嗟嗟赤子何所遭？但愿先驱群鼠雀，廓清天地安蓬蒿。"这首诗真实地反映了俄军入侵东北到处攻城略地，东北各地兵荒马乱、民不聊生的凄惨景象。当时东北的清兵虽多如"蝟毛"，却在并"不如虎"的沙俄军队面前逃跑如鼠，他们不敢杀敌，却大肆"攫民物"，给黎民百姓造成了更为深重的灾难。这首感时忧民的七言古诗生动地写出了沙俄入侵时期东北人民的悲惨状况。

宋小濂（1860～1926）是一位才华横溢的爱国诗人，他的诗充满忧国忧民的爱国情怀。他在黑龙江任职期间，正是清末民初内忧外患严重的历史时期，沙俄军队屡屡侵扰黑龙江，致使疆土不断沦丧。诗人早年到黑龙江边塞小城漠河金矿工作时，见到边陲一些村镇被俄军占据着，内心感慨万千，写下了《雅克萨城怀古》。诗中首先追忆康熙年间国力强大，俄兵入侵边疆，清军经过八年的战斗，把俄兵全部驱逐出境，"八载龙沙转饷频，将军绝朔建奇勋。天威远过南蛮服，界画遥从北极分"。那是多么值得骄傲自豪啊！可是，后来清政府腐败无能，当年收复的土地又被俄兵所侵占，只剩下古战场了："百战枉劳恢宋土，两河依旧界金人。西山炮台分明在，闲倚青天卧暮云。"诗中借古讽今，用金人指代沙俄侵略者。他的长诗《呼伦贝尔纪事》，可谓诗人感时忧国的代表作，"此疆彼界各严守，谁敢试越鸿沟走？一草一木戴兵威，碧眼赤髯皆缩手"，道出清朝鼎盛时期，击败沙俄侵略军，中俄双方签订《尼布楚条约》，以额尔古纳河为界，俄人不敢来犯，百姓安居乐业的景象。无奈，"世界风云变倏忽，约书一纸来罗刹。毁垣入户建飞辄，穴山跨江通修辙"。清末国力衰弱，沙俄侵入东北，凿山修路，掠夺资源。全诗表现了作者忧国忧民的爱国情怀和力挽狂澜于既倒的雄心壮志。

2. 俄国势力的文化传播

根据郭蕴深的研究，俄国人在东北的势力范围主要集中在中东铁路沿线，他们通过在该地区办报刊大大推进了俄罗斯文化的传播。从 1901 年 8 月 1 日由罗文斯基在哈尔滨编辑出版的《哈尔滨每日电讯报》，到 1922 年 3 月 12 日布尔什维克党人创办的《青年社会主义革命者报》，俄国人出版了大量报刊，包括：1903 年 6 月 23 日创刊的中东铁路机关报《哈尔滨新闻》，1906 年 2 月 4 日俄国林业资本家波波夫创办的政治经济文化综合类报纸《哈尔滨时报》，1907 年 8 月 14 日科里奥林编辑出版的《九级浪》，1909 年 2 月由俄国东方学者学会出版的《亚细亚时报》杂志，1908 年出版的《革命思想》和《外阿穆尔人消闲报》，1917 年 4 月哈尔滨的俄国工兵代表苏维埃创办的《劳动之声》，等等。据俄罗斯学者斯特留切柯统计，仅 1901～1917 年，俄国人就在中东铁路沿线创办刊物 71 种，其中在哈尔滨办杂志 27 种、报纸 39 种。日俄战争前，俄国人在旅顺大连曾办过《电讯报》和《新边区》两种报纸，1904～1906 年俄国人还在辽阳和奉天办了《满洲军队报》和《满洲军队士兵报》。郭蕴深指出："十月革命胜利后，由于大批俄国人定居中东铁路沿线，红党与白党在中东铁路沿线的争夺日趋激烈。整个 20 年代，不同阶级、阶层的代表从各自利益出发创办了各种类型的刊物。在沙俄残余分子霍尔瓦特等人控制下的中东铁路继续出的有《前进报》、《东省铁路通讯》、《路警周刊》。20 年代是俄国人办刊热情高涨的十年，据不完全统计，此间有 30 余种刊物问世。与此同时，还出现了一批宗教刊物，如《基督教之路》、《圣赐粮食》、《信仰与生活》等。'九一八'事变后，由于大批俄人离开哈尔滨及铁路沿线，加之日本人的限制，刊物明显减少。"①

俄国人所办的中文报纸对东北地域文化产生了更为显著的影响。沙俄

---

① 郭蕴深：《中东铁路与俄罗斯文化的传播》，《学习与探索》1994 年第 5 期，第 139～140 页。

在日俄战争中失败后，为了与日本进行政治角逐，维护其在北满的既得利益，于清光绪三十二年二月二十日（1906 年 3 月 14 日），以"东清铁路"哈尔滨管理局的名义，打着"开发北满文明，沟通华俄之感情"（《远东报·发刊词》）的旗号，在哈尔滨创刊了东北第一家中文报纸《远东报》。聘请中国人任报纸主编、编辑、记者，仿效上海报纸安排版式。除报头旁边有俄历出版日期外，与内地发行的中文报纸的版式基本相同。"《远东报》创刊之后，日本为了和俄国抗衡，由日本驻沈阳总领事馆出资，于光绪三十二年九月初一（1906 年 10 月 18 日）在沈阳创刊东北另一家中文外报《盛京时报》。该报辟设'文苑'、'白话'两个文学栏目，前者发表格律诗词，后者发表白话寓言、故事。翌年初，将'白话'改为'小说'栏，发表白话文言小说、寓言、古今中外历史人物故事、政治散文等，宣传政治改革、变法革新，很受读者欢迎。《远东报》创始人史弼臣和他的两个助手多布罗洛夫斯基、韦廖夫金都是海参崴东方语言学院的毕业生。他们紧随日本人之后，学习《盛京时报》的经验，也开辟了'文苑'和'小说'两个栏目。前者发表格律诗，后者发表叙事文学。"①

俄国人大量办刊，特别是影响颇大的中文版的《远东报》，从正反两方面刺激了哈尔滨早期报刊业的发展。滨江道杜学瀛曾在一份呈吉林督军的咨文里指出："近来俄文报馆已有三处，而铁路公司又特设华文报馆，独我中华报馆缺如，……彼之报纸每与我政治权限隐相干涉，颠倒是非，混淆黑白，则我自不可以人之耳目为耳目，自当速设报馆，以期抵制。"在杜学瀛的倡议下，哈尔滨第一家华文报馆、官商合办的《东方晓报》问世了。不久又先后办起了《日日画报》、《醒民报》、《滨江画报》等，哈尔滨出现了一股国人办报的热潮。俄国人在该地区办刊时间早、延续时间长、数量多，虽多为俄国推行的殖民政策服务，但也从不同侧面反映了当时的政治、经济、文化及社会状况，为我们研究东北地方史、中外铁路史及中俄、中外关系史提供了可供借鉴的重要史料。

俄国人在哈尔滨较早开始持续、大量地办报刊，对当地都市文化的影响是极为复杂的。一方面，俄国报刊多为俄国推行的殖民政策服务，许多

---

① 彭放主编《黑龙江文学通史·第二卷》，北方文艺出版社，2002，第 4～5 页。

消极的甚至是反动腐朽的言论严重毒害了当地人民。自从 1903 年中东铁路全线竣工通车运营后，帝国主义列强纷纷到哈尔滨投资，设立领事馆，使哈尔滨的经济迅猛发展，变成了一个近代化的国际大城市。多种多样的外国文化也随之大量侵入哈尔滨。据不完全统计，20 世纪初期，外国人在哈尔滨创刊的十几种报纸，已有俄、日、英、法、德、波兰、瑞典、乌克兰、爱沙尼亚、格鲁吉亚等国文字。他们还经常在哈尔滨举办音乐会、舞会、画展和戏剧演出。

在当时的哈尔滨，西方话剧和电影都被大量翻译引进。据 1910 年 10 月 23 日《远东报》社会新闻《记蛮人跳舞事》报道："外国三道街皆克担斯电影戏园，于星期五、六及星期日，陈列食人国蛮族一节早志前报。今详细调查，原来之蛮族人为阿菲利亚西南部新几内亚地方，在赤道以上七八度，故终年炎热，人不着衣，专以射猎为生活，皮肤之黑与印度人不相上下，惟身材较印度人矮小，男女皆有强力，其装束类乎台湾生蕃。昨日该园演完戏片，领出蛮人二名，鼻孔嵌以骨牙，耳坠大环，一执弓矢，一执鱼皮鼓，在台上跳舞，一唱一和，众皆不解。并列各座客前游观，见者甚不惊异。而该园生意异常兴盛，园内座位无间，闻较往日所售票价可以多及十倍。"由此可窥见哈尔滨那时之光怪陆离。由于西方电影的大量输入，哈尔滨的电影院也特别多。1911 年 10 月 17 日《远东报》以《电影园之发达》为题报道："公园歇后，中国大街之电影园聚兴。每当夕阳西下时，一般士女内游观者络绎不绝，园中所演皆赵督所摄之戏片，真情毕露，颇为一般人所赞赏。而该园中亦因之而利市三倍焉。"到 1915 年以后，电影广告剧增，每天的报纸上都有几则电影广告，如 1916 年 7 月 15 日《远东报》上莫代尔电影戏园的广告是这样写的："中国大街路东莫代尔戏园，今日准演最新影片《七点钟》。内容为某工厂经理夫人与情夫形影不相离，卒以名门闺秀不敢作苟且行为，情夫某以久不得晤面，思作最后之握别，约以七点钟会于某处，而情书为本夫所见，暗拨时针机轮，晚去一刻钟，夫人至，情夫已自戕。"

另一方面，在布尔什维克及其影响下中国人所办的进步刊物，则宣传中俄（苏）友好关系，歌颂共产主义，抨击白俄、中国反动军阀的倒行逆施，传播西方近代科技知识和民主思想。中东铁路的修筑为马克思主义在中国的传播创造了历史条件。周晓男、吕国辉曾撰文指出："一般认为，十月革命后，马克思主义才真正开始在中国传播。实际上，早在光绪年间马克思主义就经由'俄国社会民主工党哈尔滨工人团'的布尔什维克组织直接传入中国东北，因此东北的工人是中国工人阶级中最早接触到马克思主义的，也是中国工人阶级中最早参加共产党（布尔什维克）领导的工人运动的，并且在中国共产党成立之前就有人加入了布尔什维克党。"[1] 19 世纪末 20 世纪初，随着中东铁路的修筑，不少俄国布尔什维克党人进入哈尔滨及中东铁路沿线一带，这里是我国接受马克思主义思想最早的地区。中东铁路从 1898 年 6 月开始修筑，历时近 5 年，"当时，修筑中东铁路的俄国工人中有不少布尔什维克，他们在中国工人中积极传播无产阶级团结起来、工人阶级要有权利、要求八小时工作制等进步思想。而当时的中国工人大多来自于农民，根本不了解什么是无产阶级。在俄国工人的宣传启发下，中国铁路工人逐渐觉醒。在整个中东铁路的修筑过程中，中俄工人多次举行罢工，要求八小时工作、加班加点付酬等权益，并取得了一定的胜利。由此，无产阶级思想在当时中东铁路沿线的中国工人和少数知识分子中间传播开来"[2]。

中国共产主义运动领导者和左翼文学领袖人物瞿秋白很早就指出，哈尔滨是马克思主义思想在中国的最早传播中心。1920 年瞿秋白以《晨报》记者身份获得了马克思主义的"哈尔滨体验"。他赴俄前滞留哈尔滨第一次听到《国际歌》，说哈尔滨"先得共产党空气"。他是"向内地指出哈尔滨是中国最早感受十月革命气息的城市的第一个中国人"。他说："欢呼十月革命的胜利，引吭高歌《国际歌》，纵情地畅谈共产主义，在北京则是根本不可能的。除了哈尔滨以外，当时的全中国，连最激进分子也是无从想象得到的。"[3] 瞿秋白为《晨报》所写的《哈尔滨之劳工大学》，披露了"哈埠共产党虽仅二百人，而自哈埠至满洲里中东路沿线，工人有十二万，对于共产党颇有信仰"。当年修筑中东铁路，"沙俄从中国山东、河南、河北

① 周晓男、吕国辉：《二十世纪初马克思主义在东北的传播》，《吉林工学院学报》2001 年第 4 期，第 1 页。
② 张大庸：《清末马克思主义在我国东北的传播》，《党史纵横》2006 年第 9 期，第 50 页。
③ 王观泉：《一个人和一个时代——瞿秋白传》，天津人民出版社，1989，第 144 页。

等地招工近 30 万人，还从俄国招工 20 余万"。随铁路修筑涌入的工人把无产阶级革命性赋予了这个新生城市。马克思主义随着中东铁路传入黑龙江，构成一个强大的传播场源，向周边辐射。尤其是 1924 年后，原苏联操纵中东铁路，制定具有社会主义性质的《路章》，在中东铁路及其附属企业践行马列主义，使华工"在中国范围内首先尝试了社会主义企业制度和福利待遇的优越性"。因此，奉系首脑张学良也指责"俄人利用中东路为宣传赤化之根据地，（中）东路许多重要俄职员，皆与赤化运动有关"①。

此外，随着俄罗斯侨民的大量涌入和俄文报刊的繁荣，俄侨文学在这一时期逐渐兴起。《哈尔滨快报》、《青年俄罗斯报》等媒体都有版面刊登俄侨的文学作品。远东地区的俄侨文学是 20 世纪特殊的文化产物，一方面与 19 世纪末 20 世纪初俄国文学的"白银时代"相衔接，另一方面又与故国隔绝，深深打上了流亡者心态的印记，同时也受到远东地区中国文化气氛的熏陶，从而形成了一种独特的风貌。哈尔滨的俄侨文学延续了近半个世纪，它反映了俄侨不同社会阶层的思想情绪以及他们与当地中国人民的关系，具有非常丰富的文化内涵，同时也成为中俄文化交流的一个重要渠道。

二　"五四"至第二次世界大战结束：启蒙救亡感召下的时势选择

1. 东北新文学兴起之初与俄苏文学的接触

东北新文化运动略晚于全国的新文化运动，它起步晚却时间持久，力量弱却发展迅速。新文化运动在东北的产生和发展既是中国总体政治、经济、文化形势下的产物，又具有本地区政治经济文化状况的特殊性。"五四"前后的东北正处在军阀张作霖统治时期，军费开支巨大，人民生活非常困苦。帝国主义的侵略，封建势力、军阀的残暴统治促进了民族民主解放意识的觉醒。一小部分接受西方新思想影响的知识分子在五四运动的前夜便开始奔走呼号，致力于新思想的启蒙。"在当时世界革命号召之下，在

---

① 毕万闻主编《张学良文集·第一卷》，新华出版社，1992，第 209 页。

俄国革命号召之下，在列宁号召之下"发生的"彻底地不妥协地反帝国主义和彻底地不妥协地反封建主义"的五四运动，以及在文化方面以"反对旧道德，提倡新道德；反对旧文学，提倡新文学"为两大旗帜的"彻底地反对封建主义文化的文化革命"也很快波及东北地区。新文化、新文学在当时奉天、吉林、哈尔滨等地蓬勃兴起。

东北新文学在其开端时期由于军阀张作霖忙于巩固自己在东北的霸主地位和进一步逐鹿中原而一度处于自然发展的状态。因此东北的新文化运动虽然没有像北京、上海等地开展得那样广泛和深入，却也没有遭到那样强大的压制和严重的挫折，以至后来在全国新文化运动处于低潮时期，东北的新文化运动却正方兴未艾，日益高涨。直到"九一八"事变日本帝国主义武装侵占东北之后，才使这一运动被迫夭折，这一发展过程正是东北地区自身的特殊政治经济环境所决定的。在新文学运动的初期，"参与的人主要有王卓然、梅佛光、吴竹邨、卞宗孟等，他们既从事新文学的启蒙运动，又提倡新思潮，反抗旧势力，当然，他们也带有很大的局限性，只限于反抗陈腐的封建家庭，不自由的婚姻，以及一切旧道德的束缚与压制等等"①。随后，新文学社团和新文学刊物陆续出现。1922年吉林的穆木天等人组织"白杨社"，创刊《白杨》；1923年沈阳的梅佛光等人组织"启明学会"，创刊《启明旬刊》。这两个社团是东北最早的新文学团体。1925年以后，新文艺在东北逐渐扩大，1926年夏，奉天组织了名为春潮社的文学团体，1928年"春潮社"发行了《漫声》，由周筠溪和周寒愕主办，主张民众艺术。这个团体1927年春解散，《漫声》只出一期而告终。1926～1927年，关内的革命势力逐渐伸入东北，新文艺在东北的领域也随之扩大。当时成立的"关外社"，有宋小坡、张弓等人。"关外社"出版了《关外》，由宋小坡主编。1928年夏，奉天产生了东北文艺研究会，王一叶是中坚人物，办起了《东北文学周刊》。当时文艺界认为，真正能推动新文学前进的是这两个刊物。可惜《关外》出刊到十七期，因其无产阶级文学倾向，遭到东北军阀的禁止，被迫停刊。1929年《冰花》创刊，由东北大学附中主

---

① 千里草：《东北现代文学史初步调查综述》，载黑龙江社会科学院文学研究所、辽宁社会科学院文学研究所编《东北现代文学史料·第一辑》，1980，第4页。

办，编辑部负责人是郭维城、李正文任编辑。该刊是当时最畅销的文学刊物，出刊时间较长。在《冰花》上，每期都详细介绍了新兴进步的文艺理论，歌颂俄罗斯烽火，译载日本左翼作家的短篇小说。此外，还有白晓光（马加）编的《北国》、师田手在吉林编的《火犁》，这些进步刊物高举新文学的火炬，照亮了整个东北大地。一向宣传旧文学的报纸也纷纷开辟新文学专栏，如沈阳《盛京时报》开辟《紫陌》文艺副刊，大连《泰东时报》开辟《文艺周刊》，哈尔滨《晨光报》开辟《江边》文艺副刊。东北各大型报纸，争相转载关内的新文学作品，鲁迅、郭沫若、闻一多、胡也频、叶绍钧、沈从文、徐志摩、冰心等人的诗歌、小说，受到东北青年的欢迎。1928～1929 年是东北新文学发展不同寻常的两年，普罗文学诞生，马克思主义思想、苏俄革命文学传入东北地区，推动了东北新文学前进的步伐。

这一时期东北新文化运动的发展有一个非常有利的形势，即"十月革命"后，第三国际在北满一带积极开展着国际共运活动，"高尔基的小说、马雅可夫斯基的诗歌等一大批苏联无产阶级革命文学作品被源源不断地介绍到东北来，《大北新报》、《盛京时报》的北满版都一度成为传播苏联文学的重要阵地。任国桢、金人、铁弦等成为介绍苏联文学的很有影响的青年翻译家"[1]。全国新文化运动的俄苏倾向和东北地区的自身原因共同决定了东北新文学在其开端就受到俄苏文化和文学的积极而深远的影响。不过，这一阶段的东北新文学还处于萌芽期，是非常幼稚的，与俄苏文学的接触不深，所提供的文学作品的质量也不高。儒丐在 1929 年 1 月 1 日《盛京时报》上发表的《由本报每届新年征文所看到的东北文艺新趋势》中，谈到东北文学的发展成长时说："十年以前的文艺，不能为东北讳，当然是幼稚的。所以以前征文小说题，无不浅近，易于着想。而本报所录取的标准，自然不出'文理清通'范围之外。最近二三年的文艺，不能再以十年前的眼光来平衡了。因为文学的进步，实在令人可惊的很。所有的作品，岂仅文字清通而已，突进作家壁垒的，真是不一而足。每逢得到一篇短篇小说，和十年前聊斋式的短篇一比较，实在令人惊喜莫置。文笔的清新，以致描写的技能，在鄙人认为，已将进入成熟期了。不过在思想一方面，还去文

---

① 东北现代文学史编写组：《东北现代文学史》，沈阳出版社，1989，第 14 页。

学家的奥境，不能以道里计。这也许是环境使然。文学家的思想，自然不能执一而论，玩社会于股掌之间的精神，是不可少的，尤其是对于过去、现在、将来，均应有极透彻的观察。必能这样，才能自选背景，自选舞台，那沉挚的描写，精刻的敷色，也就左右逢源，毫无圃束了。"[①] 不过，我们应该看到，幼稚的新文学萌芽显示出了蓬勃的生机和良好的发展势头，但这种势头受到了日本入侵的沉重打击。

2. 激愤而又忧伤的战歌：苏俄革命文学对沦陷时期东北文学的影响

1931 年"九一八"事变爆发，东北一百三十万平方公里的土地，沦陷于日本帝国主义的铁蹄之下，三千万东北同胞沦为亡国奴。沦陷时期的现代东北文学是在极其险恶的历史条件下，在日本侵略者的殖民统治下生存并发展起来的。沦陷初期，有些报纸被迫停刊，一些作家入狱、牺牲，新文学的萌芽遭到了沉重的打击。当时的评论家王秋萤说："九月十八日事变后，东北文坛已经完全随着政局而瓦解了"，进入了"死灭"时期[②]。山丁也称此时为"文坛的大饥馑期"[③]。在日伪政权统治更为严苛的东北南部地区，大部分报纸被迫停刊，依附于报纸副刊的新文学也失去了发展的阵地。然而，侵略者的血腥镇压激起了东北人民的斗志，也从反面确立了沦陷时期东北文学的基调，作家们在不屈的民族之魂的支撑下，开始了艰难的新文学复苏工作。萧军以三郎笔名发表《一封公开信》，登在 1933 年 7 月 30 日的《大同报》副刊上，他号召青年文艺工作者："整齐了步伐，辨清了方向，抓住我们的时代，执拗、沉着的前进着。""真正的文艺不是自私的，超人的，更不是酒精、鸦片和甘心卖春妇们的媚笑。它本来'应该是人类最底层的呼声，群的行乐'，'人生的现示、发掘和创造者'……切盼所有全满洲的爱好文艺和青年文艺作者，坚定起我们的意识形态，肩承历史人群给予我们的任务，把它赋予文艺的本身，要它也去完成它所应负的任务吧。"[④] 反抗日伪统治、关注人民疾苦成为沦陷时期东北文学的中心主题。无论是东北流亡作家，还是居留在东北沦陷区的作家，都唱出了激愤而又忧伤的战歌。

---

① 儒丐：《由本报每届新年征文所看到的东北文艺新趋势》，《盛京时报》1929 年 1 月 1 日。
② 谷实：《满洲新文学年表》，载《满洲新文学史料》，开明图书公司，1944，第 6 页。
③ 山丁：《十年来的小说界》，载《满洲新文学史料》，开明图书公司，1944，第 31 页。
④ 三郎：《一封公开信》，《大同报》副刊 1933 年 7 月 30 日。

东北沦陷初期，"在敌伪统治比较薄弱的哈尔滨地区，形成了以中共党员和爱国作家为主体的北满作家群。其主要成员有金剑啸、姜椿芳、舒群、罗烽、萧军、萧红、白朗、山丁等人。他们翻译介绍外国（尤其是苏联）作家的作品，开展新戏剧活动，以报纸副刊为阵地，创作、发表了许多抗日和暴露现实的作品"①。由于地域的原因，哈尔滨地区接受苏俄文学的影响更为直接，"1933年，温佩筠自费出版了译文集《零露集》，收有托尔斯泰、莱蒙托夫、果戈理等人的作品30余篇，产生了良好的社会效果。由白朗主编的《国际协报·文艺》也经常介绍苏俄作家作品"②。迫于日伪政权的压力，舒群、萧军、萧红、端木蕻良、罗烽、白朗、骆宾基等东北作家相继逃离东北，流亡到关内，"1935年以后，萧军《八月的乡村》、萧红《生死场》、端木蕻良《鸳鹭湖的忧郁》、舒群《没有祖国的孩子》、罗烽《第七个坑》、白朗《伊瓦鲁河畔》、骆宾基《边陲线上》等一系列小说相继发表，作为一个文学流派的东北作家群引起文坛的特殊关注。他们的创作给正在兴起的抗日文学带来了生机和活力，为反帝反封建的新文学增添了抗日救国的崭新内容，发出了强烈的时代呼声，因而也成为东北现代文学的杰出代表"③。在东北作家群崛起于关内文坛之后，就有一批卓越的批评家独具慧眼地指出了东北作家群创作与苏联革命文学之间的联系，如鲁迅、刘西渭就曾将萧军的长篇小说《八月的乡村》同法捷耶夫的《毁灭》加以比照。刘西渭指出："《毁灭》给了一个榜样。萧军先生有经验，有力量，有气概，他少的只是借镜。参照法捷耶夫的主旨和结构，他开始他的《八月的乡村》。"④ 这里虽然指的只是萧军的作品，但可以看作东北作家群创作的一个典型。对这一批东北流亡作家而言，时代政治性因素和生活状况的相似，使他们更倾向于从十月革命后的苏联革命文学作品中寻找精神和文学上的启迪与滋补，表现激烈残酷的苏联国内战争和人的成长的革命文学对东北作家群的影响是十分巨大而深刻的。

逄增玉在他的论文《〈铁流〉〈毁灭〉与东北作家群创作》中指出，东北

---

① 张毓茂主编《东北现代文学大系·总序》，沈阳出版社，1996，第3~4页。
② 张毓茂、阎志宏：《东北现代文学史论》，《社会科学辑刊》1994年第2期，第144页。
③ 张毓茂主编《东北现代文学大系·总序》，沈阳出版社，1996，第4~5页。
④ 李健吾：《咀华集·咀华二集》，复旦大学出版社，2005，第111页。

作家群创作明显地受到苏联革命文学，尤其是法捷耶夫《毁灭》与绥拉菲摩维支《铁流》的影响，他认为"《铁流》与《毁灭》在基本原型、主题与构思上，为东北作家群创作提供了启迪坐标和文本蓝图"①。应该说，当20世纪30年代初这两部苏联优秀作品连同其他的苏联革命文学作品，如《铁甲列车》、《士敏土》等，在鲁迅先生的亲自主持下被译介到中国的时候，整个左翼文学阵营都受到了它们的深刻影响，感受到"新俄国"的巨大文学魅力。鲁迅先生在《祝中俄文字之交》（1932）中写道："苏联文学在我们这里却已有了里培进斯基的《一周间》，革拉特珂夫的《士敏土》，法捷耶夫的《毁灭》，绥拉菲摩维支的《铁流》；此外中篇短篇，还多得很。凡这些，都在御用文人的明枪暗箭之中，大踏步跨到读者大众的怀里去，给一一知道了变革，战斗，建设的辛苦和成功。"② 这些作品，"和我们的世界更接近"，因而受到广大中国读者的欢迎。鲁迅先生称《铁流》"是划一时代的纪念碑的作品"；认为《士敏土》展现了苏维埃工业"从寂灭中而复兴"的历史，更重要的是小说"还展开着别样的历史——人类心理的一切秩序的蜕变的历史"，使"人类的智慧和感情"，在"火焰辉煌了工厂的昏暗的窗玻璃"的同时，也"一同辉煌起来"，小说不愧是"新俄文学的永久的碑碣"③。鲁迅先生还赞扬了苏联文学的强烈的战斗性，称《毁灭》是"新文学中的一个大炬火"，"一百五十人只剩了十九人，可以说，是全部毁灭了"，但战士们"这'死'究竟已经失了个人底意义，和大众相融合了"，"这'溃灭'正是新生之前的一滴血，是实际战斗者献给现代人们的大教训"，"所以只要有新生的婴孩，'溃灭'便是'新生'的一部分"④。

把东北作家群的创作放在整个左翼文学的背景下来考察，其思想倾向会变得更加清晰。王富仁认为，"中国左翼文学是在中国新文化、中国新文学的基地上站立起来的，它把大量被排斥在国家政治经济法权保护圈之外

① 逄增玉：《〈铁流〉〈毁灭〉与东北作家群创作》，《东北师范大学学报》1991年第1期，第60页。
② 鲁迅：《论中俄文字之交》，《鲁迅全集》第4卷，人民文学出版社，1981，第461～462页。
③ 鲁迅：《〈梅斐尔德木刻士敏土之图〉序言》，《鲁迅全集》第7卷，人民文学出版社，1981，第362页。
④ 鲁迅：《〈溃灭〉第二部一至三章译者附记》，《鲁迅全集》第10卷，人民文学出版社，1981，第336页。

的社会底层知识分子的社会人生感受带入了中国的新文化和中国的新文学，成为 30 年代中国新文化、中国新文学的真正的先锋派：东北作家群是在 30 年代中国左翼文化、中国左翼文学的基地上站立起来的，它把一向被中国文化传统排斥在自己的文化圈之外、在东北这块蛮荒的土地上成长起来的现代青年知识分子的人生感受和社会感受、把在这块土地上被日本帝国主义的军事侵略激发起来的中华民族的意识和民族精神带入了依然主要关注着民族内部阶级斗争的左翼文化、左翼文学界，成为 30 年代左翼文化、左翼文学中的真正的先锋派"①。逢增玉也曾指出，"30 年代中国社会本身的历史运动，以及与此相吻合的左翼作家的思维认知结构，使广大下层人民不仅成为主要描写对象，而且是在历史主体、历史主人公、历史创造者的镜角之下被表现和仰视的。这同十月革命前后俄苏文学的发展流脉十分相近。在 30 年代的具有'先锋'倾向的左翼文学中，东北作家群创作以其特殊的题材内容所表现出来的人民大众在历史变动中的成长和崛起的主题，丰富、深化了左翼文学。而东北作家群创作中这一主题的形成和出现，在很大程度上可以说直接得力于苏俄革命文学"②。法捷耶夫在《和初学写作者谈谈我的文学经验》一文中曾写道："在内战中进行着人材的精选，一切敌对的都被革命扫荡掉，一切不能从事真正的革命斗争的、偶然落到革命阵营里的都被淘汰掉，而一切从真正的革命根基里，从千百万人民大众中间站起来的都在这次斗争中受到锻炼，并且不断壮大和发展。人的最巨大的改造正在进行着。"③ 在十月革命和国内战争的圣火中进行"人材的精选"，进行"人的最巨大的改造"，是苏俄革命文学的重要主题。萧军的《八月的乡村》、萧红的《生死场》、端木蕻良的《大地的海》、骆宾基的《边陲线上》、马加的《寒夜火种》、舒群的《老兵》、白朗的《伊瓦鲁河畔》，以及此外的大量的短、中篇作品，均广泛、壮阔地描绘了东北大地上的抗争洪流。在故土沦丧、父老乡亲惨遭侵略者蹂躏之时，东北作家不能

---

① 王富仁：《三十年代左翼文学·东北作家群·端木蕻良之四》，《文艺争鸣》2003 年第 4 期。

② 逢增玉：《〈铁流〉〈毁灭〉与东北作家群创作》，《东北师大学报》1991 年第 1 期，第 61～62 页。

③ 法捷耶夫：《和初学写作者谈谈我的文学经验》，载山东师范学院中文系文艺理论教研室编《外国作家谈创作经验》，山东人民出版社，1980，第 762 页。

不大声呼号，奋笔讴歌东北人民的反抗斗争。此时，苏俄革命文学无疑给了他们及时、珍贵的提示，使他们没有仅仅将战争当作劫难，而是将其视为难得的对人民、民族进行重新锻造与新生的历史之火，确立了将东北人民的斗争同挽救危亡的民族斗争联系起来，在民族斗争、民族解放的高度和意义上描绘东北人民的历史性斗争行为的创作主题。端木蕻良的长篇小说《大江》就是一个鲜明的例证，《大江》中所写的铁岭、李三麻子等农民出身的抗日战士，一如苏俄革命文学中的人物一样，并非天然的革命战士，而是浑身充满了泥土气息，具备了旧生活和农民的一切弱点。然而，当他们被生活、被历史推到民族斗争中，经历了多次的流血战斗之后，逐渐成为摆脱了旧的负累、焕然一新的自觉的民族战士。端木蕻良在《大江》的后记中反复强调他写的人物"有着中国农民的一切弱点，他们也有着脱离了生产关系（长期的或短期的）游荡的惰性。但事实却把这些个打得粉碎，他们唯一的可能只有服从事实，酷热是事实，苦斗是事实，生活或者死亡。而他们必得服从他们所属于的群的大流，他们必得为群所创造，……在群的创造之下，他们都成了英勇的战士"[1]。又说："我的书是以群为主角的，因为我写的是'铁岭'、'李三麻子'，两个多棱的家伙，这两块顽铁，怎样的被在群的道路上改变，他俩怎样成为了精钢，成为了中华民族在这次大斗争里面的活的标本。我写的是群的力，在他们身上所发生的投影，怎样的起了作用。我写的是一个民族战斗员的成长史……精神历险和被创造。"[2] 由此我们可以进一步证明东北流亡作家创作与苏俄革命文学的深刻的内在关联。

与此同时，在腥风血雨的东北沦陷区，也激荡着反抗的声音。梁山丁曾指出："在日寇侵占着我们东北以后，我们的作家们都有一颗被时代碾碎的心！""在《'铁流'的故事》里，杨朔是这样描写的：我在哈尔滨度过一段黑暗的日子，……一到黑夜时间却象倒退到几万万年前的洪荒时代，四下里一点动静都听不见，只听见风卷着大雪，呜呜地哭嚎着，一阵又一阵扑到楼上。时常睡到半夜，忽然惊醒。耳边上轰隆轰隆响着敌人过路的坦克。我睁大眼，瞪着漫漫无边的黑夜，觉得坦克好像从我胸口碾过去，

---

[1] 端木蕻良：《大江·后记》，《端木蕻良文集2》，北京出版社，1998，第529页。
[2] 端木蕻良：《大江·后记》，《端木蕻良文集2》，北京出版社，1998，第533页。

把我的心都碾碎了。"① 在这种情况下，苏俄革命文学便成为东北作家喜爱和学习的对象。作家山丁说："我第一次读到苏联诗人马雅可夫斯基的诗篇《诗人》，是在一九三六年夏初，剑啸编的《大北新报副刊》上，那首诗上有这样的几句：劳动大众里的同志，／普罗的躯壳和精魂，／惟其是在一齐儿，／我们去更变整个世界的面目。译文是不大通顺的，但是咀嚼着诗意，我很喜欢这首诗"②。形成于1939年秋天的"大北风"作家群，其政治核心是成立于1937年秋冬之际的马克思主义文艺学习小组。小组开始并未取名，以"读书会"的形式每周聚会，系统地学习马克思主义政治理论和文艺理论，阅读托尔斯泰、果戈理、契诃夫、高尔基、法捷耶夫等的名著，分析形势，讨论创作，进一步加强对苏俄革命文学的吸收和借鉴。对马克思主义文艺理论和苏俄革命文学的自觉学习，使得"大北风"作家群的创作具有了直面现实、反抗压迫的革命内涵，其作品注重描写"平民层里""血和泪的飞迸"，"在属层的战争中形成着我们的英勇的叙事诗"③。"大北风"作家群中最有成绩的当推关沫南，他的作品中常常出现对侨寓东北的俄罗斯人流浪生涯的描写。借这类人物来抒写去国思乡之愁苦，虽也是为了以曲折的笔法躲过出版检查的耳目，但寄居他域异乡的俄罗斯流亡者那种非正常生活状态中的醉态苦情，有时反倒更浓烈地流露出了作者对国土沦陷、民族危亡的忧患意识。《醉妇》（载《滨江日报》1937年3月10日、12日《文艺》副刊）中的拉尼"对于人生感到过度的无味与悲哀，才纵酒自娱"，她几乎每日在狂饮狂歌中麻醉自己，她"虽然常醉，但她的话说出来多少都有点道理"。这个人物的孤独、内省、愤世嫉俗，其心灵负载的不堪忍受的感伤，都在去国离乡的历史背景下得到表现，在沦陷后的东北极易激起读者的共鸣。《地下的春天》（载1939年沈阳《新青年》）描写了伊望和安娜这一对哥萨克青年夫妇失去了祖国家乡后的悲伤，显露了主人公被社会所放逐的流离之苦。④

　　总之，在沦陷时期的艰难岁月里，东北作家大多自觉地以笔为枪，揭

---

①　梁山丁：《文学的故乡》，《东北现代文学史料·第二辑》，1980，第98页。

②　梁山丁：《文学的故乡》，《东北现代文学史料·第二辑》，1980，第93页。

③　罕牢：《哈尔滨文坛一瞥》，转引自徐逎翔、黄万华《中国抗战时期沦陷区文学史》，福建教育出版社，1995，第133页。

④　徐逎翔、黄万华：《中国抗战时期沦陷区文学史》，福建教育出版社，1995，第135页。

露日伪统治者的暴行，颂扬人民的反抗斗争，探究社会底层的黑暗。而经历了十月革命炮火洗礼、表现相似的斗争主题的苏俄革命文学就成为文学素养相对薄弱的东北作家的学习榜样，东北作家的创作在主题、构思、人物形象塑造等多方面都受到了苏俄革命文学的深刻影响，比较而言，东北流亡作家的这种学习体现得更为鲜明、直露，而沦陷区作家则表现得较为隐讳，这主要是日伪的思想控制所造成的。

　　3. 植根于乡土的苦吟：俄苏经典文学对沦陷时期东北文学的影响

　　沦陷时期东北文学对苏俄革命文学的学习和接受更多的是由时势环境所决定的。在当时来看，它们起到了投枪和号角的作用，喊出了被国民政府所抛弃、被中原文化界所忽视的东北边地的声音。在喊出这声音之前，东北是一块沉默的土地，是中国主流文化的边缘，是被遗忘的角落，在这个角落里生活着被遗弃的蒙昧愚钝的人民。王富仁曾指出："实际上，一个地区、一个社会阶层，在整个中国文化中没有自己独立的声音，没有自己独立的真实的生活感受、社会感受、精神感受的表现，痛苦的时候叫不出苦来，高兴的时候笑不出声来，自己的哭声、笑声无法感染中国社会更广大的民众，自己的生活感受、社会感受、精神感受无法成为整个中国社会感受的一部分，这个地区、这个社会阶层就只能是整个国家、整个社会策略原则中的一个被动的棋子，并且总是处在首先被牺牲的地位。"[1] 在 20 世纪 30 年代的中国，东北就是作为整个中国、整个中国社会的一个牺牲品而存在的。是东北作家的呼喊，刺痛了主流文化界麻木的耳膜，引起了整个中国对东北的注目，在文坛刮起了一阵凛冽的东北风，为中国新文学注入了饱满而又坚韧的民族精神。值得注意的是，沦陷时期的东北文学在中国新文学中所引起的震动不仅仅是由于其革命精神或对日伪统治的反抗，还有东北作家"力透纸背"的对"北方人民的对于生的坚强，对于死的挣扎"[2] 的描写。其对北地故土乡民生活与精神的深入探寻和省察更具有文学价值和长远意义，而这方面的创作更多的是从果戈理、托尔斯泰、屠格涅夫、契诃夫、高尔基等俄苏文学大师那里汲取了养料。

　　从对萧红《生死场》的批评的变化可以看出沦陷时期东北文学内涵的

---

　　① 王富仁：《三十年代左翼文学·东北作家群·端木蕻良之二》，《文艺争鸣》2003 年第 2 期。
　　② 鲁迅：《萧红作〈生死场〉序》，《鲁迅全集》第 6 卷，人民文学出版社，1981，第 408 页。

复杂性和丰富性。《生死场》以抗日小说的名义进入文坛，作者首先是以流亡者和抗敌前沿代言人的特殊身份引起世人瞩目的。《生死场》在相当长的时期内，在中国批评界和现代文学史研究中，被视作以社会民族意识或阶级意识为其精神主体的小说，并以此获得褒扬。经典文学史看重的是小说对在民族危亡时刻，东北农民由"蚁子似地为死而生"到"巨人似地为生而死"，走上民族解放的前线这一历史性转变的表述。萧红在当时的历史环境下未尝不是想写一部抗日小说，而且，这部小说的确引起了轰动，产生了鼓舞抗日情绪的效果。然而作品一旦完成，便成为一个自足的个体，如今我们发现小说涉及抗日的部分只占全文的大约三分之一，而三分之二的篇幅描写了农民"蚁子似地生活着，糊糊涂涂地生殖，乱七八糟地死亡""勤勤苦苦地蠕动在自然的暴君和两只脚的暴君的威力下面"① 这样一幅骇人的图景。《生死场》能够离开特定的历史情境，经久不衰，原因正在于此。从这一图景中，我们已经可以发觉萧红的创作受契诃夫影响的迹象，出现在作品中的是萧红所熟悉的乡民们，反映的是这些平凡的愚夫愚妇们的生与死。在她以后的创作中没有再出现工人和革命者的形象，她写的是自己熟悉的生活，写的是身边发生的小事。《商市街》、《家族以外的人》、《呼兰河传》、《小城三月》、《后花园》，这一系列作品生动鲜活，情感深挚，充分展现了萧红的艺术个性，奠定了萧红在中国现代文学史上的地位。而这种创作角度的选择显然受到了契诃夫的影响。契诃夫对生活做审美观照是十分注重细小事物的，他认为重要的甚至伟大的东西，往往是通过微小的不易察觉的东西表现出来的。他的多数作品都是描写小市民世界的日常生活，揭露琐事的可怕势力和庸俗习气对生活的窒息。如契诃夫一样，萧红也认为身边的任何小事都是生活，只要抓得住，就是好题材。所以在她的后期创作里没有壮烈的斗争场面，没有重大激烈的矛盾冲突，没有高大的英雄形象，只有故土小人物的平凡生活。她的创作表现了她是那么痛恨着庸俗琐事，也表现了她对"几乎无事的悲剧"的深深忧虑，在平淡的生活中透露出故土乡民蒙昧麻木的悲凉人生（有关萧红与俄苏文学的关系将在后文专题论述，兹不赘述）。

　　骆宾基可说是东北流亡作家的"后卫"，但他的创作以刚劲中有清新与

---

① 胡风：《〈生死场〉读后记》，《萧红全集》，哈尔滨出版社，1991，第145页。

明丽，强悍中有苦涩和忧郁的风格，表现出了东北作家创作的另一种情形。他早年曾"旁听于中国大学、北京大学，在北京图书馆读到鲁迅的《故乡》、《社戏》，林琴南译的托尔斯泰《现身说法》（《幼年·少年·青年》）……，埋下了他日后写童年自传体小说的欲望"①。长篇自传体小说《混沌——姜步畏家史》② 是作家自桂林到重庆的五六年间致力最多的作品。小主人公姜步畏出生在位于中、俄、朝交界三角地带的小城珲春的一个商人地主的家庭里，来自中国、苏俄、朝鲜的社会动荡都在这座小城里有所反映。小说以小主人公天真未凿而又倔强不驯的心灵去感受边陲一隅古老纯朴却又危机四伏的民情、民风、民俗，以轻淡的笔触和形象的描摹将那混杂、斑驳、带有浓重异国情调的边陲小城和粗犷而又秀美的边塞风光呈现于读者面前。作家在《自序》中写道："尤其是因为它是自传体的小说，虽非历史实录自传可比，但它却记载了作者的幼年与少年两个时期的天真而纯洁的心灵。这个心灵反映着通过家庭而显现出来的一个东北三等小县城的社会风貌。记载了'九一八'事变之前这座满、汉、回、朝四个民族杂居共处的边境城镇的风俗、人情。自然，它们都是盖有半封建半殖民地的时代烙印的。"③ 作家以舒缓而又细腻的笔触描写了这个多民族杂处的小城中的平凡人事，以儿童的明慧的眼光观照人世纷繁复杂的色彩，在那个战火纷飞的年代，这部慢板式的自传体小说恰恰是被战争摧残、蹂躏的孤独的流亡者对那已经失去了的、遥远了的、朦胧了的故乡的怀想。作家这种不愠不火的微讽和轻轻叹息、这种略带忧伤的情调，与契诃夫的《草原》息息相通，而其节奏、人物形象和对人生的悲凉感又与高尔基的自传体小说《童年》④ 有相似之处。《童年》中有两个主要的女性形象，即母亲和外祖

① 杨义：《杨义文存第 2 卷：中国现代小说史·下》，人民出版社，1998，第 306 页。

② 桂林三户书店曾以《姜步畏家史第一部：幼年》为题初版，上海新群出版社合第一、二部更用《混沌》为题初版。

③ 骆宾基：《幼年·自序》，文化艺术出版社，1982，第 2 页。

④ 与托尔斯泰的自传体三部曲《幼年·少年·青年》和高尔基的自传体三部曲《童年·在人间·我的大学》相似，骆宾基计划写作的也是自传体三部曲《幼年·少年·青年》（分别命名为《混沌》、《氤氲》与《黎明》）。整部作品预计从苏联十月革命爆发时起一直写到 1937 年全面抗战爆发，写主人公姜步畏从一个幼童到一个自觉的民族民主革命战士的成长历程。可惜的是由于形势的剧变和作者的接连两次被捕，长篇的创作被打断了而终于没有能完成。参见韩文敏《现代作家骆宾基》，北京燕山出版社，1989，第 54 页。

母，而《混沌》中同样对母亲浓墨重彩，外祖母形象的替代者是山东乡亲兼女佣的崔婆。崔婆贪嘴，却喜爱儿童，与有永远也讲不完听不厌的童话传说和民间故事的外祖母一样，"她口中有永远说不尽的话题，谈渤海南的野台戏，说鱼皮大鼓中的李太白，唱目莲僧救母的俗调，边喝酒边唱，可以彻夜不眠"①。在她的口中，可以感受到渤海南故土民风民俗的神话般的魅力，其中包蕴着浓浓的思乡之情，尽管她中年丧夫，身世悲惨，被儿子儿媳所放逐，但她在关外稍有积蓄，就打点着返乡，她的"生来的穷命，就想那块黄土地呢"！同样的情感也蕴含在作家心中，作家身处大西南，梦魂萦绕的是那一片失落多年的关外边陲的黑土地。战火中失陷的家园作为一种固定的、隐形的心理视角完整地保留在作家的记忆之中，作家以"童年"这个浪漫的生活原型象征，咏唱出一曲幽雅深情的乡土恋歌。从不屈的《边陲线上》到悲凉的《乡亲——康天刚》，再到品味自己在家庭破落和风土民情中读到的人生哲理的《混沌》，骆宾基的创作道路体现了沦陷时期东北作家痛苦思索、积极探寻的心路历程。

在东北沦陷区，"乡土文学"是持续时间最为长久、情况也最为复杂的一种文学主张。1934年，伪满洲改为帝制，日伪高压统治日益加强，对思想文化的控制也不断加紧，革命进步文化人士不时受到监视、跟踪和迫害。在这种情势下，爱国的东北文化人士不能不去考虑新的策略和方式。针对当时报纸上进步文艺副刊被敌人注意，直接揭露、声讨日伪反动派罪行的作品难以发表等情况，一些进步作家经过认真的研究，"相当的商榷"，决定采取两项措施："一、大伙计划着出单行本；二、先从暴露乡土现实做起。这便是东北沦陷区'乡土文学'主张的滥觞。"② 陈华在《我与"夜哨"》中也指出："越是质朴坚实的土壤中才会生出硬花果，满洲确是这样的在作品中嗅不出舶来的香水油，却有着浓烈的沃土高粱气息，而活动着的人物也是质朴，而有着强韧的耐苦耐劳的大陆性。"③ 萧军、萧红、罗烽、白朗相继离开东北后，山丁成了东北乡土文学的倡导者和重要实践者。1937年，他在吴郎主编的《斯民》半月刊上发表《乡土与乡土文学》一

---

① 杨义：《杨义文存第2卷：中国现代小说史·下》，人民出版社，1998，第325页。
② 山丁：《萧军与萧红》，《东北现代文学史料·第一辑》，1980。
③ 秋萤编《满洲新文学史料》，开明图书公司，1944，第46页。

文，明确提出"乡土文学"的口号。不久，疑迟的短篇小说《山丁花》问世。作品"以冰冷和热力交织的血流，点染了一幅垦林群像"，反映了在日伪统治下劳苦群众备受煎熬、走投无路的悲惨命运。据此，山丁写了《乡土文学与〈山丁花〉》一文，指出："不论在时间和空间上，文艺作品表现的意识与写作的技巧，好像都应当侧重现实"，而《山丁花》所描写的正是"我们一大部分人的现实生活，我们这块乡土"，并且强调"满洲需要的是乡土文学，乡土文学是现实的"①。以古丁为首的明明派对"乡土文学"口号提出了异议，东北文坛上最大规模的文学论争随即爆发。曾以反击旧文学而著称的古丁，此时以"史之子"的笔名在《新青年》杂志上发表《偶感偶记并余谈》、《自欺篇》等文章，指出乡土文学主张者是乱提"主义"，并在《明明》杂志提出"写印主义"，与乡土文学相抗衡。明明派的《乡土文学在哪里》等文章认为，乡土文学是"地域主义，有偏狭性"。以山丁为首的《大同报》"文艺专页"同人则坚持其主张。山丁在《大同报》"文艺专页"创刊号上的《前夜》一文中指出："我们既不需要超人的'假寐'，更不需要英雄型的'聪明'，尤不需要下意识的爱与憎，因为那只能手淫自己，短视自己，不分友敌底践踏自己。""我们要在自己和许多奸细们底面前，建立最困难的课题，那就是'描写真实'与'暴露真实'。"②　与此同时，秋萤提出"建设地方文学"的口号与山丁相呼应；牢罕也在《哈尔滨文坛之一瞥》中，批评一些"尾随着别人的呼唤而写作的'小柱子他妈'一类的小说"，是误解了"乡土文学的本质"③。从疑迟的作品和山丁的文章中可以看到，东北沦陷区的"乡土文学"主张在其最初提出的时候，便是有意而发、有的放矢的。杨义在他的《中国现代小说史》中指出："假若知道光复前的台湾进步文学是乡土文学的话，就不难理解，梁山丁提倡'乡土文艺'，同样是包含着浓郁的民族回归意识和反抗异族的忧愤情感的。"④　"乡土文学"要求文学要真实地、不加掩饰地反映现实，特别是在作品中去描写自己所熟悉了解的社会生活，表现挣扎在社会

---

①　山丁：《乡土文学与〈山丁花〉》，《明明》月刊 1937 年第 5 期。

②　山丁：《前夜》，《大同报》"文艺专页"发刊词，载《大同报》1938 年 7 月 2 日。

③　秋萤编《满洲新文学史料》，开明图书公司，1944，第 98 页。

④　杨义：《杨义文存第 2 卷：中国现代小说史·下》，人民出版社，1998，第 351～352 页。

底层的人们的苦难命运，这在当时的情势下是具有进步意义和斗争精神的。这种创作类型很容易在俄苏文学中找到典范，对土地和人民的关注是俄苏现实主义文学的一个重要主题，而从疑迟和山丁的创作中都可以发现俄苏文学影响的痕迹。

　　疑迟①是在俄苏文学的强烈影响下走上文学道路的。20 世纪 30 年代初，他就读的中东铁路车务处专科传习所是中苏合办的一所铁路专科学校，他在那里学会了俄语。毕业以后，他被派到黑龙江乌吉密站任副站长，夜里值班无事，大量阅读了果戈理、屠格涅夫、高尔基等俄苏作家的作品。同事中有苏联青年，他又从其口中第一次听到了莫斯科五一节游行、苏联新工村、红场列宁墓等新鲜事。1932 年，日本军队已入侵北满，但在哈尔滨以北地区，中东铁路还归苏联管辖，疑迟仍能读到大量苏联报刊书籍，这种情况一直到 1934 年才改变。而疑迟正是在这一时期对文学产生了浓厚兴趣。此时的疑迟不仅从俄苏文学中汲取着营养，而且在铁路沿线的荒原山村感受到了跟屠格涅夫作品描绘相似的粗犷苍茫，接触到了同高尔基作品中下层劳动者一样纯朴的扳道夫、伐木人。这后者更深刻地影响着疑迟的创作气质。他的处女作是一篇散文，发表在哈尔滨一家报纸的《公田》副刊上，据作者讲便是寄托了这种强烈的感受。所以，尽管疑迟 1935 年到长春，任职于总务厅统计处后，结识了古丁、外文，一起成立了艺术研究会，后来成为艺文志派的重要成员，但他的创作一直在上述影响下进行，"从而呈现出不同于古丁、爵青等的特色"②。他曾说创作《山丁花》是接触了"赵永顺张德禄型"的伐木人后产生了"有写出来的必要"③ 的创作冲动，此后 "赵永顺张德禄型"的人物一直生活在疑迟的作品中。他的这类作品不用浮艳的题材，不做华丽的雕琢，而是以忧郁、悲悯而一往情深的心情，去聆听土地和森林的沉重的呻吟。疑迟的创作朴素而又深沉，带有浓郁的乡土色调，在汲取了俄苏文学的营养之后，植根于故土的大森林、大旷野，刻画东北密林和旷野中原始强悍的生命，刻画这种生命在不堪忍

---

①　1948 年冬长春解放后，疑迟入东北电影制片厂，以刘迟的名字译有苏联电影《列宁在十月》、《斯大林格勒战役》、《卓娅》、《静静的顿河》等，是重要的电影文学翻译家。

②　徐迺翔、黄万华：《中国抗战时期沦陷区文学史》，福建教育出版社，1995，第 109 页。

③　疑迟：《我怎样写〈山丁花〉》，载《满洲报》1937 年 7 月 16 日。

受的蹂躏之下的野性的跃动，从而形成了自己独立的风格。小松评论他的作品时说："在北满的大荒原中居住了很久的人，假如一个太顺依情感自然流露的作者，一定会产生像高尔基以西伯利亚作背景的《书》，或者是柴霍夫以高加索为背景的《决斗》。荒原的寂寞，情感的苦闷，使人感觉天和地恍如是一所无限广阔的囚笼，空旷的没有边影……夷驰在北满大荒原中是居住了很久的人，曾经译过了高尔基的《书》也曾经读过柴霍夫的《决斗》，他没有喊过荒原的寂寞和情感的苦闷，只是用朴实的笔，写过一篇《北荒》，也写过一篇《山丁花》。"①

山丁的乡土小说，一开始便将眼光投向经济和精神双重负困的农民，深刻地反映了普通劳动群众的困苦生活，让读者心情极为沉重地看到了呻吟在日伪铁蹄下东北乡民的苦难。山丁在他的短篇集《山风》的《后记》中写道："如今正是粉饰堆砌的氛围笼罩文坛的季节。堆砌几只小故事，则自命为长篇，粉饰几块小风景，则誉扬为写实；使少爷小姐们在作着傻化迷梦的文运，与我个人是不相干的。"正是怀着这样的信念，作者摒弃虚伪与粉饰，将艺术笔触深入人生社会的纵深处，挖掘那些具有典型意义的生活画面，组成"一幅单纯的可是正确的时代的缩图，里面充满了生之悲哀，也充满了生之愿望"②。《狭街》是山丁小说中艺术上较为成熟的一篇。作品展现出在"一条弯曲得犹如一只生满毒疮的蛇似的狭街"上挣扎着的人群的剪影，着力描绘了刘大哥一家浸满血泪的遭遇：刘大哥卖身养家，死于非命；我念及刘大嫂临产，竭力想隐瞒刘大哥的死讯，不料刘大嫂也撒手人世……作品揭露了社会的黑暗，感情深沉凝重，形象鲜明生动，人物语言和环境描写也很有特色。山丁最有成就的作品当属他的长篇小说《绿色的谷》，"它是一首忧郁的乡土行吟曲，也是一首面对动荡的时代而发掘着一个疏野草莽的自然山村中旧家的没落、民性的强悍和新一代的追求的清隽深邃的歌行"③。山丁的《绿色的谷·后记》中如此叙述：我"永远不

---

① 小松：《夷驰及其作品》，载张毓茂主编《东北现代文学大系·评论卷》，沈阳出版社，1996，第210~211页。
② 山丁：《山风·后记》，转引自东北现代文学史编写组《东北现代文学史》，沈阳出版社，1989，第105页。
③ 杨义：《杨义文存第2卷：中国现代小说史·下》，人民出版社，1998，第353页。

能忘记和我一起生活在乡下的那些坚韧的农民……我亲身听见他们在祈祷与叹息之间讨着生活，我还亲眼看见他们在自然的巨人足前跌倒下去，他们是聪明的，他们懂得'跌倒了自己爬起来'""过去我很喜欢果戈理和肖洛霍夫的作品，我想满洲的农民虽然不是《死魂灵》和《静静的顿河》里的农民，然而却有着性格上和生活上的共同点的。我很放肆的想：倘能用《静静的顿河》那样伟大的构成，用《死魂灵》那样骇人的笔法，描写满洲的深厚的农民生活，该是东北的文学者的最高尚的任务。"这表明，作家力图用像俄苏经典文本那样的史诗笔触深厚地描绘出东北人民命运的历史轨迹和现实的人生选择。作品伸展到深邃的生活层面，包括旧家族的败落、佃农的苦难和动荡年代中各类型人物的人生选择，给人以关外大地的独特的旷野山林气息，以及人生追求的曲折离奇的悲凉感。小彪给自己宅地唱的"挽歌"，林淑贞门第与婚姻的苦恼，霍凤在鹞鹰和看家狗之间犹豫的心灵失落，"大熊掌"穿行于山野林莽之间的绿林好汉气质，衬托以苍茫的林莽、凶悍的狼群、古陋的巫神一类的风物世态，无不升华出遥远关外黑土地的悲凉与雄强，展现了植根于故土的"乡土文学"的开放性内涵和丰富真实的艺术魅力。

此外，我们还应注意到，由于历史与现实的原因，不仅"南满"（即长春以南）与"北满"的政治情况不尽相同，两地作家的创作思想也有较大差异。南满从日俄战争之后，便是日本的势力范围，旅顺、大连及辽东半岛还是日本的租借地，日本在南满的侵略势力与亲日派势力强大，人们——尤其是中小学生受日本奴化思想毒害较深，民族意识也比较淡薄。"九一八"事变后，南满的很多亲日派汉奸自动献城纳池，投靠日本关东军，致使日本不费吹灰之力，很快占领了南满的大部分地区。北满军民则纷纷组织起来抗日。东北全境沦陷以后，北满的抗日爱国军民在中国共产党的领导下，一直在广大山区农村进行抗日反满的武装斗争。正因如此，南满与北满的文学亦有很大的不同。东北沦陷区著名的小说家和文学理论家王秋莹在《满洲新文学的足迹》中说："如果以奉天与哈尔滨的文学比较，那么哈尔滨的文学确实高出于奉天。这北地的作家们，都能刻实的不夸诞的，去忠实写作。在刊物一方面，如《国际协报》的副刊与刘莉主编的《文艺》周刊，《哈尔滨公报》的《公田》，《五日画报》的附刊……都是很好的刊物。在这些刊物里，我们时常可以找出几篇好的作品来。在当时最杰出的作家当推三郎夫妇，自从他们的小说集《跋涉》出版了以后，不但在北满，而且轰动了整个满洲文坛，受到了读者们潮水般的好评。而这册书一直保持到现在，还为一些人称颂不绝的。作者的每篇创作绝不是一些想象出来的故事，我们看出作者是在现实油锅里熬炼过的青年，自有他生活的经验，所以从作者笔尖滑下来的，是人生奋斗血汗的点滴。"①

总之，在沦陷时期腥风血雨的情势下，东北作家植根于乡土的写作一方面暴露了日伪统治下的东北的黑暗，展现了在这块土地上挣扎生活的人们的苦难，与反抗压迫的革命文学形成了潜在的交流，起到了激发人民斗志、对抗日伪奴性文学的现实作用；另一方面，由于其深入地描绘了东北地区独具魅力的风土民情，挖掘了生活在凛冽自然气候和政治气候下的东北人民的困惑和忧郁，更多地吸收了俄苏经典文学的营养，从而具有了更优秀的艺术品质和更高的文学价值。

三 第二次世界大战结束后至 20 世纪 60 年代：苏联模式统治下的政治选择

1．"九三"至新中国成立前：夺取东北的文化军队

之所以把"九三"②至新中国成立前的东北文学与十七年东北文学③放在一起来进行讨论，是因为出于政局的原因，"九三"之后不久，中国共产党迅速将"延安文学模式"推向东北，使得东北地区早于1949年第一次文代会提前进入"延安文学模式"主导时期。

抗战后的中国，面临着两种命运、两个前途的大决战。东北地区幅员辽阔，资源丰富，工业发达，交通便利，土地肥沃，盛产粮食和木材，是当时中国唯一的现代化工业地区和余粮最多的地区。因此，国共两党谁能

---

① 王秋莹：《满洲新文学的足迹》，《明明》1937年第1卷第6期。
② 指1945年9月3日，这一天是中国人民抗日战争胜利纪念日。
③ 十七年文学是指从中华人民共和国成立（1949）年到"无产阶级文化大革命"（1966年）开始，这一阶段的中国文学历程，属于中国当代文学的一个时期，十七年东北文学即是指这一时段的东北区域文学。

控制东北，谁就会在经济上占有绝对的优势，获得支援战争的基地。东北地区的战略地位也十分重要，共产党如能控制东北，不但可以背靠苏联、蒙古、朝鲜，而且可以与华北各解放区连成一片，改变长期被国民党包围的状态，使人民军队有一个巩固的战略后方，这不仅可以保卫华北、华中解放区，而且有利于支援全国解放战争，加速革命进程。反之，如果东北被国民党所控制，就会切断华北解放区与苏、蒙、朝的联系，使解放区处于国民党军南北夹击的位置，形势将极为不利。

鉴于东北地区重要战略地位和战后形势的变化①，中共中央在领导东北人民进行解放战争和土地革命的同时，从陕甘宁边区和延安抽调大批文化干部到东北解放区，充实党政领导力量，加强政治思想宣传，开展文化教育工作，繁荣文艺创作。其中有凯丰、刘芝明、宋振庭、东速、陈元直、袁文殊、谢挺宇、梁彦、李纳、井岩盾、宋之的、刘白羽、周立波、草明、严文井、吴伯箫、华山、颜一烟、陆地、张庚、公木、西虹、安波、骆文、思基、刘大为、丁耶、申蔚、安危、方冰、毛星、朱丹、蒋锡金、丁毅、兰曼、林蓝、胡零、莎蕻、陶然、江帆、华君武、陈学昭、师田手、李之华、孙谦、王大化、吴雷、李伦等。20世纪30年代被迫离开东北流亡到关内，后来在延安的东北作家萧军、舒群、白朗、罗烽、雷加、马加、金人、蔡天心、高兰、唐景阳等，也先后返回东北。他们为繁荣发展东北解放区的文学创作做出了不少贡献。特别是东北文艺家协会的成立，在贯彻执行党的文艺方针政策，领导文艺工作者学习马列主义、走革命现实主义道路等方面发挥了重要作用。

根据逄增玉的研究，"1945年11月，中共中央东北局创办了《东北日报》，随之《东北日报》社长李常青把40万元'红军币'交给来自延安的

---

① 国民党也深知占据东北的重要性，采取一切手段争夺东北。蒋介石企图在苏联红军消灭日本关东军之后，从苏军手中把东北接收过来。为此，在1945年8月14日，国民党政府与苏联正式签订了《中华民国与苏维埃社会主义共和国联邦友好同盟条约》及有关协定。苏方承诺一俟军事行动停止之后，即把东北行政管理权交给国民党政府。8月31日，蒋介石在重庆宣布成立东北行营政治委员会，任命熊式辉为行营主任，公布划分原东三省为辽宁、辽北、安东、吉林、松江、合江、黑龙江、嫩江、兴安九省和哈尔滨、大连两市，任命了九省主席和两市市长，以接收"东北主权"的名义，开始了对东北的争夺。同时还成立了以杜聿明为首的"东北保安司令长官司令部"。参见薛虹、李澍田主编《中国东北通史》，吉林文史出版社，1991，第717页。

史修德等人，于 1945 年 11 月 7 日在沈阳创办了东北书店总店（全国解放后改称为东北新华书店），是隶属于东北日报社的一个单位，由东北日报社发行部主任向淑保兼任总经理。东北书店是解放战争时期东北最大的出版机构①。《东北日报》及东北书店的创办，是中共东北局为了在宣传舆论上配合建立巩固东北根据地，进而解放全中国做出的重要举措。东北书店在出版大量五四新文学作品以及东北解放区文学作品的同时，还出版了很多翻译过来的苏联文艺论著和文学作品。逄增玉认为："出版大量苏联文艺作品的原因，一是东北最早是苏联红军解放的，中共军队和干部进入东北时，很多地方如沈阳、大连等地都驻有苏联红军，苏联红军支持并出资翻译出版苏联文学作品和读物；二是中共与苏共和苏联的特殊关系，把出版苏联文学作品作为改造和影响人民思想意识、树立新民主主义革命的现实奋斗目标和未来社会主义远景奋斗目标的重要方式；三是五四以来中国新文学受俄苏文学影响很大，而对于与苏联接壤的东北解放区来说，建设新文学除了以关内五四新文学和老解放区文学为榜样和资源外，苏联文学也是重要的资源，而苏联作为已经取得社会主义革命和建设巨大成就的国家，其文学对于建设中国新文学、建设东北解放区文学和未来社会主义文学，具有重大的作用。"② 东北书店出版的新文学作品、苏联文学作品和大量政治与社会科学类书籍，对中共在东北以至全国取得全面胜利发挥了积极作用。

在 1947 年以前，中共及其领导的人民解放军还处于战略防御阶段，政治风云变化多端，阶级斗争尖锐激烈。革命文学工作者的重要任务是用人民喜闻乐见、形式活泼多样的文学作品来教育人民、团结人民，同敌人进行斗争，保卫解放区和革命斗争的胜利果实。其情势恰如刘白羽在《加强文学的时间性与战斗性》中谈到的："在目前伟大革命斗争的时代，文学工作者首要的战斗任务是什么？谁都不否认，我们正在进行的斗争，是中国人民反对旧中国统治者空前激烈的斗争。今天（以至将来）我们的任务，首要的是如何推动这一斗争，使这一斗争取得胜利。因此，文学的任务首要就是当前的积极的战斗的任务。不是作家个人考虑爱做什么做什么，而

---

① 逄增玉：《东北现当代文学与文化论稿》，中国社会科学出版社，2012，第 144 页。
② 逄增玉：《东北现当代文学与文化论稿》，中国社会科学出版社，2012，第 155 页。

是如何斗争有力就做什么。难道鲁迅先生是因为不爱创作小说，才写杂文的吗？自然不是，因为在那最黑暗、最恐怖的时代，这支锐利的匕首，可以更有力、更直接刺杀敌人。爱伦堡在苏德战争中，把他在西班牙内战时代的报告文学，提高到与政论相结合，而发出伟大战争中正义的钟声，响彻世界，谁都不能说他的战斗不重要。如果有这样一种'现实主义'者，当人民正在斗争的时候，他无视于当前的斗争，无助于当前斗争，而等到将来没有战斗时，再在明窗净几下写战斗给孩子们看，我们是不赞成的。我们需要将来的文学巨著，更需要今天战斗中的食粮。这是由当时你死我活的殊死阶级斗争所决定的。"①

　　这一时期东北地区的文学创作是在贯彻党的文艺方针和路线，遵循毛泽东《在延安文艺座谈会上的讲话》（以下简称《讲话》）精神下进行的。中国共产党一贯重视革命文艺工作和它的教育作用，在国共两党争夺东北的关键时期，文艺思想工作的作用就更为重要了，国民党在东北的失败与其忽视文艺宣传不无关系。毛泽东在《新民主主义论》中就明确指出："我们共产党人，多年以来，不但为中国的政治革命和经济革命而奋斗，而且为中国的文化革命而奋斗。"② 1942 年，他在《讲话》里进一步指出："在我们为中国人民解放的斗争中，有各种的战线，其中也可以说有文武两个战线，这就是文化战线和军事战线。我们要战胜敌人，首先要依靠手里拿枪的军队，但是仅仅有这种军队是不够的，我们还要有文化的军队，这是团结自己、战胜敌人必不可少的一支军队。"同时他也指出了革命文艺要为谁服务的问题："在陕甘宁边区，在华北华中各抗日根据地，这个问题和在国民党统治区不同，和在抗战以前的上海更不同。在上海时期，革命文艺作品的接收者是一部分学生、职员、店员为主。在抗战以后的国民党统治区，范围曾有过一些扩大，但基本上也还是以这些人为主，因为那里的政府把工农兵和革命文艺互相隔绝了。在我们的根据地就完全不同。文艺作品在根据地的接受者，是工农兵以及革命的干部。"③

　　支克坚认为："毛泽东《讲话》的思想来源，并非从天而降，30 年代

①　刘白羽：《加强文学的时间性与战斗性》，《东北日报》副刊 1948 年 6 月 2 日。
②　毛泽东：《毛泽东选集》，人民出版社，1964，第 656 页。
③　毛泽东：《毛泽东论文艺》，人民文学出版社，1992，第 34、37 页。

左翼理论为《讲话》提供了理论基础。比如左翼文艺运动中关于文艺为政治服务，文艺为大众服务等论述就是明显的例子。30 年代左翼文学运动宣传文学的'大众化'，尽管后来受到'化大众'的批评，毕竟在他们主观上，有为大众服务的意思：就是把文学送给大众，启发大众起来革命。"[①]而左翼理论的形成发展与苏联文艺路线有着千丝万缕的联系。1922 年，有关苏俄文艺状况、文艺政策的文章、著作开始被大量介绍到中国，"仅一九二二、二三两年内，《小说月报》、《觉悟》、《新青年》季刊就译载了法国 J·Mensnil 的《新俄艺术的趋势》、日本升曙梦的《革命俄罗斯底文学》、《劳农俄罗斯的文化政策及其设施》，克鲁普斯卡娅等人的演说《共产主义之文化运动》"[②]。到 1928 年前后，"'文学革命'进入'革命文学'阶段，一些激进的青年作家大力推崇'普罗列塔利亚'文学。'普罗'文学的倡导者明确高扬文学的阶级性，主张文学为无产阶级政治服务，强调文学就是宣传，'革命文学'的作家甘愿做'革命的留声机'。1930 年，在苏联召开了国际革命作家联盟大会，正式认可并推行苏联'拉普'派提出的'唯物辩证法的创作方法'。从此，'唯物辩证法的创作方法'，便成为中国左翼文学'法定'的创作方法，这给中国文学的发展留下了非常深远的影响、或者说是许多后患。因为'拉普'派的创作方法，机械地、简单化地把世界观和创作方法混为一谈，并用世界观代替创作方法，把浪漫主义视为主观唯心主义而将其排除在艺术殿堂之外。由于'拉普'派唯我独尊、排斥异己的做法，给文学事业造成了不利影响，1932 年，联共（布）中央宣布改组文艺团体，撤销'拉普'机构，并开始批判'唯物辩证法的创作方法'，同时展开社会主义现实主义的讨论。1934 年，苏联第一次作家代表大会召开，'社会主义现实主义'作为苏联文学创作与文学批评的基本方法，得到正式的确立。"[③]

到了 20 世纪 40 年代，在中国共产党领导下的解放区，现实主义文学

---

① 支克坚：《冯雪峰文艺理论的背景和内在矛盾》，《甘肃社会科学》2003 年第 6 期，第 4 页。
② 严家炎：《关于"五四"新文学的领导思想问题》，《中国现代文学研究丛刊》1984 年第 1 期。
③ 陈南先：《俄苏文学与"十七年中国文学"》，博士学位论文，苏州大学，2004，第 58 ~ 59 页。

思潮得到了特殊的发展，毛泽东的《讲话》正式确认了这股工农兵文学思潮。这种文学思潮与苏联的"社会主义现实主义"在精神实质上是一脉相承的，都是坚持辩证唯物主义反映论的立场，强调文学为政治服务，文学事业是革命事业的"齿轮和螺丝钉"①。有论者指出："1942 年毛泽东《在延安文艺座谈会上的讲话》确立了中国共产党文学理论的基本原则，这一点非常重要。那时毛泽东的文学导师是列宁，他接受了列宁的理论，同时也接受了斯大林－日丹诺夫主义者的阐释。毛泽东提出了文学的目的在于促进革命的观点，提出政治标准第一，艺术标准第二，强调民间文学的价值，同时以苏联为例，引述了苏联文学理论的三大要素——社会主义现实主义、党性和典型性，来反驳共产党的标准和革命的阴暗面的指责。正是《在延安文艺座谈会上的讲话》确立了中国文学理论的主要命题。当斯大林时代文艺政策的创造者去世后，苏联对文艺政策进行了重新审视，但中国文化官员却紧紧依附毛泽东的教导，《在延安文艺座谈会上的讲话》依然占据着经典地位。"②

　　这种盛行于解放区的"延安文学模式"在"九三"之后迅速推向东北地区，成为东北地区文学发展的导向。③ 这种政治导向的巨大力量使得东北解放区文学继 20 世纪 30 年代东北作家群的轰动效应之后，又一次在全国引起强烈反响。广大革命文艺工作者积极贯彻执行党的文艺路线，在短短

① 《讲话》也受到了来自苏俄的文学理论的影响，我们从《讲话》中可以发现毛泽东的许多论述留有苏俄文学理论和列宁文艺理论的一些观点影响的痕迹。《讲话》两次直接引用了列宁在《党的组织和党的出版物》中提到的观点。一处是文艺应当为"千千万万劳动人民服务"这句名言，另一处是"无产阶级的文学艺术是无产阶级整个革命事业的一部分，如同列宁所说，是整个革命机器中的'齿轮和螺丝钉'"。参见毛泽东《毛泽东论文艺》，人民文学出版社，1992，第 42 页。
② 〔荷〕佛克马：《中国文学与苏联影响》，季进、聂友军译，北京大学出版社，2011，第 250～251 页。
③ 以《东北日报》为例，《东北日报》是抗战胜利后中国共产党在东北创办的第一家报纸。它从创刊之日起，就把宣传马列主义、贯彻党的各项方针政策、为劳苦大众服务作为宗旨。《东北日报》副刊编者在 1946 年的《元旦献词》里申明："我们这一块小小的园地——虽然小是小，我们愿本着毛主席《在延安文艺座谈会上的讲话》的精神，即是为人民大众服务的精神来和大家见面。这块园地是属于大家的，我们希望它真正能够成为大家发表意见，交换思想，互相批评，表现大家希望、大家快乐、大家痛苦的一个工具。"赵树理的长篇小说《李家庄的变迁》和周立波的长篇小说《暴风骤雨》，就是由《东北日报》首先发表出来的。

的一段时间内就创作出像《东北人民大翻身》、《光荣灯》、《姑嫂劳军》、《解放四平》、《踏破辽河千里雪》、《战火纷飞》、《光明照耀沈阳》、《暴风骤雨》、《江山村十日》、《原动力》等一大批具有深刻政治思想内容和强烈时代气息的文学作品。罗立韶、于永宽创作的《姑嫂劳军》中写道："姑唱：我女婿他把民主联军当，腊梅呀呀哎呀，骑大马挎上枪，打起仗来万人难挡，啊哎哎呀。/嫂唱：我说你别把你女婿夸，腊梅呀呀哎呀，我女婿基干队也不赖，他站岗放哨把那坏人抓，啊哎哎呀。/姑唱：我女婿还把蒋介石打，腊梅呀呀哎呀。/嫂唱：我女婿防备咕叮扎，打更查夜，也是为大家，啊哎哎哟。/姑唱：民主联军名呀名誉大，腊梅呀呀哎呀。/嫂唱：我说基干队也不差，好儿来，好儿来，保国又保家，啊哎哎哟。"① 翻身农民的喜悦和自豪之情溢于言表。颜一烟的快板剧《农家乐》表达了翻身农民对中国共产党和人民军队的感激之情："来了八路军共产党，/打走了鬼子还不算，/斗倒了王小抠那活阎王！/他申冤来你出气，/你分地来我分房；/算来一所小马架，/还有黑油油的砂地整五垧。/这些好处哪里来？多亏咱民主政府民主联军共产党，/民主政府民主联军共产党。"② 这些秧歌剧、快板剧的情节比较简单，艺术形式大多取法于东北二人转和民间小调，但都表现出了积极、乐观的革命精神。正如刘白羽在《新的道路》中写道的："首先，给我最深刻印象的，它是十分健康、明快的。《大翻身》的大秧歌舞，舞步是那样雄健，演员一边歌唱，一边翻身的舞着。《光荣灯》秧歌剧中大段四唱光荣灯，歌唱那样雄壮动人。其次，是相当群众化、东北化。他们很恰当地运用民间艺术，比如《姑嫂劳军》中夸女婿的办法，《光荣灯》采用歌唱画在灯四面画的办法，还大胆地采用了东北流传最广的'喇叭腔'。我觉得这次演出，最值得重视的是群众化而不是非群众化、非东北化的秧歌……这收获是由于他们抓紧了东北民间原有秧歌艺术的基本特点：第一是健康，第二是通俗，而并未束缚在我们原有的艺术成就内。"③

但是，也有学者指出，"这一时期的文学发展存在严重不足和历史局

---

① 罗立韶、于永宽：《姑嫂劳军》，《东北日报》副刊 1947 年 2 月 14 日。

② 颜一烟：《农家乐》，《东北日报》副刊 1947 年 2 月 21 日。

③ 刘白羽：《新的道路》，《东北日报》1947 年 2 月 8 日。

限，因为政治和军事斗争的需要，文学与现实的距离过于密切，许多作家未能深入研究艺术规律，也没有条件精雕细刻，加之在大众化的号召引导下，有忽视艺术规律和艺术技巧的偏颇。个别作品因图解政治过于直白而缺少艺术魅力。另外，错误地将一些本属文艺论争范畴的问题政治化，甚至演变为政治批判，混淆了不同性质的矛盾"[①]。袁犀以马双翼为笔名写出的一篇以土改为题材的小说《网和地和鱼》，在《东北文艺》上发表不久，就遭到不公正的批判，"小说用谭元亭与魏素英相爱，表现翻身农民与渔民由互相瞧不起，到团结互助友爱，主题还是有积极意义的。批判者却片面地抓住谭元亭没有抗住孙把头女儿的诱惑，与她发生了性关系，便认定该小说在渲染色情，是篇颓废腐朽的三角恋爱的坏小说"[②]。随之萧军主编的《文化报》也受到批判，许多东北作家被称为"伪满作家"，几乎被排斥在文坛之外，特别是经过镇反运动、三反运动，所有东北沦陷时期的作品，都被视为禁区。这在相当程度上妨碍了东北解放区文学创作艺术水平的发展和提高。

对萧军的批判的依据主要有两条：1948 年 8 月 15 日《文化报》社评《三周年"八一五"和第六次劳动"全代会"》和同日《文化报》上刊出的塞上的短文《来而不往非"礼"也》。社评的开头有这样一段话："如果说第一个'八一五'是标志了中国人民战败了十四年来侵略我们最凶恶的外来敌人之一——日本帝国主义者；那么今年的'八一五'就是标志着中国人民在共产党领导下，就要战胜我们内在的最凶残的'人民公敌'——蒋介石和他的匪帮——决定性的契机。同时也将是各色帝国主义者——首先是美国帝国主义者——最后从中国土地上撤回他们底血爪的时日，同时也就是几千年困扼着我们以及我们祖先的封建势力末日到来的一天。因此，我们对于这个纪念日是不能作为一般纪念日来看待的。"[③] 东北文艺会议对萧军及其《文化报》做出的《结论》"认为国民党把苏联称为'赤色帝国主义'，萧军在'社评'中要把'各色帝国主义'驱逐出中国，就是要把苏军赶出东北，因此是反苏"[④]。

---

① 张毓茂主编《东北现代文学大系·总序》，沈阳出版社，1996，第 8 页。
② 彭放主编《黑龙江文学通史·第二卷》，北方文艺出版社，2002，第 433 页。
③ 彭放主编《黑龙江文学通史·第二卷》，北方文艺出版社，2002，第 435 页。
④ 彭放主编《黑龙江文学通史·第二卷》，北方文艺出版社，2002，第 438 页。

同日,《文化报》第三版发表了塞上的一篇小品《来而不往非"礼"也》。文章写了一件简单的小事:一个俄罗斯老太太与儿孙在茶几前喝茶纳凉,三个衣衫褴褛的中国孩子站在栅栏外观望,俄罗斯老太太厌恶中国孩子,骂道:"你们滚吧!"俄罗斯小孩拿着石块打中国小孩,中国小孩捡起石块进行了还击。哈尔滨是俄侨聚居地,居住在这里的一些富有的白俄贵族抱有种族优越感,瞧不起中国人,塞上的短文反映了这种情况。以这样一篇短文来批判萧军恶毒挑拨中苏关系,反映了当时"左"倾文艺思想的极度膨胀。不过我们也应该了解到,苏军进入中国东北之后军纪并不严明,时有欺凌百姓、奸淫妇女的情况发生,萧军曾在演讲中批评了这种现象,但在当时的政治气候下,任何对苏俄的批评声音都被严厉地打压了。1978年4月21日中共北京市委组织部、宣传部在《关于萧军同志问题的复查结论》中指出:"萧军同志早年投身于民族解放运动,并以自己的文学创作宣传抗日救亡,反对国民党反动派的卖国政策和独裁统治。他为了追求进步和光明,两次去延安。萧军同志拥护中国共产党,拥护社会主义,是一位有民族气节的革命作家,为人民做过不少有益的工作。一九四八年东北局《关于萧军问题的决定》,认为萧军'诽谤人民政府,污蔑土地改革,反对人民解放战争,挑拨中苏友谊',这种结论缺乏事实根据,应予改正。"[①]

2. 十七年:"社会主义现实主义"主导下的东北文学

新中国成立初期的中国文学,经历了由"延安文学模式"到"社会主义现实主义"的演化。在正式确立"社会主义现实主义"创作方法之前,学界一般用"革命的现实主义"或"无产阶级现实主义"这样的名词,其原因茅盾说得很清楚:"社会主义的现实主义的创作方法和我们目前对于文艺创作的要求也是吻合的。但是一般人看见社会主义一词就想到它的政治的经济的含意,而我们是新民主主义阶段,所以,一般我们都用'革命的现实主义'一词区别于旧现实主义——即批判的现实主义。"[②] 事实上,虽然"社会主义现实主义"创作原则到1953年第二次全国文代会才被官方正

---

① 彭放主编《黑龙江文学通史·第二卷》,北方文艺出版社,2002,第439页。

② 茅盾:《略谈革命的现实主义》,《文艺报》1949年第4期。

式确认，但是它与"革命的现实主义"等名词之间的内涵并没有什么区别，这从当时的文学创作和文学评论状况中都可以看出。作为苏联文艺创作方法核心内容的社会主义现实主义成为新中国成立之初中国文学所走的道路，周扬指出："摆在中国人民，特别是文艺工作者面前的任务，就是积极地使苏联文学、艺术、电影更广泛地普及到中国人民中去，文艺工作者则应当更努力地学习苏联作家的创作经验和艺术技巧，特别是深刻地去研究他们创作基础的社会主义现实主义。"[1] 这一时期的东北文学创作也是在总的政治方向的指引下进行的。

新中国成立初期，人们都被一种新时代、新气息所鼓舞着，国家从经济建设到文化建设都呈现出一派欣欣向荣的景象。此时的东北文学尽管创作数量不多，但创作文本的个性比较鲜明，在时代的交响与变奏中谱写了富有白山黑水特色的乐章。像马加的《开不败的花朵》，蔡天心的《长白山下》、《双龙河》，白朗的《不朽的英雄》，师田手的《宋振甲的心愿》以及草明的《火车头》，高士心的《长白山绵绵山岭》等作品在当时都产生了积极的反响。这一时期的作品较为通俗易懂，受众主要是工农兵大众。查看创刊于1951年1月的《松江文艺》，可以发现其中发表的作品大多是快板、大鼓书等，间或有一些诗歌发表，如林珏的《毛主席在哈尔滨》、孙酒泉的《爱十月》、隋书今的《好儿童》、庄严的《好村长》等。这些作品的内容主要是歌颂共产党、新中国，赞美新社会、新生活，或歌颂新人新事。

到20世纪50年代中期，一方面由于苏联"解冻"文学的推动，另一方面国内生产资料所有制的社会主义改造基本完成，全国掀起了社会主义建设的高潮，1956年毛泽东在政治局扩大会议和最高国务会议上先后两次作了《论十大关系》的讲话，并在1956年5月2日最高国务会议第七次会议上正式提出实行"百花齐放，百家争鸣"的方针，这一切都为文学的发展创造了稳定的经济政治环境，也推动了东北文学的繁荣。何青志指出，此时"反映现实生活题材的作品从建国初的歌舞升平的表层叙写转为开始涉及现实生活的矛盾和人民精神生活的深处，如安波的话剧《春风吹到诺敏河》表现

---

[1]　周扬：《社会主义现实主义——中国文学前进的道路》，《周扬文集》第2卷，人民文学出版社，1985，第186页。

了农业合作化过程中人们新旧思想观念的碰撞与矛盾，白朗、马甲的长篇小说《爱的召唤》和《在祖国的东方》则从多侧面展示了抗美援朝战争中志愿军战士丰富的情感世界和英勇顽强的战斗精神"①。运用现实主义的创作方法叙写历史题材的文学作品在此时也产生了积极的反响，主要有曲波的长篇小说《林海雪原》、雷加的长篇小说《春天来到了鸭绿江》等。特别是《林海雪原》，一经出版就为广大读者所喜爱，成为一部红色经典。

1958 年的"大跃进"运动也带动了文艺的"大跃进"。1958 年 3 月的成都会议上，毛泽东正式提出要"搜集点民歌"，并且指出"中国诗的出路，第一条是民歌，第二条是古典，在这个基础上产生出新诗来"。此后，新民歌运动就轰轰烈烈地发起了。东北虽为边疆，但在全民写诗的高潮中丝毫没有落后。1958 年 8 月，延泽民（时任黑龙江省文联主席）在《北方》文学杂志上撰文说："文艺创作也必须跃进，不能慢吞吞地写，要快写、多写、写好。一句话，文学创作也必须多快好省。"在这篇文章的最后，作者还批判地指出："有人说文学创作不能跃进，不能配合政治任务，去他的；让他在人民唾沫星子下喊叫吧，让他自个闷在屋里'孤芳自赏'吧。"② 据齐齐哈尔文教部统计，"大跃进"以来出现了一百三十多万首民歌。1959 年 9 月由中国作家协会黑龙江分会精选的《黑龙江民歌选》和中共齐齐哈尔市委文教部于 1958 年编的《齐齐哈尔民歌选》，可以窥一斑而见全豹。这些民歌除了极少数歌颂劳动与爱情，歌唱少数民族翻身解放的幸福生活外，绝大多数是围绕当时实施的政策和流行的政治口号遵命写诗，完全失去了民间歌谣的现实主义传统，它产生于'浮夸风'，反过来又助长了'浮夸风'的发展。民歌中肯定和歌唱的是当时大跃进中普遍存在的说大话，说假话，虚假浮夸的恶劣作风"③。这种作风在以后的很多年还难以肃清。

这一时期的东北文学中值得一提的是儿童文学创作呈现出良好的发展态势，这与俄苏儿童文学的大量传入是密不可分的。热爱孩子，关心少年儿童是人类的共性。"十七年"时期，我国大量译介俄苏的儿童文学。当时

---

① 何青志：《当代东北小说研究》，吉林人民出版社，2002，第 14 页。
② 延泽民：《文学创作要快马加鞭》，《北方》8 月号，1958。
③ 彭放主编《黑龙江文学通史·第三卷》，北方文艺出版社，2002，第 103 页。

的儿童文学翻译家主要有任溶溶、陈伯吹、李俍民、曹靖华、汝龙、草婴等①。根据陈南先的研究，"以张扬现实主义精神的苏联当代儿童文学成就巨大，三位最有代表性的苏联儿童文学家盖达尔、尼·诺索夫、阿列克辛的主要作品几乎都被译成中文。如盖达尔的《远方》、《丘克和盖克》、《铁木尔和他的伙伴》、《学校》、《战争和孩子们》、《军事秘密》；尼·诺索夫的《快乐的小家庭》、《两个小朋友》、《幻想家》、童话三部曲：《"全不知"游绿城》、《"全不知"游太阳城》、《"全不知"游月球》；阿列克辛的《七楼广播电台》、《两个同学的通信》、《前天和后天》、《中队齐步前进》、《沙沙日记》、《冒名顶替》；其他还有一些代表性的儿童文学作品，如比安基的《森林报》；阿列克谢耶夫的《我们的中尉》；雷巴科夫的《最早的少先队员》、《克罗什历险记》等等。另外，俄国作家的一部分儿童文学，如普希金的童话诗《渔夫和金鱼的故事》、《普希金童话诗》、《谢德林童话集》、《克雷洛夫寓言》、列夫·托尔斯泰的童话剧《儿童的智慧》、《托尔斯泰童话集》等也译成了中文"②。儿童文学研究者韦苇认为："论及外国儿童文学对中国儿童文学影响之深广，是没有第二个国家可与俄罗斯匹比的"，"外国儿童文学作品汉译工作做到这一步的，唯俄罗斯一国而已"③。20 世纪五六十年代的中国少年儿童可以说是在俄苏儿童文学的影响下成长起来的，这对中国文学的发展影响深远。这一时期东北的儿童文学，如伯宁的小说《不屈的孩子——小娃》、郭墟的小说《抗联的少先队》、丁耶和胡昭的儿童叙事诗《去串阔亲戚》、《雁哨》等作品都产生了很好的反响。尤其是胡昭的叙事诗《雁哨》借用大雁的视角和儿童的口吻，表现了一群大雁在漫长的迁徙途中的艰辛和不幸的遭遇，作品拟人化的描写生动感人。作品从引子、开头到三次警报的描写故事情节性很强，整部叙事诗不仅体现出保护环境、珍爱动物的朴素的环保意识，而且也渗透了作者热爱自然、关爱生命的人文情怀，这与俄苏文学中重视人与自然关系的人文传统是相互契合的，而这一观念在 20 世纪 50 年代的中国是具有超前意识的。当时

---

①　李岫、秦林芳主编《二十世纪中外文学交流史·下》，河北教育出版社，2001，第 744 页。

②　陈南先：《师承与探索：俄苏文学与中国十七年文学》，华中师范大学出版社，2011，第 55～56 页。

③　韦苇：《俄罗斯儿童文学论谭》，湖南少儿出版社，1994，第 3 页。

还很少有人能认识到人与动物之间的重要关系，更未认识到环保的重要性。这部叙事诗以独特的视角告诉儿童关爱一切生命的可贵，它突破了阶级的局限，给儿童的心田播撒了一种广博之爱。

总之，"九三"到"文革"前的东北文学受苏俄文学的影响主要体现在社会主义现实主义的道路上，这是由当时的政治局势所决定的，照搬苏联模式表面上造成了文学创作数量的繁荣，却降低了文学的艺术水平，对苏联革命现实主义文学的学习存在着表面化的问题。而在苏联革命文学中，俄罗斯文学针砭现实、追问人生的伟大传统，悲天悯人、深沉博大的真诚情怀，都依然在延续，如《静静的顿河》是一部充满人情味和沧桑感的史诗性巨作；奥维奇金的《区里的日常生活》、尼古拉耶娃的《拖拉机站站长和总农艺师》、爱伦堡的《解冻》等作品敢于暴露现实生活中的问题，充满了批判精神；《钢铁是怎样炼成的》这样的革命文学经典也蕴含着深刻的人生哲理。苏联革命现实主义文学对这一时期的东北文学以至中国文学的影响是决定性的，但就如王蒙在晚年回首往事的长篇小说《恋爱的季节》中指出的那样："不论是赵树理还是周立波、康濯，他们总是不像苏联作家、俄国作家那样抒发丰富多彩乃至神奇美妙的内心。中国作家可能写得很幽默、智慧、通俗、激烈，尤其是真实、生动、纯朴，但他们从来不像苏联作家乃至旧俄作家写得那样美、那样丰满。这也许正是苏联文学里充满了幸福、生活、光荣、爱情，而中国的文学作品里净是被骗后的觉醒、翻身后的感恩、识破奸诈与显露忠诚……的缘故吧。"[1] 不过，也许差距会变成某种学习的动力，使得一代又一代的东北作家都倾心于俄苏文学。

四　改革开放以后：西方文化浪潮涌动下的自主选择

1. 新时期东北文学的走向

20世纪60年代，随着中苏两国执政党交恶，中国开展"反修"运动，苏联文学也被视为"修正主义"文学而受到错误的批判，甚至在"文革"中成为禁书。但是，这一时期苏俄文学作品并没有在民间消失，不少青年

---

① 郭友亮、孙波主编《王蒙文集·第二卷》，华艺出版社，1993，第554页。

在"文革"中的地下读书活动中接触到的主要文学作品仍然是来自苏俄的。张抗抗曾说："我本人就是读着苏俄文学长大的。在我整个少年青年的成长时期，几乎读遍了俄罗斯和前苏联最有影响的小说、戏剧与散文。我们熟知前苏联以及俄国最优秀的作家与作品，这些作家与作品，滋养了整整两代中国人。从列夫·托尔斯泰、普希金、果戈里、契诃夫一直到肖洛霍夫，他们所提供的思想与艺术养料，曾经那样强烈地唤起过我的激情与良知。"① 可以说，在"文革"的文化沙漠中，苏俄文学作品较之中国的红色经典更加受青年们喜爱，苏俄文学深沉而又感伤的氛围一直深深地影响着那一代人。所以，在新时期中国文学的发展轨迹上的"伤痕""反思""寻根"等思潮中，我们可以清晰地看到其与苏联"解冻"后文学的相似之处。不过，中国文坛的环境由过度压抑到宽松的逆反，使得西方文艺思潮大规模涌入，文坛上各种风格流派异彩纷呈，创新探索层出不穷，"现代派""结构主义""魔幻现实主义""后现代主义"等，几乎每隔一两年就会冒出一些标新立异的艺术旗号，形成了"各领风骚三五天"的局面。

在新时期的东北文坛，文学的发展既受到了主流文学思潮的冲击，又具有自身的特色；既有金河、邓刚、白天光、谢有鄞为代表的乡土寻根文学，张抗抗、梁晓声为代表的知青文学，马原、洪峰为代表的先锋文学，又有阿成、迟子建等独具个性的创作，呈现出较为繁荣的创作格局。新时期东北文学可说是继现代的东北作家群崛起之后又一股强劲的"东北风"。探讨俄苏文化和文学对新时期东北文学的影响，首先需要厘清其发展的脉络和走向。在新时期的东北作家中，马原可说是一个另类。他 1982 年毕业于辽宁大学中文系，同年赴西藏做记者，1989 年才返回沈阳。他的作品基本是以西藏为背景展开的，很少对东北地域的描写，而且他的写作受拉美文学影响较为明显。相比而言，同为先锋文学主将的洪峰则主要将目光投射在东北地域，作品中充盈着东北地区独特的地方风情，表现了对历史和人生的深刻思考。可以说，新时期东北文坛的大多数作家都是以东北地区历史文化的变迁和人们的生存境遇为创作源泉的，并且在理论上提出了"东北文学"的概念。

---

① 张抗抗：《东北文化中的俄罗斯情结》，《作家杂志》2003 年第 10 期，第 20 页。

1985 年，韩少功在《作家》第 4 期发表的《文学的"根"》一文中谈道："文学有根，文学之根应深植于民族传统文化的土壤里，根不深，则叶难茂。"随即一些作家也纷纷撰文予以响应，一时间在文化文学界出现了"寻根"的热潮。正是在这样的时代背景下，东北作家金河在《鸭绿江》上相继刊发了关于"东北文学"的几则断想，提出了"东北文学"的口号，倡导建构"有特色的东北文学"①。这引起了东北作家和学者的热烈讨论，《鸭绿江》连续几期刊发了相关评论文章，大家各抒己见，众说纷纭。赞成者认为"'东北文学'的能否创成，其根基在于东北文化与中国其它的地区文化相对照是不是有自己的特点……如果东北文化是一个文化类型，那么东北文学的血管里就会流着东北文化的血液，就应该具有明显的东北地方特色，并且可以在历史上有一定的稳固性和持久性"，并指出"历史上的东北是一个多民族聚集的地方，其中南北朝时的鲜卑、唐代的高丽、唐末和宋代的契丹、宋末的女真、明末和清代的满族等等，都曾经对中国的历史产生过重大影响。这些民族大都有自己的语言文字、风俗习惯、宗教信仰、审美理想、典章制度……即大都具有独特的文化。正是这些民族的文化同汉文化的融合构成了东北文化的特殊类型"。这种"特殊类型"就是东北历史上形成的"尚武、尚力的文化精神"，在"东北作家群"笔下表现为"对力的讴歌和礼赞，是对力的追求和向往，是对力的抒发和伸张"。他们还谈到"这种特异的文化精神"对受传统儒家文化影响而"导致的中华民族性格的软化"的现象能"起到补偏救弊的作用"。这即是"当年'东北作家群'崛起文坛的意义，也是我们今天创议东北文学的意义"②。相似的观点还认为"'东北文学'口号的提出，还有助于我们正视历史和现实，提高独特的审视生活、理解生活的自觉性，创作出真正独具

---

① 1985～1986 年，金河在《鸭绿江》先后发表了四篇关于"东北文学"的断想，分别为：《东北的"文化土层"——"东北文学"断想致意》（《鸭绿江》1985 年第 10 期）、《假如来个外星人——"东北文学"断想之二》（《鸭绿江》1985 年第 11 期）、《掬一捧长江水——"东北文学"断想之三》（《鸭绿江》1985 年第 12 期）、《要识庐山多看山——"东北文学"断想之四》（《鸭绿江》1986 年第 4 期）。

② 李兴武：《有地方特色的倒容易成为世界的——创议"东北文学"之我见》，《鸭绿江》1986 年第 5 期。

特色的屹立于世界之林的文学作品来"①。与上述不同的观点则认为"有没有实际形成'东北文学'的可能",这种提法还"值得研究";"代表作家作品"和"共同的文学观念"是一种标志,"没有这种标志,人们很难具体把握你所提倡的是什么东西";认为"东北作家间缺少一种特有的共同的文学观念、理论主张和美学追求,这也是'东北文学'难以成立的事实之一"②。

今天再看当年"东北文学"口号的提出,单方面的肯定或否定都有失偏颇。值得注意的一点是,这个口号的提出并非狭隘的地方观念所致,而是在世界文化浪潮的影响下民族文化自省意识的表现,正如韩少功《文学的"根"》一文中所言:"这不是出于一种廉价的恋旧情绪和地方观念,不是对歇后语之类浅薄的爱好,而是一种对民族的重新认识,一种审美意识中潜在历史因素的苏醒,一种追求和把握人世无限感和永恒感的对象化表现。"可以说,"东北文学"口号的提出,在客观上促进了东北地域文化文学意识的觉醒,使许多作家由原来不自觉地表现地域文化的特征到自觉地开掘地域文化的富矿,进而将东北地域文学创作推向一个新的阶段,无疑对新时期东北文学的发展产生了深远的影响。从文学创作提供的实绩来看,新时期东北文学主要包含四个方面的内容:具有浓郁地域文化特色的乡土文学;存在地域观察视点差异的知青文学;包含现实主义、现代主义等多种文学因素的新潮文学;独具特色的不可归为任何流派的作家的个体文学。而这四方面的文学创作所围绕的核心和源泉就是东北地域的历史文化和现实生活。

新时期东北文学的创作成就应首推蕴含东北地域文化特征的乡土文学。早在20世纪80年代初期,在金河、邓刚、阿成、张笑天、迟子建等作家的创作中地域文化特征已初见端倪。"东北文学"口号的提出,更加有力地推动了东北地域文学的发展,"尤其是涌现出了一批致力于东北地域历史文化探索的作家和作品。诸如金河的小说集《不仅仅是留恋》,邓刚的《迷人的海》,张笑天的《木帮》,韩汝诚的《乌兰察布眷情》、《金香炉》,王宗汉的《情债》、《关东响马》、《末代马贼》,于德才的《焦大轮子》,白

---

① 荒原:《"东北文学"可行说略》,《鸭绿江》1986年第6期。
② 尹权宇:《也谈"东北文学"》,《鸭绿江》1986年第5期。

天光的《七角猪的悲剧》、《牛血大旗杆》，孙春平的《轱辘吱嘎》，王立纯的《边城三老》、《熊骨烟嘴》，阿成的《年关六赋》、《远东笔记》，迟子建的《北极村童话》、《伪满洲国》等作品，不断探索地域历史文化的积淀及其对现实生活的影响，在人物塑造、揭示生活矛盾、叙写生存状态中都侧重于对民族文化心理的开掘，表现了作家新的审美视角和新的思维方式。其显著特征是将人物置于历史和现实的空间，赋予人物命运纵深的历史感，探寻东北人性格、精神生成的文化奥秘，从中提升一种文化的生命精神"①。

　　知青文学几乎是伴随着知青上山下乡运动的发起而诞生的。在新时期的文坛上，知青文学作为一种独特的文化现象不仅承载着一代人的青春岁月，而且对那个时代进行着不懈的反思和探索。东北知青文学因其作者来自不同的地域，观察的视点也存在着差异。一方面是以张抗抗、陆星儿为代表的来自南方的知青作家的创作，他们对迥异于江南的地域风光、民俗风情、东北的广袤和相对于南方的荒凉以及历史文化的反差更加敏感。不过当他们把宝贵的青春的热血和汗水挥洒在这片土地上之后，便产生了一种割舍不断的情思与眷恋，这片地域的历史文化也影响着他们。当他们用南北不同区域的两种文化造就的艺术思维审视这片土地时，便丰富了这片土地的文化色彩。他们对所在环境、人物的出色描写本身就是对地域文化魅力的展示。他们的创作让未见过东北的人认识了东北，让置身于东北的人又看到了更多的地域文化的元素。知青文学的审美探索在以梁晓声为代表的土生土长的知青作家笔下显示了另一种不同的风格，在同样对那场亲历的"伟大创举"进行的反思中，他们青春的激情、理想的情怀，他们的失落、痛苦、追求更多地与这片土地文化积淀铸就的生命意识水乳交融在一起。何青志曾写道："当梁晓声的笔下出现了知青们付出青春的热血与生命的代价终于征服神奇的满盖荒原（《这是一片神奇的土地》），当返城青年为了生存的权利和自身的尊严举行'五一'大游行时（《雪城》），我们似乎看到了这片地域旷古生成的勇敢的拓荒精神，互助友爱，多情重义的

---

① 何青志：《当代东北小说研究》，吉林人民出版社，2002，第124～125页。

古朴民魂世风与知青们的'理想情怀、团队精神',在新的历史契合上的共振。"[1] 无论是南方的或东北本地的知青作家,他们在每一次审美探索中都不同程度地表现了这片地域文化在岁月中的演变、强化,并使其获得新的独特的审美张力。

曾有论者慨叹"自明清以来,文人们偶然提及白山黑水,所用的审美视角与词藻,均是中原式的,人们似乎从未找到一种与这片土地真正呼应的文体"[2]。这种情况在 20 世纪 80 年代中期之后逐渐有所改观。阿成、迟子建、洪峰、刁斗、马原、述平、刘庆等作家登上文坛并产生了较大的影响,隐约有形成新时期的"东北作家群"之势。他们的创作既有现实主义的主旋律,更有现代主义、新写实、先锋文学等其他样式,形成了一曲变化多端的交响乐。而且他们以敏锐的触角和富于创见的审美探索展示着与这片土地真正相呼应的文本,对这片土地的历史文化内涵进行了主动的深入的开掘。可以说,现代东北文学发展到新时期达到了第二个高峰,作品更加成熟,并且表现出了良好的发展前景。

总之,新时期东北文学尽管风格多样,题材不一,但其发展的焦点是有意识地将这片地域历史积淀的多元文化与现代文明和最新的文化意识交融起来,对这块土地上的人民的生存状况给予悉心关注和深入思考,以现代审美观点去发掘和熔铸民族世代相袭生生不息的伟大生命力和民族精魂,在吸纳了西方文学的创作方法的同时,保持了对本土文化之根的坚守。从而具备了深厚的思想内涵,揭示出新时期东北文学粗犷、浑厚而又浪漫、瑰丽的地域特色。

2. 俄苏文学与新时期东北文学的思想深度

新时期以来,随着改革开放的不断深入,各种文化思潮蜂拥而至,意识流、精神分析学、符号学、结构主义、女权主义、新批评、现象学、阐释学等多种文艺思潮纷纷闪亮登场,对中国的传统文化和文学产生了强烈的冲击,对各种文学创作产生了巨大的影响。新时期东北文学作为新时期中国文学的组成部分,也不可避免地受到了这些文艺思潮的影响,不过,

---

① 何青志:《当代东北小说研究》,吉林人民出版社,2002,第 128 页。
② 孙郁:《东北文学的传统》,《鸭绿江》1995 年第 12 期。

这种影响更多地体现在文本形式和叙事技巧上，在思想内涵方面，新时期东北文学并没有脱离俄苏文学的现实主义传统和人道主义精神，思考和关注的问题也与苏联"解冻"思潮后的文学有诸多相似之处。

在"解冻"思潮中，苏联作家们批判了 20 世纪 40 年代末以来四处泛滥的"无冲突论"，恢复了俄苏文学的现实主义传统，涌现出一批敢于揭露矛盾、反映现实的好作品。特别是农村题材的作品，一扫过去的"粉饰"习气，大胆揭露矛盾，针砭时弊，积极干预生活进程，显示出现实主义文学的艺术力量。很快，这种以暴露和批判社会消极现象为主的创作趋势扩展到苏联文学之中，产生了强烈的社会影响。① 而新时期的东北作家们也对他们亲历的岁月进行了深刻的反思和批判，无论是乡土文学、知青文学，还是先锋文学，都对之前和当下东北社会历史发展过程中出现的种种问题予以展露与探讨。万捷的长篇小说《叩拜黑土地》在浓郁的地域风情描绘中对东北乡村生活状况给予了深刻的揭示。这部长篇聚焦中国共产党第十一届三中全会前后的东北农村生存现实，对伟大时代转折之际农村各色人等的形象进行了生动的刻画，对十一届三中全会之前和之后的农民的生存状态和行为模式、精神世界做了多侧面的叙写，表现了历史的转折带给农村的巨变。大锅饭时期，农村中好吃懒做之徒横行，他们看乡、村领导的眼色行事，等、靠、要的思想十分严重；实行土地承包后，农民们拥有了自己的承包土地，农民的生活与脚下的黑土地紧密结合起来，农民的主体意识显现出来，个性获得了前所未有的张扬。

知青生活的浪漫与激情、挫折与磨难使得知青这代人更为喜爱、更能理解俄苏批判现实主义文学，也使得知青文学的内涵更为贴近俄苏文学的现实主义精神。在新时期东北的知青文学中，我们不仅可以看到一代人心中难以抚平的创伤，可以看到一代人为青春、理想献身的悲壮和与命运抗衡的不屈不挠的奋斗精神，也可以看到他们对社会，对人性中假、恶、丑的揭露和直面现实的忧患情怀。早在 20 世纪 80 年代中期，"梁晓声就推出了中篇小说《溃疡》，以犀利的文笔和形象的刻画对社会上的不正之风与腐败的滋生给予了激烈的抨击。之后相继推出的《冰坝》、《军鸽》、《预阵》、

---

① 李毓榛：《20 世纪俄罗斯文学史》，北京大学出版社，2000，第 305 页。

《喋血》等中篇小说，对时代大潮下各阶层人的生活状态作了真实的富于生活质感的描述。"① 从张抗抗的知青题材作品来看，《白罂粟》、《残忍》等作仍然没有脱离"伤痕"、"反思"文学的窠臼，和那一时代的许多作品一样，显得情绪性过重，有一种一个都不放过的狠辣。而到 2000 年之后完成的《何以解忧》、《请带我走》等作，张抗抗的思想变得更为通达，她让我们认识到，如果不经过人生的苦痛与历练，又如何理解得了"生比死更艰难"这种出自肺腑的真言（《何以解忧》）；尽管那并"不是我所情愿和我主动选择的"路，但"我毕竟被推到了一扇新的门口"，"我被迫成为了现在的我"，而多年以后"我"才发现从前的错误竟具有殊途同归的意义并对此心生感激（《请带我走》）。或许历史的吊诡与反讽就在于，"恰恰是上山下乡运动，促使知青开始自觉思考自身与国家的命运。这正如李银河所说的：理想主义造就了我们的现实主义；教条主义造就了我们的自由思想；愚民政策造就了我们的独立思考"②。

　　大自然历来是俄罗斯文学关注的焦点之一。20 世纪 70 年代以来，随着社会经济的发展，环境问题日益引起世人的关注。在许多作家的作品中可以体察到一种强烈的忧患意识。人与自然的关系，人在自然面前应当承担的责任，成为人们认真思考的主题。阿斯塔菲耶夫的《鱼王》、艾特玛托夫的《白轮船》、拉斯普京的《告别马焦拉》等作品都谴责了人类摧残大自然的暴行，赞美了生命与自然的永恒交融。同样的主题也出现在新时期东北文学之中，东北的大荒原、大林莽在改革开放后经济迅猛发展的大潮之中，遭到了严重的破坏，人们只注重经济收益，而没有看到环境破坏问题的严重性，对东北地区丰富的自然资源进行了掠夺性的开发和利用，对自然环境造成了极大的破坏，从前"棒打狍子瓢舀鱼，野鸡飞到饭锅里"的富饶情景早已变成了遥远的传说。杨廷玉的长篇小说《危城》、《不废江河》都表现了环保的主题，作家呼吁人们要克制自身的贪欲，为后代留下绿地蓝天，如果任由欲望膨胀，我们将毁灭自己的家园。

　　人如何与大自然和谐相处、如何在大自然中诗意的栖居这一主题，在

---

① 何青志：《当代东北小说研究》，吉林人民出版社，2002，第 197～198 页。
② 张抗抗：《乌托邦臆想的隐蔽动因》，《读书》2011 年第 10 期，第 122 页。

俄罗斯与东北这样大自然的伟力表现得比较充分的地域更易于为文学所关注。怎样的生存方式才是正当的，如何处理经济、科技发展与自然环境的关系，这是一个具有深远意义的哲学命题。迟子建的小说也具有很强的自然生命意识。在她的小说里，自然是人和谐而富有诗意的家园，它和人构成了一个神圣的整体，乡民们也因为和自然的契合而有了惊人的凝聚力和敏锐的生命感觉（有关迟子建小说的自然生命意识，将在后文详述，兹不赘述）。陈彦斌的北纬48度动物传奇系列小说以生动鲜活的笔致，描写了黑龙江下游原始森林中行踪诡秘的狼群、凶猛的黑熊、四米长的大鳇鱼等野生动物。不过随着人类开垦面积的逐渐扩大，各种野生动物都渐渐消失了，懂得自然语言的猎人、渔夫也老迈了，他们与这些动物之间发生的故事也就变成了传奇。《最后的狼族》讲述了一个野狼家族的故事，我们从这个故事的结构和韵味中可以发现俄侨作家巴依科夫的《大王》的影子。小说中那支狼族最后消亡了，其原因是狼群之间的争斗和尔虞我诈吗？显然不是，在狼群从街津山（完达山支脉）几乎消失的今天，这个故事更应引起人们的反思："自然本应有大自然规律，恰是人类打破了那样的规律，随着生活在那里的野生动物消失，才使那些穿行在山谷里或草原上的掠食性野兽神出鬼没地出现在村庄里，以后孩子们再问到'大灰狼'时，也只能在画报上或动物园里看见了。"①

改革开放之后，政治和经济政策的变化不但对自然环境和人们的物质生活产生了影响，而且对人们的精神世界也产生了激烈的撞击。东北历史文化积淀所形成的东北人的道德价值观和行为方式在市场经济大潮的冲击下呈现出复杂的变化状态，迟子建、孙春平、赵仁庆、薛喜君等作家敏锐地抓住了这一问题进行了颇具深度的探索和透视。何青志曾指出，"由于诸多地理历史的因素，铸就了东北人与其广袤、雄奇的自然地理特征颇为吻合的粗犷豪爽热情的性格特征和诚实守信、团结互助的世风民习。千百年来，这些均被视为传统美德为世人所称道。如今这一切都在受到不断的撞击与叩问"②。赵仁庆的《融雪剂》中，憨厚能干的保洁员何大头在上级领

① 陈彦斌：《最后的狼族》，浙江少年儿童出版社，2015，第192页。
② 何青志：《当代东北小说研究》，吉林人民出版社，2002，第213页。

导视察清雪工作的时候，捅出了拖欠工资的事，保洁员每月只有三百块的工资，还被某些官员拖欠不开。虽然上级领导承诺明天一定开工资，但何大头却因仗义执言被"二号领导"开除了。小说通过北方冬季特有的清雪工作，反映了城市底层劳动者的艰难生活，暴露了市场经济大潮冲击下基层干部中存在的不正之风。

宗教主题的宏大深邃是俄罗斯文学的一个重要特征，很多伟大的俄罗斯作家同时又是宗教思想家。正如弗吉尼亚·伍尔夫所说，"俄罗斯作家，为穿过肉体显示灵魂，除了灵魂还是灵魂。俄罗斯人就是这样，他们总是要把生命的意义追问到死，拷问出自己灵魂的洁白来，而这一切都脱离不开宗教的理念"①。而在新时期东北文学的发展过程中，一些优秀的作家如洪峰、迟子建等人的作品中也表现出一种对生与死、罪与罚的宗教道德追问，一种对尘世生活的眷恋与拒斥、对善的圆满追求的渴望和对无法真正实现的绝望所产生的痛苦和矛盾。

洪峰创作的一个特异之处就在于他对儒家文化中所缺少的罪与罚主题的思考和探索。关于原罪，在我们这个以儒家文化为特征的国家里，是一个比较陌生和隔膜的概念。社会的人伦关系成为人基本的行为准则，这时，我们是不承认罪的，忽略和遗忘掉人的原罪。我们会承认恶，而恶则是隶属于阶级的集团的，它不需要个人担待，而罪则需要个人的承担。中国人很容易接受善与恶的概念，而回避掉罪与罚的意识。中国人承认自己是社会的政治的人，而很少注重自己又是自然的个性化的人，于是，他们对自我历来采取遗忘和悬置的态度。天理是永远高于人欲的。而在洪峰的创作中我们看到了陀思妥耶夫斯基式的对"罪与罚"的追问，他在作品中所表现的现代社会中魔界与深渊的横陈，现代人情感的放逐与漂泊，以及那在劫难逃的宿命般的上帝与魔鬼的同时召唤等，都重重地敲击着读者的灵魂。他在中篇小说《第六天的下午或晚上》里探问道："人应该按什么原则活着?"但同时"我知道，我只能听从上帝的安排""别人或许能够中道而返，但我不能。我预感到生命早就安排好了我的一切"。因为"我不可能没

① 金亚娜等:《充盈的虚无——俄罗斯文学中的宗教意识·前言》，人民文学出版社，2003，第31页。

罪"，上帝曾经指明了人的必然处境："你们若瞎了眼，便没有罪了。""我知道我的世界永远一片黑暗充斥着罪恶。我还深信我不能不沿着黑暗罪恶的歧路继续前行"。"我"与珠蓝，与M女士，与Z姑娘，男人和女人都在试探着，在黑暗的歧路上用肉体作为前进的导向，在这里凸现出来的是人的原欲。不过仅用原欲并不能完全揭示罪的内涵，在《离乡》中，洪峰进一步诠释了罪与罚。这篇小说一改洪峰作品往日的潇洒自若而显出忧郁和顿挫，"你将化成尘埃的一分子永远漂浮空中失去家园"。"我努力让自己安静。我要讲一个故事"，这是一个忏悔的故事。"我"曾打了一个热爱"我"而"我"并不热爱的姑娘："我看见我的右手落在米爱红美丽的脸上。我听见了清脆的声响。这种声音带我进入经年噩梦的岁月。我的手从此苍白干燥枯瘦。看见这只手就知道死也不会让我得到解脱。""那一年我断送了一个人的生活。我的罪孽是不是来得太早了些呢？"这是一种罪：把一个人美好的感情破坏和亵渎，把一个人推向深渊。而内省与忏悔即是罚，是追求自我的超越与完善的第一步。有时我们的罪并不是生命的张狂、恣意妄为和野性，而是在传统的正常的社会秩序面前的萎缩。

综上可以看出，东北作家群在新时期东北文学的思想内涵中，表现出了对社会问题的揭露和关注、对人与自然关系的探讨和对生与死、罪与罚的宗教道德追问，其关注的对象与思考的理路与俄苏文学有诸多相通之处。在西方文艺思潮大量涌入的情况下，新时期东北文学这种发展状况可以说有俄苏文学在现代东北文学的进程中影响的惯性发展的因素，不过更说明了东北文学由于地域和历史等方面的原因与俄苏文学的天然亲近感。此外，近年来一些东北作家对俄罗斯白银时代的文学有了更多的认识，如曹立光在诗歌《夜的火花》中写道，"我们谈论古米廖夫/阿赫玛托娃/白银时代的星空和偶尔/书本深处/传来马拉爬犁的铃声"①，这表现出东北作家对俄罗斯文学更为全面的学习和认识。

3. 蕴含俄罗斯文化因素的地域文化的重新展示

近代以来的东北地域文化，是本土原始文化与中原文化互动融合，加之俄日文化影响所形成的，是一种以汉文化为主的多元文化并存发展的独

---

① 曹立光：《山葡萄熟了》，中国青年出版社，2016，第5页。

特的地域文化。其中的俄罗斯文化因素，在现代东北文学中一直有所显现。不过，新时期以前的东北文学由于启蒙救亡等政治性目的，对这种异域文化风情更多地是一种无意识的展现，而新时期以来的东北文学中，则出现了对其有意识的表现和对这种历史文化因素的深入开掘。

在东北地区，俄罗斯文化风味最浓的城市当属哈尔滨，其原因在前文中已有论述。而对这座城市的俄罗斯文化风味表现最为用力的作家就是阿成。阿成的创作非常关注本土的风俗文化，他在小说《胡天胡地风骚》中写道：

> 特快列车迅速而有力地在北满大地上行进。
>
> 火车轮下的铁路，已有近百年的寿命了。它是由清朝的直隶总督，兼北洋大臣李鸿章与俄人在莫斯科签订建筑的（说是李鸿章受了俄人三百万卢布的贿赂），它与旧俄的西伯利亚大铁路连在一起，成为贯通欧亚大陆的桥梁。肃慎子孙的某些俄人之风，也包括这一城市的某些欧式建筑，都是与这铁路有关的。
>
> 火车上，常见乘务员推着食品车，卖俄式的列巴、力道斯和比瓦（面包、灌肠和啤酒）。在全国，可以相信只有哈尔滨的灌肠，才是地地道道的俄罗斯风味。[①]

阿成在这不长的一段叙写中，就将一座城市的历史和风情简约地勾勒出来。而在他的小说《间谍》中，则介绍了哈尔滨的侨民情况："大抵是这座城市最靠近俄国远东地区的缘故，因此，这座城市里的俄国侨民特别多，几乎占所有外国流亡者的一半以上。有人说加拿大的温哥华和多伦多是一个外国移民最多的多元文化的城市，其实，上个世纪初的哈尔滨也是一座多元文化的城市。而且还是一个外国冒险家的乐园。走在这座城市里，到处都可以看到侨居在这里的外国人。这些流亡者，冒险家，也包括一些亡命天涯的罪人与政客，以及他们的后代，在这里主要从事养奶牛、养花、养蜂、经商、搞建筑、搞艺术、开教堂、开工厂、开旅馆、修理汽车、在洋餐厅当厨子，或者给民宅打烟囱等工作。那个时代，这座城市里到处是

---

① 阿成：《欧阳江水绿》，中国文学出版社，1996，第35页。

高高低低的烟囱。一到晚炊的时候，每一座烟囱都在冒烟，像克雷洛夫童话一样。"从阿成的创作中，可以真切地看到哈尔滨这座城市的俄罗斯文化风味，而这种异国风味的描写也给阿成的作品增添了岁月流淌的历史苍凉感和独特的审美价值。关于阿成创作中的这种异域风味将在后文详述，兹不赘述。

青年作家王若楠是阿成的女儿，继承了其父的衣钵，她对哈尔滨的城市历史也有较多的关注。她的长篇剧本《国际间谍范斯伯》通过对传奇间谍范斯伯①经历的讲述，展现出 20 世纪上半叶哈尔滨波谲云诡的社会状况。申志远也曾写道："随着中东铁路的修建，松花江的通航，哈尔滨在 20 世纪的二十年代一举成为闻名世界的国际大都市。特别是第一次世界大战后，西方列强又给哈尔滨加上了一个神秘的头衔——国际间谍活动中心。在这里上演了一幕又一幕的谍战历史风云。哈尔滨被西方列强冠以国际间谍活动中心，源于各帝国主义国家的间谍机关，环绕苏俄建立了以拉脱维亚首都里加，捷克首都布拉格和哈尔滨为中心的反苏反共的国际情报网。而在这三个间谍活动中心，哈尔滨由于其特殊的地理位置，加上历史上俄国沙皇曾把哈尔滨选为侵华总埠；日本帝国主义分子将其定为进攻前苏联的北进基地；延安视它为与共产国际取得联系的重要秘密通道；前苏军总参情报机关则看中它是渗透伪满州国，打探情报的关键地域。"② 因此，第二次世界大战爆发前，世界各国的特务组织都派出了顶级强手来到哈尔滨角逐，"九一八"事变后，随着抗日斗争的持久深入，北满省委地下党、共产国际情报组织，苏联红军总参情报机关在哈尔滨、在马迭尔宾馆与日本关东军情报机关展开了生死搏杀，国内没有哪一座城市像哈尔滨这样，秘密战越

---

① 国际间谍范斯伯在 20 世纪 30 年代是个惊动世界的人物，著名记者埃德加·斯诺认为范斯伯本身是一个有着特殊价值的内幕故事，它特殊在范斯伯是一个日本特务，却变成了一个真正的反法西斯战士。范斯伯是中国籍意大利人，在东方巴黎哈尔滨从事间谍活动，他是协约国远东谍报局的情报官，又是东北军的"洋密探"，他是日本特务机关的高级特务，又暗中将情报提供给抗日义勇军，当他的活动被日方发觉后，竟奇迹般地脱逃，并以亲身经历写下揭露日军侵华暴行的书《日本间谍在中国》在伦敦出版。这本书还作为证据亮相于远东军事法庭。范斯伯 1943 年被日军杀害于马尼拉，他的事迹上过《纽约时报》和《真理报》，与"安重根击毙伊藤博文""马迭尔绑架案"一同被称为哈尔滨的三大历史事件。
② 申志远：《谍中谍范斯白在哈尔滨》，《小说林》2014 年第 7 期。

演越烈。在剧本的开篇，王若楠写道："哈尔滨这座城市在 20 世纪初，就是一座流亡者的城市，冒险家的乐园。在这座城市里，你很少看到中国风格的建筑。无论你采取俯拍或者是地面跟进的手段，所看到的百分之七十甚至到百分之八十，都是洋建筑，再加上在街上行走的，至少有三分之二是形形色色的外国人，而且街道两旁所有的商店，各种事务所，甚至街的路牌，都是俄文的。恍惚之间，你会觉得这是一座外国人的城市。这就是 20 世纪初哈尔滨的基本形态。当然，它显得还小了一些，简单了一点。但重要的是，它是中东铁路一个重要的站点。你会随时通过远处移动的浓烟和汽笛的鸣叫声得知，来往这里的火车十分的繁忙，有人离开了这座城市，但更多的是拥进了这座城市。无论是春天，还是大雪飘飘的冬天，从这一现象，你能感觉这座城市不仅充满着希望，充满着诱惑，也充满着让人担忧的东西。"① 这段开篇营造出 20 世纪初哈尔滨阴郁、充满异域情调的城市氛围。

关于范斯伯的传奇经历，"早在 1943 年，当时的重庆中国电影制片厂就根据范斯伯的原著拍摄成谍战电影《日本间谍》，电影真实展现了范斯伯日特谍中谍精彩的传奇。这部电影也是我国著名电影表演艺术家秦怡初登银幕的作品。电影由阳翰笙编剧，罗军扮演范斯伯，陶金扮演日本特务机关长，王豪扮演义勇军侦探、范斯伯助手之一，秦怡扮演中国少女。2003 年 7 月，著名电影艺术家孙道临生前莅临哈尔滨，洽谈 40 集电视连续剧《哈尔滨间谍秘闻》拍摄事宜。孙道临看中的剧本是黑龙江著名剧作家孟烈编剧的《哈尔滨间谍秘闻》，孟烈曾任龙江电影制片厂厂长，1988 年，孟烈在拍摄纪录片《中国影星》之《秦怡》时，采访时得知，秦怡主演的第一部电影是《日本间谍》，描写哈尔滨的一个真实的四国国际间谍范斯伯的传奇经历，孟烈从此广泛收集资料，创作了长篇小说《间谍范斯白》，并数易其稿，完成了 40 集电视连续剧《间谍范斯白》。这个故事并非虚构，其主要任务事件均见于史料，当年，主人公自述曾轰动世界，并被国际联盟用作日军侵华罪证。孙道临与孟烈相识已久，对这个剧本非常感兴趣，不顾 80 多岁高龄，北上哈尔滨，洽谈电视剧的拍摄。遗憾的是，由于孙道临

① 王若楠：《国际间谍范斯伯》，中国青年出版社，2012，第 1 页。

先生年事已高，合作方资金筹措困难，这个电视剧下马，终成憾事。"①

2007年春节，为纪念哈尔滨解放60周年，哈尔滨电视台著名制片人、主持人于浮生策划拍摄了7集大型城史纪录片《哈尔滨往事》，其中就有关于范斯伯的两集《马迭尔绑架案》和《四国间谍范斯白》各60分钟，该片荣获黑龙江文艺精品工程奖，这也算是对这位被遗忘的反法西斯战士的一种致敬吧！

张抗抗对哈尔滨这座城市的历史也十分关注。她在散文《五色城徽太阳岛》中对松花江畔的著名景区太阳岛进行了诗意的描写，细致地考察了太阳岛景区的历史沿革："据史书记载，康熙二十八年，驻扎呼兰的水师奉命从太阳岛出发，顺松花江而下，攻克雅克萨人的首府克萨城堡。太阳岛作为呼兰水师的营地而首次声名鹊起。这是太阳岛最早的荣耀。至二十世纪二十年代，因经商、避难抵达远东的俄国人，在哈尔滨'郊外'发现这一理想的沙滩浴场，在岛上陆续建起一幢幢颇具欧陆风情的木质别墅休闲度假；岛上曾建有一座简洁精巧的圣尼古拉教堂，为岛上的东正教教徒诵经祈祷之用。时而清脆时而低沉的教堂钟声，在雾气中传扬着异国的文明。"江堤下著名的太阳岛西餐厅"是一座木质装饰的白色雕花小楼，由犹太人卡茨在二十年代出资开办，曾专为俄国贵族享受。整个外观设计，如同一艘乘风驶于江面的大船，顶层围栏如缆，舷窗风轮形状逼真。站在'甲板'上，江风吹起一头乱发，犹如正在起锚远航。如此浪漫多情的建筑，可惜毁于1998年的一场大火，从此只能在梦中与之相遇"。江岸边由一座座百年老别墅重新修葺规划而成的"俄罗斯风情小镇"是作家所偏爱的，"那些带露台和低矮的木栅栏的绿屋顶小房子，也许是当年的太阳岛上，曾为哈尔滨人供应新鲜牛奶的俄国人所开办的小型奶牛场——'娜塔莎大婶家'或是'安德列表叔家'的旧居。我手持模拟的'俄罗斯护照'悄然而入，在开满金盏花、波斯菊的院子里，见到一头漂亮干净、身上带着棕色条纹的小野猪，很有礼貌地低声哼哼着俄语歌曲。还有一对肥硕的白鹅，笨拙地摇摆着身体嘎嘎欢叫致着欢迎词……"俄罗斯风情被作为一种颜色收入作家笔下，而太阳岛是五色的，"无论冬夏，太阳岛都是饱满而滋润的。它的饱满，来自早

① 《孙道临欲拍〈哈尔滨间谍秘闻〉》，2003年7月17日，新浪影音，http://ent.sina.com.cn。

年白俄、犹太人、日韩蒙和中国关内移民，以及北方少数民族的文化‘混血’和交汇融合；来自它不同族类求同而存异的那一份从容和气度”。这里是“一片洋溢着野趣和生命活力的原生态自然林地，一个充满了母性的温柔怀抱，一个善于接纳和催生万物的游子天堂”①。

哈尔滨这座城市的俄罗斯风情被许多作家所关注。陈春山的电影剧本《太阳岛之恋》借一件名画失窃案颂扬了中俄两国人民的友谊，剧本中的名画是俄罗斯画家梅尔尼科夫的作品《太阳岛上的小女孩》，完成于 1956 年，画的是小侄女莉莎在太阳岛上玩耍的情景。这幅画险些被不法商贩盗卖到国外，被警方追回后，莉莎的孙女卡列尼娜把它赠送给了哈尔滨的马迭尔宾馆，在剧本最后一节的赠画仪式上，卡列尼娜说：“祖母的童年、少年是在哈尔滨度过的，她的叔叔、著名功勋画家梅尔尼科夫先生用画笔把她那段美妙而难忘的童年定格在画布上。它见证了两国人民的友情，特别是陈棣爷爷用了半个多世纪的守候，彰显了诚信的可贵，情操的伟大。这幅画不能离开哈尔滨，它属于美丽的太阳岛，属于神奇的哈尔滨……”② 剧本在充满悬念的失窃案中加入了哈尔滨城市的历史元素，使故事更加饱满，更具地域特色。

在中俄边境地带，民间的俄罗斯文化风味更浓。迟子建的创作中倾注了浓厚情感的故乡“北极村”就是一个地处中俄边境的宁静的小村庄。在这里可以听到莫斯科广播电台的“很好听的曲子”，让“我听迷了，妈妈和爸爸也都听迷了”。迟子建的成名作《北极村童话》里描写了“一个高高的、瘦瘦的、穿着黑色长裙、扎着古铜色头巾”的苏联老奶奶。老奶奶陪“我”做游戏、教“我”识字、做月饼给“我”吃，还给“我”讲故事：“她给我讲白夜。说是夏至时，在漠河，可以看到北极光。拿一片小玻璃碴，把它浸入水中，可以看到好多色彩。她告诉我，她的家在江那边很远很远的地方，有绿草地，有很好看很好看的木刻楞房子。她说，她年轻时糊涂，跟着她爹糊里糊涂就走了，说着一个劲叹气。她还告诉我，她年轻时是一个很好看的人。还说，她有一个傻儿子，现在在山东，是她男人带走的。运动一到，那人胆小，扔下她一人，跑了。她又唱歌了，又苦又

---

① 张抗抗：《在时间的深处·五色城徽太阳岛》，江苏文艺出版社，2007，第 5~10 页。
② 陈春山：《太阳岛之恋》，《剧作家》2016 年第 3 期，第 70 页。

涩的。唱得我听不懂。她说是他们家乡的歌。"① 老奶奶最终在这个村子里永久地睡去了，她给"我"做的五彩项链是我童年最美丽、最心爱的礼物。

迟子建的长篇小说《额尔古纳河右岸》通过"我"——鄂温克族最后一个酋长的女人——之口讲述了活动在额尔古纳河右岸的鄂温克部落的兴衰故事。河的左岸就是俄国，鄂温克人和俄国人有着频繁的接触。他们和俄国安达（商人）交易生活用品等。由于与俄罗斯人接触频繁，其文化受俄罗斯文化影响颇大。许多传播过来的俄罗斯文化特质一直稳定地存在于他们的文化中，成为他们独具特色的文化的有机组成部分。伊万的老婆娜杰什卡就是他用兽皮从俄国安达那里换回来的，"她跟伊万在一起，不仅生出了黄头发白皮肤的孩子，还把天主教也带来了"。不过，日寇入侵时，娜杰什卡带着他们的孩子吉兰特和娜拉又逃回了左岸。而"在我眼里，河流就是河流，不分什么左岸右岸的。你就看河岸上的篝火吧，它虽然燃烧在右岸，但它把左岸的雪野也映红了"。作家在这里还追溯了历史："三百多年前，俄军侵入了我们祖先生活的领地，他们挑起战火，抢走了先人们的貂皮和驯鹿，把反抗他们暴行的男人用战刀砍成两段，对不从他们奸淫的女人给活生生地掐死，宁静的山林就此变得乌烟瘴气，猎物连年减少，祖先们被迫从雅库特州的勒拿河迁徙而来，渡过额尔古纳河，在右岸的森林中开始了新生活。"鄂温克人与俄国人既有战争，又有贸易、交流，边境地带的文化和人民是互相交织在一起的，并不严格地分"左岸右岸"。

廉世广的短篇小说《西伯利亚蝴蝶》中描写的洛卡村就在黑龙江边，位于石勒喀河和额尔古纳河交汇的地方。作者深情地写道："站在洛卡村向黑龙江对岸望去，首先看到的是大片的水草夹杂着各色野花，有各种水鸟在其中出没。再往远，就是大片的白桦林。俄罗斯的波克罗夫村掩映在白桦林中，每当清晨和傍晚，有袅袅的炊烟从河对岸飘来。夜深人静的时候，能听见对面犬吠的声音。河上没有桥，夏天时，两岸的渔民划船在各自的一方捕鱼，见面了，都要举起鱼叉或挑起渔网，向对方打招呼：你好！哈拉少！到了冬季，河面结冰，对岸俄罗斯的木头就通过冰面运过来。有时，还有黑瞎子，野猪，甚至老虎跨境过来，从容不迫地欣赏边地风光。动物

① 迟子建：《原始风景》，上海人民出版社，2008，第30页。

的世界是没有国界的。江那边一个个小小的绿色罐头房，是老毛子的边境检查站。在以往的那些年月里，洛卡村经常有俄罗斯人来往。村子里年纪稍长的人都记得，以前屯子里有二十多个苏联老太太，中国话都说不利索。每到礼拜天，老太太们就聚在一起唱歌跳舞。她们喜欢穿裙子，脑袋顶上围头巾，不管冬天夏天。喜欢喝酒，喝完酒情绪就上来了，又唱又跳的，挺热闹。"①不过，这样欢乐祥和的气氛并不长久，当日本人占领了这里之后，黑龙江边界便成了两岸人民无法逾越的障壁。

杨利民、王立纯合著的《北方故事》是一部纯朴、浑厚、具有史诗气质的长篇小说，东北多元文化的特质在小说中得到了多侧面的展示，草原文化、俄罗斯文化与中国传统伦理道德在人物命运的变化中渗透交融。小说描写了一个颇具魅力的俄罗斯姑娘叶莲娜，她"那白皙的皮肤，金色的头发，挺秀的鼻子，深凹的浅蓝色眼镜"，"掺杂在人群里，有一种扎眼的漂亮，那么暴露，那么逼人"，显示了一种"无法融合"又楚楚可怜的异类的美。她给放马营带来了俄罗斯的生活方式。她到金铁匠家不久，就撺掇金铁匠"在铁匠炉旁修了一个烤炉用来烤面包"，引得村里人都来看稀奇。没过几天，她"又张罗改房子，在墙外罩上木板，房顶做成俄式尖顶，房上还装一只神气活现的风信鸡"。她苦难的身世与遭遇，她的美丽、善良、勤劳，无不让这片土地上的人们对她充满了同情和喜爱。她与金铁匠、二江的婚姻爱情交织着浪漫与凄美的情愫。他们"拉帮套"的生存状态具有独特的地域色彩，东北地区缺少中原几千年一脉相承的伦理文化传统，人们对"拉帮套"的生存方式比较宽容，而且俄罗斯姑娘叶莲娜受中国封建伦理道德观的影响很少，她对金铁匠是感激，和二江才是真心的相爱，事实证明，她和二江的婚姻虽然不合理法，却是洪家三兄弟中最为和谐美满的一对。这不能说不是对封建礼教的讽刺和批判。可悲的是，她和她深爱的二江都没能逃出日寇的屠杀，她带着她唯一的奶牛在草地上采花的时候，被日寇罪恶的子弹击中，永久地融入了这块土地。她中弹之时，"花束被抛向空中，花瓣零落如雨，纷纷洒在她身上。她的脸上似乎还带着梦幻般的微笑，一种无法参透的迷误装扮了她永恒的美丽"。作家倾注笔力将这

① 廉世广：《西伯利亚蝴蝶》，《北方文学》2016 年第 9 期，第 4 页。

位异国姑娘刻画得异常美丽生动。

新时期的东北文学对沙俄入侵那一段历史也有所展现。常青的长篇小说《三色水》描写了1900年前后沙俄侵吞我国边疆江东六十四屯大片土地，我边关军民与沙俄侵略者进行殊死斗争的故事。张万林的短篇小说集《猎人的女儿》是一组以表现20世纪初东北少数民族抗击沙俄侵略为题材的小说。《乌穆列堪河口》、《猎人的女儿》、《犴鼻子》三篇小说塑造了三个性格各异的少数民族少年形象，通过他们在反抗沙俄侵略者斗争中的遭遇和表现，歌颂了东北边疆少数民族人民保家卫国的英雄壮举，"小说中描写的狩猎生活、部落群居的生活方式及诚挚好客的习俗，都渲染了浓郁的少数民族特色。那'大烟炮像海上的怒涛'的荒原风雪图更显示出东北边陲特有的自然特征"①。

叶宏君的影视剧本《民族英雄王德林》以抗击俄匪开篇，沙俄势力侵入东北之后，一些沙俄的不法之徒、退役兵痞也混入东北，对这里的百姓烧杀抢掠，沙俄政府对此听之任之。当时还是绿林豪杰的王德林树起"排俄救国，被逼为寇"的大旗，带领兄弟们给俄匪以沉重打击，斩杀了俄匪头目卡托夫。屈兴岐的一组表现历史题材的短篇更具特色。《乡土》、《卡伦山上》、《燃烧的糜子》等作品"在内容上热情讴歌了我国北疆少数民族在抗击沙俄入侵斗争中所表现出的义无反顾、英勇献身的高尚爱国主义精神，在艺术上则有浓郁的民族特色和乡土气息。"② 不过，值得注意的是，屈兴岐的创作没有简单地停留在对外族侵略者的批判和控诉上，而是蕴含了对历史、战争的深入反思。20世纪70年代末，屈兴岐发表的短篇儿童小说《蔚蓝色的天空》，以瑷珲条约的签订和清政府将海兰泡划归俄国这一历史事件为背景，描写了汉族儿童银锁儿与俄国儿童阿辽沙超越民族与国别的友情，表达了作者对人类最美好的品质的追寻。

纪实文学作品《远东特遣队》（系列电视电影《远东特遣队》据此改编）以流畅通俗的语言、充满悬念的情节，再现了东北抗战史上一段尘封已久的岁月。20世纪三四十年代，在苏联红军远东部队中有一支"中国

---

① 马力、吴庆先、姜郁文：《东北儿童文学史》，辽宁少年儿童出版社，1995，第257～258页。

② 彭放主编《黑龙江文学通史·第三卷》，北方文艺出版社，2002，第394～395页。

旅"，这是一支由我抗联战士组成的全部苏军编制及装备的特战队，他们多次深入东北日占区，为东北的解放贡献了力量。该剧具有浓郁的俄罗斯风情，配乐也大量采用俄罗斯歌曲，这些提高了该剧的观赏性。该剧的原编剧闻隆是黑龙江省社科院的研究员，为了挖掘"二战最后一战"这个题材历经九年，走遍了当年激战的战场，采访了交战双方的幸存者，终于掌握了大量第一手材料。这部十集的电视电影不仅首次披露了二战中国战场终结日本侵略者的最后一战——东宁战役的详细内幕，也将苏联红军解放东北的一段秘史首次搬上屏幕。内容翔实、资料丰富、史实依据充分。该片导演兼制片人滕有为说："从1945年8月9日苏军出兵东北，战至8月22日，东北各地大规模的战斗基本上停止，百分之九十五以上的日本关东军全部缴械投降。可直到8月27日，东宁要塞的战斗却仍没有结束。东宁之战不仅是苏联红军解放东北战役中最长的一次战斗，还是亚洲战场上的最后一战，也是整个第二次世界大战的最后一战。""中国旅"在驱逐日寇、解放家乡的斗争中发挥了重要的作用，"仅在1945年5月至8月抗联教导旅就组织290人编成的特遣队，乘苏军飞机空降到牡丹江、海林、磐石、海拉尔、满洲里、索伦、赤峰等18个地区进行战略侦察。他们为苏军统帅部及时掌握日本关东军在东北17个筑垒地区、3道防线的布防设施情况，提供了可靠的情报。这些情报经过汇总编成手册，苏军连以上军官人手一册。苏联远东军总司令华西列夫斯基元帅为此专门发来了贺电：'……感谢你们用生命和鲜血换来的情报，为我们苏联远东军进攻东北起了重大作用……令人敬佩的中国英雄们，我代表苏联人民感谢你们并致以崇高的敬意！'"[①]

　　1945年苏联出兵东北，这一行动加速了日本投降，此后苏联又秘密地向中共领导的部队提供了不少帮助。徐焰曾指出，"我国的正式出版物中始终认为，苏联出兵中国东北攻击日本关东军，是当时世界反法西斯战争的一个组成部分，这一行动是正义的。国民党当局起初对此也是承认的，只是败退到台湾后才转为咒骂。回顾历史长河的进程，不管后来的苏联如何变化，肯定其出兵东北的功绩仍属公允"[②]。汪宇燕、何明的《苏联出兵

　　①　闻隆：《远东特遣队》，浙江人民出版社，2005，第6页。
　　②　徐焰：《回望东方主战场　苏联出兵东北》，中国人民解放军出版社，2015，第4页。

东北始末》、徐焰的《回望东方主战场 苏联出兵东北》、谢幕的《日落要塞——日本关东军霍尔莫津要塞》等纪实文学作品对这一段历史都有较为详细的记述。正如徐焰在《回望东方主战场 苏联出兵东北》中写道的，"回顾 1945 年苏联出兵东北的历史篇章，国人应该感念帮助过自己的国际友人，同时也更应该意识到'发展是硬道理'，只有自己强大起来，才能让本国领土成为他国战场的情景不再出现，中华民族实现伟大复兴的梦想最终定会成真"①。

综上可以看出，新时期东北文学更加注重对本土历史文化的思考和开掘。半个世纪以来，在大一统的背景下，共同的社会发展格局和文明进程似乎使东北的多元文化的个性特征逐渐弱化，但仔细观察，仍可感受到漫长历史文化积淀的影响，并见诸人们的生活与行为方式之中。新时期东北作家对具有俄罗斯文化因素的地域风情的描写一方面表明了东北地域开放包容的文化传统，能够吸纳俄罗斯文化中的智慧和美德，为东北文化增添生机和活力；另一方面也是对东北地域历史的追溯和关注，而关注历史的目的正在于把握现在。

总而言之，俄罗斯文化对近现代东北文学的影响是一个长期的一以贯之的动态过程，虽然受历史发展和政治局势的影响，近现代东北文学在不同阶段对俄罗斯文化的接收角度和接受范围有所不同，但这种影响一直都没有间断，并且呈现出一条清晰而又鲜明的脉络，这应该是作为整个近现代中国文学的一部分的东北文学的一个独特之处。吸收了俄罗斯文化新鲜血液的近现代东北文学以其异质文化特色和个性丰富了整个近现代中国文学。

---

① 徐焰：《回望东方主战场 苏联出兵东北》，中国人民解放军出版社，2015，第 16 页。

第三章　俄罗斯文化影响下近现代
东北文学的主要特征

经过前一章的梳理，可以看出，近现代东北文学的萌生、发展与俄罗斯文化的影响存在着千丝万缕的联系。俄罗斯文化对近现代东北文学的影响是多方面的，近现代东北文学从思想倾向到审美风格，或浓或淡地打下了俄罗斯文化的烙印。近现代东北文学表现出来的悲凉气质、极端倾向、革命性与功利性、反叛性与战斗性、人文思想、殖民特征、政治倾向等方面，都能从俄苏文化影响的角度做出一些解说，或者说，俄苏文化对近现代东北文学上述特点的形成，具有重要的或局部的作用。此外，东北地域文学本身的多民族性、兼容性和开放性是其广泛接受俄罗斯文化影响的内因，因此，对东北地域文学的历史源流的探寻也是必不可少的。

一　近现代东北文学发生的历史源流

1860 年应是东北历史上需要牢记的年份，在这一年"沙俄强迫清政府签订《北京条约》，并确认中俄《瑷珲条约》有效，中国丧失 100 余万平方公里领土，东北边疆陷入空前危机，紧接着，营口开港，西方资本主义势力侵入东北，应是东北古代史的终结和近代史的开端。在地域上，东北古代区域包括现在中国东北地区及俄罗斯境内的外兴安岭以南黑龙江以北、乌苏里江以东直至滨海和库页岛"①。我们这里探讨区域性的东北文学的古今之变即是以此为时空的依据。作为区域性的近现代东北文学，既与中国新文学大体同步前行，又是伴随着东北区域社会形态的演变而发展的。近现代东北文学的发生既有五四文学革命的重大影响，又有其自身的历史渊源。在一些关内文化人看来，19 世纪末以前的东北是一片蛮荒之地，人烟稀少，虎狼成群，经济萧条，文化落后，文学当然也就更不足挂齿。当然，这不过是中原文化区的一种视野局限罢了。高翔认为，自古以来，"东北大地上繁衍着汉、肃慎、夫余、高句丽以及后来的勿吉、靺鞨、契丹、蒙古、满族等民族，这些民族在共同创造东北文化的过程中各呈异彩，留下了各具特色的神话传说，共同凝结成东北文学的源头。如满族卧勒顿妈妈创世神话，蒙古族麦德尔女神创世神话，鄂温克族白发老太太创世神话和保鲁根巴格西女神神话，等等，渗透了东北各民族文化的丰富内涵，从中可以分辨出与中原文学发展进程相近甚至先于后者的文化素质。剥除笼罩在这些东北大地上最初的文学叙述上的宗教云雾，我们可以感受到北方先民在大自然威力下不屈的灵魂，顽强的生存意识，勇于开拓、艰苦创业的精神和集体英雄主义的气概，这是我们的先人能征服这片寒土的内在原因。这些神话大多具有浓郁的萨满教色彩，其英雄崇拜的文化底蕴铸造了东北地域的民族性格，是东北民族在中国历史上多次崛起的文化原因，同时，这种文化底蕴深刻地影响着东北地域民族的后世文学"②。

东北区域许多远古的神话已渐渐模糊，而继夫余族之后在古代东北第二个建立政权的高句丽民族则书写了东北文学史上辉煌的一页。高句丽部落起源的传说，最早见于好太王碑。这一石碑记载的高句丽朱蒙传说，后来又见于《三国史记》、《魏书·高句丽传》等古籍。传说通过"日照而孕"的记述，鲜明地表达高句丽人对阳光、空气和水的认识，这与汉族的上古神话有相似之处。"高句丽人使用汉字，通汉文，如高句丽第二世琉璃王有歌曰：'翩翩黄鸟，雌雄相依，念我之独，谁其与归？'从中可以看出中原文化对高句丽的影响。"③ 佛教的传入对高句丽的文学也产生了一定影

① 田鹏颖：《辽河文明演变与现代社会转型》，辽宁大学出版社，2009，第 104 页。
② 高翔：《现代东北的文学世界》，春风文艺出版社，2007，第 2 页。
③ 薛虹、李澍田主编《中国东北通史》，吉林文史出版社，1991，第 157～158 页。

响，如高句丽人定法是有名的诗僧，他的《咏孤石》诗云："迥石直生空，平湖四望通。岩根恒洒浪，树杪镇摇风。偃流还渍影，侵霞更上红。独拔群峰外，孤秀白云中。"在对孤石的景物描绘中，表现了诗人孤傲高洁、不随流俗的情愫，给人以旷远之美。

在一千多年前的唐代，于黑龙江、吉林、朝鲜接壤地区出现的被称为"海东盛国""小中华"的渤海国成为近年来学术界研究的热门对象。根据韩明安的研究，"渤海国是粟末靺鞨人建立起来的一个隶属于唐朝的地方政权。公元755年渤海国从吉林的敖东城几经辗转，迁都到如今的黑龙江省宁安县东京城。在将近两个世纪的时间里，东北的东南部地区成为了一个北起黑龙江下游，南至新罗，东达日本海，西到松花江、嫩江汇流处以西，拥有5京、15府、62州的政治、经济、文化强盛的'海东盛国'"。"公元10世纪初叶，契丹人灭亡了渤海国。为了防止渤海国人聚集力量，东山再起，辽朝统治者采取了'迁徙其民，荒废其地'的政策，使上京龙泉府一带的渤海国贵族和平民南迁到如今的辽南和内蒙。不愿迁徙者，有的去往高丽、新罗，有的逃亡到中原或女真部落，如此经济和文化繁荣一时的东北东南部地区又逐渐荒凉下来。"[1]

辽代文学受中原文化影响，深染大唐文风，又直接为北宋文学所熏陶，故文学创作极一时之盛，涌现了一大批诗人、文学家。特别是契丹贵族阶层，从帝后、宗室到贵戚、显宦，几乎个个能诗能文。这要得益于辽朝诸帝的留意诗赋，热心文学。自圣宗以后，科举取士，词赋被列为正科，鼓励并引导儒生转向诗词赋的创作。吟诗作赋，妙手著文，已成为当时东北社会的一种时尚，文化氛围相当浓郁。值得一提的如辽圣宗耶律隆绪"十岁能诗"，曾亲自将白居易的《讽谏集》译成契丹文，其诗作《传国玺》流传至今："一时制美宝，千载助兴王。中原既失守，此宝归北方。子孙皆宜守，世业当永昌。"记述辽之传国玺得之于晋，意味着"天命"归辽，告诫后世子孙当守护此宝，以保大辽国业永远昌盛。行文质朴真切，于平实中蕴含了宏大的志向。辽道宗所作《题李俨黄菊赋》颇有意境，诗曰："昨日得卿黄菊赋，碎剪金英填作句，袖中犹觉有余香，冷落西风吹不去。"

---

[1]　彭放主编《黑龙江文学通史·第一卷》，北方文艺出版社，2002，第4~5页。

"尤为引人注目的是，辽代还涌现出若干契丹女诗人，道宗宣懿皇后萧观音就是佼佼者之一。她的诗作流传至今的有《君臣同志华夷同风应制》以及《谏猎疏》、词《回心院》、《伏虎林应制》等。""天祚帝之文妃萧瑟瑟也工文墨，善诗词。面对辽末天祚帝耽于畋猎，信任奸佞，女真威胁日益严重的局面，她作歌赋诗讽谏，用心良苦。"[1]

根据韩明安的研究，公元 12 世纪初叶，"女真完颜部在阿什河畔建立了奴隶制国家金国，以如今阿城为中心的东北区域的经济和文化又呈现出急剧发展的势头。金初，完颜部女真贵族中出现了完颜勖、完颜亮、完颜雍等善用汉文写诗填词之士。他们的作品慷慨雄壮，表现了北方民族的尚武精神。在创作风格上深受北宋苏轼、黄庭坚等人的影响，保持了质朴、遒劲的风格"[2]。完颜亮（1122～1161）有诗云："蛟龙潜匿隐苍波，且与虾蟆作混合。等待一朝头角就，撼摇霹雳震山河。"他当时在朝中无所依靠，周围没有心腹，而政治局势十分险恶，常有人突然被杀、被免，他只好采取委曲求全的策略，以便保存自己，度过危难。完颜亮称帝后，国内政局不稳，他决意带兵伐宋。《念奴娇·咏雪》借咏雪叙写了战争的激烈："天丁震怒，掀翻银海，散乱珠箔。六出奇花飞滚滚，平填了，山中丘壑。皓虎颠狂，素鳞猖獗，掣断珍珠索。玉龙酣战，鳞甲满天飘落。谁念万里关山，征夫僵立，缟带古旗角。色映戈矛，光摇剑戟。杀气横戎幕。缡虎豪雄，偏裨真勇。非与谈兵略，须拼一醉，看取碧空寥廓。"此词气韵苍凉，文思奇诡，实为古来咏雪诗词中的上乘之作。

有金一朝，相当一批文士、诗人由于种种原因从关内、中原流入金朝。他们之中有被扣留的使者，如宇文虚中、吴激；有未随宋朝南迁，从沦陷地区转而仕金者，如高士谈、张斛、马定国、祝简等；还有的是先仕辽，辽灭亡后又转而仕金的，如韩昉、左企弓、虞仲文等；也有参加反对南宋王朝的农民起义的知识分子，起义失败后北走投金，如施宜生。他们在入金之前，在中原大多已是颇有名气的文士，来东北之后，创作技巧更趋成熟，写下了大量的诗词，反映了他们在塞外的生活，抒发了去国怀乡的苦

---

[1]　薛虹、李澍田主编《中国东北通史》，吉林文史出版社，1991，第 258 页。
[2]　彭放主编《黑龙江文学通史·第一卷》，北方文艺出版社，2002，第 5 页。

闷心情。这些人中最有名的当属宋徽宗赵佶。"靖康二年（公元 1127 年），赵佶被南下的金兵所俘，从汴梁经燕山，押解来东北，先在上京（今黑龙江省阿城市白城镇）、韩州（今吉林省梨树县境）囚禁，最后流放于五国城（今黑龙江省依兰县境）。他在边塞冰天雪地之中熬过五个春秋之后，于悲愤无告中死去，时年 54 岁。"①　赵佶的《燕山亭·杏花》词云："裁剪冰绡，轻叠数重，冷淡胭脂匀注。新样靓妆，艳溢香融，羞杀蕊珠宫女。易得凋零，更多少、无情风雨。愁苦。问院落凄凉，几番春暮。凭寄离恨重重，这双燕何曾，会人言语。天遥地远，万水千山，知他故宫何处。怎不思量，除梦里、有时曾去。无据。和梦也、新来不做。"词中赞美了北地的杏花清淡高雅，可是在暮春时节，它在风雨之中，却极易凋零。该词抒发了赵佶这位败国之君的离恨、怀乡之情，表达了作者被囚居北地的愁苦。这里值得一提的是，我们虽然不能否认中华民族是一个伟大的统一整体，但是我们也不能不承认，在不同的历史时期里中华民族的各族之间曾以不同的政权形式存在过。千百年来巩固起来的对自己民族的深厚感情，在受过传统教育的知识分子阶层的创作中反映得尤其强烈，何况还有所谓的国仇家恨萦绕在胸中，更不免使这些文士触景伤情，这种真挚的情感特别容易感动后人，因而愈加增强了这些诗词的艺术价值。

清朝东北的流人文学颇为引人注目。田鹏颖认为，"清军入关之后，东北人口陆续内迁，乾隆初年又开始推行封禁政策，造成东北地区尤其柳条边外长期地旷人稀。不过，清政府的政策还有其另一面。清初流人发配，辽东招垦，边外军镇设置，少数民族编旗设佐，都为东北经济开发与文化发展创造了一定的条件"②。迨至清中叶的嘉庆、道光、咸丰时期，流人、移民文化成为东北主流文化的倾向日益明显，至 19 世纪末 20 世纪初，更成为不可逆转的潮流，当然，这时已跨入近代门槛。不过，"这里需要说明，流民、移民文化并不是中原文化的移植，而是形成了一种中原文化与土著文化的结合体，构成了新型的东北文化。称其为流民、移民文化，只不过是强调了新型东北文化形成的过程"③。从清初到鸦片战争前，东北文

---

① 彭放主编《黑龙江文学通史·第一卷》，北方文艺出版社，2002，第 45 页。
② 田鹏颖：《辽河文明演变与现代社会转型》，辽宁大学出版社，2009，第 107 页。
③ 王景泽：《简论中国东北古代文化形成的特点》，《东北师大学报》2005 年第 1 期，第 93 页。

学保持了旺盛的发展势头，流人诗作内容广泛，五彩缤纷，这些诗篇是流人们对东北山川的赞美、对民俗风情的素描、对人生无常的咏叹、对命运多舛的抗争、对封建虐政的呼喊、对历史幽情的怀思。"就个人创作成就而言，这一时期的东北文坛当首推吴兆骞，他的《秋笳集》、《归来草堂尺牍》等集中反映了其创作实绩。"① 吴兆骞临金代上京都城遗址时，感叹一代王朝兴亡，赋《上京》诗云："完颜昔日开基处，零落荒城对碧流。赭马久迷征战地，黄龙曾作帝王州。断碑台殿边阴暮，残碣河山海气秋。寂寞霸图谁更问，哀笳处处使人愁。"② 这不仅是历史的回响，更是诗人对命运变幻不平的感叹。

有论者认为："吴兆骞是一个兼有历史意义、思想意义和文学意义等多重内涵的人物，可以说他是政治史、思想史和文学史上一个特殊符码，是中国几千年历史中士人群体的一个特例，其特殊意义是不可替代的。""翻阅明清易代之际那段天崩地裂的历史，人们绝不能绕过清初东北流人群体所经历的那段血泪斑斑的岁月；研究那段天崩地裂时代的思想史与文学史，同样绝不能忽视清初东北流人群体的人生苦难、生命挣扎及其发为心声的文学创作。而吴兆骞的人生正处在那个特殊的历史断面，他不幸成了无数东北流人中的一员，但他并不是东北流人中平凡无奇的一个普通个体，他与创造冰天诗社的爱国僧人函可一样是清初东北流人的杰出代表和不朽典型。所以，吴兆骞的意义在于，通过他认识一个时代即明清易代之际的时代，了解一种文人即东北流人，理解一种文学即清初东北流人文学，由此最终达到深化对人本身和文学本身的深刻认识。"③ 流人文学用一种充满血泪的生命体验注解了东北文学的新内涵，使其作品获得了一种前所未有的生命意义，更加接近了生命本质，而这种文学内涵正是由流人文学的代表作家吴兆骞等人用生命书写的。吴兆骞在东北期间所写的作品多借吟咏塞北风光抒发对江南故里的刻骨思念，无尽的哀婉、感叹之中，绝少激愤、抗争之词，这一方面是慑于清廷专制制度的缘故，另一方面也体现出了诗

---

① 傅朗云：《吴兆骞情系黑河考》，《黑河学刊》2001 年第 1 期，第 71 页。

② 吴兆骞：《秋笳集》，黑龙江大学出版社，2010，第 205 页。原注：金太祖破辽，乘赭白马先行，径渡混同江，水止及马腹。既济，使人测之，其深无底焉。

③ 何宗美：《"吴兆骞现象"及其经典意义》，《求是学刊》2009 年第 5 期，第 103 ~ 104 页。

人的情操与胸襟，使人愈加哀悯这位负冤衔屈的才子。《帐夜》表达了诗人身处苦寒边地的忧愁与无奈，"穹帐连山落月斜，梦回孤客尚天涯。雁飞白草年年雪，人老黄榆夜夜笳。驿路几通南国使，风云不断北庭沙。春衣少妇空相寄，五月边城未著花。"妻子白白寄来了春装，因边地五月仍然不见春意，"春衣"无法穿在身上，侧面写出了边塞的苦寒。又如《西山阁晚眺》："落日凭阑四望开，江流如带抱山回。云林晴色秋横野，雪岭寒光晚照台。万里塞垣长放逐，百年乡国未归来。天涯此日无衣客，愁听清砧处处哀。""自身命运的苦难促使他对山河破碎、故国沦丧有了更加刻骨铭心的感受和记忆，使之哀更深，痛更切！在吴兆骞身上，我们既可以从国家、时代命运悲剧方面看到个人命运苦难的必然性，又能从个人命运悲剧方面深切体会到国家、时代悲剧的大不幸。"① 吴兆骞作为清初东北流人文学的杰出代表，其创作及经历具有深邃的历史内涵和重要的思想价值，值得后人反思。

傅朗云曾指出："从 17 世纪 40 年代开始，沙俄武装分子趁中国明清两朝政权更替之机，相继在中国北部的喀尔喀蒙古地区和东北部的黑龙江地区进行了武装扩张行动，与这一地区的中国政府和边民发生了一系列武装冲突。在东北方面，先后有沙俄武装分子波雅科夫、哈巴罗夫、斯捷潘诺夫等所率领的探险队深入中国的黑龙江地区，烧杀抢掠，无恶不作。"② 曾在 19 世纪为沙俄政府在中国东北地区担任"开疆拓土"任务的沙俄海军上将涅维尔斯科伊（1813～1876）指出，1643 年至 1689 年间，沙俄武装分子之所以在中国东北地区有扩张行动，主要是"关于居住在那里的民族如何富有的诱人传闻和发财的欲望激发了富有进取心的西伯利亚征服者们，……去为占领阿穆尔建立功勋"③。沙俄武装分子对中国东北地区的侵略奏响了近代以前东北地区与俄罗斯交往的并不友好的先声，东北地区由于其地理位置、物产丰富等原因，一直处于临近的俄、日等国的觊

---

① 何宗美：《"吴兆骞现象"及其经典意义》，《求是学刊》2009 年第 5 期，第 108 页。

② 曙光（傅朗云）：《吴兆骞的边塞诗与清初的抗俄斗争》，《吉林师大学报》1975 年第 2 期，第 68 页。

③ 〔俄〕根·伊·涅维尔斯科伊：《俄国海军军官在俄国远东的功勋》，郝建恒、高文风译，商务印书馆，1978，第 39 页。

觎之下，我们不可不时时警惕。师夷长技以御外侮，也是我们探讨东北地区与俄罗斯的文化交往的目的之一。

吴兆骞身处宁古塔，对东北军民的抗俄斗争感同身受。李兴盛的《边塞诗人吴兆骞》一书写道："他目睹与耳闻了沙俄匪徒的暴行与人民的英勇斗争，渴望肃清边患早获安定，歌颂与拥护清廷的东征，因此，他写下了大量的以抗俄斗争为题材的光辉诗篇。"① 东北人民用"老羌"（由鸟枪一词而来）称呼沙俄匪徒，或叫罗刹，也有人误认他们是"乌孙种人"。吴兆骞自注《送阿佐领奉使黑斤》云："老羌屡侵掠黑斤、非呀哈诸种，宁古塔遂出大师救之。康熙三年五月，大将军巴公乘大雪袭破之于乌龙江，自是边犯稍息。"杨宾《柳边纪略》记作"康熙四年乙巳，阿罗斯率八十余人入索伦部，取貂皮而淫其妇女。卧未觉，宁古塔将军巴海轻骑往袭之，尽歼其军，脱者四人耳"。在《秋夜师次松花江，大将军以牙兵先济，窃于道旁寓目，即成口号，示同观诸子》诗中，诗人描写了清军开赴松花江追击沙俄匪徒的情景："落日千骑大野平，回涛百丈棹歌行。江深不动鼍鼋窟，塞迥先驱骠骑营。火照铁衣分万幕，霜寒金柝遍孤城。断流明发诸军渡，龙水滔滔看洗兵。"全诗格调激昂，铿锵有力。在《奉送巴大将军东征逻察》一诗中，诗人表示了对沙俄强盗的极大愤怒，并对反侵略战争满怀必胜的信念："乌孙种人侵盗边，临潢通夜惊烽烟。安东都护按剑怒，麾兵直渡龙庭前。牙前大校五当户，吏士星陈列严鼓。军声欲扫昆弥兵，战气遥开野人部。卷芦叶脆吹长歌，雕鞭弓矢声相摩。万骑晨腾响朱戟，千帐夜移喧紫驼。驼帐连延亘东极，海气冥蒙际天白。龙江水黑云半昏，马岭雪黄暑犹积。苍茫大碛旌旗行，属国壶浆夹马迎。料知寇兵鸟兽散，何须转斗摧连营。"此诗与前一首都写的是古法坛村歼击战，诗歌热烈颂扬了宁古塔将军巴海指挥的这次战役，这是一次反侵略、保疆土的正义之战。

根据刘德喜的研究，"17世纪80年代，清康熙皇帝亲临东北，直接部署抗击沙俄的斗争。经过两次雅克萨之战，终于迫使沙俄政府坐下来，与中国清朝政府一起商谈在外交上解决东北的纷争问题。1689年，中俄双方外交代表团正式签订条约，即《尼布楚条约》这一重要条约。条约主要是

---

① 李兴盛：《边塞诗人吴兆骞》，黑龙江人民出版社，1986，第88页。

解决中俄两国东段边境的划界问题，同时也有允许两国人民'过界来往，并许其贸易互市'等方面的内容。由于《尼布楚条约》的签订，使中俄在东北区域的边境稳定了170年左右，直到19世纪中叶以后，才为沙俄的进一步侵略扩张所打破。"① 在《尼布楚条约》签订后，俄罗斯人就来到东北贸易，康熙年间到齐齐哈尔的流人方登峄曾写过新乐府《老枪来》一首，记述了当时被称为"老枪"的俄罗斯人来参加贸易盛会"楚乐罕"的场景，唱出了边民对心怀叵测的异族鄙视和防范的心理。诗前有小序云："俄罗斯国，即古大食，善用火枪，故又以其技名之。相传元世祖得其地，立弟为可汗镇之，至今国主，犹元裔也。边界尼布楚城，与瑷珲接，水陆道皆通，岁一至卜魁互市。人性好斗，至则弁兵监之。作新乐府纪事。"歌词云："老枪来，江边滚滚飞尘埃。七月维秋，鬻彼马牛。马牛泽泽，易我布帛。大车是将，爱集于疆。来莫入城，俟天子命以行。天子曰都，远人适馆饩以糈。高颧甾目卷髭须，狐冠草履游中衢。观者鼓掌相轩渠，岁以为期今日月徂。归去，归去，豢尔牛马驹。"这首歌词句型活泼，用韵自如，轻松而又幽默地写出了"老枪"每年一度前来贸易时的情景，边民对其既有好奇，又怀警惕。

综上所述可以看出，古代的东北文学具有多民族性、兼容性、开放性和移植性等方面的特征，这为近现代东北文学的发生奠定了良好的基础。至19世纪末20世纪初，伴随着封建国门被打破，国外各种文化涌入，中国的近代文化发生了现代转型，科学、民主等方面的因素全方位地向文化、文学渗透。在东北这一区域，独具特色的则是俄罗斯文化为主要基因的殖民文化的入侵，而这种入侵其实在清初就已经开始了。相应的刚刚转入现代的东北文学也回应着时代的要求，与俄罗斯文化以及稍后渡海而来的日本文化发生了复杂多元的联系，其中既有学习、借鉴，更有排斥、抗争，甚或有联俄抗日等曲折的流变。在东北区域这块肥沃的黑土地上，近现代的东北文学演绎着一曲相较古代更为动人心魄、慷慨悲凉的交响乐。

---

① 刘德喜：《从同盟到伙伴——中俄（苏）关系50年》，中共党史出版社，2005，第22~23页。

二　俄罗斯文化影响与近现代东北文学的悲凉气质

通过对近现代东北文学历史源流的探寻，我们可以发现，东北区域的文学蕴含着一种北方边地慷慨悲凉的气质。而且，这种悲凉气质并没有随着近现代东北文学告别古典形态而消退，而是因近代以来东北区域更为波澜起伏的历史潮流的推动而越发彰显。近现代东北文学在成长的过程中，除了对本土区域文化的继承以及对关内"五四"新文学的接受之外，还把学习的目光投向异域，尤其是邻近的俄罗斯，从那片同样肥沃的黑土地中汲取养料，寻找构筑自身文学世界的艺术参照，近现代东北文学悲凉气质的彰显与邻近的俄罗斯有着错综复杂的联系。

1. 近现代东北文学悲凉气质形成的地域环境因素

中国自古地域辽阔，广袤的领土为文学创作提供了巨大的空间舞台；复杂多样的地质地貌，形成了明显的地域文化现象。各地之间，不论山川水土的自然地理环境，还是语言、风俗、经济、文化方面的人文地理环境，往往都有很大不同。地域环境大致规范了人类种族的分野，在历史上的相当长时期，影响乃至确立了人们的物质生活方式和生产方式，并直接影响和制约着不同民族文化心理、精神气质的形成与发展……而作为精神产品的文学作品，自然也会呈现出不同的特色，这正像丹纳所说："作品的产生取决于时代精神和周围的风俗。""一个观念好比一颗种子：种子的发芽、生长、开花，要从水分、空气、阳光、泥土中吸取养料；观念的成熟与行程也需要周围的人在精神上予以补充、帮助和发展"，这也就是"必须有某种精神气候，某种才干才能发展；否则就流产"①。东北，是一个极富特点的地域。这里，也是中华民族文明曙光升起的地方。不过，这块地域虽有凝固的山乡大野、丛林草原、深层黑土和酷热严寒，但却没有始终牢固控制它的长住人群。自古以来，它的人员构成，就显示出流动性、杂糅性的特点。它既是我国北方少数民族生养发达的表演舞台，也是关内各民族流放者的地域、冒险家的乐园；特别是到了近代，又遭到沙俄和日本侵略者的

①　丹纳：《艺术哲学》，傅雷译，安徽文艺出版社，1998，第73页。

长时间占领掠夺，以致强制推行奴化教育。这样，就使这里的地域文化和人文精神，不能不带有蛮野、强悍、粗犷、开放的特点，同时，又不乏某种软弱。这种文化人格和地域精神，是几代东北作家一直着力开掘的方向。

对特定地理环境的描写是开掘地域文化的基点。茅盾在《文学与人生》中谈道："不是在某种环境之下的，必不能写出那种环境；在那种环境之下的，必不能跳出了那种环境，去描写别种来。"[①] "作为文学，其所收摄的生活信息，总是与特定的时空中的具体认识相关联的，而这种具体而实在的生活往往是在特定地域中演绎的。生活是文学创作的源泉，落到实处便往往要向'地域'的生活索求素材、提炼题材，并生成相应的地域审美观——具体映现的审美意识。"[②] 从地域环境上来说，辽阔的东北大地与俄罗斯土地直接相连，地理气候条件颇多相似之处。俄罗斯大地上广袤的原野，荒莽的原始森林，漫长而寒冷的冬季，铺天盖地的大风雪，都与东北大地上的自然景观极为相似。当那些俄苏文学大师把这奇伟的自然景观反复写进他们的不朽之作的时候，仅仅是这一点便足以吸引那些从东北大地上成长起来的青年作家，他们在这似曾相识的自然景观中体味到了熟悉和亲切，将情不自禁地涌起难以言传的爱悦之情。即便是关内成长起来的人，一旦置身在东北这种环境中，也难免会联想起俄苏文学中出现的俄罗斯风光。当年一位从南方来到东北的知识青年曾写道："我离开上海来到黑龙江生产建设兵团。""那是乌苏里江畔的一片美丽富饶的平原，旷达、苍凉、浑厚、静谧的景色，使我陶醉。它十分相似于我读过的那些欧洲文学作品，尤其是俄罗斯文学作品中描写的田野景色。"这风景甚至引发了他的创作冲动，他"当时许下愿，要写一部关于那片黑土地的长篇小说"。[③]

不仅如此，从近代以来，俄罗斯人与东北社会有着广泛、频繁的接触，俄罗斯人的风俗习惯也在潜移默化中传播到东北来。现代的东北作家群的主要成员开始文学创作活动的地点是哈尔滨，这里是一个俄化程度很深的都会，萧军、萧红、金剑啸等人都对哈尔滨的俄风俄人有过描写，当代的阿成、迟子建等作家对此也不吝笔墨，张抗抗更是进行了详细的介绍："俄

---

① 茅盾：《茅盾全集》卷18，人民文学出版社，1989，第270~271页。
② 李继凯：《秦地小说与"三秦文化"》，商务印书馆，2013，第360页。
③ 宋耀良：《十年文学主潮·后记》，上海文艺出版社，1988，第356页。

罗斯的建筑艺术文化，在时间的流逝中，将哈尔滨这个城市混血儿的体魄、肤色、五官与习性，逐一加以修正，并潜移默化地改变了哈尔滨市民的居住与生活方式，直到 80 年代，走进哈尔滨市民的家庭，仍能看到被粉刷成各种颜色的墙壁，并在墙壁与天花板的连接处，刷有图案优雅的装饰腰线，这种从二三十年代延续下来的房屋内装饰，在当时完全缺乏房屋装修概念的中国，无论在中原与江南，都是鲜见的。哈尔滨市民有较多家庭使用镶有铜柱的欧式古典席梦思床，在 90 年代之前一直流行腿柱粗大、结实笨重的俄式家具，颜色以黑色与深咖啡色为主，配有酒柜与衣帽架，而餐桌通常是长方形与椭圆形的。由于寒冷的气候与漫长的冬季，俄式的门斗、牛皮铜钉的厚重包门，也被哈尔滨人以各种方式接受、仿制或略加改造。较为富有或略有知识的家庭，以十字绣或白色钩线的窗帘作为装饰，室内的陈设与摆件，也几乎与俄国侨民之家大同小异。90 年代中俄通商以后，哈尔滨很多普通市民家庭，都拥有俄罗斯的铜质茶炊、木质彩绘套娃等俄罗斯工艺品。而那些具有俄罗斯古典风格或近代巡回画派的油画作品，也较多地被哈尔滨人喜爱并作为教科书学习临摹。"①

当然，即便是同样的地域环境，在不同的作家写来，也会表现出不同的风格。从三十年代的萧军、端木蕻良，经由十七年时期的周立波、曲波，再到新时期的郑万隆等人，偏重于把东北这块广袤的土地，呈现出一派狂野的阳刚之气。茫茫的林海，辽阔的雪原，严酷蛮荒的自然环境铸造了一代代的英雄好汉，自由豪迈，强悍野性成为他们的共同品性。

诗人庞壮国用真诚的心感受自然，探寻地域文化的深处，从东北黑土地历史的根系去把握诗的血缘，写下了《关东第十二月》，将北方的风俗、景观、人文、地理、时代与历史融会贯通，用孩子般纯洁的童心，把缤纷色彩的大千世界，呈现在读者面前："是苇塘子剃了光头叫小兔子在青青亮亮头皮上打出溜滑的季节/是棉靰鞡毡疙瘩走上毛毛道让西北风也在脚底下吱扭扭哼起二人转的季节//是房柁子燕窝巴望春翅膀心里总有点空落落的季节/是玻璃窗霜花一会儿葡萄藤一会儿芭蕉叶一天十八变的季节//……是红辣椒串儿越滴溜越短而生活的辣味越搅和越浓的季节/是老井绳越摇越粗

① 张抗抗：《东北文化中的俄罗斯情结》，《作家杂志》2003 年第 10 期，第 19 页。

而日子的井台越拱越高的季节//是刨刀子刨猪肉片羊肉片狍子肉片在火锅子的策划下单兵突破的季节/是粘豆包占领盖帘簸箕大花筐图个粘就是年的吉利便发起集团冲锋的季节//是热乎燎的铜唢呐炸开嗓门感动得双喜字红蜡烛哭软了身子的季节/是羞个答的新娘子坐进小面包不掉眼泪疙瘩而叫七姑八大姨撇嘴的季节//……充满传奇充满生机充满矛盾充满笑话充满土地与人的庄严感啊关东十二月/我的乡情我的骄傲我的苦中乐我的人之初或许又将是我的归宿啊关东十二月"。读这首诗，热闹、火爆的北方生活场景扑面而来，在诗的深处蕴含着诗人对家乡土地的热爱，这里的生活就如冬泳者一样，先冷后热，先苦后甜，数九寒冬、大雪严寒压不住这里人民的豪情。

诗人王笃坤笔下的北国林海则显示出一种沉静的力量。王笃坤长期生活在大兴安岭林区，他的诗歌与大兴安岭的高天厚土、林海松涛紧密结合在一起，蕴含着大自然广阔而又沉静的伟力，他的诗魂仿佛同这片林海一起缓慢生长。他在《北国森林序曲》中写道："寂静的森林/即便腐朽了时光的躯干/根，依然相互支撑/并以灵魂的姿容/向高山和大地/展示深埋的不朽""轮回赓续/……唯一远去的/只有时光"。王笃坤的诗歌就像这片林海，安静而又独立，他曾这样写道："保持自我的独立，不排异任何类别的探索与尝试。存在就有其存在的道理，诗也同样。就如同森林里种类繁多的植物和动物，山川与河流，草场与湿地，荒野与良田，包容共生让世界生机勃勃，劫掠独占令世间荒凉暗淡。相信大自然自我修复的力量吧，我们只需要默默相伴，和谐相处，百年以后，复苏的森林就是一首生机盎然的天地之诗！"① 从中我们可以看出诗人对这片林海的深沉爱意，近百年来天灾人祸让这片林海受到了不小的伤害，希望百年之后这片森林能够复苏，焕发出勃勃生机。

而以萧红、迟子建为代表的东北女作家，则偏重于构建东北小村镇的平凡世界，通过普通人的日常生活来表现东北的民风民情。不过，由于萧红的人生经历过于惨痛、凄苦、忧伤、孤独，而且她所生活的东北村镇也仅限于故乡呼兰，所以她描绘的自然，主要是呼兰小城的场景，并不时流

---

① 王笃坤：《唯有时光》，中国文联出版社，2016，第139页。

露出哀婉、凄凉、寂寞的色彩。如她在《呼兰河传》中，描写的另外一种色彩和氛围的后花园："偏偏这后花园每年都要封闭一次的。秋雨之后这花园就开始凋零了，黄的黄，败的败，好像很快似的，一切花朵都灭了，好像有人把它们摧残了似的。它们一起都没有从前那么健康了，好像它们都很疲倦了，而要休息了似的，好像要收拾收拾回家了似的。"前面勉力描写的健康、漂亮、新鲜的后花园很快就凋零了，一如萧红的心境，虽然一直怀着蓬勃的希望，却总经历着风霜。而迟子建笔下的大自然，色彩瑰丽而纯净，感情上也不是那样萧索，迟子建描写的后园是充满生机的："我和傻娥走进这个秋天的菜园的时候，使我们兴奋的首先是田园上轰然而起的麻雀，麻雀自然是受到了脚步声的恫吓。它们飞离菜园后，我看到一大片四方形的菜园像一块平滑的黑绸布一样展现在我们的视野，一座金黄色的草垛像上帝遗失的草帽一样扣在菜园中央。这时候午后的阳光如银针般犀利地往来穿梭，所以草垛看上去流金溢彩"①。这段写景的文字充满了暖人心田的温情和纯净迷离的梦幻色彩，阳光、草垛与纷飞的麻雀似乎都是有灵的。迟子建曾诗意地抒写东北的春天："北方的初春是肮脏的，这肮脏当然源自于我们曾经热烈赞美过的纯洁无瑕的雪。在北方漫长的冬季里，寒冷催生了一场又一场的雪，它们自天庭伸开美丽的触角，纤柔地飘落到大地上，使整个北方沉沦于一个冰清玉洁的世界中。如果你在飞雪中行进在街头，看着枝条濡着雪绒的树，看着教堂屋顶的白雪，看着银色的无限延伸着的道路，你的内心便会洋溢着一股激情：为着那无与伦比的壮丽或者是苍凉。"当早春的暖风吹来的时候，东北大地上的积雪便消融了，这时的土地虽然泥泞，但却孕育着希望，象征着生命的复苏。这样的景象跟俄罗斯大地是极为相近的，迟子建也写道，"我热爱这种浑然天成的泥泞。泥泞常常使我联想到俄罗斯这个伟大的民族，罗蒙诺索夫、柴可夫斯基、陀思妥耶夫斯基、托尔斯泰、蒲宁、普希金就是踏着泥泞一步步朝我们走来的。俄罗斯的艺术洋溢着一股高贵、博大、不屈不挠的精神气息，不能不说与这种春日的泥泞有关"②。东北极寒之地的大雪既诞生了寂静、单纯、一望

① 迟子建：《原始风景·原始风景》，上海人民出版社，2008，第169页。
② 迟子建：《我对黑暗的柔情·泥泞》，江苏文艺出版社，2010，第58页。

无际的苍凉，也产生了春日的肮脏——使人警醒、给人力量的泥泞，泥泞中的跋涉是近现代东北文学中非常重要的情景意象。

总之，从地理环境来看，中国东北地区与邻近的俄罗斯有诸多相似之处，这里虽气候寒冷，但物产丰富，俗语有"棒打狍子瓢舀鱼，野鸡飞到饭锅里"的说法，这里的自然风貌与我国西北的荒凉干涸不同，与南方的温暖湿润也有很大的区别，东北独特的自然风貌构成了东北文学创作的地理背景。

2. 近现代东北文学悲凉气质形成的历史文化因素

近现代东北文学悲凉气质的彰显与近代以来东北区域的历史文化发展密不可分。历史是地域文化之根，有论者认为，"东北地区由于特殊的地理位置、气候条件以及复杂的历史原因，开发的比较晚，或者说从游牧文化到农耕文化的转变比较晚，而农耕文明的开拓者不少是来自关内的逃难者、冒险者。当年，他们为了逃生或实现发财的梦想，千里迢迢，历尽艰辛，终于在这片广袤的黑土地上站住了脚跟，繁衍子孙。但那遥远的乡愁一直萦绕不去，成为自我折磨的一块心病，也作为自我安慰的一剂良药，大凡老辈的东北人，都知道自己的老家是在山东或河南或其他什么地方，有的还能讲述一段故园的或者逃荒的或者开拓的故事"①。从清代的大批流人来东北，到近代俄日的殖民侵略，生活在这块土地上的人们饱尝了人生的艰辛。亚里士多德说："在许多方面，未来将与过去相同。"东北这块富饶的土地由荒蛮到文明的进程是每一位有理性的东北作家都会关注的历史。关注历史的目的正在于把握现在，"如果人们突然感觉到他目前的时间，是完全孤立的片断，而没有它的过去和未来，人们将觉得这个世界会失去基础，失去他们可以安心存在的逻辑性。因此，人们总是顽强的想知道流逝的岁月的情景，想通过深邃的历史隧道，重见往日"。人们要"通过他人和历史作为参照，才了解和理解了自己，甚至是才发现了自己"②。倘若要使自己在现实中有稳定感，有把握存在的能力，就必须获得历史的经验。

清代东北文学的发展与当时发配到这里的大批流人密不可分。谈到清

① 成歌主编《端木蕻良小说评论集》，北京出版社，2002，第 38 页。
② 曹文轩：《二十世纪末中国文学现象研究》，作家出版社，2003，第 106 页。

代的东北流人，葛均义的长篇小说《流放》是一个值得注意的文本。小说以五行结构全篇，试图把关内儒释道文化与东北少数民族文化融合起来，展现出多元杂糅而又悲凉厚重的关东文化精魂。小说的主人公是齐鲁才子峻极先生，他被流放到了"寒山冰水"的宁古塔之后，在这里创办了满汉学堂，教授少数民族孩子们中华传统文化。对此，有些流人不以为然，"铜镜先生"赵敢质问他："满人夺了大明江山，把我们流放到这极人间苦寒之地，为何还要去教他们的子孙读书识字？"峻极先生的回答显示了作家中华大一统的开阔胸襟："世上其实原无满汉之分，当年五帝之时，'舜归而言于帝，请流共工于幽陵，以变北狄；放马驩兜于崇山，以变南蛮；迁三苗于三危，以变西戎；殛鲧于羽山，以变东夷，四罪而天下成服。'由此定中原而成四方，五行皆备。可见北狄、南蛮、西戎、东夷，尽皆为我中华之后人……兴学授业传道，天下归仁焉。我以为，华夏子孙，皆因胸中尽中华之学。若天下人胸中，皆我中华神传文明，天下则尽为我中华之子孙，举世同焉。想天遣我八子，深入满人宗祖根脉重地，实为负上天神圣之使命也！"① 诚如作家所言，"文化是一个民族的护佑者，在人类的一切文明创造中，只有文化与人类在时间中共存"② 海纳百川，有容乃大，中华文化之所以源远流长，其广阔的包容性是非常重要的原因，流放到东北的关内文人、闯关东的底层民众与东北原住民之间的交流、碰撞形成了丰富、鲜活的东北地域文化，而这种地域文化在近代又加入了新的色彩。

东北区域踏入近代之初，面对的就是俄、日帝国主义的殖民战争。在《闯关东》中有这样的对话。老汤说："唉，海南闹饥荒，海北就打仗，这才叫兵荒马乱，民不聊生。你说一个俄罗斯，一个小日本，干嘛跑咱们大清国打仗？"夏元璋又叹道："唉，自打八国联军攻陷北京城，太后老佛爷叫洋毛子吓破了胆，今天签订条约，明天割地赔款，引来一批又一批疯狗，分赃不均就打起来。就说旅顺吧，甲午海战后，老毛子借口保护大清国不受外国侵略，硬是把咱的港口占了，把小日本挤出去了。小日本岂能甘心？这不，又卷土重来。这是一对疯狗，在中国地盘上咬起来了，咬红了

---

① 葛均义：《流放》，百花文艺出版社，2015，第 151～152 页。
② 葛均义：《流放》，百花文艺出版社，2015，第 304 页。

眼！"[1] 东北区域这块肥沃的黑土地就像一块肥肉，吸引了列强的目光，进入近代，东北人民所面对的就是接连不断的战争，可以说，战争与移民是近现代东北区域的两大主题。东北人民的生活在战争和移民的冲击下变得十分艰难。

战争与移民主题在近现代的东北文学中表现甚多。六豕的章回体小说《松水繁华梦》[2] 以俄国人在中国东北修筑中东铁路为背景，揭示出清政府统治的腐朽，沙俄侵略者的横行无忌，以及一些闯关东的山东人的人生兴衰。作者认为哈尔滨现代城市兴起的原因，除了俄国人修筑中东铁路、发行羌帖之外，另一个重要原因就是山东人大量涌入哈尔滨，进行经贸、文化活动。逸民的《滨江梦》[3]，以俄国人在黑龙江修筑铁路、哈尔滨兴盛繁荣为背景。小说通过一个姓韦的山东人的讲述，介绍了山东黄县人纪凤台、余双人、木世茂和一个姓古的奉天人的发家史，反映了哈尔滨当时迅速成为国际化大都市的兴盛景象。云雪琴的《王好文》[4] 是一出多达30幕的话剧，以清末民初的哈尔滨为背景，通过纨绔子弟王好文的人生起伏反映出俄国势力在哈尔滨的兴衰。

回顾近代以来的东北历史，我们可以看出中东铁路的修筑对东北区域的发展起到了举足轻重的作用。徐景辉的纪实文学作品《风雨中东路》围绕中东铁路修建、应用的过程，进行了深入细致的考察，提供了大量珍贵的图片和历史资料。中东铁路[5]这条运营一百多年的"丁"字形大铁路，"不仅构架了东北铁路的网络格局，也推动了东北的城市化进程，加速了东北的开发和发展。更重要的是，这条大铁路，也拉动了中国的近现代史，牵动了亚洲的神经和历史走向，引发一次又一次的血腥战争。中东铁路，

---

① 高满堂、孙建业：《闯关东》，作家出版社，2013，第23页。
② 六豕：《松水繁华梦》，《国际协报》副刊《国际博览会》1925年4月19日至10月18日。
③ 逸民：《滨江梦》，《滨江时报》副刊《傅家甸俱乐部》1921年7月22日至8月11日。
④ 云雪琴：《王好文》，《哈尔滨晨光》副刊《光之波动》1925年3月3日至4月7日。
⑤ 中东铁路从俄罗斯的赤塔平原延伸而来，越过口岸城市满洲里进入中国东北，翻过大兴安岭、松嫩平原、东部张广才岭、老爷岭，一路绵延，过海拉尔、齐齐哈尔（昂昂溪）、哈尔滨、一面坡、横道河子等地，历经数十座城镇，再从东端边境城市绥芬河出境，全长1480公里。哈尔滨是节点城市，从哈尔滨向南，经双城堡、宽城子（长春）、公主岭、铁岭、沈阳、鞍山、大连，最终抵达军港旅顺口的支线铁路，全长940多公里。

是一条实在过于沉重的大铁路，也是一条拉动历史并改变历史的大铁路"①。在中东铁路修建和使用的过程中，中、俄、日三国乃至英美等强国竞相登场，明争暗斗。甚至可以说，明了中东铁路的前因后果，便清楚了东北亚区域近现代历史的发展脉络。这条大铁路是一把双刃剑，既为东北区域的发展带来了巨大的助力，也给列强搜刮东北资源提供了便利，其关键在于铁路权掌握在谁手中，围绕铁路权，中、俄、日三国进行了几十年的斗争。

1929 年的中苏战争是东北现代历史中一个非常重要的事件。铁峰认为："本来这场战争是因张学良易帜，执行蒋介石加紧反苏反共的指示引起的，但战争一经打响后，为了国家主权不可侵犯，东北地方当局在武装配合下，强行接收中东铁路，解除苏方铁路局局长、副局长以及高级职员的职务，把他们全部遣送回国，并派大军到中苏边界驻扎。中苏谈判破裂，边境战争在满洲里、海拉尔、扎兰屯、绥芬河全面展开。"② 1929 年 8 月 16 日，苏军进攻满洲里，18 日进攻绥芬河。中国方面报道："9 月 6 日，俄军又大举进攻我国边境，6、7 两日绥芬河与满洲里二路均有大战，9、10 两日扎兰诺尔方面亦有俄军进攻。"苏联方面报道："（华军）自 9 月 10 日至 23 日止，攻击俄境，向苏俄边防军及备办粮食人员开枪事件，共 28 起。"③ 实际上，从 7 月 20 日至 11 月，苏军攻占了中国边境重要城镇后，不断向前推进，深入绥远，并占领满洲里及扎兰诺尔。在扎兰诺尔一昼夜的激战中，韩光第所部第十七旅全军覆灭，韩光第兄弟壮烈牺牲，梁忠甲统率的边防军，大部分投降，梁忠甲被俘，形势危急。张学良被迫派代表向苏联求和，与苏联签订《伯力协定》，结束了这场屈辱失败的战争。这场战争不但给东北人民带来了巨大的灾难，而且使日本帝国主义者有了可乘之机，为随之而来的东北沦陷埋下了伏笔，其历史教训可谓惨痛。金剑啸的散文诗《敌人的衣囊》便是写于 1929 年中苏边界战争全面展开的时候，作者以含蓄的笔触、诗的语言、悲凄的情调，暴露了战争的残酷无情，从而谴责了这场战争给中苏双方人民带来的灾难：

---

① 徐景辉：《风雨中东路》，北方文艺出版社，2016，第 2 页。
② 彭放主编《黑龙江文学通史·第二卷》，北方文艺出版社，2002，第 128～129 页。
③ 刘德喜：《从同盟到伙伴——中俄（苏）关系 50 年》，中共党史出版社，2005，第 45 页。

那不是凄迷的战场？笼罩着黄昏的月光。眼睛看到的终点，横卧着一带青山，火花和雪花奔腾着暴袭，闪烁着一个骑马的少年军官。

他持着战刀小枪，流星般奔到青山；青山中鸣起冲锋军号，青山下指挥着精壮杀敌的儿郎向前！向前！向前！好似涌起了的海潮，好似捧起了的青山。

精壮的儿郎啊！听到了冲锋号响，却想起了他的亲娘！想起了哭肿了眼睛的爱妻，想起了才会叫爸爸的儿男。

枪弹的火花投到敌人脑顶，寒栗的刀光放在敌人的颈间，一刹时啊！一刹时眼球中冒出火焰，获得了生命的危险！

少年的军官自马上跌下，敌人却躺在他的腿边。我们同是人类啊，谁不都有亲娘？谁不同有爱妻？谁不同有儿男？

除去了火花的暴烈，冷清的余下了月光，寒鸟惊颤着藏在巢下，静默默仅盖着黑夜的筐。

大筐下平铺草地，这草地一分钟前曾作过战场。茸茸繁草的下面，横卧着两个精壮的儿郎，却都负了重创！

一会儿，一个仿佛似清醒了，抚摸着他胸口的创伤，突然间脸上一白，手尖端摸到了厚纸一张，一张厚纸的上面，存在着他的妻子，存在着他的亲娘。

他迷茫着摸到腿边，又摸到卧在地下的敌人的衣囊。得了敌人衣囊中的照片一张，上面也印着他的亲娘、妻子、儿男呀！原来是和我一样。

他也有照片一张，他也有照片一张。看啊！同样的牺牲了亲娘，同样的牺牲了妻子和儿男！他们啊！他们同样的负重创！①

这首散文诗站在人民的角度看待战争，对张学良同苏联的战争持否定态度。散文诗结尾所说"他们同样的负重创"具有隐喻意味，战争给东北人民和苏联人民都带来了伤害，却给了德日法西斯以可乘之机。

铁笔的独幕歌剧《忠魂碑》② 也是以1929年中苏边界战争为背景创作的，该剧表现了东北的战士不屈服于内外的压力，保家卫国的战斗精神。

---

① 金剑啸：《敌人的衣囊》，《国际协报》周刊《蔷薇》第2号1929年10月30日。
② 铁笔：《忠魂碑》，《哈尔滨晨光》副刊《江边》1930年10月23～25日。

死难的忠魂从碑中发出了悲壮的歌声："白山下，/黑水头，/我们的碧血为
谁流？/我们的白骨是谁收？/谁令我们这样孤凄的无言无语葬荒丘？/我们
的头颅已经一掷，/为什么我们的国魂还是不绝如缕？/啾！啾！啾！/月黑
风高不堪回首！（此时叹息声起于碑之四周）//白山下，/黑水中，/江水滔
滔血染红。/可怜河边骨，/犹是春闺梦！/一死鸿毛轻，/国事千钧重。/我们
在这里啊，/塞北军前半死生。/他们在那边啊，/江南帐下犹交哄！/哼！哼！
哼！/我们的目不瞑啊！/我们的悲愤填胸！/……"歌中所唱的"一死鸿毛
轻，/国事千钧重。/我们在这里啊，/塞北军前半死生。/他们在那边啊，/江
南帐下犹交哄！"充满了悲凉愤激之情，东北子弟兵抛的头颅、洒的热血究竟
有什么意义呢？塞北的军兵舍生忘死，江南的统治者却仍在琢磨排除异己。

　　如果把中苏关系的历史向前追溯，我们可以发现，早在苏俄新政权成
立之前，中国的革命先行者孙中山等就与俄国布尔什维克党人进行了联系。
据记载，1905 年，孙中山为发动中国革命而游历欧美时，就同一批俄国革
命者进行了大量接触，特别重要的是他同当时俄国社会民主工党党员、后
来成为苏俄新政府外交人民委员的齐切林进行了交往，相互交流革命情况。
这也是后来苏俄新政权建立后，孙中山与齐切林之间来往通信十分密切的
原因之一。1917 年俄国二月革命爆发后，孙中山即致电祝贺。1918 年 1 月
和 3 月，苏俄新政权刚刚成立，孙中山就指示他领导下的中华革命党人密
切关注俄国革命动向，以期双方的互相支援。当中国北洋政府封锁中俄国
境，拒绝与苏俄新政府建立外交关系时，孙中山却致电列宁，称赞俄国苏
维埃政权的建立，认为俄国社会主义共和国的建立给东方人民树立了榜样，
使他们有信念去建立与苏俄"同样新式的和巩固的制度"。孙中山的电报在
苏俄领导人中引起了强烈反响，他们"始悉远东亦有赞助其主义之友党存
在"[①]。1920 年中俄边境打开后，苏俄政府就派俄共（布）小组使华。该小
组先后在北京和上海同中国先进分子李大钊和陈独秀建立了联系，并帮助
他们在中国创建了后来对中国革命影响巨大并领导中国革命取得最后胜利
的中国共产党。这是苏俄与中国革命关系中具有决定意义的一环。与此同

①　Lyon Sharman, *Sun Yat - Sen*, *His Life and Its Meaning*：*A Critical Biography*（Montana USA，
Kessinger Publishing，2010），p. 241.

时，苏俄还与中国南方孙中山领导的国民党革命力量建立了联系。1921 年和 1922 年，共产国际和苏俄政府的代表马林、越飞等先后在广西桂林和上海与孙中山会见，商谈双方的合作问题。1923 年，苏联政府和俄共（布）中央又派出鲍罗廷和魏金斯基为全权代表，分别帮助孙中山国民党和中国共产党。1923 年下半年到 1924 年上半年，苏联政府决定对孙中山领导的国民党进行政治和军事方面的援助。为此，孙中山派出以蒋介石为团长的军事代表团赴苏联考察和访问。苏联则向国民党派来以鲍罗廷为首的政治顾问团和以巴甫洛夫为首的军事顾问团。在苏联顾问的帮助下，孙中山对国民党进行了改组，实现了国共两党的合作。1924 年 5 月，苏联还帮助改组后的中国国民党创建了陆军军官学校——黄埔军校。正是在苏联政治和军事等方面的援助下，国共两党联合的革命力量很快就进行了以推翻北洋政府为目标的革命运动——北伐，并取得了胜利。但到了 1927 年，国共两党分裂，蒋介石为领袖的国民党执掌全国政权以后实行反共反苏政策，中苏关系走向恶化。1929 年的对苏战争既是蒋介石为领袖的国民党对苏联的打击，又是其对张学良奉系军阀的削弱。在这场战争中，东北区域的人民再一次成为政治的牺牲品。应该说，从 1917 年十月革命成功以后中苏两国的国家关系和苏联与中国革命关系的发展和演变来看，苏联的国家利益诉求往往高于其开展世界革命的道义诉求，苏联对中国的援助并非多么高尚，但在 1920 年代末的国际环境下，发动对苏战争无疑是非常不智的，这也体现了当时南方的中国统治者对东北区域的轻视。

有论者指出："在近代以前，中华民族的英雄记忆、耻辱记忆、苦难记忆，很多都与东北有关，甚至可以说，在很长时间中华民族的历史记忆中，东北都是一个噩梦。这样的噩梦久而久之，就难免形成一种中原故土人民由历史积怨和华夷之大防等文化心理所导致的厌恶东北关外、不将其纳入'族类'和本土的民族心理积淀，成为集体无意识。"[1] 孙中山创立兴中会时提出的著名口号和宗旨便是"驱除鞑虏，恢复中华"，即把统治中国的"夷狄"——满人赶回东北。1906 年制定的《中国同盟会革命方略》也认为："今之满洲，本塞外东胡，昔在明朝，屡为外患。后乘中国多事，长驱入

---

[1]　逄增玉：《东北现当代文学与文化论稿》，中国社会科学出版社，2012，第 63 页。

关，灭我中国，据我政府，迫我汉人为其奴隶……"① 同盟会的报纸《民报》在与梁启超的《新民丛报》论战中一再宣称"满洲人非中国之人民"，"满洲建国以前为中国之羁縻州，建国以后为中国之敌国"②。由于这种带有民族色彩的革命诉求，孙中山等革命党人在意识里是把满洲和中国分离看待的。因此，为求得日本对反清革命的支持，孙中山等革命党人多次表达过割让或租让东北给日本的主张。杨天石在《从帝制走向共和——辛亥前后史事发微》中披露："据内田良平回忆，早在 1898 年，孙中山就曾对他说：'……吾人之目的在于灭满兴汉，革命成功之时，即使以诸如满、蒙、西伯利亚之地悉与日本，当亦无不可。'1907 年（大清帝国）庆亲王奕劻致书伊藤博文，要求日本政府将孙中山驱逐出境。伊藤征询内田的意见，内田表示：'自前年以来，孙文屡向我朝野人士表示，日本如能援助中国革命，将以满蒙让渡与日本。'"③ 根据杨天石的研究，孙中山在 1913 年访问日本时，1915 年反对袁世凯复辟时，1917 年与访问广东军政府的日本社会活动家河上清谈话时，多次表达过出让东北的想法，直到 1923 年左右才有所变化。笔者认同杨天石的结论："诚然，为了中国的独立和富强，孙中山鞠躬尽瘁地奋斗了一生，这是一个无可争辩的事实；但是，也正是为了这一目的，他又在相当长的时期内，准备将满洲租让给日本，这也应该是事实。"④

1905 年的日俄战争使东北区域沦为帝国主义的战场，东北人民饱受摧残。鲁迅先生留学日本时看到幻灯播放的枪毙"俄国间谍"，实则是日军杀害东北普通百姓。令人悲愤的是，在苏联作家阿·斯捷潘诺夫的长篇小说《旅顺口》里，当地中国人同样充当了不光彩的间谍或妓女形象。逄增玉曾指出，"九一八"事变之后，东北区域沦入日本帝国主义之手，"东北军未做抵抗就放弃东北，中国的国民党政府也未出兵抵抗，而是抱着大事化小的态度，让所谓的国联和李顿调查团进行合法与否的调查。国内的主流知

① 孙中山：《孙中山全集》第 1 卷，中华书局，1985，第 296～297 页。
② 《斥为满洲辩护者之无耻》，《民报》第 12 号；转引自杨天石《从帝制走向共和——辛亥前后史事发微》，社会科学文献出版社，2002，第 286 页。
③ 杨天石：《从帝制走向共和——辛亥前后史事发微》，社会科学文献出版社，2002，第 281～283 页。
④ 杨天石：《从帝制走向共和——辛亥前后史事发微》，社会科学文献出版社，2002，第 288 页。

识界领袖胡适等人也以这样的态度对待东北的沦陷，好像东北不是中国的领土。由于当时的统治阶级和占统治地位的社会意识，都没有把东北的沦陷看得过于严重和焦灼，把解决东北问题的希望寄托在国联的主持正义上，甚至事实上把东北的沦陷看作是拖延侵略战火、保全关内中国的必要牺牲，所以关内的人民对东北的沦陷，一般而言是不太关心的"①。马克思主义认为："任何时代占统治地位的思想都不过是统治阶级的思想，那些没有自己思想资料的人，一般是以统治阶级的思想为思想的。"② 关内社会这种对东北沦陷和东北人民的态度，主要来自于占统治地位的当时中国政府的意识和立场。王富仁在论述东北作家群的文章中曾指出，"如果是执政的蒋介石和国民党要员的浙江家乡最早遭到侵略，他们是不会表现出这样的态度与行为的。换言之，蒋介石为首的国民党当局，他们可能既有以用空间换时间、以暂时牺牲东北赢得全国的安宁从而为未来的抗战做准备的、从政治和国家利益出发的战略考虑，也不排除包含着在骨子里和思想深层未把东北真正看作与祖先骨殖、与历史文化血脉相连的'亲骨肉'意识，未看作与中原江南、故乡桑梓、华夏九州一样重要的故土乡邦。"③

从日俄战争到"九一八"事变之后的东北沦陷，甚至到抗日战争胜利后收复东北，东北人民一再成为清政府、国民党政府的"弃儿"（中共和中共领导的左翼知识界、爱国进步的群众不是这样，他们积极主张抗击敌寇、收复失地，谴责日本帝国主义的侵略和政府的不抵抗行为）。这样的被中央政权屡次抛弃的"弃儿"心理在"九一八"事变后的东北民众中是较为普遍存在的，东北人民和流亡的俄罗斯人、朝鲜人同样是"没有祖国的孩子"。鲁迅在为《八月的乡村》所作序中曾这样写道："人民在欺骗和压制之下，失去了力量，哑了声音，至多也不过有几句民谣。'天下有道，则庶人不议。'就是秦始皇隋炀帝，他会自承无道么？百姓只好永远箝口结舌，相率被杀，被奴。这情形一直继续下来，谁都忘记了开口，但也许不能开口。即以前清末年而论，大事件不谓不多了：鸦片战争，中法战争，

---

①　逄增玉：《东北现当代文学与文化论稿》，中国社会科学出版社，2012，第59页。
②　马克思：《德意志意识形态》，《马克思恩格斯选集》第1卷，人民出版社，1995，第62~63页。
③　王富仁：《三十年代左翼文学·东北作家群》，《文艺争鸣》2003年第2期。

中日战争，戊戌变法，义和拳变，八国联军，以至民元革命。然而，我们没有一部像样的历史的著作，更不必说文学作品了。'莫谈国事'，是我们做小民的本分。"① 鲁迅这里的借史喻今，极大程度上勾勒出东北作家进关前的生活和创作景观；他们置身伪满洲国的土地上，承受着无法宣泄的被奴役之苦；而文化专制下的"箝口结舌"，更使他们遭受着巨大的精神折磨。他们的逃离，若用罗烽的话来说便是："不过是一只被灾荒迫出乡土的乌鸦，飞到这'太平盛世'"，用"粗噪刺耳的嗓门"，把"几年来积闷的痛苦倾泄出来"②。在这同时，黑土地上长大、深受关东文化熏染的作家们在入关后，明显感受到了关内外文化的差异，从而更切实地寻找到了自己创作的文化基点和描写视角。作家是社会生活和社会心理的敏感神经，东北民众的感受与东北作家感受的合流，便凝聚、转化成了东北文学中普遍的悲凉情怀。这种悲愤忧伤的主题和风格与描写东北人民在压迫和苦难中奋起反抗，构成了东北文学创作中慷慨悲凉的气质品格。

东北光复之后，中共取得了东北的控制权，并以东北为根据地最终解放了全中国。中共非常重视对东北的开发和建设，先后有大量的官兵、知识青年涌入东北，参与了东北的开发和建设。伴随着开发北大荒而诞生的北大荒文学蕴含着另一种慷慨悲凉的气质。关于什么是北大荒文学，长久以来学术界对它的界定有着种种不同的观点："一是以地理范围作为划分依据，认为凡是以北大荒的松嫩平原、三江平原和大、小兴安岭为题材的作品，均属于北大荒文学；二是在上述划分基础上，以人物个性气质作为划分依据，把表现粗犷、豪迈、真挚、热诚、充满同情心又满口东北方言土语的北大荒人的作品，称为北大荒文学；三是认为北大荒文学是指表现和反映开发北大荒土地的生活和人物的同时，体现出'北大荒精神'的文学作品。"③ 在这里，笔者无意将北大荒文学作为一个文学流派来界定，而是将其作为东北区域文学的一个分支来进行观照，因此，这里所谈的北大荒

---

① 鲁迅：《田军作〈八月的乡村〉序》，《鲁迅全集》第 6 卷，人民文学出版社，1981，第 226～227 页。

② 罗烽：《呼兰河边·后记》，北新书局，1937，第 306 页。

③ 郑英玲：《1958—1966 年"北大荒文学"及其生成的历史文化语境研究》，《赤峰学院学报》2013 年第 1 期，第 141 页。

文学既包括具有战天斗地精神的拓荒文学，更应纳入反映下乡知青悲欢离合的北大荒知青文学。地处中国东北边疆的北大荒农场在"上山下乡"运动的十年间接纳了50万来自北京、上海、天津、浙江、哈尔滨等城市的知识青年，他们响应号召满怀热情奔赴边疆，投身农村这一广阔天地，用狂热的青春去拥抱这场史无前例的洗礼。他们作为一代新移民在这片黑土地上挥洒青春和汗水，播种下欢乐与痛苦。这片沃土也见证了新中国有史以来最大的一场迁徙、回归和浩瀚的大献身运动。"对于一代知青，北大荒是无法回避的一个特殊的字眼，它几乎成为了一代人宿命般的象征或隐喻，不可能如吃鱼吐刺一样，把它从自己的生命和历史中剔除干净。"①

王为华曾指出，"从某种意义上讲，北大荒的知青上山下乡运动是东北十万官兵集体垦荒的延续，当年广大知青满怀壮志豪情和世界大同的理想，来到这片广阔天地，准备以朝气蓬勃的热情，施展革命的才华。《寒夜脱粒》、《捞麻》、《磨炼》、《暴风雪之夜》、《拼搏在兴安岭上》、《亘古荒原第一锹》等作品试图以一种怀念的调子记述那一段苦难而难忘的知青生活，以浪漫主义的情怀述说青春无悔的美好记忆。尽管知青的意气风发与热血沸腾遭遇了北大荒的沼泽、泥泞、风雨和大烟泡的洗礼，但是知青们还是从住进北大荒起，就开始用细嫩的肩头抗起重重的麻袋，在零下20℃的严寒中艰苦伐木……那露着棉絮的棉袄，系在腰间的麻绳，手上的一串血泡，以至身体透支、入不敷出，留尽最后一滴汗、一滴血……从这个意义上说，知青的北大荒岁月浓缩了创业的艰辛，洋溢着知青战天斗地的浪漫情怀。"② 这种浪漫的情怀在反映中苏边战的纪实作品中被渲染到了极致。1969年3月，中苏两国边防部队在中国黑龙江省虎林县乌苏里江上的珍宝岛③爆发了大规模的武装冲突。这一事件使中苏分裂后形成的紧张关系达到

---

① 肖复兴：《黑白记忆——我的青春回忆录》，人民文学出版社，2005，第1页。
② 王为华：《北大荒知青纪实文学论》，《求是学刊》2008年第5期，第111页。
③ 珍宝岛是位于中苏界河乌苏里江主航道中心线西侧的一个小岛。该岛北端原与中国陆地相连，由于江水冲刷，到1915年才形成小岛。岛距中国一侧的江岸60米，距苏联一侧的江岸300米。岛西侧的江汊从来没有成为航道。无论是根据珍宝岛原与中国陆地相连的历史，还是根据边境河流以主航道为中心线作为国界的国际惯例，珍宝岛都应该属于中国。由于苏联认为乌苏里江中国一侧的江岸是两国的边界，江中所有的岛屿都属于苏联，因而把珍宝岛（苏联称之为达曼斯基岛）说成是苏联领土。随着两国边界争端的发展，两国在珍宝岛地区的纠纷日益增多。

了顶点，两国由政治上的对立扩大升级为政治、军事的全面对抗。"《北大荒风云录》、《老知青》、《知青备忘录》、《尘劫》等纪实作品不仅让我们了解到当时我国所面临的严峻的国际环境，而且让我们看到革命传统的熏陶，英雄主义教育在知青身上的体现。乌苏里江、珍宝岛牵动知青的心灵，当祖国的领土受到侵犯时，他们会义无反顾地走向战场。从这些纪实性作品中我们可以看到知青这代人对战争的近乎宿命的憧憬，以及成为英雄的渴望，还有他们纯真的理想与抱负。"[①]

纵观近现代东北区域的历史进程，我们可以发现其中充满着战争、移民、政权更替等历史剧变，这是一个埋藏着巨大的悲伤的历史阶段。而这一悲伤的历史阶段里发生的种种事变都与毗邻的俄罗斯紧密相关，这种关联在过去、现在、未来都将存在。逝者默默，生者怀思，近现代东北文学中的悲凉气质或许便是对悲伤历史的追忆与反思。

3. 近现代东北文学中的悲凉意象

在现代的东北作家群创作中，悲凉意象是广泛存在的，萧红的《莲花池》、萧军的《樱花》、端木蕻良的《鹭鸶湖的忧郁》以及舒群的《老兵》等作品营造了各具特色的悲凉意象。

萧红的《莲花池》中的小豆，父亲早亡，母亲改嫁而去，靠爷爷盗墓为生，爷爷白天休息晚上盗墓，谈不上陪他玩，而他瘦弱苍白，一出门就会被邻家的孩子殴打，他整天都不敢出门，有一回为了扑一只蝴蝶，不知不觉跑出了门，竟被邻家的孩子追上打伤。孤独无助的孩子连出去玩的自由都没有，他只能终日像"一匹小猫似的"蹲着，幻想着莲花池的美丽。他希望爷爷能带他去莲花池，但爷爷没有理他。"空虚的悲哀很快地袭击了他。因为他自己觉得也没有理由一定坚持要去，内心又觉得非去不可"。《莲花池》对小豆的心理描写极为出色，他卑微、弱小、胆怯、病态，像是《呼兰河传》中那个倔强、活泼的小女孩的反面，又像是成年的萧红自己，病弱，一点小小的希望也难以实现。终于有一天，爷爷要带他出去了，他简直是迫不及待地出了门，却不知道那次出行的目的地并不是莲花池。对长久隐藏在屋里，像土拨鼠一样的小豆来说，"天是晴的，耀眼的，空气发

---

①　王为华：《北大荒知青纪实文学论》，《求是学刊》2008 年第 5 期，第 111 页。

散着从野草里边蒸腾出来的甜味。地平线的四边都是绿色，绿得那么新鲜，翠绿，湛绿，油亮亮的绿"。他们终于走在莲花池畔的小路上了，那么孱弱的小豆一来到莲花池畔就强壮起来了，像一株小苗一样，接受着阳光和水分的滋养，欢欣地成长起来。可是这条小路是很短的，出了小路就是一条黄色飞着灰尘的街道。在小豆走进了市镇之后，他幼小的生命就即将结束了。故事情节交代得并不清晰，只是隐晦地表明爷爷为了把小豆养大，打算去给日本人做事。可是柔弱的小豆并没有长大，就被侵略者踢成重伤，他在第二天黎明将至的时候死去了，小说中没有刻意渲染祖父的愤怒和悲伤，只是把那幅孤独的剪影描画给我们，"这时候莲花池仍旧是莲花池，露水仍旧不断的闪合。鸡鸣远近都有了。但在莲花池的旁边，那灶口生着火的小房子门口，却划着一个黑大的人影"①。这是曙色迷蒙的时刻，人间凄凉的一个角落，演出了一出社会人生的悲剧。而自然界茫然无知，它不为所动，依然按照自己的规律运动着。在这种永恒的律动映衬之下，无言地说出了那些穷苦人深渊似的哀伤。从模糊的情节来看，萧红无意于批判老人要做汉奸的行为，而是哀怜穷人的愚昧和生存的艰难。

在深秋夜晚雾气弥漫的湖边，两个看青少年对着"哭肿了的眼睛似的"月亮，小一点的向比他稍大的年轻人述说着家庭的苦难和自己精神的痛苦：父亲年老体弱，背已深驼，夜间总是咳嗽不止，但又不得不挣扎着去劳作以养活一家人。这样的家境给刚刚步入生活长路的少年的心灵过早地蒙上了一层深厚的忧郁之雾。当他一觉醒来，发现同伴捉住了一个偷青贼正在痛打，他听出这个贼不是别人，恰恰是自己的父亲。于是，羞愧、痛苦、无奈等各种感情猛烈地袭击着他，这是何等凄凉的人间惨剧！但惨剧并没有到此结束，当他第二次醒来又发现了偷青贼，可贼人却是一个七岁的小女孩，她在昏黄的月光下惊慌失措地用她稚嫩的小手无力地割着豆秸。她不仅充满了偷青者的恐惧，更被妈妈为得到食物而用身体做交换条件的"可耻"行为羞辱着，幼小的心灵过早地蒙上了浓重的雾霾。两个孩子在深秋的田野里所受到的精神折磨是那样刺痛人心，使人看到了一幕无比悲凉的人间景象。这就是端木蕻良在他的成名作《鹭鸶湖的忧郁》中呈现给读

---

① 萧红：《萧红全集·莲花池》，哈尔滨出版社，1991，第354页。

者的故事。其实，近现代很多东北文学作品中都有这种悲凉意象，这种悲凉意象有着深厚的社会历史意蕴，东北作家们用这种悲凉意象表达着他们的社会理想和人生愿望。《鴜鹭湖的忧郁》没有直接描写殖民者的暴政和沦陷区人民的受难，而是展现"九一八"之后东北区域人民的生存艰难。在物产丰富、地广人稀的东北，"农民竟然以尊严和肉体为代价冒险屈辱地偷粮，足以表明日本帝国主义殖民者统治下东北人民的屈辱和生存困窘。"①《鴜鹭湖的忧郁》"把左翼作家运用得很滥的反映劳动人民生活疾苦的题材通过他的富有魅力的景物描写上升到了整体精神感受的高度，从而具有了一种世界感受的性质"②。

北大荒知青文学中也存在着众多的悲凉意象。北大荒知青文学中许多篇章以"浓墨重彩"回顾和抚摸那段历史，祭奠荒废的年华和早逝的生命。《乐不起来》、《中国知青恋情报告》等作品讲述了一个个令人深思的悲剧，北大荒给予知青们的，毕竟不仅仅是"豪迈和诗意"，"还有艰辛和困苦，还有付诸东流的青春和理想，还有一条充满挫折的生活道路"③。张抗抗在《隐形伴侣》中对自己在"文革"时期的经历，对人生、自我和写作进行了一次认真的反思和清理。《隐形伴侣》大约是张抗抗作品中自传性最强的一部作品，肖潇的婚姻、写作之路显然带有作者自己的血泪印记。"正是由于这种严厉的、坦然的自审，使我们对于在一个虚伪环境中成长起来的整整一代人的心理素质有了根本的了解，对于那个年代的一切悲剧本源的追溯达到了一个新的深度，因而对现实和未来，也有了比较符合人性的追求和企盼。"④ 张抗抗在《隐形伴侣》中，与其说是在讲述"文革"时期知青的十年生活，不如说是在反思"人"如何在一个巨大的环境、社会体制之中不由自主地走向虚伪和谎言。"文革"在这里成为一个特定的背景，"人"置身于这样的社会环境之中，往往就会身不由己地学会谎言和欺骗。在此，张抗抗对那些所谓的"真实""真理"等崇高的东西做了一次比较彻底的反思，这些"历史形成的观念，已经成为一种非自觉的现实原则，

---

① 逄增玉：《东北现当代文学与文化论稿》，中国社会科学出版社，2012，第65页。
② 王富仁编选《端木蕻良小说·前言》，浙江文艺出版社，2003，第3页。
③ 陆星儿：《生是真实的》，吉林人民出版社，1998，第177页。
④ 张抗抗：《心态小说与人的自审意识》，中国文联出版社，2001，第329~330页。

甚至成为遗传基因，参与人的无意识，压迫本我。正是这种被无意识透明的外壳紧紧钳制、约束而几乎被扼杀、窒息的潜意识的挣扎与抗争，才构成了人生永难摆脱的另一个'我'，那个令人恐惧和震颤的'隐形伴侣'。"①

1998 年，张抗抗先后发表了《无法抚慰的岁月》、《无法推诿的责任》等随笔文章。在这些文章中，张抗抗谈到了长期以来人们不愿或不便正视的一些问题，产生极大反响。针对部分知青提出的"青春无悔论"，张抗抗认为：其一，若说无悔，实际上便意味着对十年"文革"以及与此密切相关的上山下乡运动的整体认同；若说无悔，就等于对计划经济体制的认可。其二，若说无悔，再发生类似的事情你是否会义无反顾继续跟着走。其三，在十年"文革"国家整体"亏损"的账上，"知青"是不是可以单账另算的赢家？个人价值莫非可游离于历史之外？她以为，知青生活中与青春热血相连的记忆，只可在怀旧、艺术审美的层次上占有一定的地位，但绝不可能是对整个人生价值的肯定。其四，许多知青因此荒废学业，贻误人生，从此也丧失受教育的机会，这样的损失，是否能称之为无悔。知青中的有些人，一方面感叹面对未来没有发展的机遇，另一方面对往昔抱以无悔的心态，实在是太矛盾了。而人们只有清理了过去，才能更好地理解将来，这本是这场知青问题讨论的意义所在。张抗抗指出："如果我们老三届人至今仍对自己当年曾经拥有的所谓真诚，抱着欣赏留恋的态度；对那种旷世愚昧和空前绝后的非人道行为，非但毫无认识甚至置若罔闻或姑息迁就；并且还以如此价值去教育子女——那么，老三届人便无可救药地成为计划经济时代最后一块基石，被新世纪的掘进机无情地清理。"② 在这些随笔文章中，张抗抗对在小说中不便说明的部分进行了直接的阐述，明确表达了她对知青一代人的反思，她并不要求人人忏悔，只是希望人们对一种口号、一个论点产生一些疑问。

近年出版的齐邦媛先生的长篇回忆录《巨流河》是一部见证历史的书，是一部深蕴悲凉气质的书。哈佛大学的王德威教授给予这部书以极高的评

---

① 张抗抗：《心态小说与人的自审意识》，中国文联出版社，2001，第 328 页。
② 张抗抗：《大荒冰河》，吉林人民出版社，1998，第 5 页。

价："邦媛先生的自传《巨流河》今夏出版，既叫好又叫座，成为台湾文坛一桩盛事。在这本二十五万字的传记里，齐先生回顾她波折重重的大半生，从东北流亡到关内、西南，又从大陆流亡到台湾。她个人的成长和家国的丧乱如影随形，而她六十多年的台湾经验则见证了一代'大陆人'如何从漂流到落地生根的历程。""东北与台湾——齐先生的两个故乡——剧烈的嬗变；知识分子的颠沛流离和他们无时或已的忧患意识；还有女性献身学术的挫折和勇气。更重要的，作为一位文学播种者，齐先生不断叩问：在如此充满缺憾的历史里，为什么文学才是必要的坚持？"① 在齐邦媛的这部回忆录中，有跟萧红类似的经历，她们都是从异乡走向异乡，不断地流亡，在她们的笔下，东北大地的风土人情，接连不断的死亡，女性悲剧的命运轮番上演，充满着无边的哀伤。

从少年时代起，齐邦媛就离开东北，踏上了漫长的漂泊之旅，自此之后，故乡便在遥远的梦境里，在凄楚的歌声里："我生长到二十岁之前，曾从辽河到长江，溯岷江到大渡河，抗战八年，我的故乡仍在歌声里。从东、西、南、北各省战区来的人，奔往战时首都重庆，颠沛流离在泥泞道上，炮火炸弹之下，都在唱，'万里长城万里长，长城外面是故乡……'故乡是什么样子呢？'我的家在东北松花江上……'江水每夜呜咽地流过，都好像流在我的心上。"② 从《巨流河》的缓缓叙述中，我们可以看到齐邦媛流离漂泊的一生，在作品中充溢着浓浓的漂泊意识："我出生在多难的年代，终身在漂流中度过，没有可归的田园，只有歌声中的故乡。"③ 齐邦媛在接受记者采访时曾坦言："我的一生一路行来，真是步步都留下脚印，印证我们一家的颠沛流离。回首那样的一生，实在轻松不起来。叙述沉重，充满了忘不了的人和事。"④《巨流河》是一位被迫逃离东北故土的老人对几十年来东北乃至中国历史的见证，在不断的悲欢离合中，齐邦媛也逐渐成长，慢慢衰老。但她的叙述却让我们对这几十年来东北乃至中国的历史有了另

---

① 王德威：《如此悲伤，如此愉悦，如此独特》，载齐邦媛《巨流河·后记》，生活·读书·新知三联书店，2010，第 376 页。
② 齐邦媛：《巨流河》，生活·读书·新知三联书店，2010，第 3 页。
③ 齐邦媛：《巨流河》，生活·读书·新知三联书店，2010，第 2 页。
④ 杨时旸、齐邦媛：《我已无家可归》，《中国新闻周刊》2011 年第 9 期。

一层面的认识，一直以来，文学都在努力地对抗时间，对抗因种种原因而遗忘的过往。齐邦媛的叙述如同那条巨流河一样缓缓流淌，充满了时间的力量。2001 年"九一八"事变七十周年，齐邦媛回到故乡，她一个人在大连海边公园的石阶上坐下，"望着渤海流入黄海，再流进东海，融入浩瀚的太平洋，两千多公里航行到台湾。绕过全岛到南端的鹅銮鼻，灯塔下面数里即是哑口海，海湾湛蓝，静美，据说风浪到此音灭声消"①。从巨流河到哑口海，齐邦媛走过的显然不仅仅是两千多公里的航程，她所走过的是齐家几代人的悲喜，她的这部《巨流河》也承载了几代离乡东北人的乡愁。从喧嚣的巨流河到平静的哑口海，一切真的能归于永恒的平静吗？或许只是识尽愁滋味后的欲说还休吧。

　　漂泊的人生总是充满了悲伤，近现代的东北土地上还生活过这样一群离乡漂泊的人，那便是俄罗斯侨民，一位曾长期生活在哈尔滨的俄罗斯流浪诗人这样写道："我们被迫离开了北方的家乡／只有面貌酷似俄罗斯的哈尔滨／终止了俄国子民的流浪／温暖了心中的悲凉／从此不再极度悲痛哀伤——"② 诗中充满了流亡者对故乡的思念和对流亡地的感恩之情。近现代东北文学对这些俄侨的人生百态也有着较为充分的描绘，2015 年，黑龙江人民出版社推出了一套"哈尔滨俄罗斯侨民文学系列丛书"，丛书包括李文方的《六角街灯》、胡泓的《哈尔滨的忧伤》、陈明的《侨居者》、尚志发的《啊，贝加尔湖》、刘文江的《苦旅——魂系哈尔滨》、李五泉的《守护卡捷林娜》六部作品。这些作品对俄侨在哈尔滨艰辛的生活和坎坷的命运进行了深入的描写。高莽在丛书的序言中写道："这些文学作品的出版，无疑将对广大读者进一步了解哈尔滨独特的地域文化起到无法取代的作用。同时，收入丛书的作品在艺术上也各有独到之处，在展现历史的真实，刻画生活的力度，描写细节的才赋，特别是在塑造俄罗斯人物形象上，展现出令人惊叹的独特成果。这无疑给当代中国文学注入了一股新鲜活力。"③ 通过读这些小说，我们可以更深层地了解俄罗斯文化对哈尔滨的影响和渗透，当我们知道曾有那么多俄罗斯人长期生活在这里后，就不难理

---

①　齐邦媛：《巨流河》，生活·读书·新知三联书店，2010，第 371 页。
②　李文方：《六角街灯·丛书后记》，黑龙江人民出版社，2015，第 305 页。
③　李文方：《六角街灯·致读者》，黑龙江人民出版社，2015，第 3 页。

解哈尔滨鲜明的国际文化风貌。

李文方的《六角街灯》是一部具有史诗品格的作品。小说记述了自19世纪末至21世纪初，一百多年间三代哈尔滨俄侨的生活。第一代俄侨是主人公秦厚木的姥爷谢苗和姥姥薇拉，谢苗是一个哥萨克士兵，20世纪20年代初俄国国内战争期间，他逃到哈尔滨，逃亡途中用他的哥萨克绑带绑走了快要饿死的俄罗斯贵族之女薇拉，之后他俩结为夫妻，在哈尔滨郊区办了一个小牧场，饲养奶牛，作为第一代俄侨，他们算得上是哈尔滨乳业的先驱。二人生活虽贫苦，但自由豪爽、优雅高贵的气质不改，而在20世纪60年代初，他们不愿回到苏联，又无法取得中国国籍，只好远赴澳大利亚。在澳大利亚，他们不幸感染登革热，埋骨异乡。第二代俄侨是谢苗、薇拉之女柳嘉，她嫁给了铁路工程师秦明远。她努力融入中华文化，甚至放弃了东正教信仰，但丈夫被打成"右派"，父母远走澳大利亚却突然身亡，使这位善良的女性不堪重负，心衰而死。第三代俄侨是柳嘉之子混血青年秦厚木，他爱上了来华援建的苏联专家之女卡秋霞。二人热烈真挚的爱情，成为第三代哈尔滨俄侨步入新时代的象征。但因中苏关系交恶，二人只能分别，秦厚木试图越过边境去寻找卡秋霞，被中苏双方的边境战士击毙，悲伤地倒在了冰封的黑龙江上。一百多年的世事变幻、人生悲喜在作家笔下如云烟过眼，不变的是哈尔滨松花江畔的六角街灯，一百多年来人们一直能看到"那个稳固的石头底座，绿色的铸铁立柱，上大下小的六棱玻璃风雨罩，最令人难忘的，还有那酷似亚历山德拉皇后王冠的顶盖……"或许就如作家所写的，"假如很多很多年以后，有人对孩子们讲，从前有个国家叫作苏联，他们可能一脸茫然，不知所言。可是，如果有人指着这六角街灯对孩子们说，有好多来自异国他乡的人曾在这灯下流连忘返。他们会有同感的，因为这街灯实在太美了。不论世间发生多少不可预测的变迁，它的美，连同它所见证的爱，永不改变……"①

三　俄罗斯文化影响与近现代东北文学的革命性、实用性

告别古典形态后的东北地域文学，展现出一种独特的现代文学精神，

---

① 李文方：《六角街灯》，黑龙江人民出版社，2015，第2页。

这种精神最突出的表现就是其革命性和实用性。有感于故土家园所受的侮辱和损害，东北地域文学从五四时期开始，便担负起对封建传统的批判、对帝国主义侵略的反抗，与腐朽社会现状所滋生的恶势力进行百折不挠的斗争。而临近的、刚刚取得革命胜利的苏俄无疑为东北地域文学的革命斗争提供了范例。有论者指出："由于中东铁路的存在，哈尔滨成为向东北乃至关内传播马克思主义和俄苏文学的中心，左翼作家依靠在哈尔滨习得的马克思主义和俄苏文学垫底，在上海与留学日本、苏俄的具有'日本体验'和'俄苏体验'的前辈大作家鲁迅等人方能构成精神上的契合。"①

　　早在 1920 年，瞿秋白赴俄前滞留哈尔滨期间，就第一次听到了《国际歌》，他认为哈尔滨"先得共产党空气"。瞿秋白是"向内地指出哈尔滨是中国最早感受十月革命气息的城市的第一个中国人"。"欢呼十月革命的胜利，引吭高歌《国际歌》，纵情地畅谈共产主义，在北京则是根本不可能的。除了哈尔滨以外，当时的全中国，连最激进分子也是无从想象得到的。"②瞿秋白为《晨报》所写的《哈尔滨之劳工大学》，披露了"哈埠共产党虽仅二百人，而自哈埠至满洲里中东路沿线，工人有十二万，对于共产党颇有信仰"。当年修筑中东铁路，"沙俄从中国山东、河南、河北等地招工近 30 万人，还从俄国招工 20 余万"③。随铁路修筑涌入的工人给这座新生城市提供了无产阶级革命的基础。十月革命后，俄苏报刊书籍通过中东铁路在哈尔滨广为流传，给政治气候涂上了令政府和日本侵略者大为不安的"赤色"。据统计，"1928 年 6 月 28 日至 7 月 25 日，仅 1 月之间，哈尔滨海关就扣留了中东铁路传来的红色书籍 8 种，报纸 57 种，杂志 27 种，合计 3157 件"④。

　　由于普罗文学思想的传播，普罗文学在 20 世纪 20 年代初期便广泛地影响了东北地区的文坛。在沈阳，1923 年王莲友在《我底杂感》里唱道："社会主义来了，/到处传。/因为人得幸福，/世得平安。//白话诗来了，/

---

①　郭淑梅：《"红色之路"与哈尔滨左翼文学潮》，《文学评论》2008 年第 5 期，第 193 页。
②　王观泉：《一个人和一个时代——瞿秋白传》，天津人民出版社，1989，第 144 页。
③　张大庸：《清末马克思主义在我国东北的传播》，《党史纵横》2006 年第 9 期。
④　梁文军等主编《中共哈尔滨党史大事本末》，黑龙江人民出版社，1993，第 6 页。

到处传。/因为看也容易，/作也自然！……"① 张维周在《列宁生日》里盛赞列宁对无产阶级革命伟大的功绩："一个原辛比尔斯克的犯人，/大踏步闯进冬宫。/'轰'的一声，/这么多的敌人炸倒了。/马克思埋下了全世界的地雷，/你首先弄炸了一个最响的，/你总算对得起先师马克思。/你总算古往今来的大怪杰呵！/你真敢把敌人当头开刀，/你真能把敌人当头开刀。/打开一条血路，/扎下一座营寨。/你给朋友们做的，/至少也有这个了。/狐兔猖狂，/蛇归虎走，/怕也是暂时的把戏罢，/朝露消，他们快散场了。……"② 在北满的哈尔滨，革命党人安怀音接连发表的《文学与时势》、《文学家与革命家》两篇文章批判腐朽落后、趣味低俗的旧文化势力，产生了很大的影响。安怀音为同盟会会员，1921 年到奉天（今沈阳）任《盛京时报》（大连版）编辑，1922 年 10 月 1 日《大北新报》（《盛京时报》北满版）在哈尔滨创刊，他从沈阳来到哈尔滨，任该报副刊《杂俎》编辑。他到哈尔滨后，积极反对封建旧文化，提倡新文化，扶植文学新人，受到旧文化势力的强烈反对。因向往苏联，同情无产阶级革命，他受到哈尔滨警察当局的监视，在哈尔滨仅停留了一年，于 1923 年 10 月被迫离开哈尔滨返归奉天。

安怀音的《文学与时势》把文学分为两大类：一类是消遣娱乐的，脱离现实的文学，一类是愤世嫉俗，慷慨悲凉的写实的文学。"前项文学，若在升平无事之时，固不失为人类有价值的作品。不过此种作品，若深入一般人心，往往使人颓伤不振，好为消极。若在升平无事之时还可，若在革命潮流之下，我们正枕戈待旦之秋，似这种颓伤不振的思想，实在不可提倡，实在应当拒绝。"作者认为当前的时势是内忧外患严重。"我们生在这个时候，正是我们卧薪尝胆的时候。我们的责任，是要比辛亥革命时代的文人志士的责任还要重。"因此，他否定没有政治思想内容的山水诗、田园诗、爱情诗，竭力提倡"愤世嫉俗、慷慨悲歌"的诗，这种诗"能使顽者廉，懦者立"，"能转易人心，操纵社会"。作者认为辛亥革命的成功，就全靠革命作家宣传的力量。"请问那个时候，中国报纸的精神是什么样子？他们的言论是什么样的言论？他们的材料是什么样的材料？我敢大胆的说

---

① 王莲友：《我底杂感》，《盛京时报》副刊《新涛》1923 年 2 月 10 日。
② 张维周：《列宁生日》，《盛京时报》副刊《新涛》1923 年 4 月 9 日。

一句，他们都是革命的言论，他们都是排满的材料。那时的文人志士，与现在的文人志士，实在有天地之别。"①

《文学家与革命家》是《文学与时势》思想和观点的进一步展开。作者认为，此时更应反对那些没有社会责任感的作家，"以己之错误思想，错误作品，毒害社会，毒害人类"，积极提倡作家要有社会责任感，有革命精神。因为此时的社会是最黑暗的社会，此时的时代是武人官僚压迫最沉重的时代，比清朝的统治更加黑暗更加反动。此时的中国正处于千钧一发、危如累卵、朝不保夕的地位，不但污浊的政治要革命，便是一切吃人的礼教，无情的社会制度，各种各类，无不处于应当革命的状况。革命虽然是痛苦的，但是不革命不行。他认为，要当个好文学家，必须先当革命家，要像石达开那样，"人头作酒杯，饮尽仇雠血"。要像卢梭那样，最富于破坏力。绝不要像孟浩然那样韬光养晦，耕种自食；更不要像晋人那样去作"持爱如欲进，含羞未敢前"之类的靡靡之音。文章最后说："总而言之，文学家者，一时代，一民族之灵魂也。文学家之责任，非常之大。文学家是时代的造化者，文学家是民族的看护者。文学家应当无我，文学家应当无畏，文学家应当有牺牲的精神，文学家应具有热情的心肠，文学家应与社会同化，文学家应与群众一体。是愁苦的社会，不可为风花雪月，穷快活的作品；是幸福的人生，不可为失意颓唐，无病呻吟的作品。所以就我们贵国今日情状而言，实实在在要有革命化的作品，不要有风花雪月的作品。我们作文字的时候，要用血写，要用泪写。用自己的血写，还算不得事，要用社会上的血写；用自己的泪写还算不得事，要用群众中的泪写。如此，方足以代表社会，方足以代表人生，方足以感动社会，方足以激发群众，方足以唤起人民的革命思潮，方足以使民国复兴，方足以贯彻我们革命主义，方足以使我们一般人都能得到幸福。国人呵醒吧！我们文学界人醒吧！惨苦的阴森的寒夜，真不能再耐了呵！自由之钟呵！报晓之鸡呵！不是已经震动了大地吗？我们醒罢！懦弱的我呵！谨当追随大家之后，作正义人道之先锋。"② 尽管安怀音的思想有其时代的局限性，但在当时东北

---

① 安怀音：《文学与时势》，《大北新报》副刊《杂俎》1923 年 8 月 21 日。

② 安怀音：《文学家与革命家》，《大北新报》副刊《杂俎》1923 年 10 月 1 日。

内忧外患的局势下，这两篇文章有其积极意义。

此外，裴文中的《平民文学的产生》从文学是"发泄情感，表现苦闷"的特征切入主题，指出文学具有感染人、教育人的力量，阐述了平民文学产生的必要性和价值。作者认为："我们就现在这紊乱的国家和堕落的社会看来，平民们受刺激的情感实在剧烈了，受压迫的苦闷实在巨大了，要想流露出来，自然非平民文学不可。我们如果把这样的情感和巨大的苦闷，老老实实地写在平民文学上，平民们读了，一定会有一种愤懑不平的气概，革命思想自然而然地蕴蓄在脑海之中，并不一定像宣传主义家似的，开口闭口离不开主义，仍可影响到听众的心中。这样发泄平民的剧烈感情，表现平民的巨大苦闷的平民文学，我们用文艺的眼光来看，也很可以有好的，有价值的，只看作者的艺术水平而已。"[1] 文章认为，此时的中国黑暗极了，糟糕到了极点，内忧外患严重，军阀战争不断，天灾人祸频繁，人民流离失所，生活痛苦不堪，只要把一般平民的"悲词恨语，哀伤咏叹之音"如实地描写出来，就是平民文学。平民文学用不着加意地去宣传，就会产生革命思想和改造中国的力量。

根据钟嘉陵的研究，到 20 世纪 30 年代，"哈尔滨已成为关内寻找俄文版马克思、恩格斯书籍和俄苏文学首选之地。全平、旦如等人在上海老西门组合开办了咖啡店，以作为进步文化人士聚会场所，哈尔滨书店的办理人专诚跑了三十三家俄国书店，选购了十三张俄国文学家的像寄给全平、旦如，其中有托尔斯泰、屠格涅夫、契诃夫、冈察洛夫、莱蒙托夫和果戈里等人的像"[2]。哈尔滨拥有 33 家俄国书店，显示出俄苏文化之强势存在。"九一八"事变后，中国人的书店、书摊在日寇文化的钳制下依然私下里销售和借阅红色禁书。后起左翼作家关沫南 1937 年与旧书摊主王忠生、地下党员关毓华、佟醒愚等人组成了"马克思主义学习小组"，"王忠生藏有很多红色禁书，像《大众哲学》、《唯物辩证法》、《克鲁泡特金》、《铁流》、《毁灭》、《苏俄文艺论战》等，只给熟悉的进步青年看。直到 1941 年，一个叫贞星的日本和尚骗取了他信任，暴露了这批红色书籍，王忠生旋即被

---

① 裴文中：《平民文学的产生》，《哈尔滨晨光》副刊《光之波动》1926 年 2 月 2 日。
② 钟嘉陵：《三十年代，来自哈尔滨的消息》，《东北现代文学史料》第 6 辑，第 7 页。

捕入狱。在日寇占领期最黑暗的年代，文学界的‘马克思主义学习小组’依然在活动，说明马克思主义、俄苏文学已成为哈尔滨文化抗战的一种精神资源。"① 作为崛起于 20 世纪 30 年代的东北作家，他们都毫无例外地接受了当时随着无产阶级解放斗争的展开和不断深入而在思想文化领域里日益越居中心位置的阶级斗争理论，他们都信奉马克思主义的阶级和阶级斗争学说。但是，比这更为急迫地占据着他们精神世界的中心位置的是民族斗争思想。由于他们从小就目睹了日本人在东北土地上肆意横行的景象，不久又都被沦陷了的故土所逐出，不情愿地成了茫茫生活路上的流浪者，他们在满怀家国之悲和无尽的乡邦之思的袭扰下，切身感受到了民族斗争的酷烈，感到整个民族的生存危机的逼迫，因而形成了强烈的民族斗争和民族解放的思想。他们对社会都有强烈的参与意识与实践精神，不愿意做脱离社会活动的文人雅士。同时，作为"五四"以后成长起来并吸吮着鲁迅先生的文学乳汁成长起来的青年，他们不愿把文艺当作高兴时的游戏或失意时的消遣，而是把它视为挽救民族、拯救民众、改造社会的有力工具，把文学和现实人生紧密地联系在一起，使之成为"人生的现示、发掘和创造"。这种政治思想倾向与文学观念，使他们在创作之初就追求强烈的革命性和战斗性。

在东北作家们追求革命性和战斗性之初，俄苏文学无疑起到了非常重要的向导作用。姜椿芳在怀念烈士金剑啸的文章《金剑啸与哈尔滨革命文艺活动》中记述道：

哈尔滨这个城市，对于东北三省来说，还是得风气之先的。1930 年陈凝秋曾自编自导自演了《北归》（在西门脸基督教堂）。1932 年还有人组织电影公司，拍了一部不成熟的影片《乘龟得福》。但总的说来，在文艺的领域里还是很荒凉的。不过，在另一方面，这个城市有三分之一的人口是旧俄和苏联侨民，他们的文艺活动是很热闹的。他们有歌剧、轻歌剧、话剧、舞剧等团体，经常演出。尤其是苏联人，虽在反动统治的严格检查之下，还是演出了一些苏联国内新创作的戏。

① 关沫南：《春花秋月集》，辽宁民族出版社，1998，第 16～18 页。

可惜当时中国人和他们往来不多，更没有参加到他们的文艺生活中去。语言的隔阂固然是一个原因，但是那个时期出于张作霖、张学良政权"防俄防赤"的措施森严，尤其是大批白俄依附这个反动政权，无孔不入地、针锋相对地限制苏联人在哈尔滨和东北其他各地的活动，不许他们出报刊，不许他们有稍露锋芒的文艺活动，更不许苏联人和中国文化界人士接触，这就使哈尔滨的文化青年不得不舍近求远，要从上海把当时世界上最新最革命的事物，绕了很大的圈子点滴地传到哈尔滨来。其实那个时期，苏联人在哈尔滨寻取各种渠道展开活动。例如用白俄人出面在哈办《东方新闻》俄文报、《七日画报》，用美国人辛伯森在大连办英文日报，用英国人佛利特在哈尔滨办英文《大光报》和英亚电讯社，由中东铁路苏籍职员及其子弟在铁路俱乐部办剧团、组乐队，举行种种演出，由商人出面组织影片公司把苏联影片在哈市及中东铁路沿线放映（例如，《生路》、《金山》、《边陲》等苏联影片，就是先在哈放映后，才运往上海的）。甚至在报刊上广泛介绍了高尔基由欧洲回国的情况，为马雅柯夫斯基自杀出版号外等等。而哈尔滨的文化界却毫无反应，甚至一无所知。从这些情况看不能不说金剑啸等人是一只只春燕，既从上海带回来春的消息，也立刻呼应了从辽远的北方——莫斯科传来的春的声息，相当敏感地接触了苏联人或进步俄侨在哈尔滨的文艺活动。

约在 1934 年夏秋之间，在街上看到海报，俄侨剧团将演出奥斯特洛夫斯基的《雷雨》（即 1937 年初在上海演出的《大雷雨》）。这个剧本我们是读过的，很发生兴趣，决定买票去看。这戏由舒姆斯基导演，在商市街的俄侨商市会堂演出。记得那次是由一个男青年扮演卡吉林娜，导演舒姆斯基自演奇虹。这两个人演得很成功，扮母亲卡彭诺娃的，也演得相当好。演到最后一幕，当奇虹等人把投河而死的卡吉林娜抬出来的时候，向来畏葸无能的奇虹，也忍不住对严厉的母亲喊出了抗议的声音："这是你……"在鸦雀无声的场子里，坐在我们一排的一个俄罗斯女子，激动得从座椅上摔倒在地。这时剑啸又激动又惊讶地站了起来。有人急急把那位摔倒的妇女扶出剧场，有人扬手让剑啸坐下。剧场里这一变化，又立刻平息下去，观众继续聚精会神地观看舞台上感人的那场戏。

我们和全场俄罗斯观众为演出所感动，我们猜想那个摔倒的妇女可能与卡吉林娜有同样的命运。两个中国青年杂坐在俄人中间看戏，本来已经引起俄人的注意，我们和其他观众一起严肃地欣赏奥斯特洛夫斯基的这一著名话剧，再加上剑啸激动地站起来，更引起座旁人们的注意。当戏演完，观众鼓掌的时候，我们也站起来热烈鼓掌，竟有一位像知识分子的俄人走过来，和打着黑色花领结、戴着眼镜，艺术家模样的剑啸握手，双方都默默地互相注视、点头，表示无需用语言传达内心的共鸣。

金剑啸深深地爱上了奥斯特洛夫斯基的这部《雷雨》。他过去读过这个剧本，现在又看过俄人自己的演出，就产生了要在中国舞台上排演这个戏的愿望。1935年，他在当时黑龙江省会龙江（齐齐哈尔）组织白光剧社，决定排这个戏，并且先在《黑龙江民报》副刊上连载这个剧本的译文。由于种种原因，这个戏没有能够排演。①

从引述的这段长文可以看出，哈尔滨这座城市受俄苏文化影响很深，这里的知识分子很容易接触到俄苏的文艺作品。《雷雨》写于1859年，是俄国剧作家A. N. 奥斯特洛夫斯基的代表作，剧作家通过一个家庭生活的悲剧，揭露了宗法家长制和封建农奴制度的黑暗。金剑啸希望能让这部优秀的剧作在东北上演，以打破东北区域当时的重重黑暗，但终因反动势力过于强大而使这一计划流产。

金剑啸可说是东北革命文艺的先驱。他非常喜爱高尔基的名作《海燕之歌》，《海燕之歌》的最后一句是"让暴风雨来得更猛烈些吧！"他选取"暴""来"两个字的谐音"巴来"作自己的笔名，呼唤抗日的暴风雨来得更猛烈些，而他也愿做一只抗日暴风雨中的海燕。到1935年，哈尔滨的革命形势已经非常危急，同志们担心金剑啸也会遭遇不测，都劝他去往关里，但他坚决不肯离去，要和敌人斗争到底，他说："在可能范围内，我是不能也不甘心放弃满洲，我要创造第二个事变，用我沸腾的血浪，把那些强盗

---

① 姜椿芳：《金剑啸与哈尔滨革命文艺活动》，《金剑啸集》，黑龙江大学出版社，2011，第106~108页。

们卷回老家去!"[1] 这一时期金剑啸最重要的作品是发表在《芜田》上的叙事长诗《兴安岭的风雪》,全诗共 8 节,205 行,这首长诗热情地歌颂了东北抗日联军的斗争事迹。诗中描写了 32 人的抗联小队在风雪满天的寒冬,忍受缺衣少食的艰难,以革命乐观主义精神和大无畏的英雄气概,与装备精良的日本侵略者展开的斗争。诗人以其粗犷的歌喉,为我们唱出了中华民族抗击日寇的英雄史诗。那铿锵的诗句鼓舞着每一个不愿做奴隶的人为着美好的"春天",不懈地战斗下去。1936 年 6 月 9 日晚,金剑啸已经编好第二天出版的《大北新报画刊》时,突然接到伟大的苏联作家高尔基病重的消息,他立即把已编好的稿件抽下几篇,用十分醒目的标题登载了"高尔基病危"的消息,并刊出中国留日学生在东京公演高尔基剧作《夜店》时全体演员的剧照,表示对高尔基的深切怀念和敬重。6 月 10 日的画刊出版后,受到爱国读者的重视,但也引起了敌人的恐惧。金剑啸因此被日本特务机关逮捕,不久便英勇就义了,时年只有 26 岁。金剑啸的一生虽然短暂,但他为现代东北的革命文艺做出了巨大的贡献。当时几乎所有的左翼东北作家都以哈尔滨为活动的中心,而且他们都与金剑啸有所往来,金剑啸不仅仅是一位诗人,更是一个革命者、社会活动家。

在 20 世纪 30 年代初的社会环境下,产生于十月革命之后的绥拉菲莫维奇的《铁流》与法捷耶夫的《毁灭》是东北作家踏上文学道路后非常重要的榜样。之所以如此,是因为这两部描写了"铁的人物和血的战斗"的作品真正传达出了战斗时代的声音,它们"实在是能够使描写多愁善感的才子和千娇百媚的佳人的所谓'美文',在这面前淡到毫无踪影"[2]。而 30 年代内忧外患日益深重的东北人民需要的就是这种声音。因此,当 1931 年这两部小说被译介到中国后,年轻的追求着家园光复、民族解放的东北作家都读过它们,当他们要用含泪带血的笔写出沦陷的东北大地上民众的反抗斗争以及后来爆发的全民族大决战的斗争生活时,便自觉地以它们为参照,从而获得了视角、主题、人物、艺术形式等多方面的启示。有论者指出:"作为目睹故土沦陷的东北作家来说,他们对于侵略者带来的灾难是愤

---

① 温野:《东北革命文艺的先驱——金剑啸》,《金剑啸集》,黑龙江大学出版社,2011,第184 页。

② 鲁迅:《关于翻译的通信》,《鲁迅全集》第 4 卷,人民文学出版社,1981,第 385 页。

怒乃至悲哀的，然而，当地火喷发，被践踏的东北人民奋起抗争时，东北作家不能不为之感奋，执笔讴歌。而此时此刻，《铁流》、《毁灭》又无疑给他们提供了珍贵及时的提示，使他们同苏联作家具有了共识，即同样没有仅仅将战争当作"劫数"与苦难，而是将其视为难得的对人民、民族进行重新锻造与新生的历史之火，将东北人民的斗争同挽救危亡的民族斗争联系起来，在民族斗争、民族解放的历史高度和意义上描绘东北人民的历史性行为，肯定与阐扬其历史庄严和正义性质，从而对之动情地'仰视'，并在'仰视'中推出和披示了贯穿在几乎所有作品中的、与《铁流》《毁灭》相似的主题。"① 当《八月的乡村》这部直接取法于《毁灭》、《铁流》的作品问世后，其他东北作家除了获得直接的参照外，有了更为贴近的、对他们的创作更有直接帮助的范本。作为后继者，骆宾基的《边陲线上》，舒群的《誓言》、《战地》，蔡天心的《东北之谷》，端木蕻良的《遥远的风沙》、《柳条边外》、《大江》等等一系列反映"铁的人物和血的战斗"的作品便接踵而来。可以毫不夸张地说，这些作品都是在《铁流》、《毁灭》的影响下出现的。

　　作为俄国十月革命后出现的无产阶级革命文学，《铁流》与《毁灭》的政治实用性是十分明显的，它们都在为新生的苏维埃政权效力。但作为优秀的作家，两位作者的思想、眼光更为深远，他们没有去唱那种浅薄的赞美诗，而是"非常有才华地提供了国内战争的广阔的、真实的画面"②，以现实主义精神描写了革命斗争的严酷，选择具有险恶的环境、巨大的损伤和毁灭性的战斗生活，设置了革命队伍突破敌人重重困阻的"运动式"的情节模式。这种选材向度和情节模式都给东北作家以启示，他们在描写抗日武装斗争生活时，都参照了《铁流》、《毁灭》的写法，放弃了那些凯歌高奏的生活，而专门选择具有毁灭和重创性的战斗，描写在敌我力量对比悬殊的情况下，抗日军队的艰苦奋战、顽强斗争，甚至是令人心痛的毁灭。我们应该看到，《铁流》、《毁灭》描写溃退和毁灭，并不是要散布失败主义情绪，恰恰相反，他们正是要通过描写这种残酷的战斗来展示革命

---

① 逄增玉：《〈铁流〉〈毁灭〉与东北作家群创作》，《东北师范大学学报》1991 年第 1 期，第 62 页。

② 高尔基语，转引自磊然《〈毁灭〉译者前记》，人民文学出版社，1984，第 1 页。

斗争生活对人的锻炼和改造，再现充满铁与血的战斗生活如何把一些普通人锻造成坚强的铁一样的人物。出现在《铁流》里的由士兵和普通劳动者组成的撤退队伍，在行军开始时还是一群混乱的没有组织的乌合之众，但在途中经过一个多月的激烈的战斗，他们都提高了革命觉悟，锻炼成有纪律、有战斗力的铁军。而出现在《毁灭》里的，是"从千百万人民群众里生长起来的"人，他们"在这个斗争中得到锻炼、成长和发展"①，虽然表面看来队伍毁灭了，但在毁灭中却孕育着新生。东北作家们也都意识到了这一点，在他们描写抗日武装斗争的作品中，同样不是为写毁灭而写毁灭，不是在散布失败主义情绪，而是要写出毁灭性的战斗对人的锻炼。在这方面，萧军的《八月的乡村》与端木蕻良的《柳条边外》、《遥远的风沙》、《大江》等作品都是良好的范例。

托尔斯泰、屠格涅夫等俄罗斯作家的思想也成为这一时期东北作家可资借鉴的重要思想武器。孔罗荪在《"人生"与"文艺"》里，用托尔斯泰的"我经验了人生，再开始写小说"的话，作为理论根据，论述了人生与文艺的关系。作者认为，"文艺要逼真的描绘人生，就非得懂得人生"。"可是要懂得人生，就必须要有正确的人生观。每个人的人生观，都有他的不同点。消极的悲观主义，是一种厌弃人世的表现；积极的乐观主义是前进的，不断的努力进取他欲望的完成者！这两种相对的人生观，便造成很多悲与喜的纪录。前者是对于欲望追求破灭后，受了强大的刺激，每每要走上那条路上去。后者是现代青年所应共同有的精神。"② 作者希望现代青年们，不要在歧路上彷徨，更不要屈从于环境，只有用积极的乐观主义人生观，才能写出"充满了反抗精神的代言者之文艺"。沫南的《我们需要什么样的文学》针对反现实主义文学思潮和某些人的文学主张，提出了自己的观点和批评。文章指出："有人说这问题应该根决于国策。是的，这话很对，也很符合辛克莱的'文学即宣传'的话。不过这种定律的说法，从现今的我国的贫弱的文坛来看，即未必能够应用。因为'根决于国策'，即是取一定之轨道，试问文艺战线散漫的今日，尚且没有较好的作品出现，

---

① 〔苏〕法捷耶夫：《和初学写作者谈谈我的文学经验》，载《外国名作家谈写作》，北京出版社，1980，第369页。

② 孔罗荪：《"人生"与"文艺"》，《国际协报》周刊《文艺》1931年第8期。

轨律划一之后，无疑就是取缔文学，逐文学于没落。普斯那特说过：'文学依靠于当代的生活与思潮'，我们与其'划死路赶文学'，倒莫如解放一些，让有智慧有感觉的作者，从他们的生活中写他们所身受所观测，同时也不要忘记屠格涅夫的言语，'在艺术中谈论什么是倾向，什么是无意识，这些言论，也都不过是修辞学上的伪造而已……'且有那些无能的作家才追随着一种预想的标语呢！因为天才作家的自身也便是生命本身的表现者，他既不能作些颂调，又不能写些宣传的调子，并且那些东西对于他也是完全不值一文的。"[1] 文章针对儒丐提出的"感谢情调"[2] 批评说："'感谢情调'的赞颂是最卑劣的，是文学本身的价值上所最唾弃的。因为它和臭文人写的'墓志铭'没有两样。同样的一些佳人才子式的文章也太干燥，能够写两首寄愁寄情吟风弄月的东西，抹两笔平仄调和的诗词，这样孩子气的游戏文字，还不是吃饱了饭乱哼哼，我不知道它有什么价值，它和抽紧了腰带挨饿去工作的人有什么关系。"文章最后提出："我们要的是时代下的新生命新的食粮，我们不得不向前面光明的道路挣扎迈进！"这篇文章具有战斗性和进步意义。

沦陷时期的十四年，在日伪的法西斯文化统治下，东北文学和东北人民一样，宛如石头重压下的花草，只能扭曲地迟缓生长，而且都失去了本来的形态。东北光复后，日伪时期的青年作家姚远在论述东北十四年的小说与小说人时，痛定思痛地说："东北的所有人民，在日寇的重压下，只有痛苦的呻吟，无力的挣扎。我们这群人，如同是在暗夜里爬行的旅人，失掉了前进的目标，更如同是在暴风雨里的航海者，勉强摸索着向前航行，已失掉了前进的重心。所谓生活，不过是被奴役的空间与时间所造成的苦

---

① 沐南：《我们需要什么样的文学》，《大北新报》副刊《文艺》1938 年 3 月 4 日。

② 1936 年 11 月，沈阳的《盛京时报》在每年一度的"有赏新年征文"中的议论文题目，便是《如何使满洲国文艺有独立色彩》。该报副刊主笔儒丐因应征稿件中没有他理想的文章，便亲自操刀上阵，于 1937 年 3 月 16 日在他主编的副刊上发表《独立色彩》一文，他提出要使"满洲国"的文艺具有"独立色彩"，要有两个突出特点：一是地方色彩，二是"感谢情调"。所谓"感谢情调"就是像儿子感谢父母的养育之恩那样的"感谢"日本对东北的统治。用儒丐的话说，什么是"感谢情调"？"比如你是一个家境比较富裕一点的青年，叨庇在父母的积荫下，享受着应有尽有的生活，你就应当感谢，提起精神，描写你那感谢情调。"儒丐的文章发表以后，受到一些有民族自尊心的作家的强烈反对和抨击。沐南的这篇文章，主要就是针对这一情况而发的。

痛。倘如承认文学有着反映时代与现实生活的使命的话，那么，这块土地上的文学，也就失掉了它的本性了。看！东北的文学，不是也被日寇利用为奴役的工具了吗？从事文学的人，不是也被强迫着而与被统治了吗？然而，文学者是有思想而工于写作的，虽然处于这样恶劣的环境，笔尖的滑行都被监视着，但是毕竟实践了文学者的使命。利用凡有的机会，借题发挥了文学者的本色。他们利用报纸，刊行杂志，在东北的各个角落里，向着各层级的人们，呼喊了。"[1]

　　从 1945 年抗日战争胜利到 1949 年中华人民共和国成立，其间虽然只有短短的四年，但东北文学的形态却发生了极为深刻的变化。东北解放区的文学显示出鲜明的革命性、共产主义意识形态特征和暴力美学原则，周立波的《暴风骤雨》、草明的《原动力》、范政的《夏红秋》等作品无不体现着革命实践与文学相结合的话语模式。东北解放区的文学活动是在中国共产党的领导下进行的，有论者指出，"中共进入东北后，争夺舆论的工作极为重要和迫切。东北的大部分地区被日本帝国主义者统治了 14 年，以大连为中心的南满地区则在 1905 年日俄战争后就沦为日本的殖民地，时间近半个世纪。抗日战争的胜利虽然结束了日本的殖民统治，推翻了伪满洲国，但是，由于长期的殖民统治和沦陷前东北隶属于中华民国，东北没有经历过关内的土地革命和大规模的阶级斗争，因此，大多数东北民众对于国民政府存在'正统'观念，视为中央和中国政府的合法代表；对解放东北的苏联红军虽然心存感激，但由于苏联红军存在奸污抢掠的行径，把东北的大量工厂设备作为'敌产'拆卸后运回苏联，使民众对苏联红军解放东北的作用存在认识上的不足；对于共产党和八路军在八年抗战中的功绩不了解不清楚，对中国共产党的政策和力量存在一定怀疑，对美国支持的蒋介石国民党政权的力量估计过高。特别是大连等南满地区，近半个世纪的殖民统治使一些民众的国家民族意识和政治意识比较淡薄，对国共两党的政治斗争及其性质懵然无知或模糊不清。所谓'伪满洲国脑瓜'，指的就是部分东北民众存在的上述落后意识"[2]。面对这种局面，东北解放区的文艺活

---

[1]　姚远：《东北十四年的小说与小说人》，《东北文学》1946 年 1 月新年号。
[2]　逄增玉：《东北现当代文学与文化论稿》，中国社会科学出版社，2012，第 144 页。

动就担负起宣传爱国主义和国际主义、宣传中国共产党的方针政策、改变东北人民的思想意识等艰巨任务。

东北解放区文学的革命性、实用性的表现之一便是战地文学的发达。如果说陆地的《钱》、《钢铁的心》，陈子照的《新柜中缘》，刘白羽的《无敌三勇士》、《政治委员》，白刃的《生死一条心》，西虹的《遭遇》等小说作品，展现的是艺术虚构的战争场景，那么，繁荣一时的报告文学、散文创作则是直接呈现了革命军队英勇无畏的战斗精神。这个时期的报告文学数量之多、创作速度之快、反映场面之宏阔、精彩作品之众，是近现代东北文学史上所罕见的。东北区域物产丰富、土地肥沃，再加上近代以来的殖民开发，使得东北成为重要的粮食基地，同时也是当时的工业发达地区，重工业产值占全国的60%，有论者指出，"当年从西北、华北和苏北等地来到东北的中共军人和干部第一次看到大连、沈阳、哈尔滨等地的现代化重工业企业的规模和先进后大为震惊，对于现代化的造纸厂、印刷厂和电影制片厂也深感惊奇，受到了工业文明的第一次洗礼。大面积的黑土地和大规模的企业、关内其他解放区所不具备的这些优越物质条件是中共英明地要建立巩固的东北根据地、为革命夺权奠定雄厚基础的主因。尔后的历史事实也证明了东北区域的富饶物产和人力资源对于革命胜利和新中国建立的重要性"[①]。东北解放区文学实质上是把政治目的和要求以文艺的形式进行了转化和传播，并且起到了非常理想的效果。

进入21世纪之后，东北文学延续了其革命性与实用性。值得关注的是在2015年，东北区域举办了多场纪念世界反法西斯战争暨抗日战争胜利70周年的文艺活动，东北文坛上涌现出一大批反法西斯及抗日战争题材的作品，包括张雅文的《与魔鬼博弈：留给未来的思考》、刘跃利的《绝境》、王跃斌的《坚守》、孙彦良的《爷的村庄》、刘颖的《东北抗联女兵》、徐景辉的《不应忘却的和平天使——嘎丽雅》、马俊彪的《关东酒仙》、谷春萍的《烽火边城》、宋成君的《大兴，大兴!》等。这批作品集中反映了反对法西斯侵略的主题，但总体来看质量不高，相当一部分仍停留在简单的"打鬼子"的层面，还有部分作品只是较为单纯的史料叙述，而缺少对那段

---

① 逄增玉：《东北现当代文学与文化论稿》，中国社会科学出版社，2012，第227页。

历史的深入反思，这也体现了东北文学追求功利性和浮躁的一面。不过，其中少量作品以翔实的史料为基础，编织出一个个令人惊叹的故事，表达了对那段历史的追问，以及对人类命运和人性复杂的深层思考，比如张雅文的《与魔鬼博弈：留给未来的思考》和刘跃利的《绝境》。

张雅文的《与魔鬼博弈：留给未来的思考》是一部令人震撼的长篇报告文学作品。作者历经数十年，多次自费赴欧洲采访，寻找第二次世界大战中几位反法西斯国际志士的事迹。1984年，作者追寻绿川英子的足迹跑遍大半个中国，采访数十人，获得许多珍贵的第一手资料；1999年，抢救性地采访了近90高龄的钱秀玲老人；2014年，探寻出纳粹德国将军法肯豪森从未披露的传奇人生，聆听拉贝的孙子讲述其爷爷真实的故事，与救助许多南京难民的丹麦人辛德贝格的外甥女们促膝长谈，在维也纳找到为犹太人签证的中国外交官何凤山的办公旧址……作者以其饱经沧桑却仍然明亮的视觉，回溯人类历史上那段充满血腥的岁月，以敬畏之心，书写那些崇高而又平凡的人物。作者所要展现的是："当世界被疯狂的侵略剥去点头哈腰的虚伪，只剩下赤裸裸的杀戮之时，有人却巨人般地出现在众生面前，不顾个人的安危，用燃烧自己生命去点燃正义之火，去照亮那片血染的夜空，从而给人类留下一份宝贵的遗产——人性之光芒！"[1] 在歌颂这些崇高人物的同时，作者通过这些史料剖析了日本极右势力猖獗的历史根源与现实原因，以此呼唤国人对法西斯主义侵略本性的认识，呼唤国人要自省、自律、自强，因为只有自身强大起来，才能从根本上免除遭受他国欺凌的悲剧重演。

四　俄罗斯文化影响与近现代东北文学的人文生命特征

近现代的东北文学在呈现出鲜明的革命性、实用性的同时，还深蕴着宽厚博大的人文生命特征。这一特征与俄苏文学有诸多相似之处，王蒙曾指出："与中国的同期的革命文学歌颂文学相比较，我至今仍然觉得苏联文

---

[1]　张雅文：《代序：为了心中的敬畏》，《与魔鬼博弈：留给未来的思考》，重庆出版社，2015，第2页。

学有它的显著的优点：一、他们承认人道主义，承认人性、人情，乃至强调人的重要、人的价值；而中国的文学理论长久以来是闻'人'而疑，闻'人'而惊而怒。二、他们承认爱情的美丽，乃至一定程度上承认婚外恋的可能（虽然他们也主张理性的自制），并在一定程度上承认性的地位。三、他们喜欢表现人的内心，他们努力塑造苏维埃人的美丽丰富的精神世界……四、他们喜欢大自然和风景描写以及静态的细节描写，这可能与列宾等的绘画传统有关……五、那些在中国肯定被批评为'不健康'、'小资产阶级情调'、'无病呻吟'的东西，诸如怀旧、失恋、温情、迷茫、祝福、期待、忧伤、孤独……都可以尽情抒发；苏联文学有一种强大的抒情性……六、与当时的中国文学界的情况相比较，五十年代的苏联文学界似乎已有一定的自由度，虽然他们从未提过百家争鸣、百花齐放的口号。"① 可以说，东北文学对俄苏文学的借鉴是明显的，即便在革命浪潮最为猛烈的时代，东北文学也没有放弃对人性、人情的关注，而当东北区域的社会历史走入平稳发展的阶段，东北文学的这种关注和反思就更为深入了。

1. 社会变革过后的人性反思

对人、人性、人情的关注和反思，应是文学最核心的内涵。在中国，"人文"一词最早见于《易·贲彖》："文明以至，人文也。观乎天文，以观时变；观乎人文，以化成天下。"唐代孔颖达作注道："圣人观察天文，则诗书礼乐之谓，当法此教而成天下也。"可见，中国古代人文思想，就内容而言，指诗书礼乐等教化人的学科；就目的而言，"人文"以至"文明"，"以化成天下"，"人文"不仅包含了学校教育目的，而且是达到一定社会目的的手段和措施。张岱年、方克立在《中国文化概论》中指出："人文主义或人本主义，向来被认为是中国文化的一大特色，也是中国文化基本精神的重要内容。以人为万物之本就是指人为考虑一切问题的根本，用中国传统方式来说，就是肯定在天地之间以人为中心，在人与神之间，以人为中心。"② 而中国传统的人文精神与西方的人文主义还有不同，其最大

---

① 王蒙：《苏联祭》，作家出版社，2006，第179页。
② 张岱年、方克立主编《中国文化概论》，北京师范大学出版社，1994，第62页。

差异在于对"人"的不同理解上。冯天瑜认为,西方的人文主义"强调人是具有理智、情感和意志的独立个体,并从人性论出发,要求个性解放,摆脱封建等级观念,发展个人的自由意志。而中国的人文传统旨趣,则重在'人文'与'天道'契合,虚置彼岸,执著此岸,伦理中心与经世倾向"①。这些特色在先秦时期便已形成,之后逐渐生发、拓展,不断延革。庞朴将中国的人文主义表述如下:"把人看成群体分子,不是个体,而是角色,得出人是具有群体生存需要,有伦理道德自觉的互动个体的结论,并把仁爱、正义、宽容、和谐、义务、贡献之类纳入这种认识中,认为每个人都是他所属关系的派生物,他的命运同群体息息相关。这就是中国人文主义的人论。"②

我们这里谈到的人文精神,不同于以科学主义逻辑为特征的启蒙祛魅立场的理解,简单地说就是对人的存在的思考,是对人类命运的思考与探索,是对人的价值、人的生存意义的关注。而这一切往往是在困境或悖论式的人类生命情况中才能显现。人文精神更多的是形而上的,属于人的终极关怀,显示了人的终极价值。但是,进入 20 世纪后,工具理性、消费主义甚嚣尘上,人文主义也渐渐失去了给人提供安身立命的终极价值的作用,而不得不应付实用性的挑战。樊星指出:"1985 年以后,非理性主义思潮首先向理性主义思潮发起了挑战,'新生代'跟着感觉走的新人生观崛起,体现了世俗化思潮的强大冲击力。另一方面,'改造国民性'的启蒙主义挺进到了改造知识分子劣根性的深层,也显示了巨大的悲哀(如果启蒙者自身都没能走出历史的阴影,更遑论'启民众之蒙'!)。而商品经济大潮在80 年代后期至 90 年代初几度冲击文化界的无情现实,更给了启蒙主义者以沉重的打击。与启蒙主义者煞费苦心设计民族魂的惨淡经营相比,商品化大潮改造国民观念的力量是那么神奇又那么轻而易举!是的,中国人的精神面貌发生了巨大的改变,但这种改革又是以人文精神的沉沦为代价的。启蒙主义者满腔热忱为现代化呐喊,现代化进程却击毁了他们的梦想。"③这一时期的文学危机,意味着几代人精神素质的持续恶化,调侃的态度冲

---

① 冯天瑜:《略论中西人文精神》,《中国社会科学》1997 年第 1 期,第 21～22 页。
② 庞朴:《中国文明的人文精神》,《光明日报》1986 年 1 月 6 日。
③ 樊星:《当代文论与人文精神——80 年代以来文论中的人文主义思潮论纲》,《当代作家评论》1995 年第 1 期,第 110 页。

淡了生存的严肃性和严酷性。在这种情况下，我国传统文化中诸如"仁者爱人""义以为上""孝为百善之道""仁民而爱物"等人文主义品质，仍然值得大加弘扬。事实上，当现代西方文明出现迷茫时，许多人转而求诸东方文明，特别是以强调人文精神为特征的中国传统文化。

在北大荒知青文学中，我们可以发现对人性反思的流变。王蒙曾写道："在我的青年时代，普希金的诗句'一切都是瞬息，一切都会过去'令我感动得涕泪横流。其实那时候我并不拥有多少'过去'和'亲切的怀恋'，我也体会不到一切都真的是瞬息，那时候我本应该以为瞬息就是永远，青春就能万岁。为什么我过早地感到了生命的瞬间性，并为它而落泪了呢？不是吗？我们都有过童年、少年、青年时期，我们都有过早恋、初恋、爱情、婚姻，我们都有过幻想、追求、热血沸腾、梦，我们都有过巧遇、艳遇、好运、厄运，我们都碰到过好人、恶人、傻人、情人和仇人，后来呢，它们都变成了历史的瞬间，都过去了。它们来的时候你没有做好准备去迎接，它们已经占领了你的生活，它们已经牢固地站立在你的生命里，然而你不知道一切是怎么回事。有许多好事似乎与你失之交臂，许多坏事硬是缠住你不肯放手。你希望它们过去它们不在的时候它们死活不肯退走。然后等它们过去了不在了，你甚至不明白也不相信，你甚至不甘心：像影不离形一样地陪了你半辈子的麻烦和遗憾就这样不知不觉地过去了——没啦？而与麻烦与遗憾与幼稚与愚蠢同时过去的还有你最宝贵的生命，最刻骨铭心的爱。"[①] 这体现了知青一代人的心路历程。

这种心路历程在张抗抗的创作中得到了更好的体现。1975年张抗抗的长篇小说《分界线》被列入上山下乡知识青年创作丛书，在上海人民出版社出版，这是她"文革"时期最重要的作品，也是"文革"时期知青文学创作中的一部代表作。小说以1973年春季东北平原伏蛟河农场第五分场的东大洼遭遇涝灾为背景，描写了以知青耿常炯为代表的正确路线和以工作组组长霍逦、机耕队队长尤发为代表的资产阶级办场路线的斗争，以及知青群体内部以耿常炯为代表的知青扎根派和以薛川、杨兰娣为代表的想尽办法离开农村的"飞鸽"派之间的斗争。小说运用人物塑造上的"三突

---

① 王蒙：《苏联祭》，作家出版社，2006，第249~250页。

出"原则，通过对霍逦、尤发这样的反面人物和薛川、杨兰娣这样的落后
人物，以及郑京丹、时代红等先进青年的形象的描写，突出了耿常炯这个
英雄形象。应该说，《分界线》在"文革"文学中算是一部成功的作品，
不过在小说中，张抗抗把耿常炯塑造成一个毫不动摇的"扎根派"，曾经动
摇的薛川、杨兰娣也都追随耿常炯做了坚定的"扎根派"，这显然不是
"文革"时期知青思想状况的真实反映，当面对返城机会时，几乎所有知青
都会选择返城。

当然，在"文革"时期，作家的这种处理有时代的必然性。粉碎"四
人帮"以后，张抗抗由农场来到黑龙江省艺术学校编剧班读书。两年的学
习时间，使她有机会阅读了大量中外名著，冷静地思考自己前段走过的路。
而随着思想解放运动的开展，冰封多年的文坛开始解冻，文学的触角逐渐
伸展开来，进入社会生活的广阔天地和人类心灵的复杂层面。面对新的时
代，张抗抗以其文学创作开始了对"文革"、知青岁月乃至人性人道的反
思，这种反思是漫长的，一步步深化并趋向于完成。《爱的权利》、《夏》、
《淡淡的晨雾》、《北极光》是张抗抗在新时期初期较为重要的几部作品，
这几部作品描写的都是青年人在社会变革阶段的思想变化和成长历程。不
过，这几部作品都不是"知青题材"，也许张抗抗还没有准备好直面自己近
十年的知青岁月，在新时期初期，她的作品中取材于北大荒知青生活的只
有以《白罂粟》为代表的几部短篇小说。

《白罂粟》描写了知青与"二劳改"（黑龙江劳改农场刑满释放就业人
员）之间的"非人性"关系。作家以"二劳改"老司头被害的故事在"文
革"后较早提出一个基本的人权问题："阶级敌人"是不是人？曾经触犯
刑法的犯罪分子，经受过惩罚改造、改邪归正之后能否再享有做人的权利？
也许"老司头"曾经是一个有罪的人，但是他已经接受了法律的制裁和改
造，"从鬼变成了人"，像这样的人，能否享受到作为一个人应有的平等和
尊严？通过对"老司头"的日常生活和命运的观察，可以发现他具有勤劳、
善良、乐于助人以及深沉的父爱等优秀品质。可是，尽管他忠于职守，恭
顺而谦卑，还主动为"我"的困难解囊相助，他却仍得不到感激和谅解，
反而"有赎不清的罪"，成为"阶级斗争新方向"的批判靶子。他凭劳动
挣来的钱，平白无故地被人掠夺，最后还因为积攒了一笔回家看儿子的路

费惨遭杀身之祸。在杀人的知青的脸上，写着这样的表情："打死一个'二劳改'，也算犯法？"知青当时的处境已是社会底层，但是当他们发现有人在政治上处于更底层，也就是所谓"阶级敌人"时，他们就把社会对知青的压力转嫁到他们身上，对这些人进行凌辱。知青"没收"他们寄回家的钱，想回家没有钱的时候，就去敲诈这些"二劳改"，若是不从，就大开杀戒。知青们这种凶残并不能简单归因于法律观念的淡薄或法律常识的欠缺，也不仅仅是青年人单纯盲目的暴力倾向，"而是人性深处奴隶主基因的一次真实暴露。更由于整个社会中对人、对人权、对人性的漠视和误导，造成'文革'期间，人的尊严被残酷践踏的惨烈后果"①。短篇小说《白罂粟》虽然有过于简单、理性的缺陷，但以其真诚的写实具备了发人深思的力量。新时期文学发展到今天，《北极光》、《淡淡的晨雾》等当年的知名作品已经因时光的淘洗而变得苍白，而《白罂粟》却以其对人性的反思和对人权的追问变得更加美丽，那是因为人们心底的善良人性"渐渐苏醒起来"。

在迟子建的创作中，也存在着对社会变革的反思。《花瓣饭》与《解冻》基本上可以看作是一个故事的两种讲法，或者说《解冻》是《花瓣饭》故事的延续。《花瓣饭》叙述的是"文革"期间发生在一个普通家庭的一件小事。爸爸是小镇学校的校长，因不满意工宣队进驻学校，让学生老是上劳动课，不学文化，与工宣队队长吵了起来，结果被撤职，发配到县城粮库当装卸工。妈妈只因童年生活在黑龙江边，人们就不分青红皂白地把她定名为苏修特务。故事发生在一个大雨之夜，妈妈回来之后发现爸爸没有回来，就出去迎爸爸，而爸爸回来没见到妈妈，就又出去找妈妈。在互相寻找的过程中，作家展现了生存于困苦环境中的夫妻相互的深深爱恋，生存的苦难、孩子的顽皮并不能抹去妈妈脸上的微笑，也不能改变父母对待生活平静、从容、乐观的态度，而一旦找不到爱侣，他们则手足无措，六神无主，眼神也变得愁苦了。他们的小儿子"黑印度"虽然调皮捣蛋，不尊敬父母，但父母深夜未归，他为父母的安危担心，也按捺不住地哭了。终于，爸爸和颜悦色地提着手电筒，妈妈娇羞地抱着一束花一起回来了。花瓣落在粥盆里，他们全家吃了最晚也是最美的一顿"花瓣饭"。小

①　张抗抗：《大荒冰河》，吉林人民出版社，1998，第70页。

说以迟子建特有的温情笔致，将处于生存困境中的一家人的生活描写得浪漫、温馨，父母之间、父母与孩子、孩子之间浓浓的亲情感人至深。陈思和认为："在短篇《花瓣饭》中，我们能够在阅读中感受到某种陌生的艺术力量，沉重地唤醒我们对灾难的记忆，以及抗衡这种灾难的力量的追求。我通常不愿意轻易地使用'震撼'两个字来形容艺术，但我愿意说，读这个作品时我被着实地震撼了。"① 在那个分外艰难的年代，家庭中的爱是弥足珍贵的。李子云曾指出，"家庭是那个年代惟一的在肉体上可以得到暂时的休整，在精神上可以缓解疼痛、修复创伤的避风港。一些终于没有跨过这一关，以决绝的方式了结了自己的冤魂，大部分都是失去了来自家人、子女的支持力量。在外边接受无休止的人格污辱和肉体摧残，回到家里，孩子也视为仇敌、加以作践，那真是没有喘息的余地，没有任何生路了。在外部世界充满恐怖的时候，家人的理解、信任与温情，对于一个受难者来说，实在是太重要了。"② 在沉沉的黑夜里，这盆将全家聚集在一起的"花瓣饭"闪耀出的人情、人性的光辉，灿烂辉煌得像一盆火。

迟子建曾说过："我想，来自民间真正的善良和正直是能抵御政治的无情的。人性的美战胜政治的残酷是可能的。我愿意以日常生活为切入点，去表达所谓的'重大题材'。我觉得'文革'不仅仅是自杀、流血、批斗，在某一个角落，当生活以日常的朴素面貌出现时，文革的荒诞性就自然而然地'献丑'了。"③ 她对这种灾难中的温暖表述似乎意犹未尽，在《解冻》中将其进一步生发开来。看到《解冻》这个题目，我们很容易联想到苏联著名作家爱伦堡在 1956 年发表的同名小说，爱伦堡的《解冻》讲述了1953 年冬天至 1954 年春天，赫鲁晓夫当选为苏共中央第一书记以后，对曾经工作的错误和个人迷信的批判，苏联文学由此进入了"解冻文学"时期。而"十七年"的中国文学坚定地追随苏联文学道路，在爱伦堡的《解冻》发表之后，中国文学也进入了短暂的文学"解冻"时期。不过，中国的真正"解冻"要到大约 1979 年才开始，也就是迟子建小说中所营造的故事发生在"恢复高考才两年"。故事的主人公苏泽广同样是一个小学校长，考虑

---

① 陈思和：《短篇小说：一道不应忽略的风景》，《文汇报》2003 年 2 月 24 日。
② 李子云：《灿烂的花瓣饭》，《当代作家评论》2003 年第 3 期，第 83 页。
③ 迟子建：《花瓣饭及其他》，《青年文学》2003 年第 7 期。

到迟子建的父亲也是小学校长的事实，我们有理由认为在这些作品中既有对时代、对人性的反思，同时还蕴含着作家对过往家庭生活片段的怀念。小说花了很多笔墨去描写"解冻"之初的泥泞道路："冰消雪融时，小腰岭人爱栽跟头的日子也就来了。村路因解冻而变得泥泞不堪，腿脚不利落的老人和春光中戏耍的孩子，往往走着走着，会被稀泥暗算了，'刺溜'一下，滑到在地……小腰岭的女人恨透了泥泞……她们得一天洗一盆衣服，耗力气不说，还浪费了肥皂。"① 我们发现，迟子建对故乡的泥泞有着特别的偏爱，她在《白银那》中也有相似的描写："随着冰排而来的是无与伦比的泥泞。白银那的每一条小巷都淤泥遍布、水洼纵横，这当然也是解冻带来的后果。人们在走路时不得不贴着障子边窄窄的干硬的土埂走，若是赶上腿脚不便和身体臃肿的人，这样走钢丝般的步态常常会使他们身体失衡，于是整个人就'噗'的一声栽倒在泥里，浑身上下被泥浆打湿。原想躲过泥泞不弄脏了鞋子，谁知因小失大，连衣服也脏透了。这样的笑料总能使觑见这一幕的小孩子们欢呼雀跃，因为他们从来没有被泥泞愚弄的经历，他们像燕子一样步态灵巧，而且他们也不怕弄脏了鞋子。"② 这种反复的描写表现出了作家对故乡土地的热爱，解冻之初的泥泞是那块寒冷而又丰饶的黑土地特有的自然景观，泥泞意味着寒冬的远去，漫长冬季的积雪消融，渗入土地，预示着欣欣向荣的春天。对此，迟子建曾充满激情地写道："泥泞诞生了跋涉者，它给忍辱负重者以光明和力量，给苦难者以和平和勇气。一个伟大的民族需要泥泞的磨砺和锻炼，它会使人的脊梁永远不弯，使人在艰难的跋涉中懂得土地的可爱、博大和不可丧失，懂得祖国之于人的真正含义。当我们爱脚下的泥泞时，说明我们已经拥抱了一种精神。"③ 在党和国家的政策发生重大转折、经济文化全面复苏的年份，迟子建描写小山村却截取了"乍暖还寒时候"的满地泥泞，这其中包含着作家对"文革"的深入反思，国家的"解冻"可以因为政策的变化而出现，但是，人的思想和心灵的创伤还需要相当长的时间来愈合，这里的泥泞是一种使人警醒的泥泞。在小说里迟子建运用了一种反讽甚至冷幽默的方式，

---

① 迟子建：《鬼魅丹青·解冻》，云南人民出版社，2010，第204页。

② 迟子建：《世界上所有的夜晚·白银那》，上海人民出版社，2008，第2页。

③ 迟子建：《我对黑暗的柔情·泥泞》，江苏文艺出版社，2010，第58页。

不厌其烦地叙述已经开始摘了"右派"帽子的苏泽广与妻子胆怯害怕又有些神经过敏的日常生活。当苏泽广被通知去兴林开会，怕再一次遭遇厄运短时间内不能回家时，迟子建所钟爱的日常生活苦难中的人性善与美再次得到了发扬，妻子对他体贴入微，曾经的情敌愿意帮他照顾家人，甚至年幼的儿子似乎也一下子长大了，许诺父亲他要成为这个家庭的顶梁柱。但如果故事止于此的话，那便只是停留在《花瓣饭》所表现的深度。迟子建将这个故事向前推了一小步，却使小说具有了意味深长的思想内涵，从而超越了普泛的"文革"叙事。当苏泽广虚惊一场回到家中后，他发现一切好像都发生了错位，妻子对他爱理不睬的，儿子又恢复了顽皮，曾经的情敌王统良婉转地拒绝了他带回来的礼物。冷战了几天之后，他与妻子爆发了前所未有的争吵，此前二人虽然总是提心吊胆，但一直是相濡以沫的。这不禁让我们想到：当时代、政策"解冻"到来之时，人们释放了曾经的束缚，回到了生活的常态，反而有更多东西需要"解冻"，人性的复杂内涵也因此而得以彰显。

梁晓声的《重塑保尔·柯察金》是在新时代环境下对俄苏经典文学的重新解读，书中对保尔、冬妮娅和丽达都进行了"重塑"，当然，重塑后二者是为了更好地重塑保尔。在书的扉页上，梁晓声写道："任何事物都必退归于历史；只有一种事物始终盘桓于现实，并引导我们做客观和公正的思考——那就是关于人性内容的诠释……"[1] 根据这一思路，梁晓声重塑保尔·柯察金就是要削弱他的"唯我独革"的意识倾向，增强他的人性人情的成分。于是，书中强化了保尔对推开冬妮娅的爱情的负疚和对避开丽达的爱情的懊悔，也改变了保尔对达雅爱情的拯救性质，还把他变为爱母亲的革命者等。于是，书中才有下列内容的出现：保尔在粮食供应困难时期，以自己的名义每天要来两瓶牛奶却转送给冬妮娅的孩子，在保尔的帮助下，冬妮娅一家的政治身份被纠正了，并让保尔亲口对冬妮娅说"保尔·柯察金为了纠正自己在你身上犯的错误，已经尽了最大的能力了"；丽达的丈夫成为反党集团的阴谋分子，她也成为怀疑对象而被监督劳改，然而保尔偏偏去关心她，并且说"就是革命，也不能阻止我吻你"，他们之间竟有一次

---

[1]　梁晓声：《重塑保尔·柯察金》，同心出版社，2000。

完美的性爱；保尔和达雅的关系，不再是"政治觉悟启蒙者与被启蒙者之间的肉体关系"，而变成保尔"从女性那儿获得的最后一份抚慰"；为了使冬妮娅的形象变得更美好，梁晓声还让冬妮娅提前下火车把因为筑路而昏迷不醒的保尔护送到医院及时抢救，才使保尔转危为安；为了减弱保尔的"唯我独革"性，又把保尔和冬妮娅的爱情破裂重新处理为不是因为阶级意识的对立而是因为冬妮娅母亲的坚决反对……梁晓声的"重塑"已经基本改变了保尔的"钢铁"形象，而使他成为一个具有 20 世纪末思想认识的革命者加人道主义者的形象，是钢铁意志和柔情似水的混合物。书中还增添了丽达对革命和保尔对革命的反思，比如丽达说"革命并不意味着仅仅使人变成阶级的战士"，又说"革命本身不可能像你所理想的那么纯洁无瑕。当革命取得胜利以后，曾为革命并肩战斗过的人们，往往也会为了权力和地位而互相倾轧，甚至互相打击"，以及保尔曾告诉达雅"革命者一旦犯错误的时候，革命也就不可能一贯正确了"。这些看法应该不是那一时代保尔和达雅所能达到的思想高度，而是梁晓声通过"重塑"所表达的当今时代的要求，这是对俄苏经典文学的一种新的接受方式。

2. 乡土社会的人文关爱

对于作家来说，其出生、成长的乡土具有极其重要的意义，古今中外概莫能外。威廉·福克纳说："我的像邮票那样大小的故乡本土是值得好好描写的，而且即使写一辈子，我也写不尽那里的人与事。"列夫·托尔斯泰说："没有我的雅斯纳雅·波良纳，就没有我的俄罗斯，就没有我和俄罗斯那种血肉相连的关系。"就近现代的东北作家来看，他们大多来自乡村，他们与那块养育他们的黑土地贴得极近，他们对黑土地乡民的生活非常关注。他们以作家的细腻与敏感和诗人的直觉与灵性捕捉到了东北乡土社会最本质、最发人深省的一些东西。而在这一关注的过程中，俄罗斯文学的一些经典作品对东北作家的创作产生了有益的影响。比如，屠格涅夫很早便将目光投射到俄国农奴制度下地主与农奴的关系以及农民的生活。他在《猎人笔记》中以浓厚的人文主义精神，怀着对俄国农民的极大热忱，描写了农奴制度下农民低下的社会地位和悲惨的生活处境，忠实地表现了农民的善良敏感，以及他们出色的智慧和才能。他在农民们的身上，充分展示了一个民族优秀的精神品质。同时他还以明显的愤激敌视之情，揭露了地主的冷酷与凶残。然而，他没有停留在简单的演绎理论认识的层面，而是时时摄取鲜活的原生态的生活，在情趣丰富和诗意盎然的乡间平常日子里与优美的自然风光中，向世人展示了 19 世纪俄罗斯的乡村景象，读来全无枯燥说教之感。这部散发着浓郁的乡土气息的作品，强烈而又广泛地攫住了中国读者，以至早在 20 世纪初期，中国的翻译家们就开始陆续翻译起了这部作品，1936 年又出版了耿济之译的单行本，书名为《猎人日记》。1937 年身在北平的萧红在给萧军写信时，就嘱咐他将《猎人日记》寄来，说是"给洁吾读"①。可以看出，这部书已经成为萧红等东北作家创作的范本，他们无疑从这部书中发现了自己应该开拓的题材领域，乃至应该达到的艺术境界。

萧红被誉为现代乡土作家中最具有思乡情结的作家。回顾乡土，描写故乡是她创作的基本内容。萧红是一个早熟、极善于思考的作家，她生活的 20 世纪上半叶，正是中国的多事之秋，阶级压迫、民族危亡以及法西斯战争都影响着她的生活与创作。季红真指出："萧红开始写作的 30 年代初，正是左翼文学方兴未艾的时期。革命文学基本的宗旨是从社会学的角度，以阶级论为基础，关怀底层民众的苦难、促进社会的变革。她感应着这样的潮流，一起步就是一个左翼作家，对于底层民众的关注贯穿她的一生，用自己的笔揭露社会的黑暗也是她创作中重要部分。她主要是以乡土为基本的视角，表现普通农民悲惨的生活，他们的反抗、失败与屈辱，他们麻木的精神状况，他们在严酷的自然力与社会政治结构的双重压迫下卑微的生存。这一点使她和激进的左翼思潮保持了心理的距离，也自觉地和民粹主义区别出来，思想的源头更接近五四开创的启蒙理想。"② 萧红创作的出发点便是"对着人类的愚昧"，她在谈到对鲁迅小说的认识时说："鲁迅的小说的调子是低沉的。那些人物，多是自在性的，甚至可说是动物性的，没有人的自觉，他们不自觉地在那里受罪，而鲁迅却自觉地和他们一起受罪。"③ 这表明萧红创作的精神指向不仅仅是现实的苦难，更关注人类心灵的痼疾。

在发表了《王阿嫂之死》、《夜风》等较为稚嫩之作后约一年，萧红完

---

① 萧红：《萧红全集》，哈尔滨出版社，1991，第 1294 页。

② 季红真：《对着人类的愚昧》，《小说评论》2006 年第 2 期，第 66 页。

③ 聂绀弩：《回忆我和萧红的一次谈话》，载季红真编选《萧萧落红》，人民文学出版社，2001，第 5 页。

成了她前期的代表作《生死场》。《生死场》所讲述的故事是令人触目惊心的，这里的人们就如胡风在《读后记》中所写的："蚁子似地生活着，糊糊涂涂地生殖，乱七八糟地死亡，用自己的血汗自己的生命肥沃了大地，种出食粮，养出畜类，勤勤苦苦地蠕动在自然的暴君和两只脚的暴君底威力下面。"① 如果按严格的现实主义小说标准来衡量，《生死场》很难称得上成功的作品，它并不以"再现典型环境中的典型人物"为指归。它既没有贯穿始终的事件，情节与情节之间也缺乏环环相扣的逻辑联系。它所着重表现的应是 20 世纪 30 年代人们并不太注意的历史惰性，在这片人和动物一样忙着生、忙着死的乡村土地上，死灭和生育同样频繁，显示了群体生命意识的盲目与群体生育频繁的对立。人们的生命力是强大的，尽管有"自然的和两脚的暴君"，有贫穷的压折脊背的繁重劳作，有传染病、刑罚、死亡和自尽，有异族的侵略，但人还是生存着。在貌似愚昧、冷漠、无情的背后，透露出的却是生命的韧性和坚强。

在《生死场》里，有着对土地极为复杂的情感。乡民对土地、对粮食、对蔬菜、对家畜表现出的强烈感情背后，包含着深刻的含义，且听王婆的诉说："我把她丢到草堆上，血尽是向草堆上流呀！她的小手颤颤着，血在冒着汽从鼻子流出，从嘴也流出，好像喉管被切断了。我听一听她的肚子还有响；那和一条小狗给车轮压死一样。我也亲眼看过小狗被车轮轧死，我什么都看过。这庄上的谁家养小孩，一遇到孩子不能养下来，我就去拿着钩子，也许用那个掘菜的刀子，把孩子从娘的肚里硬搅出来。孩子死，不算一回事，你们以为我会暴跳着哭吧？我会嚎叫吧？起先我心也觉得发颤，可是我一看见麦田在我眼前时，我一点都不后悔，我一滴眼泪都没淌下。以后麦子收成很好，麦子是我割倒的，在场上一粒一粒我把麦子拾起来，就是那年我整个秋天没有停脚，没讲闲话，像连口气也没得喘似的，冬天就来了！到冬天我和邻人比着麦粒，我的麦粒是那样大呀！到冬天我的背曲得有些利害，在手里拿着大的麦粒。可是，邻人的孩子却长起来了！……到那时候，我好像忽然才想起我的小钟。"② 这段独白在表现农民的强烈感情的同

① 胡风：《〈生死场〉读后记》，《萧红全集》，哈尔滨出版社，1991，第 145 页。
② 萧红：《萧红全集》，哈尔滨出版社，第 61 ~ 62 页。

时，也潜伏着另外一种意义，包含着人对土地的臣服与依附。而那种珍视麦子大大超过了关注自身、孩子、同类的人的感情，是一种对土地的爱，却也是一种残酷，它无疑折射出这样一个事实："人们在遭受劫掠与杀戮时，也在进行着劫掠和杀戮。这些集善良、淳朴、残忍、愚昧于一身的农人，不再是完全无辜的羔羊，也不再拥有洁白无瑕的灵魂，与此同时，那驱动着他们只能如动物般地生死的破坏力量也不再被指陈为某一阶级，而是呈现为一种历史的广阔洪荒。"①

　　历史在这里几乎是停顿的，现代的启蒙思潮对这里几乎毫无影响。作为"五四"之后中国的第二代知识分子，萧红在1941年5月所写的一篇文章中直呼："'五四'时代又来了。"她痛感启蒙在中国收效之微，认为民族危机的日益深重全缘于此。她说："在我们这块国土上，过了多么悲苦的日子。一切在绕着圈子，好像鬼打墙，东走走，西走走，而究竟是一步没有向前进。"于是她重新举起"五四"启蒙大旗，并且自命为"是新'五四'"，要自己"拿起刀枪来"，将启蒙"照样地来演一遍"②。在以"救亡"为时代最强音的40年代，萧红仍然坚持着理性的呼喊，尽管她的呼声非常微弱，但我们可以看出她对"国家""民族"偶像的瓦解主因于她自觉继承的"五四"精神。这或许便是萧红创作《呼兰河传》的出发点之一，回到原点，从头来过。在《呼兰河传》中，萧红曾这样写道："呼兰河这地方，到底是太闭塞，文化是不大有的。虽然当地的官绅，认为已经满意了，而且请了一位满清的翰林，作了一首歌。""使老百姓听了，也觉得呼兰河是个了不起的地方，一开口说话就'我们呼兰河'，那在街道上捡粪蛋的孩子，手里提着粪耙子，他还说'我们呼兰河！'可不知道呼兰河给了他什么好处，也许那粪耙子就是呼兰河给了他的。"③这段揶揄表现了萧红对故乡的复杂情绪，也显示出她对家乡封闭、落后的文化困境所做的理性思考。有论者指出："在呼兰河人的观念意识与处世态度上，似乎没有阶级的区别，只有男人或女人，大人或小孩，长辈或晚辈的差异。在历史淤

① 唐利群：《从生命的荒原到初始的伊甸——论萧红小说中的"世界"与世界中的萧红》，《中国现代文学研究丛刊》1994年第4期，第80页。
② 林贤治编注《萧红十年集·骨架与灵魂》，人民文学出版社，2009，第815页。
③ 萧红：《呼兰河传》，时代文艺出版社，2000，第143页。

积形成的集体无意识的浸染中，无论是富人还是穷人，无论是官绅还是平民，都以沾沾自喜的心态肯定了目前呼兰河人的生存方式与文化构型。"①

如果说《生死场》是写出了人对自然的肉体、心理上的依附，那么在《呼兰河传》中，"这种依附已然变本加利地扩展为一种文明和文化，一种以人对自然的依附为前提，又以人对自然的依附为目的的、自觉的、至少是自律的文化。可以说，正是由这并不与土地直接发生关系的小城生活中，你才可以看到中国古已有之的文明传统怎样源自人对土地的依附"②，又怎样顽固地维护着这种依附关系。有论者说《生死场》"第一次淋漓尽致地大胆裸露生命的躯体，让它在纷扰繁殖的动物和沉寂阴惨的屠场与坟岗中舞蹈着"③，那么《呼兰河传》则在人们对生死的漠然中写出了"几乎无事的悲剧"。小城中人的生活是平和松弛的，却包蕴着巨大的历史惰性、传统习惯和价值观念。在《呼兰河传》的第一章，萧红"饶有乐趣"地描写了东二道街上那个"黑糊糊""油亮亮"的大泥坑。人们想出种种办法通过这个泥坑，克服这泥坑带来的不便，可是却从来没有人想到用土把它填平。有老绅士滑到泥坑里，爬出来说的却是："这街道太窄了，去了这水泡子连走路的地方都没有了。这两边的院子，怎么不把院墙拆了让出一块来？"人们甚至还从这泥坑获得了许多好处和乐趣，创造了许多故事和谈资。这似乎并不是简单的愚昧或懒惰所能解释的，而是一种对传统文明的思维方式和想象力的臣服。所有的思考、反应和行为都是顺应自然传统的，容不得一丁点的离经叛道，如果有任何反抗苗头的出现，立刻便会遭到扼杀。那个"黑忽忽、笑呵呵"的小团圆媳妇仅因为"两个眼睛骨碌骨碌地转"，"见人一点也不知道羞"，就被放到丌水里活活烫死；那个本来人缘不错的王大姐，只因选择嫁给穷苦的磨倌，就被称为坏女人，在不绝的嘲讽中死去……传统文明体系中的人们共同组成了那台巨大的历史磨盘，把一切异端碾得粉碎。他们既是吃人者，同时也被吃掉，这里分不清真诚还是残忍，

---

① 谭桂林：《论萧红创作中的童年母题》，《中国现代文学研究丛刊》1994 年第 4 期，第 71 页。

② 孟悦、戴锦华：《浮出历史地表——现代妇女文学研究》，河南人民出版社，1989，第 195 页。

③ 皇甫晓涛：《萧红现象》，天津人民出版社，1991，第 43 页。

有罪还是无辜。这里有比"生死场"更可怕的"百年孤独"。

　　萧红是一位接受了现代启蒙思想的具有忧患意识的作家，是鲁迅精神的继承者和追随者，在东北故乡沦陷、外敌入侵的危机时刻，她并没有简单地跟从抗战文艺的风潮，而是继承了鲁迅先生的思想，深入反思、检讨民族落后挨打的根源，以启蒙主义理性批判故土、乡民的落后愚昧。鲁迅先生曾说："在我自己，总仿佛觉得我们人人之间各有一道高墙，将各个分离，使大家的心无从相印"，"不再会感到别人的精神上的痛苦"；而"难到可怕"的汉字、"古训所筑成的高墙"，更使中国的百姓"像压在大石底下的草一样"，沉默"已经有四千年"！"在将来，围在高墙里面的一切人众，该会自己觉醒，走出，都来开口的罢，而现在还少见，所以我也只得依了自己的觉察"，孤寂地"画出这样沉默的国民的魂灵来"①。这种文学观对萧红的影响是明显的，她用忧郁的目光凝视着故土乡民那卑琐平凡的日常生活。

　　然而当萧红在笔下批判着故乡时，对故乡刻骨的思念也抑制不住，强烈地流露在作品中。在那个动荡的年代，呼兰河是萧红灵魂最后得以安居的精神家园，正如有论者指出："细数四十年代著名乡土小说家，家园意识最浓的仍然是萧红。她失去了故乡，也曾失去过自己的精神依靠，在生命的最后时刻，她才重新找到了呼兰小城。"②作为呼兰河的痴情女儿，萧红对故乡的爱恋是不言而喻的，即便在创作的后期，她也并没有像有些评论者说的那样无视日本帝国主义的血腥侵略。在《失眠之夜》中，她写道："家乡这个观念，在我本不甚切的，但当别人说起来的时候，我也就心慌了！虽然那块土地在没有成为日本的之前，'家'在我就等于没有了。这失眠一直继续到黎明，在黎明之前，在高射炮的声中，我也听到了一声声和家乡一样的震抖在原野上的鸡鸣。"③这是经受着双重压迫的孤独的灵魂，在内忧外患的土地上发出的深沉的叹息。在发表于1941年的《给流亡异地的东北同胞书》中，萧红深情地写道："当每个中秋的月亮快圆的时候，我

---

① 鲁迅：《俄文译本〈阿Q正传〉序及著者自叙传略》，《鲁迅全集》第七卷，人民文学出版社，2005，第83~84页。
② 陈继会：《中国乡土小说史》，安徽教育出版社，1999，第225页。
③ 林贤治编注《萧红十年集·失眠之夜》，人民文学出版社，2009，第317页。

们的心总被悲哀装满。想起高粱油绿的叶子，想起白发的母亲或幼年的亲眷。""家乡多么好呀，土地是宽阔的，粮食是充足的，有顶黄的金子，有顶亮的煤，鸽子在门楼上飞，鸡在柳树下啼着，马群越着原野而来，黄豆像潮水似的在铁道上翻涌。人类对家乡是何等的怀恋呀……"① 在这封公开信中，萧红指出目前是抗战最艰苦的阶段，提醒东北同胞们清楚自己作战的位置，坚持"最后的斗争"。调子是热烈的、昂扬的，充满了必胜的信心。在萧红的身上，我们体会到了一个知识分子的赤子之心，她那剪不断理还乱的乡情值得后人不断地品味、深思。

在对乡土社会的人文关注上，契诃夫也给予了东北作家们以较大的影响。这位文学大师、世界短篇小说艺术高峰的创造者，曾以博大的胸怀和宽广的人类学视野观察过中国东北区域的大地和人民。1890 年，契诃夫乘"叶尔马克号"轮船进入黑龙江，他在这条中俄两国的界河上航行，有机会接触到中国人民，并对他们产生了浓厚兴趣。"叶尔马克号"进入黑龙江不久便撞在礁石上，停下来修理。契诃夫在 6 月 21 日给家人的信中写道："我们的船撞到礁石上，撞了一个洞，现在正在修理。我们搁浅在泄滩上，从船上往外抽水。左边是俄国的河岸，右边是中国的。假如我现在回家，就有权夸耀说：'我虽然没有到过中国，但是在离我三俄尺远的地方见到了她。'……在中国的岸上有一个哨所：一个小房，岸上堆放着一袋袋的面粉，一些衣衫褴褛的中国人用抬架往房子里搬运。哨所后面便是茂密的无边无际的森林。"契诃夫早在伊尔库茨克便开始接触中国人，他在 6 月 6 日的家信中说："我看见中国人，这是一些善良而聪敏的人。""叶尔马克号"轮船在黑龙江航行时，他有了更多的机会观察中国人。"叶尔马克号"于 6 月 26 日抵达布拉戈维申斯克（即海兰泡），契诃夫第二天写信给苏沃林说："从伊尔库茨克开始遇见中国人……这是最善良的民族。我招呼一个中国人到餐厅去，请他喝点儿伏特加，他在喝酒之前先把酒杯举向我，举向餐厅管理员和仆役们，说道：请！这是中国人的礼节。他不像我们那样一饮而尽，而是一小口一小口地呷，每呷一口必吃点儿东西。最后，他为了感谢我，给了我一

---

① 林贤治编注《萧红十年集·给流亡异地的东北同胞书》，人民文学出版社，2009，第 823 ~ 824 页。

些中国铜钱。真是非常有礼貌的民族。他们穿得不好，但很整洁，吃的东西很有味道，并且很讲究礼节。"① 在契诃夫眼中，中国东北的大地和他的伟大俄罗斯母亲的大地一样，都是荒凉而又粗犷的，中国人民是善良的、聪明的、非常客气的人民。这样一位热爱中国和中国人民的正直而又伟大的艺术家，自然会赢得中国人民的热爱。早在 1907 年，也就是他告别这个世界之后的第三年，他的作品便开始被介绍到中国。此后就连中国现代文学的巨擘鲁迅先生也把目光投向了这位俄罗斯文学巨匠，先后翻译过他的多篇作品，并在中国出版了契诃夫的小说译本。在这之后，这位戴着夹鼻眼镜留着山羊胡须的大师的肖像和作品便陆陆续续地进入了中国读者的视界，影响了无数的中国作家。

在东北作家中，最喜爱契诃夫的作品并深受其影响，在艺术风格上最接近契诃夫的恐怕要数骆宾基。早在 20 世纪 30 年代初于北平自修期间，骆宾基就熟读了契诃夫的作品。他后来曾深情地回忆起自己初读契诃夫作品《坏孩子和别的奇闻》时的情景："当时忍不住笑，只好走到肃静的阅览室外去笑。""但几年以后再重读《坏孩子》的时候，感到笑的成分减少了，而在笑的背后实在是隐藏着一些可怜和可痛的东西。"② 正是出于这种热爱和崇拜，他在创作时总是有意借鉴契诃夫。我们在他的作品中不难发现，他的有些作品的构思直接借鉴了契诃夫。1888 年，契诃夫推出了他的重要作品中篇小说《草原》，这部作品通过一个九岁儿童叶果鲁西卡的一次长途旅行，展现了俄罗斯美丽的自然风光和俄罗斯的社会现实，作品充满了作者对俄国命运的关心和对幸福前途的憧憬。这种以儿童长途旅行为线索展开生活画面和进行社会思考的构思方式启示了骆宾基，使他在《少年》中借用了这种方式。《少年》中虽然不乏屠格涅夫描写乡村生活的作品的味道，但它的总体构思仍然是契诃夫式的，骆宾基像契诃夫那样，以一个十三岁儿童的乡村之行为线索，展现了东北大地辽阔壮丽的自然景色和 20 世纪 20 年代这里的社会生活，其中蕴含着作家对人民命运的深情关注。

尽管前后相隔了近半个世纪，其间经历了重大的社会变革与时代风云

---

① 〔俄〕契诃夫：《萨哈林旅行记·译者前言》，刁绍华、姜长斌译，湖南人民出版社，2013，第 7～8 页。
② 骆宾基：《略谈契诃夫》，《人民文学》1954 年第 7 期。

变幻，但由于偏远和封闭，迟子建的东北乡镇还是保留了许多与萧红、骆宾基等现代作家笔下的东北乡土在精神上的联系。不过萧红的描写更多的是在展现古老乡土的衰败与腐朽，生命的单调循环和农业文明下的愚昧与保守，而迟子建所倾心的却正是这古老的乡土，它意味着与自然的亲近，意味着野性的活力，意味着宁静和谐、纯净朴素、远离尘世的喧嚣，作家"美丽的、心爱的"童年都丢在那里了。不过，随着现代文明的飞速发展，这片古老乡土也发生了巨大的变化，"宁静和缓慢正无可奈何地离我们越来越远，田园牧歌的时代生活已经一去不复返"①。在中篇小说《原始风景》的结尾，迟子建写道："我的笔所追踪过的那架四轮马车，它终于走到故乡了。我写过了，我释然，可那遥遥的灰色房屋和古香古色的小镇果真为此而存在了么？我感到迷茫。"② 作家对古老的乡土世界充满了憧憬，但同时她也发现那个世界正在缓慢地崩塌。迟子建所要努力表现的是源自土地及人类初始的古朴、善良、坚韧等一切美好的事物，对她来说，人世的寒凉辛酸有跃动的炉火去温暖，人心的罪恶是小的，乡民们都是有着小毛病的普通人。在迟子建的乡土世界里，人们往往会在饱尝辛酸后终获温情，历尽艰难后终得爱意，这一点点温情与爱意浸透了忧伤，珍贵的温情与爱意冲淡了迟子建乡土世界中的悲剧氛围，使其淡化为一种古典的伤怀之美。

故乡那块土地对迟子建的创作无疑是意义重大的，故乡的一切便是流淌在她文字中的源头活水。即使她离开了家乡，住进了城市，那份骨子里、灵魂中的印记也是擦抹不去的。就如洪峰所感慨的："我只在家乡生活了18年，但这18年对我来说就是一生。一个人在哪里度过了它的童年时光，他的一生就被那种最初的记忆固定了。许多进了大都市的人试图抹去他身上的乡土气味，但往往不能成功，究其原因还是生命中最原生的部分将伴随你到死。"③ 在经过了《北极村童话》时期的纯情追忆之后，20 世纪 90年代初期迟子建连续发表了《旧时代的磨坊》、《秧歌》、《香坊》、《东

---

① 迟子建、阿成、张英：《温情的力量——迟子建访谈录》，《作家》1999 年第 3 期，第 49页。
② 迟子建：《逝川·原始风景》，长江文艺出版社，1996，第 235 页。
③ 洪峰：《写在重返家园前的思念》，新浪博客，http：//blog. sina. com. cn/s/blog＿3d40190f010006z2. html。

窗》、《树下》等作品。在这些意蕴深厚的作品里，作家对那块土地上过往
发生的事件进行了忧伤的想象，营造了一个独特的心灵世界。这些故事是
平和而节制的，显示了作家的超脱和练达，虽然其中一些故事发生的年代
近于萧红所处的时代，却没有萧红式的尖锐批判，对此，迟子建有她的解
答："可能作家所处的时代不一样，萧红那个时代注定不像我生活着的和平
年代，我会以一种很平和的心境去回望历史，而萧红，由于她多变的个人
经历和所处时代的风云变幻，她的作品在哀婉中就有凌厉的色彩，使她的
小说'美'而'尖锐'，独树一帜。而我希望赋予我笔下人物的东西，更
多的是那种宠辱不惊的气质。一个人能被巨大的日常生活的流推动着，循
序渐进地走下去，在波澜不惊中体味着人世的酸甜苦辣，也是不平凡的人
生。一部作品，如果它发出的声音过于尖锐的话，就会显得夸张。我不太
喜欢夸张的作品，我还是喜欢有血有肉的作品。不过萧红作品中的'尖
锐'，是恰到好处的。"[1] 迟子建的这些作品似乎都很辛酸，但又具有生命
的顽强和亲切，读过之后不由得使人思索，甚至哀叹，难以轻松。

　　茅盾曾指出："关于'乡土文学'，我以为单有了特殊的风土人情的描
写，只不过像看一幅异域图画，虽能引起我们的惊异，然而给我们的，只
是好奇心的餍足。因此在特殊的风土人情而外，应当还有普遍性的与我们
共同的对于运命的挣扎。一个只具有游历家的眼光的作者，往往只能给我
们以前者；必须是一个具有一定的世界观与人生观的作者方能把后者作为
主要的一点而给予了我们。"[2] 《原始风景》等作品显示了迟子建对乡土文
化精神的深入思索。进入 20 世纪 90 年代之后，迟子建的创作重心明显地
向乡土社会中的复杂"人性"转移。有论者将《旧时代的磨坊》与苏童的
《妻妾成群》相比，但迟子建的这篇作品并没有苏童的那种华丽：繁杂的大
家庭中女人的钩心斗角、弄堂中的辗转、精神顶层的崩溃等，有的只是女
主人公说不上好也说不上坏的命运，里面既有人生的满足，又有挣扎。《秧
歌》中不断渲染小梳妆的魅力和美貌，但却始终无人得见，面向读者的只
有寂寞而又沉重的乡土生存状态，女萝等无助的女人平常而又悲凉的命运。

---

　　① 迟子建、郭力：《现代文明的伤怀者》，《南方文坛》2008 年第 1 期，第 60 页。
　　② 茅盾：《关于乡土文学》，载《茅盾论中国现代作家作品》，北京大学出版社，1980，第
　　　　241 页。

迟子建的表达是节制而又内敛的，甚至对那些历史上的重大变故也是如此，这与萧红有相似之处。萧红在《生死场》中有对日寇入侵的批判，但其表达方式是含蓄的，这或许是来自女性细腻的情感。迟子建在《香坊》中对日寇入侵的表述也同样是隐晦的，杏雨遇到了一条长长的送葬队伍，她听熟人说那是为一个女孩送葬，而那个女孩是被日本兵"糟蹋了"死去的。文中甚至都没有日本兵的字样，只是写"一个斜跨洋刀蓄着小胡子的兵挺着胸膛目中无人地打理发店门前经过"。熟人叹息说："这些个漂洋过海的兵来到这里就是为了打仗，真是让人想不透啊。"① 然而，这外敌入侵的灾祸终于毁灭了香坊，马六九和池凤臣不想给日本兵提供祭奠用的香，放火烧掉了香坊。马六九也为这一暴烈的反抗行为付出了代价，虽然文中没有明说他的死因，但我们可以想到，他是被日本侵略者砍头示众了。那多情侠义的汉子、美丽风骚的女子、闪耀着祥和光芒的龙纹香炉都在那一场大火之后灰飞烟灭了，只有不绝的香气弥散在礼镇的春天里。

《东窗》在氛围和语言上与《呼兰河传》有着诸多相似之处，"那小镇一如往昔地存在着，种地的，他就依然种着地；卖粮的，他也依然卖着粮；行医的，也依然照顾着病人。小学校的学生毕业了无数，校长也换了几届，可钟声依然如往昔那般沉闷、悠远。"② 这小镇就如呼兰小城一样古老宁静，不同的是没有萧红描写的那般凄凉，而是蕴含着迟子建着对故乡温暖的爱意和深深眷恋。她在小说中深情地写道："有一种感情是终身不变的：乡恋。东窗前的老人们都是怀念家乡的人，人活着活着就觉得一生最好的时光是童年，在出生的地方，在故乡。所以那东窗前怀乡的人就有些丧魂落魄。他们盼望着神能将他们领走，能回到他们出生的地方。"③ "东窗"是什么地方呢？"它是与神交谈的地方。每逢黑夜降临时，你坐在东窗下，在心里默默念诵着神，神就会来到东窗下与你交谈。"④ 在这个故事里，人们建造的房子有一个东窗、两个南窗，在那个寒冷的世界，人们砌实了北墙和西墙抵挡寒风。多年以前，他们的祖先在劳作之后，会围着火（夏季

---

① 迟子建：《秧歌·香坊》，上海人民出版社，2008，第64页。
② 迟子建：《秧歌·东窗》，上海人民出版社，2008，第217页。
③ 迟子建：《秧歌·东窗》，上海人民出版社，2008，第210~211页。
④ 迟子建：《秧歌·东窗》，上海人民出版社，2008，第177页。

是海边的篝火，冬季是炕上的火盆）"嘀咿嘀咿"地跳舞。那是一个洋溢着原始萨满教精神的世界。迟子建在这里为我们构建了人类生存的另一幅图画，一幅古朴纯真、阴阳相通、天人合一、万物有灵的原初文化图景。如果我们仔细阅读她的长篇散文《云烟过客》的话，就会发现这幅图景与迟子建个人的生命轨迹浑然一体、无法剥离。罗斯·钱帕斯在《故事与处境》中指出，很多文本都是"言及自我处境的"①，迟子建笔下这个万物有灵的美学世界的产生，是与她的"自我处境"密切相关的。北方民族，尤其是高寒地带的民族，他们笃信万物有灵，崇拜萨满，而且这种信仰绵延不绝，子孙相递。万物有灵论是内在神论的原始形式，由于万物内在灵魂的主导作用，万物有灵各有神性，人们便把对自然物的崇拜变成了对精灵的崇拜，把对自然力的敬畏变成了对自然神灵的信仰。迟子建认为，"萨满就是理想主义和浪漫主义的化身，这也契合我骨子里的东西"②。于是东北寒地土生土长的迟子建笔下就诞生了一个充满着神性想象的世界。

迟子建对想象力十分看重，她认为"人类生命之所以能得以顺利延续下来，也许并不仅仅在于生育（它充其量只是诞生人的一种方式和手段），而在于绵绵无尽的幻想。如果问我这世界有什么东西是不朽的，我会毫不犹豫地回答：是幻想。幻想使内心最深切的渴望与现实拉近了距离，它在某种程度上达到了沟通的目的；幻想使你最为看重的价值在瞬间得到了认同；幻想能够融化一座巍峨的冰山，能够使河流出现彩虹般的小舟。幻想在幸福与痛苦夹峙起来的深谷像鱼一样坚韧地浮游，它在你的双足无法抵达的地方，却将你的心拴上浪漫的丝线牵掣到那里。所以幻想是人生存下去的最有力的支撑和动力"③。在《逝川》中，迟子建创造了"泪鱼"这一意象，"这种鱼被捕上来时双眼总是流出一串串珠玉般的泪珠，暗红色的尾轻轻摆动，蓝幽幽的鳞片泛出马兰花色的光泽，柔软的鳃风箱一样呼哒呼哒地翕动"，渔妇们这时要把它们放到大木盆中，安慰它们，一遍遍地祈祷，而泪鱼也果然就不哭了。在那块寒冷的边地，打捞泪鱼是人们抵挡初

---

① 〔美〕华莱士·马丁：《当代叙事学》，北京大学出版社，2005，第176页。
② 周景雷、迟子建：《文学的第三地——与迟子建对话录》，《当代作家评论》2006年第4期，第43页。
③ 迟子建：《北方的盐·晚风中眺望彼岸》，江苏文艺出版社，2006，第244页。

冬时节的悲凉的最好办法，迟子建在《逝川》中展现的不是人的力量，而是感慨人生的短暂和无奈："泪鱼是多么了不起，比人小几百倍的身子，却能岁岁年年地畅游整条逝川，而人却只能守着逝川的一段，守住的就活下去、老下去，守不住的就成为它岸边的坟冢听它的水声，依然望着它。"①《逝川》无疑是迟子建最为满意的作品之一，她曾谈道："《逝川》发表后，有许多人问我，果真有一种叫做'泪鱼'的鱼吗？雷达先生在评论它时也曾写道：'世间是否真有泪鱼，我不详知，但这一意象实在太美丽了，太神奇了。'那么我也可以真实地说，世间是否真有这种鱼，我也不知道，可它从我的笔下诞生了，也许就此存在下来了。"②

在《额尔古纳河右岸》中，迟子建的神性想象得到了最大程度的发挥。发生在额尔古纳河右岸的故事是迟子建通过"我"——鄂温克族最后一个酋长的女人——之口讲述的，这让人很容易想到艾特玛托夫的《一日长于百年》。鄂温克人的百年历史在迟子建的笔下，浓缩成了"我"讲了一天的故事。让人在沉醉于原始部落简朴而又充满诗意、平静又不乏传奇的生活的同时，清晰地看到了这个生活在北国大森林中的游牧民族由繁盛到枯萎衰老、濒于死亡的历史进程。通过"我"的个人叙述来展开故事，感觉像是在听老奶奶讲一个古老的童话：在中俄边界的额尔古纳河右岸，居住着一支数百年前自贝加尔湖畔迁徙而至、与驯鹿相依为命的鄂温克人。他们信奉萨满，逐驯鹿的食物而搬迁、游猎，在享受大自然恩赐的同时也饱受艰辛。"我"把故事分成清晨、正午、黄昏三个部分。清晨的时候讲述的是"我"的幼年，讲述童年的欢欣和部族的兴旺。正午的时候讲述到了"我"的成年，这个时候古老的民族开始动荡了，已有了天灾的降临，有了人生的不测，更重要的是有了日本侵略者。黄昏的讲述更为沉重，这个古老的民族慢慢地衰老枯萎。日本人的入侵已经使这个古老的民族受了重伤，物质文明的发展则是彻底摧毁了她的精神世界和生存空间。自然植被的破坏使牧民无法再放养驯鹿，现代社会的道德文明更是从内部异化了这个民族的心灵。

① 迟子建：《逝川》，长江文艺出版社，1996，第249页。
② 迟子建：《亲亲土豆·自序》，江苏文艺出版社，1997，第2~3页。

3. 女性生命意识

现代人文精神的一个重要特点就是人的发现。乔以钢曾指出："五四以来的新文化运动，在发现了人的同时，更重要的是发现了女人，以文学的形式描绘社会生活，反映群体情绪、个人情感，体现一定的思想倾向和审美价值判断，成为包括女作家在内的绝大多数中国作家的自觉追求。接受了新文化教育的部分女性在自我解放同时，以写作为武器，积极倡导女性解放，寻求女性解放的道路。"[①] 20 世纪 20 年代，文坛上出现了以庐隐、冯沅君、冰心等为代表的女性作家，30 年代则是以丁玲、林徽因等为代表，她们认为女人也是人，追求女性的平等权利。这一时期的东北区域，正处于当地军阀和之后日本法西斯的军事武力镇压和文化高压政策的重重阴霾之下。然而，就是在这样的艰难情境下，东北文学中的女性生命意识萌生并且迅速发展起来。琛余女士的《文学合于女性的研究》从文学的要素和女性的特长上分析，认为："一、女子富于感情，文学既以描写感情为主，那这一特点自然相合了。大概富于感情，就易于被自然界所感动，那所遇的名山胜景，春雨春风，描写出来，自然有一种特致，比较感情薄弱的人，就要高一等了。二、女子有精致和专一的脑筋，那末凡是做一事，必定有一番精致的思想，再加专一的精神，表现出来，这种精神不更精巧吗？所以这层也是相合而不相背的。三、女子有幽美的德性，那更和文学的要素相合了。女子既天生一种幽美之性，所发挥的自有天然之美在其中，不要故意雕琢，矫揉造作，削趾适履之弊，当然是没有的了。四、女子头部较短，大凡头颅较短的人，善于综合，所以就长于艺术，既长于艺术，文学还待言吗？"文章最后预言，随着妇女的解放，女子受教育的愈来愈多，几十年后，"中国的女子文学家未必不超男子之上"[②]。这一预言今日已成真。

这一时期从东北走出的萧红也表现出了强烈的女性生命意识。萧红可说是东北女性文学的先行者。萧红从她的创作起始，就把目光集中在下层劳动妇女尤其是农村妇女身上。邹午蓉认为："像萧红这样以描写劳动妇女为主的女作家在现代文学史上并不多见，从这个意义上说，萧红是难得的

---

①　乔以刚：《论中国女性文学的思想内涵》，《中国现代、当代文学研究》2001 年第 11 期。
②　琛余：《文学合于女性的研究》，《哈尔滨晨光》副刊《光之波动》1925 年 3 月 5 日。

底层劳动妇女的忠实代言人。她笔下的王阿嫂（《王阿嫂之死》）、王婆、金枝（《生死场》）、五云嫂（《牛车上》）、小团圆媳妇、王大姐（《呼兰河传》）等都是农妇、乳娘、童养媳、佣人等不同类型的劳动妇女的形象。萧红描绘她们的痛苦生活、不幸遭际，也展示她们的坚韧挣扎和反抗，从而较为真实地反映了旧中国广大劳动妇女的生存状态。"①

波伏娃曾说："女性不是天生的，而是后天形成的。没有任何生理上、心理上或经济上的命定，能决断女人在社会中的地位，而是人类文化之整体，产生出这居间于男性与无性中的所谓女性。"② 男性中心的社会赋予男人绝对的权力，这是中国妇女悲剧命运的根本原因。男权社会对妇女的摧残甚至无须由男子自己来实施，传统意识和习惯组成了"无主名无意识的杀人团"，以堂皇的理由，在光天化日之下将一个个像"人"的女人灭杀。萧红曾经感叹："女性的天空是低的，羽翼是稀薄的，而身边的累赘又是笨重的！而且多么讨厌呵，女性有着过多的自我牺牲精神。这不是勇敢，倒是怯懦，是在长期的无助的牺牲状态中养成的自甘牺牲的惰性。我知道，可是我免不了想：我算什么呢？屈辱算什么呢？灾难算什么呢？甚至死算什么呢？我不明白，我究竟是一个人还是两个；是这样想的是我呢？还是那样想的是。不错，我要飞，但同时觉得……我会掉下来。"③ 这悲观的叹息实际上是萧红反思自己人生后的彻悟，也包含着萧红对妇女问题的深入思考。

身为知名作家，身处进步文化阵营，萧红却依然强烈感受到女性的屈辱、痛苦，觉得"心就像被浸在毒汁里那么黑暗，浸得久了，或者我的心会被淹死的，我知道这是不对，我时时在批判着自己，但这是情感，我批判不了，我知道炎暑是并不长久的，过了炎暑大概就可以来了秋凉。但明明是知道，明明又作不到。正在口渴的那一刹，觉得口渴那个真理，就是世界上顶高的真理"④。从这种自己"正在经验着的""批判不了"的真切的情感出发，萧红达到了对人性、对历史的平静的了悟。在那个战争的年

① 邹午蓉：《独特的视角 深切的忧愤——萧红小说对妇女命运的表现》，《江苏社会科学》1994年第4期，第105~106页。
② 〔法〕西蒙娜·德·波伏娃：《第二性》，陶铁柱译，中国书籍出版社，2004，第156页。
③ 聂绀弩：《在西安》，引自季红真编选《萧萧落红》，人民文学出版社，2001，第11页。
④ 萧红：《萧红全集》，哈尔滨出版社，1991，第1292页。

代，萧红的创作表现出了女性与民族主义话语之间的冲突。萧红曾谈到她看到八路军女伤兵的感受：

在西安和八路军残废兵是同院住着，所以朝夕所看到的都是他们。有一天我看到一个残废的女兵，我就向别人问："也是战斗员吗？"

那回答我的人也非常含混，他说也许是战斗员，也许是女救护员，也说不定。

等我再看那腋下支着两根木棍，同时摆荡着一只空裤管的女人的时候，但是看不见了，她被一堵墙遮没住，留给我的只是那两根使她每走一步，那两肩不得安宁的新从木匠手里制作出来的白白木棍。

我面向着日本帝国主义，我要讴歌了！就像南方的朋友们去到了北方，对于那终年走在风沙里的瘦驴子，由于同情而要讴歌她了。

但这只是一刻的心情，对于蛮的东西所遗留下来的痕迹，憎恶在我是会破坏了我的艺术的心意的。

那女兵将来也要作母亲的，孩子若问她："妈妈为什么你少了一条腿呢？"

妈妈回答是日本帝国主义给切断的。

成为一个母亲，当孩子指问到她的残缺点的时候，无管这残缺是光荣过，还是耻辱过，对于作母亲的都一齐会成为灼伤的。①

萧红这里的叙述体现出了反战的情绪，她悲悯着那具残缺的躯体，即便这残缺是光荣的，却终究难以掩盖伤残的躯体带给将要做母亲的人的永久的伤痛。萧红的创作"将民族认同的问题，放置在女性身体与民族主义话语的交叉点，并挑战了民族主义对于这种意义的控制，以及对这个身体的所有权"。她"拒绝将女性身体升华或者置换，这便导致了一种性别化的立场，该立场介入了小说表面上建立起来而实际上予以颠覆的民族主义话语。民族主义似乎是一种深刻的父权制意识形态，它将主体位置赋予到男人身上，促使他们为领土、所有权以及宰制的权利而战"②。这种观念也是

① 萧红：《萧红全集·无题》，哈尔滨出版社，1991，第1086页。
② 刘禾：《跨语际实践》，宋伟杰等译，三联书店，2001，第285页。

导致二萧分手的重要原因，萧红埋怨萧军："你总是这样不听别人的劝告，该固执的你固执；不该固执的你也固执……这简直是'英雄主义'，'逞强主义'……你去打游击吗？那不会比一个真正的游击队员更价值大一些，万一……牺牲了，以你底年龄，你底生活经验，文学上的才能……这损失，并不仅是你自己的呢。我也并不仅是为了'爱人'的关系才这样劝阻你，以致引起你的憎恶与卑视……这是想到了我们底文学事业。""人总是一样的。生命的价值也是一样的。战线上死了的人不一定全是愚蠢的……为了争取解放共同奴隶的命运，谁是应该等待着发展他们底'天才'，谁又该去死呢？""你简直……忘了'各尽所能'这宝贵的言语；也忘了自己的岗位，简直是胡来！……"① 这埋怨里有着对萧军的不舍，但更重要的是表达了萧红对生命意义的认识，这位被茅盾称为"情感富于理智"的女士投身的是另一场更为理智的斗争，她的敌人不仅是帝国主义的侵略，还有更为强大的男性父权。

与萧红以底层劳动妇女为主要描写对象的作品不同，同时代的梅娘所关注的是封建大家庭里的知识女性，她们为了爱情和自由，冲出封建枷锁的束缚，却发现自己不过是从一个牢笼迈向另一个牢笼。梅娘的主要作品都是在 25 岁以前完成，在沦陷区发表或出版的。张泉指出："在梅娘的笔下，日本的侵华战争给中国大地带来的灾难有所表露。但她主要是通过大千世界中女性生活的纷繁世象，展示女人的不幸和人世间的不平，剖析女人的生存状态及其在身心诸方面所承受的压迫，触及到婚姻、家庭、社会的方方面面。她的作品看似属于'软性文学'之列，却没有起到消闲文学歌舞升平、麻痹斗志的作用，反而常常使人感受到战争以及战争阴霾在芸芸众生的日常生活和内心世界中的投影。这种感受是若隐若现的，却也是刻骨铭心的。"② 水族系列小说《蚌》、《鱼》、《蟹》可说是梅娘的代表作。这三篇作品的情节和人物之间并没有连续性，但相接近的题材和相似的女权主义思想将它们维系在一起。

萧军虽然个性中有大男子主义的倾向，但身为一位具有现代思想的作

① 萧军：《萧红书简辑存注释录》，黑龙江人民出版社，1981，第 147 页。
② 张泉：《梅娘：她的史境和她的作品世界》，《首都师范大学学报》1997 年第 2 期，第 49 ~ 50 页。

家，他在创作中也表现出了对女性的关爱和理解。20 世纪 30 年代初，萧军除与萧红合作完成了短篇小说集《跋涉》外，还写了中篇小说《涓涓》，小说热情地讴歌涓涓、莹妮等青年学生追求自由、反抗封建势力的斗争精神。白朗的《四年间》是继萧军《涓涓》之后的又一部以女性为主要描写对象的作品，白朗被称为"写作上最勤快"① 的作家，有着明确的创作理论，她说："文学不能规定目的，因为有目的的文学，常是失却了文学的价值，但文学者也不能只是埋首在书斋里构思、设想，起码更应当推开窗户，睁开他的睡眼，和现实亲切一下，那么可以明了人类在广大的宇宙间怎样的生存着，更可以听见弱者们低吟是怎样在垃圾堆上和阴沟打滚呢?"② 《四年间》正是这种思想指导下的产物，是对青年女性生活历程和情感变化的真实展现。端木蕻良对妇女命运的描写也值得关注，无论是《初吻》、《早春》中所写的上流妇女，还是《大地的海》、《科尔沁旗草原》中所写的下层女性，她们的命运与情感都带有某种凄婉与悲凉，与萧红的《呼兰河传》、《小城三月》等作品所传达的意境非常接近。

　　作家对生命意识的思考，使其认识到人性的欠缺与生命的偶然性，甚至看见了生活中无法解决的悖论，所谓的真理与道德总是存在着相对性和局限性。在这一点上，东北作家们对生命意识的表达与昆德拉强调的自由主义小说精神具有一致性："小说作为建立在人类事物的相对与模糊性基础上的这一世界的样板，它与专制的世界是不相容的。这一不相容性不仅是政治或道德的，而且也是本体论的。这就是说，建立在唯一的一个真理之上的世界与小说的模糊与相对的世界两者是由完全不同的方式构成的。专制的真理排除相对性、怀疑、疑问，因而它永远不能与我所称为的小说的精神相调合。"③ 以迟子建的作品为例，她的作品中有很强的自然生命意识。中篇小说《逆行精灵》中鹅颈女人仿佛就是森林雨雾中的精灵，体现出一种生命的自然状态。《额尔古纳河右岸》中也有着浓郁的自然生命意识，迟子建曾说："如果一支部落消失了，我希望它完全是自然的因素，而不是人为的因素。大自然是美好的，也是残忍的。就像《自然与权利》一

---

①　山丁:《十年来的小说界》，载《满洲新文学史料》，开明图书公司，1944，第 37 页。

②　弋白:《文学的使命》，《国际协报》周刊《文艺》1934 年 1 月 18 日。

③　米兰·昆德拉:《小说的艺术》，孟湄译，三联书店，1992，第 11 页。

书中引用的一位印第安酋长的那句名言一样：'我们赖以为生的肉食动物都用四条腿奔跑，而追赶四条腿的我们却只有两条腿。' 我相信有了这样感慨的他们，一定会在这美好与残忍中自己找到生存的出路，比如能恰当地解决动物的驯化等等面临的问题。我向往'天人合一'的生活方式，因为那才是真正的文明之境。"①

在迟子建的小说里，自然是人和谐而富有诗意的家园，它和人构成了一个神圣的整体，乡民们也因为和自然的契合而有了惊人的凝聚力和敏锐的生命感觉。一旦远离自然，人就会蜕变成一个被迫流浪的无根者，失去了人性中本该有的全部丰富性，而且，在人的精神家园的荒芜的同时也预示着人自身能力可怕的衰退。在《原野上的羊群》中，主人公居住在城市里，有着令人羡慕的职业和地位，但失去了生育的能力。从某种程度上说，生育能力的丧失是人类疏离自然所付出的代价，这从反面体现了迟子建对自然生命的重视。

一个女人在沦陷时期的哈尔滨从事反满抗日的地下工作，无疑是非常危险而又艰难的，相似的文本我们很容易想到高尔基的《母亲》，刘跃利的中篇小说《绝境》描写的便是一位年轻的母亲。年轻的女大学生沈雅璇深受苏俄文学影响，在苏联作家革拉特珂夫的小说《士敏土》的感召下，她接受了中共地下组织的任务，与地下党员陶福安假扮夫妻，从此她的人生就走上了另一条道路。作为一位年轻的母亲，沈雅璇的身边有三个孩子——烈士的儿子大毛、叛徒的儿子二毛、她和陶福安的女儿陶丫，三个孩子使她陷入了三重困境之中。日伪势力想要杀掉大毛；中共地下组织要杀掉二毛；陶丫则更为艰难，组织的负责人被捕后，沈雅璇失去了经济来源，自己的生存都成了问题，何况孕育哺养一个新生命，仿佛一夜之间，沈雅璇就从一个靓丽的女大学生变成了三个饥饿孩子的母亲。身为母亲，沈雅璇不容许自己的孩子受到伤害，她想尽办法谋生，带着孩子不断躲避、逃亡，以一己之力对抗自然、社会、政权等多重势力的压迫，不惜"把头低到泥泞里"②，只是为了把孩子们养大，为了能和自己的爱人重聚。或许

① 迟子建、胡殷红：《人类文明进程的尴尬、悲哀与无奈》，《艺术广角》2006年第2期，第34页。
② 刘跃利：《绝境》，《当代》2015年第4期，第185页。

沈雅璇踏上"绝境"之初是因了革命的感召，但她在"绝境"中所最终追求的却是人性中最本真的对子女、对伴侣的守护和爱。

傅立叶指出："某一历史时代的发展总是可以由妇女走向自由的程度来确定，因为在女人和男人、女性与男性的关系中，最鲜明不过地表现出人性对兽性的胜利。妇女解放的程度是衡量普遍解放的天然标准。"① 可以说，妇女的苦难与不幸的程度也是这个社会的苦难与不幸的标志。东北作家们的创作表现了妇女的苦难和艰难的命运，而且，萧红、萧军、迟子建、刘跃利等东北作家没有停留在对这种不幸的描写上，他们深入地挖掘了其政治的、社会的、历史的原因，对国民的劣根性、封建落后思想和帝国主义的侵略进行了淋漓尽致的揭露和抨击，抒发了对妇女苦难与民族愚昧的忧愤与伤怀。在展示了女性的不幸的同时，又表现了她们不同方式的反抗，不同程度的挣扎，从而使作品具有了一种真正的来自时代、来自生活的气息。

---

① 李银河主编《妇女：最漫长的革命》，中国妇女出版社，2007，第3~4页。

第四章　俄罗斯文化与东北作家

俄罗斯文化对近现代东北文学发生影响的一个突出表现就是其对东北作家的审美取向、个人气质、艺术思维、创作主题、人物塑造、风格情调等方面的潜移默化的作用。详细分析和解读俄罗斯文化对现代、当代具体的东北作家个体的影响是非常必要的，更有利于我们了解和掌握俄罗斯文化与近现代东北文学的密切关系。

一　寂寞的国民性探索——俄苏文学与萧红的审美取向

在 20 世纪三四十年代反帝反封建的时代主旋律中，萧红的《呼兰河传》是一个不和谐的音符，以至于一向对萧红关爱有加的茅盾会有这样的批评："在这里，我们看不见封建的剥削和压迫，也看不见日本帝国主义那血腥的侵略。而这两重的铁枷，在呼兰河人民生活的比重上，该也不会轻于他们自身的愚昧保守罢？"据此，他进一步批评萧红"这位感情富于理智的女诗人，被自己狭小的私生活圈子所束缚（而这圈子尽管是她咒诅的，却又拘于惰性，不能毅然决然自拔），和广阔的进行着生死搏斗的大天地完全隔绝了"，他责备萧红"不能投身到农工劳苦大众的群中，把生活彻底改变一下"①，并深深为她这无边的"苦闷而寂寞"的暗影而惋惜。

在"大天地"和"私生活"面前，萧红更看重"私生活"。在《生死

① 茅盾：《呼兰河传·序》，《萧红全集·下》，哈尔滨出版社，1991，第 705～706 页。

场》中部分地描写了农工斗争之后，萧红的创作就转向了对故土的回忆和对乡民灵魂的省察。而寻求民族的出路，探索、自省民族灵魂，是 19 世纪俄国批判现实主义文学的重要思想特征。果戈理、屠格涅夫、陀思妥耶夫斯基、契诃夫等俄国作家在这一方面都做出了自己的努力，只不过同是做灵魂的探索，他们在角度上却各不相同。张华曾指出："正是在这种不同之中显示出杰出的文学家各自独特的美学特征。果戈理带着泪痕的悲色，屠格涅夫却是温和的，陀思妥耶夫斯基有一种热到发冷后的残酷，契诃夫则有略带忧郁的冷静。19 世纪俄国文学中这种民族的自省精神，对 20 世纪上半叶中国新文学的创作产生了巨大的影响。"[①] 当时中国的作家面对民族危亡，同样具有"改造国民性"的强烈意识。就挖掘人的灵魂来说，陀思妥耶夫斯基是最深刻的，因而也影响了许多中国作家并赢得了众人的学习和模仿，不过陀氏那种癫痫病人似的拷问灵魂的冷酷，对于温和的萧红来说是不适合的，相比之下，萧红的创作在视角上明显受到契诃夫的影响，笔调上却更多地带有屠格涅夫式的温和，其作品带有鲜明的主观倾向且呈现出温婉凄清的写实。

萧红身处 20 世纪三四十年代的危难中国，她的个人命运与民族安危、社会盛衰都是紧密相关的。在她的创作初期，她也曾尝试关注社会问题和下层劳动人民的命运，高扬时代感和社会批判精神，不过萧红敏感而纤细的个人气质加上社会接触面有限，决定了她并不适宜谱写那种恢宏壮阔的社会斗争。因此，萧红的早期作品在对生活的把握上比较浮泛、缺乏深度，人物形象单薄，甚至不真实。例如《夜风》中那个革命者形象就是苍白的、概念化的。经历了一段时间的摸索之后，在《生死场》的前半部中，萧红就开始描写她熟悉的农人们，反映这些平凡的愚夫愚妇们的生活小事。《商市街》、《家族以外的人》、《手》等，都是取自她自己或身边人们的生活，她写起这些题材来，得心应手，虽然涉及的生活面很窄，但写的是熟悉的生活，因而写起来游刃有余，使作品形象生动，情感灌注。长篇小说《呼兰河传》、《马伯乐》，短篇小说《小城三月》、《后花园》等作品的完成，则标志着萧红独立艺术个性的最后完成。她坚定地站在个人生活积蓄的立

---

① 张华：《外国文学与萧红的审美观照》，《武汉大学学报》2004 年第 5 期，第 547 页。

场上，一任个人情感的迸发而不为时代风云所左右。这种创作角度的选择
显然受到了契诃夫的影响，契诃夫对生活做审美观照时十分注重细小的事
物，他认为重要的甚至伟大的东西，往往是通过微小的不易察觉的东西表
现出来的。契诃夫痛恨庸俗，"一般来说，我是热爱生活的，但我们的生
活，县城的、俄国的庸俗的生活，我不能忍受，我从心底里瞧不起它"①。
他的多数作品都是描写小市民世界的日常生活，揭露琐事的可怕势力和庸
俗习气对生活的窒息。如契诃夫一样，萧红的创作表现了她对庸俗琐事的
痛恨和对"几乎无事的悲剧"的深深忧虑。

　　《呼兰河传》中的一切都是平静而安然地发生的，民族危亡和时局动荡
在这里好像没有发生一样，呼兰河畔的人们继续进行着自己卑琐平凡的生
活："天黑了就睡觉，天亮了就起来工作，一年四季，春雨冬雪，也不过是
随着季节，穿起棉衣来，脱下单衣去地过着。""生、老、病、死，都没有
什么表示。生了就任其自然的长去；长大了就长大了，长不大也就算了。"
"老，老了也没有什么关系。眼花了，就不看；耳聋了，就不听；牙掉了，
就整吞；走不动了，就瘫着。""病，人吃五谷杂粮，谁不生病呢？"死了，
哭一场，"埋了之后，活着的仍旧过日子。该吃饭，吃饭，该睡觉，睡觉"。
在这里，没有过去，也没有未来；无所谓生，也无所谓死。这是比"生死
场"更可怕的荒原世界，因为前者尚有动物性的生存，这里却什么都没有，
只有麻木和冰冷。这无疑是悲剧，然而呼兰河人却并不以此为悲剧，他们
不辞辛劳，不畏严寒，半夜偷听自由结合的冯歪嘴子夫妻说话，以便第二
天到处散布流言，为庸俗市井增添谈资；他们眼睛发亮充满着好奇心地聚
集，眼望着小团圆媳妇被活活折磨致死……在《呼兰河传》中，生死的意
义已经被人们漠然地逐出视野，生活中只剩下庸俗的趣味和对一切的木然
无谓，这才是真正的悲剧，"这些极平常的，或者简直近于没有事情的悲
剧，正如无声的言语一样，非由诗人画出它的形象来，是很不容易觉察的。
然而人们灭亡于英雄的特别的悲剧者少，消磨于极平常的或者简直近于没
有事情的悲剧者却多"②。正是透过这些几乎无事的悲剧，萧红展示了"哀

① 〔俄〕卡普斯金：《十九世纪俄罗斯文学史》，高等教育出版社，1958，第723页。
② 鲁迅：《且介亭杂文二集·几乎无事的悲剧》，《鲁迅全集》第6卷，人民文学出版社，1981，第371页。

莫大于心死"的现实，反映出深沉的社会历史思索和深刻的批判力。以呼
兰河为载体，萧红为这种悲剧的国民性作传。

萧红的另一部重要长篇《马伯乐》看来很像是逸出她整个小说系统的
旁枝。她一贯悲郁的笔调换为轻松、尖刻；以悠远古寂的故乡为背景的艺
术画面隐去，而代之以流亡于各大城市间的颇有现代绅士气的人物形象。
马伯乐可以说是中国现代文学中一个很独特的人物形象，他出身于青岛的
一个有钱并且信洋教的家庭里，家里读《圣经》，守圣礼，讲夹生半熟的外
国话。"伯乐"就是圣徒"保罗"的意思，但又可以理解为中国古代的相
马者。马伯乐像一个夹缝中的人，对现代文明消化不良，又难以摆脱传统
文化深入骨髓的影响，双重的挤压造成了他畸形的病态性格。他狡猾自私
又卑琐胆怯，富于幻想又懦弱无能，妄自尊大又自轻自贱……这同样是一
个套着枷锁的灵魂。在《马伯乐》中，萧红写的是战时的生活，描写了一
个漫长的逃难之旅，其中所写的人物和场景也可以说是萧红自己逃难生活
中的所见所闻。马伯乐的自私自利其实是战时民众的一种心理真相，这种
只求自保的精神状态，在逃难民众的日常生活中制造着自相残杀的惨剧。
萧红用冷峻的反讽描写人们冲过淞江桥的情形，我们民族自身的劣根性暴
露无遗："那哭声和喊声是震天震地的，似乎那些人们都来到了生死关头。
能抢的抢，不能抢的落后。强壮如疯牛疯马者，天生就应该跑在前边。老
弱妇女，自然就应该挤掉江去。""他们这些弱者，自己走得太慢那倒没有
关系，而最主要的是横住了那些健康的，使优秀的不能如风似箭向前进，
怎么办？""于是强壮的男人如风似箭地挤过去了；老弱的或者是孩子，毫
无抵抗之力，被稀里哗啦地挤掉江里去了。"① 萧红描写战时民众的这种真
相，其实也向主流文学叙事中高扬的民族士气表示了她的质疑。她写的是
在当时的作品中备受排斥的，几乎被遗忘的国民性病态——难民们自私又
不知耻，无赖还振振有词，自欺欺人且健忘。而且，萧红对当时那些高喊
抗日口号的知识分子本身所具有的现代性似乎也十分怀疑。例如，像马伯
乐这样的人就是激烈地主张暴露黑暗的，更是拥护抗战文学的，他照着一
本外国书写作，"总之他把外国人都改成中国人之后，又加上自己最中心之

① 萧红：《萧红全集》，哈尔滨出版社，1991，第533页。

主题'打日本'"。作者一箭双雕地写道："现在这年头，你不写'打日本'，能有销路吗？再说你若想当一个作家，你不在前边领导着，那能被人承认吗？"① 当时被称为中国知识分子的那一层人，并不都是鲁迅式的清醒者，其中大量是脱胎于都市的无业游民、文化游民式的人物。现代思想、观念于他们是容易脱换的衣装，随时升降的大旗。在关键时刻，既不是思想要紧，也不是人格要紧，而是饭碗要紧和保命要紧，这种无以自立的生存处境产生的马伯乐性格，是这部略带喜剧色彩的小说中令人不安和需要深思的悲剧因素。

萧红的这种创作角度的选择在当时是特立独行的，因而也是寂寞的，对此，葛浩文在《萧红评传》中有尖锐的评述。他把萧红与当日文坛有影响的作家做了比较后指出"她与这些人之间的区别是明显的，当时那些一般作家主要作品中的题材和所要传达的政治信息——如爱国式，共产式或无政府主义的思想意识——是萧红作品中所缺乏的。萧红以她独具的艺术才华，加上她个人对世事的感应已产生了不朽的篇章"。萧红的作品具有超越时间和空间的性质，"因此萧红的作品要比她同时代作家的作品更富人情味。且更引人入胜"。葛浩文认为这种时空的距离感造成的"亲和力"，能使其对与中国20世纪三四十年代的动荡现实缺乏情感牵萦的人更具吸引力。当时那些满足于号召与宣传的作品由于具备了萧红所缺乏的"时间界限"，很快地变成了"明日黄花"，相反，"萧红的作品却能与时俱进，流传不朽"②。萧红选择了她个人生活中的积蓄来进行描写，不受时代观点所羁绊，自由抒写，任性而为，甚至把小说写成了散文诗一样的文字，但正是这被许多人认为是明显的缺憾之处成就了萧红这样一位现代东北文学中"奇迹"一般的名家。

萧红的创作在视角选择上受到契诃夫的影响，不过她的创作是动情的，叙述中带有浓厚的主观情感，而不像契诃夫那样始终保持着惊人的冷静、客观。她更能接受和理解屠格涅夫那种探索灵魂的方式，早在中学时代，她就酷爱屠格涅夫的《猎人笔记》、《白净草原》等。在萧红极少的文学评

① 萧红：《萧红全集》，哈尔滨出版社，1991，第406页。
② 〔美〕葛浩文：《萧红评传》，北方文艺出版社，1985，185页。

论文字中，有一段对屠格涅夫的评价，针对当时有的人认为"屠格涅夫好是好，但生命力不强"的观点，萧红认为"屠格涅夫是合理的、幽美的、宁静的、正路的，他是从灵魂而后走到本能的作家"[①]。她欣赏屠格涅夫作品中流露出来的诗意和他在展示灵魂时倾注的强烈的情感。虽然萧红的创作中没有屠格涅夫的贵族气质，但却蕴含着屠格涅夫式的浓浓温情。她在揭示故土乡民的病态灵魂的同时，对他们也寄予了温情的怀念。在《呼兰河传》的尾声里她倾诉着这样的思念："听说有二伯死了，老厨子就是活着年纪也不小了。东邻西舍都不知怎么样了。""磨房里的磨倌，至今究竟如何？""他们充满了我幼年的记忆，忘却不了，难以忘却。"萧红非常同情这一群被千百年来封建传统势力所控制的善男信女，虽然他们也制造了悲剧，有意无意地充当了传统伦理道德的帮凶，直接或间接地置小团圆媳妇与王大姑娘于死地，但他们同时又是更大悲剧的主角。他们本质上是善良而又勤恳的，他们有极强的生命力，贫穷、落后的经济状况和几千年的封建统治扭曲了他们的正常人性，使他们从肉体到精神都过着一种非人的生活，而且至死不悟、麻木不仁。可以看出，在萧红对故土乡民的抒写中，既带着深深的忧郁和遗憾，又饱含着怜悯和同情。

从萧红创作中的自然环境描写方面，也可以看出她对屠格涅夫的学习和借鉴。在外国作家里屠格涅夫描写自然的功力是人们公认的。打开《猎人笔记》，读者就像被引进了自然风景画中，可以自由呼吸大自然的气息。如果你"在树林里仰身躺下和向上望着"，会看见"树木不是从地面上升起来，倒仿佛是很大的植物的根掉下来，垂直地落到那些像玻璃般明亮的波浪上；树上的叶片，时而像绿宝石那样透亮，时而又变成金黄色，变得几乎是墨绿色"[②]。这样精美的文笔真是令人叹服，而这种精细的感觉和描写，在萧红的作品中也很多。萧红描写的"我"家那个后花园是那么富于生气，"倭瓜愿意爬上架就爬上架，愿意爬上房就爬上房。黄瓜愿意开一个谎花，就开一个谎花，愿意结一个黄瓜，就结一个黄瓜。若都不愿意，就是一个黄瓜也不结，一朵花也不开，也没有人问它。玉米愿意长多高就长

---

① 萧红：《萧红全集》，哈尔滨出版社，1991，第1087页。
② 〔俄〕屠格涅夫：《猎人笔记》，燕山出版社，1999，第152页。

多高，他若愿意长上天去，也没有人管。蝴蝶随意的飞，一会从墙头上飞来一对黄蝴蝶，一会又从墙头上飞走了一个白蝴蝶。他们是从谁家来的，又飞到谁家去？太阳也不知道这个"①。这种美妙的风景描写，为萧红的作品带来了迷人的色彩和浓郁的抒情气息。

另外，萧红也如屠格涅夫一样善于以乐景写哀。屠格涅夫非常善于用人景反衬的写法。《猎人笔记》中有许多地方农民非人的生活同大自然的美景成为鲜明的对比。萧红也有相似的写法，自然的生机勃勃与人们生活的压抑、苦闷形成了反衬。父亲掌管的大屋是狭窄的，而"我"和祖父活动的后花园是广阔的，"人和天地在一起，天地是多么大，多么远，用手摸不到天空。而土地上所长的又是那么繁华，一眼看上去，是看不完的，只觉得眼前鲜绿的一片"②。萧红将对故土乡民命运的深深忧虑寄寓在自然景物的描写中，散文《春意挂上了树梢》中春意浮动的街道上却传来叫花子的乞讨声，大地虽回春，人生却仍凄寒。《小城三月》以春景开头，这是充满了生机、让人快乐的北国之春："三月的原野已经绿了，象地衣那样绿，透出在这里，那里。郊原上的草，是必须转折了好几个弯儿才能钻出地面的，草儿头上还顶着那胀破了种粒的壳，发出一寸多高的芽子，欣幸的钻出了土皮。"③ 春天里，小草发芽了，姑娘心中的爱情也破土而出。小说同样以春景结束，"翠姨坟头的草粒籽已经发芽了，一掀一掀地和土粘成了一片，坟头显出淡淡的青色，常常会有白色的山羊跑过"。景色依然很美，但读者的心头却是沉重的。春天是美好而短暂的，这就象征着翠姨内心那美好而短暂的爱情。"春天的命运就是这么短"，这也象征着翠姨短暂的生命。

寂寞孤单的童年造成了萧红敏锐的感受力，人生路途的坎坷磨难赋予了她洞察世事的深刻思想，美丽壮阔的东北大平原又培育了萧红自然温婉的灵性。总之，萧红本是灵秀性情的女子，又不同程度地受到契诃夫、屠格涅夫等俄苏文学大师的影响，她的文学创作与俄苏作家作品既有种种相通相似，又有着强烈的主体色彩和鲜明的个性风格。在战火纷飞的年月里，在漂泊动荡的生活中，萧红始终眷恋着故乡，并从童年故乡的生活中提取

---

① 萧红：《萧红全集》，哈尔滨出版社，1991，第 758 页。
② 萧红：《萧红全集》，哈尔滨出版社，1991，第 761 页。
③ 萧红：《萧红全集》，哈尔滨出版社，1991，第 676 页。

素材，深入细致地表现家乡的生存常态，这使她的作品有着浓郁的地域乡土气息，她所描绘的每一个人物、每一个故事都凝结着作者自己的生命体验与人生思考，因此，萧红的作品是如此童真，如此灵秀，如此独特。

二　漂泊的铁骨——俄苏文学与萧军的创作风格

萧军是一位经历非凡的作家，他的一生充满了流浪与漂泊。在萧军的身上和他的作品中，我们可以感受到来自东北大地的强劲苍莽的气息，他有一颗流浪汉的灵魂——自由张扬、不讲礼法、顺情任性、强悍尚武。海涛曾指出："他可以从哈尔滨的小旅店救出沦落无助、苍白凄婉的萧红，也可以在大西北的黄河边坦荡忘情的追求世家少女；他可以扑倒在鲁迅的灵前失声痛哭，也可以在大上海的草坪上挥拳动武；他可以在革命圣地傲然拒绝毛泽东的挽留和礼遇，也可以率性上书，甘犯众怒的为王实味辩解；他可以在陕北尘土飞扬的大风中和共产党的领袖们饮酒高歌，也可以辞官不做，倾慕白云，却悲剧性的走上了文化批判的危途……"[1] 在现代东北文学的发展史中，萧军是最能体现东北地域粗犷雄强、自由放任的民族性格的作家。他的这种性格也深刻地体现在他的作品中，读他的作品，扑面而来的是强悍、雄阔的气息，而这种气息在某些方面也体现出俄苏文化和文学的因素。

第一，萧军和他的作品中有一种像《毁灭》中的莱奋生那样坚毅顽强、勇猛沉着的个人气质。《毁灭》描写了俄国内战时期西伯利亚的一支游击队在日本军队和白匪军围攻下战斗、磨难与毁灭的过程，游击队长莱奋生的形象生动鲜明，为评论者广为称道。萧军的成名作长篇小说《八月的乡村》对《毁灭》的学习和借鉴是显而易见的。评论家刘西渭指出："《毁灭》给了一个榜样。萧军先生有经验，有力量，有气概，他少的只是借镜。参照法捷耶夫的主旨和结构，他开始他的《八月的乡村》。"[2] 应该说，萧军选择对《毁灭》的"借镜"并不是偶然的，时代历史方面的因素前文已有论

① 海涛：《远去的飘泊——关于萧军的读与思》，《当代作家评论》2001 年第 5 期，第 96 页。
② 李健吾：《咀华集·咀华二集》，复旦大学出版社，2005，第 111 页。

述，从个人经历和性格气质方面，《毁灭》所展现的图景与萧军的所思所想也是互相契合的。《毁灭》中游击队长莱奋生历经艰险而又勇敢沉着的性格正是萧军所推崇并实践的。缺少母爱的童年生活和成年后坎坷艰难的人生历程形成了萧军倔强顽强、宁折不弯的性格，当他带着萧红从沦陷的东北逃亡出来的时候，心中藏着的正是这部《八月的乡村》。在鲁迅先生的帮助下，这颗"还嫌太楞的青杏"①得以出版，鲁迅先生在为之所作的序言中评述道："我却见过几种说述关于东三省被占的事情的小说。这《八月的乡村》，即是很好的一部，虽然有些近乎短篇的连续，结构和描写人物的手段，也不能比法捷耶夫的《毁灭》，然而严肃、紧张，作者的心血和失去的天空，土地，受难的人民，以至失去的茂草，高粱，蝈蝈，蚊子，搅成一团，鲜红的在读者眼前展开，显示着中国的一份和全部，现在和未来，死路与活路。凡有人心的读者，是看得完的，而且有所得的。"②当时"左联"的负责人之一胡乔木也撰文认为："《八月的乡村》的伟大成功，我想是在带给了中国文坛一个全新的场面。新的题材，新的人物，新的背景。中国文坛上也有过写满洲的作品，也有过写战争的作品，却不曾有过一部作品是把满洲和战争一道写的。今日文坛上也有许多作品写过革命的战争，却不曾有一部从正面写，像这本书的样子。这本书使我们看到了在满洲的革命战争的真实图画，人民革命军是怎样组成的，又在怎样的活动；里面的胡子、农民、知识分子是怎样的互相矛盾和一致；对于地主，对于商人，对于工人农民，对于敌人的部队，他们是取着怎样的政策，做出来的又是怎样的结果。凡是这些都是目前今日人民所急于明白的，而这本书都用生动热烈的笔调报告了出来。"③另一位"左联"负责人周扬也盛赞了《八月的乡村》和《生死场》使"我们第一次在艺术作品中看出了东北民众抗战的英雄的光景，人民的力量，理智的战术。两位作者都是生长在失去了的土地上，他们亲身地经历了亡国的痛苦，所以他们的作品表现出在过去一

---

① 萧军：《八月的乡村·再版感言》，人民文学出版社，1954，第185页。
② 鲁迅：《且介亭杂文二集·田军作〈八月的乡村〉序》，《鲁迅全集》第6卷，人民文学出版社，1981，第228页。
③ 乔木：《八月的乡村》，原载《时事新报》1936年2月25日，转引自王德芬《萧军简历年表》，载《萧军纪念集》，春风文艺出版社，1990，第739～740页。

切反帝作品中从不曾这么强烈地表现过的民族的感情，而这种感情又并非狭义的爱国主义的，而是和劳苦大众为救亡求生的日常斗争密切地联系着。这两篇作品的出现，恰恰是东北事变以后，民族革命战争的新的全国规模的高潮中，民众抗敌的情绪分外昂扬的时候，它们的很快获得了广大读者的拥护，正说明了目前中国大众所需要的是什么样的作品"①。

《八月的乡村》是一部带有真实的军旅生活的小说作品。在这部小说里，萧军写的是自己的所见所闻，写的是自己的感受和体验，展现了东北人民真实历史命运和生存状态的图景，让人们真切地感受到战争的残酷。《八月的乡村》写的是东北抗日义勇军一个不大的支队，它的成员有陈柱司令那样的老革命，有抗日的农民小红脸、唐老疙瘩、崔长胜，鞋匠李三弟，有旧军队出身的刘大个子，还有被逼复仇入了"绺子"又来参军的铁鹰队长，学生、知识分子萧明与朝鲜族姑娘安娜等。作家对这些不同阶层的人进行了真实朴素的描写。其中，铁鹰队长是一个从绿林英雄转变成的革命者，他很像《毁灭》中的莱奋生，不但作战勇敢，沉着坚毅，富有指挥才能，而且善于从失败中总结经验教训。小说中多次提示性地描写铁鹰队长的"瘦削的脸，深陷的眼睛"，以及他的类似莱奋生的行为：对哭倒在情人身上不肯前行的游击队员唐老疙瘩举起了枪，在情与理、个人与集体、索取与奉献的特定情境和实践行为中展现出一位革命领导者形象。不过，由于客观生活对象和主观才能等方面的原因，萧军塑造的这种领导者形象显得有些单薄和过于粗线条，甚至有些类型化，缺乏血肉丰满的具体可感性与立体性，逊色于苏联文学中的同类人物。

相对而言，李七嫂的形象则较为丰满和光亮。这个普通的农家妇女，年轻、美丽、热情、爽朗，在自己的丈夫去世后，她热烈地恋着唐老疙瘩这个勇敢、活泼的小伙子。敌人的铁蹄践踏了她的生活：摔死了她的孩子，杀害了她的情人，奸污了她的身体……她的肉体和灵魂都被深深地伤害了！痛苦和仇恨，已经把她逼到疯狂的边缘。但是这个美丽的大地的女儿，却像列夫·托尔斯泰讴歌的那株受伤的牛蒡草一样，坚强地挺立着："她轻轻

---

① 周扬：《现阶段的文学》，原载《光明》1936 年 6 月第 1 卷第 2 号，转引自王德芬《萧军简历年表》，载《萧军纪念集》，春风文艺出版社，1990，第 742 页。

搔着地上的泥土，茫然地思索，就如漂浮在辽远海洋上面的一片秋叶，虽然风涛是平稳的，谁知道涯际在哪里呢？如果要自杀，她爬过去，当然很容易就可以将那步枪拿到手里。子弹也有。她试着使身子翘到能坐起的地步，这并没有使她艰难。她又试着使身子立起，这次却是失败的，重复又被跌倒在地上。腿是那样的不中用啊！软颤，抖动……什么力量鼓动着她，终于在几次试验的底下，她能够凭藉着一棵树干站了起来……"当她终于挣扎到情人的遗体旁边时，"她吻那胸膛，用口唇温暖它。她知道不会将他再吻活过来，再拿起步枪去和敌人们交战。再和别的同志一般英勇……和那铁鹰队长一样英勇，和海涛一样，卷没了自己底敌人；也知道这是不会有的希望了！但她还是满存着希望一般，吻着这个已经快僵冷了的尸身！——睡吧！……孩子！睡着吧！妈妈好汉的孩子！这是多么好的地方啊！你埋在这里！你底同志们……念着你……念着你……中国同胞们也念着你的呀……不要忘了，用你底血和肉……在这里培长起这树林！……"①就这样，这位痛苦不堪的女人，以情人的柔情和母性的悲悼安葬了死者，然后拿起死者遗下的步枪，勇敢地走上抗击日本侵略者的斗争道路。

　　李七嫂这一形象从传统礼教的角度来看缺陷是明显的：丈夫死后又和唐老疙瘩相好，被日寇奸污后还苟且偷生。但这一有缺陷的形象恰恰表现了萧军那种不同于关内知识分子的野性而又顽强的人生观，也表现了东北地域轻礼教、重生命的文化特征。海涛认为，"萧军的可贵之处在于，他的悲剧个性与乐观精神是浑然统一的，即使经受再大的打击，也可以顽强的生存下去；即使在不同寻常的逆境中，也能坚守人格的自由、心态的健康和情感的自尊。作为天性放达的人，他一生没有一天不是欣欣向荣的，就是悲哀时节，他还是肯定人生，痛痛快快地哭一阵之后，他的泪珠已滋养大了希望的根苗"②。"文革"中，萧军与老舍不同的人生选择为萧军性格做了强有力的注脚，两人在批斗场相遇，第二天老舍投了太平湖，而萧军却选择了横眉冷对地活下去。萧军的性格中有特殊的坚韧与顽强，就像《毁灭》中的莱奋生那样历经打击还能坚持到底。正因为如此，当真正的

① 萧军：《萧军集》，黑龙江大学出版社，2012，第64~65页。
② 海涛：《远去的漂泊——关于萧军的读与思》，《当代作家评论》2001年第5期，第97页。

"春天"到来之后，人们发现"出土文物"似的萧军还是那样坦荡、达观，正气依旧，锋芒不减。

第二，萧军像托尔斯泰、肖洛霍夫等俄苏作家一样，注重描绘东北乡民对家乡、对生活的热爱和坚忍不拔，注意描绘和揭示土地河流本身的魅力、气息与性格。提起托尔斯泰，人们无疑会想到他的史诗巨著《战争与和平》，这部宏伟的长篇小说以空前的气魄和规模，描写了从 1805 年到 1820 年前后长达十五年的俄国社会生活。这部巨作以极其开阔的视野，摄取了上自王公贵族，下至平民百姓的宽广的生活画面；以强劲的艺术腕力，把战争与和平两类性质、情调截然不同的生活交织起来，在众多线索的齐头并进中，描写了五百多个不同阶级、不同阶层、不同身份的人物，"反映了各阶级和各阶层的思想情绪"；以深邃的理性思考，"提出了许多社会、哲学和道德问题"①，是人类文学史上罕见的史诗作品。这种艺术创作上的史诗精神与作品的史诗体式，影响了现代东北作家中的许多人，其中萧军是最突出的一个。他是托尔斯泰的崇拜者，曾多次谈到对托氏的喜爱。他说："在一些外国的伟大的文学作家之中，我是私心爱着托尔斯泰这老人。我爱他的天真、质朴、伟大艺术的力；固执不倦、追求真理的精神。"② 他喜欢托尔斯泰的作品，说"从这镜中——托氏的全部的作品——他可以把整个的俄国——上至那至尊无上的皇帝，老爵爷，夫人，小姐，青年的爵爷；下至一个最卑贱的农奴，工人，娼妇，小偷，流氓，乞丐，兵士……它们全是那样清楚地反映着。不过因为这镜的位置不同，光角不同，而反映出的明暗面也就不同"③。他用自己独特的语言表达了对托氏及其作品的倾慕和崇拜，他赞美的是托氏的史诗精神，而他在自己的创作中也发扬了这种精神。

萧军的长篇力作《第三代》中那种力求在漫长的历史跨度和剧烈的时代变动中表现东北凌河流域农民命运的整体艺术构思，及场面宏阔、色彩强烈的艺术风格与托尔斯泰的《战争与和平》以及肖洛霍夫的《静静的顿河》都是颇为相似的。《第三代》全书共 8 部，计 85 万字。从 1936 年春

---

① 杨周翰：《欧洲文学史》下卷，人民文学出版社，1979，第 348 页。
② 萧军：《雪天随笔》，载张毓茂主编《东北现代文学大系·散文卷（下）》，沈阳出版社，1996，第 1227 页。
③ 萧军：《从临汾到延安》，山西人民出版社，1983，第 115 页。

起，萧军以其固有的坚韧和倔强，在时代的波峰波谷的振荡中，断断续续写了近二十年才全部写完。这部巨制以宏大的气魄，全面真实地再现了辛亥革命后到第一次世界大战爆发、袁世凯阴谋复辟帝制、五四运动即将发生这一历史时期里帝国主义和封建军阀统治下的东北地区波澜起伏的社会现实：从闭塞贫穷的乡村到繁华的、殖民地化的都市；从农民、工人、学生、胡子、饥民、流浪汉、知识分子和各种小市民到地主、官僚、军阀、资本家、帝国主义分子以及他们形形色色的爪牙和帮凶，几乎都被生动逼真地表现出来，甚至揭示出他们灵魂的奥秘。小说从凌河村写起，宛如徐徐展开的长幅画卷，在读者眼前展现了"过去的年代"[①]里那荒凉的山村。张毓茂认为："小说对农民自发斗争的描写，同对城市工人、贫民骚动的描写一样，都是那一时期历史真实的再现。它揭示旧世界社会矛盾在日益激化，正在孕育中的人民的不满和反抗，有如地火在运行、奔突，必将爆发为大规模的革命斗争，从而暴露了旧社会的腐朽本质，雄辩地预示了它的必然灭亡的命运。"[②]《第三代》有如一条波澜壮阔的大河，历史变动、社会纷攘、个人生活都汇聚在这条大河中，它在保持了萧军原有的粗犷、雄强的艺术特色外，更显示出俄苏批判现实主义文学那种沉郁、浑厚的情调，是一首展现东北人民灵魂和命运的史诗。直到 20 世纪 50 年代，萧军还表示在写完《过去的年代》之后，"如果生活和其它条件可能，我计划中还打算再多写两部：'战斗的年代'和'胜利的年代'。企图把我国这几十年来的历史变动和一些可爱、可敬的人物，以至可恶、可恨、可憎……的人物，在文艺作品里全给他们留下一些形象"[③]。虽然后来"生活和其它条件"没有允许他完成计划中的后两部，但是仅完成的《第三代》就已经强烈地体现着他的史诗意识。

　　第三，萧军的性格和作品中表现出一种崇尚武力、率性而为的特色，既包含了中国古代武侠轻生重义、除暴安良的精神，又与俄国民意党人的

---

① 《第三代》的第一部曾发表在《作家》月刊上，后来曾和第二部一起由文化生活出版社出了单行本。全书最后定稿于 1954 年。1957 年以《过去的年代》为名出版。1983 年恢复《第三代》原名重新出版。

② 张毓茂：《萧军创作综论》，《社会科学辑刊》1998 年第 5 期，第 125 页。

③ 萧军：《第三代·后记》，黑龙江人民出版社，1983，第 1039 页。

以暴易暴有相似之处。短篇小说《下等人》写的是哈尔滨民众反满抗日斗争的一个侧面。认贼作父的汉奸特务警察署员王国权，为了向敌人邀功，像狼一般凶狠、狗一般的猥琐，他对机器工人于四谄媚套话，称兄道弟："老弟，这些工厂主们也实在太刻毒了……你们对于他们，真的一些也不仇恨吗？……"机警的于四没有上他的当，来个"王顾左右而言他"。接着，一个沉沉的黑夜，王国权下毒手了，"弓着身子的妈妈和垂着肚子的妻"被警察捆绑了来，同夜，于四也在狭巷被捕。在于四一家的泪水与血泊中，王国权看见了"耸立的高楼，闪光的汽车，那妖媚的女人……""他不能不更努力实现他的梦"。他的"努力"就是加劲地卖国，残酷地杀戮。但是工人们团结起来进行战斗了，在哈尔滨这个国际都市的特殊环境下，退伍的俄国铁路工人也参加了这次斗争。在于四一家被捕后一个月的一个深夜，升任了警察署长的王国权美滋滋、醉醺醺，想着女人，哼着时调走在"回府"的路上，几个黑影围上来，"一柄斧头，是准确的吻入了王国权的小头颅……"。在东北沦陷区，暗杀行动作为群众斗争的开始，用以惩处国贼、汉奸和特务，虽然是一种比较激烈的斗争手段，所收到的成效未必理想①，但它鼓舞了民心，为民除了害。《下等人》真实地描写了这一斗争过程，写得有层次、有气势，从中可以看出萧军对这种斗争方式的赞赏。

在文学创作的方法上，萧军也倡导"交手"和"竞争"。他在散文《文坛上的"布尔巴"精神》中写道："'达拉斯·布尔巴'是果戈理的一个中篇小说，其中是描写哥萨克和波兰战争的故事。哥萨克是爱战也善战的民族，不幸是常被统治阶级所利用，以至也就常常演出一些可悯的悲剧。这小说就是悲剧之一。我不想在这里对于原文有什么解说，只是取一点，那就是老布尔巴看见自己的两个长成的青年儿子，从城里回来，穿着'神学校'奇模怪样的制服，作着城里人的习惯，这老人因为喜悦的燃烧，

---

① 俄国民意党人 1881 年炸死沙皇亚历山大二世，几名民意党领袖被捕就义。其中有平民出身的热里雅鲍夫，也有贵族出身的索菲亚·彼洛夫斯卡娅。侠女索菲亚的名字在中国也广为传颂。在萧军的长篇小说《第三代》中，青年教师焦本荣曾特别指着一个卷头发美丽的年轻女人照片给林青看，并带着无限崇敬和温柔的意味说："不要小瞧这个年青姑娘啊！这是个了不起的家伙……她单枪匹马刺杀过俄国皇帝啊！"这里指的便是侠女索菲亚。尽管民意党人自己多次解释，恐怖手段不是最主要的，只是一种暂时的、有限的手段，但这次暗杀行动的结果没有从根本上摧毁沙皇统治，却葬送了民意党自身。

竟和这孩子们斗起拳，摔起跤来了。结果被儿子们打倒，他躺在地上笑得竟流出了鼻涕眼泪来，接着他也就把他们带到战斗的地方去'锻炼'。——我读过这小说，也看过这电影，所以这场面和情节如今使我还记忆得特别清明，也特别为它所感动。因此，我就想到，早在我们的文学运动上，也应该增加一些这老'布尔巴'的精神才好——那就是，不要害怕被你的后来者打倒，还要鼓励他们和你交手，和你竞争……甚至你还应该为这交手或竞争中自己的失败而欢喜——虽然不必像老布尔巴那样笑出鼻涕眼泪来——只有这样，人类才有望，文坛才有望。"[1]萧军相信有"敌手"，才是最好的、最能使你进步的"朋友"和"先生"。

第四，在萧军的长篇小说《第三代》和《跋涉》、《江上》、《羊》等短篇小说集中，都时常出现小酒店、工厂、车站、码头、货船等生活场景，以及在这些场景中出现的风琴手、酒鬼，浑身散发出烟草味、金属味和煤尘气的工人与各色下层人群，作品充满沉重、压抑、忧郁的氛围。在诸如《同行者》这样的小说中，还描绘了内心丰富美好、性格正直无私、在东北大地上跋涉的流浪汉形象。这些作品的场景、内容、人物、格调，同俄苏作家尤其是高尔基的那些描绘旧俄生活的沉痛、底层人民的艰苦挣扎以及在俄罗斯大地上寻求幸福的正直的流浪汉的小说，在原型、母题、氛围和情调上，多有相近相通之处。高尔基的流浪汉小说不以复杂离奇的故事情节取胜，而是依照生活的本来面目进行客观如实的描述，给人一种平铺直叙的感觉。然而就是在这种平铺直叙中，有波澜、有起伏，并且蕴含着丰富的内容和深刻的哲理，给人以启迪和震撼。萧军的短篇小说《这是常有的事》也表现出这种创作思路。两个老人如高尔基的小说《叶美良·皮里雅依》中的主人公叶美良一样不再年富力强，即使以最低贱的价格、干最脏最累的活也没有人愿意雇佣。两个老人吃力地追在"我们"的后面，讲着拍卖他们劳力的价钱："五角钱——先生——四角半也成！只要你肯给些钱就成——放心，俺们是比起青年人干起这些活计更熟习！——劈完桦子，还可以将你的院子扫得净光。"但老迈而又贫困的他们却不肯接受"我们"的施舍，"白拿工钱，不干活计！俺们快活了一辈子了，也没摊过这样便宜

---

[1]　萧军：《萧军集》，黑龙江大学出版社，2012，第195页。

事。真的，俺们就是饿死，也不讨谁的便宜"。而且他们还想为吃了"我们"的饭付钱，"太太——是吃你们的'饭'钱，还没扣去啦——那要扣去三角吧——那样多的列巴，肠子，还有茶水——"尽管两个老人地位低下，生活艰难，但他们具有劳动者高尚、质朴的品德和健全的人格。

总之，在萧军的个人气质和他的作品中，都体现出了俄苏文化和文学的影响。虽然在文学史定位上，萧军只是作为东北作家群的一个重要作家存在，与俄苏经典文学家相比有很大的差距，但是一个作家对后世的影响，往往并不限于创作的文学史位置。尤其是萧军这样一位具有自由人格的作家，他为沦陷家园的歌哭，他在生活道路上的"跋涉"，他对自己信念的坚守，他桀骜不驯的"哥萨克"式的灵魂，都对后来人产生了深远的影响。一生漂泊、豪迈前行的萧军，其人生形象不仅使他与同时代许多苍白的文化人格区别开来，更足可为当今的文坛垂范。可以说，在现代东北文学的发展历程中，萧军所留下的人格遗产比他的文学遗产更重。萧军在1941年7月8日的日记中写道："这是应该的，一面我要把一些事实反映上去，这对中国革命是有利的，一面我也要解剖自己，决不使一些小鬼们有所借口完成他们的企图……我要作一次堂·吉诃德吧，我要替一些小小者申冤，只有我能担当这任务。有伟大的行为，才能有伟大的作品，有伟大的精神，才能有伟大的成就。要决然担当起人类保护者监督者的担子，我能!"[1] 萧军的一生充满了"堂·吉诃德"式的无畏与执着，他晚年曾作诗云："读书击剑两无成，空把韶华误请缨。但得能为天下雨，白云原自一身轻。"前两句虽似有悔意，但后两句苍生霖雨，气魄宏大，而谦谦君子，自谓身轻，于此正可见诗人对祖国人民的赤子之心。

三　科尔沁旗草原上的"聂赫留朵夫"——端木蕻良对俄罗斯文学的原型借鉴

在端木蕻良的创作中，存在着很多对俄罗斯文学的借鉴之处。有论者指出："《雪夜》有契诃夫小说的特征，它像契诃夫《哀伤》、《在峡谷中》一类小说一样，在一个特定情景下反思人的一生并在这种反思中改变了自

---

[1]　萧军:《人与人间——萧军回忆录》，中国文联出版社，2006，第343页。

己感受和评价生活的角度，实现了对人生的一次新的感悟。这样的小说，实际上是很难写的，它得选择一个恰当的时刻，得有过往大量的人生体验做基础，得有促成人物心理变化的环境条件，特别是足以推动人物发生持续心理变化的情绪氛围，并且对人物的情绪变化和心理变化要有精确细致的描绘。在所有这些方面，端木蕻良的这篇小说都达到了相当高的水平，即使放在契诃夫的小说中也不会显得单薄和粗劣。"① 此外，"仅就故事情节来说，端木蕻良的《初吻》和屠格涅夫的《初恋》几乎完全是相同的，它们都是以一个少年为第一人称的'我'写成的，都写'我'爱上了一个比他年龄更大的少女，但最后'我'却发现，这个少女爱的并不是自己，而是自己的父亲。在这时，'父亲'已经厌倦了她的爱，并用残酷的手段虐待她。在上大学之前，屠格涅夫的《初恋》我读过两遍，但都没有读懂。我看到的只是'我'和那个少女的爱，却不明白为什么那个少女爱的不是那个少年的'我'，而是他的父亲。更不懂得为什么他的父亲那么残酷地虐待她，她却仍然爱他的父亲，而并不转而爱这个少年。直到大学阶段，再一次重读这篇小说时，我才理解了屠格涅夫这样写的理由。我认为，端木蕻良之所以写出了与屠格涅夫的《初恋》在情节上完全相同的一个故事，不论其是否受到了屠格涅夫这篇小说的直接影响，都在于他这时对于爱情的复杂性的痛苦感受和认识"②。

而对端木蕻良影响最大的俄罗斯作家，是托尔斯泰。端木蕻良在《我的创作经验》中写道："土地传给我一种生命的固执。土地的沉郁的忧郁性，猛烈地传染了我，使我爱好沉厚和真实，使我也像土地一样负载了许多东西。""我生在一个大草原上，那个草原在地图上或是地理教科书上都写着'科尔沁旗'的字样。科尔沁旗的地方非常辽阔，远远的望去，总看不到边界。""在那个大草原上，我看到了无数的黔首愚氓旷夫怨女，他们用他们的生活写出了我的创作经验。假如我还有一点成就，那就是因为我是生活在他们里的一个。"接着他便提到了托尔斯泰："托尔斯泰在回忆他的工作泉源的时候，他描写了他的带着爱力的母亲和他的为着爱别人而生

① 王富仁编选《端木蕻良小说·前言》，浙江文艺出版社，2003，第8页。
② 王富仁编选《端木蕻良小说·前言》，浙江文艺出版社，2003，第15页。

活的使女。他说：他的来到这个世界，是好像专门为了这两个女人而受苦而工作一样……他的父亲单身跑到莫斯科去过荒唐的日子，把他的母亲一个人抛在那里，过着沉重的管理家务的日子。他的母亲一点也不想到别的，心里只是担心他在莫斯科的烦劳，竭力要强把家务弄得很好，免得他在外面牵心。母亲的贴身丫头，在伯爵家里做了五十多年的管家，临死只有余钱几个卢布。她一生没有和人吵过嘴，没有享受过一份多余的食粮，最后平平静静地死了。托尔斯泰是生活在他们当中的，托尔斯泰看见了他父亲的那份严涩的伯爵派头，就是站在他的临死的夫人的床前，也还是庄严的那么够味。托尔斯泰看见从头到尾都是贵族出生的祖母的哀伤，虽然是真的哀伤，也带着加重他感情的表演。他不满意这生活里的戏剧意味。他在母亲和母亲的使女身上看见了真正的人类，他走向了她们。而且为她们这一群献出了自己的一生，而成为她们中间的一个。"端木在这里接着写道："我写的第一部小说是《科尔沁旗草原》。从有记忆的时候起，我就熟悉了这里面的每个故事。在不能了解这些故事的年纪我就熟悉了它。小的时候，我看了过多的云彩和旷野，看了过多老人的絮叨和少女的哀怨。我母亲的遭遇和苦恼尤其感动了我，使我虔诚的小小的心里埋藏了一种心愿，我要为我母亲写出一本书。这种感情非常强烈，一直燃烧着我，使我没有方法可以躲过去。"① 可见，端木蕻良的创作在源自个人身世和故土民情的同时，受到了托尔斯泰思想和作品的深刻影响。端木自己也曾明确表示，在中外的作家中，他特别喜爱托尔斯泰和巴尔扎克，他"十分的讴歌托尔斯泰和巴尔扎克的宏阔"②，还说："五四运动以来，在我生命史上，印下最深刻烙痕的两部书，一部是鲁迅的《呐喊》，另一部就是托尔斯泰的《复活》。"③

端木蕻良从托尔斯泰的思想和作品中汲取养料最明显的一点表现就是他创作中"丁宁"这个人物的塑造。《科尔沁旗草原》中大地主丁家的第四代少爷丁宁回家时携带并阅读《复活》，衷心感佩着《复活》中复杂深邃的思想内容和"长着聪睿的胡子"的托尔斯泰对人生、人性和人类的

① 端木蕻良：《我的创作经验》，《万象》第 4 卷第 5 期，1944。
② 端木蕻良：《文学的宽度，深度和强度》，《七月》半月刊 1937 年第 5 期。
③ 端木蕻良：《端木蕻良近作·从一根鸡毛掸子说起》，花城出版社，1983，第 329 页。

精辟透视，并"在托尔斯泰的高大的斯拉夫形象的躯干里，他却接受了一种清新的启示"，认识到托尔斯泰"写的决不是那沙皇的蛛网之下所笼罩的高雅的俄罗斯呦，他写的是这个全人类呀"，从而力图以托尔斯泰似的忏悔和宽恕调和农民与地主的尖锐对立，对草原严峻的现实与破败的生活图景进行既热情又不免天真的改良与重振，成为一个中国式的"聂赫留朵夫"。

"丁宁"形象的塑造存在着对"聂赫留朵夫"形象的原型借鉴。首先，这两个人物都具有浓厚的自传色彩。聂赫留朵夫的形象是托尔斯泰创作中经常出现的主人公，托翁半个世纪的创作都是围绕着聂赫留朵夫一种新形象的思想探索展开的。聂赫留朵夫身上的某些经历、性格特征与气质都包含着托尔斯泰的经历和内心体验，虽然不能简单地把聂赫留朵夫看作是托尔斯泰的化身，但浓厚的自传性色彩是显而易见不可否认的。《科尔沁旗草原》初版后记里，在"关于丁宁"的小标题下，端木写下了这样两句话："丁宁自然不是我自己。但他有同时代的青年的共同的血液。"[①] 自然，作为艺术形象的丁宁，不能与作者自身等量齐观，但读过端木写于20世纪40年代初的《科尔沁前史》便可了然：端木早年经历确与丁宁颇为近似。端木还曾说过，《科尔沁旗草原》里"所写的人物和故事都是有真事做底子的"，有时还不免将"真事和故事纠缠在一起"[②]。这种情形突出地表现在丁宁的形象塑造中。端木的生母姓黄，为了不致让自己的母亲受到作品里丁府的恶劣门风的玷污，创作中端木故意让以母亲的经历为"底子"写的大宁的生母黄宁早早死去，将丁宁写作是大宁继母所生。尽管如此，作品中明显地残留着生活的痕迹：丁宁虽非黄宁之子，但对黄宁娘家的至亲，像大山、春兄，却具有一种特别的关切之情，对母亲王氏却很淡漠，对父亲之死也并无伤感。此外，丁宁回乡后的陌生与不适应感，他对父系家族的疏远和厌恶，以及他对农民与不幸者所寄予的同情，他改造草原上社会与人生的宏愿，还有他在内心独白中所宣泄和流露的种种对人生哲理的感悟和细微的心灵颤动，都可以看到作者自身精神的投影。

---

① 端木蕻良：《科尔沁旗草原·初版后记》，《端木蕻良文集1》，北京出版社，1998，第415页。

② 端木蕻良：《我的创作经验》，《万象》第4卷第5期，1944。

　　其次，这两个人物的视野都比较广阔，作家通过他们的眼睛展现了多面的社会构成和存在的种种问题。在《复活》中，托尔斯泰借助聂赫留朵夫的眼睛，透视出了俄国社会的各种阴暗面，从最高国务律师、大理院到乡村农舍，各个领域、各个角落里的社会罪恶都展露无遗。托翁让聂赫留朵夫"上访""下察"揭露出冤狱遍布国中的严重现象，使他不只是玛丝洛娃冤案的见证人、辩护者、营救者，而且成了所有人民群众受罪遭难、人吃人社会的见证人、揭露者和抗议者，从而对当时沙皇专制的国家制度、社会制度、教会制度、经济制度、土地制度做了非常有力的、直率的、真诚的强烈抗议和无情抨击。而在《科尔沁旗草原》中，端木蕻良把受到托尔斯泰式的人道主义与尼采超人哲学影响的丁宁放回到他所出生的草原上，"让他去观察、倾听、品味、体验、思索、行动，让他用头脑里的新的观念、意识、理想、蓝图，去与那草原上的现实撞击"①，既表现了草原上农民的粗鲁愚昧、土匪的烧杀劫掠，又揭露了贵族家庭的冷酷性与欺骗性，更显示出了主人公在面对现实的黑暗与沉重时与其所树立的理想极不相称的荏弱，并且深刻挖掘了他灵魂深处的仍属于那为他所憎恶的旧生活的自我。

　　再次，这两个人物都集中体现了作家的个人思想。聂赫留朵夫不断地进行着道德的自我完善，不贪财，不纵欲，温顺平和，与人亲善，顺从上帝戒律，宽恕一切人，甚至为仇人效劳，这种爱的精神，"勿以暴力抗恶"的基督教思想给"复活"了的聂赫留朵夫和作家自我注入了永恒的宗教内涵。从聂赫留朵夫身上，我们不仅可以看到作家托尔斯泰思想发展过程的最后阶段，而且可以看到思想家托尔斯泰不断探索后的终极归宿——聂赫留朵夫公爵集中体现了作家的痛苦和幸福、失败和希望，浸透了托翁一生的经历和思想的彷徨求索，他可以说就是托尔斯泰主义的艺术写照，是托尔斯泰面对当时俄国社会的种种问题所提出的自我解决方案。同样，丁宁也体现了端木蕻良的个人思想，"作者在《科尔沁旗草原》所展开的这个世界内部的什么位置上？他就在丁宁所处的位置上。端木蕻良并不完全等

---

① 闻敏：《端木蕻良的〈科尔沁旗草原〉》，《中国现代文学研究丛刊》1997 年第 3 期，第 197 页。

同于丁宁，但丁宁却是端木蕻良心灵世界的艺术展开形式，亦即他是通过
丁宁表现了他当时的内心世界的"①。当端木蕻良这样的青年知识分子从现
代教育中接受了新的思想影响，有了新的社会理想和人生理想之后，他显
然希望用自己的理想、自己的知识、自己的力量来改造自己成长起来的那
个旧世界。他所塑造的"丁宁"也是一名接受了新思潮洗礼的青年学生，
是激进的文学社团"新人社"的一名活跃分子。丁宁1931年夏从上海返回
科尔沁旗故乡时是"带着一颗跳动的心"的，"在南边走过了过多的人生
的里程，经历了过多的深思与探讨……他回来了。凯旋样地把自己带回到
这新兴的莽野来，想用这绮丽的沃野，葱郁的山林，北国的飓风，从大戈
壁吹来的变异的天气，老农硕健的白髯，女人黑炭精的眸子，这一切，想
在这一切里，把自己锻炼，把自己造铸。在这里吸收了生之跳跃，感应着
自己蓬勃的意志，使自己超越，使自己泼辣，使自己成为时代巨人"。作家
告诉我们，丁宁此次归乡是要做一番有光有色的事业的。

　　然而，丁宁并不能如聂赫留朵夫公爵一样完成对自我的终极拯救。丁
宁的思想是矛盾的，当他在关内接受了新的思想影响的时候，他把自己当
作整个民族、整个社会的改造者，但回到故乡的环境中，他仍然是地主家的
少爷，是故乡的风土中成长起来的人，实际上他的人生观和世界观也不可避
免地受到故土的限制，新思想在此时此地充其量只是他反思自己和自己故乡
的思维方式，是他未来人生追求的一个起始点。他强烈地想摆脱周围的现实，
他对自己说："我不属于他们，只属于我自己。我在属于我自己的时候，是
我最快乐的时候，我如同 Zarathustra 似的站在一切的崇高之上，……我自
己便是宇宙的一切，一切的最高的……我重视我的同情，我的感动，我决
不轻于抛掷，在我放置我的同情和感动的地方，那必须是人类最美丽最高
洁的地方……"但这种拒斥却只是思想上的，而不能付诸行动。

　　可以肯定，丁宁对家族历史上的罪恶是有忏悔的，对受到这个家庭的
欺压和凌辱的下层社会群众是怀着真诚的同情的，但这种忏悔绝非站在被
压迫、被剥削阶级立场上对这样一个家庭的绝对否定，这种同情也不是像

---

① 王富仁：《文事沧桑话端木——端木蕻良小说论（上）》，《中国现代文学研究丛刊》2003
　　年第3期，第88页。

《复活》以及端木蕻良后来的一些作品中那样把被压迫、被损害的社会群众作为唯一正确的道德标准来加以表现的。在这里，还存在生存竞争的问题。丁宁鄙视农民的愚昧无知，愿意看到他们的觉醒。但当"推地"风声日紧，封建大家族的利益将要遭到损害时，丁宁却又极度地慌乱和恼怒了，他恨恨地说："我不能投降他们这些泥腿！"表示"宁肯把地撂荒，喂兔子"也不出租。佃户们被这突如其来的强硬震慑住了，有的甚至哀告续租。丁宁倨傲地拒绝协商，而就在佃户们茫然无主、各执一词的时候，丁宁却又出人意料地宣布"免租一年"。为丁府效力多年的老管事将这解释为"慷慨减租"，还补充说"只减二成"。于是，风潮平息了，既保住了地主的体面，又不致倾家荡产。丁宁意外地赢得了和祖宗一样的名声：精明强干，不好对付。他想："人生真是奇怪呀，一切都像作梦似的，我昨天本来是因为不自觉的冲动，几乎做成了一个堂吉诃德式的聂赫留朵夫，可是仅仅通过了一次老管事的谨慎的错觉，便使我做了一个大地主风范的一个传统的英雄。我将在他们眼目中成为一个优良的魔法的手段者，一个超越的支配者的典型，一个为历来他们所歌颂、所赞叹的科尔沁旗草原的英雄地主的独特的作风。受他们不了解的膜拜，受他们幻想中的怨毒。""人生真是比冷嘲还滑稽呀！人生是梦的戏谑！"

经历了在家乡的一连串的震荡和变故之后，丁宁"把过去自从回家以后这几月从头一想，觉得只是一个出奇的噩梦。一切奇异，陌生，洪旷的场面，都在眼前通过了。但是并不能给他以任何意义"。他不禁怀疑："我曾作了些什么呢？我是生活在自觉之中吗？""我是要做一番轰轰烈烈的事的，我是亚历山大的坯子，……我是要用我的脊椎骨来支撑时代的天幕的，……但是如今事实却用了铁的咒语把我所规律的全系统彻头彻尾地碾碎了。我要攫住了时代，而时代却用了不谅解和不理解来排挤我。"[①] 他狂怒了，想毁灭一切，连同他自己，首先捣毁自家的田园与房舍，但他很快就倦怠了，感到自己"似乎是颠簸在海洋里的一片舢板，很有任其所之的一种心理"，他终于认识到在蕴蓄着"暴力和野动"的科尔沁旗草原上，在时代发展的洪流中，"我是个十足的废物！"

---

① 端木蕻良：《端木蕻良文集 1》，北京出版社，1998，第 356 页。

　　聂赫留朵夫式的纯粹的精神"复活"是软弱的丁宁不可能完成的。托翁为聂赫留朵夫找寻的"复活"之路是基督教的道德自我完善历程，聂赫留朵夫伴随着玛丝洛娃走过了漫长的流放道路后最终相信：人们履行《马太福音》中的五条戒律，就能得到至高无上的幸福。而其中的第四条"不以暴力反抗恶"就是托尔斯泰"勿以暴力抗恶"伦理学说的来源。托尔斯泰的伦理学是以基督学说为基础的，而基督学说的基础和本质是绝对的爱。在托尔斯泰看来，基督学说不是通常意义上的神秘宗教，而是最高的伦理道德学说；基督学说给人类指出了一条正确道路，从混乱无序到合理的、和谐的社会生活的道路；也指出了实现这一终极目标的方法，就是具有普遍意义的爱。基督学说是爱的伦理学和形而上学①。"勿以暴力抗恶"实际上是爱的律的反面表达：爱是做对方愿意做的事，非暴力是不做对方不愿意的。托尔斯泰主张非暴力，就是要把冲突从外部转移到人的内在精神领域，要通过内心的一致、相互妥协、谅解来克服冲突。而丁宁的精神是非常复杂的，在《科尔沁旗草原》里，有一个所谓的丁宁性格组合公式："民粹主义（虚无主义）＋利己主义（自我中心主义）＋感伤主义＋布尔什维克主义＝丁宁主义。"在丁宁心里，旧的传统与新的思潮共同翻涌，爱和憎相互纠缠，感情和理智不断地冲突，他不是一个聂赫留朵夫式的包含着深刻哲理的寓言式人物，而是性格丰富、充满了凡俗气质的活的人，他也曾怀有希望，常想振作，但遇到困难就发生了改变，忽而非常强大，忽而非常颓唐，终至于无可奈何。

　　丁宁既没有摧毁宇宙的力量，也没有摧毁自己的勇气，最终，他只好离开他的大草原和日益衰落的家庭。至于他在关内能否有作为，也许连当时的端木蕻良自己也不知道。在匆匆收尾的《科尔沁旗草原》的第二部中，丁宁连面都没有露。不过，他在端木蕻良另一部未完成的写于1941年的长篇小说《大时代》中做了主角。然而，此时他已经成为一个浪荡在青岛的花花公子，整天与有夫之妇在海滩调情寻乐。他一进当地的歌伎楼，便会引起台上的歌伎的"一个小小的骚动"，他身上再没有当年那股要当新人的

---

① 徐凤林：《俄罗斯宗教哲学》，北京大学出版社，2006，第64页。

朝气了。可以说，青岛的丁宁是草原的丁宁面临重重矛盾而无法解决的必然发展，他不可能当革命者，不可能摧毁宇宙，他唯一能摧毁的就是他自己。到了 1943 年，端木蕻良在短篇小说《前夜》中再次描写了丁宁。这一次丁宁出现在日本占领前夕的香港，仍然是一副浪荡公子的模样，整日与有夫之妇们、富家小姐们周旋调情。不同的是，这里是一片世界末日前夕的空虚绝望。香港的丁宁说："世界恐怕都毁了。"他又说，"一切种种比如昨日死，一切种种比如昨日生"。此刻，他自然再也没有十年前那个草原的丁宁那种拯世救国的雄心和抱负。"世界"倒好像真的面临毁灭，只是这种毁灭与他并没有太大关系，他似乎做了旁观者、局外人。如果我们把十年当中前前后后的三个丁宁连起来看，从抱负远大到醉生梦死，从思索探寻到及时行乐，倒是生动地勾画出了中国战乱时期一类出身富裕家庭的知识青年的毁灭之路。

　　此外，如果我们考察作家的生活背景，还可以进一步发现丁宁无法走聂赫留朵夫式的"复活"之路的缘由。端木蕻良是在一个经济富裕的家庭中成长起来的，可以算是当时东北的贵族。他到关内接受了大学的教育，接受了"五四"新文化的熏陶，从而对自己的家庭、对自己接受的文化的教养有了不满，有了反思的能力。特别是在民族危亡、社会腐败的现实条件下，他开始了一条不同于自己家庭的文化传统的精神发展道路。他像托尔斯泰一样，探索着一条在精神上通往人民、通往被侮辱与被损害的人们的道路，探索着一条在情感上与底层人民融合的道路。端木蕻良没有把这样一个主题庸俗化、简单化，没有以"谁投降谁"的方式代替这样一个严肃的、重大的、既是社会历史的也是人性发展的文学主题。在这里，既有情感与理智的冲突，也有人性中善与恶的冲突；既有利益与利益之间的冲突，也有意志与意志之间的较量；既有贵族知识分子自身的原因，也有底层民众自身的原因。围绕着这个主题，端木蕻良展开了对东北地域文化传统与现实社会矛盾的深入描写，"他让我们看到，东北社会的贵族是与俄国的贵族截然不同的，俄国的贵族既是一种政治的身份、经济的地位也是一种文化身份的象征，而中国东北的贵族几乎只是一种经济地位。他们的发家史是建立在野蛮迷信基础上的蛮性掠夺史，是一种单纯物质欲望的恶性膨胀。维系着这个家庭兴旺发达的不是人的情感和理智，而是残忍和冷酷。他们获得的不是底层社会群众对托尔斯泰这样的俄国贵族家庭的尊敬和崇拜，而是决绝的仇恨和蛮性的反抗"①。这就使端木蕻良没有可能为丁宁真正地开辟出一条聂赫留朵夫式的精神"复活"之路。

综上可以看出，端木蕻良在创作中存在着对俄罗斯文学诸多原型的借鉴，尤其是他塑造的"丁宁"形象受到了《复活》中"聂赫留朵夫"形象的影响，但由于端木蕻良与托尔斯泰人生经历、所处社会环境和个人思想等方面的差异，这两个人物的差别还是非常明显的。而且，《复活》这部史诗规模的社会心理小说，是托尔斯泰一生思想探索的艺术总结，聂赫留朵夫这个精神探索型人物则表现了托尔斯泰晚年完整的思想体系。而丁宁是端木蕻良的《科尔沁旗草原》等前期作品中的人物，虽然表现出了复杂的性格特征，但粗陋之处也很明显。夏志清认为："小说的主体部分都是写丁宁如何觉醒，撇开不提他的不足之处。所以，作品的感情色彩太重，异乎寻常，这也是小说不能令人满意的基本原因所在。如果主人公少一点知识分子的清高，多一点按同情心办事的行动，小说本可在感情的深度上或使人谅解的广度上获得成功。或者，如果维持原样，他就应象屠格涅夫《父与子》中的巴扎罗夫，最后得到认可和拯救。但丁宁既未得到认可，又未得到拯救。屠格涅夫创作这部名著时年事已高，因此要看穿丁宁实际上代表的是一种乳臭未干，妄自尊大的人物，不到屠格涅夫那样的年纪是无法办到的。"② 当然，像夏志清这样用读经典作品的标准来评判"丁宁"，未免过于严厉。虽然端木蕻良在塑造丁宁这一形象时过于"感情用事"，但他勇于揭示丁宁这一代知识分子灵魂的芜杂与凌乱，已是非常可贵的。因此，丁宁这一形象也将如鲁迅先生所说的那样，"将为现在作一面明镜，为将来留一种记录"③。

① 王富仁：《三十年代左翼文学·东北作家群·端木蕻良之四》，《文艺争鸣》2003年第4期，第29页。
② 〔美〕夏志清：《小说〈科尔沁旗草原〉——作者简介与作品评述》，《驻马店师专学报》1992年第3期，第42页。
③ 鲁迅：《三闲集·叶永蓁作〈小小十年〉小引》，《鲁迅全集》第4卷，人民文学出版社，1981，第147页。

四　逆行精灵——俄罗斯文学与迟子建小说的自然生命意识

在任何一个民族历史的开端，大自然总是扮演着重要的角色。而当文明越来越发达，人的身体和心灵却离开自然越来越远。人类滥用科技对自然界造成了巨大的破坏；作为回应，大自然也不再以无穷无尽的力量包容我们。但是，人类毕竟是从自然襁褓中走出的孩子，与母亲的联系难以割舍，这就是为什么在每个现代人的心里，都有一份回归自然、重返天真的情结。尽管生态危机已经是全球性的问题，但由于地广人稀，寒冬漫长，中国东北与邻邦俄罗斯都保留了更多的原始样态的大自然，这种相似的生态环境也催生了两者文学主题上的共通追求，那便是对大自然的爱和敬畏。以东北作家迟子建为例，她的小说中有一种一以贯之的创作意识，那就是对大自然的关爱和对生命的自然状态的抒写。她说过这样一段话："当我童年在故乡北极村生活的时候，因为不知道'山外有山，天外有天'，我认定世界就北极村这么大。当我成年以后到过了许多地方，见到了更多的人和更绚丽的风景之后，我回过头来一想，世界其实还是那么大，它只是一个小小的北极村。"[1] 对北方边地自然环境和人民生活的描摹，是迟子建创作中最引人注目的风景，也是最具艺术水准的部分。施战军曾指出，"边地是她的肉身的近邻和精神的原乡，她不是边地的旅行者造访者，也不是借宿者暂居者，没必要摇铎采风或者非要把动物写成人，因为她将自己置身其中，仿佛与生俱在"[2]。从《沉睡的大固其固》、《北极村童话》、《原始风景》到《逝川》、《雾月牛栏》、《逆行精灵》、《微风入林》，再到《额尔古纳河右岸》……作家将深厚的爱与伤怀投入到这块孕育了精灵般生命的土地，构造出生动感人的人与人、人与自然的丰饶景象。

迟子建小说中的这种自然生命意识与俄罗斯文学的自然生态观有诸多相通之处。扎雷金曾经说过："文学必须反映世界状况和当代现实，可是，

---

① 迟子建：《寒冷的高纬度——我的梦开始的地方》，《小说评论》2002 年第 2 期。
② 施战军：《独特而宽厚的人文伤怀》，《当代作家评论》2006 年第 4 期。

什么是世界状况和当代现实？我认为，二者都包含在两个范围内：家庭、社会、国际关系中人与人之间的范围——这是一。二则是人与自然的关系。"① 人与自然的关系问题是俄罗斯文学道德探索的重大课题之一，是人道主义精神深化对文学的渗透。列昂诺夫、阿斯塔菲耶夫、艾特玛托夫、拉斯普京等俄罗斯作家的创作在广阔的社会背景上展现出作家的道德探索和俄罗斯存在的尖锐的社会问题，体现了作家对人类生存环境和生态问题的关注，表现出他们对科技的发展给生态环境带来的负面作用的深刻认识。列昂诺夫在他的长篇小说《俄罗斯森林》中这样阐释了人与自然的关系："我们是自然的一部分，当人们还没有彻底理解自己与自己联系的全部复杂性和多样性的时候，当人们还没有学会不仅只是索取，而且还应奉献的时候，人的生存就会受到危险的威胁。"当人与自然剥离的时候，人的生命就会萎缩；当人不尊重自然的时候，人就会受到自然的惩罚。

俄罗斯文学中的这种自然生态观对迟子建的创作产生了深刻的影响。迟子建曾说："俄罗斯的国土太辽阔了，它有荒漠、苔原，也有无边的森林和草原。它有光明不眨眼的灿烂白夜，也有光明打盹的漫漫黑夜。穿行于这种地貌中的河流，性格也是多样的，有的沉郁忧伤，有的明朗奔放。俄罗斯的文学，因为有了这样的泥土和河流的滋养，就像落在雪地上的星光一样，在凛冽中焕发着温暖的光泽，最具经典的品质。""我比较偏爱艾特玛托夫的作品，他描写的人间故事带着天堂的气象。""有两部苏联的伟大作品让我视为神灯：一盏是阿斯塔菲耶夫的《鱼王》，另一盏是帕斯捷尔纳克的《日瓦戈医生》。"② 迟子建的创作在这"神灯"的指引下，在东北丰饶广袤的水土的滋养下，焕发出灵动、湿润的自然生命的勃勃生机。她在小说集《逝川》的跋中写道："我觉得无论是生命还是创作都应该呈现那种生命的自然状态：裹挟着落叶、迎接着飞雪，融汇着鱼类的呜咽之声，平静地向前，向前，向前……"③ 人和自然的和谐相处无疑是迟子建创作中的核心主题。一旦远离自然，人就会蜕变成一个被迫流浪的无根者，失

① 俄文版《文学报》1986 年第 27 期。转引自张玉娥、赵校民《拉斯普京的生态伦理观》，《齐齐哈尔师范学院学报》1996 年第 1 期。
② 迟子建：《那些不死的魂灵啊》，《中华读书报》2006 年 8 月 23 日。
③ 迟子建：《逝川·跋：雪中的炉火》，长江文艺出版社，1996，第 344～345 页。

去了人性中本该有的全部丰富性，而且，在人的精神家园的荒芜的同时也预示着人自身能力可怕的衰退。在中篇小说《原野上的羊群》中，"我"和于伟都居住在城市里，而且有一个令人羡慕的职业和地位，但作为一个女人，"我"失去了生育的能力，"我"因此而烦躁，创作力萎缩，好不容易战胜了都市女性的矜持和虚荣抱养了一个男孩，却仍对城市对自己的戕害耿耿于怀，于是"我"坚持和于伟一起在周末去乡下，并努力地培养和养子的感情。但自然的"血缘"关系是一垛难以绕过的墙，"我"对大自然隔靴搔痒的亲近并不能立竿见影地弥补"我"和养子之间的亲情和血缘的缺失。而小男孩拒绝含奶嘴的本能举动则最终让我明白，对亲情、血缘的强行割舍是违背自然和人性的。生理能力的萎缩以及亲情、温情的缺失是人类疏离自然、追求理性和现代文明所付出的代价，而由此演化出的个体生命的消弭和家庭破碎的事件也就使迟子建的这个都市故事平添了几分悲剧色彩。

长篇小说《额尔古纳河右岸》中则表现了自然生命的萎缩与衰亡。鄂温克人的百年历史在迟子建的笔下，浓缩成了"我"——鄂温克部落最后一个酋长的女人——讲了一天的故事，让人在沉醉于原始部落简朴而又充满诗意、平静又不乏传奇的生活的同时，清晰地看到了这个生活在北国大森林中的游牧民族由繁盛到枯萎衰老、濒于死亡的历史进程。小说分为四部分："清晨"、"正午"、"黄昏"和最后的尾声"半个月亮"。小说的结构不仅是"我"的生命过程，而且暗示了鄂温克部落由清晨的生机勃勃到正午的繁荣灿烂，再到黄昏的无力与衰亡，而尾声的那半轮"莹白如玉"的月亮只能作为最后一块儿柔软的地方、作为一个古老民族的童话存留在人们心里。鄂温克作为中国人数最少的少数民族之一，额尔古纳河右岸的大森林是他们赖以栖身并维持自己民族信仰和民族文化的根基，而"持续的开发和某些不负责任的挥霍行径，使那片原始森林出现了苍老、退化的迹象。沙尘暴像幽灵一样闪现在新世纪的曙光中。稀疏的林木和锐减的动物，终于使我们觉醒了：我们对大自然索取得太多了！"[1]山林的严重破坏毁灭性地打击了鄂温克民族，从根部抽空了鄂温克民族的文化依傍。曾经

---

[1]　迟子建：《额尔古纳河右岸·跋：从山峦到海洋》，十月文艺出版社，2005，第252页。

鲜活的善良的人们一个又一个地离我们远去了，新生的孩子们大多令人失望，在外部世界的纷扰下变得粗俗恶劣，淳朴善良的心灵童年早已远去。人们开始一批一批地离开自己祖祖辈辈生活过的地方，离开大自然，离开额尔古纳河右岸茂盛的森林、起伏的山峦、蔓延的小溪去山下定居。森林植被的破坏使牧民无法再放养驯鹿，现代社会的道德文明更是从内部异化了这个民族的心灵。

在《额尔古纳河右岸》中，作家借助那片广袤的山林和游猎在山林中的这支以饲养驯鹿为生的部落，写出了存活在山林中的原始文明与现代文明的矛盾与冲突，写出了人类文明进程中所遇到的尴尬、悲哀和无奈。这一百年的风雨沧桑，既发生了东北地区乃至整个中国由封建落后到开放革新的巨变，也上演了鄂温克民族由兴旺繁盛逐渐衰落的悲凉史诗。也许这可以称为社会的进步，但这种古老的文明真的就没有任何价值了吗？这就像"我"和瓦罗加的争执，瓦罗加说"有了知识的人，才会有眼界看到这世界的光明。可我觉得光明就在河流旁的岩石画上，在那一棵连着一棵的树木上，在花朵的露珠上，在希楞柱顶尖的星光上，在驯鹿的犄角上。如果这样的光明不是光明，什么才会是光明呢"！他们的争辩让我们想到被现代文明强力人主的印第安部落中智者的声音：最初，"上帝给了每个民族一只杯子，一只陶杯，从这杯子里，人们饮入了他们的生活"①。如今的情形是："杯子碎了，那些曾经赋予他的人民的生活以意义的东西，他们自家的饮食仪式，经济体制内的责任，村中礼仪的延续，跳熊舞时那种着魔状态，他们的是非准则，这些东西都已丧失殆尽，随着这些东西的丧失，他们生活原有的那些样式与意义也消失了。……世间留下的是诸种别样的生活之杯。"② 本尼迪克特认为应该"承认他们的文化也具有与本文化同等的重要意义"，因为"一种文化就像是一个人，是思想和行为的一个或多或少贯一的模式。每一种文化中都会形成一种并不必然是其他社会形态都有的独特的意图。在顺从这些意图时，每一个部族都越来越加深了其经验。与这些驱动力的紧迫性相应，行为中各种不同方面也取一种越来越和谐一致的外

<hr />

① 〔美〕露丝·本尼迪克特：《文化模式》，生活·读书·新知三联书店，1988，第23页。
② 〔美〕露丝·本尼迪克特：《文化模式》，生活·读书·新知三联书店，1988，第39页。

形"①。一种文化的消失对"和谐"的构成也许就是一种破坏。

　　自然生态的破坏直接造成了原始文化的消亡，而现代人类社会中人道、人性、人情的匮乏所引起的心理失重与自然生态平衡的破坏不无关联，"少数民族人身上所体现出的那种人性巨大的包容和温暖"② 在现代人身上已经越来越少见了。拉斯普京在他的《失火记》中严肃地指出："真理从大自然本身发源，无论是公众舆论，还是指挥命令都无法将它改变。"大自然具有嘈杂的城市文明生活所缺少的安宁、淳朴以及真诚，表现在山林、水草、动物身上的粗糙、原始的自然美对于需要道德净化的每一个人来说似乎都具有一种不可抗拒的感召力量，是复活人性，通向理解的必由之路，人只有在对大自然的感应和与大自然的交流中才能获得更为充实和鲜活的生命。因此，我们可以认为在这些表现自然生命主题的作品中，自然山林、飞禽走兽与原始宗教的描写已经消钝了其地理学或宗教学上的意义，也不单单作为人物活动的自然场所和生活方式在作品的艺术描摹中占据一隅，而是作为人类社会中鄙俗邪恶对立面的审美理解，成为悲剧冲突中的一个"重要角色"。在艾特玛托夫的《白轮船》中，莫蒙爷爷讲述了一个长角母鹿的传说，白色的长角母鹿妈妈是吉尔吉斯民族的恩人和母亲，人们对她敬若神明。在拉斯普京的《告别马焦拉》中有两个神灵："岛主"和"树主"。"岛主"几次进村，细致地观察，将村子里的自然环境和人的心理感受一一地在自己的眼中反映出来，这是一双神秘的眼睛，是一张无形的网，窥视着生活的变化，筛选出西伯利亚人的真实性格。"树主"是西伯利亚人的化身，他身上有着刚强不屈、宽宏大量的高尚精神，"恰恰是他将这座岛固定在河底，固定在一块共同的大地上了，只要有他在，也就有马焦拉在"。

　　与此相应，《额尔古纳河右岸》中有一条情节发展的暗线，那就是部落中几代萨满的传承。萨满教是一种自然多神教，崇拜自然的神力，相信万物有灵。在部落里，萨满是沟通人与自然神明的使者，是医师，是祭司，是预言家，具有非凡的神力。萨满跳神作为一种宗教信仰活动，在深层表达了人类敬畏自然、减轻生存的苦难与局限，使主体精神与神秘的魅性一

<hr>

① 〔美〕露丝·本尼迪克特：《文化模式》，生活·读书·新知三联书店，1988，第48页。
② 迟子建：《额尔古纳河右岸·跋：从山峦到海洋》，十月文艺出版社，2005，第257页。

道得以自由实现，在永恒和无限中随意地创造自身、解放自身的愿望。萨满用其神性的光辉普照着他周围的生命，无论是尼都萨满还是妮浩萨满，在危急时刻都不顾自己的利益挺身而出。妮浩萨满每救一个不该救的人，自己就要失去一个孩子，可是她并未因此而放弃治病救人。对于母亲来说，孩子无疑是最重要的，但萨满的职责使她放弃了个人的小爱，而选择大爱，这使得她具有了一种悲悯尘世的俯瞰位置。她救人之后为自己孩子所唱的神歌更使这种爱震撼人心："孩子呀，孩子/你千万不要到地层中去呀/那里没有阳光，是那么的寒冷/孩子呀，孩子/你要去就到天上去呀/那里有光明/和闪亮的银河/让你饲养着神鹿。"萨满用自己的苦难换得了众生的平安。不过，萨满在部落里的传承最终也终断了。妮浩萨满走后三年，玛克辛姆出现了要成为萨满的征兆，但大家把萨满的神具捐给了博物馆，让"那股神秘而苍凉的气息"断绝了。在小说的尾声，"我"唱了一首"我们氏族的葬熊的神歌——熊祖母啊，/你倒下了。/就美美的睡吧。/吃你的肉的，/是那些黑色的乌鸦。/我们把你的眼睛，/虔诚地放在树间，/就像摆放一盏神灯！"这首苍凉的神歌也成为这个古老民族的挽歌，乃至大自然和与大自然同命运的人类的挽歌。这个古老的原始民族像熊祖母一样倒下了，淹没在现代物质文明的洪流之中。

　　在自然环境、原始文化遭到破坏的同时，人们的道德观念也发生了变异，作家所关注的这一隅土地正面临着精神财富随同自然财富一起被攫取殆尽的危险。迟子建的中篇小说《白银那》描写了鱼汛过后白银那人们的抗盐风波。百年不遇的特大鱼汛突然降临到黑龙江上游的无名小村白银那，于是家家户户的院里一夜之间都堆满了白花花的鱼，以至于使整个白银那都变成了一条充满腥味的大鱼。捕获的丰收本来是一件喜事，然而不祥的阴影和灾难也随之降临，村里唯一的食杂店的老板蓄意向鱼贩子阻断了捕获的信息，然后使自己店内盐价暴涨强迫村民买盐腌鱼。这场风波由于村长夫人卡佳之死而达到了高潮，卡佳是第三代俄裔之女，不仅丰腴美丽，而且聪明勤劳，经她手酿制的牙各达酒"更加猩红，更加酸甜撩人"，她为了冷藏鱼到山里担冰，被熊咬伤致死。然而作品中也描述了卖盐老板马占军本来并非如此黑心和冷酷无情，只因他数年前得了一场怪病向村民们借钱却无人愿意伸出援助之手，他顷刻间尝尽了人情的淡薄，便从此盘剥乡民，此次更是借机报仇雪恨。但他的行为激怒了乡民，大家宁肯让大批的鲜鱼臭掉也不肯买盐，直到卡佳的悲剧发生，马占军方才如梦初醒痛悔不已。这不仅是利欲熏心的恶果，同时也是全体村民自己亲手种下的苦果。但最后由于乡长坚决制止了对马占军的报复，大家终归还是由震惊、愤怒而归于醒悟与和解。在这篇近乎寓言的小说中，既有对乡民丑陋品性的暴露，更有作家温柔的宽宥和悲悯，从而在市场经济物质化的潮流中高高举起了人道主义精神的旗帜。

20世纪以来，科学主义进化论思维遮蔽了对人文之根的探索，与历史同步的文学功利性压盖了永恒的生命自然状态的和谐和对神性的敬畏，而迟子建的小说创作是对这种自然生命缺失的一种补偿。在她的小说中，不仅有为自然生命衰亡所唱的挽歌，还有对高扬生命的自然状态的赞歌。中篇小说《逆行精灵》中鹅颈女人的形象较为典型，鹅颈女人美丽、丰满充满诱惑，她虽然有满意的丈夫，但仍然把男人们的崇拜和求欢视为优越和自豪，她喜欢把钱花在浪漫的旅途奔波中，似乎永远在寻找情和欲的满足。但她绝非通常意义上的放浪或追求个性自由的女人，她并不想得到男人们的世俗性回报，更不想攫取和伤害任何人。她充满活力地跃动的时候，通身洋溢着浓郁的女人气息，仿佛就是森林雨雾中的女妖和精灵，因此她即使与男人乱爱的时候也显得如此纯洁和具有抒情意味，其中还带有对那些粗俗得可爱的男人的宽容、理解和嘲讽。这种半是放浪半是天使、半是世俗半是浪漫的女人形象，在当代文学创作中是极为罕见的。鹅颈女人与小木匠都柿林里忙中偷闲的欢娱是作家在小说里营造的一段诗意氛围。骤雨过后的微雨，森林中树叶一尘不染，吃都柿醉倒睡在地上的可爱儿童及其梦中飞得恣意逍遥的素装女人……在浑然天成的背景上，自然之子的男人女人之偷欢似乎已不在人间道德或法律评判的范围之内，它体现为一种生命的自然状态。这里的女人自由但并不放荡，男人多情却非淫邪，作家呈现给读者的是边地人生命狂野的韵致，是广漠雪原上人们对生之自由和活力的特殊理解。

综上所述，迟子建的小说创作表达了与俄罗斯文学中的大自然主题相互契合的自然生命意识，将人道主义精神投注于大自然之中。作家以其对自然生命的人文关怀，实现了对文学的历史功利性的反抗，对工具理性和消费主义的拒绝，表达了她对和谐自然的生命状态的回归、对自然神性的敬畏，如一个翩翩飞舞的自然精灵逆行于当下的物化世界之中。自然的形象、人们看待自然的方式会随着历史发展而产生变化，文学反映了这一变化，并且可能在某种程度上促成这一变化。扎雷金在《文学与自然》里写道："重要的是要认识到：世界上今天正在发生的一切——不是别的，而只是文明的交替。依据'人是自然的主宰'这条原则产生的文明正在终结，另一种文明正在来到，这种文明清楚上述原则引起的恶果，但依然不清楚应该怎样改革。""新文明的目的——生态平安——必将使经济、政治和教育服从于自己。"[①] 而迟子建对自然生命一往情深的执着热爱，或许会使她成为这种新文明的催生者和传播者。

五 悠远的钟声——阿成创作的异域情调

在新时期流派纷呈的喧嚣文坛里，阿成的创作显得孤独，但却坚实。坚实的原因在于他将艺术视野投向了故土的风俗文化和在这独特的风俗文化背景下生活的人的灵魂。

阿成描摹的区域是以其出生地坡镇和成长地哈尔滨为主的，这两地都曾是中东铁路的站点，在这两地中充满着浓郁的异域文化情调和忧伤而又有些神秘的流亡者。这一地域文化背景为阿成的创作提供了独立于文坛的基础和特异于众声的魅力。阿成曾说："我并不是一个时令性、集团性、派别性、主义式，或者容易受人左右，以至什么'族'式的作家——这是一种'造化'。我为此感到庆幸。"[②] 这种"造化"与他生活的地域是密不可分的。

在阿成对地域风情的描述中，始终贯穿着一条历史的经线，并且随着情节的发展这条经线也在摇摆、拉伸，从而使地域的平面与历史的纵深相互结合，营造出这一特定地域上浸润着岁月苍凉的人生景观。他的《胡天胡地风骚》、《人生写意》、《马尸的冬雨》、《闲话》、《间谍》等作品中，

---

① 扎雷金：《文学与自然》，陆肇明译，《俄罗斯文艺》2003 年第 4 期，第 47 页。
② 阿成：《欧阳江水绿·后记》，中国文学出版社，1996，第 411~412 页。

都对哈尔滨城市发展的历史进行了描述。历史小说《安重根击毙伊藤博文》
可说是阿成的代表作，小说讲述了韩国义士安重根在哈尔滨火车站刺杀日
本国枢密院议长伊藤博文的故事。小说的开头便介绍了进出哈尔滨的交通
方式，指出 20 世纪上半叶哈尔滨是一个以铁路交通为主的城市。铁路交通
的发达原因在于中东铁路的修建，"从海参崴通往中国的这条铁路，在中国
一段，叫中东铁路，与俄国境内的西伯利亚大铁路联在一起，并成为贯通
欧亚大陆的桥梁。当然，它更是俄国向中国侵略与渗透的跳板"[①]。

　　在阿成的创作中，中东铁路是一个反复出现的物象，它既是那一段殖
民侵略历史的物证，又是文化交流的通道。在它的沿线发生了许许多多充
满着异域情调的故事。安重根的故事无疑是其中最震撼人心的一个，充满
了慷慨悲凉的雄浑之气。哈尔滨火车站作为事件发生的地点和主人公活动
的舞台被作家浓墨重彩地加以描绘："1909 年，哈尔滨的老火车站，那座
俄式风格的建筑，还刚刚建成不久。那座时髦的、甚至有点前卫精神的建
筑，令很多流亡在这座城市的外国市民感到兴奋不已。使他们有一种'不
是家乡，胜似家乡'的感觉。火车喷出的水蒸气从这座俄式风格的房子后
面升腾出来，很像一幅壮观的俄罗斯油画。"就在这油画一样的美景中，发
生了安重根刺杀伊藤博文这一震惊中外的历史事件。作家将韩国义士安重
根的身世、行程娓娓道来，详细介绍了事件发生的历史背景。刺杀的过程
则处理得沉着、冷静而又蕴含着诗意。"那只在欢迎人群的头上自由翻飞的
小蝴蝶"恰如一颗反抗压迫、争取自由的灵魂。这个刺杀的故事既是对义
士反抗日寇侵略的颂扬，更是对哈尔滨这座城市过往诗意传奇的追怀。

　　在深入开掘本地域的历史文化积淀的同时，阿成更加关注的是这种文
化氛围中人的生活，本地人与流亡者、本土文化与外来文化的相互渗透、
相互认同、相互融合，以及他们彼此之间的相互对立与碰撞。在哈尔滨和
坡镇这两个具有浓郁的异域文化背景的地域里，曾经生活着形形色色的流
亡者，对他们的描绘为阿成的作品增添了忧伤感人、"有血有泪"的艺术内
容。流亡者的人生天然具有隐秘的过去和艰辛的现时。在长篇小说《马尸
的冬雨》中，阿成曾说，"我的爷爷就是一面坡火车站那个俄国站长的仆

---

① 阿成：《安重根击毙伊藤博文》，新世界出版社，2002，第 349 页。

人"，"我本人就是一个流亡的俄国女助产士接的生。我一生下来就与这些外国流亡者有着某些不解之缘了"。《马尸的冬雨》里的故事是作家童年记忆中值得珍视的片段，零乱、模糊却又难以忘怀，故事所营造出来的艺术氛围就如作家在题记中所说："走进马尸，就等于走进流亡，走进回忆，走进痛苦，走进乡愁，走进宿命了。"

所谓的"马尸"是指中东铁路修建时，在哈尔滨道里沿江地段逐渐形成的一个居民区。当时那里还是一片沼泽地，当局鼓励俄人来此建房，建房者随意占地，免收赋税。这是一块牛胃形的区域，但作家说"它更酷似一具吊起来的马的尸体"。以"马尸"来指称这块区域，似乎暗示了生活在这一区域里的人们灵魂的悬置状态，他们大多是流亡者，由于种种不为人知的原因漂泊到中国东北这块荒凉的土地上，他们的心不在这里，行走于此处的是他们的躯壳。这里"人人嘴里都淌着"《离别》的歌声，"似乎这里家家都经历着生离死别、骨肉分离，受着它的折磨，受着它的煎熬，继而彼此荡唱，以遣伤悲"①。

长篇小说《马尸的冬雨》更像是一本故事集，由二十几个短篇构成，每篇皆可以独立成章，相互之间又有关联。故事里，有神秘的英国绅士、来自敖德萨的酒店女老板娜达莎、韩国人朴英哲、来自保加利亚的神父、挪威医生基兰德、俄罗斯贵妇、混血儿果力……来自世界各地的流亡者聚集在马尸这块小小的区域里，演绎出一场场、一幕幕或忧伤感人，或丑陋淫荡，或神秘莫测的人生戏剧。而英国绅士在死于此处的流亡者葬礼上所朗诵的死者祖国的诗歌，为故事增添了客死他乡的伤逝的诗意和美感。小胡木匠的故事充分展示了流亡者生命的离合悲欢。小胡木匠是马尸"最有艺术眼光的木匠"，他是一个流亡到马尸的俄国寡妇与一个姓胡的中国木匠所生。在小胡木匠长到十岁的时候，老胡木匠突然不辞而别了。不久，大家知道老胡木匠在他的山东老家还有一个老婆和两个儿子，而且他的两个儿子都很大了。从关里闯关东的男人，在关东找一个女人"结婚"，组成一个临时的家庭，在当时并不是什么新鲜事。而那个俄国女人认为，"这个厚道的中国老人回自己的老家去看望原配的老伴儿，就说明他是一个值得信

①　阿成：《马尸的冬雨》，中国文学出版社，1996，第1页。

赖的人,一个有情有义的人。小胡木匠的母亲坚信,那个中国老人也一定会这样对待自己的"。她几乎每天的清晨和傍晚,都要去马尸那条通往外地的大路口那儿张望。十几年后,一个大雪之夜后的清晨,涅克拉索夫大街上扫雪的人们发现"小胡木匠的母亲,正挽着一个老人从大路口那儿向这边走来",那个老人就是老胡木匠,"人们鼓起掌来。每一个人都过去亲吻这个老人和他的女人"。而小胡木匠在此时才"第一次清醒地意识到,自己是中国人"!当他的父母来到他面前时,他"扑嗵跪在雪地上了"。这些流亡者的故事,充分地显示了作家对本土地域多元文化的关注和对人生的深刻体悟和洞察。

20世纪上半叶的哈尔滨是流亡者和混血儿的乐土,这里民风淳朴,相对于战火纷飞的欧洲,是那样安静祥和。侨居在哈尔滨的诗人涅捷尔斯卡娅在自己的诗篇中这样写道:"我经常从梦中惊醒,/一切往事如云烟再现。/哈尔滨教堂的钟声响起,/城市裹上洁白的外衣。/无情岁月悄然逝去,/异国的晚霞染红了天边。/我到过多少美丽的城市,/都比不上尘土飞扬的你。"① 这里虽然尘土飞扬,但流亡者们的生命是安全的,对经历了种种磨难的流亡者来说,一块安全、宁静的栖身之地无疑是十分宝贵的,在这里他们可以让残破的身心得到休养。而肉体与灵魂的漂泊使他们更需要寻求精神的寄托,于是在这块土地上,多元的宗教信仰就弥漫开来。阿成在对这些流亡者和混血儿生活的描绘之中,表现出了悲天悯人的宗教情怀,他曾这样写道:

> 多舛的生活及命运,几乎构成了他们终生的困惑。
>
> 因此,这里出现一所尽管十分简陋的小庙,是可以理解的。
>
> 有时候庙本身也是破碎灵魂的精神港湾。
>
> 在这里,偶然失足的不幸者,备尝艰辛的人,对自己种种努力失败的人,已经心静如水,心安理得了。
>
> 他们开始相信命运,相信佛,并且也开始苦中作乐。人走到哪里,总会把自己的文化与宗教也带到那里去的。马尸的那幢基督教堂和清

---

① 阿成:《飞翔的圣徒——哈尔滨教堂的钟声》,《作家杂志》2004年第1期。

真寺就说明了这一点。

千百年来，世界上许许多多的人，都是把宗教当成自己灵魂的组成部分的。

一个没有任何信仰的人，一个残缺的灵魂，生活在风尘仆仆的世上，生活在危机四伏的人间，是不可想象的。

人的心灵不是顽石，顽石有时也会被生活的噩运之锤砸得粉碎的。①

在阿成的作品中，常会听到教堂里传出的"天堂的钟声"。这钟声神圣而又庄严，钟声里有沉思、追怀和悲悯。在哈尔滨这座城市中，虽然也有佛教和伊斯兰教的寺庙，但无论从规模还是从数量上都无法和教堂相比。这与中东铁路修建时俄国人的大量涌入有直接的关系，一般说来，俄国人到一个新的地方要干的第一件事就是修教堂。阿成在他的散文《飞翔的圣徒——哈尔滨教堂的钟声》里这样描写道："早年哈尔滨的版图并不大，每当圣·索菲亚的教堂钟声一响，全城便被钟声所笼罩了。这来自天堂的音乐是何等地激动人心呵。""圣·索菲亚教堂的钟声响起来了，全城教堂的钟也随之敲响，香坊的尼古拉教堂，伊维尔教堂、阿列克谢耶夫教堂、乌克兰教堂、主易圣容教堂、述福音约翰教堂、圣·先知约翰教堂、圣·彼德保罗教堂、喀山男子修道院、符拉基米尔女子修道院，总之，城市里的所有教堂的钟声都敲响了（差不多有70多座）。"所以，当时有人称哈尔滨是"教堂之国"。这些教堂为侨民和流亡者们提供了精神的庇护所。而那悠远、庄严的钟声在温暖、洗涤了侨民和流亡者们的灵魂的同时，也触动着生活于此处的中国人的心弦。宗教作为文化的最重要的组成部分之一，是可以切近人们的内心的。在这座城市里，"当教堂钟声响起来的时候，所有在工作着的俄国人都会停下手里的工作，跟顾客或者餐客说，对不起。然后开始做祷告"。而当地的中国人也能充分地理解这些外国人的生活、信仰和文化，尽管他们当中很少人去信奉东正教或其他的什么洋教，但他们理解宗教，尊重宗教。因为不管是本地人还是流亡者，不管有没有经历过战争、政治运动、生离死别……

---

① 阿成：《马尸的冬雨》，中国文学出版社，1996，第143页。

人们都希望能好好地生活，希望能得到冥冥中神灵的保佑。

阿成所关注的这块土地上生活的大多是流人，远者有来自关内的拓荒者、来自外国的流亡者，近者有十万官兵、百万知青，而生活于此地的"土著"由于荒凉偏僻、山高皇帝远，为主流文化所抛弃，他们与这些流人是精神上的兄弟。阿成的作品告诉我们：在他们中间，更需要理解、同情、关爱、宽容和自由。所以，阿成作品中的异域情调不仅表现出一种异国文化的美感，更表现出了生活于此处的人们宽广博大、相互包容的胸怀。这或许是这一方土地上最可宝贵的文化精神。对那些流亡到中国黑龙江的人们，阿成说："愿上帝保佑他们和他们的子孙罢！阿门！"①

通过对上述五位作家的分析可以发现，他们的创作在不同程度、不同层面上都受到了俄罗斯文化的影响。而且，这五位作家都是现代东北文学史上比较重要的作家，他们对俄罗斯文化的学习和吸收是具有代表性的，反映了俄罗斯文化对东北作家们较为广泛的影响状况。

---

① 阿成：《马尸的冬雨》，中国文学出版社，1996，第299页。

第五章　近现代东北文学中的俄罗斯人形象

俄罗斯文化影响近现代东北文学的一个明显的标志是，在东北作家的作品中，真实地表现和描绘了广泛出现于东北地区各个生活领域中众多的俄罗斯人形象，并且由形象展现出俄罗斯人的性格及积淀于其中的文化内涵。就作品中出现的俄罗斯人形象之多、描绘之普遍而言，东北文学在中国新文学史上可以说是首屈一指的，没有其他地域的文学可匹敌。归纳和分析近现代东北文学中的俄罗斯人形象，可以从细部说明俄罗斯文化对近现代东北文学的深入影响，也可以更好地认识近现代东北文学自身。

一　俄罗斯人形象的类型

在近现代东北文学作品中，不断有俄罗斯人形象闪现。不过，仔细观察可以发现，在生活于"北满"的作家尤其是曾在哈尔滨生活的作家如萧军、萧红、舒群、罗烽、阿成等人描绘"北满"地域风情的作品中，对俄罗斯人的描写比较丰富、具体，而生活于"南满"的作家则对俄罗斯人形象很少表现，偶尔提到俄罗斯人，形象也较为苍白单薄，例如端木蕻良在《科尔沁旗草原》中曾凭空添上了一个"穿长筒马靴的大鼻子"，只是将其作为东北农民反抗思想行为的来源之一。出现这种情况主要是由俄罗斯人在东北地区的分布所决定的。

俄罗斯人在东北地区的分布简单地说集中在两条线和一个点，即中俄边境线、中东铁路线和哈尔滨。而20世纪初的日俄战争之后，根据《朴茨茅斯条约》沙俄将中东铁路南线长春至旅大段，以及大连商港旅顺军港皆割让给日本，使沙俄在我国东北地区的殖民势力缩回到以哈尔滨为中心的北部地区。俄国侨民因之也汇集到以哈尔滨为中心的"北满"地区。从时间和地域上看，生活在"北满"的现代东北作家可以经常看到俄罗斯人的身影，这为他们在作品中对俄罗斯人的描写提供了直观的素材。

流落于异乡的生活总是充满了苦痛，现代东北作家们所描写的俄罗斯人形象大多具有悲惨的命运。值得注意的一点是，在现代东北文学中，俄罗斯人很少被当作侵略者、殖民者看待，更多地被视为流亡者，与基本是反面角色的日本人不同，俄罗斯人似乎能够与本土的人们更好地相处，甚至成为这里人民的朋友。罗烽的短篇小说《狱》中，"我"和狱友俄罗斯人万特诺夫、里涅相处融洽，共同斗争，面对糟糕的伙食，他们说"沙巴卡（俄语狗的意思）不吃的，给……亚邦斯克（俄语日本人的意思）王八蛋"①！表现出坚定、乐观的斗争精神。若莽的短篇小说《卖苞米者》描写了一个俄国妇女对卖苞米者老张的欺侮，"迈达姆"买了老张两毛钱的苞米，只给了一毛钱，在老张的央求下，给老张切了一小块面包顶账。这是现代东北文学中不多见的对俄国人"欺侮"东北人的描写，而且这种行为与日寇的暴行相比有天壤之别。

在20世纪初，俄罗斯也经历了与中国相似的动荡和战争。腐朽的沙皇俄国在第一次世界大战的冲击下，国内矛盾异常激化，终于由战争引发了革命。1917年的俄国十月革命对以哈尔滨为中心的"北满"地区的俄国侨民构成产生了极大的影响。在此之前，活动于"北满"地区的俄罗斯侨民主要是中东铁路工作人员及其眷属，以及一些商人和传教士等。而十月革命爆发之后，大批从俄国逃亡的白军和难民涌入以哈尔滨为中心的"北满"地区，俄罗斯侨民的数量达到了高峰期，许多人在这块土地上滞留了相当一段时间后才陆续散去，还有一少部分俄罗斯人在这里生根、终老、留下后代。

骆宾基在《混沌初开》中描写的故乡边境小城也接纳了这些被"赶出国来"的俄罗斯人。小主人公"我"去看"老毛子"，看到的是"有山羊

---

① 罗烽：《罗烽集》，黑龙江大学出版社，2011，第16页。

眼睛的俄国孩子""眼睛全是琥珀色或是蓝色的"的男人和女人，他们衣着破乱、脸上脏污、饥饿不堪，显露出逃亡的苦涩和艰辛。而"我"在这里看到的一个有"两绺浓厚的卷翘的胡子"的俄国军官，之后在这座小城里开了一家"刘不林斯基"糖庄，成为糖庄老板的刘不林斯基"手里还握着那个大葫芦烟斗，不同的是穿着秋季的西装，而且头发又是整洁的"。这个逃亡的军官在这块异国的土地上找到了生路，而且收购了"我"父亲的房产。作者描绘了来"我"家清点物品的刘不林斯基的助手的样子，"那俄国人，体格魁梧，又穿着尼古拉制的军装冬大衣，胸前两排铜扣，后背开襟，腰以下很宽阔，这潇洒的装束，俨然是一个英俊的退伍的轻骑兵"①。这个形象显然与刚流亡到东北时的俄国人不同了。

然而，现代东北文学中如刘不林斯基这样生活优裕的俄罗斯人并不多见，大部分流亡的俄国士兵、平民、破落贵族的生活都比较困苦。金音的短篇小说《天真的命运》描写了俄罗斯少女舍尔该·都丽娜的不幸命运。都丽娜的父亲原为中东铁路的职工，与她母亲安娜同居后，1927 年生了她。父亲退职后，领了一大笔退休金，他和母亲不知节俭，仍然过着花天酒地的生活，钱很快就花光了。父亲到一个小工厂去当小工头，母亲重操旧业去当舞女。父亲每天酗酒，生活不顺心就打老婆出气。1934 年父亲被解职，他们来到长春，父亲到交通会社当巴士运转手，母亲在一家咖啡馆当女招待，都丽娜在仁慈女校二年级念书。后来父亲离家去了上海，母亲为了生活去卖淫。母亲被警察抓到警察署，她不敢承认是都丽娜的母亲，怕被都丽娜的同学知道瞧不起都丽娜，打电话给都丽娜的老师阔耶烈夫，求他把她领出去。安娜出来后很本分，哪也不去，每天给都丽娜做饭，送她上学，亲她爱她。安娜了解阔耶烈夫 60 来岁，无儿无女，便写了一封信让都丽娜捎给阔耶烈夫老师，然后自己走了。阔耶烈夫打开信一看，见安娜把都丽娜寄托给自己。晚上放学时，他什么也没说，把都丽娜领回家去。年幼的都丽娜就这样被遗弃在了异国的土地上，与年迈的老师相依为命。

俄国乞丐是现代东北文学中出现较多的一类形象。同样是在《混沌初

---

① 骆宾基：《混沌初开——姜步畏家史》，十月文艺出版社，1994，第 162 页。

开》中，作家描写那些流亡的白俄们天天来敲院门，等崔婆把门一开，那穿戴褴褛的白俄就问："活计的有？"眼睛望着她的手，看是不是带着施舍的麦饼……这些白俄在为生存而挣扎。萧军在长篇小说《第三代》中，描写了一个俄国乞丐、风琴手赫列斯达可夫，他是一个失去了一条腿的俄国兵，靠拉手风琴乞讨度日。阿成的散文《洋乞丐》中写道："洋乞丐也是早年哈尔滨城一个耐人寻味的文化景观。"文中描写了一个俄国老乞丐，"战争使他的手指都不全了，但他却能灵活地演奏手风琴，几根手指像小松鼠一样在琴盘上跳来跳去。我很熟悉他所演奏的每一首曲子，像《瓦夏瓦夏，好瓦夏》，像《黑龙江的波浪》等等。他从不像中国乞丐那样，向行人伸出一截枯干的手臂，说：'可怜可怜我吧……'他从来一声不吱，不管有没有行人，有无施舍，就那么一个劲儿地拉，充满激情，充满活力，像一个小伙子。雪天也如此，他的身上落满了雪，可他仍然那样亢奋地拉着……。这个俄国乞丐的样子像一个圣诞老人，有一双迷惘的灰眼睛。许许多多的老哈尔滨人都认识他，甚至把他当成哈尔滨街头固定的一景，当成朋友了，见了面，也像洋人那样，摘一下帽子向他致敬，说'得拉斯基（你好）'"[1]。如作家所说，这个俄国老乞丐是一处"耐人寻味"的风景，被战争摧残了肉体、赶出了家园的老人，在异乡的街头靠拉琴乞讨度日，虽然他拉得充满激情，虽然他保持着自己的尊严，但是他的眼神中却有掩饰不住的"迷惘"。

俄国的动荡、变革和战火不仅摧毁了很多没有经济基础的士兵和平民的生活，而且使那些原本养尊处优的白俄贵族也品尝到了生活的艰辛。疑迟的长篇小说《同心结》中就叙写了这些为生活奔忙的白俄们，"这附近往来奔驰的小型汽车，车里的司机大多是白系的俄人。都因为近年流浪的贫困谋不到就职的机会，便只好驾兜着自家当年豪富时代乘着兜风的汽车，在街上运载着从前所最认为不齿的人们。为了这些，他们便不得不学着斯土上的言语，为了这些他们便不得不暂时藏起来旧时的骄傲，而争先地向斯土上的人们作着谦虚的笑脸，来拉拢那些徒步的旅客们。'戈比但！不坐小汽车吗？……'……那不甚完整的言语，很容易引起陌生人们轻蔑的嘲

---

[1]　阿成：《哈尔滨人·洋乞丐》，浙江人民出版社，1995，第7页。

笑"①。从他们的身上，人们更清楚地看到世事的变幻和人生的无常。昔日的富贵转瞬间被社会变革击得粉碎。作家在这里借助对白俄形象的描写，隐喻了主人公起伏的命运。

在现代东北文学中的俄罗斯人形象里，俄罗斯女性形象可说是最为丰富多姿的一类。她们那异族的美丽、多情放浪的性格，善良、勤劳而又勇敢的品质，她们在东北地区的现实生活、多舛的命运，为现代东北文学增添了一抹奇异的色彩。萧军的长篇小说《第三代》中，在俄国闯荡多年的林荣带回了他的俄国妻子佛民娜，他们到长春城开了一家俄国式的小酒馆。林荣做老板兼堂倌，佛民娜做厨师，这个女人"简直是一只不知道疲倦的母牛"，她勤劳肯干，喜欢唱歌跳舞。不过，她被那个失去了一条腿的俄国兵赫列斯达可夫引诱了，抛弃了林荣。杨利民、王立纯合著的《北方故事》描写了一个颇具魅力的俄罗斯姑娘叶莲娜，她"那白皙的皮肤，金色的头发，挺秀的鼻子，深凹的浅蓝色眼镜"，"掺杂在人群里，有一种扎眼的漂亮，那么暴露，那么逼人"，显示了一种"无法融合"又楚楚可怜的异类的美。她苦难的身世与遭遇，她的美丽、善良、勤劳，无不让这片土地上的人们对她充满了同情和喜爱。她与金铁匠、二江的婚姻爱情交织着浪漫与凄美的情愫。可悲的是，她和她深爱的二江都没能逃过日寇的屠杀，她带着她唯一的奶牛在草地上采花的时候，被日寇罪恶的子弹击中，永久地融入了这块土地。电视剧《夜幕下的哈尔滨》第四集讲述了一个叫雪梅的在马迭尔宾馆工作的俄罗斯女孩的故事。在 20 世纪 30 年代，像雪梅这样懂中文、会日文的人在日伪机关工作并不是什么新鲜事，电视剧通过雪梅这个看似并不重要的人物勾勒出当时哈尔滨社会的基本风貌。作为一个长期和中国人打交道的俄罗斯女孩，雪梅对王一民这样的中国帅哥一见倾心也十分正常。令人遗憾的是，在第十七集中，雪梅为掩护关静娴不幸牺牲，将她的鲜血洒在了中国的土地上。这个情节让人联想到 20 世纪 30 年代日本铁蹄下哈尔滨的俄罗斯人的生活状况。对于电视剧而言，雪梅不过是一个过场的人物，一个表现哈尔滨独特侨民元素的符号，但对于一些作家来说，无数个雪梅式的人物是他们创作的资源。这个信仰东正教的民族在黑

---

① 张毓茂主编《东北现代文学大系·长篇小说卷（中）》，沈阳出版社，1996，第 885 页。

土地上所划过的痕迹不但是该地域弥足珍贵的文化记忆，也是中国作家，特别是东北作家取之不尽的创作源泉。

现代东北文学中的俄罗斯人大多属于社会下层的弱势群体，他们流落到东北地区，就像一群迷途的羔羊，尝尽了人生的辛酸。对这一群异族人的描摹，从侧面折射出东北作家们的创作意绪。舒群的短篇小说《没有祖国的孩子》描写了一个韩国孩子果里，他的祖国被日寇侵占，他变成了一个"没有祖国的孩子"，作家在这里所要表达的重点显然不是韩国的灭亡，而是在警醒、激励同样失去了家园的东北同胞，是为故土沦丧所唱的悲歌。没有了家园、没有了祖国，个体就失去了归依。小说中的果里沙是个苏联孩子，他可以回苏联去，但对于很多流亡到东北地区的俄罗斯人来说，他们在一段时期内是无法或不敢回到苏联的。这里有一份俄罗斯侨民的档案，可以说明一些问题：

> 俄侨费基索娃·尼娜·格利高里耶夫娜
> 性别　女　　宗教信仰　东正教
> 出生日期及地点　1917 年 12 月 5 日生于哈尔滨
> 国籍　1918 年前俄国籍，1918 年至 1946 年无国籍，1946 年加入苏联籍。
> 民族　俄罗斯
> 教育程度……①

这份档案显示，该侨民在 1918 年至 1946 年之间是"无国籍"的。1917 年俄国经过"二月革命""十月革命"后，建立了工农苏维埃政权。为了巩固这个政权，以列宁为代表的布尔什维克党人提出了"用赤卫队进攻资本"和"剥夺剥夺者"的口号，使大批旧俄贵族、工商业主、文武官员和知识分子以及妄图推翻新政权的白匪军队战败后都仓皇地逃离俄国。以哈尔滨为中心的"北满"地区作为沙俄政府的殖民地，加之边境的毗邻，自然就成为吸纳这批难民的地方。在苏俄国内战争初期，外国干涉军和白俄军队曾一度占据着很大的优势，年轻的苏维埃政权经受着战火的考验。

---

① 石方、刘爽、高凌：《哈尔滨俄侨史》，黑龙江人民出版社，2003，第 43 页。

经过从战争的开始（1918 年 5 月）到战争的彻底结束（1922 年底）4 年多的浴血奋战，红军先后挫败了外国武装干涉军和白军的多次联合进攻，击溃了白军的所有主力部队。特别是在远东和西伯利亚地区，红军给予白军毁灭性的打击，使其残部大部分逃入以哈尔滨为中心的"北满"地区。可见，由于苏联国内的战乱以及一些政治等方面的因素，相当一部分流亡到东北地区的俄罗斯人处于一种无国籍的状态，他们也是一群"没有祖国的孩子"。舒群的短篇小说《无国籍的人们》描写了"我"在狱中所见到的白俄穆果夫宁和他的女人以及两个穷苦的俄国儿童果里和力士的形象。穆果夫宁时常独自唱道："白云下，/有我的祖国，/有我的家。//风雨中，/有我的一颗心，/有我的一朵花。//花落了，/心伤了，/在这天涯……""这种悲哀的调子，常常打动我的心，使我记起了一些悲哀的回忆。"① 对于家园沦丧、处于文化边缘的东北作家们，尤其是那一群流亡作家来说，对这些俄罗斯人的关注和描写，有一种同命相怜的意味在其中。

这些俄罗斯人有相当长的一段时间滞留在东北，他们中的一部分人在这里留下了后代，这是一群血统和文化的混血儿。在现代东北文学中，也有对这些混血儿的关注。在阿成的作品中，对这些混血儿的关注尤多。长篇小说《马尸的冬雨》、《生活简史》中，有众多的混血儿形象：邮递员达尼、小胡木匠、电车司机果力……他们每个人的身世都是一个曲折动人的故事。短篇小说《间谍》、《马兹阔夫生平》、中篇小说《闲话》等中也有对混血儿形象的描写。阿成曾这样写道："在黑龙江所属的哈、齐、牡、佳等几个城市里（包括个别的县城，乡下），你下去体验生活也好，搞调研也好，走亲戚会朋友也好，你经常会在拥挤的短途火车上，长途客车上，饭馆里、屯子中，看到一些混血儿（他们都不是特别年轻了，都是中年人了），冷丁一看，他们很像葛里高里、阿克西妮亚、像瓦西里，有的甚至像布哈托、别林斯基、普希金、莫洛托夫、左娅和舒拉，等等。但实际上，他们都是中国人，是当地的老百姓所说的'三毛子'。当然，他们的父辈肯定是'二毛子'。'二毛子'大多是中国人和外国人通婚后所生。这一点，一定很清楚，这种事儿也有一个主动和被动，自愿和非自愿，强迫与屈辱

---

① 舒群：《舒群文集 1》，春风文艺出版社，1984，第 298～299 页。

的情况——是啊，我怎么可能把这些'故事'都一一地说清楚呢?"①

　　诚如阿成所说，"二毛子"的故事是一言难尽的。在《六角街灯》的主人公秦厚木身上，"老俄罗斯人与生俱来的高贵气度，与中国人传承久远的高尚品格"② 完美地融合在一起，但这样一位优秀的年轻人却令人惋惜地死在了边境战士的枪下，作家这样的处理似乎暗示着混血儿的悲剧性命运。廉世广的《西伯利亚蝴蝶》充满了象征意味，小说中的主人公哲罗是个混血儿，他的身世里面"有个浪漫的故事，也有个心酸的故事"。他的身世有两个版本，一个版本中他的父亲是过路的苏联红军军官，母亲是本地村里的姑娘；另一个版本里父亲是中国人，母亲是逃难到这里的俄国贵族。无论哪个版本，都包含着不足为外人道的悲伤，或许不去追究才是对哲罗最好的善意。哲罗其实是一种鱼的名字，黑龙江水产丰富，江里的鱼有"三花五罗十八子"③ 的说法，哲罗便是五罗里的一种。中苏关系紧张时期，哲罗被村里认定为苏修特务，他坐在江边默想，"这边的水，那边的水，都是同一条江里的水，它们知道谁是中国的，谁是苏联的吗？还有那水里的鱼，一会儿游到这边，一会儿又游到那边，一会儿是中国的，一会儿又是苏联的，可是没人追究它们，没人说它们是特务。"④ 哲罗也曾尝试游荡在黑龙江两岸，但最终还是情感占了上风，他留在了从小长大的中国土地上。

　　韩乃寅的长篇小说《嘎丽雅传奇》是一部讲述第二次世界大战期间中国人民协助苏联红军打击日本侵略者的长篇小说。华俄姑娘嘎丽雅·瓦西里耶夫娜·杜别耶娃确是真名真姓，有关于她的真实故事。小说中，嘎丽雅是绥芬河华语学校的音乐老师，有一副百灵鸟般清脆悦耳的歌喉。嘎丽娅的母亲冯俊妮是中国人，朴实的山东农民。父亲撒夫林克是乌克兰人，后因做生意落户绥芬河，一次回国谈生意时，参加了苏联红军后

---

① 阿成：《生活简史》，昆仑出版社，2013，第34~35页。
② 李文方：《六角街灯》，黑龙江人民出版社，2015，第260页。
③ 三花是：鳌花、鳊花、鲇花。五罗是哲罗、法罗、雅罗、胡罗、铜罗。十八子是：岛子、链子、川丁子、柳根子、七里浮子、牛尾巴子、嘎牙子、鲤拐子、鲫瓜子、鲇鱼球子、狗鱼棒子、黄姑子、麦穗子、葫芦片子、红尾巴梢子，还有白漂子、紫泥肚子、细鳞子。（引自廉世广：《西伯利亚蝴蝶》，《北方文学》2016年第9期，第6页。）
④ 廉世广：《西伯利亚蝴蝶》，《北方文学》2016年第9期，第6页。

就很少回来。一家人曾在哈尔滨生活，嘎丽娅在伪满洲国读小学时，就学会了日语，她是难得的通晓中、俄、日三种语言可以用三种语言自由交流的人才。东北沦陷时期，关东军开拓团在东北进行了大量的建设，日本侵略者妄图在一百年内将这里的中国人同化，他们按照开拓团大营的样式来建造日本式房屋，培养日本式村民，即使日本小伙子娶了中国姑娘也起日本名字，幻想着以后"不管什么样的考古学家来考证，这里也是大日本帝国的领土"。在关东军建造的工事中，最坚固的就是号称"东方马奇诺防线"的天长山地下要塞。1945年日本天皇宣布投降后，关东军残部劫掠了一批中国劳工和朝鲜慰安妇躲入天长山地下要塞，负隅顽抗。嘎丽娅利用日军指挥官大泽一郎对她的爱慕，在母亲冯俊妮、慰安妇朴巧巧的帮助下，潜入天长山地下要塞。嘎丽雅试图劝降日军，但没有成功，随后她设法取得了要塞的地图。苏联红军与东北抗日联军依据地图，攻克了要塞，在战斗中，嘎丽雅引爆了日军的弹药库，壮烈牺牲。这部小说故事情节波澜起伏，是一部主题鲜明的爱国主义优秀作品。在小说的后记中，韩乃寅指出，"中国作为第二次世界大战的东方主战场，中国人民的抗日功绩不可磨灭，这些丰功伟绩将永载世界史册，也将留存于文学的宝库"①。

关于嘎丽雅的故事，在徐景辉的长篇小说《不应忘却的和平天使——嘎丽雅》、赵英斌的报告文学作品《寻访嘎丽雅》等作品中也有表现。不过在这些作品中，对嘎丽雅身世的描述并不一致，或许报告文学《寻访嘎丽雅》中的介绍更为准确、客观："嘎丽娅的父亲张焕新生于山东省掖县，因自小跟随叔叔'闯关东'来到绥芬河，先后'跑崴子'做毛皮生意、当中东铁路上的列车押运员等，熟知绥芬河边境地区的风土人情，精通俄语。1922年，张焕新结识了同样来绥芬河谋生的17岁俄罗斯姑娘菲涅，两人从此开始了终生的跨越种族的夫妻相守。6年后，张焕新、菲涅夫妇生下了唯一的女儿嘎丽娅，组成了有3个儿子、1个女儿的六口之家。"② 根据寻访所述，嘎丽雅是一个活泼聪慧、善良勤劳的少女，而且她通晓中、俄、

---

① 韩乃寅：《嘎丽雅传奇》，东方出版社，2015，第284页。
② 赵英斌：《寻访嘎丽雅》，《时代报告·中国报告文学》2015年7月号中旬刊，第94页。

日三种语言，可以用三种语言自如地交流，正因为如此，她成为苏联红军征召翻译的最佳人选，明知去日军要塞劝降是九死一生，嘎丽雅还是毅然接受了任务，可以说，嘎丽娅三次上天长山劝降是一个中俄两国人民共同抗击日本法西斯侵略的美丽故事，表现了中俄人民对和平的渴望。赵英斌指出："嘎丽娅本身就是一种象征，象征着中俄两国源远流长的友谊，她的精彩人生和为了和平而献身取义的精神，深藏着一个民族的价值观和人性向善的光辉。"①

当绥芬河的嘎丽雅纪念碑设计完成之时，纪念碑筹建者孙伯言以一名普通中国公民的名义，致信俄罗斯总统普京，请求普京总统为嘎丽雅纪念碑题词。2007年5月，一封由普京总统亲笔题写的致中国绥芬河市民的信函来到了绥芬河，普京总统在这封信中写道：

亲爱的中国朋友们：

　我感谢你们这封热情洋溢的来信和善良的友好的倡议，我们再度证实，俄中两国战略协作伙伴关系是建立在两国人民相互理解和真挚友谊基础之上。

　人类在第二次世界大战中遭受的巨大损失是无法弥补的，因此，我们每个人都有义务将这沉重考验和对那些英勇献身的英雄哀思传递给子孙后代，为此而建立"友谊和平天使"纪念碑，来表彰这位翻译姑娘为拯救世界和平居民的功绩，这将受到后代人的敬意。

　我建议，纪念碑上应刻上这样一段话："我们的友谊就是相互理解、信任、共同的价值观和利益。我们将铭记过去，展望未来。"

　致以崇高的敬意！

弗·普京
2007年5月14日②

嘎丽雅的动人故事是世界反法西斯战争中的一个传奇，相信这个动人故事和故事中所包含的对和平的渴望会长久地留存在人们的记忆里。

---

① 赵英斌：《寻访嘎丽雅》，《时代报告·中国报告文学》2015年7月号中旬刊，第99页。
② 韩乃寅：《嘎丽雅传奇》，东方出版社，2015，扉页。

　　此外，在现代东北文学中还有对苏联军人的描写。乔夫的诗《海滨之歌》在引言中写道："红军解放了旅大九个月后的一九四六年五月，在故乡大连认识了几位苏联官兵，其中的戈伏茨基会讲流利的中国话，和我过从甚密。前次看青春之曲里面有一支插曲，正是他常唱的曲子。昨天偶翻一本杂志，里面又有该歌，《西伯利亚的战士》的中文翻译，引起我的怀念，写成这似诗非诗的《海滨之歌》，以志不忘。"① 诗中热情歌颂了社会主义苏联的建设和发展，而如今"中国人民全将得到解放"，表现了对社会主义社会的向往和新中国即将建立的喜悦之情。

　　舒群的短篇小说《舰上》记述了"我"和战友马斌元与苏联士兵苏斯洛夫的友谊。"我们"原是东北军下属军舰江清号上的船员，一天"我"和马斌元在松花江中游泳，马斌元体力不支遇险，被附近苏军战舰红星号上的士兵苏斯洛夫所救。不久后一个天降暴雨的清晨，苏斯洛夫因军舰要开走而来向"我们"辞行，临走时他说"希望你们做我的好友"。之后的中苏战争中，"我们"被俘虏了，恰好是关在红星舰上，在苏斯洛夫值班看守"我们"的时间里，他总是提来手风琴，为我们奏起歌来，并劝慰我们"快乐些"。但他的劝慰却激起了马斌元的反感，指着他问："既然做了俘虏，能有快乐吗？"而苏斯洛夫说："我们把你们看作友人一样"。中苏停战后，苏联归还了占领的土地，我们也被释放了。苏斯洛夫为我们送行，还说："希望你们做我们的好友！""九一八"事变爆发了，"我们的海军"为日寇的暴力所屈服，松花江的江防舰队，接受了日寇的指挥。"我们"不忍向自己的同胞义勇军开炮，逃到红星舰上，然后转到退入苏联境内的军队去。苏斯洛夫为我们送行，临别时马斌元终于向苏斯洛夫伸出手去，说："我要做你的好友！"这个短篇虽然篇幅不长，却通过"我"这个江防海军的视角叙写出东北地区那几十年政局的变化及与苏联的关系，作家的创作倾向是明显的，把苏联作为一个善良、宽厚而又强大的朋友，表达了对红色苏联的亲近和向往。苏斯洛夫的形象就是苏联的象征，战舰取名"红星"更是暗喻了苏联的红色政权。

---

　　①　张毓茂主编《东北现代文学大系·诗歌卷（下）》，沈阳出版社，1996，第1073页。

二　俄罗斯人形象的性格特征

乞丐、妇女、混血儿是现代东北文学中的俄罗斯人形象里比较突出的三类，从对这些异族血统的人的描写来看，他们的生存状态大多很艰难，东北人对他们虽然有嘲弄、排斥的一面，例如《混沌初开》中的崔婆遇到中国的乞儿就施舍一个馒头，遇到乞讨的白俄则说"没有，没有"，但主要还是显示出了一种同情的态度，能够包容他们的存在，与这些异族人和谐相处。这一方面是因为这块曾经荒凉的土地本身就是由无数移民者共同开发的，这使得生活于此处的人们对外来者具有先天的同情心；另一方面，地理位置的毗邻使东北人对俄罗斯人较为熟悉，一部分东北人还到过俄国，例如《第三代》中的林荣曾在俄国闯荡多年，《混沌初开》中"我"的父亲也曾闯过崴子（海参崴）；而且自然环境的相似也使得俄罗斯人与东北人的性格中具有某些可以沟通的层面，丹纳在他的《艺术哲学》中便指出了自然环境对精神状态的重要影响。在现代东北文学中，对俄罗斯人的性格特征也有多方面的表现。而这些俄罗斯人的性格，也或多或少地影响了东北人的性格，给东北人的性格中加入了一些斯拉夫民族的因素。

在极北苦寒的自然环境中，酒是人们生活中的一个重要元素，北方人喜欢饮酒是人们的一个共识，俄罗斯人的好酒更是举世闻名。俄罗斯人喜欢烈性酒，把白酒称作"伏特加"，"伏特加"一词是对水的爱称，含有"心爱的水"之意，足见他们对白酒的偏爱。他们喝酒不注重地点，也不计较菜肴，《混沌初开》中写"有的俄罗斯苦力只是站在中国式的柜台外，喝一杯白酒，啃一根酸黄瓜做酒肴，干了杯就用手背擦擦嘴走出来"。

对滞留在东北地区的俄罗斯人来说，酒不仅可以驱寒，而且是一种精神麻醉剂，可以稍稍减缓一点流亡异乡的内心苦痛。爵青的短篇小说《哈尔滨》中描写道："一个喝得舌根都硬了的白俄摆过来，向窗橱里深深地看了一眼，长叹了一声，又用破皮鞋在水门汀上怏怏的走了过去。穆麦心里想：这个棕色的异国流浪者，也许还怀念着莫斯科的豪华的往日，也许悲伤着自己流亡的忧郁和离开温柔的家的情景，可是这大都市的存在，就连这么一个人的简单的需要和安慰都不能给他吗?"① 流浪是现代东北文学中俄罗斯人形象的一个重要特征,他们原本拥有的家庭和社会财富等由于种种原因而失去了,这种流浪的无根状态更加促使他们借酒浇愁、及时行乐。《第三代》中的林荣曾说赫列斯达可夫,"他是多么懂得人生啊! 他每天总是把自己挣到的钱,花在自己的身上。他不让一个铜板随着自己过夜,也不让一刻使自己不快活……"②

在现代东北文学中,俄罗斯人不仅喜欢饮酒,而且似乎善于开酒馆,俄国酒馆是现代东北文学中一个很突出的意象。萧军的短篇小说《下等人》里"一个跛了脚的退伍的铁路工人"开了一个"地窖酒馆","他是一个高加索人,在一九一四年,他参加过欧洲大战。因为他杀了他的长官,他逃到了西伯利亚,又逃到×××"。这里是"下等人"们经常聚集的地方,在这里每人喝一杯"唔德克"(俄国下级劳动者常饮的酒名),吃几片肠子,便是疲惫的精神和身体的"酬报和慰安"。《第三代》中林荣和他的俄国妻子佛民娜在一片灰色的垃圾场上建了一个俄式的小酒馆,每到黄昏的时候,那些"挣取五角钱到一元钱一天工资的建筑工人"们就聚集到这里,享受难得的安闲。尤其是到周六的黄昏,林荣和那个独腿的俄国兵赫列斯达可夫"两只手风琴一问一答似的呜呜咽咽地哭泣似的尖锐或低沉地叫着。再加上酒……人们常常要沉醉到天明"。阿成的长篇小说《马尸的冬雨》中,娜达莎和她的情人来到马尸,开了一家"敖德萨餐馆",流亡到此地的洋人和混血儿们经常从这家餐馆进进出出,尤其是到了圣诞节的时候,这里还举行通宵的舞会,"他们在那里唱着歌,跳着舞,拉着欢乐的手风琴,大声欢笑着,许多洋人和混血儿都喝醉了"。

可以看出,这些酒馆都是比较低档的,是普通劳动者聚集的地方,现代东北文学中也有对"华梅西餐厅"等高级俄式餐馆的描写,但远不如这些小酒馆那么热闹、那么有生气。这些小酒馆是生活在社会下层的劳动者、流亡者休闲、发泄的场所,在严寒的自然环境和严酷的社会环境中,酒精既给予了他们短暂的身体舒展和精神放松,也促进了他们彼此之间的交流,

---

① 张毓茂主编《东北现代文学大系·短篇小说卷(下)》,沈阳出版社,1996,第1490页。

② 萧军:《第三代》,黑龙江人民出版社,1983,第579页。

从而生发出一个个曲折悲凉的故事，这些故事真切地表现了活动于此处的流亡者与本地人的生存境况和精神状态。从时间段来看，这些故事大多发生于俄国十月革命到东北解放之间，也就是"俄侨费基索娃"无国籍那一时期。在这一时期里，流亡的俄罗斯人处于无国籍状态，而东北地区的政局则是跌宕起伏、战乱频仍。经历了日俄战争的东北地区，又相继落入了军阀、日伪的黑暗统治之中，东北地区的人民"就像麦草似的被这些杀人的滚子辗来辗去"①。东北人民的生活与这些流亡的俄罗斯人一样处于危难之中，朝不保夕，酒这种麻醉剂也是他们聊以自慰的良药，于是好酒也就变成了东北人的性格特色之一，而酒馆也成为文学作品中事件的多发场所。

在很多人看来，俄罗斯人的情爱观是较为自由随意的，不像中国人有那么多礼法的约束，与西方文化的情爱观更为接近。有人说西方文化是"性文化"，东方（尤其中国）文化是"食文化"，此论虽然偏颇，却也有一定的道理。在两性关系方面，俄罗斯人要比东北人开放得多。现代东北文学对这些滞留在东北地区的俄罗斯人的情爱纠葛也有较多的描述。《第三代》中的佛民娜对赫列斯达可夫似乎存在着"一种不能够和解似的憎恶"，说"一个人为什么要姓这种姓啊？这是个骗子、流氓的姓字啊！他是果戈理戏剧里一个做'假钦差大臣'的人物！我们全拿这绰号去喊叫那些一切不务正业的骗子、流氓……们的"，又说："我一小就不喜欢兵，不喜欢乞丐，不喜欢那些不靠自己的力量赚面包的人。我的父亲第一句话教训我的就是：'不靠自己手脚挣面包吃的人，是人类中最卑贱的臭虫！他们不是上帝创造的属于人类的真正的子孙！'他是个兵，又自吹是个贵族，他就是个不靠自己的手脚挣面包吃的那种人……"②可是慢慢地这种憎恶发生了转变，赫列斯达可夫的花言巧语打动了她，她竟然抛弃了林荣，置两个孩子的情感于不顾，委身于这个"流氓、乞丐、不靠自己的劳力挣面包吃的卑贱的臭虫"，这从东方人的情爱观出发简直是难以想象的。而对佛民娜这个生活于异国他乡的俄罗斯女人来说，虽然家庭的温暖让她难以舍弃，但离乡的苦楚、民族的差异和对性爱的自由观念使她无法抵挡她的同族人赫列

---

① 萧军：《第三代》，黑龙江人民出版社，1983，第292页。
② 萧军：《第三代》，黑龙江人民出版社，1983，第591页。

斯达可夫的诱惑，失身于他，从而造成了她与林荣的决裂。

《马尸的冬雨》中敖德萨餐馆的老板娘娜达莎是个"漂亮、风骚、又活泼可爱的俄国娘们"。战争使她追随着她的情人流亡到中国的小西伯利亚马尸，她本身并没有任何政治主张，她不过是战争受害者的同路人而已。"她到马尸来，仅仅是出于对情人的爱，再加上一点好奇和年轻人固有的浪漫"。然而她的情人却自杀了，留下她自己在异乡经营这个餐馆。独处异乡的娜达莎像许多俄国人一样喜欢酗酒，"每每喝多了，她就会讲当年在敖德萨，同那些罗马尼亚人、土耳其人以及意大利水手之间的风流韵事"。在马尸，娜达莎也不乏情人，那个神秘的英国绅士、混血儿果力等都与她有过"很亲密的友谊"。流亡的岁月无望而又漫长、无聊而又无奈，娜达莎与她的情人们的关系有的是逢场作戏，有的是同病相怜，而她的韩国伙计朴英哲一直都没有成为她的情人，也从一个侧面表现出了东西方两种情爱观的不同。

不过，在现代东北文学中，俄罗斯人的情爱观并不都是那样随意的，也有一些人物形象表现出了对爱情的坚贞不渝。《马尸的冬雨》中的小胡木匠是一个流亡到马尸的俄国寡妇与一个姓胡的中国木匠所生，在小胡木匠长到十岁的时候，老胡木匠突然不辞而别了。不久，大家知道老胡木匠在他的山东老家还有一个老婆和两个儿子，而且他的两个儿子都很大了。从关里闯关东的男人，在关东找一个女人"结婚"，组成一个临时的家庭，在当时并不是什么新鲜事。但那个俄国女人认为，"这个厚道的中国老人回自己的老家去看望原配的老伴儿，就说明他是一个值得信赖的人，一个有情有义的人。小胡木匠的母亲坚信，那个中国老人也一定会这样对待自己的"。她每天的清晨和傍晚，无论风霜雨雪，都要去马尸那条通往外地的大路口那儿张望。十几年后，一个大雪之夜后的清晨，老胡木匠终于回到了她的身边。这个俄罗斯贵族女人的坚持获得了回报，她的"脸上露出了胜利的笑容"。

相比而言，迟子建的成名作《北极村童话》里那个"高高的、瘦瘦的、穿着黑色长裙、扎着古铜色头巾"的苏联老奶奶就没有这么幸运了。"她告诉我，她的家在江那边很远很远的地方，有绿草地，有很好看很好看的木刻楞房子。她说，她年轻时糊涂，跟着她爹糊里糊涂就走了，说着一个劲叹气。她还告诉我，她年轻时是一个很好看的人。还说，她有一个傻儿子，现在在山东，是她男人带走的。运动一到，那人胆小，扔下她一人，跑了。"[1] 这个苏联老奶奶直到孤寂地死在这个边陲的小村庄里也没能再见到她的男人和儿子，临死前身边没有一个亲人。

在现代东北文学中，这些流亡的俄罗斯人的情爱故事与他们的流亡生活、与他们周围的人们紧密结合在一起。事实上，作家们对这些异国人形象的描写不可能是任意的，这些形象承载了许多信息，无论是放荡还是坚贞都只是表象，在其深层体现出来的是在这一特定的历史时期此处人们的深远的人生悲凉。从对娜达莎的放荡生活的描写来看，作家所持的并不是批判的笔调，而是蕴含着深深的同情与悲悯。岁月的流逝带走了娜达莎的青春和美貌，她周围的朋友和故事也越来越少了，生活总得有生老病死，"生命留不住，爱情也留不住的"。老病不堪的娜达莎最终独自登上了去莫斯科的国际列车，流亡地毕竟不是久恋之家。在东北这块苦寒之地，冬季非常漫长，且滴水成冰，哈气成霜，自然生存条件十分恶劣。生活在这里的大量的移民和侨民，都有很强的生命意识，加之儒家文化土壤的贫瘠使他们对俄罗斯人自由的情爱观并没有过多的苛责，而是宽容地理解和接纳。在这些东北作家们的笔下，道德礼法的批判已经退居次席，艰难的生存环境中对人物的生命意识，情感的丰富性、复杂性的透视占据主位，进而勾勒出了一幅幅富有地域风情的人生画卷。

在这种艰难的生存环境中，流亡到这里的俄罗斯人所表现出来的勤劳与善良、乐观与勇敢、骄傲与自尊也成为东北作家们着力渲染的一个部分。欢快地唱着歌、跳着舞、拉着手风琴的俄罗斯人给多灾多难的、沉重的东北大地带来了鲜活跳跃的生命律动。《第三代》中的林青就表达出了对手风琴声的赞赏："我是在听那些琴！它们比我的胡琴要好多了！我的胡琴它只会使我伤心，这琴……它却让人有力量……"[2] 阿成的散文《洋乞丐》中那个俄国老乞丐一声不吱，不管有没有行人，有无施舍，都"充满激情，充满活力，像一个小伙子"一样拉着琴的场景也让人感动。

杨利民、王立纯合著的长篇小说《北方故事》中的俄罗斯姑娘叶莲娜是一个光彩照人的形象。她一出场便以"她奇异的美貌"震动了整个放马

---

① 迟子建：《迟子建文集 1：原野上的羊群》，江苏文艺出版社，1997，第 27 页。
② 萧军：《第三代》，黑龙江人民出版社，1983，第 576 页。

营，而她这异族的美丽中却蕴含着多灾多难的身世。她的苦难经历与俄国的政治变动和现代东北地区的战乱历史紧密结合在一起。叶莲娜的家"离贝加尔湖不远，叫乌兰乌德。那儿有山，有水，有蜂蜜似的阳光和空气"。她的父亲是邓尼金部队的士兵，十月革命的风暴摧毁了一个腐朽的政权，也把她恬静的童年生活打破了。他们全家逃往东北，父亲在渡河的时候溺水而死，她和妈妈流落到哈尔滨。妈妈在异乡生病使她们背上了高利贷，债主要把叶莲娜卖到桃花巷去，正好被老金铁匠遇到搭救下来。为了报答金铁匠的搭救之恩，叶莲娜硬跟着金铁匠来到放马营，做了他的女人。叶莲娜一来，金铁匠的生活便焕然一新了。在叶莲娜的张罗下，金铁匠的铁匠炉旁又修了个面包炉，接着又修了房子，两个人的日子过得红红火火，金铁匠虽然年老，但忠厚善良，可以看出，这时的叶莲娜是幸福而又快乐的。然而这幸福是短暂的，命运再一次苛待了这个美丽的姑娘，金铁匠被翻倒的牛车压伤，变成了残废。在这个时候，一直暗恋叶莲娜的二江走进了她的生活，他不顾母亲的反对和乡亲的嘲讽，和叶莲娜结成了夫妻，与金铁匠一起经营起一个拉帮套式的家庭。在经历了起初的冷眼之后，叶莲娜的勤劳和善良、健康的美貌打动了洪嫂的心，也赢得了乡亲们的喜爱。事实证明，她和二江的结合是洪家三兄弟中最为幸福的一对，而另两对洪嫂极力撮合的婚姻却充满了苦涩。

　　但是，在那个动荡的年代，个人的幸福是非常脆弱的。叶莲娜刚给二江生下一个健壮的儿子，二江就惨死在日寇的刺刀之下，"这个正在坐月子的俄罗斯女人并没有大哭大叫，而是静静地流泪，有时候美丽的蓝眼睛眨都不眨，晶莹的泪水就那么不可思议地涌流着"，"后来人们常常听到她哼唱一首忧郁的俄罗斯民歌，问她，她说是《三套车》，唱的是一个赶车的人……这首低沉哀伤的歌每每在尖顶的俄式房子里萦绕，过往的人无不为之感动"[1]。叶莲娜是坚强的，悲伤并没有把她击倒，她带着孩子勇敢地生活下去。就像文中的杨拐子所说的那样："咱老百姓，再苦，再委屈，日子也得过下去，就像这地上的草，哪怕天寒地冻，哪怕火烧过，霜打过，它的种子，它的根，就在地底下，一声不吭地忍受着，到了时候，它就会照样发出新芽来！

---

[1]　杨利民、王立纯：《北方故事》，北方文艺出版社，1999，第224页。

这大草原上，一茬接一茬的人，都是这么过来的！"① 叶莲娜也把她的根扎在了这块土地上，当她在绥芬河车站工作的舅舅来信让她随其移民澳洲的时候，她回信告诉舅舅说："我嫁给了中国男人，生了个中国孩子，自己也成了中国女人，我，离不开放马营这块土地了！"

在小说中，作家再三描绘叶莲娜的美丽，她那"像奶酪和玫瑰花合成的"皮肤、那金色的长发、挺秀的鼻子，深凹的浅蓝色眼睛，那飘扬的裙裾，显示出一种无法融合的异类的美，她那爽朗、纯净，"好像清澈见底的溪水在青青的草地上恣肆流淌"的笑声给沉闷的乡村生活增添了亮色。如果说悲剧是把美丽的东西毁灭给人看，那么当叶莲娜被日寇罪恶的子弹击中的时候，小说的悲剧气氛和愤怒情绪达到了高峰："叶莲娜懵懂地旋转了几个圈子，飘然如舞蹈，终于张开两臂，柔软地倒在地上。花束被抛向空中，花瓣零落如雨，纷纷洒在她身上。她的脸上似乎还带着梦幻般的微笑，一种无法参透的迷误装扮了她永恒的美丽。"② 如此美丽的叶莲娜却死在了日寇荒唐的乱射之下，这是对侵略者草菅人命的最有力的控诉。叶莲娜这个美丽、善良、勤劳、坚强的俄罗斯女性在经历了种种磨难之后，最终融入了这块异乡的黑土地，她把她的爱、她的希望都留在了这里。

值得一提的是，在现代东北文学中，有一些短篇小说和散文、诗歌等小篇幅的作品专门描写了俄罗斯人形象，而在长篇小说中，俄罗斯人形象大多是作为点缀和陪衬出现的，描写较为简单，叶莲娜是少见的一个作为主要人物出现的俄罗斯人形象，作家倾尽笔力把这位异族女性描写得异常生动美丽。这个形象的塑造根源于作家对本地域历史的深入观照和反思，小说题为《北方故事》，却有书写地域风情史诗的架构和野心，文中洪氏三兄弟分别代表了身为伪满官员的知识青年、生活在民间的普通农民、啸傲山林的侠义胡匪三种人群，而三个女性形象则代表了具有文化知识却又冲不破传统礼法的新女性、流亡东北的俄罗斯人和闯关东的关里人的后代，这六条线共同编织出一幅色彩斑斓、波澜壮阔的历史画卷，展现出了从20世纪初到日伪统治那一段时间里东北地区的民俗风情和百姓的生存状态。

① 杨利民、王立纯：《北方故事》，北方文艺出版社，1999，第222页。
② 杨利民、王立纯：《北方故事》，北方文艺出版社，1999，第337页。

叶莲娜作为流亡东北的俄罗斯人的代表，是认真考察那一段历史的作家必然要触及的人物形象，是绘制那巨幅历史画卷中不可缺少的一种颜色。而作家在描写这一形象时所表现出来的特有的偏爱，则显示了作家通过这一异族形象对那种善良、纯真、豁达、乐观而又坚强的俄罗斯民族性格的高扬，这种性格就像文中描写的矢车菊，它"抗冻，几场霜都打不死。它蓝得干干净净，开得遍地都是，就像被雨水擦过的星星那样"①。

三　俄罗斯人形象的文化内涵

法国学者巴柔在他的论文《形象学理论研究：从文学史到诗学》中指出：历史和政治因素对于文学中的异国形象的形成起着不可低估的作用。形象并不是，至少并非绝对是与当时的政治、历史及文化现实相吻合的，但它却和一个特定历史时期的文化状况有着密切的联系。② 可以肯定，现代东北文学中俄罗斯人形象的出现和丰富与东北地区的历史文化发展和政治变更有着密不可分的关系。

从地理位置和政治环境上看，东北地区处于中国的边疆位置，与俄、日为邻，自然资源非常丰富，从战略上讲是良好的后方基地和物资储备库，近代以来就是日、俄两个帝国主义国家以及后来国共两党的必争之地。从沙俄入侵到日俄对峙，再到日伪全面控制东北，以及之后的国共战争，可以说东北地区从近代以来就弥漫在战火硝烟之中，甚至到新中国成立后在边境上还有与苏联的军事摩擦。连年的战乱，受害最大的自然还是生活在这里的平民百姓，尤其是帝国主义之间争夺利益的战争，给人民带来的只有灾难。东北作家们对这种罪恶的战争进行了有力的批判，马加的短篇小说《复仇之路》中的老人给大家讲起"光绪二十六年跑反"的情景："俄国大鼻子在长山子挖了战壕，日本小鼻子在沙岭抄了后路，日俄一打起来，大炮轰轰响，吓得鸡飞狗跳墙，老百姓三九天在雪地里跑反。"③ 蔡天心的中篇小说《东北之谷》中的朱龙老丈清楚地记得他二十一岁的时候，他和

---

① 杨利民、王立纯：《北方故事》，北方文艺出版社，1999，第206页。
② 孟华主编《比较文学形象学》，北京大学出版社，2001，第197页。
③ 张毓茂主编《东北现代文学大系·短篇小说卷（上）》，沈阳出版社，1996，第258页。

父亲住在山外一个叫松岗堡的村庄，"六七月，正落着暑雨的天气，俄大鼻子从北边反上来，不多久就和日本人打起仗来了。两下到处激战着，烧房子，杀人，奸淫妇女……人们都吓跑了，像老鼠似的往着山里钻。那时，他们爷俩便带着村上人跑到这条谷里来，他们为的安插小孩子和女人，才用石块造成这幢矮屋和院落。不幸他们的村庄，遭一夜炮火的洗劫便完全破灭：房子烧净了；人，死的死，流荡的流荡"①。

日俄战争的失败也加速了沙皇俄国的覆灭，而帝俄的覆灭和苏联政权的建立使滞留在或流亡到东北地区的俄罗斯人的身份发生了奇妙的变化，他们也曾是侵略者，是殖民者，在他们的殖民地上过着闲适的生活，可转瞬之间他们就变成了无家可归的流亡者，就像萧红在她的散文《索非亚的愁苦》中所写的那样，"现在那骂着穷党的，他们做了'穷党'了"。此时这些俄罗斯人也许才能深刻地认识到战争给他们带来的伤害，在《第三代》中，林荣曾拍着他那条受伤的腿对佛民娜说，"我是一个中国人，却也为你们俄国流过血了……"佛民娜的回答可说是真正的人民的声音："你的血和那个流氓的腿全是应该到俄国的沙皇那里去报功，他会赏你们的。你们打仗是为了沙皇，并不是为了俄国的人民。我知道，俄国的人民从来也不需要这样的战争的……"② 佛民娜这段话清楚地表明了俄国人民对帝国主义的战争也抱着深切的恨，这说明作家在处理俄罗斯人形象时是将他们放置在与东北人民同样的受害者一边。纵观现代东北文学，其中的俄罗斯人形象大多被处理成被侮辱与被损害者，处理成可以与东北人民友好共处的朋友，这与日俄战争中俄国的失败和之后日寇控制东北地区时期对俄罗斯人的迫害有着密切的联系。

当年曾目睹日军暴行的万斯白（Amleto Vespa）在其著述中写道，"从俄国革命爆发后，整千整万的俄国人逃难到满洲，他们到了那里是一律遇之宾客以礼的。从一九一七年到一九三二年间，没有一天不是一大批一大批的俄国难民逃到满洲的。不管他们中间是有护照的或没有护照的，犯罪的或守法的，一律都受到热忱的招待，个个都帮着他们安置下来了"。然而

---

① 张毓茂主编《东北现代文学大系·中篇小说卷》，沈阳出版社，1996，第542～543页。
② 萧军：《第三代》，黑龙江人民出版社，1983，第591页。

"日寇到后不上几个星期，成千成千的俄国难民逃出满洲，又有成千成千的下了牢狱，成百成百的给枪杀或谋杀了。事实上又有成百成百的俄国女孩子给日军奸淫了。和中国人交易而得来的钱财产业转到日本人的手里去了。大肆搜查之下，几乎每次都弄到被捕、下狱和死亡，这是当时的实情"①。《北方故事》中也曾描写因为日本人对满洲的占领，造成大批俄国侨民要移居美国、巴西、澳洲等地。俄国的政治变革使这些俄罗斯人流亡到东北，幸运的是这里有东北人热情而又宽容地接纳他们，但日寇的入侵把这块流亡地的生活也击得粉碎，不堪忍受的他们不得不经历再一次的流亡，这种流亡的心境与那些流亡的东北作家又何其相似！萧红在她的诗中写道："从异乡奔向异乡/这愿望多么渺茫/而况送着我的是海上的波浪/迎接着我的是异乡的风霜！"② 日寇的入侵和奴化统治使东北人失去了自己的话语权和民族独立性，变成了阶下囚，大批东北的仁人志士流亡关内。"从异乡奔向异乡"，既是这些流亡的俄罗斯人，又是流亡的东北人的真实写照。东北作家对这些俄罗斯人形象的描写既反映了这些异族流亡者的生存现实，也从侧面反映了东北地区的社会状况和人民的苦难生活。这些俄罗斯人形象的悲伤和忧郁也弥漫到东北文学之中，与存在于现代东北文学中的那种广大的忧郁融合在一起，东北这块土地的沦陷以及这块土地上人民的屈辱和苦难的记忆是每一个东北作家都不能忘却的。

从历史文化的发展来看，东北地区也处在中国文化的边缘，在中国文化的版图上缺少自己独立的位置。王富仁先生认为："我们可以从尘封的历史资料上找到许多东北出身的文人，找到他们创作的许多作品，但这些文人及其作品却只是关内文化的复制品，他们没有体现出这块土地上的人民的独立的生活体验和精神特征，没有把他们的独立的世界感受、人生感受、审美体验注入到中国文化的精神之中去。能征善战的满族人进了关，成了中国社会的统治者，但他们的文化却丢失在关外那块广袤的土地上。他们在关内学会了温文尔雅，学会了忠孝节义，学会了讲'道'论'理'，但所有的这一切都不是他们在东北大地上自然形成的世界感受、人生感受和审美体验，这样一

---

① 万斯白：《日本在华的间谍活动》，国光印书馆，1945，第22页。
② 萧红：《沙粒·三一》，《萧红全集》，哈尔滨出版社，1991，第1182页。

个剽悍的民族当面对西方列强的军事侵略的时候，不但早已失去了征服汉民族政权时候的剽悍的力量，甚至连直面西方列强的勇气也丧失了。"① 可以说，满族入主中原之后的东北文化陷入了一种邯郸学步的尴尬。虽然将清政府面对西方列强的软弱归罪于满族人有失偏颇，但对于东北文化来说，民族性格弱化的同时却没有积累起深厚的儒家文化传统却是一个不争的事实。

　　这种儒家文化传统的贫瘠从积极的方面来看是使东北文化更具有包容性和可塑性，更容易接纳外来文化；人民的性格较为豪爽旷达、不拘礼法，更注重生命的自然状态。从现代东北文学中对俄罗斯人形象的塑造来看，这些异族人大都能和本地人友好相处，他们的生活方式以及自由的情爱观等也为东北人所接受，而没有引起过多的反感或指责。《马尸的冬雨》中的流亡者们来到"中国的小西伯利亚"，当地的政府允许他们在那片荒无人烟的土地上建立自己的家园，而且不收一切赋税，让他们在这里安静而自由地生活。《生活简史》中孙传家同学的大伯是一个"拉帮套"的男人，"这种情况在关东地区比较多，就是闯关东的两个山东男人娶一个媳妇。他们都是一块儿闯关东过来的，一块儿结伴在这个天寒地冻，孤悬绝塞的黑龙江闯荡，人又年轻，合计一下，得有一个女人照顾生活呀，洗呀涮呀，做个饭，缝缝补补之类。于是，便先暂时地一块儿'娶'一个女人，一起吃，一起住，挣了钱，回山东老家之后再各奔前程。不过，若干年后，有一部分人因种种原因回不去山东老家了。所以，眼下的这种婚姻形式只能先维持下去"②。《北方故事》中的叶莲娜与金铁匠和二江结成拉帮套式的家庭，这丝毫没有影响乡亲们对她的喜爱。当他们面对洪嫂的时候，叶莲娜说："这不怨二江，都是我不好，是我勾引他的！"二江则说："是我心甘情愿的！"围观的乡亲们都"认为他们很仗义"。金铁匠的话可说是从人性的角度对封建礼教的反驳："洪嫂，你先别生气，听我说几句，你掂量掂量。我和叶莲娜根本就不配，这谁都能看出来，她嫁给我为的是报恩；其实她和二江一见面就互相爱上了。是二江救了我的命，他要是不救我呢？他和叶莲娜就是快快乐乐的一对了，可他救了我，还愿意拉扯着我这个瘫巴活下

---

① 王富仁：《三十年代左翼文学·东北作家群·端木蕻良（之二）》，《文艺争鸣》2003年第2期。

② 阿成《生活简史》，昆仑出版社，2013，第17页。

去。我……我咋就觉不出来他下做呢？我看他都够高尚的了！"① 当无话可说的洪嫂让他们"糊涂着过"的时候，金铁匠则针锋相对地说："这事儿我可是一点儿都不糊涂！"对这种拉帮套的生活方式来说，能糊涂着过已属不易，这里的"不糊涂"标志着这种民间纯朴的是非观对封建礼教的胜利。这块土地上人们的宽容和善良让叶莲娜深深爱上了这里，在这块土地上扎下了根。

　　而从消极的方面看，文化底蕴的不足，缺乏理性思维的能力和习惯，决定了东北文化更容易接受那些表层的物质技术层面的文化，而对高层次的精神方面的文化则不敏感，缺乏理性的文化思考能力和更高层次的精神追求。东北地区民众的性格也存在着懒惰、贪图物质利益、不思进取、玩世不恭、缺乏自尊心等缺陷。而现代东北文学中俄罗斯人形象的描写，在某种程度上也起到了对这些缺陷的反讽作用。俄罗斯人形象所表现出来的勤劳、自尊和虔诚的信仰是很多东北人所缺少的。《洋乞丐》中的俄国老乞丐不像中国乞丐那样伸手乞讨，而总是充满激情地拉着手风琴，虽然身为乞丐，却不失风度和自尊。在《第三代》中，萧军通过那个断腿的俄国兵之口讽刺了中国士兵："做那样一些灰老鼠似的中国兵吗？就是那些像流氓、土匪，把皮带斜在肩头上，或者提拎在手里，满街跑，坐马车、坐人力车……全不给钱的中国兵吗？"显然，家园沦陷的东北作家对这些旧中国的士兵是怀着蔑视和愤恨的。这些旧的社会制度的武装机器是民族劣根性的集中代表。② 在阿成的作品中，经常会描写到教堂的钟声，作家认为这钟声意味着爱、仁慈与和平，具有永恒的魅力。不过这钟声并不能真正进入生活于此处的中国人的心灵，在《马尸的冬雨》中作家写道："遗憾的是，生活在流亡地马尸的少数中国人，到教堂做礼拜的，却寥寥无几。偶尔有三两个中国人探头探脑地走进去，那不过是出于对洋教堂的好奇心而已。——中国人的好奇心，在世界上可居榜首。"面对庄严而又神圣的教堂，中国人没有忏悔和祈祷，而只是表现出看热闹式的好奇，"探头探脑"地看西洋景，而没有敬畏，这都说明了生活于此处的中国人对精神信仰的

① 杨利民、王立纯：《北方故事》，北方文艺出版社，1999，第131页。
② 慈灯的长篇小说《入伍》以作者的切身感受，描述了旧军队的专制、放荡、腐败与黑暗，从一个侧面显示了旧的社会制度的武装机器定将毁灭的历史必然。

冷漠，他们更关注的是那种实用的、物质方面的文化。

另外，从混血儿这种独特的人物形象来看，东北本地文化底蕴的薄弱让他们很难找到文化归属感。他们已经远离了俄罗斯文化中心，却很少能真正地从精神层面融入本地文化之中。混血儿是一类颇有意味的文学形象，他们的出现本身就与那一时期的历史文化状况密切相关，他们的身世中大多包含着战乱和流亡。他们的生活状况和精神状态都有一种不确定性，在两种文化背景的血脉之间摇摆，不知道自己的根在哪里。阿成的短篇小说《马兹阔夫生平》就叙写了混血儿马兹阔夫一生的故事，他的母亲是本地人，他的父亲是流亡到这里的俄国人。马兹阔夫的经历并无特异之处，但他的混血儿身份却使他不能确定自己的精神归属。文中东正教堂和极乐寺的描写象征着两种精神世界的分立：

> 仰了头，朝北望过白桦林，是尼古拉东正大教堂。一早一晚，降下天堂的钟声。
>
> 朝南岗瞅，极乐寺高矗，金碧辉煌。
>
> 俄国人和此地人，一条街住着，毛子话，中国话，掺合得很自然……
>
> 下雪了（尤其是下第一场雪）。马兹阔夫一定去安埠街走走：白桦树的叶子全落了，枝桠上托着雪。
>
> 马兹阔夫仰头看。
>
> 又望望北头沉默的尼古拉大教堂。
>
> 又望望南头安静的极乐寺。
>
> 望过了，点了一支烟。
>
> 走了。①

教堂是父亲国度的信仰，寺庙是母亲国度的信仰，而马兹阔夫自己的信仰又是什么呢？他在这座城市生活了很多年，中苏边贸兴盛的时候，他也去过俄罗斯，然而这两块土地都没有留住这个混血儿，有人说他"去了澳大利亚"，或许那个移民的国度更适合他这个混血儿的

---

① 阿成：《欧阳江水绿》，中国文学出版社，1996，第335页。

生存。

　　远离在某种程度上也意味着向往，对大多数生活在东北的混血儿来说，他们在精神上更倾向于俄罗斯文化，而难以与东北本地文化真正融合在一起。阿成在他的中篇小说《闲话》中写道："混血儿也有混血儿的世界。混血儿与混血儿这本身就是一种召唤，一种引力。在黑龙江省的哈尔滨城，混血儿们都是很好的朋友，彼此常往来——没有祖国了，在别人的国家里住，又嫁给了中国人。彼此咋样啊？行不行啊？虽说一切似乎还都可以，但想想，还是想哭。这样，就需要彼此聚一聚，尤其在俄人的一些年节里。见了面，拥抱一下，送上一束鲜花，说些话——说祖国的语言。他们想聚一起说洋话的本身，就是泪水，就是渴望，就是亲情，就是故事——自己的祖国，在遥远的地方，很惦记的。那里一点点细微的变化，都能在他们中间引起震动。他们特关心他们的祖国，对宣传媒介有关自己祖国方面的报道，特敏感。哈尔滨是一座俄罗斯风格十足的城，其实混血儿走在街上是很协调的。可他们仍旧感到特别孤独。"① 可以看出，虽然这些混血儿的身体里有一半中国人的血液，但在内心中却把俄罗斯当作他们的祖国。《生活简史》中的女出纳大秦有个外号叫"大洋马"，"大洋马长得很洋气，为什么？因为在她身上有俄罗斯血统，而且，她自己也处处有意识地体现俄罗斯人那种劲头（这一点和刘皮拉基非常相似），服饰啊，发式啊，动作啊什么的（看上去多少有一点表演的性质）。其实，哈尔滨的混血儿都是这种派头，一半儿是天生，一半儿是作秀。这没什么可以厚非的，毕竟人家是混血儿"。然而，美丽的混血儿大秦一生都没有走进婚姻的殿堂，其主要原因是她复杂的境外关系，在那个特殊的年代，无人敢和她深入交往。在她年迈的时候，还不时回想起遥远的俄罗斯，"她还是很喜欢唱歌，只是声音有些沙哑了：'看那田地，看那原野，一片美丽风光，俄罗斯的大自然啊，这是我的故乡。看那高山，看那平原，无边草原和牧场，俄罗斯的辽阔地方，这是我的故乡。听那云雀声音嘹亮，林中夜莺在歌唱，俄罗斯亲爱的土地，这是我的故乡。'"② 东北地区虽然有肥沃的自然土层，却没有深厚的

---

① 阿成：《欧阳江水绿》，中国文学出版社，1996，第382页。
② 阿成：《生活简史》，昆仑出版社，2013，第29页。

文化土层使这些流亡者的后代扎下根来。在中国的版图上，东北一直是经济相对落后的地区，虽然它以它的富饶成为战乱、饥荒年代人们的避难所，但是到了和平时期这些流亡者和他们的后代便大多返回他们的文化中心地区。

综上可以看出，俄罗斯人形象就像一面镜子折射出了形象塑造者的影子，它是一种言说自我的表征。这恰如法国当代著名汉学家谢和耐所言："确实，一切社会对他者的看法都是种族中心论的，而这一点因为是由无知产生便愈发肯定。实际上，这些社会都是根据各自的社会、政治、宗教、伦理传统，根据各自的精神范畴和各自对人及世界的观念而想象他者的。因此，对各国的描述就不是一个小问题：它涉及到一个社会或一种文化最内在、最本质的东西。然而，我们也可说，这一看法具有多面性，因为她是随不同时代的风尚和所关注的重点而变化的，因此同一个社会对外国的看法会时而冷漠，时而好奇，时而绝对地赞赏，时而又是不公正地蔑视或仇恨。但产生迷恋或厌恶的原野总是具有启发意义的：每个人都是在与他者的关系中来定义自我。"①

总之，近现代东北文学中的俄罗斯人形象反映了近代以来东北地区战乱频仍的历史现实和多元文化杂糅、儒家文化传统薄弱的文化状态。东北作家们对这种异国形象的塑造，主要不是对异国社会文化（缺席的客体）的表现，而是对本土社会状况（在场的主体）的表现。近代以来东北地区复杂多变的历史文化状况通过这些俄罗斯人形象可见一斑。法国学者巴柔认为：一个社会在审视和想象着"他者"的同时，也进行着自我审视和反思。毫无疑义，异国形象事实上同样能够说出对本土文化（审视者文化）有时难以感受、表述、想象到的某些东西，因而异国形象（被审视者文化）就能将未被明确说出、定义的，因此也就隶属于"意识形态"的各个"国别"的现实，置换为一种隐喻的形式。② 东北作家们对俄罗斯人形象的描摹，一方面显示了近代以来由于种种历史政治等方面的原因，俄罗斯文化对近现代东北文学的深入影响，为近现代东北文学增添了几许异国风味，另一方面也折射出生活在东北这块黑土地上的人们所演绎的独特的社会人生景观。

---

① 转引自孟华《说他者，言说自我——序〈中、日文学中的西方人形象〉》，《中国比较文学通讯》1999 年第 1 期。

② 巴柔：《形象》，载孟华主编《比较文学形象学》，北京大学出版社，2001，第 156 页。

第六章　东北区域的俄罗斯侨民文学略论

　　"俄国侨民在中国"是20世纪引人注目的一个历史现象。近年来，这一论题引起了国内外学者的普遍关注。众多的研究者纷纷从历史、社会、文化、经济等各种角度，探讨数十万俄国侨民在中国的各种活动，并有相当数量的研究成果问世。海外的研究成果主要有：香港大学教授奎斯特德以19、20世纪之交中俄关系为内容的《"友好的"帝国主义者？沙俄在满洲（1895—1917）》（香港，1982）；美国历史学家约翰·斯蒂芬的《俄罗斯法西斯主义者——流亡中的悲剧和闹剧》（1992年莫斯科俄文版）；Г·西多罗夫的《一个小提琴手的回忆——哈尔滨的音乐生活》（1993年鄂木斯克俄文版）；俄罗斯科学院历史学博士Г·В·梅利霍夫的《遥远而又很近的满洲》（1994年莫斯科俄文版）；Е·塔斯金娜的《鲜为人知的哈尔滨》（1994年莫斯科俄文版）；О·博比内依的《告别哈尔滨的俄罗斯人》；普林斯顿大学教授大卫·沃尔夫以研究早期哈尔滨历史为题的《开往哈尔滨站》（斯坦福，1999）；杜克大学教授托马斯·拉胡森主编的历史研究文集《哈尔滨与满洲》等。国内的研究成果也很丰富，如上海社会科学院欧亚研究所研究员汪之成的《上海俄侨史》（1993年上海三联书店版）；黑龙江省档案馆副研究员纪凤辉的《哈尔滨寻根》（哈尔滨出版社，1996）；中央编译局研究员李兴耕等的《风雨浮萍——俄国侨民在中国》；黑龙江省社会科学院石方、刘爽、高凌的《哈尔滨俄侨史》（黑龙江人民出版社，2003）；李萌的《缺失的一环——在华俄国侨民文学》（北京大学出版社，2007）；黑龙江大学俄语学院教授荣洁的

《俄侨与黑龙江文化》（黑龙江大学出版社，2011）等学术著述。黑龙江省社会科学院彭放研究员主编的《黑龙江文学通史》中有一编专论"哈尔滨俄侨文学"。此外，北方文艺出版社和黑龙江教育出版社还联合出版了由齐齐哈尔大学教授李延龄主持的汉译五卷集《中国俄罗斯侨民文学丛书》（2002）。一些以图片形式介绍在华俄侨生活及他们的文化遗迹的书也陆续出版，如由哈尔滨建筑大学教授常怀生摄影、编著的《哈尔滨建筑艺术》（黑龙江科学技术出版社，1990），李述笑主编的《哈尔滨旧影》（人民美术出版社，2000）等。学位论文方面有兰州大学王亚民的博士学位论文《20世纪中国俄罗斯侨民文学研究》；中国人民解放军外语学院讲师焦晨的副博士学位论文《俄国侨民文学在哈尔滨（1920—1930）》；徐国红的副博士学位论文《在华俄侨文学生活（20至40年代）》等。相关的论文有李延龄的《论哈尔滨的俄罗斯侨民诗歌》（《俄罗斯文艺》1988年第2期）、李仁年的《俄侨文学在中国》（《北京图书馆馆刊》1995年第1/2期）、荣洁的《俄罗斯移民文学初探》（《求是学刊》1996年第3期）、李延龄的《论哈尔滨俄罗斯侨民文化》（《俄罗斯文艺》1999年第3期）、荣洁的《哈尔滨俄侨文学》（《外语研究》2002年第3期）、徐振亚的《俄罗斯侨民作家黑多克和他的〈满洲之星〉》（《俄罗斯文艺》2002年第6期）、李英男的《俄国诗人的"中国声调"》（《俄语语言文学研究文学卷·第二辑》，人民文学出版社2003年版）、穆馨的《俄罗斯侨民文学在哈尔滨》（《黑龙江社会科学》2004年第4期）等。这些著述或全面系统或具体细致地评析描述了俄侨在中国的重大历史事件。

　　从东北区域的情况来看，俄侨主要活动在中东铁路沿线城市，包括海拉尔、齐齐哈尔、哈尔滨、长春等地，而哈尔滨是俄侨最重要的聚居中心。清末民初是中国社会的激烈变革时期，也是哈尔滨由传统乡村向近代都市转型的时期。中东铁路的修筑，完全改变了哈尔滨社会的自然历史进程，使之在外来资本主义的强力之下，由一个以分散的自然村落经济占主导地位的区域系统迅速崛起为近代化都市。几万、十几万俄侨的长期侨居哈尔滨，给这座城市留下了一大笔宝贵的文学遗产，哈尔滨的俄侨文学历时五十余载，内涵相当丰富。俄侨在东北区域的文艺活动主要集中在哈尔滨，因此本章集中讨论哈尔滨俄侨的文学创作。

对哈尔滨俄侨文学的文学史定位，目前学界仍存在争议。有论者认为，生活在哈尔滨的中、俄两国人民长期和平共处，文化上互相借鉴、影响，因此哈尔滨俄侨文学应被看作中国文学的一部分。而另有论者则认为这种看法有悖历史事实，并且指出哈尔滨俄侨文学"与同时期的中国文学发展是完全平行的，没有相互交错、相互影响。只有明确这一点，才能解释为什么恰恰是在东北沦陷时期，也就是'满洲国'时代，当许多中国作家或离开东北或转入与伪满政府的地下斗争时，哈尔滨的俄侨文学发展达到了顶峰"①，哈尔滨俄侨文学应是 20 世纪俄罗斯文学的一部分。而有的学者则采取了折中的观点，认为包括哈尔滨俄侨文学在内的中国俄罗斯侨民文学"不仅是俄罗斯侨民文学中一道独特的风景线，也是中国现代文学的特殊组成部分。中国文学，不仅仅指汉语文学，它还可以用其它语言写成，例如藏语、蒙语等等。中国俄罗斯侨民文学，虽然是用俄语写作，但是，它的创作背景、题材领域、描写对象、创作风格都有着鲜明的中国特色和中国烙印，它的精神特质蕴涵了中国的文化和中国的情感，它既是俄罗斯文学的特殊部分，也是 20 世纪前 50 年整个中国文学宝库中极有特色的构成部分。正是由于中国俄罗斯侨民文学处于中俄文学边缘的特殊性，从而决定了其独特的艺术价值"②。苗慧的论文《是俄罗斯的，也是中国的——论中国俄罗斯侨民文学也是中国文学》也持相似的观点，该文认为"俄罗斯侨民文学既是俄罗斯文学，也是中国文学的观点是正确的。相反，如果对它第二个方面的特点视而不见，那倒是错误的，是不可接受的"③。这里笔者比较倾向于认同折中的观点，即哈尔滨俄侨文学既是俄罗斯文学，也是中国文学的一部分。而且，无论哈尔滨俄侨文学归属于哪个国家，其对东北地域风情都有着丰富多元的表现，这是不争的事实，如此便符合本书对东北区域文学的界定。因此，哈尔滨俄侨文学便是本书不可忽略的研究对象。

---

① 李萌：《缺失的一环：在华俄国侨民文学·前言》，北京大学出版社，2007，第 15 页。

② 王亚民：《20 世纪中国俄罗斯侨民文学研究》，博士学位论文，兰州大学，2007，第 153 页。

③ 苗慧：《是俄罗斯的，也是中国的——论中国俄罗斯侨民文学也是中国文学》，《俄罗斯文艺》2003 年第 4 期，第 77 页。

一　哈尔滨俄侨文学发展概况

哈尔滨俄侨文学是指侨居在哈尔滨的俄罗斯侨民所创作的文学，它是伴随着俄侨来哈尔滨的浪潮产生的。早在19世纪末，沙俄帝国主义根据1896年签订的《中俄密约》，攫取了在中国吉林和黑龙江两省修筑铁路的权利，1898年又强迫清政府允许修筑从哈尔滨至旅顺口的中东铁路南部支线。哈尔滨作为中东铁路的中心，迅速发展起来。由于中东铁路的修建，成千上万的俄国公民（包括俄罗斯人、乌克兰人、格鲁吉亚人、俄籍犹太人、亚美尼亚人、鞑靼人以及当时在沙俄统治下的波兰人等）纷纷涌向哈尔滨。至1903年中东铁路开始营运的时候，哈尔滨的俄侨已达3万人，他们在这里开办了商店、旅馆、学校、教堂、剧院等。俄国在1904~1905年的日俄战争中失败，日本占据了中东铁路以长春为起点的南线。日俄战争期间，哈尔滨曾是俄军的"后方"供应基地，因此更加繁荣。战后，有些俄国军人考虑到哈尔滨就业机会多和待遇优厚，复员以后就地定居。1914年，第一次世界大战爆发，一部分俄国军人和文职人员及其家属离开哈尔滨回国，俄侨数量有所减少。但1917年十月革命以后，大量白俄流亡国外，1918~1922年间涌向远东的俄罗斯逃亡者达25万人，其中将近一半定居中国，主要集中在以哈尔滨为中心的东三省。

1918年以前的哈尔滨是一个带有浓重的俄国政治、经济、军事、文化色彩的城市，是一个堪称俄国疆土以外的"俄罗斯城市"。它以这样的面貌出现在十月革命以后流亡来华的俄国人面前，外加官方语言为俄语的中东铁路可为他们当中的许多人提供就业机会，使得劫后余生惊魂未定的逃难者感到这是一个像自己"家"的地方，于是很快在这里安顿下来。与同时期流亡到德国、法国等非斯拉夫国家的同胞相比，来到哈尔滨的俄国流亡者相对较快地适应了异乡生活。

在1920年以前，哈尔滨俄侨的文学活动是非常有限的，也没产生什么有价值的文学作品，从事文学创作的主要是报纸的编辑和记者，所写的东西也多半为了满足报纸的需要。从20世纪20年代初开始，哈尔滨俄侨文学进入了繁荣时期。苏俄内战接近尾声，红军攻克高尔察克的老巢鄂木斯克之后，大批诗人和作家逃往远东地区，其中许多人陆续定居哈尔滨。一时间，哈尔滨成为文人荟萃之地，俄侨文学开始步入繁荣时期。哈尔滨首次出现文学团体和纯粹意义上的文学刊物，尽管都是短命的，却使文学生活一度十分活跃。根据刁绍华的研究，"1920～1925年间哈尔滨共有20多种纯文学的或者与文学有密切关系的俄文杂志陆续问世，为文学创作提供了广阔的园地。其中主要的有《远方》（1920）、《窗》（1920）、《俄国评论》（1920～1921）等。这些刊物的主要撰稿者多达数十人，如谢·涅道林、安·塔拉诺夫斯卡娅－奥雷、费·卡梅什纽克、A·盖拉西莫夫、几·尼基福罗娃等。当时的一些报纸，如《生活新闻》、《喉舌报》（中文注册名为《鲁波尔报》）（1921～1939）、《霞光报》（1920～1942）、《公报》（1926～1938）、《俄国之声报》（1920～1926）、《俄国言论报》（1926～1935）等也辟有文学栏或文学副刊，甚至还编辑出版过文学专刊。《生活新闻报》在1922～1923年出版文学艺术周刊，共73期；《俄国之声报》1925年4月19日出版复活节文艺专刊，共12版，等等"①。

从1920年到1946年，俄侨在中国出版了几百种报纸、杂志和更多的书籍。有些期刊连续发行将近20年，更多的报纸、杂志则只刊行过屈指可数的几期。用洛克托夫的话说："如果考虑俄侨人口数量，哈尔滨的报纸比实际的需要多出了许多""哈尔滨还有过许多出版杂志的尝试。在多数情况下，只有很少一部分发行能超过2～3期。"②尽管如此，无论那些报纸、杂志性质如何，大多辟有文学栏目，为俄侨作家、诗人提供了许多发表作品的机会，使他们在流亡的贫困生活中得到一部分生活来源。可以说，如果没有这些报纸和杂志，哈尔滨俄侨文学的画面会失色很多。在众多的杂志和出版物中，毫无疑问，《边界》是一本办刊时间最长、发行量最大、波及面最广、影响力最为持久的综合类刊物。谈到俄侨在中国文化生活的文章和回忆录，几乎都会提到《边界》。

《边界》创刊于1927年，每逢周六出版，每期24个版面，开本为31cm×22cm，每逢节假日增至30～40个版面。《边界》整整存在了18个

---

① 彭放主编《黑龙江文学通史·第一卷》，北方文艺出版社，2002，第394～395页。
② 米·洛克托夫致瓦·别列列申的信（1970年5月31日），引自李萌《缺失的一环：在华俄国侨民文学》，北京大学出版社，2007，第92页。

年头，到 1945 年 8 月苏联红军进入中国东北禁止出版该杂志为止，总共发行了 862 期。① 这些数字对于任何一本侨民杂志来说，都是非常可观和了不起的。可以这样说，"对于一个在国外发行的出版物来说，10 年是一个很长的期限，它几乎相当于一个普通刊物在正常条件下存在的 100 年"②。《边界》每期通常至少刊登 1 ~ 2 篇俄国作家的小说，1 ~ 2 篇的翻译小说，7 ~ 8 篇当地和国外题材的特写，还有两个版面是题材严肃的长篇翻译小说，另外，还有一篇篇幅不大的图书索引，给读者介绍远东和俄国出版社出版的新书，通常杂志还有妇女之页、书刊简介、漫画和俄罗斯传统的十字字谜等。杂志的封面常常印有大幅照片，从俄罗斯的歌剧明星到好莱坞的电影明星，从良种赛马到拳击明星，从新生儿的彩色照片到圣诞老人的照片，什么内容的封面都有，期刊还常常配有优美的插图。根据王亚民的研究，"《边界》在 1931 年至 1936 年的繁荣时期，发行量接近 2500 份，大部分的杂志在哈尔滨和中东铁路沿线就被销售一空，大约有二三百份的杂志被传到了上海、北京、青岛、韩国和日本，其余的流传到了有俄罗斯人居住的地方，如波罗的海沿岸国家、波兰、捷克和欧洲其他国家，波兰、土耳其、南北美洲和澳大利亚。虽然杂志的主要投稿人员是哈尔滨的小说家和大批的诗人，但是杂志也拥有世界各地固定而忠实的通讯员，如来自巴黎的乌普科夫斯基、来自柏林的捷斯巴杜里、来自圣弗朗西斯科的巴热诺娃、来自罗马的阿姆菲捷特罗夫、来自布鲁塞尔的米罗留波夫和巴拉克申，还有来自澳大利亚谢雷舍夫和北非布雷金夫妇撰写的文章和报道。可以说，世界各地的俄罗斯侨民业余诗人和专业诗人都向《边界》杂志投过稿。除此之外，现在看来更显其历史价值的是一些记录满洲生活和历史的文章，如有关三河的哥萨克村落的描写；1932 年哈尔滨大洪水的记录；1932 年日本入侵哈尔滨的报道；俄罗斯最伟大的歌唱家夏里亚宾等人来哈尔滨的巡回演出；松花江边的十字架游行；哈尔滨人冬泳的情景；松花江

---

① 《边界》的发行人考夫曼回忆说，从 1926 年到 1927 年《边界》一共出版 4 期。参见叶甫盖尼·考夫曼：《十五年（1927 ~ 1942）》，《边界》1942 年第 44 期，第 1 页。862 期这个连续的期号是从 1928 年 1 月才开始使用的，也就是说，1926 年到 1927 年出版的《边界》没有被统计在 862 期之内。

② 佚名：《文章和评论》，载李延龄主编《中国，我爱你》，李蔷薇、荣洁、唐逸红译，北方文艺出版社，2002，第 100 页。

广场和体育馆进行的各种体育活动以及哈尔滨街景和街道的老照片等。可以说，当时几乎所有发生在哈尔滨的事情都被记录在了《边界》这本杂志里"①，因此，《边界》也成为俄国人在中国生活和反映中国生活的真实记录。这本杂志是"俄国人在中国宁静生活的真实写照。但所有这一切都已转瞬成空，消失殆尽了"②。

令人感到惊奇和兴奋的是，自从 1945 年 8 月第 862 期也就是最后一期《边界》发行之后，在事隔半个世纪后的 1992 年，《边界》又得以重新在符拉迪沃斯托克继续出版，与半个世纪之前不同的是，杂志的封面上有两个期刊号"第 1（863）期"。其实重新出版《边界》的这一想法曾得到著名俄罗斯侨民诗人瓦列里·别列列申的支持，他认为"中国俄罗斯侨民的创作遗产一定会汇入祖国文学这条共同的河流，到那时，不再会有本土文学与侨民文学之分"。现在该杂志不仅继续刊登远东和美国的俄罗斯侨民的作品，还刊登历史、文化与地方志方面的资料，以及中国、日本、越南的古典文学。同时，也发表来自莫斯科、西伯利亚和俄罗斯远东地区的诗歌与散文。今天的《边界》从涉及的内容上可以说是一本反映着世界上半个地球之多地区的文学杂志，其影响波及太平洋周围的许多国家。

为了积极、更好地开展文学活动，哈尔滨俄侨还成立了不少文学小组和俱乐部，例如"丘拉耶夫卡""指环""荷花""古米廖夫文学音乐小组"等。其中最负盛名的当属丘拉耶夫卡。它可谓是远东俄侨最大的、存在时间最长的文艺小组。在远东俄侨的回忆录中，我们发现俄侨的文化活动，尤其是文学活动，大多是围绕着"丘拉耶夫卡"诗社展开的。20 世纪初，斯基塔列茨和古谢夫 - 奥连布尔格斯基等著名作家在哈尔滨短暂的旅居，他们都曾参加过 1922 年成立的文学艺术小组，这个小组隶属于商业协会。紧随其后，在一群流亡青年文学爱好者的积极参与下，为了不忘记母语，为了保持对诗歌的热爱，同时也希望能够回到俄国，以年轻的诗人阿

---

① 王亚民：《20 世纪中国俄罗斯侨民文学研究》，博士学位论文，兰州大学，2007，第 22 页。

② 尤斯吉娜·克鲁简什捷伦 - 别捷列茨：《关于〈边界线〉》，载李延龄主编《中国，我爱你》，李蔷薇、荣洁、唐逸红译，哈尔滨：北方文艺出版社，2002，第 96 页。

恰伊尔为首的晚间文学沙龙"绿灯社"成立了。"绿灯社"不断发展壮大，在这个沙龙的基础上，1926年成立了另一个文学社团"青年丘拉耶夫卡"。这个名字是阿恰伊尔提出的，"他解释说，他的偶像，西伯利亚作家格奥尔吉·格列本希科夫在其小说《丘拉耶夫兄弟》中描写了一群年轻人富有生趣的首创精神，他们为了共同的创造性工作走到一起。所有在场的人都喜欢上了这个名称并一致接受"①。这种年轻人生机盎然的创造精神很符合当时在中国的俄罗斯侨民的状况以及他们所面临和要解决的诸多问题，取这样一个名字，是希望中国的俄罗斯侨民也能像这群年轻人一样，富有蓬勃的朝气和不畏艰难的创造精神。1928年，"青年丘拉耶夫卡"向社会公布了社团的活动目标和任务：联合所有效力于创造性劳动——科学、文学和艺术——的青年和他们年长的朋友；通过全体成员的共同合作培养文化人才，使他们每个人在实现"丘拉耶夫卡"理想的过程中增强责任感；欢迎一切愿意与社团成员共同分担劳动、知识和创造性的人；出版文集、年鉴，创办讲习班，组织晚会，组织对内和对外讲座，并与哈尔滨基督青年会的机关刊物合作。从此，"青年丘拉耶夫卡"开始举办定期聚会，起初每月一次；1930年以后，除夏季和冬天圣诞节休假外，他们每周二晚上举行对外晚会，由阿恰伊尔领导的音乐小组演出音乐节目。

"青年丘拉耶夫卡"于1932年更名为"丘拉耶夫卡"。根据李萌的研究，这个社团"一共存在将近九年，到1933年为止共换过四任主席。第一任是尼古拉·基奇，他当时刚高中毕业，就读于哈尔滨综合技术学院，后来成为工程师。第二任是诗人、翻译家尼古拉·斯维特洛夫，他曾是哈尔滨《喉舌报》少年读者版的主持人，1931年离开哈尔滨后还继续在《边界》杂志发表自己的诗或翻译的中国古诗。第三任是尼古拉·晓格列夫（1910~1975），他后来也离开哈尔滨移居上海，并于1947年返回苏联。第四任是工程师亚历山大·施纳普什梯斯，他从1926年'基督教青年会杂志小组'创办时起就是它的成员。1932年，'丘拉耶夫卡'下设四个小组：文学、戏剧、音乐和社会－科学，但戏剧小组不久就因缺乏活动而停顿。

---

① 弗拉基米尔·斯洛勃德契科夫：《"丘拉耶夫卡"》，载李延龄主编《中国，我爱你》，李蕾薇、荣洁、唐逸红译，北方文艺出版社，2002，第53页。

1933 年,'丘拉耶夫卡'的活动有所扩大,积极分子多达百余,下设五个小组:文学、音乐、艺术、社会 – 哲学和科技无线电"[1]。由于"丘拉耶夫卡"小组几乎所有的成员都写诗,所以小组的聚会很快就具有了诗歌社团性质。在小组早期的活动中,俄侨著名诗人阿恰伊尔指导大家朗读、分析俄国的名著,指导大家写诗,他常说"写那些想写的东西,不要考虑该怎么写,会不会有人喜欢"。他的这些话为那些刚刚踏上写作之路的年轻人的自由创作,以及个人风格的充分展现指明了正确的创作方向。在小组的例会中,会员们不仅常常朗读并分析安娜·阿赫玛托娃的诗,也朗诵马雅科夫斯基的诗歌,这恐怕是当时苏联国内所没有的现象。什么颓废派、先锋派、未来派的诗歌常常成为他们朗读和研究的对象。晚会常常在艺术家们的音乐声中,在诗人朗诵自己的作品声中结束。弗拉基米尔·斯洛勃德契科夫曾回忆道,"尤其是 30 年代的上半期,'丘拉耶夫卡'是哈尔滨文学生活中引人注目的现象之一。远离了俄国和世界文化的中心,它依然是一个影响广泛的特殊文学协会。在这里,在这个遥远的中国城市,那些被命运抛弃了的俄国知识分子们的创作生活变得异常活跃"[2]。

　　1932 年 2 月 6 日,日军侵入哈尔滨。起初俄罗斯侨民的文学生活并未受到太大的影响,但这仅仅是暴风雨前的平静罢了。1933 年 3 月 28 日,"丘拉耶夫卡"举行了成立七周年庆祝活动,此后便日趋衰落。许多人(斯威特洛夫、彼捷列茨、安德森、拉皮金等)预感到日本法西斯恐怖的来临,纷纷离哈南迁。格拉宁因行为不轨而被开除,投靠日本法西斯,后于1934 年 12 月与谢尔金一起在哈尔滨"南京"旅馆双双"自杀"。这个事件发生之后,以日本人为后台的俄国法西斯党出版的报纸《我们之路》大肆攻击"丘拉耶夫卡",迫使一直为社团提供活动场所的基督教青年会将"丘拉耶夫卡"解散。"丘拉耶夫卡"的功绩是不可磨灭的,哈尔滨以及整个远东地区俄侨第二代诗人多数是这个团体培养起来的。"丘拉耶夫卡"留下了丰富的文学遗产。在它活动频繁的年代里,出版了四部诗集:《云梯》、《七人集》、《映山红》、《小河弯弯》。安德森、阿恰伊尔、维吉、热姆丘日

---

①　李萌:《缺失的一环:在华俄国侨民文学》,北京大学出版社,2007,第 69～70 页。

②　弗拉基米尔·斯洛勃德契科夫:《"丘拉耶夫卡"》,载李延龄主编《中国,我爱你》,李蔷薇、荣洁、唐逸红译,北方文艺出版社,2002,第 50 页。

内、洛吉诺夫、别列列申、列兹尼克娃、恩格尔哈特和许多人的诗歌都得到了广泛的承认；散文家拉皮肯、海多克、杨科夫斯卡娅出版了一系列的作品集。在远东和西欧的刊物上，"丘拉耶夫卡"们的作品得到广泛的传播。那些离开哈尔滨去到其他国家的社团成员利用在"丘拉耶夫卡"学到的知识和能力在诗歌领域，甚至在其他文学样式和科学等领域，继续进行着积极的创造活动，展示着自己的才华。作为俄罗斯侨民文化的独特现象，"丘拉耶夫卡"及其代表成员们，毫无疑问，将会成为值得人们认真关注和研究的对象。

随着日军在哈尔滨的势力不断增强，大多数俄侨作家不堪忍受日本帝国主义势力的欺压与胁迫。日本对待在哈尔滨的苏俄侨民，唯一的政策是千方百计制造事端，使之无法在此立足。万斯白在他的回忆录中写到，1932 年 2 月 15 日，日本特务机关长土肥原大佐在会见后，将他引荐给一位新长官。这位新长官的最后训示是："还有一件事我几乎忘记说了。满洲有四万多苏俄侨民，其中 2.2 万是中东铁路的员工，其余即为小商人或在各工厂做工的，其中多数是共产党，都是从事宣传工作的。此事既然违反了日本的政策，我们必须用种种可能的方法去阻止他们。我们绝无怜悯之心，丝毫不应示弱，我们必须把握一个原则，即宁愿处罚一千个无辜的人，也不让一个宣传者逍遥无事。倘若苏俄政府不肯把铁路权利出售给我们，日本人便要强行夺取，把这些可恶的野蛮人一一递解出境。还有留在我们这里不能递解出境的那些人，也要逼得他们不得不走，因为我们立意使他们生活过不下去，以致使他们自愿离开这里，我们不能给他们一刻安宁……并得用任何形式去对付赤党的人，每天赤党的家里都要被搜查，家具什物可以被抛出门外，他们本人要被一而再再而三的凌辱，直到他们弄得走投无路，离开满洲为止。"[1] 在日本帝国主义的逼迫下，1935 年苏联政府将中东铁路低价出售给日本，许多学校被日本人接管，学校禁止用俄语授课，俄侨在我国东北的处境发生了急剧的变化，大批工人失业，大批知识分子失去了赖以生存的工作岗位，其中经济实力雄厚的纷纷南下上海或迁居欧美、澳大利亚。这一时期，许多文学艺术家也离开了哈尔滨投奔南方。

---

[1] 万斯白：《日本在华的间谍活动》，国光印书馆，1945，第 28～29 页。

20 世纪 30 年代中期，上海成为俄罗斯侨民文学的又一中心，"据 1929 年的统计，上海有 13000 名俄国居民，到了 1935 年已达 2 万人""上海这座国际城市里，当时的俄侨竟占外国居民人数的一半以上"①。

第二次世界大战爆发后，特别是 1942~1943 年，哈尔滨地方政府采取高压政策，迫使青年人加入其军事化组织，因此，几乎所有的青年诗人都相继离开哈尔滨，迁居上海，哈尔滨的俄罗斯侨民所剩无几。这些人到了上海之后，与南方的文人汇聚，仿照哈尔滨的文学团体建立了上海的俄罗斯侨民文学活动中心。根据王亚民的研究，"40 年代后期，哈尔滨和上海等地的俄侨，离开了生活了几十年的异国土地，大部分回到了祖国，一部分迁居到美国、澳大利亚、巴西等南美洲的一些国家和欧洲等地，在那里他们继续撰写并出版新作。此外，40 年代中国国内战争也是造成俄侨流散到世界各地的原因。到 50 年代中期，俄罗斯侨民在中国的文学活动基本停止，从此，俄侨在中国的文学创作中断"②。

二 哈尔滨俄侨文学的怀乡主题

哈尔滨俄侨文学中最重要、最流行的主题，从根本上说，是侨民们对祖国俄罗斯的怀念。这一主题在不同的作家作品、不同的创作体裁中都得到了反映。离乡流亡的生活总是充满了悲伤，阿列克赛·阿恰伊尔（1896~1960）那首广为人知的《在各个移居国里》诗中的这几行，几乎可以用在所有哈尔滨俄侨作家的身上："在科学院里，在学校和街道，/每个俄国人都心跳不已，/回想到西伯利亚和高加索，/将那悲伤的往事提起。/命运永远压不倒我们，/哪怕腰身一直弯到了地，/祖国把我们赶出家门，/我们却把她带往世界各地。"可以说，大部分俄侨作家都认为自己是俄罗斯民族文化的继承人和传播者，贯穿他们流亡生活的主线就是对拒绝了自己的祖国母亲的眷恋和思念。

对祖国的思念是俄罗斯侨民文学不可或缺的重要主题。几乎每一个侨

---

① 李仁年：《俄侨文学在中国》，《北京图书馆馆刊》第 1/2 期，1995，第 41 页。
② 王亚民：《20 世纪中国俄罗斯侨民文学研究》，博士学位论文，兰州大学，2007，第 9 页。

民作家都在自己的作品中抒发了对故乡的热爱，对故乡风土人情的回忆与思念。许多诗人将这种思念之情诉诸笔端，如阿恰伊尔的《草原的人们》、《哥萨克》、《回家的路》、《女侨民》；谢尔盖·阿雷莫夫的《朴实的歌》；别列列申的《怀乡病》、《俄罗斯》、《幸福》、《无所归一》、《安加拉河》；费多尔·卡枚什纽克的《神圣的罗斯》；格奥尔吉·格拉宁的《回归》、《童话》、《什么也不说》；格奥尔吉·萨托夫斯基的《我的城市》、《一墙之隔》、《信》、《船》、《木匠儿干活轻松快乐》；弗拉基米尔·斯拉鲍奇科夫的《父辈的土地》；米哈伊尔·什梅谢尔的《春风》；奥莉加·斯卡皮琴科的《喜欢躺在压倒的草地上》、《春天的喧嚣声》；尼古拉·斯维特洛夫的《来自祖国的明信片》；尼古拉·谢果列夫的《陀思妥耶夫斯基》、《俄罗斯画家》、《思绪纷纷》、《徒劳无益》；叶列娜·涅杰利斯卡娅的《伏尔加河》、《远方》、《一缕明丽的线》；尤斯吉娜·克鲁森斯滕－彼德烈茨的《炊烟》、《会晤》等。著名的小说家、一份重要的俄罗斯流亡杂志的编者罗曼·古尔（1896～1986）曾写道，俄罗斯"一直和我们生活在一起，生活在我们的身上——在我们的血液里，在我们的心理中，在我们的内心结构中，在我们对世界的看法中。无论我们是否愿意，似乎是在无意识之中，我们的工作和写作全都是为了她，为了俄罗斯，甚至在一个作家公开否认这一点的时候，他也仍然是在为了她而写作"。"我们不是流亡者，而是使者"[1]，梅列日科夫斯基简洁而又传神地表达出了这样的思想。

阿恰伊尔诗歌最主要的题材之一，就是失落的俄罗斯主题。"记忆没有离去，也没有疲惫"，诗人强调说。阿列克赛·阿恰伊尔原名阿列克赛·阿列克赛耶维奇·戈雷佐夫，生于鄂木斯克。从1918年5月起，他参加了国内战争。他受过震伤，得过伤寒。在1919年的西伯利亚进军中，他在泰加车站冻伤了右脚。1922年2月由于健康情况退役之后，他在海参崴编辑《最新消息报》，直到1922年10月。此后，他离开海参崴，与父亲一起去了哈尔滨。И·沃林回忆道："他的外貌和他的出身一点也不吻合。他骨骼

---

① 〔俄〕弗·阿格诺索夫：《俄罗斯侨民文学史》，刘文飞、陈方译，人民文学出版社，2004，第6页。

纤细，举止优雅，一头鬈曲的金发，他钢琴弹得很好，他更像彼得堡客厅里一个考究的唯美主义者，而不像一个西伯利亚的哥萨克。"[1] 阿恰伊尔虽然外貌文雅，但他的身体里流淌的是哥萨克的血液。在《哥萨克》一诗中，诗人回想起"故乡的高山上有个村庄，/鞑靼女人的手爱抚过你……/那里的暴风雨狂野凶蛮，/夹带着冰雹袭击山洞。/雾笼高山。河流喧响……/峡谷诱人长满了葡萄藤"。在那里他领悟了祖国幅员辽阔，无比强大；在那里他"茁壮成长，幸福生活在胜利与光荣的国家"。哥萨克是战斗的民族，他一直牢记那段光阴，"父亲离家去打仗……""母亲为临行的父亲祝福，/小心翼翼把马镫亲吻……"但如今哥萨克们已流落到世界各地，从新加坡、旧金山、加利福尼亚……已经看不见故乡土地，看不见阿尔腾艾米里雪峰。虽然"你住在这里也可以抽烟，/也可以和小孩子随便聊天。/看，一个活泼的小哥萨克，/给爷爷拖来了哥萨克马鞍……"，但这些却无法平复离乡者慌乱的心绪。

阿恰伊尔最优秀的诗作之一《忧愁袭来》的节奏，传达了诗人不久前生活的轻松和神奇："想起蓬松的积雪，/西伯利亚的小雪橇，/从结冰的坡上滑下，/带着开心的欢笑；//想起姑娘的笑声，/想起了松鼠皮衣，/想起那雪的国度上/月光下朦胧的诗意，……想起了心的飞扬，/像是乘上了飞毯，/想起了那个热吻，/竟是那样的短暂；……"此诗的结尾更加戏剧化，结束全诗的是一个简短的、富有表现力的单词："我忧愁，你也一样；/眼前是另一个人世，/我们俩的梦境却已经/消失。"抒情主人公失去了珍贵的一切，其中就包括自己所爱的人。"我的青春像雾一样散去""生活流逝毫无踪迹。/这里永远不会有您。"在《草原的人们》中，用来作为诗人思乡之符号的，是那些东正教节日的名称："谢肉节里到处都在狂欢。/铃铛，纱巾，跑得不歇，/那些纵横驰骋的马儿。/四处是雪，是雪，是雪……/整个罗斯是一家。父与子……麦海里的罗斯。草原铃铛响……/哦上帝，就让我们的记忆/把这铃铛声永远留在心上。"作者把浓郁的思乡情结通过"圣诞节前夜"、"谢肉节"、"大斋"等斯拉夫民族的节日抒发出来，从对

---

① 〔俄〕弗·阿格诺索夫：《俄罗斯侨民文学史》，刘文飞、陈方译，人民文学出版社，2004，第 74 页。

节日期间大街上纵饮狂欢的气氛和田野上铃儿清脆的叮当声的描写中，透露出诗人的怀乡之情。

在《我想回家》和《女流亡者》两首诗中，阿恰伊尔表达出了对流落异乡的俄罗斯之命运的担忧，这种担忧对于俄罗斯知识分子来说是很典型的。一个乌拉尔村庄里的小姑娘雷西娃，知道许多外国国名和地名，一直在幻想那些地方，如今却亲眼看到了国外："生活给予的沉重教训，/如今，当年的那些幻想，/已在那双严峻的眼睛里/变成了痛苦和忧伤。"怀着更多的苦涩，阿恰伊尔写到一个俄罗斯小男孩，他在"国际学校"上学，已经不会说俄语了，这让他的父亲"哽住了喉头"："……孩子那绷紧的双唇，/在用陌生的语言/诉说着生活的教训。"阿恰伊尔的《我想回家》与涅斯梅洛夫的《老毛子》构成了呼应，但阿恰伊尔的诗要较为乐观一些："我身穿校服的男孩/你不要太悲伤！/你在说'I would like'？/俄语你很快就能讲。/就是离开了俄罗斯，/天蓝色的眼睛还一样……/雷雨在人间轰鸣。/诗句涌向我们身旁。"在他的诗歌中，失去祖国的忧伤，对难民悲剧命运的同情，是与对那些坚强、勇敢的人的歌颂结合在一起的，那些人相信，"会有新的风暴袭来，/旋风将再次掀起"。

别列列申是一位在哈尔滨成长起来的侨民诗人，艰苦的侨民生活使别列列申迅速成熟起来，1934 年，别列列申在诗歌《我们》中写道：

数以百万计散落各地，/无家可归，南北西东，/有时苦闷，有时期待，/随时随地要忍受不幸。/我们一步一步地穿越/世上古已有之的边境；/我们愿把自己的首都，/随身带往世界的京城。

在各个共和国与王国，/我们潜入陌生的城市，/我们会组成国中之国，/我们永远聚拢在一起。/我们被驱逐流落异邦，/不期然竟会邂逅相遇，/相遇在边沿或是郊区，/跨过各个纬度与经度。/只能仰望外国的星星，/星光带来的只有悲凄——俄罗斯，我们只想你！/我们发现了我们自己！

身处天寒地冻的极地，/或在回归线内的热带，/什么样的光照耀我们？/哪有苹果树繁花竞开？/就因为白色或者红色，/忍受饥饿，惨遭杀害，/备受仇视，屡遭诽谤，/我们岂是贵族的主宰？/我们是首批俄罗斯人，／仰望异邦的星斗满天，／目睹生疏的云烟变幻，／但愿这纪元能够缩短！／暂时忘却古代的纷争，／也不去计较各种战乱，／我们知道——俄罗斯！／日出时刻霞光最灿烂！

即便我们贫穷、不幸，／没资格畅饮参加宴席，／但我们活着能够忍耐，／我们恪守自己的方式——／纵然异邦的星光寒冷，／纵头颅落地难免一死，／我们属于不朽的俄罗斯！[①]

刁绍华曾指出，别列列申"面对冷酷的现实，异常敏感，认真思索，深感前途茫然，这是他的诗中那种阴暗情调的现实根源。悲哀——几乎离不开他的每一首诗，这是周围冷酷的现实生活在青年诗人心灵里留下的痛苦烙印。这也是革命后流亡国外，在异国他乡成长起来的一代俄侨普遍的精神状态。他没有经历过枪林弹雨的斗争，不知何谓英雄主义；他们离开了祖国的怀抱，生活在异国土地上，感到孤立无助，像是孤儿"[②]。1934年，别列列申在《躲在帽沿下——避开光线……》中悲哀地写道："头戴帽子，遮住阳光，／耳朵埋进枕头，不闻声响，／脖颈缩进大衣领子里，／御防夜间寒气和冷风，／我们走了，走向忘川，／我们走了，乌云压心头，／说几句怪话，发些呓语，／这也算是我们在写诗。"不过，不管世事如何变化，诗人也不能忘记自己"属于不朽的俄罗斯"，他坚信总有一天能回到祖国的怀抱："在两千零四十年，／（请原谅，也许会错三四年）／自由之光将遍洒祖国的每一寸土地，／洗刷清白的我将会前往那里。"（《2040年》）

别列列申是在七岁时来到中国的，应当说，在他幼小的心灵中，祖国的概念和形象都是比较模糊的。在他早期的诗歌创作中，涉及祖国俄罗斯的作品并不多，直到1943年9月他写于北平的《怀乡病》一诗，才流露出诗人浓郁的怀乡忧思：

我不能把心分成片、成片，／俄国、俄国，我金子般的祖国。／我博大的心爱宇宙一切国家，／但，惟独对你的爱超过对中国。

---

① 李延龄主编《松花江晨曲》，谷羽译，北方文艺出版社、黑龙江教育出版社，2002，第98~99页。

② 彭放主编《黑龙江文学通史·第一卷》，北方文艺出版社，2002，第426页。

　　我长在温柔的继母身边，黄颜色之国。/黄皮肤、矮身材人们成了
我的兄弟。/这里独一无二的童话令我幻想，/夏夜的星星也对我奇异
地闪烁。

　　当深秋，十月初的日子里，/亲切、却又令人发愁的北风萧瑟，/
当黄昏的晚霞燃得像篝火，/我往北方看得久、且更多更多。

　　那里，那片像梦一样丢下的，/但是却永志不忘的祖国大地，/杳
无音信，只有慢慢悠悠的仙鹤，/倦翅扇动，把珍贵的问候带给我。

　　突然全收敛了，如一把把折起的扇子，/那微笑，那松树，那拱
门……俄国，俄国！/在这些凉凉爽爽的、冥思苦索的夜晚，/如同
舟舟的忧愁之星，我的怀乡病魔。①

　　诗中展现出来的怀乡忧思，或许与别列列申同教会之间的冲突密切相
关，因为与教会闹翻，他不得不离开北平。对别列列申这个流浪异乡的侨
民诗人来说，当现实生活中可以给他带来快乐的一切都将被剥夺时，唯一
不能被剥夺的就剩下了他心中对故国的记忆。

　　莉迪娅·哈茵德洛娃②的童年是在祖国俄罗斯度过的，俄罗斯的岁月深
深地镌刻在了这位才女的心里，给她留下了永远不可磨灭的记忆。敖德萨
蔚蓝的大海，莫斯科辉煌的圣瓦西里大教堂，俄罗斯翠绿的草原、白雪皑
皑的山峦，无不倾注着诗人的情感、情操和信仰。如果说世界上有最深沉
的、最不可动摇的爱，那哈茵德洛娃对祖国的爱就是这样一种爱。由于这
样一种爱，祖国原本平平常常的一切都变得十分亲切、十分重要了，都那
么值得珍惜，那么弥足珍贵了。对哈茵德洛娃来说，哪怕是从祖国捎过来
的一把土也会引发她内心强烈的震撼。她在《一把土》中写道："月亮那
张圆脸好暗淡，/黄色佛在角落里一副笑颜，/因为从我祖国来的人，/他带

---

① 李延龄主编《松花江晨曲》，谷羽译，北方文艺出版社、黑龙江教育出版社，2002，第92～
　　93页。
② 莉迪娅·哈茵德洛娃（1910～1986）生于敖德萨，逝于克拉斯诺达尔。著名诗人、记者。
　　她童年时来到哈尔滨，称哈尔滨是"我的祖国"，1940年移居大连，1947年回苏联。主要
　　著作有诗集《台阶》、《朝霞》、《彷徨》、《沉思》、《日期、日期》等。其作品充满着对祖
　　国深切的怀念，也写有许多描写中国生活的优秀之作。她是中国俄罗斯侨民文学最富代表
　　性的诗人之一。

来一把土给我做纪念——""是善与恶斗争的纪念,/一种痛苦的回忆来自那边……/颤抖的手解不开包裹,/而黄色佛一张嘲笑我的脸。"一把俄罗斯的土,在俄罗斯是何等平平常常的东西啊!可是对于背井离乡、对祖国朝思暮想的哈茵德洛娃来说,它是无比亲切、无限珍贵的,因为它就是祖国的象征。诗人的心灵为这把土激动,为这把土颤抖,为这把土浮想联翩。于是,就有无可抑制的灵感产生了,就有感人至深的诗行写出来了。这种感受归结成一个词语,那就是对俄罗斯祖国的"极度思念"。

玛丽安娜·科洛索娃(1903~1964)是一位具有鲜明政治倾向的女诗人,在老一代俄侨诗人中占有特殊的地位。她的政治诗热情奔放,她曾经宣称:"我——是宣传家,不可能是诗人。"歌颂义务和英勇的斗争精神,是科洛索娃诗歌的基本主题。最使她激动不安的是祖国的命运,以及她的现在和未来。"有家不能归"的思念故乡之情,有时使女诗人痛苦异常:"在这异国他乡,在这冷冰冰的世界,/我无法控制自己,会突然大声喊叫:/'西伯利亚难道远在天涯海角?/车夫,快马加鞭!我要回家。'"科洛索娃也不时地抒发悲哀的感情,她的诗直接反映了失去祖国的俄罗斯妇女的精神悲剧。她抱怨道:"回顾过去,我们没有罪过,/如今却在异国他乡挨饿受冻。"

可以说,大多数俄侨在哈尔滨的生活是比较艰难的。现有的俄侨回忆录表明,在侨民潮到来前,哈尔滨几乎没有俄国乞丐。是战争孕育了贫穷。哈尔滨俄侨中的大多数穷人都是在第一次世界大战和国内战争中受伤致残的士兵。无腿的、拄拐的、断肢的残疾人经常会坐在热闹的商业街上。有时,他们会在街上拉手风琴乞讨,有时候也会挨家挨户去乞讨,唱着让人陷入深思、伤感的歌曲。残疾人的处境原本非常艰难,在异乡就更不用说了。是教堂、流亡者协会、残疾人协会和侨民事务所等社会组织给予了他们力所能及的帮助,"教会通过开慈善音乐会,抽彩舞会,在教堂和大街上设募捐箱等方式筹集善款"[1]。1920年秋,瞿秋白赴苏联途中在哈尔滨逗留了一个半月。他对哈尔滨的环境做了如下描述:"哈尔滨久已是俄国人的商

---

[1] 荣洁:《俄侨与黑龙江文化——俄罗斯侨民对哈尔滨的影响》,黑龙江大学出版社,2011,第77页。

埠，中国和俄国的商业显然分出两个区域。道里道外市面大不相同。道外是中国人的，道里是俄国人的……俄国人住在这里，像自己家里一样。"他还了解到，"全哈中国学校不过三四处，报馆更其大笑话。其中只有《国际协报》好些"。更让瞿秋白吃惊的是，久居哈尔滨的俄国人对中国文化的无知："我因他谈及俄国文化，就随便问问他，住在中国许多年，对于中国文化有怎样的感想。他们都说：'我们没到过中国。你们以为哈尔滨是中国么？俄国侨民的生活却完全是俄式的。——和中国文化接触的机会很少……'他们心目中的中国人只有一般苦力，小商人呵。"可见，俄、中两国知识分子虽然观察问题的角度不同，但得出的都是哈尔滨俄罗斯气氛太浓、中国文化气氛不足的相同结论。尽管如此，瞿秋白还是注意到，"俄国的哈尔滨，俄国的殖民地，——可怜的很，——已经大不如天津上海，马路上到处堆着尿粪；街上有许多俄国醉汉和乞丐，连中国人都看不起他们"①。

侨民生活的艰辛流露在每一个哈尔滨俄侨作家的字里行间，《红色猎犬》、《红褐色头发的莲卡》、《不受赏识的美德》、《流浪者》、《发了疯的年代》等作品都真实反映了俄罗斯侨民的艰辛生活与艰难处境。列昂尼德·叶辛（1897～1930）曾在驻符拉迪沃斯托克的军队中服役，后辗转到了哈尔滨。33岁时他贫病交加，在哈尔滨自杀身亡。他的诗格调忧伤，怀念俄罗斯、怀念莫斯科是他一再吟唱的主题。《缅怀莫斯科》营造了一种迷幻的气息，鸦片枪烟雾缭绕，火炕和烧酒的酒盅仿佛在空中飘浮。在这种迷幻气息中，诗人的心神飘向远方，飘向那"世代传承的花园"，他似乎看到了莫斯科"庞大城市的模糊轮廓"。但在诗人眼中，如今这座城市是肮脏的："从霍登广场直到天空，/烟囱如林，烟笼雾锁，/各种污物都化为灰尘，/晚霞不红，色如琥珀。"诗人为莫斯科祈祷："你是上帝恩赐的城池，/无比神奇，无比圣洁。"期望有朝一日莫斯科能够再度光芒四射，"永恒的悲悯八方传播，/欢快的音乐通宵不绝"②。《流浪者》写他"在四处漂泊中消磨生命，虽然活着，却奄奄一息"。"已经32岁"的青年诗人在圣母

---

① 瞿秋白：《俄乡纪程》，人民文学出版社，1959，第33、36、40、43页。
② 李延龄主编《松花江晨曲》，谷羽译，北方文艺出版社、黑龙江教育出版社，2002，第343～345页。

像前祈祷:"在神龙守护的国家里,/请让我有房住有衣穿有饭吃。"① 这大概是很多生活困顿的俄侨的心声,希望能在遥远而又神秘的东方国度过上温饱的生活,只不过诗人的祈祷并没能变成现实,贫穷和疾病很快就打败了他。

移居澳大利亚的哈尔滨俄侨诗人格拉乔娃于1998年回访哈尔滨,在索菲亚教堂前她写了一首诗:"睡吧,亲爱的孩子,我们喃喃细语/甚至不敢碰一下墓碑上的碑文/也许在你现在长眠的地方/曾经是交响乐团演奏的剧场/在这个世界上悲伤和痛苦/都被历史小心珍藏/可为什么哈尔滨这个城市/不想回忆自己的沧桑?/可见证者就在你眼前/他的灵魂和肉体对你凝视/他记得苦难的人们如何苦难/过去的时光如果变成现在的时光/教堂里的陈设依旧古朴庄重/似乎还在用俄语倾诉着心事/空中飘荡的白桦树的气味/似乎在为死去的俄罗斯人送葬"② 这是一首情绪低沉哀婉的诗歌,弥漫着庄重的宗教气息,诗中的白桦树、教堂都是典型的俄罗斯元素。

屠格涅夫曾说:"在怀疑的日子里,在痛苦地思考我的祖国命运的日子里,你是我唯一的依靠和支柱。啊,伟大的、有力的、真实的、自由的俄罗斯语言啊!如果没有你,看到故乡发生的一切,怎能不陷入绝望之中?但是,如果说这样的语言不属于一个伟大的民族,那是不能置信的啊!"③ 俄罗斯语言文学是流落异乡的俄侨作家的精神支柱,俄侨作家都肩负着特殊使命:保持并传播本民族的文化传统和本民族的语言;促进各民族之间的文化交流。黑多克让自己作品中的主人公——形形色色的俄罗斯人深入到他们所不熟悉的民族和文化环境中,让他们体验各种文化氛围和日常生活,例如,让他们出入佛教寺庙,深入中国人居住的地方等,有时候甚至让他们经历一些精神和肉体上的考验。但经历了各种考验的俄罗斯人,却很少被其他文化所影响或改变,这是中国俄罗斯侨民的一个非常重要的特点。他们虽然生活在中国,但却很少有人能流利地讲汉语,也很少有人受

① 李延龄主编《松花江晨曲》,谷羽译,北方文艺出版社、黑龙江教育出版社,2002,第354页。
② 郑永旺:《俄罗斯东正教与黑龙江文化》,黑龙江大学出版社,2010,第124~125页。
③ 屠格涅夫:《爱之路》,张守仁译,北京十月文艺出版社,2008,第116页。

到中国的日常生活的影响。相反，哈尔滨的中国居民却或多或少地能讲一些俄语，尤其是商贩，他们能用未经训练，但却能达到交际目的的"哈尔滨边缘语"游刃有余地与俄侨交流。在俄侨作家的作品中这样的例子俯拾即是。可见当时的哈尔滨是一个多么宽容、多么便于侨民生存的地方。但也正因为这样，"一些侨民不懂得中国的文化，更不懂得尊重中国的文化及其传统，甚至还有一些亵渎中国人信仰的行为"①。黑多克在自己的作品中把这种人和这种行为"曝光"并让其遭到命运的惩罚。

廖里赫在为黑多克的短篇小说集《满洲之星》所写的序言中写道："描写满洲生活的黑多克的短篇小说可谓是对满洲文学的一份宝贵贡献。首先这些小说浸透了坚定的品质……除了引人入胜的情节和令人沉思的思想外，《满洲之星》充满内在的召唤。每一篇作品中，无论它是建构在现实生活的基础上，还是建构在久远的文化遗产上，到处都有对现实生活特征的描写，这些特征把读者的注意力引向崇高的思想境界。黑多克的作品因其文学品质永远为人所需，特别是在当今全世界都在关注这些古老地方的时候，它尤其引人注目。对于那些数次在亚洲土地上漫游过的人来说，其作品中的日常生活和神秘因素更具意义。日常生活和这些神秘因素在任何地方都没有像在亚洲这样令人信服地结合在一起。""他的作品中充满寒冷神秘的空气，他的主人公失去了活生生的肉体，而他的小说本身则成了有些枯燥的脑力游戏，附于神秘著作的范例。也许只有通过这样的小说才能表现出来温格尔伯爵。"② 黑多克对中国宗教和传统民俗有着浓厚的兴趣，时代的变化莫测常让他感到人生无常，因此，他的作品具有很强的神秘色彩。《满洲公主》、《三颗哑弹》、《米阿米》、《死者还乡》等都是典型的例子。

思乡是俄侨文学的重要主题，黑多克在《死人回乡》中表达思乡主题时，借用了中国贵州民间丧葬的风俗传统，抒发出俄侨至死也要回到祖国的心声。在《死人回乡》中，黑多克通过来自中国南方，在大兴安岭生活

---

① 荣洁：《俄侨与黑龙江文化——俄罗斯侨民对哈尔滨的影响》，黑龙江大学出版社，2011，第 165 页。
② 转引自荣洁《俄侨与黑龙江文化——俄罗斯侨民对哈尔滨的影响》，黑龙江大学出版社，2011，第 185~186 页。

多年的侯老汉的叙述，诠释了中国人的传统观念——落叶归根。整篇小说建构在鲜明的反差上：一是远处喧闹的大城市，那里有电车、汽车等；一是近处原生态的大自然，这里有芦苇的轻歌细语，大自然与人相互交流。小说的两个主人公是两种文化的代表：叙事者"我"是外国人，代表欧洲文明和理性思维，而侯老汉则是中国神话思维的代表；"我"代表着年轻人或中年人，而侯老汉则代表着老年人；"我"代表着"诱惑者"，而侯老汉则是睿智、道义的代表。

　　在一个凉爽的傍晚，两个对话者坐在河岸上倾听河水懒洋洋的拍溅声。他们欣赏着尚未退尽的晚霞，沉浸在大自然的宁静、悠远、神秘之中。就在这样的氛围下，作者把我们带进了展现中国传统思想观念的"隧道"里。两个人从"离去"的话题开始了关于"落叶归根"的对话。通过两个人的对话，作者展现出了两种思维，两种文化的碰撞。"我"的想法代表了世俗者的普遍想法，而老人的告别意味着对金钱的放弃。放弃金钱的老人需要的是什么？"我老了，我要回南方去：该清静了。"

　　由于两种文化的差异，叙事者无法理解侯老汉要放弃现有生活，回老家的想法。老人说："我这一辈子快完了，我要到祖先等待我的地方去。"外国人则说："死人是不会等人的，老侯，灵魂离开了躯体，躯体葬在哪里不都一样吗？"接着两个人就这一问题展开了辩论，但是，黑多克让读者听到的更多是侯老汉的声音，其目的是显而易见的：让俄罗斯读者了解中国的传统文化和一些中国人的传统观念。在中国人的意识里，"活着的人向往着父母的家园，死去的人也一样！即使是最穷的中国人家庭，砸锅卖铁也要把死人从异国他乡运回家"。就在这样一个短小的故事中，黑多克也没有忘记自己偏爱的神秘元素，他让老汉讲述了"死人回家"的方法：在贵州，死人的亲属请来道士为死去的人做法，"道士口中念念有词，走到死人身边。他磕三个响头，念三遍符咒，求阎王让离开了肉体的灵魂进入阴间。道士点燃一支香，往死者脸上洒圣水——于是死者站起来，四肢灵活地伸展开来。不过死人无法睁开眼睛，因为上面贴着阎王的封条，活着的人没有一个能够撕掉这封条。接着，亲属在前面走，道士拿着香在后面跟着，死人就夹在两个活人中间。死人既不朝东也不朝西，只是朝老家的方向往前走……老家终于到了！要是亲属哭着出来迎接死人，那就遭了：死人的身体立即化成一堆灰。把他带到准备好的棺材边的时候不应该哭泣，远道而来的死人就在这里长眠……"① 侯老汉所讲的死人回乡的方法其实也是复活的一种形式。侯老汉相信这个神话的真实性，并且会恪守祖上流传下来的传统、习俗。侯老汉的平和态度、执着的信仰以及他与大自然的和谐关系感化了叙事者，他不再怀疑，也不再嘲笑侯老汉，他开始相信中国古老的神话故事，也开始尊重中国古老的习俗："此时此刻，我也像侯老汉一样相信：'直到如今，在遥远的山区，还有死人在活人的陪伴下行走，他们要感受母亲的手在他们脑袋上的抚摸……'"② 其实，这个故事体现了中国人最原始的思维："人死后灵魂回到其祖先居住的地方。"

黑多克在这篇小说中阐释了他对世界和对人的看法，并对人存在的意义和指导社会生活的法则进行了思考。他的这篇小说在当今仍具有现实意义。因为中国人对家的观念一直没有改变，最典型的例子就是"春节回乡"，人们辛苦了一年，就是为了这个年，就是为了回家，为了与家人、父母长辈团圆。"我"不仅借中国的民俗风情表达了死后回乡的愿望，同时也表达了作者本人，还有那些生活在中国各地以及许许多多漂泊在异国他乡的俄罗斯游子共同的心愿。

谷羽曾指出："俄罗斯侨民作家，不管他们身在何处，不管他们离开俄罗斯多么长久，他们的耳畔总是回荡着普希金响亮的诗句和深沉压抑的俄罗斯民歌，胸中总是流淌着波澜壮阔的伏尔加河；他们忘不了俄罗斯的辽阔原野，森林草地，呼啸的风，弥漫的雪；忘不了俄罗斯柔韧的白桦树，火一样鲜艳的花楸果。俄罗斯的自然环境、风土人情、传统文化，像母亲的乳汁一样给他们滋养，成为他们的精神支柱。在漂泊的岁月里，难以回归故土，让人痛苦；但对祖国的思念又给人以力量，任何艰难困苦、坎坷曲折都要挺过去，也都能挺过去！因为俄罗斯母亲赋予她的儿女以无比的坚韧、顽强和罕见的承受能力。越是远离祖国，就越珍视本民族的语言艺

---

① 李延龄主编《兴安岭奏鸣曲》冯玉律等译，北方文艺出版社、黑龙江教育出版社，2002，第410~411页。
② 李延龄主编《兴安岭奏鸣曲》冯玉律等译，北方文艺出版社、黑龙江教育出版社，2002，第411页。

术，越想保持本民族的品格和气质。"① 可以说，正是浓郁的怀乡情思赋予
了俄侨文学以长久的艺术生命力和强烈的感染力。

三 哈尔滨俄侨文学里的中国形象

俄罗斯侨民这一特殊的群体对于故乡、祖国总有难以忘却的亲情，同时，
对他们侨居的第二故乡也有深深的热爱之情。哈尔滨的俄侨文学与中国有着
亲情的联系，流落到中国的俄侨大多热爱中国，这一点在他们的作品中有明
显的体现。从前文所叙述的俄侨概况中，我们知道，第一批俄侨曾在中国的
东北修路，对这里有一种特殊的情感；第二批俄侨曾在这里避难、工作，并
在这里繁衍生息，他们都为哈尔滨的建设付出过自己的心血，其中，不少俄
侨的子女出生在中国，自然也就有一种情系故里的感觉，因此，许多俄侨自
然将中国视为"第二祖国""我的国家""我的城市"；又由于第一批、第二
批俄侨长期生活在中国，他们的子女出生并在中国成长，在中国接受教育，
许多俄侨都多少懂点汉语，其中，也有不少人成为汉学家。因此，他们将中
国看作是他们成长的摇篮，与中国也就自然有了一种亲情的关系和联系。有
资料显示，"由于热爱中国而取得中国国籍的俄侨曾达到一万人"②。

哈尔滨接纳了俄罗斯侨民、哺育了他们。恰恰是在这里，他们得以延
续自己的生活，于是中国对他们来说的的确确就成了第二祖国。俄侨诗人
聂杰里斯卡娅即称哈尔滨为"我的小祖国"。20世纪前50年，除了日本占
领时期，应当说哈尔滨是一个安静的地方。这里没有什么大的动乱，这里
没有什么革命运动。并且，这里不讲究是什么颜色的，所以在这里还有政
治上的自由。此外，这里又是一个国际都市：有19个国家的领事馆，有来
自29个国家的移民。来自不同民族的居民之间彼此都认可，互相没有种族
歧视。伏谢沃洛德·伊万诺夫在《20年代的哈尔滨》一文中也曾这样回忆
哈尔滨的生活："总之，可以在这片土地上生活下去，而且可以生活得不

---

① 李延龄主编《松花江晨曲·译后记》，谷羽译，北方文艺出版社、黑龙江教育出版社，
2002，第378~379页。
② 李兴耕：《风雨浮萍——俄罗斯侨民在中国（1917~1945）》，中共中央编译局出版社，
1997，第104页。

错：物价水平低，不用为生活发愁，没人干扰你的生活……"① 20 世纪初的哈尔滨实在是一块难得的绿洲。

几乎所有的俄侨，一经离开哈尔滨不管政治信仰如何都对它怀有一种感激之情、留恋之情、珍惜之情。应当说，这些俄侨对中国的热爱是真挚的，是实在的。2009 年，在著名哈尔滨俄侨领导人扎伊卡组织的"老哈尔滨俄罗斯人再聚首哈尔滨"大会上，"当李延龄教授在致辞中讲到'不是别人，就是你们的先祖和中国人一起修建了这座伟大的城市哈尔滨时'，来自五大洲的二百多位俄侨突然爆发出一阵暴风雨般的掌声，许多八九十岁的老俄侨竟然热泪纵横……"②

哈尔滨是俄侨最集中、文学创作最活跃的地方，它在俄侨文学的题材中自然占据突出的地位，描述、歌颂哈尔滨的诗作颇多，并从内容和情调上有别于其他题材。例如：描绘上海时，诗人们注重其大都市的风貌，把上海形容为"不知怜悯的虐待狂""残酷无情的城市"，强调城市与人之间的距离，乃至对立给人造成的孤独、迷惘和压抑感。与之相比，哈尔滨则呈现出充满人情味、温馨可爱的小城市氛围。米哈伊尔·什梅谢尔在诗歌《我们为圣彼得堡而忧伤……》中写道："我们，为圣彼得堡而忧伤，/但对它的忧情，并不强烈，/因为哈尔滨的俄罗斯面貌/让我们与痛苦的流亡和解。"俄侨女诗人拉钦斯卡娅指出："哈尔滨的魅力在于她把大型文化中心的所有特征……与给人以温馨感的小地方色彩和井井有条的老式的纯俄罗斯的生活方式结合在一起。"列兹尼科娃写道："回忆在哈尔滨的岁月，没有一个俄侨不感到深深的感激之情……可以肯定地说，世界上无论哪一个国家的俄侨都没有产生像在哈尔滨那样的如同在家的感觉。"这种情感恐怕是哈尔滨全体俄侨所共有的。

女诗人叶列娜·达丽在《献给第二个祖国》中悲伤地写道："逃亡的路，是命中注定的，/但请告诉我，我有什么错。/因为我父亲忠于自己祖国？/因为我庄严的忠于过去吗？"父亲作为一个旧俄军人死去了，而"我的头顶之上昏暗蔓延着——还未熄灭的霞光的余光中，/我过了多少年孤

---

① 李延龄主编《中国，我爱你》，李蔷薇等译，北方文艺出版社、黑龙江教育出版社，2002，第 17 页。
② 张岩、李延龄：《论俄侨女诗人莉·哈茵德洛娃诗歌创作》，《俄罗斯文艺》2012 年第 1 期，第 48 页。

儿的生活"？俄罗斯的暴风雨之路险恶，诗人同万千流亡者一起来到哈尔滨，这里"宛如一块故土，/保护、藏匿我免遭恶旋风"。在哈尔滨的岁月安详静谧，诗人在这座城市长大成人，"岁月，一段接一段的驰骋——/安静，吉祥，与和平劳动……/在哈尔滨，我养育了儿子，/在哈尔滨，我为母亲送终"。对这座接纳、包容了她的城市，诗人深情地写道："我会对任何人都公开说，/这个可爱的城市征服了我，/这个曾经收容了我的国家，/她已经成为我的第二祖国。"①

哈尔滨的俄式氛围有利于产生这种"第二个祖国"的感觉。俄侨诗人的作品清楚地反映了他们扎根于中国土地之后所发生的心态变化过程。特别是从未闻到过"故土芳香"的青年一代已经"辨不清哈尔滨与梁赞"，站在松花江畔，只能隐隐约约地想到涅瓦河。阿列克桑德拉·巴尔考的《回忆》书写了诗人在松花江畔漫游，拾取那早已忘却时代的记忆碎片的复杂心绪。过去记忆中的"那些珍贵地名"，已仿佛是"墓碑的题词一般"。江上的汽艇载着晚归者返航，夜晚的哈尔滨像一个神秘的梦。大平原的高粱田中间，松花江静静翻滚着波浪。江畔的夜令诗人陶醉，让她幻想，这究竟是不是松花江？"雾霭之中，可不是别的江？/在向我流淌着银光？"那不间断的江水闪光里面，还有一座座暗绿色的岛屿浮现，但诗人知道，这并不是记忆中的故乡，"涅瓦河听不见我们的呼唤……"俄罗斯大地已渐渐地退入梦中，显得如此遥远，可望而不可即，"如同飘渺的白烟"。

哈尔滨是松花江畔兴起的一座年轻城市，松花江畔的风景和人生是俄侨诗人们反复吟咏的对象。阿列克谢·阿恰伊尔的《松花江》是一首写景的诗作，用细腻而又深情的笔触描写了松花江上的景色。"晚霞似藏红花照着一江乳汁，/舔着奶水的是条条火舌，/从石头江岸远望，周围是/起伏不定的火红原野……"诗人把不停地伸展的蔚蓝的天空，比做"满洲面粉烙的一张大饼"，而缓缓流动的江水，就如"奶油般肥腻"，江上驶过一艘艘装得满满的货船，船夫们把被单当船帆，露出汗水淋淋的赤裸胸膛。夜晚的江畔更加迷人，"月亮想出了绝妙的游

---

① 李延龄主编《松花江畔紫丁香》，李延龄、乌兰汗译，北方文艺出版社、黑龙江教育出版社，2002，第114～115页。

戏，/夜晚在江面洒下闪烁的银光……/浸在江水里的番红花，/触摸人的躯体，躯体柔软，/风像挣脱了锁链，大声吼叫，/江上的夜空变得白茫茫一片。"滚滚流去的江水与流亡异乡的人生的对比，不免让诗人生出今夕何夕之感，"源于传说以及佛的理念，/现实在泪水与尘土中跳动……"

叶甫盖尼·雅什诺夫①的创作受到勃洛克的影响，理想与现实的疏离、时代风云变幻、个人难以把握命运的悲哀是其经常吟咏的主题；他还常从亚洲历史和中国文化中汲取素材，这使他的作品多了几分历史的深沉与东方文化色彩。他写于1935年的《松花江畔……》相比前面几首歌咏松花江的诗作，多了一些历史的沉重感。诗人诉说在百无聊赖的松花江畔，侨民们的生活历尽了艰辛，从前那些悠闲自在的人们，在不知不觉中已化为灰尘。现在"历史的花纹已经紊乱"，"确信只有吉尔吉斯的眼光/才看得见破坏巴黎的野蛮人"，诗人这里所说的野蛮人，或指日本侵略者，他们破坏了被称为"东方小巴黎"的哈尔滨的宁静。一些年轻的侨民嘲笑诗人："他是谁？"而诗人唯有耸耸肩膀，在内心里悄悄说："哼，/你们的心正在深渊中沉沦！"一些年轻侨民已经忘记了自己的祖国，有的甚至沦为了日本人的走狗。《日记片段》记诉了诗人在历史的风暴中流落异乡，借酒浇愁的生活场景。在宴会上侨民们轮流把盏，反复不断，"我们生活的哈尔滨时代，/每一杯酒都要饮尽喝干"。流亡者们举起酒杯，"昂首饮下酸楚与忧患"。他们知道他们当中的很多人，难以从历史的风暴中寻找到生活的答案。

瓦西里·洛基诺夫②的诗歌创作大部分较为平庸，但描写哈尔滨的诗作生动有趣，能给人留下深刻的印象。他的《在松花江上》表现了松花江畔闲适、懒散的生活。傍晚时分的霞光映照着远处的教堂，晚风在轻轻地呼唤，平底驳船下泛起黄色波涛，沙岸也鸣叫，这里有"史诗般祥和的忧伤"。松花江温柔地围绕着哈尔滨这座新兴的移民城市，在这里，诗人觉得一切都是美好的，"暴风雨和晴天对城市同样可贵。/这里，观察到的是悄

---

① 叶甫盖尼·雅什诺夫（1881~1943），20世纪20年代后期来到哈尔滨，就中国人口、农业和粮食贸易等问题撰写过一系列文章。

② 瓦西里·洛基诺夫（1891~1946），生在叶卡捷琳堡一个富商家庭，逝于哈尔滨。

声的习俗。/这里，人心向着各种神仙祈福"。《啊，松花江上的都城！》绘声绘色地描写了哈尔滨这座松花江畔的城市的众生相，诗人深情地告白哈尔滨这座松花江上的都城，他至死都不会忘记这里的种种："你神秘不解的面容，/你田野的黄色土地，/从容跑着的人力车，/你衣服丝绸的精美，/它适用一切的一切，/你平底船桅杆林立，/街道的响亮的声音，/人来人往，喧闹，灯火；/大车的沉重吱呀声，/冬日里太阳的暖和，/还有那傅家甸鸦片，/和豆子的气味好怪，/还要受着岁月煎熬，/摆不脱苦难的乞丐。"洛基诺夫还写作了一部反映哈尔滨俄侨生活的长篇小说《在国外》，但只有片段发表在《边界》1936 年第 33 期上，小说描写了一群文化人在南岗一家宅邸集会的情景。当时的读者不难从这些人物身上看出他们的原型。

哈尔滨作为曾经的俄侨在中国的"首都"，它的发展变化在俄侨诗人们笔下有着丰富的体现。尼古拉·沃赫金的《哈尔滨》描写了哈尔滨这座矗立在宽阔浑浊的江边的城市，"它赫赫有名，是我们童年的城市，/青少年的城市"。与侨民们的艰难命运相反，这里保存了俄侨和中国人共同创造的"黄金般的遗产"。东北地域近代以来经历了频繁的战争，而在哈尔滨城区内并没有发生过大规模的战争，这不能不说是一种幸运，或者如诗人所说，是"圣尼古拉教堂和中国上帝/保它们免遭战乱与灾难"。在这里，俄罗斯与中国紧密走在一起，西方同东方肩并肩互为邻居；在这里，"稠李和烧香的芬芳气息，/同亚洲的美食的香味结合一起"。

叶列娜·伏拉吉①是一位才华出众的诗人。她的作品深入中国社会生活，每每把胡同旮旯写得惟妙惟肖，时常被认为是中国人写的，近乎于东北乡土文学，具有很高的文学价值。《回忆哈尔滨》表达了她对哈尔滨这座"满洲草原的城市"的怀念，曾经生活在那座遥远的中国城市里的侨民们，如今已分散到世界各个角落，可是常常在午夜梦回时回到哈尔滨，想起他们年轻时代的岁月，"在那些高粱地里，/月亮在夜里低语，/我们青年的春天，/沿雉鸡小路走去"。那里的榆树依旧高，"蓝眼睛的紫罗兰/依旧开放在春季"。"可爱城市的大街，远方那丘陵丘脊……/一切儿时珍惜的，/我们永

---

① 叶列娜·伏拉吉，生年不详，1990 年逝于塔什干。旅居哈尔滨多年，20 世纪 40 年代中期回到苏联。

不会忘记"。儿时的记忆往往是最深刻的，会终生存留在诗人的脑海里。

《搪瓷上的小画儿》由搪瓷杯上的一个小画儿引申开去，表现出幽静朦胧的东方意蕴。小画儿很简单，"一个十分精美的软玉圆环。/鹭鸶在远地里正站在雨中，/脸上似乎有种神秘的表情"。诗人的思绪由雨中鹭鸶来到了满洲的田野："那是世界上最不可思议的、/均均匀匀的田野的正方形……/古老的佛教小庙已经浸湿，/尽管，有几棵大杨树护警。"在寂静的田野里，芦苇、池塘、锥形的谷草垛，披着斗篷和老牛一起站在雨中的农民，构成了一张风景明信片，在诗人的心中留下"美妙的倒影"。《煎饼》同样是从小处着眼，由大煎饼回想到哈尔滨的生活，"风轻轻吹拂着榆树枝，/春已来到马家沟这里。/中国老头坐在大车上，/嚼着烧饼，哼着小曲"。在万物萌生的季节，"街上是香喷喷的空气，/大煎饼使劲挥放香味，/故乡哈尔滨，中国城市，/使劲挥放春天的气息！"

在莉迪娅·哈茵德洛娃的许多诗句里都表达了对侨居地的真挚感情。《我当时还不知道》一诗中写道："我当时还不知道，/成为我自己家的，/就是这蓝蓝的天，/是这够不着的山，/这走不完的草原。/也有梧桐树喧闹，/也有大风的叫唤，/夜莺的悄声长叹。"从天蓝蓝的哈尔滨，经过高山、草原再到长有梧桐树的大连，这正是哈茵德洛娃在中国的流亡路线图，这一条路线乃是诗人认可的"家"，是诗人离开祖国之后的"家"。这里的"家"与"小祖国""继母"所表达的乃是同一种感情。而且，这里什么都有，既有"大风的叫唤"，也有"夜莺的悄声长叹"。哈茵德洛娃还饶有兴趣地写下了《中国犁过的田地》一诗，诗中充满了对当地中国习俗的赞赏，对中国人亲情、爱心与品德的仰慕："在田里走路要小心：/这里安眠着你的先人，/他们守护着你的庄稼，/以全部的爱心坚忍。""他不吟唱什么，/目光里/有先祖智慧、土地精神。/什么痛苦都战胜不了，/与土地一体的人们。"这首诗体现了哈茵德洛娃对中国民间祭祀祖宗风俗的关注，她对扎根于这片土地的人们给予了深深的敬意。这里逝去的人们虽"无花岗岩墓穴和墓碑"，却"有悄声预言留给子孙"。

在19世纪末20世纪初，以哈尔滨为中心的北满区域，无论是文化氛围，还是自然环境，都与俄罗斯的远东有着诸多相似之处。普里什文曾写道："我在哪儿都没有见过像满洲里这个地方如此辽阔的原野：这儿有森林茂密的群山，绿草如茵的山谷，那草高得足以把骑马的人隐没在里面，还有像篝火那样的大红花，像鸟儿似的飞舞的蝴蝶，以及两岸繁花似锦的清流。像这样任你自由自在地逗留在未开发的大自然中的机会，以后未必再找得到了！"① 北满区域的自然风光，在巴伊科夫笔下得到了充分的展现。尼·巴伊科夫（1872～1958）早在1887年就结识了他父亲的好友尼·米·普尔热瓦里斯基（1839～1888），听他讲述1867～1868年在乌苏里地区进行自然考察的情形。这位著名的俄国自然考察家把自己的《乌苏里地区旅行记》一书赠送给他，并在上面题词道："年轻的朋友尼古拉·巴伊科夫留念，丛林里的老流浪者普尔热瓦里斯基赠，1887年4月10日于彼得堡。"普尔热瓦里斯基还对年轻的巴伊科夫说："让这本书成为你前进道路上的标志。如果你能到东方去，那就写出它的续篇。"② 这一赠言成了巴伊科夫的奋斗目标，使他后来一生最美好的年华几乎都与中国东北地区的大自然联系在一起。

巴伊科夫的著述绝大部分描写我国东北的大自然，从形式上看可分为两大类：一类是对我国东北东部地区的自然考察报告和对这里动植物的研究；另一类是以这里的猎人和野生动物生活为题材的小说和散文。作者是一位经验丰富的猎人和勤奋的自然考察家，同时兼有诗人的气质和文学才华，因此这些科学论著和文艺作品之间又有着密不可分的联系。孙赫杰认为："他的自然考察报告和生物研究著作都是根据他亲自得到的第一手材料写成的，准确而生动地描述了我国东北山林中各种野生动植物的形态和习性，向人们提供了丰富的自然知识。尤其是他对目前已濒于灭绝的东北虎的研究，在生物学领域具有开拓性的意义，至今还保留着很高的学术价值。"③ 巴伊科夫以科学家清醒的预见性，不止一次大声疾呼，提醒人们注意保护自然环境和保持生态平衡，非常明确地提出今天尤为迫切的环保问题。巴伊科夫的小说和散文与其学术著作密切相关，以他个人在东北山林

---

① 〔俄〕米·普里什文：《人参》，刘文飞主编《普里什文文集》，何茂正等译，长江文艺出版社，2005，第3～4页。
② 彭放主编《黑龙江文学通史·第一卷》，北方文艺出版社，2002，第413页。
③ 孙赫杰：《俄侨作家尼·巴依柯夫与我国东北原始森林之情缘》，《图书馆建设》1999年第2期，第76页。

中的亲身体验为基础，再现了我国东北山林当年那种"棒打狍子瓢舀鱼，
野鸡飞进饭锅里"的原始自然生态，揭示了大自然的无限诗意。刁绍华、赵
静男曾指出："作家热情洋溢地歌颂了千里雪原、万顷松涛的北国壮丽风光，
以深厚的感情描写了栖息在密林中的獐狍麋鹿和虎豹熊罴，对原始森林倾注
了无限热爱。他身为外国人，侨居我国，却无限热爱这里的山山水水、茫茫
林海和飞禽走兽，绘制出五彩缤纷的大自然的美丽画卷，满怀同情地描写了
山林中各族居民的生活和劳动，鲜明生动地刻画了各种走山人——猎人、淘
金者、采参人、捞珠者的形象。"①

　　一百多年前，白山黑水之间的广袤山林丝毫没有受到人为的破坏，而
保持着纯原始的自然生态。中东铁路整个东段，从玉泉直到绥芬河，都是
穿越原始森林而铺设的。巴伊科夫当年一来到这里就深深地爱上了壮美的
山林。与此同时，他也目睹了铁路营运以后沙俄以及其他外国资本对我国
东三省自然资源的疯狂掠夺。当年由外商把持的东三省三大外贸出口物品
中有两种直接取自森林，即我国东北特有的红松木材和野生动物毛皮。对
大自然的严重破坏，当年说成是"进步"，可是在巴伊科夫看来却是一种悲
剧，"他热爱大自然，痛切地感受到中东铁路的修建对东北原始森林的严重
威胁，并且预见到不可避免的悲剧前景"②。

　　巴伊科夫的中篇小说《大王》可以说是一部永远不会失去其艺术光彩
的杰作。我国东北当年也曾有过一个东北作家群，不过那个年代自有更重
要的创作任务，亟须反映的是关系到民族生死存亡的重大社会主题，不可
能脱离开民族矛盾和社会斗争孤立地去描写大自然。可是如今，"从长白山
到大小兴安岭、纯粹的原始森林已经所剩无几，珍贵的野生动物种群东北
虎已濒临灭绝。如果想要回忆往昔的美好年代，也只能到巴伊科夫的作品
中去寻觅。从这个意义来说，这位侨居我国多年的异国作家倒是为我们填
补了文学中一块空白。尤其在保护生态环境问题异常迫切的今天，巴伊科

---

① 〔俄〕М·阿盖耶夫、尼·巴伊科夫：《可卡因传奇大王·译者序：俄罗斯流亡文学中的两
　部畅销书》，刁绍华、赵静男译，北方文艺出版社，2009，第10~11页。
② 〔俄〕М·阿盖耶夫、尼·巴伊科夫：《可卡因传奇大王·译者序：俄罗斯流亡文学中的两
　部畅销书》，刁绍华、赵静男译，北方文艺出版社，2009，第13页。

夫作品的意义就显得更加重要"①。

　　1958 年 2 月，巴伊科夫在弥留之际，仍深深眷恋着他所钟爱和牵挂的东北森林，他在题为《别了，林海》的绝笔中写道："将来有谁拿起作家巴依阔夫——一个走遍满洲各地丛林的老流浪者的著作，我希望，他能回忆起这个地方往昔的美妙时代，我如今一无所有，只有回忆我的第二故乡——满洲，在那里度过的青春年华，回忆那里的生活，回忆狩猎。"②在那个年代里巴伊科夫有幸能够听到原始森林的阵阵松涛，震慑人心的虎啸，还能跟踪到老虎的踪迹，无疑，他是幸运的。读着他的作品，我们仍能感受到作家对大自然的钟情和挚爱。他不是用枯燥的数字和简单的说教向我们倾诉着他朦胧朴素而又急切焦虑的环保心声，"他用气荡山河、动人心魄、令人揪心的原始森林的一幕幕场景及其变化的描写，将读者带入他的心灵世界，让读者不得不跟随他凝重地思索着人与自然的未来。他用一个作家特有的丰富而细腻的笔墨，不仅见证了东北原始森林的美丽，民风民俗的纯朴，而且还用诗一般的语言，用一颗博大的爱心和一片赤子般的真情关注和保护着人类共同的家园。他高瞻远瞩，且怀着高尚的情操"③。

　　不过，在那个动荡的年代，俄侨作家中如巴伊科夫这样关注东北自然风俗的人并不多。除巴伊科夫外，米哈伊尔·谢尔巴科夫④的诗作多表现旅行观光，对中国东北的异域风情表现出浓厚兴趣，对亚洲各国下层人民的苦难流露出深切的同情。人参是中国东北的三宝之首，采参一直以来都充满了神秘色彩。谢尔巴科夫的《人参》便展现了采参的情景，"谁想得到林中神仙指引，／他必须意志坚强心地善良，／神灵带领他去深山去老林，／那里藏着花如伞叶如掌"，但山里有妖魔也有猛兽，要想采到人参，必须遵守诸多禁忌，"千万别让商人的招牌摇晃，／千万别让银洋丁当作响。／请搭

---

①　彭放主编《黑龙江文学通史·第一卷》，北方文艺出版社，2002，第 422 页。

②　孙赫杰：《俄侨作家尼·巴依阔夫与我国东北原始森林之情缘》，《图书馆建设》1999 年第 2 期，第 76 页。

③　王亚民：《20 世纪中国俄罗斯侨民文学研究》，博士学位论文，兰州大学，2007，第 105 页。

④　米哈伊尔·谢尔巴科夫（？～1956），20 世纪 20 年代居住在哈尔滨，曾在亚洲漫游，足迹遍及朝鲜、日本、越南、马来西亚、锡兰等国家。第二次世界大战后定居西贡，后移居法国。

好窝铺，守斋吃素！"然后在深夜的丑时，祭拜星斗，"手执鹿角，求祖先保佑，/悄悄挖出的根如人的形状"。

《在北方——铃鼓》表现了中国东北区域的少数民族的萨满活动。在谢尔巴科夫的诗中，通古斯人乘着雪橇，从山上来到平原，他们用毛皮兑换烧酒、玻璃珠子与珠串。夜晚来临的时候，帐篷里生起炭火，"瘦弱的老人开始跳萨满；/铃鼓的声音格外响亮——/响得灵巧、沉醉又威严。"篝火燃烧，熊熊的火焰应和着铃鼓亢奋的鼓点，"萨满巫师的鹿皮衣服，/跳荡着五颜六色的光斑"。铃鼓的敲击迟缓有力，鼓声从帐篷传到村子里面，在寒冷的夜里仿佛有古老的幽灵四处游荡。萨满的活动很大一部分是属于艺术范畴的，即文学、音乐、舞蹈和造型艺术等。谢尔巴科夫的诗中所表现的，很大部分便是萨满的音乐、舞蹈等艺术特征。萨满文化精神在外来者看来，具有某种神秘的色彩，《在北方——铃鼓》的最后一小节写道："夜空中忽然出现了月亮，/脸似冰霜，雾气弥漫；/通古斯头领听着铃鼓，/冲萨满巫师眨了眨眼！……"这似乎心照不宣的"眨眼"或许传递了外人难以领会的信息，为这首诗增添了灵性。谢尔巴科夫对地域民俗的关注给他的诗歌增添了丰富的色彩。

从俄侨作家们的创作中，可以窥见中国历史发展的某些片段。伊·翁索维奇同情中国人民的革命。1926年，他写了题为《中国的运动》一诗，庆祝中国北伐战争的胜利。诗人写道："百年的耻辱和苦难播下反抗的种子，/如今，已结出人民起义的丰硕果实……/人民大众愤怒的海洋汹涌澎湃，/一个口号使全国上下心心相连。/滚开，奴役！我们受够了痛苦！——滚出中国去，吸人血的大蜘蛛！"[1] 在同一时期，马雅可夫斯基也写过声援中国革命的诗篇，与这首诗有相似之处。

阿列克桑德拉·巴尔考的《哈尔滨的春天》一诗既是对哈尔滨自然景观的描写，更是对这里政治气候的隐喻：

> 哈尔滨的春天，满街刮大风，/大风卷起来猛烈的沙土。/迷蒙的公路上，太阳的弱光，/用金色染红了褐色烟雾。

---

① 彭放主编《黑龙江文学通史·第一卷》，北方文艺出版社，2002，第400页。

迎面行人脚步匆匆，如穿梭，/衣裳被大风来回地拉扯。/车夫和苦力慌乱中奔跑，/五色旗①在半空中被撕的稀破。

哈尔滨的春天，汽车使劲地鸣笛，/四周幽幽暗暗，昏天黑地。/中国人戴的是防风眼镜，/日本人戴防流感、防瘟疫面具。

......②

全诗传递出纷乱、动荡的气息，与 20 世纪 20 年代俄侨诗人们所描绘的哈尔滨所表现出的安静祥和呈现出鲜明的对比。城市里飘起了伪满洲国的国旗，城里的人们在慌乱中奔跑，丝毫感受不到春暖花开的明媚气息，"四周幽幽暗暗，昏天黑地"，猛烈的沙土弥漫天空，阳光变成了"褐色烟雾"，中国人戴上了防风眼镜，日本人戴上了"防流感、防瘟疫面具"，于是城市"如恐怖化装舞会"，"在颠狂的舞蹈中、乌烟瘴气中"，"粗犷地旋转"，"窒息的狂风"让人喘不过气来，这是一个"错乱神经与疯狂"的春天。在巴尔考的《逃难》一诗中，我们能看到日本侵略者进入哈尔滨所造成的生灵涂炭的悲惨景象，满城的炮弹声轰轰隆隆，脚步声、车轮声、马蹄声交织在一起，大街上、角落中到处是横七竖八的尸体，"外人已进哈尔滨来了"，这里不再是俄侨们的避难所。

《到别人那里去》写出了巴尔考不得不离开哈尔滨的恋恋不舍的心情："别了哈尔滨！别了，喜欢的一切；/那心灵的结合是牢不可破的。/一种盲目的、可怕的、神秘的力量，/送我们去远方，去异乡，别人的空间。"在拥挤的火车站，人们在挥手告别，"篱笆，小平房，废弃的别墅，/破旧的草房，腐烂的灰色的木栅栏……/别了，我的朋友，凄清的、不漂亮的、/不匀称的、逃难者的哈尔滨"。哈尔滨这座城市那么多次，在严峻的时期，在那极度忧患的时间，给了疲于流浪的人以安宁，"使俄罗斯之心得以保全"。诗人深情地写道："在纵酒、发财、冷酷的流年，/你保存了我们珍惜的——宝藏一般——/世界珍惜和赖以生存的一切……/可是，现在要去异乡，别人空间！"对俄侨们来说，痛苦流浪者的路还没有走完，国家这么

---

① 指伪满洲国"国旗"。
② 李延龄主编《松花江畔紫丁香》，李延龄、乌兰汗译，北方文艺出版社、黑龙江教育出版社，2002，第 3 页。

多，"但太阳只是一个……/回家的路也只一条"，他乡的路还长，而他们不得不又坐上了流浪的火车。

俄侨作家塔斯金娜在《在时代和文化的十字路口上》一文中，对日本军国主义者入侵中国东北的过程给予了详细的记录。从中，我们可以看出俄侨作家对事实真相的客观反映，对日本人的到来给哈尔滨的城市生活所带来的混乱情景的描写。他们对日本人的虚伪、阴险、道貌岸然给予了揭露，并对日本人的强行掠夺和霸占的强盗行为进行了公开的痛斥。而这也客观地说明了俄侨离开中国哈尔滨的真实原因。中国俄罗斯侨民文学独特的反侵略视角为世界人民提供了中日战争极好的历史佐证。

俄侨在哈尔滨的文艺活动历时五十余载，内涵相当丰富，其中最突出的一个特点就是受中国传统文化的影响。有论者指出，在中俄关系中，"占据主导地位的应是俄罗斯社会的精英对中华古国深深的内在兴趣，因为中国具有几千年的最丰富的文化，它展示在民族精神的最高级的创造性的表现之中。1770 年 H·И·诺维科夫在自己的杂志《雄蜂》和《闲聊的人》上发表了 А·Н·列昂季耶夫（1716~1786）从汉语和满语翻译过来的译文，这并非偶然。而列夫·托尔斯泰在总结了自己多年来对中国进行的思考后，在 1906 年写了一封《致中国人的信》。普希金和别林斯基一直关注 O·亚金夫神父的作品自不待言，在太平天国起义高潮的时候来到香港和上海的第一个俄罗斯作家冈察洛夫就更不用说了，还有古米廖夫的《陶瓷馆》、阿赫玛托娃和别列列申翻译的中国古典作家的优美译文。在俄罗斯也逐渐形成了以 В·П·瓦西里耶夫（19 世纪）和 В·М·阿列克谢耶夫（20 世纪）为首的由汉学家、作家和翻译家组成的非常卓越的学院派，出现了很多天才的语言学家和文学家，如 20 世纪 30 年代遇难的 H·А·涅夫斯基、Ю·К·茨基、Б·А·瓦西里耶夫，还有很多其他的人，他们的同志和同行"①。

可以说，近三百年来中国的传统文化一直在吸引着俄罗斯知识分子，而踏入中国土地的俄侨们，恰恰具备了深入了解这个国家的优越条件。从

① 〔俄〕А·Д·罗曼年科主编《临近又遥远的世界——俄罗斯作家笔下的中国》，朱达秋译，北京大学出版社，2011，第 5 页。

符谢沃洛德·伊万诺夫①的一些关于中国的诗中，不难看出作者对其侨居的国家深厚的感情，他侨居中国期间所作诗歌，关注中国的民风民俗和文化传统，对平民阶层的生活表现出浓厚的兴趣。他的诗歌《龙》写诗人在中国式的灯笼上发现了一条龙，"角呈棕色，躯体盘绕细长"，注视这盘绕的龙，诗人似乎聆听到远古洪荒的神话故事："很久很久以前的古代，/泛滥的洪水回归沟壑，/陆地从水中显露出来——/那时的树木枝节相等，/大地有雾，动物长羽翎，/河中的岛屿繁衍着生命。/那时可怕的龙会飞行，/神奇时代的最后一个人——/一个中国人认识了云中龙。"诗人描绘了一幅宏大神秘的画卷，当神话时代结束时，最后一个幸存的中国人与云中探出身形的龙相遇，而中国人"就是那奇异的日子留下的后裔"。可以看出，诗人眼中的中国图腾既强大，又充满了神秘气息。

俄侨诗人笔下的中国古老、宁静，而在宁静中又蕴含着巨大的力量。米哈伊尔·沃林的《中国吟》把中国比作一头"笨重的水牛"，"睡醒之前卧在温暖的泥潭。/牛虻飞旋——闪光的蜜蜂……/时辰未到，它不会动弹"。可一旦它站起身来崭露头角，挺直了腰板，放声呐喊，"拜占庭的十字架会倾斜，/一座座摩天大厦簌簌震颤"。叶甫盖尼·雅什诺夫的《点燃傍晚的灯笼……》把北京比作一位老人，伸出布满皱纹的手，点燃傍晚的灯笼，这位老人"任凭命运的盲目脚步/再一次打破老年人的宁静——/你淡漠地摇一摇头——/敌人会消失，如同幽灵"。面对紫禁城里的金顶，"世上的一切纷乱而易朽，/惟独中国一动不动"。诗歌表现出了中国的古老和神秘，世界纷纷扰扰，而中国以不变应万变。

正是中国的氛围、中国的意境和华夏文化的深远影响在很大程度上构成了哈尔滨诗人、艺术家的创作特色，形成了哈尔滨俄侨文艺所特有的中国情结。有论者指出："中国情结中首先引人注目的是许多与中国生活相关的专门词语（包括词汇学中所称的'异国词语'［варваризмы］）。翻开俄侨诗歌集，诸如：будда（佛）、кумирня（庙）、лама（喇嘛）、мандарин

① 符谢沃洛德·伊万诺夫（1889~1971），1911年毕业于圣彼得堡大学，参加过第一次世界大战。后移居哈尔滨，曾担任报社记者。1921年他在哈尔滨出版诗集《火热的心》。1922年迁居天津。1936年搬到上海，主编《我的杂志》。1945年回苏联，定居哈巴罗夫斯克，从事文学创作活动，是苏联作家协会会员。

（官吏）、паланкин（花轿）、лотос（荷花）、бамбук（竹子）、джонка（舢板）、иероглиф（象形文字）等词语比比皆是，其中还有不少是直接来自汉语的外来语，如：чай（茶）、гаолян（高粱）、тайфун（台风）、фанза（房子）、кан（炕）、рикша（人力车）等。这种词语的复现率大大超过了俄语中的通常情况。此外，中国东北和俄罗斯远东边境地区，中俄居民频繁交往的地方曾出现以大量吸收汉语词语为标志的一种俄语方言，这种特殊的语言现象在哈尔滨俄侨诗歌中被用作别具一格的艺术手段。"①

尼古拉·斯维特洛夫在中国生活期间受中国文化熏陶，他的很多作品都独具中国特色，富有生活气息，涉及中国的风土人情、文化信仰等。他的《中国的新年》写出了中国农历新年的欢乐场面："突然转折的寒冷夜晚……/明天就是中国的新年！/咚咚咚！……锵锵锵！/到处都是欢乐的声响。/大鼓小鼓拼命的敲打，/开怀畅饮，特别热闹，/全中国的人们都喜欢，/高高兴兴欢度旧历年。/胡琴、喇叭还有锣声，/有板有眼地响个不停，/蹦蹦跳跳的民间舞蹈，/让人陶醉，神魂颠倒。/空中好像是雷声隆隆，/万千鞭炮在一起轰鸣，/噼里啪啦！嗵嗵！嗵！/爆竹声震得耳朵嗡嗡……/赶走邪恶有害的妖魔——/远远离开贫寒的房舍，/中国人就是这样过年，/为的是一家平平安安，/还要祈求善良的神明，/保佑他们的买卖兴隆，/万事如意，心情欢快，/各种鬼祟不兴妖作怪，/生活充满美好的幻想，/就连走路都喜气洋洋，/人们说话像在俄罗斯，/见谁都说：'新年新禧'！"

斯拉乌茨卡娅所著的《哈尔滨—东京—莫斯科：一个苏联外交官女儿的回忆》一书中也详细地记录了当地中国人过新年的情景："等到了二月份的中国新年，我们都上街观看那令人不能忘怀的艳丽夺目的舞龙灯。天一黑下来，人们就纷纷走上街头。有的用竹竿儿把灯笼高高地挂在空中。这些灯笼里面都燃着明火（不知道这火是怎样点燃的，而且灯笼还不会让明火烧着）。一条几十米长、张着火红大嘴、在内部火光的照射下，呈现出铜绿色的纸龙被一长队穿着色彩奇异、戴着恐怖假面具的人们用木棍举着，

---

① 〔俄〕弗·阿格诺索夫：《俄罗斯侨民文学史》，刘文飞、陈方译，人民文学出版社，2004，第83页。

在震耳欲聋的锣鼓声和唢呐声中，此起彼伏，沿着街道蜿蜒游荡。到处都是爆竹声，到处都是焰火，到处都是中国式的小灯笼。化了装的高跷舞者在一种欧洲人听起来不太习惯，带有特殊音调的音乐声中，三五成群地从人群中通过。"①

北京是中国的古都，也是俄侨诗人反复吟咏的城市。玛利亚·科罗斯托维茨在《北京》中把这里称作"世界上最奇异的城市，/屋顶耀眼的城市"，数百年已经飞驰而去，而北京似乎还沉睡在梦里。庙宇宫殿那些壮观的巨大的建筑群，"和着知了不断的鸣声，/做着一场场梦"。诗人仿佛看见忽必烈的幽灵在城市里徘徊，黄色的风，旋转着薄薄的黄沙雾，像是蒙古铁骑在铿铿然疾驰，这里可以看出蒙元政权对俄罗斯人的影响。《凤凰》一诗以女诗人的想象构筑了慈禧太后的少女时代，诗中的慈禧似乎只是一个普通的满洲女孩，"黄脸儿，斜眼儿，/长袍两只袖挓挲着，/辫子扎着红头绳儿，/头发里石榴花红似火"，然而命运叫女孩儿执政，并且告诉她："担起担子。"于是她走进了历史，"有着八月的名字：慈禧"。

在玛利亚·维吉的诗歌《忆北京》中，这里是一座充满了世俗生活气息的古城，"苍苍古老城墙下，/一家家小铺开了张。/卖的是针头线脑，/还有茶水和烧酒"。年轻人在那里成对成双。日子这么平平淡淡地过去，"生儿育女，/有时还能赚上几个大钱"。然而这里也没能逃脱战争的侵袭，曾经的皇城，如今破败了，枯草萋萋，"小铺一家家倒闭，/再也听不到任何琴声"。奥莉伽·斯阔毕浅克的《北京》具有历史的厚重感和佛教文化的意味。北京宫殿、庙宇的各种廊柱、楼梯雕刻着上百年的龙饰，明亮的花纹屋顶之下，佛像凝视着这座古城。曾几何时皇帝们来此顶礼膜拜，甚至成吉思汗"也曾来到这里做佛事"。佛是古国兴盛和苦难的见证人，然而千百年来他"依旧是平静无语"。佛教思想于两汉之际传入中国，虽然是外来的宗教，但自传入中国之日起就与中国文化思想相融合，与儒道密切结合，形成了具有中国特色的宗教信仰。佛教文化对中国的影响无疑是非常深远的，这种曾经的外来文化已经融入了中国人的生活之中。

---

① 斯拉乌茨卡娅：《哈尔滨—东京—莫斯科：一个苏联外交官女儿的回忆》，裴列夫译，黑龙江人民出版社，2008，第 42 页。

    俄侨诗人大都有着坎坷的人生经历，曾被历史风暴卷入、裹挟，背井离乡，漂泊异国，心底里隐藏着难以倾诉的创伤和痛苦，他们希望能够过上宁静祥和的生活。乱中求静的心态驱使一些俄侨诗人对佛教产生兴趣。维克多里娅·扬科夫斯卡娅①写出《佛山》、《佛像与我》等一组以同佛像对话为内容的诗篇，与大佛探讨人生的秘诀，所得的教诲是："人生如同沙滩上的沙粒，岁岁月月充满了悲欢与坎坷"，唯独肉眼不可识别的永恒才没有虚无缥缈的本质。在"天人合一"思想的引导之下，诗人寻求"融入于青水蓝天"的感觉；力图忘却痛苦、忘却一切，在失去自我中建立新的自我，把"人间泰安"立为愿望的极限。

    中国的魅力是难以抵挡的，华夏文化的影响不知不觉地渗透到俄侨诗人的心灵和作品之中。正如斯普尔戈特（Михаил Спургот）形容的那样："老子的智慧海洋上一小片思想浪花足以引起我心中的台风，骤然令我心潮澎湃。"② 中国的历史人物、伟大的诗人和不朽的古典作品成为俄侨诗人灵感的源泉。《杨贵妃》、《李太白》、《独鹤》、《汪浩之花》、《元朝皇帝之诗》、《吞食太阳的龙》等独有特色的诗篇相继问世，把中国的古典题材和文学情调引入俄罗斯诗歌之中，具有一定的开拓意义。应该指出，这些作品不是中国名著的翻版，而是在原作基础上的创新，通过俄罗斯诗人的视角，再现了中国的历史人物和文学作品的情节，并添加了许多新的色彩和内涵。

    鲍里斯·沃尔科夫③的长诗《吞食太阳的龙》以唐朝诗人崔颢的诗句"昔人已乘黄鹤去，此地空余黄鹤楼"为题记，全诗分四个部分。前两部分

---

① 维克多里娅·扬科夫斯卡娅 1909 年生于俄国符拉迪沃斯托克，在近郊庄园住到 13 岁。1922 年全家迁至朝鲜，在朝鲜生活到 16 岁，后在哈尔滨一家中学毕业，经常出席哈尔滨的"丘拉耶夫卡"文学团体的聚会。她曾多次去上海。1930 年，她的短篇小说《没有上帝，没有法律，没有风俗》在上海俄语报纸上获征文一等奖。1935 年她出版了中篇小说《此事发生在朝鲜》。她喜欢狩猎，在东北大森林里居住了 10 年。1953 年去香港，然后移居南关。1961 年住在智利，1966 年住在加利福尼亚，1978 年出版诗集《浪迹诸国》。1996 年逝于加利福尼亚。是最富代表性的俄罗斯侨民诗人之一。

② 〔俄〕弗·阿格诺索夫：《俄罗斯侨民文学史》，刘文飞、陈方译，人民文学出版社，2004，第 88 页。

③ 鲍里斯·沃尔科夫 1894 年生于叶卡杰林诺斯拉夫尔，1953 年逝于美国。是诗人、文学家。曾就读于莫斯科大学法律系。从 1921 年起在哈尔滨工作，1925 年去美国。著有诗集《在异国道路的灰尘里》等。

以崔颢和李颀的诗句为引子，利用边塞诗的格调和俄罗斯诗歌的传统韵律，塑造出折戟沉沙、破碎不堪的悲凉场面，表达了战士在悲伤绝望之中思念家园亲人的强烈心情。"异国的话语和言谈，他乡道路上的尘土"包围着诗人，听着从千年古刹里传出来的阵阵锣声，目光所及、耳朵所闻一概是异邦的事物，而在身后战火洗礼过的荒芜土地上，"只有那星星在家乡，从远处照耀……"沿着李颀诗句"白日登山望烽火，黄昏饮马傍交河"的节奏，沃尔科夫写道："夹带沙尘的疾风中，/颤响着凌晨的喇叭。/远处深红色的背景，/是东方的朦胧面纱。"荒漠的风对诗人诉说着辛酸的往事，让诗人想起"我们就在那天夜里，越境在漠河把马饮"，这是离开了祖国的悲哀的时日。后两部分诗风一转，由战火纷飞的故乡变为古老宁静的异乡。"霞光中盛开的荷花"作为诗歌第三部分的首句，提供了一个纯洁、高尚的意象，荷花这一中国文学中的传统意象在沃尔科夫笔下似乎转化为坚强、勇敢的象征，诗人构想出一位荷花般美丽的卖瓜女子，变成了这个国家的皇后。在诗的最后一部分，沃尔科夫陷入了对人生的思考，把自己比作"受伤的野兽"的诗人向东正教的上帝宣告："我现在什么也不相信，也不愿去采集你的花朵。"他流浪于华北地区，来到深山古庙，在老僧的开导下，悟出新的人生之路："在纷乱交错的道路上盲目徘徊，左右碰壁，意外之间，找到早已被忘却的路径，便在夕阳的光照下，踏着磨损的石板，终于来到这永恒松林的怀抱。"当风吹动古老庙宇屋檐下莲花状的小小铃铛，"铃铛发出优雅的声响"，诗人的心仿佛也在这优雅的佛音中得到了解脱。

　　中国情结还包含着俄侨诗人深层的中国观。概括而言，俄侨诗人的中国观呈现出两种趋向：一种是将中国的人、物、景当作美学对象加以观赏和赞颂。其中的人大多为皇帝、艺术家、僧侣、美女等想象中的优美形象；物为亭台楼阁、宝塔寺庙、香炉、古画之类；景的描写刻画田园式的安宁或神秘、诱人的异国风光。尤斯吉娜·克鲁森斯滕－彼得列茨[①]的诗歌

---

① 尤斯吉娜·克鲁森斯滕－彼得列茨 1903 年生于弗拉季沃斯托克，父亲是俄国军人，死于第一次世界大战。1906 年她随母亲与哥哥移居哈尔滨。1920 年开始从事新闻工作，在哈尔滨《公报》和《边界》等刊物任职。1930 年年底移居上海，在《上海曙光报》当记者。她通晓英文和法文，同时从事翻译工作。1946 年出版《诗集》。后移居巴西，20 世纪 60 年代初移居美国，在华盛顿"美国之音"电台俄语部工作了 10 年。1968 年她在巴黎出版了她的回忆录，对了解俄罗斯侨民文学有一定的价值。1983 年在美国去世。

《李太白》塑造了浪漫张扬的"诗仙"形象：

> 他懒洋洋地坐着，高高兴兴，醉醉醺醺，/忘记了什么事可做，什么事不许。/他在帝王的宴席上大喊一声："拿酒来！"/仿佛是在小酒馆里吆喝伙计。
>
> 他的鲁莽弄得显贵们目瞪口呆，/他们瞪大了眼睛，竖起了耳朵。/杨贵妃亲自拿着墨块/为他在砚池里研墨。
>
> 他打着嗝，把靴子一脱，甩一旁，/毛笔在薄薄的宣纸上飞龙走蛇，/宫廷里如同被严厉的法师所催眠，/顿时变得一片肃静沉默。
>
> ……①

诗仙李白的故事在俄侨诗人的笔下，也是同样生动，更增添了几分俄罗斯人特有的豪爽、放纵和对自由的热爱。据陈寅恪先生考证，李白是"胡人"，其父为"胡客"。李白的出生地碎叶，按照近代的版图，属于俄罗斯的疆域。俄国人喜欢夸耀自己的伟人，但从来没有人把李白写入俄罗斯文学史。这不仅仅因为李白很小就到了中国的蜀地，而且，李白出生的年代，俄国人的祖先还过着蛮荒的生活，几乎没有文学可言。不过，从俄侨诗人的诗中，我们可以看出他们对这位有着"胡人"血统的大诗人的偏爱。

基里尔·巴图林②以独特的视角观察中国，写下了许多颇有深度的优秀作品。从他的作品中可以看出中国文学与文化的深入影响。他的诗作《妞儿》表达了对一个美丽的中国少女的深深爱恋："低声浅唱着的小曲儿，/摇着静静的白天入睡，/为的叫灵魂飘然欲仙，/温柔说出：我爱你，妞儿。"③巴图林喜欢中国姑娘的温柔清纯，"黑黝黝"的窄缝眼睛，"杨柳"般的细腰，"竹节一样"的纤纤细手，青春如早春樱桃花盛开，似"绝妙诗，空前绝后"，令人"灵魂飘飘欲仙"，无法不让人温柔地说出"我爱

---

① 李延龄主编《松花江畔紫丁香》，李延龄、乌兰汗译，北方文艺出版社、黑龙江教育出版社，2002，第325页。
② 基里尔·巴图林（1903～1971）生于莫斯科，逝于纽约。哈尔滨工业大学毕业。《快速工作室》杂志奠基人，上海《喉舌》出版社编辑，上海《火焰》杂志主编。
③ 李延龄主编《哈尔滨，我的摇篮》，顾蕴璞、李海译，北方文艺出版社、黑龙江教育出版社，2002，第300页。

你"。在《宁波姑娘》中，巴图林构想了与一位宁波姑娘的幽会。"一座带飞檐的旧房子，/上空一个月亮似黄铜；/卧进池塘金色拐弯处，/它那犁钩一般的倒影"，诗人在凉亭里等候他的女友，她是"姜女士的一个女仆人"。诗人心中对中国女友怀有长久的爱恋，"当梅花开起来的时候，/当出现陶瓷般的苍穹，/我就忆起黑黑的辫子，/黑黑的、调皮的眼睛"。

玛利娅·维吉诗中的《中国风景》是平和安宁的，"碧绿的运河，青翠的竹丛，头上是片无声无息的酣睡的红色苍穹"。她的《在中国的农村》具有相似的美学风格："运河满身水藻，夕阳下静静沉睡。尖尖的黄月牙儿在村舍和水坝的上空俯视睒睒。"即便是日常生活中的景物，在诗人眼里也披上了朦胧唯美的面纱，这种美化现实的趋向带有古米廖夫等阿克梅派诗人追求异域情调的印记，受到白银时代唯美主义思潮的影响。

第二种趋向则遵循俄罗斯现实主义传统，在诗歌中努力塑造活生生的中国现实。这里的"人"有菜农、苦力、人力车夫、流浪儿等；"物"有村庄、饭馆、渡船、马车等；景的描写力图真实、细腻，使人产生身临其境的感觉。此类现实主义作品大都以同情、怜悯的笔调塑造了中国的苦力、船工、人力车夫、贫穷农民等下层老百姓形象，体现了俄罗斯文学的人文主义、人道主义和关注"小人物"的传统。

韦涅季克特·马尔特的《傅家甸近郊》描写了一个中国小商贩的形象："像一个达官大人，庄严稳重地/在暖手袋里攥着一支烟斗，/一个中国商人骑着头小毛驴，/后面修长的赶驴人手执鞭子。"他哼唱着无精打采单调的歌曲，他的辫子上结着白色的绳缕，这标志着他给亲近的人戴孝，他亲人中有人永远弃世而去。诗人的描写或许暗示了那个时代生死的无常。《三生有幸》反映了中国老人的人生观，白发、驼背的顾云松在烟熏的小屋中忙碌着，他今天有喜庆事，儿子背着别人，利用假日偷偷地给他把寿木做好了。老人家很安然，"老有所养，守规矩，/打着盹过闷热天"，这表现出儒家乐天知命的价值观，老人家在这个世界留下了子嗣，然后安然地离去，这的确是"三生有幸"的。《算命先生》描写了哈尔滨街头一景，靠小酒馆的大门口摆着算命先生的桌子，他是外地来的老头，掌握着每人的"明日"："三枚小小铜制钱，黑墨和一枝毛笔。书本记载着卦签正等候在角落里。来来往往的行人有时停下来占卜，老头就琢磨来人，告诉他命运结局。"对于俄侨诗人来说，这个年老的中国"预言者"充满了神秘的色彩，他"聪慧而又持重地不放过每个迹象，用缓慢的手推移那阻挡秘密的墙"，也许他真能推演出别人的前途。

从理想主义的视角去寻索"中国神话"或用现实主义的眼光去反映中国的实际，这两种趋向代表了俄侨中国观的内部张力和矛盾的对立。随着俄侨与中国生活的逐步贴近，"中国神话"开始渐渐涣散，被较为现实的态度所取代。

此外，翻译介绍中国文艺作品，一直是哈尔滨俄侨文化界的重要任务之一。叶列娜·塔斯金娜曾指出："《哈尔滨导报》从创刊开始就特别注意介绍中国的文化。俄国东方学会的《亚细亚时报》刊登了许多中国古典文学作品的俄文译本。1913 年，东方学会邀请博家甸京剧演员在铁路俱乐部为俄侨观众演出《三娘教子》、《空城计》、《母夜叉》等戏。演出前，著名汉学家 Π·Μ·格拉德基向观众做了题为《中国戏剧，它的产生、历史发展和现状》的报告，同时把戏文的俄译本印发给观众。这有可能是历史上第一次有组织地向外国观众系统介绍中国京剧。《亚细亚时报》23～24 期和 25～27 期先后刊登了伊·加·巴兰诺夫翻译的《三娘教子》、朱玉臣（音译）翻译的《空城计》和《乌龙院》以及上述报告。1915～1916 年间，该刊刊载了什库尔金等人选译的《聊斋志异》，这是'聊斋'故事最早的俄译本。"①

综上可以看出，俄侨在哈尔滨等地的文艺活动留下了众多优秀的作品，这些文艺作品是中俄文化交流历程的证明。作为一种独特的文学现象，哈尔滨俄侨文学有其不可泯灭的思想艺术价值，它不同于俄罗斯本土文学，也不同于欧美的俄罗斯侨民文学，与中国东北的地域文学也有很大的差别，而这种独特性或许正是其价值所在。

---

① 〔俄〕叶列娜·塔斯金娜：《远方的桥》，载李延龄主编《中国，我爱你》，李蔷薇等译，北方文艺出版社、黑龙江教育出版社，2002，第 165 页。

第七章　东北学人对俄罗斯文学的译介

清末民初以来，西方的一些自然科学和社会科学的论著被译成中文，介绍到中国来。严复翻译的英国赫胥黎的《天演论》等著作，受到了广大青年学生和知识分子的欢迎。这股翻译的潮流也推动了文学作品的译介，阿英在《晚清小说史》中说："如果有人问，晚清的小说，究竟是创作占多数，还是翻译占多数，大概只要约略了解当时状况的人，就会回答：'翻译多于创作。'就各方面统计，翻译书的数量，总有全数量的三分之二，虽然其间真优秀的并不多。"① 可以说，翻译文学是近代以来中国文学发展的重要组成部分。梁启超在《翻译文学与佛典》中指出："凡一民族之文化，其容纳性愈富者，其增展力愈强，此定理也。我民族对于外来文化之容纳性，惟佛学输入时代最能发挥。故不惟思想界生莫大之变化，即文学界亦然。其显绩可得而言也。"② 中国社会演变至今，佛学输入时代的翻译文学对民族文化、文学的影响已成为历史，但外来文化的影响却愈演愈烈，"中国近代、现代直至当代翻译文学对本土文学和文化的影响一路走来，促生并加快了中国本土文学、文化现代性的发生、发展和成熟"③。从东北区域的文学翻译活动来看，俄罗斯文学的译介占有很大的比重。东北尤其是黑龙江因其地域历史的关系，懂俄文的人很多，他们对俄苏文学的翻译数量较多，质量也相当高。俄罗斯文学的译介在近现代东北文学的发展过程中

---

① 阿英：《晚清小说史》，人民文学出版社，1980，第1页。
② 梁启超：《翻译文学与佛典》，载罗新璋编《翻译论集》，商务印书馆，1984，第64页。
③ 李琴：《中国翻译文学与本土社会文化》，《贵州社会科学》2009年第6期，第111页。

起到了相当重要的推动作用。

一 1945 年之前的俄罗斯文学译介

东北区域的俄罗斯文学翻译，可考的应发端于沈阳的《盛京时报》。根据铁峰的研究，"光绪三十三年（1907），《盛京时报》'小说'栏发表了一篇既没有署名，也没注有翻译字样的短篇小说《哥儿达》"①。小说写的是俄日战争时期，俄国青年瓦尔查斯基与妻子哥儿达的情感纠葛。这很可能是一篇翻译的俄罗斯小说。光绪三十四年（1909）十一月初三，《盛京时报》"小说"栏首次出现"（凡）译稿"字样的短篇小说《愚者伊晚》，"序言"中说："愚者伊晚系俄国大文豪杜尔斯土伊伯爵之所作。"② 在这一时期东北区域的翻译文学中，俄罗斯文学还没有占据显要地位。报刊发表的翻译文学作品以通俗小说为主。

早期的翻译文学多采用文言，文字非常简洁。早期的翻译者对于文言运用的熟练程度是优于白话的。《新民丛报》第六号登载《十五小豪杰》译后语："本书原拟依《水浒》、《红楼》等书体裁，纯用俗话，但翻译之时，甚为困难。参用文言，劳半功倍。计前数回文体，每点钟仅能译千字，此次则译二千五百字。译者贪省时日，只得文俗并用。"③ 可见早期的翻译者更习惯于用文言翻译。在《广益丛报》第六十五号《论白话小说》一文中，姚鹏图也说道："鄙人近年为人捉刀，作开会演说、启蒙讲义，皆用白话题材，下笔之难，百倍于文话。"④ 出现这种情况有其必然性，因为当时的大部分译者是旧文人，擅长文言而拙于白话，不过这种文言的译作往往过于艰深，难于理解。

到了"五四"时期，对外国文学的翻译有了较大的发展。有论者指出："人们以'拿来主义'的开放胸襟和气度，对外来思潮兼收并蓄，进行全方位的引进，形成一种独特的文化景观：在域外以历时性形态存在的各种

---

① 彭放主编《黑龙江文学通史·第二卷》，北方文艺出版社，2002，第 35 页。
② 彭放主编《黑龙江文学通史·第二卷》，北方文艺出版社，2002，第 36 页。
③ 陈平原、夏晓虹：《二十世纪中国小说理论资料》，北京大学出版社，1989，第 47 页。
④ 陈平原、夏晓虹：《二十世纪中国小说理论资料》，北京大学出版社，1989，第 135 页。

文学思潮却以共时性的形态呈现于五四文学的大潮中。当时的知识分子们把'译'看得与'著'同等重要甚至更为重要，作家们以不亚于创作的精力从事外国文学的译介。译介者多具有留学背景，具有双语或多语的能力，且熟谙留学所在地不同的文化背景，译者、学者和作家的多重身份通常集于一身。文学研究会、创造社、商务印书馆、中华书局等社团或出版机构大量印行翻译作品，翻译界遂呈现出一派蓬勃兴旺的气象。"① 东北区域的翻译文学在 20 世纪 20 年代也有了明显的发展和进步："之前的译文类似缩写，只译一个故事情节大意，而且多为短篇小说或短文，大多不写原作者姓名。1920 年代之后的译文基本上故事情节是完整的，有头有尾，基本上都标明了原作者的国籍和姓名，并且翻译文学的样式日趋多样化，有短篇小说、散文、诗歌、散文诗。1924 年东省特别区哈尔滨市公议会还刊印了阿拉钦（俄）编译的中俄两种文字对照的《华俄诗选》，首开哈尔滨出版单行本文学作品的先河。"② 这一时期的翻译文学都用白话文，白话文的使用方便了外国文学的表述，为外国诗歌、散文诗的翻译扫清了道路。

　　正是从这一时期开始，俄罗斯文学的译介在东北翻译文学中占据了主导地位。这既受到了"五四"时期主流文学思潮的推动，也是东北区域本身的地域因素所决定的。冯至等人在《五四时期俄罗斯文学和其他欧洲国家文学的翻译和介绍》一文中指出："五四时期俄罗斯文学和其他欧洲国家文学的翻译介绍是新文学运动中一个重要的组成部分，它和反帝反封建的斗争密切联系着。符合斗争精神的译品，就受到读者的热烈欢迎；和这精神相违背、或是没有关系的，往往自生自灭，很少被人理睬……当时的翻译介绍都是有目的的。目的是为了中国的需要。在腐朽的、使人窒息的半封建半殖民地的社会里，人们一方面需要揭发，一方面需要解放，因此批判现实主义和积极浪漫主义的文学成为翻译的主要对象。"③ "五四"时期中国社会文化的发展，急需一种新的文化和文学的出现，在这样的时机下，

---

① 夏飞、夏廷德：《晚清翻译文学发展与中国近代小说观的嬗变》，《社会科学家》2011 年第 6 期，第 138 页。

② 彭放主编《黑龙江文学通史・第二卷》，北方文艺出版社，2002，第 142 页。

③ 冯至等：《五四时期俄罗斯文学和其他欧洲国家文学的翻译和介绍》，载罗新璋编《翻译论集》，商务印书馆，1984，第 495 页。

俄罗斯文学与欧洲其他国家的大量名家名著被译介进来，成为中国文学走向现代的重要助力。

东北区域与俄罗斯接壤，近代以来大量俄侨涌入东北地区，他们在这里创办了许多学校，出版了大量的报刊，因此，东北区域特别是北满懂俄文的人很多。根据铁峰的研究，"1928 年，时在吉林省立第六中学（校址在哈尔滨道外）任教、从事青年学生革命活动的中共党员楚图南，联合国文教师程沐寒，指导该校高鸣千、张逢汉、张俊峰、张德济、杨定一、王岫石等进步青年学生组建了哈尔滨第一个新文学社团'灿星社'，在哈尔滨《国际协报》副刊上出刊《灿星》（周刊），在创作新文学作品的同时，大力翻译俄苏文学。'灿星社'成为本时期哈尔滨惟一的翻译文学团体，每个成员在创作的同时，都翻译了数量不等的俄苏文学作品，成为东北地区翻译文学的一个亮点"①。

高鸣千翻译的作品有普希金的诗歌《冬夜》、托尔斯泰的诗歌《秋》、尼其金的诗歌《乞丐》、衣芝马衣洛夫的诗歌《农夫与云》，屠格涅夫的小说《菜汤》等。这里仅以高鸣千译的普希金的《冬夜》为例，来了解一下他译诗的风格："暴风和深雾密布着天空，/急促的旋风滚着粗雪；/或是，像野兽般的，它吼叫着，/或是哭号呢，像孩子似的。//在那腐朽的房顶上，/忽然有草儿发响，/或是，像个迟缓的旅者的履声，/走来敲着我们的小窗子。//我们的破旧的小房子，/是凄凉的，是黑暗的呵。/你怎么，我的老妇人儿，/为什么靠着窗子默然？//或者因暴风雪的吼叫，/你，我的朋友，疲乏吗？/或是因为在吱吱的声音下打盹，/你那自己的纺纱车？//……痛饮尽醉吧，仁慈的女友，/在我那穷困的青春之时，/和这苦恼我们痛饮吧，在那里呢那大的杯子？/衷心将是快愉的呵！——普希金在俄京被查禁之后，解到米海洛夫斯阔耶村中，他携同那仁慈的乳母，住在敝陋的小房里，每日家听她讲故事，唱歌谣等，时常的安慰他。——（译者按）"② 这首译诗语言通畅，用词浅白，我们可以将其与戈宝权的译本做一个简单的对比，戈宝权的译本是这样开始的，"风暴吹卷起带雪的旋风，/像烟雾一样遮蔽了天空；/它一会儿像野兽在怒吼，/一会儿又像婴孩在悲伤，/它一会儿突

---

① 彭放主编《黑龙江文学通史·第二卷》，北方文艺出版社，2002，第 144 页。
② 载哈尔滨《国际协报》周刊《灿星》第 14 号 1929 年 9 月 20 日。

然刮过年久失修的屋顶，/把稻草吹得沙沙作响，/一会儿又像个迟归的旅客，/在敲着我们的门窗。"可以看出，戈译本的节奏和韵律感更好一些。

张德济①是"灿星社"的发起人之一，《灿星》周刊主要撰稿人之一。他的主要译作有屠格涅夫的散文《落日》、《逼近了的雷雨》等。德济的译文以《逼近了的雷雨》为例："同着晚上时候的雷雨逼近了，已从午前的闷热中，并从远处我们全就听到隆隆的响声。但是广阔的浮着的乌云像铅制的重布在最天边的线上，开始长起从树林的尖顶出现了。很清白的闷热的空气，开始震栗着渐渐被用力的逼至的雷雨动摇的了。风云起了，激怒的吵着在树叶里，忽的静默了，立刻又吵嚷了，长久的舞叶在喊着；忧闷的黑夜快快的跑来了笼罩了大地，把最末的反照霞光驱逐了；接连不断的浮着的彩云，忽的飞舞于长空里，仿佛像挣脱了一切，滴滴的雨滴沥着，火红的电光闪着，而且击了轰重激怒的雷。"② 从这个段落中我们可以看出，德济的译文比较生硬，直译、硬译的痕迹比较浓重，与丰子恺等翻译的屠格涅夫作品有较大的差距。

此外，逢汉③翻译有莱蒙托夫的诗歌《匕首》、《读歌德》、《无题》，契诃夫的小说《旧时》、《必须要的序文》、《顺梯子往上》等。大心④的译作有契诃夫的短篇小说《基督教徒的难民》、屠格涅夫的短篇小说《敌人》、普列希齐耶夫的散文诗《前进》等。"灿星社"的主要成员均风、淡火、松林、寒松等在发表自己作品的同时，都翻译了一定数量的俄苏文学作品。"灿星社"之外的如在田等人也翻译了一些俄苏文学作品。

"九一八"事变之后，在日伪政权的统治下，东北区域的文学创作受到严重的阻碍，很多东北作家流亡关内，翻译文学的发展更加迟缓。孟伯在《译文十四年小记》中指出："大凡东北过去十四年来的译作，大都是从日文译转。日文是否可靠，既不得而知，译成中国文以后，就更不可靠了，

---

① 张德济，笔名德济，黑龙江牡丹江人，1929年毕业于吉林省立第六中学，同年考入东省特别区工业大学，后曾任《哈尔滨公报》记者。

② 载哈尔滨《国际协报》周刊《灿星》第2卷第7号1929年10月25日。

③ 逢汉（1911～?）原名张洁珊，笔名逢汉、枫汉，黑龙江哈尔滨市人，1919年毕业于吉林省立第六中学，同年考入东省特别区工业大学读书，"灿星社"发起人之一，《灿星》（周刊）主要撰稿人之一。

④ 大心（1912～?）原名杨定一，笔名大心，黑龙江呼兰人，1929年毕业于吉林省立第六中学，同年考入东省特别区法政大学，"灿星社"发起人之一，《灿星》（周刊）主要撰稿人之一。

所以除了日本的创作以外，在过去可以说没有甚么值得注目的东西，就是日文的译作，也都是东抢一篇西拾一篇的毫无秩序。近几年由于检阅的严禁，译文界便一落千丈，竟有的人为抓钱且留须大译《英美罪恶史》、《日本两千六百年史》等等，替日本宣扬神道和大和魂的作品……"①在这样的环境下，东北区域的俄苏文学翻译具有某种反抗日伪统治的意义。这一时期翻译俄苏文学作品成就突出的有温佩筠、金人、莫伽、葆莲等人。

鲁迅先生在 1935 年 1 月 29 日给萧军、萧红的信中有这样的话："您们所要的书，我都没有。《零露集》如果可以寄来，我是想看一看的。《滑稽故事》容易办，大约会有书店肯印。至于《前夜》，那是没法想的，《熔铁炉》中国并无译本，好象别国也无译本，我曾见良士果短篇的日译本，此人的文章似乎不大容易译。您的朋友要译，我想不如鼓励他译，一面却要老实告诉他能出版否很难予定，不可用'空城计'。因为一个人遇了几回空城计后，就会灰心，或者从此怀疑朋友的。"萧军在《鲁迅给萧军萧红信简注释录》中写道："《零露集》是我由哈带出的一本俄、中对照的俄国古典作家——普希金、莱蒙托夫等等的诗歌选集，是在哈尔滨的一位友人——温佩筠——业余翻译、自费出版的。我把它交给鲁迅先生，是请他了解哈尔滨一些文艺活动情况。《滑稽故事》（左勤克著），《前夜》（绥拉菲莫维支著?），《熔铁炉》……这些全是在哈尔滨的朋友金人译得寄给我的。（金人后来也到了上海，成为《静静的顿河》的俄文译者。）我为了鼓励他从事翻译，想用'空城计'告知他，尽可翻译，我可以代他想办法寻找出版的地方。其实我那时能有什么办法呢? 还不是靠了鲁迅先生。鲁迅先生不赞成我用'空城计'，这证明还是他对的。金人的几篇译文，就是经由我请鲁迅先生为他介绍到《译文》发表的。我也代他向别的刊物介绍过几篇。《滑稽的故事》，似由天马书店出版了。《前夜》，可能出版于燎原书店。《熔铁炉》，似乎未能出版。"②

温佩筠③在北京读书时便开始从事俄苏文学翻译，1929 年在《北平新

---

① 孟伯：《译文十四年小记》，《东北文学》1946 年第 1 期，第 97 页。
② 萧军：《鲁迅给萧军萧红信简注释录》，黑龙江人民出版社，1981，第 141、143 页。
③ 温佩筠（1902~?），辽宁辽阳人。1925 年去北京，在燕京大学法学院俄语系读书。大学毕业后，于 1930 年到哈尔滨东省特区地方法院任俄语翻译。

晨报》副刊上发表翻译屠格涅夫的作品《门槛》。这是一篇充满诗意的革命志士的颂歌，文中的俄罗斯女郎为了人民的幸福和解放，可以忍受痛苦和折磨，不怕寒冷、饥饿和死亡，她既不要人们怜悯，也不要人们纪念，市侩们说这是愚蠢，人民却发出这是"神圣"的呼声。在血腥的"四一二"过去才不过两年，能选译这篇作品，表现出译者的胆识和气质。"九一八"事变后，他用温之新的名字在哈尔滨《国际协报》副刊《国际公园》上发表杂文《秋风无语泣辽东》、《无话可说》等，抨击日本侵略东北，以及东北军的不抵抗主义。哈尔滨沦陷后，他继续从事俄苏文学翻译。

1933年温佩筠在哈尔滨自费印刷了《零露集》，这是一本俄汉对照的诗歌散文集，"内收阿·托尔斯泰的《祖国》、《还在早春》，洛和为次喀亚的《我爱你》，温别尔格的《我向海洋说》，普希金的《冬天道上》、《写给保姆》、《捷力霸斯》、《情歌》、《花》、《水神》、《冬晚》、《冬日之晨》、《写给海洋》，明斯基的《夜歌》、《我怕说》，安梨得林的《海边》，屠格涅夫的《故事曲》、《门槛》、《多么美丽、多么鲜艳的玫瑰花呀》、《里郭埠》，普列史才也夫的《小儿》，尧之的《对照》，恩思的《驴与牛》，波留索夫的《石匠》，布宁的《魔》、《初恋》，葛林娜的《繁星》，索佛诺夫的《凯蒂》，伊万诺夫的《孩童的话》，福露哥的《鼻和腿》，莱芒多夫的《铁列河的赠品》、《金黄色的禾田波动了》，高尔基的《翡亚》"①。

译者在《零露集》的《小引》里说："俄国文艺发达，虽然为期并不怎样久，但近百年来，因奇才辈出，运用他们渊博的才能，优妙的艺术手腕，与深邃的哲理而写成了作品，遂成世界文坛上的奇观。并引起举世的俄国文学的狂热。诗歌，自然是其中重要部分。普希金及莱芒多夫即是俄国诗坛两个柱石，用那雄伟矫健的笔锋，将景物，情感，称心如意地描出，深沉隽永，含蓄精练，真是'前无古人后无来者'，至于律格之美备，诗句的端丽，犹其余事。普希金更把民间流传的神话，写在美丽的诗里，给后来俄国文坛很大影响。莱芒多夫的诗更充满热情，因他久居桃园般的高加索，故自然界的幽美，也从他的诗里反映出来。关于屠格涅夫的诗在他散文《访问》篇里，我约略地记得，他曾这样写过：——在五月间一个静穆

---

① 彭放主编《黑龙江文学通史·第二卷》，北方文艺出版社，2002，第311页。

底清晨，由洞开的窗户，飞进一个娇好的生着翅膀的小姑娘，在屋里轻盈地飞翔，用她手中的金笏花敲我的头，我向她冲去，她已飞出窗外了！最后又说：'幻想的女神呵，我知道你是飞向青年诗人那里去，便道中偶然来访我一次罢了……诗情呵，你不能常照临我啊！……'这可以算作屠氏没有诗的才能的自述，他不过兴致所趋，偶为之耳。大批评家白林斯基，也曾断定他没有诗才，虽然在屠氏的作品中，有许多篇充满着诗意。至于他的散文乃国人熟知的文艺珍品，用不到我再为介绍。他如布宁，高尔基，明斯基，波留索夫等对于诗均有惊人的成功。在'文艺之园'歉收的我国，正宜多多移些来，供我们观赏。然我国研究俄文的人，多无暇或不屑作这些，所以我们读的译本很少，且几乎全是由英文或日文转译的，原文之美丽与神韵，因辗转翻译，两度剥削，逐渐丢失了。这是多么遗憾的事！译者不敏，很想以浅显流利的文字，直接译些介绍给我国文艺界。"最后说："译者因不是文艺家，更不是诗人，竟来翻译最难译的诗歌，原文的铿锵音节，华丽词藻，难免减退甚至减到不成诗歌亦未可知！所以附上原文，让读者自己去鉴赏，译文权作参考；不晓俄文的读者，从译文中，亦可得其仿佛，好在原文的本质好，虽然经我翻译后，失掉了许多……"[①] 这部译作是由俄文直接翻译过来的，而且提供了俄文的原文对照，这可能是鲁迅先生关注到这本小书的原因之一。

《零露集》的首篇是抒情诗《祖国》，第二篇是抒情诗《我爱你》。"祖国，我爱你！"译者在那黑暗的年月里，就是以这样对祖国满怀深情、铿锵感人的诗句，作为"异国零落的清凉的甘露"，"淋洒在读者行将枯萎的心灵之花上"，这也就是称译文集为《零露集》的原因。诗集中有一篇《驴与牛》，发出来这样的愤愤不平："像牛一样的俄国人，/艰辛的劳作使他身心交瘁；/驴那样的外国人，/无所司事却安享荣华富贵。"高尔基的叙事诗《翡亚》以这样的诗句结尾："马尔柯虽已消逝不见，/关于他的歌曲却至今流传人间。/而你们却如盲目的蛆虫，/在大地上虚度了一生！/你们的逸事无人传说，/关于你们的乐曲无人讴歌！"这样的诗句号召麻木的人们梦醒，这是腥风血雨的年代爱国文人的抗争！

---

①　温佩筠译注《零露集》，哈尔滨印行，1933，第1～4页。

温佩筠 1931 年翻译的屠格涅夫的中篇小说《阿霞》于 1934 年在哈尔滨自费印刷出版。该书的封面古朴淡雅，是萧红的老师高仰山设计的。温佩筠在该书的《小引》中写道："我希望呼吸俄国的空气，我愿踏行在俄罗斯的土地上……我为什么要在异乡流浪？在陌生人中漂泊呢？……"表现出对于故土沦落的悲伤，又写道：文学司令官们"正以身作则并领导旁人向这条路迈进。所以受苦受累是命里该然。""我自恨不会做《玉剑十二侠》或《王员外休妻》之类说词的唱本，也不会写两男爱一女，那女丢开学品兼优的塞士，竟投到富有金钱的坏种怀中，因而吃苦那些滥调子。"对国难当头的时刻，那些歌舞升平的通俗文学给予了讽刺和批评。

在当时的东北，谁要是阅读、介绍鲁迅、高尔基等进步作家的作品，就会被当成"思想犯"抓起来。中共地下党员、进步作家金剑啸就是因为在他编辑的《大北新报》副刊上发表了一则"高尔基病危"的电讯，遭到逮捕，不久就被日寇杀害了。由于日寇的恐怖统治，许多进步文化人士被迫陆续离开东北，温佩筠因为家小的拖累未能与他们同行。他置身沦陷区仍坚持翻译俄苏文学作品，1934 年翻译了莱芒多夫的长诗《高加索的俘虏》，1935 年翻译了长诗《恶魔》，1936 翻译了长诗《伊兹麦尔·拜》。长诗《恶魔》表现了对专制权力的抗议，对解放的号召。长诗《伊兹麦尔·拜》是根据真实的历史材料创作的：1830 年至 1850 年，高加索爆发了沙米尔领导的反抗沙俄殖民统治的解放战争，这场战争用枪声宣告了"高加索决不属于俄国"。与莱蒙托夫其他有关高加索的诗歌不同，这首诗具有明显的政治色彩，民族解放战争的政治主题占了主要地位，在诗中明显地表现出作者对山民的同情。让我们聆听莱蒙托大火一般的诗句："和平的乡村屋舍，清真教堂，/——这一切全被俄国兵摧毁。/不，不啊！他不能平静，/除非用他们的白骨/建筑一座陵墓，/好让子孙后代铭记，/那毁灭自己祖国的仇敌。//战争，战争！惊雷般的喊声，/迅疾穿过空旷的高加索，/人民愿去以死报国，/沉睡的民族已经觉醒。//那里不认为犯罪，/假如杀死仇敌；/那里以德报德，/以血偿血，/仇恨像爱情一样渺无边际。"可以想象，在日寇黑暗统治下的东北，这样的诗句能够激起怎样的火花！温佩筠对莱蒙托夫的诗作有着特殊的偏爱，这可能是因为莱蒙托夫的诗作感情深沉、色彩浓郁，反映出对人民的力量充满信心，表现出对自由和斗争的渴望，表现出不甘于屈服异族侵略的反抗精神。

新中国成立后，温佩筠翻译出版过西蒙诺夫、江布尔等人的诗作；翻译出版过荣获斯大林文学奖一等奖的长诗，涅多高索夫的《村苏维埃上的旗帜》；选编入解放初期东北小学语文课本中的《夜莺》，是他翻译的几十篇面向少年儿童的故事、寓言、童话中的一篇。

金人①1927年来到哈尔滨，在东省特别区地方法院当雇员，工余时间同白俄教员学习俄语。1928年任《大北新报》编辑，1930年任东省特别区地方法院检察处俄文练习翻译，后任东省特别区检察厅俄文翻译。1930年入东省特别区法学院法学系，工作之余攻读法学。在此期间，他阅读了一些新文学作品，由于受鲁迅倡导的新文学的影响，产生了从事文学创作的愿望，开始写些短文。1931年"九一八"事变后，日本帝国主义侵占东北，同胞受奴役的现实，激发了他的反帝爱国情感，他遂创作了一些反对日本帝国主义侵略的杂文、小说和诗歌。1933年金人结识了罗烽、金剑啸、姜椿芳、舒群、萧红、萧军等青年作家，在他们的影响和启发下，他开始从事俄国古典和现代文学的翻译工作，曾在国际协报副刊《国际公园》、《哈尔滨公报副刊》、《公园》等报刊，用金人、田丰等笔名发表了诗歌《受伤的灵魂》、《怀人》、《死神的胜利》，杂文《幼稚病》、《慈善家的道德》、《有闲与有钱》，连载小说《出路》、《归宿》、《忏悔》等作品。1935年初，他把翻译的左勤克的一篇短篇小说《滑稽的故事》和绥拉菲维支的两篇短篇小说《前夜》、《熔铁炉》寄给在上海的萧军与萧红，请他们设法找刊物发表。萧军和萧红把金人的译稿转给鲁迅，由鲁迅推荐给《译文》发表了其中的两篇。在鲁迅的建议下，金人又翻译了左勤克的短篇小说数十篇结为一集，题名为《滑稽的故事》。据萧军回忆说，似乎由上海天马书店出版了。由于鲁迅先生的帮助，金人有了翻译苏联文学的信心。此后，又译出绥拉莫维奇著《荒漠中的城》。这些译著问世后，引起日伪当局的警

---

① 金人（1910～1971），原名张少岩，后改名张君悌，又名张恺年，笔名金人，文学翻译家，河北南宫人。哈尔滨特区法学院肄业，曾任上海培成女子中学教师，苏北《抗敌报》、苏中《苏中报》编辑，苏中行政委员会法制委员会主任，东北文艺协会研究部副部长、出版部部长、东北行政委员会司法部秘书处处长。新中国成立后，历任出版总署编译局副局长，时代出版社、人民文学出版社编译。

觉，当局派出警特对其进行搜查，几乎把他的全部译著都给抄走了。从此金人的文学翻译和创作活动受到日伪的严密监视。

1937 年，金人离开哈尔滨去上海，先后在上海中华女中、培成女中任教，这一时期他将主要精力投入翻译工作，成为爱国文化队伍中的一员。他在抗战期间翻译了肖洛霍夫的长篇小说《静静的顿河》，也翻译了一些俄国古典文学作品。1942 年金人去往苏北，在抗敌报社做编辑工作，后调苏中行政公署任司法处处长。1943 年回到上海，以律师的合法职业为掩护，从事革命文学的翻译工作。在苏联卫国战争期间，金人翻译了索罗维约夫的《俄罗斯水兵——伊万·尼克林》和《从军日记》，并翻译了一些儿童读物，如《列宁的童年》、《绿野仙踪》等。抗美援朝战争期间，他与人合译了《普通一兵——亚力山大·马特罗索夫》，这部译著出版后，在军队和青少年中产生了深远的影响。1953 年至 1958 年，他翻译了苏联著名作家潘菲洛夫的长篇小说《磨刀石农庄》、柯切托夫的《茹尔宾一家人》，后又重译了《静静的顿河》，把《荒漠中的城》改名为《草原上的城市》，新译了《克里姆·萨姆金的一生》，同时也写些短文在报纸杂志上发表。

金人是中国作家协会会员，著名文学翻译家。一生中，他不仅翻译了大量的俄国文学名著，而且积累了丰富的译著工作经验。1957 年他在中国作家协会文学讲习所，向学员做了关于翻译工作的报告，详尽、系统地介绍了自己多年从事文学翻译的经验，并重点介绍了《静静的顿河》的时代背景、人物特点、语言风格、艺术成就及哥萨克人的特征、风土人情，受到参加听讲的文学工作者的赞扬。

莫伽日伪统治时期在哈尔滨工作，曾译过《托尔斯泰文学杂话》、《高尔基文学论》和克鲁泡特金著的《普希金评传》等。他翻译的俄苏文学都是由日文转译的。孟伯在《译文十四年小记》中说："莫伽氏在过去译文界，很活跃一时，其初期译文，对于选择上很注意，看这篇《高尔基文学论》，真可以说是不易读到的佳作，译笔也很洗练，唯加旁点之章句，似乎有再加斟酌的必要。"①

葆莲曾翻译高尔基的四场话剧《夜店》。在日伪政权的恐怖统治下，翻

---

① 孟伯：《译文十四年小记》，《东北文学》1946 年第 1 期。

译发表苏联无产阶级革命作家高尔基的作品，本身就是难能可贵、值得赞扬的。剧本第一幕舞台设计说明的开头部分如下："一个状若黑洞的地下室，天棚——厚大的，一个满布灰烬、墙粉零落的石苍穹，光线是从观客们和右面的平方小窗——由上而下发出，在左方是用薄薄壁板为界的别别尔的房间，往这屋里（即此屋的门外）靠门的那儿是——布夫诺夫的板床，在右方的角落处，有一个大俄国火炉，在右方的石墙处——往厨房去的门外旁（即厨房门外之旁）住着克瓦斯婢、巴伦、拿斯夹，在火炉和门当中的墙那边——是一个挂着肮脏的印花布的帷幕的宽床……"① 可见翻译得比较全面、确切，容易为读者接受。

二　1945 年之后的俄罗斯文学译介

1945 年"九三"之后不久，中国共产党迅速将"延安文学模式"推向东北，使得东北地区早于 1949 年第一次文代会提前进入"延安文学模式"主导时期。到新中国成立之后，我国在对外关系上发生重大变化，外交政策上倾向于联合苏联。毛泽东主席也曾明确指出：在国际关系上，我国必须倒向苏联的一边，因为"一边倒，是孙中山的四十年经验和共产党二十八年经验教给我们的"，"我们在国际上属于以苏联为首的反帝国主义战线的，真正的友谊的援助只能向这方面去找，而不能向帝国主义战线一方面去找"②。根据吴元迈的研究，"从 1949 年 10 月至 1958 年 12 月，我国共翻译出版俄苏文学作品 3526 种，印数高达 8200 万册以上"③。在这样的时代背景下，东北的翻译工作者把主要精力用于译介优秀的俄苏文学作品。自"五四"以来给予争取独立、解放的广大中国人民以巨大鼓舞的俄苏文学作品，进一步成为满怀热情建设新中国的人们的精神食粮。正如周扬在第二次全苏作家代表大会上的发言所说："苏联的文学艺术作品在中国人民中找到了愈来愈多的千千万万的忠实的热心的读者，青年们对苏联作品的爱好简直是狂热的。他们把奥斯

---

① 载哈尔滨《国际协报》副刊《文艺》第 28 期 1934 年 8 月 16 日。
② 毛泽东：《论人民民主专政》，《毛泽东选集》，人民出版社，1964，第 1362 页。
③ 吴元迈：《回顾与思考——新中国外国文学研究 50 年》，《外国文学研究》2000 年第 1 期，第 4 页。

特洛夫斯基的《钢铁是怎样炼成的》、法捷耶夫的《青年近卫军》、波列伏伊的《真正的人》中的主人公当作自己学习的最好榜样。巴甫连科的《幸福》、尼古拉耶娃的《收获》、阿扎耶夫的《远离莫斯科的地方》等作品都受到读者最热烈的欢迎。他们在这些作品中看到了人类历史上前所未有的完全新型的人物，一种具有高尚的共产主义精神和道德品质的人物。"[1]

1945 年之后东北区域俄语文学翻译人才的成长，离不开哈尔滨外国语学校。根据马永波的研究，"1944 年，周恩来同志提出了为新中国准备外语干部的要求，积极主张加强外语人才的培养工作。中共中央决定将中央军委俄文学校扩建为包括俄文系和英文系的延安外国语学校。1946 年初，中共中央从培养俄文军事翻译的实际需要出发，决定把延安外国语学校迁至哈尔滨复校。1946 年 11 月 7 日，正值苏联社会主义革命胜利二十八周年纪念日，东北民主联军总司令部附设外国语学校正式成立。学校是军事干校性质，专门培养军政翻译，由总部参谋长刘亚洲兼任校长，卢竞如任副校长兼教育长。1946 年 12 月，东北大学校长张心如兼任学校政治委员，又从东北大学和北安中学抽调了两位女教育家王季愚[2]和赵洵[3]，分别担任学校的政治处主任和教务处主任"[4]。王季愚、赵洵两位既精通俄语又熟悉教育的女干部来校工作后，学校各方面的领导力量都得到了极大的加强。此

---

[1]　《人民日报》1950 年 2 月 3 日。

[2]　王季愚，原籍四川安岳，1930 年秋考入北平大学法学院俄文班预科学习，两年后升入法学院经济系。从 1933 年开始翻译苏联报刊上的作品，1936 年译完了高尔基的长篇小说《在人间》，由艾思奇推荐给上海读书生活社出版。1937 年加入中国共产党，1940 年携子女奔赴延安，在延安大学鲁迅艺术学院编译室工作。1946 年调任佳木斯东北大学文学院副院长。后任哈尔滨外国语专科学校校长、哈尔滨外国语学院院长、黑龙江大学党委副书记兼副校长、上海外国语学院院长兼党委副书记。

[3]　赵洵，原籍吉林乌拉，14 岁便进入哈尔滨工业大学预科学习。18 岁时在上海结识了王季愚、姜椿芳，并开始翻译肖洛霍夫的巨著《静静的顿河》（第二部），曾受到鲁迅先生的鼓励，该书 1936 年由上海光明书店出版。19 岁时担任过苏联塔斯社上海分社、《中国导报》翻译，苏联驻沪总领事馆机要翻译和中文教员。1937 年"七七事变"后，她经武汉八路军办事处派赴抗日根据地，先后任华北联大教员、研究生班指导员、延安鲁迅艺术学院文学室研究员、延安外国语学校教员。在华北联大期间，她翻译了奥斯特洛夫斯基的长篇小说《钢铁是怎样炼成的》，该书 1945 年由延安韬奋书店出版。抗日战争胜利后，她随干部团开赴东北，任北安中学教务主任。后任哈尔滨外国语学院副院长、中国科学院语言研究所副所长、中国社会科学院苏联东欧研究所副所长。

[4]　冯毓云等主编《龙江当代文学大系·翻译文学卷导言》，北方文艺出版社，2010，第 1~2 页。

时，一大批原在延安外国语学校工作的同志，如高士英、张天恩、卢振中、高亚夫、傅克、苏英、尹延卓、吕学坡、阎明智等陆续来到哈尔滨，学校的师资和干部队伍得到进一步充实。为提高教学质量，学校又利用东北各地居住着大量俄国侨民之便，选聘了一批俄侨教师，使学生们受到纯正的俄语训练。

1948 年底，东北全境解放，东北民主联军总司令部附设外国语学校改归东北局和东北人民政府领导，校名根据张闻天同志的提议改为哈尔滨外国语专门学校，成为当时培养革命俄文干部的主要阵地。1953 年我国大专院校进行调整，哈尔滨外国语专门学校改名为哈尔滨外国语专科学校，归高等教育部领导。1956 年 6 月，哈尔滨外国语专科学校升格为哈尔滨外国语学院。1958 年在哈尔滨外国语学院的基础上组建了综合性大学——黑龙江大学。哈尔滨外国语学院是那一时期全国俄语师资力量最雄厚、俄语毕业生最多的学校，据统计，在黑龙江大学组建之前的 10 年里就培养了近七千名毕业生。学校还开设了研究生班，培养副博士生，每年派出一定数量的教师去苏联留学。这些毕业生中相当一部分人留在了东北工作，他们有的一毕业就做翻译工作，有的虽从事外交、新闻、教学、研究、编辑或其他工作，但出于工作需要或个人爱好，把外国文学作品的翻译当做了自己的第二职业。我们可以从哈外专及后来的黑龙江大学俄语系的师生中列举出一长串翻译家的名字：王季愚、赵洵、张锡俦、李锡胤、郝建恒、力冈（王桂荣）、徐昌翰、王士燮、姜长斌、高文风、刁绍华、钱育才、佟轲、潘稼民、张会森、王育伦、陈殿兴、陈玉刚、孙维韬、王忠亮、赵先捷、甘雨泽、黄树南、金亚娜、沈曼丽、卢康华、姚中岫等等。他们为外国文学作品尤其是俄苏文学作品在我国的传播，做出了重大贡献。

1945 年之后东北区域的俄文翻译家大体可以分为两类：一类是哈尔滨外国语学院及黑龙江大学培养的；另一类是和哈尔滨外国语学院没有瓜葛，但有在东北生活、学习或工作的经历的，他们的翻译工作也应列入东北翻译文学的视野。第一类本书仅以李锡胤、力冈、徐昌翰、刁绍华为代表，第二类以姜椿芳、丘琴、高莽为代表进行考察。

根据黄定天的研究，李锡胤早年曾在上海、浙江、台湾几所著名大学学习英语，1950 年入哈尔滨外国语专门学校学习俄语，1952 年留校任教。1962 年调到中国社会科学院语言研究所参加编纂《俄汉详解辞典》，1972 年重返黑龙江大学俄语系，主编了四卷本的《俄汉详解辞典》。他是我国俄语辞书学专家，博士生导师，曾荣获俄罗斯普希金奖章。他的文学译作数量并不多，但俱为精品，俄文翻译的代表作是《聪明误》与古罗斯英雄史诗《伊戈尔远征记》。《聪明误》是俄罗斯著名作家亚·格里鲍耶多夫于 1823 年完成的剧本，该剧本被誉为 19 世纪俄国戏剧文学走向现实主义的里程碑。李锡胤的中文译本曾受到茅盾的嘉勉并介绍出版，仅在黑龙江人民出版社就出过两版，后又由商务印书馆出版了另一种教学译注本，十五年后由人民文学出版社收入《世界名著文库》。[①]

力冈原名王桂荣，1950 年考入哈尔滨外国语专门学校，毕业后分配到安徽师范大学外语系任教。1957 年，力冈被错划为右派分子，开除公职，劳动教养三年多，“文化大革命”中又被下放劳动八年多，致使这位有才华的翻译家虚度了大好的青春年华，仅翻译了《里雅希柯短篇小说》和吉尔吉斯作家艾特玛托夫的中篇小说《查密莉亚》两部作品。1978 年党的十一届三中全会以后，力冈回到安徽师范大学的教学岗位上，利用教学之余勤奋工作，翻译了大量外国文学名著。包括肖洛霍夫的《静静的顿河》，普希金的《暴风雪》、《上尉的女儿》、《别尔金小说集》，列夫·托尔斯泰的《安娜·卡列尼娜》、《复活》，莱蒙托夫的《当代英雄》，冈察尔的《爱的归宿》，格罗斯曼的《风雨人生》，艾特玛托夫的《白轮船》，巴巴耶夫斯基的《野茫茫》，阿列克谢耶夫的《儿时伙伴》，波利亚科夫的《别林斯基传》等。力冈与冀刚合译的帕斯捷尔纳克的《日瓦戈医生》是我国大陆出版的该作品的第一个中文译本，该译本忠实而传神地体现了原著者卓越的叙事技巧与充满诗意的小说语言。

徐昌翰 1957 年毕业于哈尔滨外国语学院研究生班俄苏文学专业，做过多年的教师，1978 年党的十一届三中全会后调到黑龙江省社会科学院从事文史研究工作，曾在丹麦做过访问学者。20 世纪 80 年代以来，他翻译了米·布尔加科夫的代表作《莫斯科鬼影》（即《大师与玛格丽特》），伊利

① 彭放主编《黑龙江文学通史·第四卷》，北方文艺出版社，2002，第 391～392 页。

夫和彼罗夫的代表作《十二把椅子》及其姊妹篇《金牛犊》，与人合译了
马尔科夫的《啊，西伯利亚》和斯米尔诺夫的《布列斯特要塞》两部获得
过列宁奖金的长篇小说。他还翻译了苏联作家肖洛霍夫的《一个人的遭
遇》，米·布尔加科夫的散文集《莫斯科——时空变化的万花筒》，苏联文
论家谢列兹涅夫的《陀思妥耶夫斯基传》等。列夫·托尔斯泰与陀思妥耶
夫斯基是俄罗斯文学比肩的两座高峰，不过在我国的出版界，关于列夫·
托尔斯泰的评传、回忆录、书信等资料可谓琳琅满目，洋洋大观，而陀思
妥耶夫斯基的作品虽然出版了不少，但传记、评介却相对较少，不少涉及
陀氏的评论和研究由于受到原苏联文学史流行观点的影响，或由于资料的
缺乏，误解、曲解屡见不鲜，这不能不说是一种遗憾。徐昌翰译介的《陀
思妥耶夫斯基传》对此是一种补足。这部尤里·谢列兹涅夫研究陀氏生平、
创作、思想的力作成书相对较晚，在苏联出版的时间是 1985 年，从某种意
义上可以说，它终结了历史上苏联评论界对陀氏的曲解、误解与错误评价，
开始了对陀氏认识的新纪元。徐昌翰指出："它以大量对我国读者来说新鲜
而丰富的实际资料为基础，饱满生动、色彩缤纷地再现了陀氏生活的十九
世纪下半叶俄国社会历史环境，对当时俄国社会，特别是文学界形形色色
的人物和事件做出了不受传统观念束缚，比较实事求是、客观公允的描写
与评述，对陀氏的生活道路进行了深入细致的发掘与条分缕析的梳理；它
设身处地深入陀氏作为一个活生生的人的丰富复杂的内心世界，对陀氏的
思想和创作做出了有血有肉的深入探讨与剖析，生动地展示了陀思妥耶夫
斯基的伟大人格魅力。所有这些无疑都能让我们耳目一新，帮助我们走出
对陀氏认识的传统误区。"[①]

　　刁绍华 1950 年考入哈尔滨外国语专门学校，毕业后留校任教，1958 年
毕业于该校研究生班俄苏文学专业，此后担任过黑龙江大学中文系主任、
黑龙江大学外国文学研究所所长，1986～1988 年曾在南斯拉夫贝尔格莱德
大学担任客座教授。他主要从事外国文学的教学和研究，编著了《二十世
纪俄罗斯文学词典》和《中国（哈尔滨—上海）俄侨作家文献存目》，也

① 〔苏〕尤里·谢列兹涅夫：《陀思妥耶夫斯基传·译者前言》，徐昌翰译，人民文学出版
　　社，2011，第 3～4 页。

翻译了不少俄罗斯文学作品，计有列夫·托尔斯泰的《村中三日》和《当代奴隶制度》、陀思妥耶夫斯基的《狱中家书》。他与赵静男合译了梅列日科夫斯基的《基督与反基督三部曲》（《反基督》、《诸神之死》、《诸神的复活》），又与姜长斌合译了契诃夫的《萨哈林旅行记》。《萨哈林旅行记》被契诃夫说成是他"散文衣橱里"一件"粗硬的囚衣"，但这部作品却为这位文学家的创作增添了许多光彩，同时也极大地丰富了光辉灿烂的俄罗斯文学宝库。

萨哈林原为中国的领土，称作库页岛，欧洲航海家误用黑龙江地区的蒙语名"萨哈林"称呼该岛。19 世纪 60 年代，沙皇俄国通过不平等条约强占库页岛，沿用了"萨哈林"的名字。为了开发这个面积比希腊大一倍的海岛，沙俄开始在这里进行苦役殖民。到了 1880 年代，萨哈林已成为俄国最大的流放苦役地，囚禁成千上万的在押苦役犯、流放犯和强制移民，其中有俄罗斯人、乌克兰人、鞑靼人、芬兰人、波兰人、高加索人、犹太人、茨冈人等。这个时期，司法、监狱、流放、苦役等问题，为俄国社会所普遍关注，人们的这种关注反映了对沙皇专制的不满。因此考察苦役地的情况和了解各种犯人的命运，应该是契诃夫萨哈林之行的重要目的之一。1890 年 3 月 9 日，他在给《新朝代报》的发行人苏沃林的信中说："萨哈林只是对于不把成千上万的人流放到那里去，并且不为之花费几百万巨资的那个社会来说，才可能是无用和无意思的……萨哈林——这是个无法忍受痛苦的地方……遗憾得很，我并不多愁善感，否则我会说，我们应该到类似萨哈林这样的地方去朝圣，就像土耳其人去麦加一样，特别是海员和研究监狱的学者更应该去看看萨哈林，犹如军人应该看看塞瓦斯托波尔，从我所读过和正在阅读的书籍中可以看出，我们在监狱中虐待死了数百万人，无缘无故地虐待，失去了理性，野蛮……"① 考察流放地的情况，了解犯人被判刑以后的处境，以便引起社会对他们的命运遭遇的关注，这表现出契诃夫作为作家的高度社会责任感。

---

① 〔俄〕契诃夫：《萨哈林旅行记·译者前言》，刁绍华、姜长斌译，湖南人民出版社，2013，第 2~3 页。

　　从当时俄国的社会状况来看，契诃夫的萨哈林之行还有更深远的目的。刁绍华等在《译者前言》中指出："19 世纪 80 年代是俄国历史上最反动、最黑暗的年代，这个时期，民粹派运动已经瓦解，大规模的无产阶级革命正在酝酿之中。反动势力甚嚣尘上，资产阶级卑躬屈膝、苟且偷安的市侩习气笼罩着俄国社会，一般的知识阶层过着醉生梦死、得过且过的灰色生活。契诃夫从创作一开始便以民主主义和人道主义为思想基础，深刻揭露了沙皇俄国的黑暗，表现出当时俄国社会'脱离生活标准到什么程度'，反映了广大群众要求摆脱种种迫害和疾苦的强烈愿望。他向往新的生活，但另一方面却又不了解通向新生活的具体道路。作家明确地意识到自己的创作经历及整个世界观的这一严重缺陷，他写道：'比较优秀的作家都是现实的，他们写的是现有的生活，但是因为字里行间充满深厚的目的性，所以除了现有的生活之外，你还可以感觉到应该有的生活，使你入迷的也正是这一点。至于我们呢？唉，我们！我们写的是现有的生活，可是再进一步呢？无论怎么逼，即使是用鞭子抽，我们也不行……我们既没有近期目标，也没有远大目的，我们的灵魂里空空洞洞，什么也没有……'"包括契诃夫本人在内，当时的俄国民主主义知识分子都有这种深刻的精神忧郁，契诃夫在给友人的信中抱怨说："唉，朋友，多么苦闷啊！如果说我是个医生，我就需要有患者和医院；如果说我是个文学家，我就要生活在人民中间，哪怕是一点点社会政治生活也是好的。可是现在这种生活，关在四堵墙里，接触不到大自然，看不到人，见不到祖国，身体又不健康，食欲不振——简直不是生活！"[①] 1887 年至 1889 年，契诃夫过着一种"流浪汉"式的生活，四处漫游，先后到故乡塔甘罗格、乌克兰、高加索、克里米亚等地旅行。他还想要去中亚和波斯，甚至产生过环球旅行的念头。他在奔赴萨哈林途中，在西伯利亚遭受到难以想象的困难，一度发生动摇，想要返回莫斯科，可是一想到自己近年来的精神生活，立即下决心不达目的绝不罢休。因此，契诃夫萨哈林之行的深远目的即在于从生活中寻找"该怎么办"这一极其重要的问题的答案。

---

　　①　〔俄〕契诃夫：《萨哈林旅行记·译者前言》，刁绍华、姜长斌译，湖南人民出版社，2013，第 4 页。

　　萨哈林之行对于契诃夫来说绝不是一次休闲的旅游观光，而是一种艰苦而重要的劳动，是一项艰巨的创作任务。在萨哈林的三个多月里，契诃夫挨家挨户地进行人口调查，与每一个苦役犯、流浪犯和强制移民谈话，了解他们的生活状况，得到有关他们的法律地位、家庭情况等各方面的资料。同时，契诃夫也考察了萨哈林岛上的农业生产、商店、服装、居住条件、卫生状况、婚丧娶嫁、生儿育女，以及岛上的自然环境、气候、物产、自然生态等，甚至土著居民基里亚克和爱奴人的生活习俗等都是契诃夫的考察内容。契诃夫在《萨哈林旅行记》中既是一位艺术家，又是一位学者，他不仅以极大的艺术感染力描写了婚礼、送葬、肉刑等一系列生活场面，塑造了叶戈尔、"小金手"等许多栩栩如生的流放苦役犯的形象，而且提供了极其丰富的社会调查和自然考察的第一手资料和数据，在当时具有很大的学术价值。但是，书中的艺术描写和学术考察认证之间并没有明显的界限，二者是紧密结合在一起的。譬如岛上的气候本是气象学家的研究课题，但在契诃夫笔下却被描写得生动有趣，使读者有亲临其境之感。作者写作过程中在给友人的信里说："昨天一整天都忙于描写萨哈林的气候。这种东西很难写，但是终于抓到了要领，找到了门路。我提供了一幅气候的画面，读者读到此处就会感到冷如冰窖。"可以说，全书写人状物都达到了这种艺术境界。契诃夫以冷静客观的态度，通过大量精确的材料，对流放苦役犯和强制移民的悲惨处境做了真实的描绘，字里行间都饱含着他对被蹂躏的囚徒深切的同情和对沙皇专制制度的强烈憎恨。萨哈林之行是契诃夫一生中的重大事件之一，对他后半生的思想发展和文学创作都起了积极作用。可以说，假如没有萨哈林之行，他后来的许多作品就无法写出来。这次旅行，用他自己的话来说，促进了他的"成熟"，使他"产生了数不尽的计划"，也就是说，加深了他对许多社会政治和人生哲理问题的认识，极大地丰富了他的生活和艺术视野，为他后来的文学创作积累了丰富的素材，打下了深厚的思想和物质基础。刁绍华、姜长斌二位先生将契诃夫的这部巨著译介到中国来，不仅是文学爱好者的幸事，而且是研究东北亚区域历史文化的学者的幸事，《萨哈林旅行记》相对于任何专门的民族志都毫不逊色。

姜椿芳①从事俄文翻译前后达五十年之久。他翻译的范围非常广泛，包括时事、政治、经济、文学艺术各个领域。他曾于 20 世纪五六十年代参加《马恩全集》、《列宁全集》、《斯大林全集》、《毛泽东选集》、刘少奇著作及中央文件俄文版的翻译编辑工作。他翻译的俄苏文艺作品数量也相当多，据不完全统计，他翻译的剧本有卡泼莱尔的《列宁在十月》，左琴科的《结婚》、《海滨渔妇》，果戈理的《赌棍》，屠格涅夫的《贵族之家》，普希金的《鲍里斯·戈都诺夫》，奥斯特洛夫斯基的《智者千虑，必有一失》、《森林》、《肥缺》、《狼与羊》，高尔基的《小市民》、《敌人》、《怪人》、《孩子》，西蒙诺夫的《俄罗斯问题》，伊里英可夫的《花园》，李翁诺夫的《侵略》等，格罗斯曼的中篇小说《人民不死》，吉洪诺夫的短篇小说集《列宁格勒的故事》、诗歌《基洛夫和我们同在》，高尔基的诗歌《少女与死神》等。

丘琴是位诗人兼翻译家，黑龙江宾县人，1934 年就读于北平东北大学，在校学习期间就开始了诗歌创作，并且兼搞文学翻译。新中国成立后他主要从事翻译工作，曾任中国科学院自然史科学研究所《科学史译丛》杂志主编。他对俄罗斯诗歌情有独钟，在长达半个多世纪的翻译生涯中，他与人合译出版了《苏联诗选》、《吉洪诺夫诗集》、《希克梅特诗集》、《马雅可夫斯基选集》、《伊凡·弗兰科诗文选》、《托康巴耶夫诗集》、《苏联女诗人抒情诗选》、《普希金抒情小诗》、《普希金抒情诗选》、《普希金抒情诗全集》、《普希金全集》等，还与人合译了《焦尔金游地府》和《外国优秀散文选》。他在 83 岁高龄时编辑了一部《丘琴译诗集》，收录了他多年翻译的诗歌精品。这位老诗人兼翻译家对俄苏诗歌的翻译无论数量还是质量，在我国都是名列前茅的。

高莽 1926 年出生于哈尔滨市，童年时进入以俄侨学生居多的哈尔滨基

---

① 姜椿芳，别名椒山，笔名有林陵、什之、厚非、江水、叔懋、侯飞筠、蠡仿、绿波、常江、少农、江鸥、贺青等 20 多个。姜椿芳 1912 年 7 月 28 日出生在江苏常州武进县西横林（今常州市钟楼区西林）。1928 年，姜椿芳与父母随大伯来到哈尔滨。1931 年，姜椿芳加入中国共产主义青年团，次年转入中国共产党。曾任共青团哈尔滨市委、满洲省委宣传部部长，哈尔滨英吉利亚细亚通讯社俄文翻译。1936 年到上海后，任中共上海局文委文化总支部书记、《时代》周刊主编。1945 年任时代出版社社长。上海解放后，先后任军管会文管会剧艺室主任，市文化局对外联络处处长。根据中共中央华东局指示，创办上海俄文学校（上海外国语大学前身），任校长、党委书记。

督教青年会开办的学校。在这所学校里他整整学习了十年，从小就受到纯正的俄罗斯语言的培训，同时受到俄罗斯文化的熏陶。17 岁毕业那年，他在哈尔滨《大北新报》上发表了他的第一篇译作——屠格涅夫的散文诗《曾是多么美多么鲜的一些玫瑰……》，从此"懵懵懂懂地走上了艰难曲折而又情趣浓郁的翻译之路"[①]。1945 年 12 月，他到中苏友好协会工作。这期间他翻译了邦达连科根据奥斯特洛夫斯基的长篇小说《钢铁是怎样炼成的》改编的话剧剧本《保尔·柯察金》，此剧由哈尔滨教师联合会文工团排练上演后，获得一致好评。此后又在其他城市演出，引起了很大反响。他翻译的乌克兰作家冈察尔的短篇小说《永不掉队》被许多报刊转载，曾一度收入中学语文教材。1954 年，高莽调到北京中苏友好协会总会工作，其间多次随中国作家、美术家代表团访问苏联及东欧国家。1962 年他调到《世界文学》杂志社任编辑，后任主编，在这家杂志社前前后后工作了 27 年。高莽的译作以剧本居多，除前述的《保尔·柯察金》外，还有马雅可夫斯基的《臭虫》、《澡堂》，莱蒙托夫的《西班牙人》，卡达耶夫的《团队之子》等近二十部。诗歌也占了很大比重，主要有《唐克诗选》、《米耶达诗选》、《马蒂诗选》，以及舍甫琴科的《卡杰丽娜》和阿赫玛托娃的《爱》等。此外，他还译有冈察尔的短篇小说集《永不掉队》，帕斯杰尔纳克的散文集《人与事》，阿列克谢耶维奇的纪实文学《锌皮娃娃兵》等。他在繁忙的编译工作之余，还撰写了有关茅盾、巴金、老舍、曹靖华、梅兰芳等文化名人访问苏联的文章，出版了《久违了，莫斯科!》、《诗人之恋》、《域里域外》、《画译中的纪念》、《四海觅情》、《帕斯捷尔纳克传》、《妈妈的手》等七部著作，还编选了《苏联当代诗选》、《苏联诗人抒情诗选》、《苏联文学插图》、《普希金抒情小诗》、《普希金抒情诗全集》、《俄罗斯的白桦林》等。为表彰高莽对中俄文化交流的重要贡献，1996 年俄罗斯作家协会授予他名誉会员称号，1997 年俄罗斯总统授予他"友谊"勋章，1999 年中俄友协及俄中友协分别向他颁发了"友谊"纪念奖章。

　　高莽翻译的帕斯捷尔纳克的自述《人与事》和阿赫玛托娃的诗歌，对

---

① 乌兰汗：《俄罗斯文学肖像：乌兰汗译作选·前言》，广西师范大学出版社，2007，第 1 页。

中国当代文坛产生了较为重要的影响。马永波曾指出："阿赫玛托娃是俄罗斯白银时代的重要女诗人，这位在当时深受迫害的女诗人，有很多时候仅靠翻译来维持生活，在诗人声音被扼制的年代，她甚至要靠把诗歌口述给朋友，请朋友背下来将作品保存下来，而她最终没能战胜命运的逼迫，以自杀结束了自己的生命。在艰难的处境中，诗人依然保有对缪斯的信任，对诗歌与人性复苏的渴望。她渴望一百年后的读者，会像思念情人一样热爱她琼浆玉液般的诗歌。作为阿克梅派的代表诗人之一，阿赫玛托娃在古米廖夫、曼德尔施塔姆等该派主将相继逝世之后，坚守高雅的诗歌趣味和高贵的文化精神，其晚年的《安魂曲》形式严谨、注重细节描写、充满悲剧之感。"① 俄罗斯白银时代的诗歌是"文革"以后才在我国文坛受到重视的，特别是阿赫玛托娃的创作。高莽曾提到，他"心中长期有种压力，觉得早在1948年我参与翻译联共（布）中央关于《星》和《列宁格勒》两杂志的决议和日丹诺夫的报告，接受了文件的思想，把阿赫玛托娃视为十恶不赦的坏女人。其实我那时根本没有读到她的任何一首诗作。这个观点长时间主宰过我的头脑。三十年后，当我真正接触到她的诗作时，意识到自己错了，特别是读到她的长诗《安魂曲》时，更让我的心情久久不能平静。以后又读到她译成俄文的屈原的《离骚》等作品，领会到她对中国人民的深情，觉得自己过去有负于这位女诗人。从此，我总想多译一些阿赫玛托娃的作品，介绍给我国读者"②。我们仅以阿赫玛托娃的短诗《一九一三年的彼得堡》来感受一下高莽的译笔："城关外，手摇风琴哀唤，/马路上，痰痕点点斑斑，/有人在耍熊，茨冈女人舞姿翩翩。/小汽轮开往伤心港，/汽笛声撕裂心肠，/它的回声响在涅瓦河上。黑色的风里有仇有怨，/看来，从这儿到燃烧的火原，/路程已经不远。/到了这儿，我的预言哑然，/到了这儿，怪事更为明显，/咱们走吧，没有工夫了——我没有时间。"③ 可以看出，高莽的译笔用词考究，节奏优美，能够比较充分地展现出阿赫玛托娃诗歌的韵味。

综上可以看出，在20世纪80年代以前，东北区域的外国文学译介是

---

① 冯毓云等主编《龙江当代文学大系·翻译文学卷导言》，北方文艺出版社，2010，第4页。
② 乌兰汗：《俄罗斯文学肖像：乌兰汗译作选·前言》，广西师范大学出版社，2007，第2～3页。
③ 乌兰汗：《俄罗斯文学肖像：乌兰汗译作选》，广西师范大学出版社，2007，第546页。

以俄罗斯文学为主的，一些经典的俄苏文学作品甚至出现了重复翻译的情况，这固然是东北地区俄语人才集中所致，也受到了时代审美风尚以及地域历史文化的制约和影响。到了20世纪80年代之后，随着其他语种翻译家的逐渐出现，这种单调的情况有所改观，不过语种单调的情况依然存在，相对于俄语文学翻译，东北区域的其他语种翻译在国内有较大影响的还很少。应该承认，俄罗斯文学的译介在近现代东北文学，乃至整个中国现代文学的发展历程中起到了很重要的推动作用，直到今天，俄罗斯文学中很多优秀的元素仍为我们所学习和接纳。不过，在新时期以来的又一次翻译文学高潮中，欧美现代主义文学的译介逐渐取代了俄苏文学的主导地位，中国社会文化与世界文化的交流与沟通更为多元复杂。王守仁曾指出："纵观百年来中外文化交流的历史，外国文学曾先后作为反传统的话语、政治革命的工具、观看外部世界的窗口参与中国社会变革，对中国社会现代价值观的形成与确立直接或间接产生了影响。在全球化时代，外国文学通过帮助人们增强本土文化认同感、培育国际意识、开拓全球视野，继续对中国社会现代价值观的构建发生影响和作用。"① "外国文学"正是通过翻译文学对中国社会文化产生影响，进入全球化时代，翻译文学与本土文学的互动和影响会越来越多。

在中国文学越来越具有现代性、世界性和全球性的今天，东北区域较为单调的翻译文学究竟该如何前行？近现代的东北文学实际上是一个日益走向现代性进而走向世界的进程，在这一进程中，东北文学逐渐具有了一种主体意识，并有了与世界优秀文化进行交流和对话的机会。一方面，东北文学受到的俄苏文学影响是不可否认的，但与此同时，这种影响也并非是消极被动的，而是带有东北作家以及翻译家的主观接受意识，通过翻译家的中介和作家的创造性转化，这种影响已经归化为本土文学的一部分；另一方面，东北区域的文化与文学也对外国文化和文学产生了不可忽视的影响，在如今的全球化语境之下，笔者以为东北区域的翻译家应该充分发挥自身的优势，把本土区域文化乃至中国文化的精华译介到俄罗斯，让俄罗斯的文化人和文学爱好者共同分享中国文化的博大精深。

---

① 王守仁：《现代化进程中的外国文学与中国社会现代价值观的构建》，《外国文学评论》2004年第4期，第102页。

结语　俄罗斯文化的影响与近现代东北文学的民族性和独立性

　　近代以来的东北地区由于地理位置的毗邻和历史、政治等方面的原因，与俄罗斯（沙皇俄国—苏联—俄罗斯）发生了频繁的、多方面的接触，俄罗斯文化通过多种方式传入东北地区，在生活方式、语言词汇、文学艺术、音乐建筑、宗教信仰等多方面产生了深远的影响。这种俄风遍布的环境特色，自然而然地渗透到东北作家们的创作之中。而且，除了这种潜移默化的环境影响之外，东北作家们还如鲁迅在《祝中俄文字之交》中所说的那样，由于感受到两国社会人生的大抵相近和俄罗斯文化的浩大，而自觉主动地学习和借鉴俄罗斯文化，接受其影响与熏陶。

　　那么，这种对俄罗斯文化的吸收和学习是否会影响到近现代东北文学的民族性和独立性呢？事实上，民族风格的丧失和民族形式的破坏，并不与借鉴和学习外国文化与文学有着必然的联系，与运用外来艺术形式的多寡也没有必然的关联。它们的唯一土壤是作家脱离开对民族社会生活的切实的理性认识和审美评价而机械地模仿外国作品，是作家脱离开民族现实生活的具体内容而照搬外国文艺形式。[①] 所以说对于文学作品而言，只要它反映了经过本民族作家思想筛选过了的本民族的真实的社会历史状况和现实生活，体现了本民族作家的个人气质和情感，就可以认为它具有民族性和独立性。

---

① 王富仁：《鲁迅前期小说与俄罗斯文学》，陕西人民出版社，1983，177 页。

　　别林斯基说："……如果我们把人民性理解为对某一国家某一民族的风俗、习惯和气质的忠实描绘的话，每个民族的生活都呈现在它所特有的形式中，——因此，如果那生活的描绘是忠实的，它也就是人民性的。"① 综观近现代东北文学的萌生和发展，其动因可以析之为四：一是"五四"新文化运动的催发和主流文化的指引；二是本土固有文化基础的挖掘及其现代化；三是外来文化的吸收和借鉴；四是本土作家的独立创作。这四种因素共同构建了丰富多彩的近现代东北文学体系，如果仅把其中一种看作本土文学特征的全部，就势必会缩小近现代东北文学的范围和意义，也不利于我们正确对待外来文化的吸收和借鉴。

　　接受外来文化影响是本民族文化发展的必要条件，这是世界文化发展史已经证明的道理。勇于接受外来文化的影响无疑会给本土文化与文学增添新鲜的血液、提供新的发展契机。一个民族的文学家如何吸收、借鉴、融合、筛选、改造外来文化带来的影响，是文学史研究中必须包括的内容。而在对外来文化的接受过程中，接受者民族的主观因素发挥着极其重大的作用。阐释学派根据荣格文化心理积淀理论所提出的阅读者主观意识的"前结构"问题，对于作为接受者的整个民族来说，也大体上是适用的。一个接受者，无论是个人或者一个民族，都必有其先在的文化习惯、概念系统和对事物的判断与假定，这些都构成他在接受新知识时的主观上的前提，当他在接受外来影响时，总是尽力地把自己接触到的东西纳入自己的"前结构"中，以满足自己心理上的期待或求知的需要。民族的文化传统和文化心理积淀构成本民族在接受外来文化影响时的"期待视野"的主要内容。外来文化的影响必须通过这一层民族主观的过滤和染色，才能进入本民族的文化中。从东北地区接受俄罗斯文化影响的状况来看，其对俄罗斯文化的吸收和借鉴是有选择的，并不是所有的俄罗斯文化因素都能够进入东北地域的期待视野。外来影响往往只是激活了它固有的文化传统因子，接受主体对外来影响始终具有一种主动性的筛选和深层建构作用。东北地区多元文化杂糅、儒家文化传统薄弱的文化状态决定了东北文化更容易接受那些表层的物质技术层面的因素，而对高层次的精神

──────────

① 〔苏〕别林斯基：《别林斯基论文学》，梁真译，新文艺出版社，1958。

层面的文化则不敏感，这使得东北文化对俄罗斯文化的吸收和借鉴主要停留在日常生活的物质层面，而对俄罗斯文化中的深层因素如深邃宏大的宗教精神等则缺乏理解和接受。东北文化对俄罗斯文化的这种接受状况在某种程度上也决定了近现代东北文学对俄罗斯文化因素的选择和借鉴。

从近现代东北文学萌生和发展的四个动因来看，其对俄罗斯文化的吸收和借鉴来自两个方向：其一，通过中原主流文化的中介所传入的俄苏文学艺术和苏联政治理念；其二，本土具有异域风味的地域文化的深入开掘。中国近代以来所经历的社会历史现实以及所产生的社会问题，都与临近的俄罗斯有着诸多相近之处，而且，俄罗斯的社会变革和意识形态的变动在苏联解体之前的近百年中一直都先于中国一步，这就使得新文化运动的先驱们选择了俄国作为学习和借鉴的榜样。从第二章对俄罗斯文化影响现代东北文学的动态过程的梳理来看，近现代东北文学作为中国新文学的一个组成部分，其对俄苏文学的接受过程必然会受到新文学主流的规约，加之本土沦陷所造成的强烈的启蒙救亡的功利目的，使得近现代东北文学在1945年东北解放以前的时段里对俄罗斯文化的吸收和借鉴主要选择了俄国批判现实主义文学和苏联革命文学。到东北解放之后，由于中共确立了苏联政治理念的统治地位，1945年至20世纪60年代的东北文学主要受到苏联社会主义现实主义文学的影响。而新时期的到来，主流文学对苏俄文学主导地位的消解，救亡图存的功利目的的远去，则为新时期东北文学低下头来，仔细审视本土具有异域文化风味的地域文化提供了契机。从第三章对东北作家个体的分析中，我们也可以看到这种接受过程的流变。现代的萧军、萧红、端木蕻良等作家更偏重于反抗压迫的呼喊和对愚昧的国民性的改造，而当代的阿成、迟子建等作家则更多地关注本土地域文化和社会发展过程中所出现的社会问题，如自然生态问题以及市场经济大潮中人民的道德价值观问题等。

而从创作主体的独立性来看，这些东北作家虽然都在一定程度上受到了俄罗斯文化的影响和熏陶，但他们的创作都表现出了很强的个性特征。萧军曾说："你再喜欢的作家，你再尊敬的作家，可是当你写作的时候，我是主张谁都不要，我就是我，我的笔就是'王'，生杀予夺在我手中，谁的影响我都给你排除出去……"①

　　不可否认萧军的创作（尤其是《八月的乡村》）对俄苏文学有所借鉴，但这种借鉴并不能掩盖其艺术的独创性。萧红的创作则更为特立独行，以至于在很长一段时间内都难以得到主流文学史的正确评价。端木蕻良的创作也是到新时期以后才得到研究界的足够重视。而当代的阿成与迟子建也是非常独立的作家，甚至在当代中国文坛上，都不能把他们归为哪一流派。不过，这些作家的共通之处也非常明显，那就是他们的创作都深深植根于东北本土地域文化之中，无论他们对俄罗斯文化的学习和借鉴，还是对俄罗斯人形象的描摹，都是为了表现东北这块美丽富饶而又多灾多难的黑土地上发生的社会历史变动和乡民的生存状态，实现对本土地域文化状况的关怀和反思。他们的创作充分证明了民族性即是世界性的道理，立足于对本土本民族文化的思考才能实现文学品格的真正独立。

　　总之，俄罗斯文化作为一种外来影响，给近现代东北文学提供了学习和借鉴的榜样，增添了异族文化的新鲜血液，在近现代东北文学萌生和发展的过程中起到了重要的推动作用。东北作家们吸收了俄罗斯文化中有益于自身文学发展的因素，创作出了具有民族性和独立性的新文学。近现代东北文学历经百年沧桑，反映了百年来中国尤其是东北地区变动不居的社会现实和多姿多彩的文化精神，是现代中国文化的一个重要组成部分，丰富了整个现代中国文学史。虽然它存在着文化资源丰富却流于泛化，文学作品数量多却质量不高的缺陷，但是它所具有的不同于中原主流文学的充满异域情调的边地文学的活力和生机值得引起评论界的重视和关注。应该看到，东北地域丰富多彩的地域文化资源在近现代东北文学中还没有得到足够深入的开掘，在这个前所未有的、信息爆炸的、物欲横流的时代，近现代东北文学应该继续立足于自身的地域文化优势，汲取中外文化和文学的营养，丰富和完善自己，克服掉自身长期存在的弱点，以图实现从边缘走向经典的辉煌。

---

① 《萧军同志谈创作》（录音整理稿），载吉林大学社会科学学报编辑部编《吉林大学社会科学丛刊·萧军创作研究论文集》1983 年第 2 期。

主要参考文献

〔英〕C. W. 沃特森：《多元文化主义》，叶兴艺译，吉林人民出版社，2005。

〔俄〕M. P. 泽齐娜等：《俄罗斯文化史》，刘文飞、苏玲译，上海译文出版社，1999。

〔俄〕T. C. 奥尔吉耶娃：《俄罗斯文化史——历史与现代》，焦东建、董茉莉译，商务印书馆，2006。

〔俄〕Л. 戈韦尔多夫斯卡娅：《俄罗斯侨民在中国的社会政治活动和文化活动（1917—1931）》，张宗海译，日本侨报出版社，2003。

〔英〕阿伦·布洛克：《西方人文主义传统》，董乐山译，生活·读书·新知三联书店，1997。

〔俄〕爱伦堡：《人·岁月·生活》，冯南江、秦顺新译，海南出版社，1999。

北京大学比较文学研究所编《中国比较文学研究资料（1919 – 1949）》，北京大学出版社，1989。

曹靖华主编《俄国文学史》，人民文学出版社，1989。

查晓燕：《"异"之诠释：19 世纪上半期俄国文学中的中国形象》，《俄罗斯文艺》2000 年第 S1 期。

陈惇、孙景尧、谢天振主编《比较文学》，高等教育出版社，1997。

陈国恩：《论俄苏文学对 20 世纪中国文学的影响》，《外国文学研究》2004 年第 2 期。

陈建华：《20 世纪中俄文学关系》，学林出版社，1998。

陈建华主编《俄罗斯人文思想与中国》，重庆出版社，2011。

陈建华主编《中国俄苏文学研究史论》，重庆出版社，2007。

陈南先：《师承与探索：俄苏文学与中国十七年文学》，华中师范大学出版社，2011。

陈蒲芳、路宪民：《基督东渐与中国乡村社会精神文明建设的相关性探析》，《社科纵横》2005 年第 6 期。

陈顺馨：《社会主义现实主义理论在中国的接受与转化》，安徽教育出版社，2000。

陈因编《满洲作家论集》，实业印书馆，1943。

〔法〕丹纳：《艺术哲学》，傅雷译，安徽文艺出版社，1998。

〔俄〕德·谢·利哈乔夫：《解读俄罗斯》，吴晓都等译，北京大学出版社，2003。

东北现代文学史编写组：《东北现代文学史》，沈阳出版社，1989。

范伯群、朱栋霖主编《中外文学比较史 1898—1949》，江苏教育出版社，2007。

樊星：《当代文学与地域文化》，华中师范大学出版社，1997。

樊星：《俄苏文学与 20 世纪中国文学》，《华中师范大学学报》2001 年第 1 期。

费成康：《中国租界史》，上海社会科学院出版社，1991。

冯绍雷：《二十世纪的俄罗斯》，生活·读书·新知三联书店，2007。

冯为群、李春燕：《东北沦陷时期文学新论》，吉林大学出版社，1991。

冯毓云、罗振亚主编《龙江当代文学大系》，北方文艺出版社，2010。

〔俄〕弗·阿格诺索夫：《俄罗斯侨民文学史》，刘文飞、陈方译，人民文学出版社，2004。

傅朗云、杨旸：《东北民族史略》，吉林人民出版社，1983。

富育光、孟慧英：《满族萨满教研究》，北京大学出版社，1991。

富育光：《萨满论》，辽宁人民出版社，2000。

富育光：《萨满艺术论》，学苑出版社，2010。

高乐才：《日本"满洲移民"研究》，人民出版社，2000。

高青山等：《东北古文化》，春风文艺出版社，1992。

高翔：《现代东北的文学世界》，春风文艺出版社，2007。

高玉：《重审中国现代翻译文学的性质和地位》，《中国现代文学研究丛刊》2008 年第 3 期。

干志耿：《东北考古述略》，《社会科学阵线》1997 年第 1 期。

〔美〕葛浩文：《萧红评传》，北方文艺出版社，1985。

郭淑梅：《"红色之路"与哈尔滨左翼文学潮》，《文学评论》2008 年第 5 期。

郭蕴深：《中东铁路与俄罗斯文化的传播》，《学习与探索》1994 年第 5 期。

哈尔滨市地方志编纂委员会编《哈尔滨市志·外事 对外经济贸易 旅游》，黑龙江人民出版社，1998。

海涛：《远去的飘泊——关于萧军的读与思》，《当代作家评论》2001 年第 5 期。

韩文敏：《现代作家骆宾基》，北京燕山出版社，1989。

韩长经：《鲁迅与俄罗斯古典文学》，上海文艺出版社，1981。

何青志：《白山黑水之韵——新时期东北小说创作回眸》，《松辽学刊》1999 年第 1 期。

何青志：《北大荒文学的历史意义》，《吉林师范大学学报》2006 年第 5 期。

何青志：《当代东北小说研究》，吉林人民出版社，2002。

何青志：《十七年东北文学论》，《社会科学战线》2003 年第 6 期。

何青志：《新时期东北小说的地域特色及其走向》，《社会科学战线》1997 年第 6 期。

何青志主编《东北文学五十年（1949－1999）》，吉林人民出版社，2007。

黑龙江省地方志编纂委员会编《黑龙江省志·外事志》，黑龙江人民出版社，1993。

皇甫晓涛：《萧红现象》，天津人民出版社，1991。

黄凤岐、朝鲁主编《东北亚研究——东北亚文化研究》，中州古籍出版社，1994。

黄万华：《20世纪视野中的文学典律构建》，《山东大学学报》2000年第3期。

黄万华：《抗战时期沦陷区文学及其研究》，《文学评论》2004年第4期。

黄万华：《史述和史论：战时中国文学研究》，山东大学出版社，2005。

黄万华：《艺文志派四作家论》，《中国现代文学研究丛刊》1994年第1期。

黄万华：《战时中国文学呈现的中外文学交流》，《社会科学辑刊》2005年第6期。

黄心川：《沙俄利用宗教侵华简史》，辽宁人民出版社，1980。

季红真：《萧红传》，北京十月文艺出版社，2000。

蒋路：《俄国文史采微》，东方出版社，2003。

金亚娜、刘锟、张鹤等：《充盈的虚无——俄罗斯文学中的宗教意识》，人民文学出版社，2003。

康澄：《对二十世纪前叶俄国文学中基督形象的解析》，《外国文学研究》2000年第4期。

孔范今：《孔范今自选集》，山东文艺出版社，2004。

孔海立：《忧郁的东北人端木蕻良》，上海书店出版社，1999。

乐黛云：《比较文学与比较文化十讲》，复旦大学出版社，2004。

乐黛云等：《比较文学原理新编》，北京大学出版社，1998。

甯永生：《东西文化碰撞中的人：东正教与俄罗斯人道主义》，华夏出版社，2007。

黎皓智：《20世纪俄罗斯文学思潮》，北京大学出版社，2006。

李辉凡主编《当代苏联文学中的人道主义问题》，安徽文艺出版社，1987。

李健吾：《咀华集·咀华二集》，复旦大学出版社，2005。

李萌：《缺失的一环：在华俄国侨民文学》，北京大学出版社，2007。

李明滨、李毓榛：《苏联当代文学概观》，北京大学出版社，1988。

李明滨：《中国与俄苏文化交流志》，上海人民出版社，1998。

李琴：《中国翻译文学与本土社会文化》，《贵州社会科学》2009 年第6 期。

李兴耕等：《风雨浮萍——俄国侨民在中国（1917－1945）》，中共中央编译局出版社，1997。

李兴盛：《东北流人史》，黑龙江人民出版社，1990。

李岫、秦林芳主编《二十世纪中外文学交流史》，河北教育出版社，2001。

李延龄主编《中国，我爱你》，李蔷薇、荣洁、唐逸红译，北方文艺出版社、黑龙江教育出版社，2002。

李延龄主编《兴安岭奏鸣曲》，冯玉律、石国雄、孙玉华、徐振亚译，北方文艺出版社、黑龙江教育出版社，2002。

李永东：《租界文化与 30 年代文学》，上海三联书店，2006。

李雨潼、王咏：《唐朝至清朝东北地区人口迁移》，《人口学刊》2004年第 2 期。

李毓榛主编《20 世纪俄罗斯文学史》，北京大学出版社，2000。

李治亭、田禾、王昇：《关东文化》，辽宁教育出版社，1998。

林精华：《东方主义与中国想象俄罗斯文学的方法》，《人文杂志》2001 年第 2 期。

林精华：《误读俄罗斯——中国现代性问题中的俄国因素》，商务印书馆，2005。

林精华：《想象俄罗斯》，人民文学出版社，2000。

刘德喜：《从同盟到伙伴——中俄（苏）关系 50 年》，中共党史出版社，2005。

刘国平：《当代经济社会发展视界中的东北地域文化》，《社会科学战线》2003 年第 5 期。

刘禾：《跨语际实践——文学，民族文化与被译介的现代性（中国，1900－1937）》，宋伟杰等译，生活·读书·新知三联书店，2002。

刘慧娟主编《东北沦陷时期文学作品与史料编年集成》，线装书局，2014。

刘亚丁：《人和大自然——前苏联文学的母题之一》，《四川大学学报》

1994 年第 3 期。

　　刘亚丁：《苏联文学沉思录》，四川大学出版社，1996。

　　刘中树主编《镣铐下的缪斯——东北沦陷区文学史纲》，吉林大学出版社，1999。

　　路遇：《清代和民国山东移民东北史略》，上海社会科学院出版社，1987。

　　〔美〕露丝·本尼迪克特：《文化模式》，王炜等译，生活·读书·新知三联书店，1988。

　　〔美〕乔治·亚历山大·伦森：《俄中战争——义和团运动时期沙俄侵占中国东北的战争》，陈芳芝译，商务印书馆，1982。

　　〔苏〕鲍里斯·罗曼诺夫：《俄国在满洲（1892－1906）》，陶文钊、李金秋、姚宝珠译，商务印书馆，1980。

　　骆宾基：《萧红小传》，黑龙江人民出版社，1981。

　　〔英〕马林诺夫斯基：《文化论》，费孝通译，中国民间文艺出版社，1987。

　　马清福：《东北文学史》，春风文艺出版社，1992。

　　马伟业：《大野诗魂——论东北作家群》，北方文艺出版社，1998。

　　马以鑫：《中国现代文学接受史》，华东师范大学出版社，1998。

　　马云：《端木蕻良与中国现代文学》，北京出版社，2001。

　　〔俄〕梅列日科夫斯基：《托尔斯泰与陀思妥耶夫斯基》，杨德友译，辽宁教育出版社，2000。

　　孟华主编《比较文学形象学》，北京大学出版社，2001。

　　苗慧：《是俄罗斯的，也是中国的——论中国俄罗斯侨民文学也是中国文学》，《俄罗斯文艺》2003 年第 4 期。

　　〔澳〕玛拉·穆斯塔芬：《哈尔滨档案》，李尧、郇忠译，中华书局，2008。

　　穆馨：《俄罗斯侨民文学在哈尔滨》，《黑龙江社会科学》2004 年第 4 期。

　　〔俄〕尼·亚·别尔嘉耶夫：《俄罗斯思想的宗教阐释》，邱运华、吴学金译，东方出版社，1998。

〔俄〕尼·别尔嘉耶夫：《俄罗斯思想——十九世纪末至二十世纪初俄罗斯思想的主要问题》，雷永生、邱宇娟译，生活·读书·新知三联书店，1995。

〔俄〕尼·别尔嘉耶夫：《论人的使命》，张百春译，学林出版社，2000。

〔苏〕尼·纳沃洛奇金：《阿穆尔河的里程》，江峨译，人民文学出版社，1975。

〔俄〕聂丽·米兹、德米特里·安洽：《中国人在海参崴——符拉迪沃斯托克的历史篇章（1870－1938年）》，胡昊、刘俊燕、董国平译，社会科学文献出版社，2016。

逄增玉：《"老家在山东"——东北作家创作中的"文化恋母"和"寻根"现象》，《文艺争鸣》1995年第5期。

逄增玉：《〈铁流〉〈毁灭〉与东北作家群创作》，《东北师大学报》1991年第1期。

逄增玉：《东北沦陷时期的乡土文学与关内乡土文学》，《东北师大学报》1992年第2期。

逄增玉：《东北现当代文学与文化论稿》，中国社会科学出版社，2012。

逄增玉：《二十世纪中国文学的历史文化透视》，东北师范大学出版社，1996。

逄增玉：《黑土地文化与东北作家群》，湖南教育出版社，1995。

彭放主编《黑龙江文学通史》，北方文艺出版社，2002。

〔俄〕契诃夫：《萨哈林旅行记》，刁绍华、姜长斌译，湖南人民出版社，2013。

钱理群、黄子平、陈平原：《二十世纪中国文学三人谈·漫说文化》，北京大学出版社，2004。

钱理群主编《中国沦陷区文学大系·评论卷》，广西教育出版社，1999。

秦弓：《五四时期对黄金时代俄罗斯文学的翻译》，《江苏社会科学》2005年第3期。

秋浦主编《萨满教研究》，上海人民出版社，1985。

瞿秋白：《俄国文学史及其他》，复旦大学出版社，2004。

荣洁等：《俄侨与黑龙江文化——俄罗斯侨民对哈尔滨的影响》，黑龙江大学出版社，2011。

山东师范学院中文系文艺理论教研室编《外国作家谈创作经验》，山东人民出版社，1980。

沈卫威：《东北流亡文学史论》，河南人民出版社，1992。

沈雁冰主编《俄国文学研究 小说月报第十二卷号外》，书目文献出版社，1981。

施战军：《爱与痛惜》，山东文艺出版社，2004。

施战军：《独特而宽厚的人文伤怀》，《当代作家评论》2006年第4期。

施战军：《欲望话语与恐惧分布——90年代前半期洪峰小说论》，《小说评论》1998年第2期。

石方、刘爽、高凌：《哈尔滨俄侨史》，黑龙江人民出版社，2003。

石方：《哈尔滨——北满经济中心及国际都市成因探讨》，《学习与探索》1994年第6期。

〔美〕苏珊·朗格：《艺术问题》，滕守尧、朱疆源译，中国社会科学出版社，1983。

孙成木：《俄罗斯文化一千年》，东方出版社，1995。

孙进己：《东北各民族文化交流史》，春风文艺出版社，1992。

孙进己：《东北民族源流》，黑龙江人民出版社，1989。

孙时彬：《区域文化视角下的北大荒文学艺术生成机制探析》，《学习与探索》2012年第6期。

孙郁：《东北文学的传统》，《鸭绿江》1995年第12期。

孙中田：《山丁的乡土情结》，《学术交流》1998年第4期。

〔美〕汤普逊：《理解俄国——俄国文化中的圣愚》，杨德友译，生活·读书·新知三联书店，1998。

唐戈：《19世纪末叶以来俄罗斯文化在东北地区传播的主要途径》，《学习与探索》2003年第5期。

唐戈：《俄罗斯文化在中国》，北方文艺出版社，2012。

唐戈：《简论额尔古纳地区东正教的特点》，《湖南工业大学学报》

2008 年第 4 期。

　　田鹏颖：《辽河文明演变与现代社会转型》，辽宁大学出版社，2009。

　　田全金：《启蒙·革命·战争——中俄文学交往的三个镜像》，齐鲁书社，2009。

　　铁峰：《萧红文学之路》，哈尔滨出版社，1991。

　　〔俄〕瓦西里·帕尔申：《外贝加尔边区纪行》，北京第二外国语学院俄语编译组译，商务印书馆，1976。

　　万斯白：《日本在华的间谍活动》，国光印书馆，1945。

　　汪介之、陈建华：《悠远的回响——俄罗斯作家与中国文化》，宁夏人民出版社，2002。

　　汪介之：《俄罗斯侨民文学与本土文学关系初探》，《外国文学评论》2004 年第 4 期。

　　汪之成：《上海俄侨史》，上海三联书店，1993。

　　王德芬：《我和萧军风雨 50 年》，中国工人出版社，2003。

　　王富仁：《鲁迅前期小说与俄罗斯文学》，陕西人民出版社，1983。

　　王富仁：《三十年代左翼文学·东北作家群·端木蕻良》，《文艺争鸣》2003 年第 1~4 期。

　　王富仁：《文事沧桑话端木——端木蕻良小说论》，《中国现代文学研究丛刊》2003 年第 3~4 期。

　　王建中、白长青、董兴泉编《东北现代文学研究论文集》，辽宁大学出版社，1986。

　　王建中等：《东北解放区文学史》，辽宁大学出版社，1995。

　　王科、徐塞：《萧军评传》，重庆出版社，1993。

　　王肯等：《东北俗文化史》，春风文艺出版社，1992。

　　王宁：《现代性、翻译文学与中国现代文学经典重构》，《文艺研究》2002 年第 6 期。

　　王秋萤编《满洲新文学史料》，开明图书公司，1944。

　　王为华：《北大荒知青纪实文学论》，《求是学刊》2008 年第 5 期。

　　王亚民：《中国现代文学中的俄罗斯侨民文学》，《上海师范大学学报》2010 年第 6 期。

〔加〕威尔·金里卡：《少数的权利：民族主义、多元文化主义和公民》，邓红风译，上海译文出版社，2005。

韦苇：《俄罗斯儿童文学论谭》，湖南少年儿童出版社，1994。

闻敏：《端木蕻良的〈科尔沁旗草原〉》，《中国现代文学研究丛刊》1997 年第 3 期。

夏飞、夏廷德：《晚清翻译文学发展与中国近代小说观的嬗变》，《社会科学家》2011 年第 6 期。

〔美〕夏志清：《小说〈科尔沁旗草原〉——作者简介与作品评述》，《驻马店师专学报》1992 第 1~3 期。

萧军：《萧红书简辑存注释录》，黑龙江人民出版社，1981。

〔苏〕谢尔宾娜等：《俄国文学研究》，贾植芳辑译，泥土社，1954。

徐家荣、朱植华：《论艾特玛托夫对人和自然关系的哲理思考》，《兰州大学学报》2000 年第 4 期。

徐景辉：《风雨中东路》，北方文艺出版社，2016。

徐迺翔、黄万华：《中国抗战时期沦陷区文学史》，福建教育出版社，1995。

许宁、李成编著《别样的白山黑水：东北地域文化的边缘解读》，黑龙江人民出版社，2004。

许贤绪：《当代苏联小说史》，上海外语教育出版社，1991。

薛虹、李澍田主编《中国东北通史》，吉林文史出版社，1991。

薛连举：《哈尔滨人口变迁》，黑龙江人民出版社，1998。

〔俄〕延鲍里索夫：《从乌拉尔到哈尔滨》，罗大为译，东北林业大学出版社，2011。

闫秋红：《现代东北文学与萨满教文化》，暨南大学出版社，2012。

杨春时：《现代性与后殖民主义思潮批判》，《天津社会科学》2010 年第 5 期。

杨天石：《从帝制走向共和——辛亥前后史事发微》，社会科学文献出版社，2002。

杨义：《中国现代小说史》，人民出版社，1998。

杨治经等：《北大荒文学艺术》，北方文艺出版社，1988。

姚海：《俄罗斯文化之路》，浙江人民出版社，1992。

〔苏〕尤·谢列兹涅夫：《陀思妥耶夫斯基传》，徐昌翰译，人民文学出版社，2011。

袁雪生、付淑琴：《追寻人与自然的和谐之美——生态批评视野中的〈鱼王〉》，《江西社会科学》2003 年第 10 期。

张碧波、董国尧主编《中国古代北方民族文化史》，黑龙江人民出版社，2001。

张大庸：《清末马克思主义在我国东北的传播》，《党史纵横》2006 年第 9 期。

张福山、周淑珍编著《哈尔滨与红色之路》，黑龙江人民出版社，2001。

张光直：《考古学专题六讲》，文物出版社，1986。

张红萍：《论迟子建的小说创作》，《文学评论》1999 年第 2 期。

张杰、汪介之：《20 世纪俄罗斯文学批评史》，译林出版社，2000。

张捷：《热点追踪——20 世纪俄罗斯文学研究》，人民文学出版社，2003。

张少杰：《论东北亚区域文化中的中俄文化交流》，《中国人民大学学报》1996 年第 2 期。

张松魁、李作祥主编《当代东北作家论》（第一辑），春风文艺出版社，1989。

张玉娥、赵校民：《拉斯普京的生态伦理观》，《齐齐哈尔师范学院学报》1996 年第 1 期。

张毓茂：《东北新文学论丛》，沈阳出版社，1989。

张毓茂：《萧军传》，重庆出版社，1992。

张毓茂主编《东北现代文学大系·评论卷》，沈阳出版社，1996。

张毓茂主编《东北现代文学史论》，沈阳出版社，1996。

张毓茂、刘秉山主编《东北新文学初探》，大连理工大学出版社，1989。

张正：《中东铁路的修筑与“中俄文化交流”》，《东北史地》2012 年第 3 期。

张志刚：《宗教文化学导论》，人民出版社，1993。

章桅：《关于苏联文学政策的思考》，《文艺理论与批评》1999 年第 1 期。

赵明：《托尔斯泰·屠格涅夫·契诃夫——20 世纪中国文学接受俄国文学的三种模式》，《外国文学评论》1997 年第 1 期。

赵世瑜、周尚意：《中国文化地理概说》，山西教育出版社，1991。

赵园：《论小说十家》，浙江文艺出版社，1987。

郑英玲：《1958 - 1966 年"北大荒文学"及其生成的历史文化语境研究》，《赤峰学院学报》2013 年第 1 期。

郑永旺：《从民族的集体无意识看俄罗斯思想的文学之维》，《俄罗斯文艺》2009 年第 1 期。

郑永旺：《俄罗斯东正教与黑龙江文化》，黑龙江大学出版社，2010。

政协哈尔滨市委员会文史资料编辑部编《哈尔滨文史资料·第十五辑（经济史料专辑)》，哈尔滨出版社，1991。

智量等：《俄国文学与中国》，华东师范大学出版社，1991。

周惠泉：《论东北民族文化》，《北方论丛》2000 年第 1 期。

周湘鲁：《俄罗斯生态文学》，学林出版社，2009。

朱达秋、周力：《俄罗斯文化论》，重庆出版社，2004。

朱狄：《原始文化研究》，生活·读书·新知三联书店，1988。

朱立元：《接受美学》，上海人民出版社，1989。

祖淑珍：《廿世纪俄罗斯侨民文学：回顾与展望》，《北京第二外国语学院学报》1999 年第 5 期。

后　记

本书是在我的博士学位论文的基础上发展而来的。本书选题的确立是在2005年的博士学位论文开题，到2017年最终完稿，前后经历了12年时光。虽然用时较长，却并不能说书稿完成得如何超拔或具有多高的学术价值，只是证明了我的愚钝和用心不专。书稿完成的过程蕴含了我从求学到工作12年来所经历的一些世事，于书稿中不便写出，便记在这里，以防忘却。

我从本科至博士都就读于山东大学，本科毕业论文题为《寂寞的呼兰河与萧红的寂寞》，是一篇评论萧红创作的很不成熟的小论文；硕士毕业论文题为《追忆：跨越时空的精神契合——迟子建小说论》，是一篇评论迟子建创作的论文。博士论文开题期间，我的博士生导师黄万华教授和硕士生导师施战军教授认为我对东北文学有较多的积累，而且20世纪以来，中俄两国在文化、文学方面有诸多交流和碰撞，这种现象在中国东北地区表现得尤为明显，研究俄罗斯文化与东北文学的关系应是一个有意义的选题，于是我的博士论文题目确定为《俄罗斯文化与现代东北文学》。在博士学位论文答辩会上，王保生研究员、孔范今教授、张华教授、郑春教授、吴义勤教授等先生对我的论文提出了很多宝贵的意见和建议，为我后来的研究拓宽了道路。

2007年博士毕业之后，我回到家乡黑龙江，进入黑龙江省社科院文学所工作。2009年，蒙哈尔滨师范大学的冯毓云教授不弃，我进入哈师大中国语言文学博士后流动站做科研工作。博士后科研期间，哈师大的冯毓云教授、傅道彬教授、于茀教授、乔焕江教授、徐志伟教授、张良丛副教授等先生对我在俄罗斯文化与东北文学关系方面的研究也提出了不少有益的建议。后因有的老师认为博士后出站报告不宜与博士论文用相似的题目，那样会局限科研的视野，我便用另一个选题完成了博士后科研工作。

2012 年，在经历了几次申报失败之后，我修改调整后的选题《俄罗斯文化对近现代东北文学的影响研究》终于被国家社科基金项目批准立项。有了前期的积累，课题完成得较为顺利。在课题进行的过程中，黑龙江省社科院的领导和同事对我的工作给予了很多帮助，课题组的修磊博士、丁媛博士、王璐博士、冯昊博士、张琴凤博士等也为课题的完成做了大量的相关工作。书稿的部分章节曾在《求是学刊》、《学习与探索》、《文艺理论与批评》、《当代文坛》、《北方论丛》等期刊上发表，获得了杜桂萍教授、那晓波编审等先生的耐心指导。

2016 年 7 月，我提交了结项报告，结项审批最终在 2017 年 3 月公示，结项等级为良好。结项之后，院领导鼓励我申报"黑龙江历史文化研究工程"出版资助并获成功，我的书稿被纳入"黑龙江历史文化工程"项目出版。这里还要向社会科学文献出版社的老师们致谢，他们为本书的编校和出版花费了很多心力。

在过去的 12 年里，帮助过我的亲友师长还有很多，在此难以一一列举。书稿完成之时，我也将踏入不惑之年，然而心中的困惑依然很多，生活中、学术中仍有种种疑问不能解决，犹如厚厚的冰雪压在身上。唯有扎根土地，努力求索，期待会有冰雪消融的那一天。

苏联作家康·帕乌斯托夫斯基的《金蔷薇》是我非常喜爱的一本书，它既是一本清新隽永的散文集，又是一束娓娓道来的创作札记，也是一部深入浅出的文学理论著作。对于热爱文学、有志于探究生活奥秘的人们来说，这本书更像一位出色的向导。而从某种意义上说，俄罗斯文学正是近现代东北作家们的向导，为他们的创作提供了学习的榜样，指明了前进的方向。《金蔷薇》中的第一篇散文题为《珍贵的尘土》，讲述了老清洁工夏米精心收集首饰作坊尘土中的金屑，为他心爱的女孩苏珊娜打造出一朵金蔷薇的故事。我想，东北作家们定也和夏米一样，心怀爱意，耐心捡拾，才能从生活的尘土中筛捡出包含多元文化因素的金屑，熔铸成属于黑土地的金蔷薇。而作为一名同样生长在这片土地上的文学研究者，我也希望能够打造出属于我自己的独一无二的金蔷薇。这便是我将本书定名为《黑土地上的金蔷薇》的原因。

金钢 2018 年中秋

于哈尔滨山水文园

图书在版编目（CIP）数据

黑土地上的金蔷薇：俄罗斯文化对近现代东北文学
的影响 / 金钢著 . -- 北京：社会科学文献出版社，
2018.10
ISBN 978 - 7 - 5201 - 3478 - 1

Ⅰ.①黑… Ⅱ.①金… Ⅲ.①地方文学 - 文学研究 -
东北地区 Ⅳ.①I209.93

中国版本图书馆 CIP 数据核字（2018）第 215621 号

黑土地上的金蔷薇

——俄罗斯文化对近现代东北文学的影响

著　　者 / 金　钢

出 版 人 / 谢寿光
项目统筹 / 谢蕊芬
责任编辑 / 赵　娜

出　　版 / 社会科学文献出版社 · 社会学出版中心（010）59367159
　　　　　　地址：北京市北三环中路甲 29 号院华龙大厦　邮编：100029
　　　　　　网址：www. ssap. com. cn
发　　行 / 市场营销中心（010）59367081　59367018
印　　装 / 天津千鹤文化传播有限公司

规　　格 / 开 本：787mm × 1092mm　1/16
　　　　　　印 张：21.25　字 数：336 千字
版　　次 / 2018 年 10 月第 1 版　2018 年 10 月第 1 次印刷
书　　号 / ISBN 978 - 7 - 5201 - 3478 - 1
定　　价 / 99.00 元